Story by Fuse, Illustration by Mitz Vah

후세 지음
밋츠바 일러스트
도영명 옮김

전생했더니
슬라임이
었던 건에
대하여 15

Regarding
Reincarnated to Slime

금색의 눈은 모든 것을 꿰뚫어 보는 것처럼
길게 째졌으며 아름다웠다.
그 은발에는 연하게 푸른색이 섞여서
월백색의 광채를 발하고 있었다.
성별은 없으며,
아름답다기보다 가련한
이목구비를 갖추고 있었다.
그러나 그 몸에서 나오는
신성한 기운으로 인해,
그 외모는 미모로 승화되었다.

전생했더니
슬라임이
있던건에 대하여 15

Regarding
Reincarnated to Slime

작열용 대 폭풍룡

Regarding Reincarnated to Slime

베루도라에게 있어서, 그날은 그야말로 재수가 없는 날이 되었다.

아무것도 없는 평원.

제국군을 대비하여, 도시부는 여전히 미궁 안으로 격리해두고 있었다. 그렇기에 천공에서 날아온 그 미녀는 영상 속에서도 한층 더 눈에 띄고 있었다.

"누, 누님……."

자신도 모르게 말이 튀어나온 것처럼 베루도라가 중얼거렸다.

그 목소리에 힘이 실려 있지 않았다.

그건 평소의 베루도라를 아는 자라면 생각할 수 없는 사태였다.

그런 베루도라에게 카리스가 물었다.

"호, 혹시 저분이 소문의 그 누님이신…… 베루글린드 님입니까?"

"으, 음…… 바로 그렇다. 저분이야말로 내 누님이자 최강인 '용종' 중 한 명, '작열용' 베루글린드이다……."

그 말을 듣고 '관제실'에 남아 있던 자들이 일제히 움직이기 시작했다. 미궁 안에 긴급경보를 울려, 외적에 대한 최대한의 경계 태세를 갖출 것을 촉구했다.

"자, 잠깐, 사부?! 리무루도 없는데 어떡할 거야?"

당황하는 라미리스.

평소에도 그렇게 큰 도움이 되지 않지만, 이런 때에는 떠들어대는 것밖에 할 수가 없다. 연구라면 또 모를까, 정작 전투가 벌어지면 라미리스가 나설 차례는 없는 것이다.

그러나 라미리스에겐 의지할 수 있는 동료들이 있다.

지금도 빈틈없이 척척 일하는 미궁관리자── 트레이니 자매랑 그 부하들인 드라이어드(나무요정)들이다.

베레타도 있다.

미궁십걸의 자리에선 물러났지만, 던전 마스터(미궁통괄자)의 지위는 그대로 유지되고 있었다.

하물며 지금은 의지해야 할 그 십걸의 반수가 진화의 잠에 빠져 있었다. 과거에 필두였던 베레타로선 라미리스를 지키기 위해서라도 힘을 써야 할 때인 것이다.

"아무래도 우호적인 분위기는 아닌 것 같군요. 미궁 안으로 끌어들여 반격하도록 하죠."

트레이니 일행이 각 층의 상황을 파악했으며, 그것을 확인한 베레타가 말했다.

미궁십걸 중에서 건재한 것은 사대용왕뿐이다. 가드라도 깨어나 있었지만, 데몬 콜로서스(마왕의 수호거상)를 빼내서 무장국가 드워르곤을 도와주기 위해 가버린 상태였다.

지금의 전력으로 베루글린드를 상대하는 건 불안하지만, 미궁이라는 완전무결한 요새를 이용한다면 시간을 벌 수 있을 것이다. 베레타는 그렇게 생각하여 의견을 낸 것이다.

그 말을 듣고 '음'하고 고개를 끄덕이는 베루도라.

"뭘 하러 온 건지는 모르겠지만, 혼자 오다니 가소롭기 그지없

군. 모두가 힘을 합쳐서 덤비면 두려울 것도 없다! 크아———핫
핫하!!"

허세를 부리며 웃으면서 그렇게 말했지만, 그 표정은 굳어
졌다.

겁을 먹고 있었던 것이다.

그제까지만 해도 베루도라는 큰누나인 베루자도에게 실컷 괴
롭힘을 당했다. 그 기억이 사라지기도 전에, 이번에는 작은누나
인 베루글린드가 쥬라 템페스트 연방국의 수도인 중앙도시 '리무
루'에 단신으로 쳐들어오고 말았다.

베루도라의 입장에서 보면 황당하기 그지없는 얘기이며, 어떻
게든 이 위기를 넘기고 싶다는 생각에 필사적으로 머리를 회전시
키고 있었다.

그렇기에 더더욱 베레타의 제안을 덥석 받아들이고 말았다.

그때.

『베루도라, 넌 착한 아이니까 얌전히 나오렴.』

화면에 비치는 베루글린드가 그렇게 입을 열었다.

그 시선은 신기하게도 화면 너머에 있는 베루도라에게 고정되
었다. 그리고 그 목소리는 사념으로서 베루도라에게 전해지고 있
었다.

"베루도라 님……?"

"카리스여, 당황하지 마라! 이건 함정이다. 시키는 대로 나갔다
간 내가 지독한 꼴을 당할 것이 틀림없단 말이다!"

"네, 네에……."

당당하게 한심한 발언을 하는 베루도라를 보고, 카리스도 곤혹

스러움을 감추지 못했다.

"뭐? 노리는 게 사부라면, 우리하곤 관계가 없는── 으읍?!"

화려하게 위기를 회피하려고 한 라미리스도 베루도라의 손에 의해 입이 막혔으며, 본의 아니게 자신도 휩쓸리는 꼴이 되고 말았다.

이리하여 철저항전의 태세를 갖추게 되었──지만.

『그렇구나, 나오지 않을 생각이란 말이지? 멍청한 건 예전과 달라지지 않은 것 같구나. 좋아. 그러면 딱 한 번 친절하게 경고해줄게.』

영상을 통해선 베루글린드가 무슨 말을 하는 건지 알 수가 없었다. 그러나 그 분위기가 변화했다는 것은 그 자리에 있는 모두가 이해했다.

목소리가 들리고 있는 베루도라의 입장에선, 베루글린드가 무슨 짓을 벌일 생각을 하고 있다는 걸 알아차릴 수 있었다.

하지만──.

(괘, 괜찮아. 라미리스의 미궁은 차원조차도 격리하는 우수한 성능을 갖추고 있어. 이걸 파괴하는 것은 나에게도 어려운 일이야. 아무리 누님이라고 해도 이 안에 있으면 손을 댈 수 없을 것이다──.)

그렇다.

미궁 안에 있기만 하면 베루글린드로부터 계속 도망칠 수 있다. 한두 층은 파괴될지도 모르지만, 라미리스의 복구력 쪽이 더 월등하다. 베루도라가 힘을 빌려주면 베루글린드를 계속 격리하는 것도 불가능하진 않을 것이다.

"걱정할 것 없다. 나와 네가 힘을 합치면, 어떤 상대이든──."

베루도라가 그렇게 설명하려고 했지만, 그 말을 끝까지 다할 수는 없었다.

베루글린드가 자신의 손에 진홍의 창을 만들어 내는 것을 목격했기 때문이다.

"사, 사부! 저건 위험하다니까. 자칫하면 내 '작은 세계(미궁창조)'로도 막아낼 수 없을지도 몰라!!"

굳이 설명을 들을 필요도 없다──고 베루도라도 생각했다.

"알고 있다! 다들 충격에 대비하도록 해라!!"

베루도라의 말을 의심하는 자는 없었다.

모두가 순순히 그 자리에서 방어태세를 갖췄다.

그 직후, 강렬한 충격이 미궁을 덮쳤다.

"마, 말도 안 돼……."

"5, 50층까지 피해를 입었음을 확인…… 상층부는 궤멸적인 상황입니다."

알파랑 베타 일행이 차례로 피해상황을 알려왔다. 그건 사실상 미궁의 안전신화가 붕괴된 순간이었다.

그때였다.

어쩔 줄을 모르고 당황하던 베루도라에게, 리무루가 보낸 '사념전달'이 전달된 것은.

『이봐──, 잘 지내고 있어?』

그런 느긋한 목소리를 듣고, 베루도라는 분개하면서 대꾸했다.

『멍청한 녀석, 지금 그럴 때가 아니다! 크, 큰일이 벌어졌단 말이다. 누님이, 누님이 나를 노리고 있어. 지금은 미궁 밖에 있지만, 이대로 가다간 침공을 당할 거다!!』

리무루라면, 리무루라면 어떻게든 해결해줄 것이다.

그렇게 믿고, 베루도라는 대답을 기다렸다.

그러나 돌아온 것은 『괜찮을 것 같아?』라는 내용의 걱정이 담긴 질문이었다.

이 말을 듣고 베루도라는 깨달았다.

리무루도 여유가 없는 상황, 이라는 것을.

여유가 있다면 지금 당장이라고 돌아와 주었을 테니까. 그렇지 않은 이상, 리무루의 도움은 기대할 수 없다는 얘기가 된다.

그래서일까?

베루도라의 머릿속에서 안일한 생각이 사라졌다.

리무루를 의지할 수 없다면, 자신이 나설 수밖에 없다고 자각한 것이다.

『내가 나설 수밖에 없겠군. 이대로 미궁으로 쳐들어오는 것보다는 나을 테니까.』

이길 수 있을 것 같다──고, 베루도라는 근거도 없이 생각했다.

잊어버릴 뻔했지만, 리무루 때문에 해야 했던 수행도 상당한 것이었다. 그걸 견뎌낸 자신이라면 누나인 베루글린드가 상대여도 지지는 않을 것이라고, 베루도라는 생각한 것이다.

『모든 책임은 내가 질 테니까 베루글린드를 어떻게든 막아주면 좋겠어. 부탁해도 될까?』

리무루 또한 베루도라가 질 것이라고 생각하지 않는 것 같다.

모든 책임을 리무루가 진다는 것은 아무리 큰 규모의 파괴행위를 벌여도 화를 내지 않겠다는 뜻이 된다. 그걸 감안하여 생각한다면, 지금까지 수행한 성과를 보이라는 말과 같은 뜻이다.

그리고──.

부탁해도 되냐고 묻는다면, 답은 하나다.

『호오? 그렇다면 내게 맡겨라! 크앗핫핫하!!』

그렇게 전한 뒤에, 베루글린드 쪽으로 시선을 돌렸다.

리무루와 대화하면서 평상심을 되찾았다. 그 순간, 베루도라는 갑자기 마음이 차분해졌다.

"내가 나설 수밖에 없겠군."

여유 있는 태도로 베루도라는 말했다.

"사부?"

"베루도라 님?!"

라미리스와 베레타가 놀라면서 베루도라를 봤다.

베루도라는 모든 것을 털어낸 듯 후련한 표정을 지었다.

"크아하하하! 나도 누나와 싸우는 것은 내키지 않는다. 하지만 말이지, 미궁을 이용한 시간벌이가 통하지 않는 이상, 다른 수단은 없지 않으냐."

"그렇지만──."

"괜찮다, 카리스여. 미궁 안에서의 불사성은 격리된 공간이기 때문에 성립되는 것이다. 내 누님 앞에선 통하지 않는다는 걸 안 지금, 피해를 최소로 줄이려면 내가 나설 수밖에 없다."

베루도라라면, 리무루가 건재하는 한은 불멸이다. 희생을 내지 않도록 하려면, 베루도라가 나설 수밖에 없는 것이다.

"그러면 저도 같이 싸우겠습니다."

"아니, 그러진 마라. 너도 강해졌지만, 그래도 나와는 비교가 되지 않는다. 제기온이라면 그나마 모를까. 다른 자는 방해밖에 되지 않을 것이다."

신랄하게 말했지만, 그게 사실이었다.

그리고 베루도라는 이미 각오를 단단히 굳힌 뒤였다.

조금 전의 한심한 모습은 온데간데없이, 늠름한 표정으로 앞을 봤다.

"괜찮겠어, 사부?"

"괜찮을 리가 있겠냐! 나는 누님들에게 떠올리기도 두려운 대접을…… 아니, 더 말하진 않겠다. 나도 강해졌다. 리무루와 만난 뒤로 성장했다. 제자를 두면서 자신의 미숙함도 깨달았다. 옛날 과는 달라진 것이다. 크아———핫핫하!!"

베루도라는 억지로 웃었다. 그렇게 기분을 고양시켜서 평소의 모습을 되찾았다.

"안심해라. 너희야말로 거기서 내 용맹한 모습을 지켜보도록 해라!"

그렇게 고하면서, 혼자서 미궁을 뒤로했다.

베루도라는 베루자도와의 싸움을 떠올리고 있었다.

오랜만에 만난 큰누나는 예전보다 훨씬 더 강대했고 빈틈이 없 는 것 같았다.

그건 예전의 베루도라라면 감지할 수 없는 기척이었다. 베루도 라도 리무루와 만나면서, 몰라볼 정도로 성장했다.

그 최대의 성과가 얼티밋 스킬(궁극능력)의 획득이었다.

봉인되었을 때는 '위장' 안에서 리무루를 관찰하면서 많은 것을 배웠다.

그리고 깨달았다.

힘이란 것은 완벽하게 구사할 수 있어야 의미가 있다는 것을.

베루도라의 에너지(마력요소)양은 강대하며, 현존하는 '용종' 중에선 최대를 자랑한다. 두 명의 누나보다도 컸기 때문에, 큰 고생없이 최강의 한 자리를 차지할 수 있었던 것이다.

그러나 그건 안일한 생각이었다.

베루도라는 알게 되었다.

약자이면서도 최후까지 승리를 포기하지 않고 발버둥 치는 자들의 존재를.

리무루가 그랬던 것처럼, 적대한 자들 중에도 그런 존재는 많았다.

히나타랑 그란베르, 마왕 루미너스도 그럴 것이다.

그런 자들은 힘에만 의존하는 것이 아니라, 온갖 다양한 수단을 활용하여 승리를 노렸다. 결코 방심해선 안 될 자들인 것이다.

그걸 이해한 지금, 베루도라는 예전과는 달라졌다.

그 증거로, 베루자도와의 대련에서 일방적으로 당하지 않고 반격할 수 있게 되었다.

베루자도는 베루도라에게 있어 천적이라고도 부를 수 있는 존재였다.

힘의 상성을 따지면 아주 대적하기 어려운 상대였다.

상대가 먼저 태어났으며, 그 역량의 상한선은 파악할 수 없었다. 에너지양만큼은 자신이 상회하지만, 거의 비슷한 수준이라 우위성은 전혀 없었다.

진지하게 싸워도 승리를 바랄 수 없었다.

베루도라가 태어난(발생한) 뒤로 몇 차례, 승부에 도전해본 경험이 있지만, 전부 당하고 말았다.

베루자도의 '이터널 월드(얼어붙은 세계)'는 철벽의 방어이기도 하며, 베루도라의 움직임을 봉인하는 무기가 되기도 했다.

폭풍, 파괴, 부식, 절멸.

모든 효과는 절대적 정지 앞에 효과가 흐려지면서 사라질 뿐이었다.

그런 무시무시한 누나와의 대련이었지만, 조금이라도 상대했다는 사실에 베루도라 자신도 놀랐다.

나도 할 수 있잖아!

그런 기분이 들었던 것이다.

애초에 베루도라 자신이 마력제어를 할 수 있게 되면서부터 깨달은 사실이지만, 누나인 베루자도는 완벽할 정도로 마력방출을 제어하고 있었다.

레벨(기량)이 너무 차이가 나서 아예 말도 안 되었다.

베루자도의 힘의 성질이 '운동 에너지의 정지'에 특화되어 있는 것도 이유로 열거될 수 있겠지만, 그래도 차원이 다른 수준의 실력차이가 있었던 것은 틀림없다.

그런 상대였던 베루자도는 놀랄 정도로 솔직하게 베루도라의 성장을 칭찬해주었다.

'으—음, 놀랐어. 마구잡이로 힘을 쓸 줄밖에 몰랐던 베루도라가 제대로 생각하면서 싸울 수 있게 되었구나. 이렇게 싸운다면 더 이상은 파괴하지 않아도 될 것 같은데.'

조금은 무시무시하게 들리는 말도 섞여 있었지만, 그건 더할 나위 없는 칭찬의 말이었다. 지금까지 그녀에게 공포의 감정만 품어왔던 만큼, 베루도라도 기쁜 마음을 느꼈다.

그렇다곤 해도, 이기지 못했다는 사실은 달라지진 않았지만……

그럼 베루글린드는 어떤가?

베루자도와 베루글린드의 실력은 거의 호각. 베루도라의 입장에선 둘 다 대하기 힘든 누나이며, 가능하면 상대하고 싶지 않다는 것이 진심이었다.

그러나 그렇게 말할 수도 없는 이상, 자신이 나설 수밖에 없는 것이다.

"베루글린드 누님은 여전히 엄청나군. 나도 미궁의 층을 꿰뚫을 수 있는 공격은 그리 쉽게 할 수 있는 게 아닌데……."

1층이나 2층 정도라면, 힘으로라도 억지로 차원을 비틀어 파괴할 수는 있다. 그러나 여러 층을 한꺼번에 관통하는 거라면, 지금의 베루도라의 에너지(마력요소)양을 최대한 동원해 공격한다고 해도 불가능했다.

"열쇠는 얼티밋 스킬(궁극능력)에 있다. 누님과 제대로 싸우려면 나도 '파우스트(구명지왕)'를 구사할 수밖에 없겠지."

그렇다. 에너지양만 비교한다면, 베루글린드보다 베루도라 쪽이 더 위다.

베루자도를 상대하는 것보다 조금은 나을 것이다──. 그렇게 억지로 믿으면서, 베루도라는 트라우마(심적외상)를 극복하려고 했다.

승리의 열쇠는 얼마나 힘을 잘 구사하는가에 달렸다.

서로 진지하게 싸운 적은 없지만, 실력은 틀림없이 베루글린드가 더 강할 것이다.

하지만 그건 옛날이야기다.

베루자도는 상성으로 생각해봐도 승리하긴 어려웠지만, 베루글린드는 그렇지도 않다. 하물며 지금의 베루도라는 리무루 덕분에 얼티밋 스킬 '파우스트'를 획득한 것이다.

베루자도에게도 통했던 그 힘이라면, 비록 베루글린드가 상대라고 해도 두려울 것은 없다는 생각을 하게 만들었다.

베루도라는 그렇게 생각하자, 갑자기 전의가 솟구쳤다.

(크아하하하하! 진다고 정해진 건 아니란 말인가. 기왕이면 누님을 상대로 이 힘을 마음껏 시험해보도록 하자!!)

베루도라는 그렇게 판단하고, 각오를 굳히면서 베루글린드 앞에 나선 것이다.

*

인간의 모습을 한 상태로, 두 사람은 공중에서 서로를 노려봤다.

하늘에 우뚝 선 채 정지하고 있지만, '용종'인 그들에겐 자연스러운 일이었다.

"똑똑하구나, 경고의 의미를 정확하게 이해하다니. 날 도와줄 마음은 들었겠지?"

베루도라를 보자마자, 배루글린드는 기쁜 표정으로 그렇게 물었다. 그러나 베루도라의 대답은 부정이었다.

"거절하겠습니다, 누님. 저는 누님의 도구가 아니니까. 자매들끼리의 싸움에 끌어들이지는 말아주면 좋겠군요."

"끌어들인다는 표현을 쓸 줄은 몰랐네. 네가 자진해서 협력해준다면 동료로서 환영해주겠다는 얘기야. 그렇게 하면 힘을 쓰는 방법도 가르쳐줄 것이고, 원하는 대로 마음껏 날뛰게 해줄게. 물론 장소는 내가 지정하겠지만."

"크아하하하! 거절하겠다고 말씀드렸을 텐데요, 누님. 저도 이젠 옛날의 제가 아닙니다. 힘을 쓰는 법 정도는 이미 완벽하게 알고 있어요. 그리고 힘만 믿고 날뛰는 걸 즐기지 않게 되었습니다. 이젠 어른이 되었다고요, 어른이!"

"——건방진 소리를 하네. 어리광을 너무 받아줘서 그런가? 좋아. 그러면 네가 얼마나 성장했는지 시험해보지!"

가볍게 말대답을 했을 뿐인데, 베루글린드는 싸울 마음을 먹고 말았다. 그래서 베루도라도 자연스럽게 전투태세로 이행한 것이다.

베루글린드는 처음부터 대화를 통한 교섭만으로 베루도라가 자신의 말을 순순히 따를 것이라곤 생각하지 않았다.

힘을 보여줘서 복종하도록 만든다.

그게 무리라면 약하게 만들어서 루드라가 지배하면 그만이다.

설득을 시도해본 것은 베루글린드 나름대로의 자상한 배려였던 것이다.

그러므로 베루글린드는 교섭이 결렬된 것에 가벼운 짜증을 느끼면서, 망설임 없는 찌르기를 베루도라에게 날렸다. 빨리 베루도라의 힘을 빼놓고 약하게 만들어서 루드라가 오기를 기다릴 생각이었다.

그러나 오른손으로 날린 그 손날공격은 베루도라가 가볍게 받아서 흘렸다. 그뿐만 아니라, 반격으로 발차기가 날아왔다.

베루글린드는 짜증이 점점 더 강해지는 것을 느끼면서도, 왼손으로 발차기를 받아냈지만——.

(말도 안 돼!! 도저히 약해졌다고 볼 수 없는 위력이야!!)

베루글린드는 베루도라가 300년 동안 이어진 봉인으로 인해 입은 대미지가 완벽하게 회복됐을 거라 생각지 않았다. 자신의 힘을 늘 전력으로 휘두르고 있던 베루도라밖에 몰랐기 때문에, 지금의 연약해 보이는 모습은 봉인의 영향으로 인한 것이라 넘겨짚고 말았다.

지금의 공방을 통해 그게 잘못된 생각이었다는 것을 깨달았다.

"조금은 실력을 키운 걸까? 큰소리를 칠 만은 하네."

"'베루도라류 투살법'은 무적불패! 누님도 제 주먹 앞에선 무력함을 알게 될—— 자, 자, 잠까아안——?!"

베루도라는 자랑스러운 표정으로 역설하려고 했지만, 베루글린드에겐 그걸 얌전히 듣고 있을 이유가 없었다. 오히려 발끈해버리는 바람에 더욱 격렬한 공격을 개시했다.

홍련이 불꽃이 베루글린드의 두 주먹과 드레스 자락에서 뻗어나온 늘씬한 두 다리에 깃들었다. 춤추는 듯한 연속공격은 스치기만 해도 적을 불태워 죽일 수 있는 맹렬한 위력을 가지고 있었다.

하지만 역시 베루도라는 버텨냈다.

"앗 뜨거, 앗 뜨뜨뜨뜨!"

그렇게 소리를 치면서 한심하게 이리저리 도망쳤지만, 큰 대미지는 받지 않았다.

"지금까지 그렇게 실컷 꾸짖으면서 버릇을 고쳐줬는데, 그 철없는 성격은 전혀 개선되지 않은 것 같구나. 나를 앞에 두고 무적무패를 운운하다니, 큰소리도 정도껏 쳐야지!"

열화처럼 분노하면서도, 베루글린드는 냉정했다. 베루도라가 완전 회복한 것은 물론이고, 예상 이상으로 강해져 있다는 것을 꿰뚫어 보고 있었다.

(일이 귀찮게 됐네. 이 모습으론 진짜 실력을 낼 수가 없는데다, 큰 대미지도 줄 수가 없어. 그러면 루드라가 와도 지배하는 것은 불가능하겠는데…….)

원래 목적은 벌을 주는 게 아니라 베루도라를 지배하는 것이다.

기이와의 승부에서 루드라가 승리를 거둔 뒤에는 제대로 해방시켜줄 예정이었다. 그러나 지금은 중요한 장기말의 역할을 기대하고 싶었던 거다.

그런 베루글린드의 입장에선 이런 자잘한 싸움 따위는 의미가 없었다.

그리고 또한 베루도라 쪽도.

"우왓—?! 오, 옷이…… 리무루에게 받은 소중한 옷이, 누님 때문에 타버렸지 않습니까!!"

지금 베루도라가 입고 있었던 옷은 리무루가 감사의 마음을 담아서 주었던 선물이었다. 그런 소중한 옷이 베루글린드의 공격으로 인해 불에 타고 말았다.

시간을 들이면, 그 옷도 베루도라의 요기에 물들면서 신체의 일부가 되었을 것이다. 하지만, 불과 며칠 만에 그런 변화가 있기를 기대하는 것은 무리였다.

베루도라 자신에게 큰 대미지는 없었지만, 그의 마음은 상당히 뼈아픈 대미지를 입고 말았다.

이건 완전히 베루도라의 실수였다. 그런데도, 화풀이 정도는 해도 허용될 것이라고 베루도라는 생각했다.

그리고 그건 베루도라에게 있어선 행운이었다.

분노로 공포심이 흐려진 것이다.

아무리 싸울 마음을 먹었어도, 오랜 시간에 걸쳐 물들어버린 공포심에선 도망칠 수 없다.

베루도라에게 있어서, 두 명의 누나는 공포의 상징이었다. 그런 상대에게 전력으로 도전하는 것은 무모한 짓이었던 것이다.

그러나 지금, 그 족쇄가 풀렸다.

"이젠 누님이라고 해도 용서할 수 없어요. 제 분노를 그 몸으로 직접 겪어보시도록 하십시오!"

그렇게 소리침과 동시에 베루도라는 힘을 해방했다.

그 자리에 출현한 것은 강대하고 위엄 있는 칠흑의 용이었다.

베루글린드는 그걸 보고, 잘된 일이라고 생각하며 콧방귀를 뀌면서 웃었다.

"뭐어? 그런 의미 불명의 말을 하다니, 멍청한 것도 정도가 있어야지. 아무래도 잊어버리고 있는 것 같으니까, 너는 날 이기지 못한다는 걸 다시 교육해주겠어."

그렇게 말하면서, 베루글린드도 변신했다.

늘씬하면서도 아름다운 진홍의 용의 모습으로.

그리하여 괴수대결전이 시작되었다.

제1장

절망의 시간

Regarding Reincarnated to Slime

리무루가 제도에 숨어들려고 했던 바로 그때, 드워프 왕인 가젤 드워르고는 절망의 전장에 있었다.

멀리서 보이는 것은 죽음을 퍼트리는 미의 화신이었다.

"'그래비티 컬랩스(중력붕괴)'라고 했던가. 이론상으론 위력을 한없이 높일 수 있다고 하던데, 레기온 매직(군단마법)으로 막을 수 있을 것 같나?"

"말도 안 되는 소리를 하는군. 마법지원부대만이 아니라 마법타격부대까지 방어에 돌린다고 해도 저걸 막는 건 불가능할 거야. 위험한 수준을 이미 훨씬 넘어섰다고, '용종'이란 존재는 말이지."

가젤의 질문에 대답한 자는 어드미럴 팔라딘(군부 최고사령관)인 번이었다.

번은 이 땅에 드워프 군대를 전개시켜둔 채로, 가젤의 도착을 기다리고 있었다. 그렇기 때문에, 엎어지면 코 닿을 곳에 진을 펼쳐두고 있었던 제국의 혼성군단의 말로를, 그 눈에 직접 새길 수 있게 되었다.

병사들은 모두, 너무나도 끔찍한 참극을 보고는 할 말을 잃었다. 전의도 꺾여 있었을 텐데, 그래도 도망치지 않은 것은 역시 대단하다고 할 수 있었다.

모든 자가 여기서 도망쳐도 미래가 없다는 것을 이해했다.

자신의 죽음으로 가족들이 조금이라도 더 오래 살 수 있다면, 그것만으로도 여기에 남는 의미가 있다. 그렇게 생각하면서 전열을 유지했다.

영웅인 가젤 왕이라면, 자신들의 목숨을 의미 없이 낭비하진 않을 것이다. 그렇게 믿고 있었기 때문에 병사들은 충성을 맹세했던 거다.

그런 병사들의 마음을 충분히 받아들이면서도, 가젤은 고뇌했다. 겉으로는 전혀 그런 기색을 드러내지 않았지만, 그의 마음은 천 갈래 만 갈래로 복잡하게 얽혀 있었다.

(이길 수 없다. 그뿐만 아니라 모두의 목숨을 헛되이 소모하는 결과로 끝날 것이다. 항복할까? 그러나 제국은 그런 걸 허용하지 않는다. 적어도 어느 정도는 우리의 힘을 보여줘야만 할 것이야…….)

자신들과 싸우는 것보다 같은 편으로 받아들이는 것이 더 이득이다. 그런 생각이 들게 만들 수 없다면 제국은 순순히 항복하는 것을 허용하지 않는다.

그렇다면 철저하게 항전하는 것 말고는 살아남을 방법은 없었다.

비록 아무리 많은 희생이 나온다고 해도, 그건 결코 헛된 죽음이 아니라고 믿으면서.

"양보다 질이라는 말이 있지만, 저건 반칙이로군. 우리 힘만으로 도전해서 쓰러트릴 수밖에 없을 것 같다."

"이봐, 이봐, 왕으로서의 책임은 괜찮겠어?"

"멍청한 녀석, 적은 단 한 명이지 않으냐. 이런 상황에서 책임을 물어봤자 무슨 의미가 있단 말인가?"

번의 질문을 받고 쓴웃음을 짓는 가젤.

적은 베루글린드 한 명. 전략도 전술도 의미가 없으니, 가젤 일행이 스스로 활로를 열 수밖에 없다. 그걸 충분히 잘 알고 있을 번은 가젤의 힘든 마음을 조금이라도 덜어주려고 농담을 한 것이었다.

그걸 깨닫고, 가젤의 망설임도 사라졌다.

그런 가젤에게, 앙리에타가 보고했다.

"폐하, 적은 '작열용'만이 아닌 것 같습니다. 후방에 복수의 기척이 출현했으며, 무슨 의식을 벌이고 있는 것으로 보입니다. 저 극대마법도 그 의식의 일환일 것이라고 젠 님이——."

가젤은 고개를 끄덕였다.

6만 명의 군인들을 희생시킨 극대마법이 어떤 의식에 이용되고 있다. 그 말을 들은 것만으로도, 상상하고 싶지도 않은 사악한 기획이 진행되고 있다는 걸 알 수 있었다.

하지만 그 중심이 되어 있는 베루글린드를 쓰러트리는 것은 너무나도 어려운 일이며, 그렇다면 남은 수단은 후방에 있는 자들을 쓰러트리는 것밖에 없다.

"병사들을 움직일까요?"

돌프가 물었지만, 가젤은 고개를 가로저었다.

중장타격부대는 기동력이 약하기 때문에 섣불리 움직였다간 마법의 표적이 되어 버린다. 원래는 두터운 방어력을 앞세워 힘으로 밀어붙이지만, 베루글린드가 상대라면 의미가 없다.

그렇다면 남은 수단은 페가수스 나이츠(천상기사단) 500명을 이용한 특공이지만——.

"이곳의 방어가 약해지는 건 내키지 않는군. 역시 가젤의 말대로 우리끼리만 갈 수밖에 없겠어. 그렇지, 돌프?"

번이 웃으면서 말했다.

그 말을 듣고 돌프는 머리를 긁으면서 진지하게 대꾸했다.

"불경하다, 번. 폐하의 이름을 함부로 부르다니, 언어도단도 정도가 있어야지! 네 자신의 위치를 좀 더 생각해서 말이다……."

계속 잔소리가 이어졌지만, 마지막에는 다 털어낸 것 같은 후련한 미소를 지으면서 찬성했다.

"하지만 이번에는 네 말에도 일리는 있군. 조금이라도 시간을 벌겠다면, 전력의 분산은 피해야겠지. 그리고 우리끼리만 나선다면 가볍게 움직일 수 있으니, 적의 의표를 찌를 수 있을지도 몰라."

앙리에타도 부정하진 않았다.

"젠 님도 장로분들의 설득을 끝내면 참전하겠다고 말씀하셨습니다. 훗날의 걱정은 그분에게 맡기기로 하고, 예전처럼 한바탕 싸워보시죠!"

그렇게 말하면서, 의기양양하게 가젤의 대답을 기다렸다.

오랜 동료들은 예전과 무엇 하나 달라진 게 없었다.

가젤과 한마음이 되어, 이 곤란한 국면을 함께 돌파하자고 모여준 것이다.

가젤은 웃었다.

"후훗, 멍청한 녀석들. 감시역인 젠이 들었다면 뭐라고 말할까……."

옛날부터 젠은 가젤 파티를 따르면서, 다양한 고언과 제언을 해주었다. 드워프 왕국 최강의 위저드(마도사)이자, 가젤에겐 신뢰할 만한 상담자였다.

(젠은 화를 내겠지.)

그렇게 생각하면서도, 가젤은 결단을 내리려고 했다.

그러나 그건 조금 늦은 것 같았다.

"나 원. 잠깐만 눈을 떼면 이런단 말이지. 가젤 폐하도 참 사람을 힘들게 한다니까."

가젤과 동료들이 출전하기 직전, 젠이 전이마법으로 도착한 것이다.

"젠인가. 듣고 있었나?"

어색한 표정을 지은 가젤을 한 번 보더니, 젠은 고개를 옆으로 저었다.

"위대한 왕에 어울리게 성장했다고 생각하여, 나도 안심하고 있었는데 말이오. 하지만 이번만큼은 꾸짖지 않겠소이다. 저런 자가 상대라면 다른 수단은 없으니까 말이오. 애초에 한 국가의 힘으로 상대할 수 없으니까 '용종'은 카타스트로프(천재) 급으로 정해진 것 아니겠소."

"뭐, 그렇겠지."

인류가 구사할 만한 마법으로는 '용종'에게 영향을 줄 수 없다. 실제로 지금 베루글린드가 구사하고 있는 것은 인간이 감당하지 못할 정도의 극대마법인 것이다.

인간국가 중에서 영웅이라고 불리는 자들이 집결해도 '용종'에게 이길 수 있을지 없을지는 미지수였다.

하지만 희망이 없는 것은 아니었다.

젠이 그 희망을 입에 올렸다.

"조금 전에 연락이 왔었소."

"음?"

"리무루 폐하가 원군을 파견해주시겠다고 하더군. 그걸 기다렸다가 대책을 세워보는 게 어떻겠소이까."

"제가 연락한 뒤로 아직 얼마 지나지 않았는데 말입니까?!"

"뭐, 나도 잘 이해가 안 되지만, 거짓말은 하진 않았겠지. 베스터 공의 보고에 따르면 그 나라의 백성들은 리무루 폐하의 말 한마디에 바로 움직이니까 말이야……."

피로감에 더 이상 생각하기를 포기한 듯한 젠의 말을 듣고, 그 자리에 있던 자들은 모두 고개를 끄덕였다.

그랬었지, 라고 납득한 것이다.

그리고 그런 그들이 마음을 돌려먹기도 전에, 믿음직한 원군이 빠르게 도착한 것이다.

*

갑자기 공간이 일그러지기 시작했다.

그리고 거대한 고치에 싸인 것 같은 모습으로, 소수정예의 군대가 그 모습을 드러냈다.

가비루가 이끄는 '히류(비룡중)' 100명과 고부아가 지휘하는 '쿠레나이(홍염중)' 300명. 도합 400명. 개개인의 실력이 A랭크 오버이며 페가수스 나이츠(천상기사단)에 필적할 수준의 전투 집단이었다.

그리고 사람들의 시선을 모으는 것은 거대한 병기였다.

"완성했다고는 들었지만, 그걸 아낌없이 투입한단 말인가. 역시 리무루로군."

"저게 마장병의 완성형입니까?"

"그렇다. 데몬 콜로서스(마왕의 수호거상)라는 이름을 붙였다고 하던데, 아군이 되니 믿음직스럽군."

베루글린드에겐 이기지 못할 것이라는 건, 가젤도 당연히 이해하고 있었다. 그러나 그 위용은 존재하는 것만으로도 병사들의 마음에 평안을 가져다주었다.

"믿음직스럽군. 저걸 양산할 수 있으면 조금은 제대로 된 싸움이 가능할 텐데 말이야."

"아쉽게도 베루글린드가 상대라면 의미가 없을 거야. 디재스터(재화) 급이라면 어떻게든 맞상대할 수는 있겠지만."

그런 식으로 대화를 나누는 가젤 일행 쪽으로 다가오는 자들이 있었다.

군단장인 가비루와 테스타로스를 필두로 하는 악마 아가씨 3인방이었다. 그들의 뒤에는 고부아랑 하쿠로우가 따라왔다.

"오랜만에 뵙습니다, 가젤 폐하."

무슨 이유인지 가비루가 아니라, 테스타로사가 인사를 했다.

적재적소. 테스타로사는 외교권한을 가지고 있기 때문에 경험도 많으며, 이런 자리에 익숙했다.

"오랜만이오, 테스타로사 공. 원군으로 와준 것에 감사하오."

원래라면 가젤이 직접 대꾸하는 것은 여러 가지로 문제가 있었다. 격식이라 예의 등을 고려해야 하는지라, 그 사이에 대변자를 세우는 것이 상식인 것이다.

그러나 지금은 그런 소리를 하고 있을 때가 아니었다.

다들 그걸 이해하였고, 형식을 무시한 상태에서 작전회의를 벌이기로 했다.

장소를 지휘소로 이동한 뒤에, 본론으로 들어갔다.

테스타로사가 대표로서, 리무루 측의 방침을 전했다. 그렇게 전한 후에 이 땅에서 벌여야 할 작전을 제안했다.

"흐음. 리무루가 직접 황제를 친다, 는 말인가."

"특공보다는 현실적이로군."

"그럴까요? 그건 그것대로 무모한 작전인 것 같습니다만……."

고민하는 표정으로 신음하는 가젤.

상황이 개선되었다고 찬동하는 번.

다른 수단은 없겠느냐고 고뇌하는 돌프.

느긋하게 생각에 잠겨 있을 시간은 없다.

아무도 대안을 내놓지 못하는 가운데, 테스타로사는 억지로 얘기를 이어갔다.

"베루글린드 님의 상대는 저희가 하겠습니다. 그러니까 다른 분들은 후방에서 벌어지고 있는 의식을 저지하기 위해 움직여주십시오."

"이견은 없다."

바라마지 않던 제안을 듣고, 가젤은 동의했다.

대안이 없는 이상, 가장 위험한 역할을 맡을 수 있는 것은 그녀들밖에 없다──. 그렇게 판단하여 받아들인 것이다.

그 합의에 제지를 건 것은 젠이었다.

"잠깐. 테스타로사 공에게 묻겠는데, '태초의 악마'에 해당되는 당신들이라면 '작열용'에게 이길 수 있단 말이오?"

그 질문의 내용은 앞으로의 작전에 영향을 주는 중요한 것이다.

젠은 테스타로사를 비롯한 악마 아가씨들의 힘으론 이기지 못할 것이라고 예상했었다. 그 정도로 베루글린드가 압도적이었기 때문이다.

'태초의 악마' 세 명이 최대전력이라는 것은 틀림없는 사실이지만, 그렇기에 더더욱 반대로 확인해둬야만 했다. 여기서 테스타로사 일행이 패배한다면, 남은 자들의 목숨도 끝나버리기 때문에.

"솔직히 말씀드린다면 이기지 못하겠죠."

"그렇다면! 공격에 나설 게 아니라 철저히 방어에 치중해야 한다고 보는데. 섣불리 자극하지 말고, 리무루 폐하의 작전이 성공하기를 여기서 기다리는 것도 하나의 방법이 아니겠소이까?"

승산이 없다면, 철저하게 시간벌이에 치중해야 한다. 그런 젠의 발언은 정론으로 들렸지만, 이 의견은 리무루 진영에선 받아들이기 어려운 것이었다.

"아쉽지만, 그럴 순 없어. 베루글린드 님을 방치하면 우리 주군을 방해하기 위해서 제도로 돌아가 버릴지도 모르니까."

카레라가 단호한 태도로 그렇게 내뱉었다.

리무루로부터 방치해도 괜찮다는 말을 들었지만, 주의를 끌어둬야 할 필요는 있다고 판단한 것이다.

"그 이전에 우리는 여기에 작전을 의논하러 온 게 아니외다. 리무루 님으로부터 칙명을 받았으니까, 그걸 전하러 온 것뿐이오.

도와줄 수 있는 점에 대해선 같이 의논하겠지만, 방해하겠다면 용서하지 않겠다는 걸 알아두시길 바라오."

평소에는 그다지 끼어들지 않는 하쿠로우까지도 지엄한 말투로 의견을 말했다. 시간이 없기 때문에 실례를 하더라도 통일된 의사에 따라 움직인 것이다.

가젤은 그 의도를 정확하게 파악했다.

발끈하는 동료들을 제지하면서 입을 열었다.

"짐의 스승이신 하쿠로우 공이 그렇게 말씀하신다면 물러날 수밖에 없겠지. 그렇지 않으면 너희들에게 다른 대안이 있는가?"

그렇게 묻는 가젤을 보면서, 그의 동료들은 무겁게 고개를 가로저었다.

"제국 정보국이 움직이고 있는 이상, 의식을 방해하기도 쉽지는 않을 겁니다. 지금은 행동을 통일하여 움직이는 것이 최선이겠죠."

돌프의 발언이 결정타가 되었다.

남은 것은 세세한 확인을 하는 것뿐. 그리고 재빨리 작전을 결행하는 흐름으로 일이 진행되었다.

*

베루글린드를 자극하는 것은 잠자는 사자의 코털을 건드리는 것 같은 행위다.

그걸 충분히 이해하면서도, 테스타로사 일행은 겁먹는 일 없이 나아갔다.

"우리가 상대하면, 의식을 방해하는 게 되겠지?"

"글쎄, 어떨까."

"'그래비티 컬랩스(중력붕괴)'를 그 상태로 계속 유지시키는 건 나도 무리야. 그런 데다 우리 세 명을 상대한다니, 아무리 그래도 그건 불가능할 것 같은데?"

"그분이라면 그게 가능하다고 생각하니까, 우리가 경계하고 있는 거야."

"농담이지?"

"어머나, 난 진심으로 한 얘긴데."

"뭐, 좋아. 고민할 필요 없이 싸워보면 알겠지."

주눅 든 기색 하나 없이 그런 대화를 나누는 테스타로사 일행. 그대로 당당하게 숨지도 않고, 정면으로 베루글린드 앞까지 도착했다.

당연히 베루글린드도 그 세 명의 존재를 알아차리고 있었다.

그러나 경계하지도 않고, 오히려 즐거운 표정으로 악마 아가씨 3인방의 접근을 허용하고 있었다.

"평안하신가요. 싸우기에는 정말 좋은 날이군요."

테스타로사가 인사하자, 베루글린드도 미소를 지으면서 응했다.

"그러네. 하지만 싸우기 전에 일단 물어볼게. 우리 진영으로 들어와. '태초의 악마'들인 당신들이라면 그 실력도 나무랄 데가 없지. 후하게 대우해줄 것을 약속하겠어."

악마 아가씨 3인방을 앞에 두고 여유 있는 태도를 유지한 채로. 베루글린드는 그렇게 제안했다.

더 말할 것도 없이, 테스타로사 일행의 대답은 NO였다.

"제국과는 복잡한 인연도 있으니까, 그 제안은 거절하겠어요."

"나도 마찬가지야. 처음으로 주인을 얻었는데, 이게 의외로 기분이 좋더란 말이지. 이젠 그걸 놓아버릴 마음이 안 생겨."

"그렇고말고. 그보다도 말이지. 얘기는 이제 그만하고 빨리 싸우지 않겠어? 1대3이 싫다면 뒤에 있는 자들을 불러오면 돼."

검토할 여지도 없다는 듯이, 단칼에 거절하는 말을 하면서 자신의 의사를 밝혔다.

카레라는 아예 교섭 따위는 어찌 되든 상관없다는 듯이, 싸움을 앞두고 흥분한 모습을 보이고 있었다. 베루글린드의 마법을 가까이서 보고, 그 전투본능에 불이 붙은 것이다.

베루글린드는 웃었다.

"그게 대답이란 말이지. 좋아. 그럼 아주 조금 당신들과 놀아주기로 하지!"

그게 전투개시의 신호가 되었다.

천천히.

테스타로사 일행의 눈앞에서, 베루글린드가 갈라졌다.

아니.

거울에 비춘 것처럼 베루글린드가 두 사람으로 늘어난 것이다.

그 현상을 본 테스타로사에겐 그게 어떤 것인지 짚이는 바가 있었다.

"일이 귀찮게 될 거 같네. 이건 단순한 '분신체'와는 달라. 굳이 말하자면 레인의 '미스트(편재)'와 비슷한 것이려나?"

테스타로사에겐 레인과 싸운 기억이 있었다. 다툰 이유 같은 건 잊어버렸지만, 그때의 전투 경험이 축적되어 있었다.

레인의 '미스트'라는 것은 사전에 자신의 분신을 분할시켜 두는 것으로, 어느 부위에서라도 재생할 수 있게 되는 스킬(능력)이었다. 하지만 '별신체'와는 달리, 자신의 의지를 깃들이게 할 수 있는 건 한쪽으로 한정된다.

그래도 사용법에 따라선 흉악한 운용이 가능하며, 적의 방심을 유도하기에는 딱 좋은 스킬이었다. 신중한 상대에겐 통하기 어렵지만, 보험적인 의미가 강한 능력이었던 것이다.

하지만 비교대상이 너무 안 좋았다.

베루글린드의 '병렬존재'가 '별신체'를 만들어 낼 수 있다는 점을 고려한다면, 모든 면에서 뒤떨어지는 것으로 보이는 것은 부정할 수 없었다.

테스타로사는 거기까진 모르고 있었지만, 그녀의 미모에는 그림자가 지고 말았다.

"뭐야, 그게?"

"레인은 말이지, 자신의 몸을 분산시켜서, 그중 한쪽의 살점을 통해서도 '재생'할 수 있어."

"과연. 그러니까 둘 다 본체라고 생각해야 한다는 건가?"

"그렇게 되겠지."

그렇게 당황하지도 않고 현재 상태를 분석하는 테스타로사 일행. 이미 싸움은 시작되었는데, 그 태도는 우아하게 얘기를 나눌 때와 다를 게 없었다.

베루글린드는 즐거운 표정으로 설명했다.

"블랑(태초의 흰색)은 정말 똑똑하네. 정답이야. 이건 내가 지닌

권능 중 하나, '병렬존재'라는 거지. 의식을 방해받고 싶지는 않으니까, 이쪽의 내가 상대해줄게."

우아하게 부채를 부치면서, 베루글린드가 선언했다.

테스타로사에겐 그 발언이 달갑게 들리지 않았다.

눈을 부릅뜨면서 베루글린드를 노려봤다.

"저에겐 주인이신 리무루 님께서 지어주신 '테스타로사'라는 이름이 있답니다. 블랑이라고 부르진 말아주시면 좋겠군요."

그렇게 말하면서 무심한 듯한 동작으로, 어느새 만든 불꽃의 채찍을 휘두르는 테스타로사. 채찍은 뱀처럼 꿈틀거리면서, 베루글린드를 습격했다.

"그랬군. 그 슬라임이 '태초의 악마들'에게 이름을 지어줬다는 건 사실이었단 말이네."

확실하지 않은 정보가 확정되면서, 아무리 베루글린드라고 해도 놀라움을 감출 수는 없었다. 그러나 그녀의 몸은 흐트러진 모습 하나 없이 테스타로사의 채찍을 가볍게 피했다.

"내 주군을 슬라임이라고 부르다니 무례하잖아."

그렇게 분개하듯 소리치면서, 카레라가 마법을 날렸다.

처음부터 비장의 수인 '그래비티 컬랩스(중력붕괴)'를.

규모는 가능한 한 적게 줄였으며, 그만큼 위력은 장난이 아니었다. 현 상태에서 카레라가 낼 수 있는 최대공격이 테스타로사 쪽으로 의식을 집중하고 있던 베루글린드에게 직격했다.

하늘과 땅을 연결한 것 같은 칠흑의 기둥에 베루글린드가 휩싸였다. 사람 한 명이 그대로 들어갈 수 있을 것 같은 원기둥은 도망칠 수 없는 감옥 같았다.

하지만.

대담한 미소를 지은 베루글린드는 초중력의 감옥에서 태연한 모습을 유지하고 있었다.

"역시 데몬(악마족)을 다스리는 자. 마법의 위력은 나무랄 데가 없군. 하지만 말이지, 세계의 법칙을 그대로 따르는 것으로 공격해봤자 '용종'에게 통하지 않아."

그 말을 증명하려는 듯이, 베루글린드는 칠흑의 기둥을 내부에서 파괴했다. 자신의 마력을 높여서 카레라의 마법에 간섭하여, 무력화하는 모습을 보여준 것이다.

"하하하! 역시 베루도라 님의 누님이네. 말도 안 되는 짓을 하고 있어. 마법이 통하지 않는다면, 내 입장에선 더 이상 방법이 없는 걸까? 아니지, 아게라에게 배운 검술이 있었지? 소용이 없을지도 모르지만, 이걸 시험해보도록 하겠어!"

자신의 비장의 수가 격파되었는데도, 카레라는 즐거워 보였다. 마음이 꺾이는 기색도 없이, 마법으로 만들어낸 칼을 쥐었다.

미려한 태도(太刀)는 악마에겐 어울리지 않는 격렬한 기운을 띠고 있었다. 카레라의 요기가 그대로 칼날로 흘러들면서 빛을 발하였다.

"그게 정답이겠네. 단순한 마법이나 스킬(능력)이 아니라, 자신이 만들어 내고 강화시킨 기량이라면 세계의 근원에 해당하는 '용종'에게도 효과가 있겠지. 베루도라 님의 말씀으로는, 히나타라는 여성이 그걸 증명해 보였다고 하더라고."

테스타로사는 굳이 시험해볼 필요도 없이 베루글린드에겐 마법이 통하지 않을 것이라 생각하고 있었다. 따라서 처음부터 마법으로 만든 채찍을 사용하고 있었다.

채찍의 색은 흰색. '얼어붙는 흰 불꽃'이라는 모순된 성질을 지닌, 테스타로사가 고안한 금지된 주술이었다.

"흐—응. 역시 인간은 재미있는걸. 그렇다면 나도 이걸 써볼까."

그렇게 말하면서 울티마는 두 자루의 나이프를 만들어 내서 양손에 각각 쥐었다. 나이프의 날은 지나치다는 생각이 들 정도로 진한 보라색이었으며, 범상치 않은 요기를 띠고 있었다.

"울도 시작부터 아낌없이 다 내놓았군. 그건 얼마 전에 제기온에게 상처를 입힌 무기잖아?"

"맞아. 솔직히 말해서, 우리가 몸을 움직이는 건 무의미하다고 생각했지만 말이지."

"의외의 결과네. 제기온 공과의 전투경험이 설마 이런 식으로 도움이 되니."

마법을 특기로 하는 그녀들은 근접전투에 많은 비중을 두지 않았다. 그러나 제기온과의 싸움에선 그 이외의 공격수단이 전혀 통하지 않았던 것이다.

그 이유는 제기온의 철벽의 방어와 마법에 대한 절대적인 우위성에 있었다. 제기온에겐 거의 모든 마법이 통하지 않았다. 그 결과, 다른 수단을 모색할 필요성에 쫓기게 되었던 것이다.

그리고 그녀들이 찾아낸 답이 이것이었다.

정신생명체로서의 존재를 건 '강고한 의지의 힘을 담은 일격'으로 겨우 제기온에게 대미지를 주는 데 성공한 것이다.

정신생명체에게 있어서, 의지의 힘은 누구에게도 밀리지 않는다.

스킬(능력) 또한 개개인의 바람에 의해 만들어진 힘의 한 형태에 지나지 않는다. 그 최종도달지점이 바로 얼티밋 스킬(궁극능력)로 불리는 것이었다.

그렇다면 자신들의 의지가 얼마나 그런 필요성에 쫓기고 있는 것인가. 그걸 시험해보는 방법밖에 없다고 그녀들은 결론을 내렸다.

그리고 그 의지를 구체적인 모양으로 구현시켜 각각 잘 쓰는 무기를 창조해낸 것이다.

제기온의 방어는 얼티밋 스킬에 비해 성능이 뒤떨어지진 않았다. 그런데도 울티마의 나이프는 제기온의 몸에 상처를 입혔다.

즉, 악마 아가씨 3인방의 공격은 얼티밋 스킬의 수준에 도달할 정도로 충분히 강력하다는 뜻이다.

"울의 무기를 흉내 내봤어. 내 검술 실력은 어린애들 놀이 수준이었지만, 아게라에게 전수받았거든. 한 번 상대해달라고 부탁해볼까!"

그렇게 말하자마자, 카레라는 질주했다.

방어를 전혀 생각하지 않은 채, 온 힘을 다해서 베루글린드에게 달려들어 칼을 휘둘렀다.

그 참격을, 베루글린드는 부채로 받아내어 차례로 흘렸다.

고급깃털을 사용한 부채였으며, 도저히 무기라고 부를 만한 물건이 아니었다. 그러나 그 강도는 베루글린드의 요기에 의해 변질되면서 다이아몬드보다도 단단했다.

얇고 가벼웠으며, 부드럽고 단단했다. 카레라의 칼과 비교해도 전혀 뒤떨어지지 않으며, 베루글린드가 애용하는 무기였다.

"놀라운걸. 태초의 악마들인 당신들이 이렇게 쉽게 마법을 버리다니."

"그렇게 놀라운 일인가? 우리의 주인에게 바칠 승리를 위해선, 우리의 긍지 따위는 별 의미가 없는데 말이지?"

카레라의 맹공에 밀려 방어로 전환한 베루글린드를, 테스타로사가 다루는 채찍이 습격했다. 무수히 갈라진 흰 뱀처럼, 변환자재로 사냥감을 몰아붙였다.

"쳇."

짜증이 난 표정으로 베루글린드가 혀를 찼다.

드레스 자락이 채찍에 의해 찢긴 것이다.

아름다운 다리가 슬쩍 보였다. 그곳에는 뚜렷하게 새빨갛게 부어오른 자국이 드러나고 있었다.

테스타로사의 공격이 효과가 있다는 증거였다.

"제법이잖아, 테스타. 내가 이대로 전위를 맡을 테니까, 계속 이런 식으로 부탁할게."

"어쩌다 맞은 것에 기뻐하다니, 한심하네."

가벼운 부상을 입었지만, 베루글린드에겐 여유가 있었다. 그렇기에 테스타로사 일행을 상대하면서, 중대한 실수를 범하고 말았다.

즉, 방심이었다.

"어쩌다 맞은 게 아니거든!"

자랑스럽게 말하는 울티마의 목소리가 울려 퍼진 것은 베루글린드가 자신의 옆구리에 통렬한 아픔을 느낀 바로 그 순간이었다.

(──뭐야?!)

한순간의 망설임.

그 순간을 노린 것처럼, 테스타로사의 채찍과 카레라의 검격이 차례로 베루글린드를 덮쳤다.

무릎을 꿇는 베루글린드.

자신에게 무슨 일이 일어난 것인지, 순간적으로 이해할 수 없었다.

아니, 이해할 수 없었던 것이 아니다.

이해하고 싶지 않다, 고 생각한 것이다.

"훌륭한 승리야, 울티마. 나중에 리무루 님에게 칭찬을 듣기로 하자."

"아주 대단했어. 하지만 방심은 금물이야. 이대로 단번에 밀어붙여야겠지!"

"응응! 아직 '병렬존재'가 더 남아 있으니까, 그쪽도 쓰러트려서 의식을 방해하자고!"

아득하게 들리는 그 목소리를 들으면서, 베루글린드는 일어섰다.

"어머나, 우리 공격을 그만큼이나 맞았는데, 그렇게 큰 대미지는 입지 않은 걸까?"

"우리도 울의 '주독(呪毒)'을 풀려면 시간이 제법 걸리는데, 역시 '용종'이라는 존재는 대단하네."

"하지만 쓰러트릴 수 없는 건 아니겠지? 대미지는 축적되니까, 이대로——."

울티마가 미처 말을 끝내기도 전에 베루글린드가 움직였다.

초감각을 가진 악마 아가씨 3인방도 느끼지 못할 정도의 속도로 울티마의 머리를 붙잡더니 지면으로 처박은 것이다.

"크헉!"

자신도 모르게 비명을 지르는 울티마를 짓밟듯이 발차기를 날린 뒤에, 베루글린드는 그 자리에서 이탈했다. 그 직후, 베루글린드가 있던 공간을 카레라의 참격이 통과하면서 지나갔다.

카레라의 간격에서 물러난 베루글린드는 옆구리에 박힌 나이프를 뽑아서 내던졌다.

옷은 여전히 찢어진 상태였지만, 하얀 피부에 상처자국은 남아 있지 않았다. 조금 전 일련의 공격에 의한 대미지는 베루글린드에겐 대단한 게 아니라고 말하는 것처럼.

"역시 괴물이군."

그렇게 말하는 카레라를 보면서, 베루글린드는 가볍게 자조하면서 대꾸했다.

"그렇지도 않아. 나도 아직 멀었네. 방심한 건 정말로 오랜만의 감각이었어. 아니. 평소에도 방심하고 있었겠지만, 그걸 자각하는 일도 없었고, 아무런 문제도 일어나지 않았다는 게 맞겠지. 최강인 자의 숙명 같은 건데, 당신들이라면 이해할 수 있지 않을까?"

베루글린드는 그렇게 말하면서 쓴웃음을 지었지만, 그 눈빛은 날카로웠다. 테스타로사 일행을 노려보면서, 어떤 세세한 움직임도 놓치지 않겠다는 자세를 잡고 있었다.

두 번째의 방심은 바랄 수 없게 되었다. 그러므로 이 순간, 테스타로사 일행이 승리할 가능성은 없어진 것이다.

"'태초의 악마'란 건 정말로 귀찮은 존재네. 하지만 그게 위협적이라는 뜻은 아니야. 상대하기가 귀찮다, 라는 뜻이지. 하지만 그 인식을 바꿔야겠네. 육체를 받고 이름을 얻으면서, 당신들은 내 상상을 초월할 만큼 강해졌어. 그건 인정해줄게."

베루글린드도 '태초의 악마'들을 얕보고 있던 것은 아니었다. 그 전력은 자신에게 미치는 수준은 아니더라도, 자신을 도와준다면 유익해진다. 언니인 베루자도에게 도전할 때 충분한 전력이 되어줄 것이다.

실제로 지금 베루글린드도 의도치 않게 공격을 받았다.

이런 일이 언니와 싸울 때 일어났다면, 베루글린드의 패배는 결정되었을 것이다.

그 증거로 지금의 테스타로사 일행의 공격은 베루글린드의 '별신체'를 정상적으로 움직이게 하지 못하는 데 성공한 것이다.

물론, 시간이 지나면 회복될 것이다. 그러나 카레라도 말한 것처럼, 울티마의 '주독'을 푸는 것은 베루글린드로서도 상당히 힘든 작업이었다.

그때 베루글린드는 대미지를 받은 '별신체'를 해제하고, 새로운 '별신체'를 만들어 냈다. 이 방법을 통해서 모든 대미지를 없었던 것으로 만든 것이다.

이런 사용법이 바로 '병렬존재'의 진면목이라 할 수 있었다. 아무리 강력한 필살기술라고 해도 베루글린드의 권능 앞에선 의미가 없었던 것이다.

하지만 그 권능도 만능인 것은 아니다.

일단 사용하려면 제한 조건이 있었다.

가장 큰 제한은 하나의 '별신체'를 만들어 낼 때마다 최대 에너지(마력요소)양의 10퍼센트가 담보로 쓰인다는 점이다. 이건 소비되는 것이 아니라, 유지비이다. 담보라고 설명한 것을 봐도 알 수 있듯이, '별신체'가 사라지면 돌아온다.

하지만 만들어 낼 수 있는 '별신체'의 수에 한계가 있다는 것도 뒤집을 수 없는 사실이었다.

베루글린드가 만들어 낼 수 있는 '별신체'의 수는 최대 열 명. 애초에 열 명이나 만들어버리면 에너지양이 제로가 되면서, 전투능력은 오히려 감소해버릴 것이다.

에너지양은 어떤 '별신체'도 공유하여 이용할 수 있으므로, 적어도 50퍼센트 정도는 남겨두는 것이 효율적이라고 베루글린드는 생각했다. 따라서 적어도 서너 명 수준까지로 자제하고 있었던 거다.

제한은 또 하나 있었다.

그건 '별신체'가 받은 대미지에 대한 것이다.

하자 없이 해제한다면 10퍼센트의 에너지가 반환된다. 하지만 대미지를 입은 상태의 경우엔, 그에 비례하여 환원되는 에너지양은 줄어들어 버린다. 리무루가 예상했던 공략방법이었지만, 그건 어떤 의미에선 정답이었던 거다.

이번 같은 경우엔 5퍼센트나 소모되었다.

참고로, 카레라가 전력을 다해야 겨우 발동할 수 있는 핵격마법 : 그래비티 컬랩스의 마력요소 소비량은 베루글린드로 따지면 전체 마력요소 소비량의 1퍼센트 미만 수준이다.

그 정도로 '용종'의 에너지양은 방대했다.

이렇게 언뜻 보기엔 무적으로 보이는 베루글린드였지만, 그래도 불사신인 것은 아니다. 육체적인 대미지는 무시할 수 있다곤 해도, 조금씩 에너지를 소비하도록 몰아붙이다 보면, 나중엔 쓰러트릴 수 있을 것이다.

극소한 확률이긴 하지만, 베루글린드의 머릿속은 그 가능성을 떠올리고 있었다. 이 세계에서도 최강의 한 자리를 차지하는 그녀들이라면, 자신을 쓰러트릴 수 있을지도 모른다고.

위협적이진 않다고 말한 것은 상대의 마음을 꺾기 위한 허세였다.

베루글린드는 확신했다.

베루자도를 상대할 때 쓸 비장의 수로서, 악마 아가씨 3인방은 유용하다고.

언니와의 싸움에 테스타로사 일행을 참전시킬 수 있다면, 승리는 약속된 것과 마찬가지였다.

그렇기에 베루글린드는 한 번만 더 권유의 말을 입에 올렸다.

"당신들도 이해했겠지? 아무리 발버둥 쳐도 당신들은 날 이기지 못해. 이 이상의 싸움은 무의미하다고 생각하지 않아? 날 조금만 도와준다면, 그 후의 자유는 보장해주겠어. 그러니까 말이지, 이쯤에서 내게 항복해."

그 제안은 긍지 높은 베루글린드의 입장에선 최대한의 양보였다.

그런데도, 테스타로사 일행의 반응은 거절이었다.

"저에게 리무루 님을 배신하라는 말인가요? 재미있는 농담을 하시는군요."

"거 참, 정말로 우리를 얕보고 있네. 악마는 계약을 어기지 않아. 이건 상식이거든? 질 것 같다고 해서 등을 돌릴 리가 없잖아."

"그러게 말이지. 확실히 악마 중에도 교섭이 가능한 자는 있겠지. 이해관계만으로 움직이는 자도 찾으면 있을지도 몰라. 하지만 말이야, 내가 주군을 배신하는 일은 절대 있을 수 없다는 걸 알아두도록 해!!"

세 사람이 각자 자신의 심정을 토로하면서, 그 불쾌한 기분을 알려주기 위해 베루글린드에게 일제히 공격을 날렸다.

최대의 힘이 실린 그 공격들은 순식간에 베루글린드의 '별신체'를 파괴했다. 그로 인해 베루글린드는 또 9퍼센트나 되는 마력요소를 소비하게 되었다.

교섭은 결렬되었다.

"……그렇군. 유감이야. 너무나도 말이지."

새로운 '별신체'를 만들어 낸 베루글린드는 그렇게 중얼거리면서 처참한 미소를 지었다.

그리고──.

유린의 시간이 시작되었다.

●

가젤 일행은 상공에서 비를 내리고 있는 진홍의 기둥──'그래비티 컬랩스(중력붕괴)'를 우회하여, 카가리가 의식을 벌이고 있는 현장을 강습하는 작전으로 나섰다.

너무 가까이 접근하면 아무리 페가수스 나이츠(천상기사단)라도 해도 중력파에 붙잡히고 말 것이다. 그걸 경계하여, 선도하는 역할은 단장인 돌프가 맡았다.

하지만 애초에 그것은 기우였다.

베루글린드가 유지하고 있는 '그래비티 컬랩스'는 주위에 미치는 영향을 완벽하게 차단하고 있었기 때문이다.

지상에선 테스타로사 일행과 베루글린드의 싸움이 시작된 것 같았다. 그런데도 진홍의 기둥은 건재했다.

그런 사실을 파악하면서, 가젤은 등줄기가 얼어붙는 듯한 기분을 느꼈다. 그러나 그걸 조금도 티를 내지 않고, 큰 소리로 외쳤다.

"믿어지지 않겠지만, 저게 베루글린드라는 존재다. 본체와 같은 레벨의 분신을 만들어 내다니, 악몽으로밖에 느껴지지 않겠지? 하지만 두려워하지 마라. 우리에게도 상식을 타파할 정도로 강력한 원군이 있다는 걸 명심해라!"

기사들의 귀에, 가젤의 목소리가 들려왔다. 그 목소리는 당당했으며, 모두의 마음에서 공포감을 지우기에 충분한 것이었다.

사실은 가젤도 공포를 느끼고 있었다.

이렇게까지 압도적인 존재를 앞에 둔다면, 성인(聖人)이라고 해도 맞서 싸울 방법은 적을 것이다. 저항하려고 해도 힘의 차이가 너무 났다.

하지만 가젤은 포기하지 않았다.

왕으로서의 책임감이 가젤의 마음을 강하게 유지시켰다.

그리고 무엇보다, 자신이 귀여워하고 있는 리무루(사제)가 보낸 원군이 아직 절망하기에는 이르다고 가르쳐주고 있었다.

지금 싸우고 있는 악마 아가씨 3인방도 에너지(마력요소)양만 보면 가젤보다는 적었다. 그런데도, 힘의 차이가 100배 가까이 나는 상대에게 과감하게 승부를 펼치고 있었다.

(큭큭큭, 저런 모습을 보여주면, 왕인 내가 우는 소리를 낼 순 없겠지.)

가젤은 그렇게 마음속으로 강하게 맹세했다.

그리고 그 각오는 가젤의 동료들이랑 부하인 기사들에게도 전해졌다. 목적지에 도착했을 때쯤에는 모두의 마음에서 공포심은 사라져 있었다.

진홍의 기둥을 돌아서 전진한 곳에는 목적지인 전장이 있었다.

대군을 전개할 수 있을 정도로 크게 트인 초원이었다.

지면은 핏빛으로 붉게 물들어 있었다.

뒤에서 몰래 거래를 나눴던 상대인 혼성군단이 변한 모습이었다.

그런 대지 위에 100명에 가까운 자들의 모습이 보였다.

한층 더 눈에 띈 것은 혼자만 다른 군복을 입고 있는 남자——콘도 중위였다.

압도적인 존재감을 내보이면서, 가젤을 향해 시선을 던지고 있었다.

그 외에도 풋맨이랑 티어, 30여명 정도 되는 유우키의 동료였던 자들이 모여 있었다.

거기다 임페리얼 가디언(제국황제 근위기사단)도 50명 가까이 있었다. 의식을 방해할 순 없다는 뜻을 보여주는 것처럼, 카가리를 지키듯이 진을 치고 있었다.

콘도의 옆에는 제복을 입은 자들의 모습도 보였다. 정보국의 직원이지만, 그 몇 명도 임페리얼 가디언이었다. 즉, 지금 이 자리에는 제국의 최고전력이 죄다 모인 것이다.

위치를 설명하자면, 진홍의 기둥 바깥에 카가리가 있었다.

피의 비를 맞으면서, 의식에 몰두하고 있었다.

베루글린드가 그녀를 지키듯이 서 있었다.

진홍의 기둥 반대편에서 '별신체'를 만들어 낸 뒤에, 악마 아가씨 3인방에게 마법으로 방해를 받지 않도록 이쪽으로 돌아와 있었다. 아무리 베루글린드라고 해도 '별신체' 혼자로는 극대마법을 하나 구사하는 것만으로 한계였다.

그런 이유로 베루글린드는 움직일 생각 없이, 관망하기로 했다.

가젤은 그 상황을 상공에서 확인했다.

그 후에 유연한 태도로 하강을 시작했다.

지상에 내려선 가젤 일행을 맞은 것은 콘도였다.

"영웅으로 이름 높은 가젤 왕을 직접 볼 수 있다니 영광이로군."

뻔뻔스러울 정도로 태연하게 콘도가 말했다.

가젤은 흥 하고 콧방귀를 뀐 뒤에 검을 잡았다.

"네놈은 누구냐?"

"제국 정보국 국장, 콘도 중위라고 한다."

"호오, 네놈이 '정보 속에 둥지를 틀고 사는 괴인'인가. 재미있군. 짐이 직접 상대해줄 테니, 어서 검을 뽑아라."

가젤은 한눈에 콘도의 실력을 알아봤다. 대치한 순간에 시험해 본 '사고독파'가 통하지 않은 시점에서 자신과 대등한 수준이라는 것을 간파한 것이다.

"이봐, 잠깐. 여긴 내가——."

"번, 너는 방해를 받지 않도록 다른 자들과 상대해줄 것을 부탁하지. 너희들도 마찬가지다. 이 녀석은 짐이 아니면 상대할 수 없을 것이야."

함께 결전에 도전한 동료들을 둘러보면서, 가젤이 제 뜻을 밝혔다.

가젤의 명령에 제일 먼저 고개를 끄덕인 자는 젠이었다.

"그래야겠군. 그자는 우리가 상대하기엔 벅찬 상대야. 적어도 방해자를 제거하여 가젤 왕이 안심하고 싸울 수 있게 만들어주기로 할까."

젠의 판단에 돌프도 고개를 끄덕였다.

"……잘 알겠습니다. 전원, 들어라! 수로 따지면 우리가 더 많지만, 상대의 실력을 얕보지 마라! 다섯 명이 한 조가 되어서 공중전을 전개하라!!"

적의 실력을 감정하여, 적절하게 지시를 내렸다.

상공에서 차폐물을 무시한 공격을 벌이는 것이 바로 페가수스 나이츠의 특기인 전법이었다. 그러나 이번에는 수적으로 유리한 상황을 살려서 적을 농락하는 작전을 쓰기로 했다.

유우키의 동료들이든, 임페리얼 가디언이든, 그 실력은 '선인(仙人)'급에 필적하는 강자들이다. '선인' 급이라면 자유조합이 정한 위험도로 환산하면 특A급의 상위에 해당하며, 아크 데몬(상위 마장)에 필적하는 실력인 것이다.

성장하면 '마왕종'의 수준에도 도달할 수 있으므로, 영웅으로 불리기에 적합한 자들이었다.

돌프의 부하들은 페가수스와 합쳐야 겨우 A랭크 오버일 뿐이었다. 돌프 자신은 '선인' 급이며 그중에는 강자도 있지만, 일대일로는 도저히 감당할 수 있는 상대가 아니라는 생각이 들었다.

돌프는 그걸 정확하게 꿰뚫어 본 것이 아니라, 피부로 적의 전력이 위험하다는 것을 느낀 것이다. 베루글린드를 상대하는 것보다는 승산이 있지만, 제대로 싸우지 못하리라 판단하였다. 그렇기 때문에 그런 지시를 내린 것이며, 그 목적은 적의 섬멸이 아니었다.

하늘을 나는 우위성을 이용하여 적의 혼란을 유도하는 것. 그로 인해 시간을 버는 것이야말로 돌프가 진짜로 노리는 것이었다.

가젤을 방해하지 않도록, 말이다.

페가수스 나이츠도 그 의도를 파악하고 즉시 반응했다.

(폐하의 승리를 믿고, 나는 나의 역할을 다하기로 하자. 그리고 이제 곧 원군이 올 것이다!)

돌프는 그렇게 판단한 것이다.

그리고 그 예상은 쾌활한 목소리로 인해 긍정되었다.

"크와하하하! 조금 늦은 것 같습니다. 이 커다란 녀석이 예상 이상으로 무거웠기 때문에 옮기느라 고생을 좀 하고 말았지 뭡니까. 하지만 우리가 왔으니까 이젠 안심하시오! 편한 마음으로 이번 싸움을 즐겨주시구려!!"

가비루였다.

"휘익—! 역시 가비루 님은 멋져!!"

"당연하지."

"점점 더 남자다워지신다니까. 어디든지 함께 할 테니까 단단히 각오하시라고요!"

가비루의 부하들도 있었다.

'히류(비룡종)'들의 손에는 사슬이 쥐어져 있었으며, 그건 거대한 물체와 이어져 있었다.

데몬 콜로서스(마왕의 수호거상)였다. 100명이 달려들어서, 하늘로 운반해 온 것이다.

미궁 안에서 적을 기다렸다 공격하는 데에는 문제가 없었던 데몬 콜로서스였지만, 전장에 출동하려면 그 거체는 아군의 발목을 잡는 이유가 되었다. 전투능력은 나무랄 데가 없지만, 이동속도는 너무 느렸다.

그런데도 근접전투속도는 빨랐기 때문에, 그 문제가 지금까지 발견되지 않았던 것이다.

"이 문제는 개선이 필요하겠지만, 여기까지 운반되어 온 이상은 저도 힘껏 싸우도록 하겠습니다."

가드라가 단단히 마음을 먹은 목소리로 그렇게 소리쳤다. 지금은 공을 세워야 할 때라는 듯이, 의욕에 가득 찬 표정으로 데몬 콜로서스에 타기 시작했다.

가드라는 시선을 콘도 쪽으로 향했지만, 이내 다른 곳으로 돌렸다. 가젤 왕이 상대하고 있는 것을 보고, 자신이 끼어들 자리가 아니라고 생각한 것이다.

그리고 눈독을 들인 것은 베루글린드였다.

(역시 '원수'의 정체는 '작열용' 베루글린드였나. 하지만 그렇게 되면, 다무라다의 목적을 알 수가 없군. 녀석은 정말로 폐하에게 충성을 맹세하고 있는 건가? 어째서 버니와 지우에게 마사유키를 지키라는 명령을 내린 거지? 모르겠군. 모르겠지만, 그래도…… 지금은 고민하고 있을 때가 아니다. 베루글린드가 움직이

기 시작하면, 작전은 끝이니까. 그렇게 되지 않도록, 내가 주의를 게을리하지 않아야 할 것이야.)

그렇게 생각한 가드라는 우아하게 서 있는 베루글린드 쪽으로 데몬 콜로서스를 향하게 한 것이다.

가드라를 보낸 가비루는 돌프 옆으로 날아갔다.

"가드라 공이 베루글린드 님의 상대를 자청하고 나선 것 같군요. 우리는 예정대로 방해자들을 제거하기로 합시다."

"후후후, 믿음직스럽군요, 가비루 공. 그러면 같이 싸우는 작전으로 공격해보도록 하죠."

"음. 우리 부대가 전면에 나서서 적을 상대할 테니, 엄호는 맡기겠소!"

"알겠습니다!!"

가비루와 돌프는 서로를 보며 고개를 끄덕였다.

사전에 정해진 대로, 전투능력이 우수한 '히류'가 주체가 될 것이다. 방어력이 우수한 드라고뉴트(용인족)라면 그렇게 쉽게 죽을 일은 없다. 하물며 가비루 부대는 풀 포션(완전회복약)을 아낌없이 꺼내서 가지고 왔다. 즉사하지 않는 한 부활할 수 있으므로, 방패 역할로는 딱 좋을 것이다.

"그러면 돌프 공, 지휘도 맡기겠습니다."

"네, 잠깐만……?!"

미리 합의해두지 않은 가비루의 행동에 돌프가 놀랐다.

"크와하하하! 나는 '드라구 로드(천룡왕)' 가비루! 어디, 제대로 승부를 겨뤄보자!!"

가비루는 그런 돌프의 반응에 아랑곳하지 않고, 콘도의 측근들로 보이는 집단—— 그중 한 남자를 향해 돌격했다.

그런 가비루의 모습을, 고부아가 어이가 없다는 듯한 표정으로 바라보고 있었다.

그녀의 부대는 마지막으로 도착했지만, 땅을 달려서 온 것이니 어쩔 수 없는 일이었다. 그래도 A랭크 오버라는 실력에 걸맞은 속도로 전투에 아슬아슬하게 늦지 않게 도착했다.

그뿐만 아니라, 작전대로 차질 없이 적 부대의 뒤로 파고들었던 것이다.

"가비루 님이 혼자 나섰다는 건 저 남자의 실력이 뛰어나다는 뜻이겠죠."

고부아가 그렇게 평가하자, 옆에 선 남자에게서 반론이 나왔다.

"그런가? 서류 작업이 어울리게 생긴 나약한 안경잡이 애송이로밖에 보이지 않는데?"

칼리온의 삼수사, '흑표아'인 포비오였다. 무슨 이유인지 귀국도 하지 않고, 어느새 고부아를 따라온 것이다.

고부아는 내심 기뻤지만, 자신은 베니마루로부터 '쿠레나이(홍염중)'를 맡은 몸이다. 공적으로는 엄격한 태도를 유지한 채, 포비오에게 주의를 줬다.

"포비오 공, 당신의 실력은 칭찬을 받기에 충분하지만, 적의 실력을 꿰뚫어 보는 눈은 좀 더 기르는 게 좋을 것 같군요."

"신랄하군, 고부아. 그렇게 예의를 차린 호칭이 아니라 포비오라고 불러줘."

"지금은 전시 중이고 작전행동 중입니다. 공사구분은 확실히 지켜주시면 좋겠군요."

그런 대화를 나누고 있는 두 사람이었지만, 부하들이 보기엔 사랑싸움을 하고 있는 것으로밖에는 보이지 않았다. 긴장감이 감도는 전장이어야 하는데, 왠지 훈훈한 분위기가 감돌고 있었다.

"그래서 이다음엔 어떻게 할 거지?"

포비오가 갑자기 진지한 표정으로 바꾸면서 물었다.

고부아도 태도를 전환하면서, 그에 응했다.

"우리는 여기서 기회를 엿볼 겁니다. 이미 전술적 승리조건의 달성은 불가능하며, 지금 작전은 실패로 끝났어요. 베루글린드 님이 어떻게 나서느냐에 따라서 우리는 일망타진되겠죠. 살아남는 것만을 생각한다면 도망친다는 선택지밖에 없지만, 우리에겐 그 선택은 허용되지 않습니다. 어쨌든 방해자의 수를 줄이고 리무루 폐하의 부담을 조금이라도 덜어드리는 것이 중요합니다."

그건 각오를 굳힌 자의 표정이었다.

베루글린드를 이 땅에 붙잡아둔다면, 그 틈에 리무루가 황제 루드라를 칠 것이다. 혹은 정전협정에 동의하게 만든다는 것이 이번 작전의 주목적이었다.

그러나 그 작전은 베루글린드가 '별신체'를 만들어 낸 시점에서 붕괴되었다. 원래는 그 시점에서 모든 작전행동을 중단했어야 했지만, 그걸 결정할 수 있는 권한을 가진 자들과 현재 연락이 되지 않은 상황에 처했다.

이 자리에선 가비루가 바로 최고의사 결정자였다.

가비루가 내린 결단은 작전의 속행이었다.

테스타로사 일행도 그에 찬성했고, 고부아에게도 이견은 없었다.

자신들이 할 수 있는 행동을 한다. 단지 그것뿐.

베루글린드가 얼마나 많은 '별신체'를 만들어 낼 수 있는지는 불명이지만, 그 모든 것의 발을 묶겠다는 각오를 하고 있었다. 그리고 가능하면, 카가리가 맡아서 벌이고 있는 의식도 방해할 예정이었다.

"자살할 생각이야?"

"아뇨. 리무루 폐하는 우리가 죽는 것을 바라지 않으십니다. 그러므로 누구 하나도 희생자가 나오는 것을 허가하지 않을 거예요."

고부아의 무모한 명령을 듣고, '쿠레나이'들도 조용히 고개를 끄덕였다.

"만약 베루글린드가 움직이면 막을 방법은 없는 거지?"

"그때는 가드라 공에게 맡기고 도망칠 겁니다."

그렇게 대답하면서, 고부아는 윙크를 한 번 했다.

그 표정은 포비오의 입을 다물게 하기에 충분한 파괴력이 있었다.

"좋아. 나도 복잡하게 생각하는 건 그만두고 힘을 좀 쓰고 오겠어. 과거의 인연이 있는 상대도 있는 것 같으니까, 인사를 해둬야지."

포비오는 풋맨과 티어에게 속아서, 뼈아픈 실수를 한 경험이 있다. 그러나 그 원인은 자신의 미숙함에 있다고 생각하며, 그 두 사람을 원망하는 마음은 없었다. 그러기는커녕, 그걸 바탕으로 삼아서 성장할 수 있었다고 생각하면서, 감사의 마음까지 품고 있을 정도였다.

수인답게, 단순하면서 쾌활한 남자였다.

그런 포비오였기 때문에 더더욱 숙적이 조종당하고 있는 모습을 그냥 보고만 있을 순 없었다.

"무모한 짓은 하지 말아요."

"그건 약속할 수 없지만, 죽지 않도록 노력하겠다고는 맹세하지."

그 말을 남기고, 포비오도 참전했다――.

가젤 왕과 서로 마주 보는 콘도 중위.

가비루가 실력을 인정한 안경을 쓴 정보국원.

번과 앙리에타를 상대로는 풋맨과 티어가 나섰다. 그 자리에 난입하는 포비오와 그 추세를 살펴보려고 하는 고부아 부대.

전장을 내려다보는 베루글린드 앞에는 가드라 노사가 조종하는 데몬 콜로서스의 모습이 있었다.

그리하여, 각각의 전투가 시작된 것이다.

●

전장 안에 있으면서도, 가젤 왕의 마음은 잔잔해진 것처럼 조용했다.

왕으로서가 아니라 한 명의 무인으로서, 검사로서, 콘도라는 남자와 대치하고 있었다.

콘도는 가젤 왕이 말한 대로 군도(軍刀)를 뽑았다.

그 또한 조용히, 가젤의 자세를 보고 감탄의 한숨을 내쉬었다.

"호오, 훌륭하군. 검성이라는 이름이 허세는 아니었단 말인가."

그 말은 결코 빈말이 아니라, 진심에서 나온 것이었다. 그러나 가젤은 콧방귀를 뀌면서 대꾸했다.

"헛소리 마라, 네놈이 그렇게 말해봤자 비아냥거리는 것으로밖에 들리지 않는다."

이것 또한 진심.

왜냐하면 콘도의 자세도 아름다웠으며, 가젤의 눈으로 봐도 빈틈이 보이지 않았기 때문이다.

지금의 콘도는 두 손으로 군도를 쥐고 있었다.

풋맨과 싸웠을 때와 달리, 일말의 방심도 느껴지지 않는 진지한 자세를 취하였다.

그리고 놀랄 만한 사실이 있었다.

두 사람의 자세가, 마치 서로 미리 짠 것처럼 똑같았던 거다.

말없이 몇 합을 겨뤄보면서, 두 사람은 서로의 실력을 파악했다. 그리고 자세가 같은 것은 우연이 아니라는 것을 확신했다.

가젤의 검기는 하쿠로우가 사사한 것이었다. 거기에 독자적인 기술도 추가되었지만, 기본이 되는 자세는 하쿠로우의 가르침에 충실했다.

그리고 그건 하쿠로우의 조부인 아라키 뱌쿠야로부터 '오보로류'라는 이름으로 전해져온 것이었다.

하쿠로우 외에는 이 유파를 전할 수 있는 자는 없다.

그 직계인 가젤조차도 '오보로류'의 모든 것을 알고 있지 않았다. 그래서 아직 보지 못한 오의가 있으리라 생각하였다.

하지만…….

마물의 나라에선 하쿠로우가 '검술 스승이자 군사고문'으로서 병사들의 육성에 관여하고 있었다. 당연히 검술의 기초를 가르쳐주었겠지만, 그게 제국까지 전파되었다고는 생각할 수 없다.

애초에 검기라는 것은 하루아침에 몸에 익힐 수 있을 만한 것이 아니다.

그렇기에 가젤은 그 질문을 입에 올렸다.

그리고 기이하게도, 같은 질문이 콘도의 입에서도 나왔다.

"그 자세, 어떻게 네놈이 '오보로류'를 알고 있나?"

"얘기를 듣고 혹시나 하고 생각했지만, 가젤 폐하의 기술은 내 '오보로 심명류'와 비슷하군. 그걸 누구한테 배운 거지?"

"…………."

"…………."

서로를 노려보는 두 사람.

먼저 입을 연 건 가젤이었다.

"'오보로 심명류'라…… '오보로류'와는 다르다고, 말하고 싶은 것이냐?"

콘도는 무표정을 유지한 채 그 질문을 받고, 아주 잠깐 생각에 잠겼다.

(드워프 왕국에선 한 손 검과 방패를 같이 들고 싸우는 정통파 검술이 주류였지. 그러고 보니 검술 실력이 아주 뛰어나다는 마물이 있다는 정보가 있었는데, 역시 그렇게 이어진 것인가.)

얼마 되지 않는 정보에서 거의 정답을 이끌어낸 콘도 중위.

그런 콘도에게, 가젤이 조바심이 난 듯한 말투로 물었다.

"짐의 질문에 대답하지 않을 생각인가?"

"황급하게 굴지 않았으면 좋겠군. '오보로류'라는 것은 내가 배운 유파와 같은 계통일 것이다. 그렇기에 오히려 반대로 묻고 싶군. 설마 이 세계에 우연으로라도 같은 유파가 파생되었다고 말하는 건 아니겠지?"

"흠, 그렇겠지……."

그렇게 낮게 중얼거리면서, 가젤도 떠올렸다.

수행하던 때에 들었던, 하쿠로우의 조부에 관한 얘기를.

"내 스승인 하쿠로우 공으로부터 '오보로류'는 조부에게서 배운 것이라는 얘기를 들은 적이 있다. 그분은 이세계에서 온 '내방자'였다고 하던데, 그렇다면 얘기가 들어맞는군."

가젤도 콘도도 모르는 얘기지만, 아라키 뱌쿠야에겐 동생이 있었다. 그자가 형을 대신하여 유파의 개조(開祖)가 되었으며, 콘도가 태어난 세계에서 '오보로 심명류'를 전수한 것이다.

마를 물리치는 검으로써, 이매망량(魑魅魍魎)과 싸우기 위해서.

콘도도 마와 싸우는 자 중 한 명이며, 원류에 가까운 입장에서 '오보로 심명류'를 배웠던 것이다.

"큭큭큭, 동문이라니 재미있군."

콘도가 드물게도 유쾌한 표정으로 웃기 시작했다.

평소엔 감정을 드러내지 않는 만큼, 그 웃음은 오히려 냉철함을 돋보이게 했다.

"제안이 있는데, 가젤 폐하."

"뭐냐?"

"동문의 정으로 제안하지. 가젤 폐하의 실력이라면, 우리 산하로 들어오기에 충분한 역량이 있다고 판단했다. 무장을 해제하고 우리 황제에게 충성을 맹세하겠다고 약속한다면, 귀국에 대한 모든 침략행위를 멈추겠다고 약속하지."

"짐이 그 제안을 받아들이리라 생각하느냐?"

"받아들여야지. 합리적으로 생각한다면, 그게 가장 피해를 적게 줄일 수 있는 방법이니까."

콘도의 말이 옳다——고, 가젤도 생각했다.

그건 바라마지 않는 제안이었다. 드워프 왕국의 백성들을 지키기 위해선 그 제안을 받아들이는 것이 정답이었다.

군주로선 고민할 것도 없이 받아들여야 했다.

베루글린드의 위협적인 힘을 안 지금, 승산 따윈 전혀 없었다. 이 싸움에서의 승리조건은 원래 일반적인 전투에선 절대 설정되지 않을 애매한 것이었다.

큰 피해가 생기기 전에, 리무루 일행이 루드라와의 승부를 결정짓는다——. 그런 희망적인 관측이 전부였던 것이다.

(백성들을 생각한다면——.)

그렇게 생각하다가, 가젤은 망설임을 떨쳐버리려는 듯이 웃었다.

"가소롭구나! 이미 이긴 것처럼 굴고 있다니, 방심은 금물이라는 말을 모르는 것 같군! 그런 생각이 얼마나 오만한 것인지를, 짐이 깨닫게 해주겠다!!"

그렇게 외치면서, 가젤은 자신의 사고회로를 눈앞에 있는 적에게 집중시켰다.

수많은 잡념을 떨쳐내고, 콘도를 쓰러트리는 것만을 생각했다. 그리하여 마음과 몸과 애검을 하나로 합치면서 '성인'으로서의 패기를 전개하여 내뿜었다.

그 자리에 출현한 것은 각성마왕의 수준에도 도달할 수 있을 것 같은 영웅이었다.

그랬는데——.

그런 가젤을 보고도 콘도는 여유 있는 태도를 유지하고 있었다.

"이것 참, 현왕(賢王)이라는 것은 단지 이름뿐이었나. 그러면 어쩔 수 없군. 그 명성이 땅에 떨어지기 전에 내가 죽여주도록 하지."

그 말이 '성인'끼리 싸우는 전쟁의 방아쇠가 되었다.

몇 분이 경과했다.

형세는 콘도가 우세했다.

가젤이 내뿜는 '영웅패기'도 콘도는 무난하게 상쇄해버렸다. 동질의 기를 몸에 두르는 것으로 모든 영향을 무효로 만들고 있었다.

순수한 검기를 보더라도.

가젤이 세로 방향의 연속공격인 오보로 지천굉뢰(朧 地天轟雷)를 썼지만, 콘도는 재빠르게 몸을 돌려 피하면서 옆으로 휘두르는 질풍뇌패(疾風雷覇)로 반격했다. 그대로 최속의 찌르기인 자전돌(紫電突)로 연결하였지만, 가젤은 그걸 류수참(流水斬)으로 받아냈다.

동문끼리, 서로의 오의를 다 알고 있었다.

하지만 조금씩 가젤의 대응이 느려지기 시작했다. 습득하고 있는 기술의 수는 콘도 쪽이 더 많았던 것이다.

"역시 그렇군. '오보로 심명류'에는 문외불출인 기술도 있지. 본가의 유파에 가까운 나조차도 그 모든 것을 다 알고 있진 않다. 하쿠로우라고 했던가? 기껏해야 마물에 불과한 자가 검의 본질을 어디까지 이해하고 있는지도 의심스럽다고 생각했었다."

그건 콘도의 본심이었다.

하지만 결코 하쿠로우를 우습게만 보고 한 말은 아니었다.

검의 길은 심오하며, 오랫동안 이어져 내려온 것이다. 콘도 자신은 자신들의 유파에 긍지를 갖고 있기 때문에 그런 발언을 한 것이었다.

그러나 그 발언은 가젤의 역린을 건드렸다.

"내 스승을 모욕한 것이냐?"

지금까지 보여준 것 이상의 기백으로 콘도를 노려봤다.

그리고 또 한 사람.

"헛헛허. 가젤 폐하, 전장에서 그리 쉽게 마음이 흐트러지다니, 아직 수행이 부족하십니다. 제가 잠시 교대해드릴 테니, 거기서 머리를 식히십시오."

고부아의 자문역으로 후속부대를 이끌고 온 하쿠로우가 뒤늦게 이 자리에 도착한 것이다.

*

콘도는 하쿠로우를 보고 그 실력을 꿰뚫어 봤다.

다음 순간, 쇠끼리 서로 부딪친 것 같은 맑은소리가 울려 퍼졌다. 콘도가 날린 신속의 거합베기를, 하쿠로우가 칼집에 넣어둔 칼로 받아낸 것이다.

"호오? 이걸 받아냈단 말인가."

하쿠로우의 이마에는 '제3의 눈'인 '천공안(天空眼)'이 열려 있었다. 그건 이제는 엑스트라 스킬의 한계를 넘어서 유니크 스킬의 영역마저 넘어서려 했다.

그렇기에 콘도의 발도술에 대처할 수 있었다.

"훌륭한 발도술이로군. 내 조부와 동문이라니, 이걸 기연이라고 부르지 않으면 뭐라 할까. 애송이, 네놈이 마물에 불과한 자라고 불렀던 내가 검의 진수를 어디까지 이해하고 있는지, 직접 시험해보도록 해라."

"후후, 재미있군. 그렇게까지 말한다면 네 분수를 알려주도록 하마."

이리하여 가젤이 지켜보는 앞에서, 콘도와 하쿠로우의 승부가 시작되었다.

콘도에겐 승산이 있었다.

하쿠로우의 실력은 확실하다. 그건 한 눈으로 간파하고 있었다.

그러나 마물이 검의 본질을 이해하고 있지 않다는 것은 콘도의 입장에서 보면 의심할 필요도 없는 사실이었다.

왜냐하면 '오보로 심명류'가 마를 물리치는 검술이기 때문이다.

마물에게 있어 천적에 해당하는 검기를, 마물의 몸으로 습득했을 리가 없다──. 콘도가 그런 생각을 하고 만 것도 당연했다.

그리고 애초에, '오보로 심명류'의 개조의 형이자 진짜 창시자인 그 사람이 이 세계에 왔다는 사실을 그 누가 상상할 수 있겠는가.

(오의까지 다룰 수 있다는 건 예상 이상이었지만, 비오의 이상의 기술은 본가 유파에 속한 자에게만 전해진다. '내방자'라는 자가 어느 정도의 실력을 지녔는지는 모르겠지만, 마물에게 비오의를 전수한다는 걸 불가능하겠지.)

그렇게 콘도가 자신의 상식으로 판단해버린 것은 어떤 의미론 어쩔 수 없는 일이었던 것이다.

그건 큰 착각이었으며, 콘도로선 보기 드문 편견이었다.

그 대가는 크게 치러지게 되었다——.

하쿠로우와 콘도는 마주 보면서 대치했다. 그리고 필살의 간격에 들어오자마자 동시에 공격을 시도했다.

"매화—— 오화돌(五華突)."

콘도는 검사의 긍지를 걸고, 완벽하게 단련해낸 기술을 선보였다. 하쿠로우가 동문이기 때문에 그런 어리석은 짓을 한 것이다.

머릿속 한쪽에선 곧바로 최선을 다해 싸워서 처리하자고 냉정하게 생각하고 있었다. 그랬는데, 선택한 수단이 진검승부였다.

평소에는 냉정하고 침착한 콘도답지 않은 폭거. 자신이 배운 최고의 기술로, 이 세계의 동문에게 그 무위를 보여주려고 한 것이다.

오화돌이란 기술은 매화를 상징으로 하는 찌르기 기술이다. 콘도가 전수받은 최고봉의 기술이며, 문외불출인 비오의 중 하나였다.

인체의 급소인 눈, 목구멍, 심장, 신장, 명치, 낭심, 그리고 양동공격으로 노리는 양쪽 어깨, 이 열 군데 중에서 다섯 군데를 노리는 5연속 찌르기다. 상황에 따라서 노리는 곳을 바꾸기 때문에 숙련된 기술이 필요했다.

동문의 검사들이라고 해도 비오의를 습득한 자는 적다. 그렇기 때문에 이런 장소에 하쿠로우가 나타난 것은 오산이었다.

"겹벚꽃—— 팔화섬(八華閃)."

하쿠로우가 선택한 것은 최고 오의—— 물 흐르듯 자연스러운

연속베기였으며, 조합은 천차만별이면서, 순식간에 적을 여덟 번
베는 기술이었다.

콘도와 하쿠로우는 레벨(기량)은 호각이어도 기본적인 전투능력
에 큰 차이가 있었다. 하쿠로우가 보기에 콘도는 하쿠로우의 수
십 배 이상의 신체능력을 자랑하고 있었다.

그렇기 때문에 그 기술이 통하지 않는다면 하쿠로우의 패배는
확정되었을 것이다.

그런 각오를 가슴 속에 품고, 하쿠로우는 검을 뽑아 휘둘렀다.

"으윽?!"

"호오……."

콘도는 압도적인 승리를.

하쿠로우는 자신이 공격을 맞더라도 콘도에게 치명적인 일
격을.

그렇게 바라면서 서로 교차했지만, 두 사람의 의도와는 빗나간
결과가 나오고 말았다.

다른 자는 볼 수조차 없는 속도로, 하쿠로우의 검이 여덟 개의
꽃잎을 흩날렸다. 그러나 그건 콘도가 모습을 본떠서 만들어 낸
다섯 개의 꽃잎에 의해 상쇄되면서 최후까지 도달하지 못했다.

콘도가 몸을 반쯤 틀어 피한 결과, 그의 볼에 스친 상처를 입히
는 것이 고작이었다. 그러나 그건 콘도의 입장에선 의도하지 않
은 결과였다.

"설마 이 세계에 나를 상회하는 검사가 있었을 줄이야."

하쿠로우의 팔화섬은 콘도의 오화돌보다도 상위의 기술이었
다. 그 사실이 콘도의 인식을 산산이 부숴버렸으며, 자신의 잘못

을 깨닫게 한 것이다.

하지만 승부에 이긴 것은 콘도였다.

필살의 기술을 상쇄시킨 것까지는 훌륭했지만, 힘의 차이가 너무 컸다. 하쿠로우의 두 팔은 조금 전의 교차로 보기에도 무참할 정도로 갈가리 베이면서, 제대로 쓸 수도 없게 되어버린 것이다.

"최고 오의로 공격해도 통하지 않는단 말인가……."

"아니, 통했다. 귀공을 낮게 평가한 것을 사과하도록 하지. 그런 의미에서 묻고 싶다. 귀공의 조부의 이름을."

콘도는 하쿠로우를 마물로 얕잡아본 것을 사과했다. 또한 자신을 넘어서는 검사임을 인정하면서 경의를 표했다.

검에 대해선 진지한 남자다.

그러나 동시에 개인적인 감정으로 사리를 판단하지도 않았다.

콘도 타츠야라는 남자는 그런 자였다.

"헛헛허, 아라키 뱌쿠야가 내 조부의 이름이외다. 위대한 검사였지만, 이미 예전에 황천길로 여행을 떠나셨지."

"아깝군. 아라키라면 본가의 가문명인데. 어쩌면 그분은 '오보로 심명류'의 개조와 인연이 있는 분일지도 모르겠군. 적어도 '선인' 급에 이르렀다면, 이 세계에서도 손꼽히는 강자가 되었을 것이 틀림없을 텐데."

그렇게 말하면서 가볍게 묵도하는 콘도.

정말로 자신의 유파에 대해서만큼은 진지한 남자였다.

그런 콘도를 어이없다는 표정으로 보면서, 하쿠로우는 밑져야 본전이라는 생각에 물어봤다.

"조부는 괴짜셨지. 자연스럽게 살아가는 것을 좋게 생각했으

71

니깐. 그보다, 여기서 물러나 주진 않겠나?"

콘도가 자신에게 대해서도 경의를 품고 있다는 것을 느꼈기 때문에, 하쿠로우는 그런 부탁을 해본 것이다. 그러나 그건 역시 거부당했다.

"귀공의 신병은 보호해주겠지만, 전쟁은 멈출 수 없다. 내 지론이다만, 어중간한 것이 가장 나쁜 것이니까."

쌀쌀맞게 콘도가 말했다.

뭐, 역시 그렇게 나오겠지——. 하쿠로우도 그렇게 생각했다.

하쿠로우에게 초조한 빛은 없었다.

(내가 지는 것은 이미 예상했던 일이다. 이 두 팔로 전선복귀는 무리겠지만, 목적은 이뤘다고 할 수 있겠지.)

그렇다. 하쿠로우의 목적은 승리가 아니라, 자신과 콘도와의 싸움을 가젤에게 보여주는 것이었다.

검성 가젤 드워르고라면, 하쿠로우의 오의를 보면 이해할 것이다. 지금 당장 습득할 수 없더라도, 어떤 힌트는 얻을 수 있을 거다.

그게 하쿠로우의 생각이었다.

하물며 이번에는 콘도까지도 오의를 사용하는 모습을 보였다. 이로 인해서 가젤의 승률이 올라간 것은 틀림없었다.

"그렇다면 나는 여기까지로군. 보호는 필요 없소이다. 나도 살아서 수치를 겪을 생각은 없소. 마지막 순간은 한 명이라도 더 많은 적병을 길동무로 삼아 데려갈 생각이지. 하지만 지금은 그럴 때가 아니로군. 이 두 손의 치료에 전념하기로 하지."

하쿠로우의 양손은 풀 포션(완전회복약)으로도 회복되지 않는 중상이었다.

〈기투법〉에는 침투시킨 투기로 대상을 파괴하는 극의의 단계가 있다. 콘도의 투기는 하쿠로우의 방어를 관통했었다. 그렇기 때문에 자신의 요기로 중화하는 것 말고는 이 상처를 치유할 방법은 없었다.

　그러나 하쿠로우는 태연한 표정으로 가젤을 향해 돌아봤다.

　"자, 가젤 폐하. 머리는 식혔소이까?"

　"물론입니다. 스승의 기술을 보면서 흥분하긴 했습니다만."

　"헛헛허. 사실은 전수할 생각은 없었던 것이외다. 하지만 그런 말을 할 수도 없는 상황이니까 말이오. 뒷일은 부탁하겠소."

　"맡겨주십시오."

　하쿠로우가 물러서자, 가젤이 콘도 앞에 섰다.

　그리고 하쿠로우는 자신의 역할은 끝났다는 듯이, 가슴을 당당히 펴면서 전선을 이탈했다.

*

　다시 콘도와 가젤이 대치했다.

　콘도는 자신의 어리석음을 부끄러워하면서도, 즉시 마음을 고쳐먹었다.

　"잠시 냉정함을 잃어버리고 말았나. 놀이는 여기까지 하고 다시 할 일을 하기로 할까."

　"흥! 본의가 아니었다만, 짐도 동감이다. 스승의 기대에 응해야만 하니까 나도 진심을 다해 싸우기로 하마."

　콘도도 가젤도, 둘 다 아까까지와는 분위기가 달랐다.

서로의 실력을 파악하는 것을 끝내면서, 진지하게 싸울 마음을 먹은 것이다.

가젤은 하쿠로우에게 감사했다.

그대로 콘도와 싸웠더라면, 틀림없이 패배했을 것이기 때문이다.

콘도가 보여준 비오의——오화돌은 처음 봐선 방어할 수 없는 기술이었다. 기적적으로 치명상을 피할 수 있었다고 해도, 하쿠로우와 마찬가지로 몸의 내부부터 투기로 파괴되면서, 전투불능에 빠지고 말았을 것이다.

(한계까지 끌어올린 투기가 그렇게까지 위협적일 줄이야. 그게 〈기투법〉의 극의라는 건 알고 있었지만, 아직 나는 완벽히 이해하지 못하고 있었던 것 같구나.)

그렇게 반성하면서도, 가젤은 기분이 고양되는 것을 느끼고 있었다.

자신이 아직 더 강해질 수 있다는 걸 깨달았기 때문이었다.

"콘도라고 했던가. 짐의 힘을 충분히 맛보여 주도록 하마."

그런 말을 던지자마자, 가젤은 비장의 수를 해방했다.

"정령소환! 오너라, 이름도 없는 대지의 정령왕이여!!"

'성인'으로서의 힘을 해방한 가젤에게, 소환된 대지의 정령왕이 깃들었다. 그건 완전한 '동일화'였으며, 오래된 각성마왕에게도 필적하거나 상회할 수 있는 에너지(존재치)를 품고 있었다. 시간제한이 있기는 했지만, 이게 가젤이 가진 비장의 수였다.

그러나 콘도는 동요하지 않았다.

"가소롭군."

가젤의 패기를 정면으로 받으면서도, 태연하게 내뱉었다.

가젤은 그 말에 불쾌감을 드러내지도 않은 채, 말없이 검을 정면으로 들면서 자세를 잡았다. 마음을 차분하게 갈고 닦으면서, 기를 끌어올려 검으로 흘려보냈다.

대지의 정령왕과 '동일화'한 방대한 에너지를, 지금의 가젤은 완벽하게 제어하고 있었다. 그건 지금까지는 느껴본 적이 없었던 감각이었다.

(역시 스승님이로군. 내가 극의를 깨닫게 해주셨단 말인가. 이길 수 있다. 지금의 나라면 더 높은 곳으로 올라갈 수 있을 것이다!!)

심, 기, 체의 경지가 높아지는 것을 느끼는 가젤.

심(心)이란 스킬(능력).

유니크 스킬 '위에 서는 자(독재자)'를 완전히 구사함으로써, 가젤의 기력은 충실해져 있었다.

기(氣)란 아츠(기술).

하쿠로우에게 배운 '오보로류'에선 기력을 물리적인 힘으로 바꾸는 〈기투법〉이라는 방법을 중요하게 여긴다. 지금의 가젤이라면 몸 안에 돌아다니는 에너지를 남김없이 한곳에 모을 수 있을 것이다.

그리하여 만들어지는 것이 바로 체(體).

즉, 유니크 스킬 '독재자'로 에너지를 통합하여, 최고의 일격으로 승화시키는 것이다.

검으로 이길 자는 없다──는 기백을 담아서 가젤이 움직였다.

신속의 일격.

그러나 그 공격이 콘도에게 적중되는 일은 없었다.

타앙──하는 작은 소리가 울려 퍼졌고, 가젤의 무릎이 휘청하고 꺾였다.

"커헉."

하고 가젤은 피를 토했고, 자신의 배에 맺힌 피를 아연실색한 표정으로 바라봤다.

콘도의 오른손에는 남부식 대형 자동권총이 쥐어져 있었으며, 화약연기가 피어오르고 있었다. 가젤을 쓰러트린 흉탄은 바로 그 권총에서 발사된 것이었다.

"네 이놈…… 검사의 긍지가──."

분노와 굴욕으로 얼굴을 일그러트린 가젤이, 피를 토하면서 소리쳤다.

그러나 콘도는 그걸 무시하고 있었다.

"말했을 텐데. 놀이는 끝이라고. 싸움에 긍지 따위는 필요 없다. 내가 할 일은 어떤 수단을 써서라도 승리하는 것이다."

너무나도 차가운 목소리로, 콘도가 말했다.

조금 전까지 자신의 유파에 집착하던 인물과는 완전히 다른 사람처럼 보였다.

"웃기지 마라! 이 정도로 짐이 끝날 리가──."

필사적인 모습으로 일어서려고 하는 가젤. 그러나 몸이 마음대로 움직이지 않는지, 다시 땅바닥에 쓰러졌다.

그것도 당연했다.

콘도가 쏜 것은 단순한 탄환이 아니라, 콘도 자신의 의지를 담은 특수탄──네크로시스(주괴탄, 呪壞彈)였으니까.

그건 황제 루드라에게서 빌린 것이 아니라, 콘도가 직접 발현시킨 얼티밋 스킬(궁극능력)이었다.

그렇다── 콘도는 자기 자신의 힘으로 궁극의 힘에 각성했다.

얼티밋 스킬 '산달폰(단죄지왕, 斷罪之王)'은 '싸움'을 관장하였다.

그랬기에 강했다.

인간의 몸이면서도, 신의 자리에 오르기를 바라는── 그런 황제 루드라를 대신하여 전쟁을 벌이는 자였다.

그리고 콘도가 준비한 네크로시스라는 것은 '산달폰'의 권능 중 하나였다. 대상의 마력회로를 파괴하는 효과를 지녔으며, 정신생명체조차 죽일 수 있는 권능이었다.

가젤은 절대로 약하지 않았다. 그러기는커녕 세계에서도 몇 안 되는 강자 중 한 명이었다.

조건에 따라선 각성마왕에게도 이길 수 있는 실력자다.

그랬는데, 콘도라는 절대 넘을 수 없는 강한 힘을 가진 벽이 있었다.

그게 바로 얼티밋 스킬의 유무였다.

이 한 가지를 생각해보면, 승부는 싸우기 전에 이미 정해져 있었던 거다.

"쓸데없는 짓은 하지 마라. 가젤 폐하를 죽일 마음은 없다. 당분간은 구속하게 되겠지만, 일이 끝나면 해방하겠다고 약속하지."

평온하고 담담한 목소리로 얘기하는 콘도.

물론, 거짓말은 아니지만 그 말이 전부 참말인 것도 아니었다.

해방하기 전에 '도미니온 불릿(지배의 주탄)'으로 지배할 예정이었다.

지금은 카가리를 지배하고 있기 때문에 생포하려고 생각한 것이다.

무시무시할 정도로 냉혹하고 합리적. 그것 또한 콘도 타츠야의 본질이었다.

하쿠로우도 지금은 움직일 수 있는 상황이 아니었다.

콘도의 실력을 직접 눈으로 보고, 분한 표정으로 서 있을 뿐이었다.

이 시점에서 콘도의 승리가 확정된 것처럼 보였다——.

●

"크와하하하! 나는 '드라구 로드(천룡왕)' 가비루! 어디, 제대로 승부를 겨뤄보자!!"

그렇게 외친 가비루는 적을 살펴보다가 부하들을 남겨둔 채 돌격했다.

지휘관으로선 실격인 행위였지만, 전술적으로는 잘못된 것이라고 딱 잘라 말할 수 없었다.

왜냐하면 적의 실력이 지나치게 돌출되어 있었기 때문이다.

그 집단 중에선 눈에 띄지 않았던, 안경을 낀 가냘프게 생긴 남자. 그런데도 가비루는 망설임 없이 큰 소리로 그를 불렀다.

"너 말이다. 거기 있는 남자, 얌전히 내 상대를 하도록 해라!!"

가비루가 지명하듯이 창으로 가리키자, 안경을 쓴 남자가 입술을 일그러트리면서 웃었다.

"이거 난감하게 되었군요. 일부러 공을 들여 평범한 정보국원을 연기하고 있었는데, 제 실력을 꿰뚫어 본 자가 절 지목하고 말았단 겁니까."

그렇게 말하면서 안경을 벗는 남자는 역시 약해 보였다.

그 순간, 남자의 분위기가 바뀌었다.

"이렇게 되면 어쩔 수 없지. 상대해드리기로 하죠. 하지만, 그 전에 선배님들은 여기서 물러나 주십시오."

겁을 먹고 있던 모습은 온데간데없이, 주위에 있는 동료들을 향해 그렇게 명령했다.

하지만 당황하고 있는 동료들에겐 그 명령이 통하지 않았다.

"이봐, 이봐, 마르코, 넌 싸움에 익숙하지 않잖아?!"

"그래, 우리보다 약한 주제에, 허세는 그만 부려."

걱정스럽게 말을 거는 동료들의 목소리를 듣고, 마르코라고 불린 남자는 미소를 지으면서 대꾸했다.

"이것 참, 정말로 지내기 편한 직장이었는데 말이죠. 저의 정체는 '더블오 넘버(한 자릿수)' 서열 8위입니다. 그게 무슨 의미를 지니는지, 이해할 수 있겠죠?"

분위기가 바뀐 동료를 보고, 마르코가 변장하여 사람 좋은 정보국원의 모습을 연기하고 있었다는 것을 모두가 깨달았다. 그리고 자신들에게 명령을 내릴 수 있는 권리를 보유하고 있으며, 조금 전에 한 말은 그에 해당한다는 것을 이해했다.

"알겠습니다!"

"무운을 빌겠습니다!!"

그 말을 남기고, 마르코의 동료들은 흩어져서 물러났다.

마르코는 고개를 절레절레 저으며 한숨을 쉬더니, 그 뱀과 같은 가는 눈을 가비루 쪽으로 돌렸다.

마르코 또한 가비루의 실력을 꿰뚫어 보고 있었다.

이 세계에선 뛰어난 실력을 가진 개인에게 단체로 덤벼봤자 의미가 없다. 마르코도 그걸 숙지하고 있는 만큼, 로열 나이트(근위기사) 수준의 실력자들도 방해가 된다면서 물러나게 한 거다.

"가비루 씨라고 했죠? 이런 짓을 저지르다니. 저에게서 직장을 빼앗은 죄는 그 목숨으로 갚아주셔야겠습니다."

"크와하하하! '더블오 넘버'라면 리무루 님이 위험하게 여기시던 자들이었지. 그런 사냥감을 상대할 수 있다니, 나에게도 좋은 기회가 찾아온 것 같군!"

가비루도 기쁜 표정으로 그렇게 대꾸했다.

그리하여 두 영웅의 싸움이 시작된 것이다.

··················.

············.

······.

특징이 없는 것이 특징, 그게 마르코라는 남자였다.

마르코가 로열 나이트가 된 것은 지금부터 800년 정도 전의 일이다. 유니크 스킬 '익숙해지는 자(변장자)'라는 잠입에 특화된 스킬(능력)을 소유하고 있었기 때문에, 당시의 단장이었던 다무라다의 눈에 든 것이다.

유니크 스킬 '변장자'에는 특필할 점이 있었다. 그건 눈으로 본 인물과 완전히 똑같게 변할 수 있다는 권능이었다.

히나타가 소지하고 있었던 유니크 스킬 '넘어서는 자(찬탈자)'처럼 '복사'하는 것이 아니라, 완전히 같은 인물로 의태할 수 있는 것이었다. 단, 그 흉내에도 한계가 있는데, 자신의 힘을 대폭적으로 넘어서는 자가 대상이라면, 그 모든 것이 같아질 수는 없다는 약점을 가지고 있었다.

하지만 그래도 만나는 강자가 많으면 많을수록, 범용성이 풍부한 실력을 익힐 수 있다. 그런고로 마르코는 대규모의 난동을 극복하면서 '성인'으로 각성한 것을 계기로 '더블오 넘버'에까지 올라간 것이다.

그건 마르코가 로열 나이트가 되고 나서 100년 정도가 경과했을 무렵의 일이었다.

그런 마르코였기 때문에 콘도라는 남자에 대한 외포의 감정을 불식시킬 수가 없었다.

이세계에서 온 '내방자'이며 일반인들보다도 강력한 '영혼'의 소유자라고 해도, 그의 실력은 이해하기 어려운 것이었기 때문이다.

콘도가 서열쟁탈전에서 맨 처음 도전한 인물이 바로 마르코였다.

그 싸움에서 마르코는 비정상적이기까지 한 콘도의 강함을 접할 수 있었다. 황제의 마음에 들었기 때문에 우대를 받았다고만 생각했는데, 그게 오판이라는 것을 깨달았다.

'성인'에 해당하는 마르코가 유니크 스킬 '변장자'로 흉내 낼 수 없을 정도의 전투능력. 그걸 가지고 있는 콘도는 단번에 상위에 있는 자들을 물리치고 단장의 자리에 올랐다.

마르코의 기준으로 봐도 괴물들만 모여 있던 4기사조차도 콘도는 아무렇지 않게 쓰러트렸다.

그런고로 마르코는 콘도를 숭배하고 있었다.

중위라는 지위에 자발적으로 얽매여 있는 콘도를 따라서, 자신은 소위의 지위에 머무를 정도로. 그리고 콘도의 수족이 되기 위해서, 정보국에 머무르고 있었던 것이다.

마르코는 지금 가비루라는 강적을 눈앞에 두고 있었다.

자신도 창을 꺼내서 응전했지만, 그대로 싸우다간 이길 수 없다는 걸 이해했다.

그래서 마르코는 자신이 최강이라고 믿는 인물의 모습으로 자신의 몸을 바꿀 결의를 했다.

··················.

············.

······.

마르코는 가비루로부터 거리를 벌리더니, 콘도의 모습으로 변신했다.

유니크 스킬 '변장자'에, 황제로부터 대여받은 얼티밋 인챈트(궁극부여) '얼터너티브(대행권리)'를 덧씌우는 것을 통해 더욱 정밀도를 높인 변신이 가능해졌다. 지금의 마르코는 콘도에 가까운 실력을 보유하고 있었다.

"호오, 신기하군. 그 모습이 진짜라는 말인가?"

가비루가 묻자, 콘도의 모습을 본뜬 마르코가 대답했다.

"아닙니다. 이 모습은 말이죠, 저 자신이 최강이라 믿고 있는 남자를 본뜬 겁니다. 4기사 분들도 강했지만, 콘도 중위의 실력에는 미치지 못했죠. 실제로——."

마르코는 옆에 있는 전장으로 힐끗 눈길을 준 뒤에, 말을 이었다.

"영웅으로 이름 높은 가젤 폐하조차도 아무런 수도 쓰지 못하고 있지 않습니까."

그 말을 듣고, 가비루도 으음 하고 신음했다.

우군의 전황이 탐탁지 않다는 것도, 하쿠로우가 전선에서 이탈한 것도, 지적받은 대로 가젤 왕이 고전하고 있는 것도, 범위가 넓어진 '마력감지'를 통해 파악하고 있었다.

"흠, 그런 것 같군."

"콘도 중위가 나선 시점에서, 저희의 승리는 확실합니다. 그러니까 말이죠, 일부러 비장의 수를 보여주고 싶지는 않았습니다. 어디서 얘기가 새어 나갈지도 모르니, 저 자신의 힘은 숨겨두고 싶은 게 당연하지 않겠습니까?"

그런 식으로 가볍게 물으면서, 마르코는 창에서 군도로 무기를 변화시켰다. 지금 마르코는 대여받은 레전드(전설)급 무기를 뜻대로 자유롭게 형상을 변화시킬 수 있었다.

콘도의 모습으로 군도를 쥐면서 자세를 잡는 마르코. 그 모습은 완벽한 경지에 들어가 있었다.

가비루 또한 리저드맨의 보물이라고 할 수 있는 매직 웨폰(마법무기) : 볼텍스 스피어(수와창)을 쥐면서 자세를 잡았다.

지금은 손에 익은 무기이며, 아버지인 아비루가 맡긴 창이다.

몇 번이고 격전을 함께 치렀으며, 망가지면 쿠로베의 손에 의해 다시 수리를 받은 창이다. 그 성능은 유니크(특질)급이지만, 너무나도 믿음직스러운 파트너였다.

그러나 그래도 레전드 급에는 미치지 못했다.

무기의 성능차가 승패를 정하는 요인이 되는 것은 사실이므로, 이번 싸움에서 가비루는 압도적으로 불리하다고 할 수 있었다. 그러나 가비루에겐 '드래곤 스킨(용린개화)'이 있으며, 그 강도는 갓즈(신화) 급에 도달할 정도였다.

적은 '성인'이며, 각성한 자신과 동등하다고 가비루는 생각했다. 그래서 가비루는 처음부터 아낌없이 최선을 다해 덤빌 생각이었다.

(과연 이자는 내 방어를 뚫어낼 수 있을까?)

방어력에는 자신이 있는 가비루였다.

싸움이란 것은 상대에 결정적인 대미지를 주지 못하면 승리할 수 없다. 아무리 타격을 맞더라도, 그게 치명상이 되지 않으면 의미가 없다.

가비루는 마르코의 무기로는 자신의 방어를 파괴할 수 없다고 생각했지만, 이런 싸움에서 섣불리 까불다 방심하는 것은 말도 안 되는 짓이기에, 신중하게 상대가 어떻게 나올지를 살폈다.

"그럼 시작하겠습니다."

"음, 덤벼라!"

가비루의 불행은 마르코와 적대한 것이 너무 빨랐다는 점이었다.

각성한 그 힘은 방대하면서도, 그걸 완전히 자신의 것으로 만들지는 못한 상태였다.

울티마가 걱정한 대로, 진화 전의 단계에서도 마력요소를 충분히 다루지 못했다. 그런 가비루가 큰 힘을 손에 넣었다고 한들 남아돌기만 할 뿐이지, 제대로 구사하지 못한 것이다.

높은 방어력과 치유능력. 이 두 개만으로도 충분히 강하지만, 이번에는 상대가 너무 안 좋았다.

"매화—— 오화돌——."

"볼텍스 스크류(와창수류격)!!"

신중하게 대응했기 때문에 가비루는 살아남을 수 있었다.

힘으로는 호각이거나, 가비루가 약간 위였다. 그러나 레벨(기량) 면에선 콘도로 의태한 마르코 쪽이 훨씬 더 높았다.

실은 마르코는 콘도 중위의 진짜 실력을 80퍼센트도 제대로 흉내 내지 못했다. 얼티밋 스킬(궁극능력) 산달폰 같은 것은 재현할 수 없었으므로, 가젤이 상대였다면 필연적으로 패배했을 거다.

마르코의 실제 실력으로는 가비루와 호각. 방어 면을 생각해보면, 가비루의 승리는 의심할 필요가 없었을 것이다.

승패의 운은 때에 따라 달라지기도 한다.

마르코가 압승했던 것처럼 보였지만, 그 승리는 종이 한 장 차이였다.

"이것 참, 팔라가 소장을 비웃을 수가 없군. '드라구 로드(천룡왕)' 가비루라고 했던가, 이자를 베루도라로 착각한 것도 충분히 있을 수 있는 일이었어."

그렇게 중얼거리면서, 쓰러지는 가비루를 보는 마르코.

이 순간, 가비루의 운명은 끝이 나려 하고 있었다——.

*

"오라버니!"

가비루를 지키려는 듯이, 마르코의 앞을 막아서는 그림자.

그건 그 자리로 달려온 소우카와 그녀의 부하들이었다.

그리고 가비루의 부하들도 있었다.

"가비루 니——임!!"

"죽으면 안 돼, 가비루!"

"당연하지. 가비루 님은 이런 자리에서 죽어도 되는 남자가 아니니까!!"

마르코에게 이길 수 없다는 것을 깨닫고 있으면서도 의연하게 가로막고 선 것이다.

그 용기가 가비루의 목숨을 구했다.

개개인의 힘으로는 '성인'에 해당하는 마르코에겐 미치지 못하는 자들이지만, 그래도 특A급의 실력자들이었다. 아낌없이 회복약을 사용하여, 필사적으로 시간을 벌기 위해 움직였다.

그러나 콘도를 모방한 마르코의 기술은 끌어올린 투기를 통해 적의 내부부터 파괴하였다. 회복약의 효능을 무효로 만들어버리기 때문에, 소우카를 비롯하여 가비루를 구하기 위해 나선 자들은 죽음을 각오할 필요가 있었다.

또 한 명, 가비루의 부하가 쓰러졌다.

이번에는 소우카의 부하인 난소우가 쓰러졌다.

레벨(기량) 면에선 그렇게 차이가 없더라도, 기본적인 역량의 차이가 너무 컸던 것이다. 그뿐만 아니라, 마르코의 무기는 레전드급이다. 어찌할 수도 없는 전력차이를 앞에 두고 한 명, 또 한 명 쓰러져갔다.

운이 좋았던 것은 누구 하나 죽지 않았다는 것이다.

리무루에 의해 가비루가 진화하면서, 그의 계통에 포함되어 있던 자들 또한 강해져 있었다. 그 덕분에 내구력도 상승하면서, 아슬아슬하게 치명상을 면하였다.

하지만, 마르코가 입힌 상처로 인해 계속 대미지를 받고 있어 전선으로 복귀할 수 없는 것 또한 사실이었다. 이대로라면 몰살되는 건 시간문제였다.

그렇기 때문에 가비루는 외쳤다.

"이제 됐다. 이제 됐으니까 도망쳐라! 소우카, 명령이다. 모두를 데리고 이 자리를 떠나라!!"

가비루는 필사적으로 몸을 일으키려 하면서, 소우카를 봤다. 그러나 소우카는 가비루를 보려고도 하지 않은 채 대담하게 웃으면서 대꾸했다.

"거절하겠습니다, 오라버니. 저는 소우에이 님의 부하이므로, 오라버니의 명령에 따를 의무는 없습니다."

"무슨 말을——."

"그리고! 여기서 도망치면, 그야말로 죽는 사람이 나오지 않겠습니까! 오라버니도 죽어버릴 겁니다!!"

평소에는 냉정한 소우카가 앞뒤 가리지 않는 모습으로 무턱대고 소리쳤다.

가비루는 할 말을 잃고 당황했다.

"……무슨 말을 하는 거냐? 희생을 조금이라도 줄이는 것이 지휘관이 할 일이지 않느냐. 패배한 나 같은 건 그냥 내버려두고, 조금이라도 생존자를 늘리는 것이 네가 할 일일 텐데?"

지금의 가비루는 일어나는 것도 힘들었다. 싸우는 동료들을 보면서, 소리쳐 말하는 것이 한계였다.

그러나 그 말은 소우카가 거절하여 받아들이지 않았다.

"그렇다면 제 작전이 정답입니다. 단 일격에 죽어버리는 그런 나약한 자는 우리 동료 중에는 없습니다. 그러므로 이렇게 시간을 버는 겁니다."

동료가 쓰러지더라도, 신경 쓰지 않고 계속 싸운다. 수로 밀어붙여 마르코를 농락하고, 조금이라도 피해가 나오지 않도록 주의하면서.

그렇게 함으로써, 소우카와 부하들은 이길 기회를 찾고 있었던 거다.

"그런 멍청한 짓을……!! 구원이 온다는 보장도——."

리무루를 포함한 간부들이 제국 수도로 간 지금, 응원군 같은 건 기대할 수 없었다. 잠들어 있는 간부들이 눈을 뜬다고 해도, 여기에 때맞춰 달려오는 건 불가능할 것이다.

믿고 있던 악마 아가씨 3인방은 더욱 강대한 적인 베루글린드를 상대하고 있었다. 그녀들 쪽이야말로 응원군이 필요할 정도라, 이쪽을 도와주는 것은 아예 불가능했다.

가비루는 그걸 이해하고 있었으며, 이런 상황에선 철퇴할 수밖에 없다고 판단하였다.

그러나 그걸 부정하는 것은 가비루의 부하들이었다.

"너라고, 가비루! 우리가 기다리고 있는 건 너란 말이야!!"

"그렇다고요, 가비루 님! 그런 부상쯤은 빨리 나아서 일어서란 말입니다!"

"당연하지. 시간을 벌면서 가비루 님의 부활을 기다린다. 이거 말고는 이 자리에서 모두가 살아날 방법은 없어!!"

그 말을 듣고, 가비루는 부끄러움을 느꼈다.

자신 혼자만 승리를 포기하고 있었단 말인가. 그런 생각을 하면서.

"……나라는 놈은 대체 무슨 생각을 하고 있었단 말인가. 좋다! 너희들, 내가 다시 일어설 때까지 어떻게든 기합을 넣고 버텨라!!"

그게 무모한 명령이라는 것을 이해하면서도 가비루는 소리쳤다. 눈에서 뜨거운 눈물이 흘러나와 떨어졌지만, 그건 가비루의 심정을 대신 웅변해주고 있었다.

포기하지 않는 자를, 승리의 여신은 저버리지 않는다.

가비루의 목소리에 호응하는 자가 나타난 것이다.

"이런, 이런, 무모한 것은 여전하군요. 이 자리는 소생도 도와 드리기로 하죠."

"아가씨의 명령을 받고 왔습니다. 소중한 장난감인 가비루 공을, 절대 죽게 놔두지 말라고 하시더군요. 그러므로 저도 구원군으로 참가하겠습니다."

언제 왔는지, 울티마의 부하인 베이런과 존다가 서 있었다.

살아남는 게 더 힘들 것이라고 생각하지만 말입니다——. 존다가 그렇게 이어서 중얼거렸지만, 전장의 소리에 묻혀버리는 바람에 가비루의 귀에는 들리지 않았다. 그건 너무나 행복한 일이었다.

집사처럼 굴던 베이런이 소우카의 옆에 나란히 섰다. 그리고 마르코를 상대하면서 스틱을 잡았다.

"소생이 저자를 상대하겠으니, 소우카 공은 절 보좌해주시길 부탁드립니다. 저기 있는 존다가 치료를 도와드릴 것이니, 다른 분들에겐 부상자의 보호를 부탁드리겠습니다."

"알겠습니다!"

"그럼 시작합시다!!"

소우카의 대답을 듣자마자, 베이런이 움직였다.

데몬 로드(악마공)로서, 후작의 지위에 해당하는 베이런. 에너지 양으로 비교하면 마르코의 1/4 이하의 수준이지만, 레벨(기량)으로는 베이런이 위였다. 이기진 못하더라도, 마르코의 기분을 불쾌하게 만드는 데는 성공했다.

"쳇, 한없이 귀찮은 녀석들이로군! 마무리 공격을 날리기 전에 연거푸 덤비다니."

"당연하지. 적의 전력을 파악하는 것도 우리의 사명이니까."

"이것 참, 우리들의 전문분야를 흉내 내는 모습을 보는 게 이 정도로 짜증이 나는 줄은 몰랐군. 빨리 너를 죽이고, 저 귀찮아 보이는 녀석을——."

"빈틈!"

베이런과 응전하면서, 가비루에게 살의를 드러낸 마르코. 그 한 순간의 빈틈을 놓치지 않고, 소우카가 움직였다.

소리 내어 말한 것은 일부러 그런 것이었다. 주의를 자신 쪽으로 돌리게 만들어서 마르코를 당혹시키는 작전이었다.

자신의 쿠나이가 닿으면 다행. 그게 소용이 없더라도 베이런의 공격이 마르코를 덮칠 것이다. 그렇게 판단했던 것이다.

마르코는 그걸 꿰뚫어 봤다. 그랬기 때문에 최선의 선택을 했다.

즉, 소우카의 쿠나이를 피하지 않고 맞은 것이다.

그게 정답이었다. 만약 소우카에게 반응했다면, 베이런에 의해 더욱 큰 부상을 입었을 테니까.

그대로 소우카를 무시하면서 베이런의 스틱을 튕겨낸 마르코. 그리고 한창 싸우는 도중에 쓸데없는 생각을 했다고 반성했다.

(쳇, 마무리 공격은 이 녀석들을 쓰러트린 뒤에 해야겠군. 귀찮아, 정말!)

가비루가 가장 위험한 것은 틀림없다. 그래서 빨리 최후의 일격을 가하고 싶었던 마르코였지만, 욕심을 부린 나머지 부상을 입고 말았다.

대단하지 않은 부상이었지만, 경애하는 콘도의 모습으로 부상을 입은 자신을 용서할 수 없었다.

"먼저 너희들을 처리하기로 하지."

"글쎄, 귀공이 과연 그렇게 할 수 있을까?"

"베이런 공, 아마 제 생각입니다만, 지는 게 분해서 큰소리를 치는 게 아닐까요?"

"훗, 그렇군요. 소생들은 서두르지 않고, 맡은 소임을 다 하기로 하죠."

이리하여 베이런은 소우카와 태그를 꾸렸고, 열세이면서도 마르코에게 대항했다.

그 틈을 타 존다도.

"이것 참, 귀찮은 기술이군요. 요기—— 아니, 인간이니까 투기라고 해야 하나. 체내에 마력요소를 어지럽히는 파장을 계속 발산하도록 에너지를 남겨둔 모양이군요. 무시무시한 기술입니다.

이거라면 정신생명체인 우리에게도 통할 것 같군요."

그런 식으로 가비루의 상처를 진단했다.

그 진단은 정확했다.

다무라다의 나선침투파와 같은 발경의 일종이며, 주입한 오라(투기)로 적의 내부를 파괴하는 것이었다.

그게 바로 '오보로 심명류'――〈기투법〉의 극의이며, 마를 물리치는 검이라고 불리는 이유였다.

그렇기 때문에 마력요소를 이용해 치료하는 회복약 같은 것으로는 이 상처를 낫게 할 수 없었다.

하지만 존다라면 치료가 가능했다.

마력요소를 절묘하게 조작하여, 흐트러진 기를 정돈했다. 마르코가 주입한 투기를 중화하여, 가비루의 몸 안에 있는 기를 정상적으로 흐르도록 되돌려 놓았다.

그리고 가비루도 그저 묵묵히 회복을 기다리고 있기만 했던 건 아니었다.

더욱 큰 치유의 힘을 격렬하게 바랐다.

그 소원이 가비루에게 새로운 힘을 발현시키려 하였다.

하지만――.

여전히 예측을 허용하지 않는 상황 속에서 마르코가 자세를 풀었다.

"이것 참, 시간이 다 됐습니다. 돌아오라는 명령이 떨어졌으니, 승부는 나중으로 미루기로 할까요."

그렇게 말하자마자 마르코는 상대의 반응은 아랑곳하지 않은 채, 그 자리에서 '전이'하여 사라지고 말았다.

이리하여 가비루 일행은 구사일생으로 살아난 것이다.

●

번은 풋맨을 상대로 고전하고 있었다.

아니, 고전한다는 것은 그나마 듣기 좋은 표현이었다.

번도 '선인' 급이며, 힘에는 자신이 있었다. 그러나 풋맨은 번을 가볍게 압도할 정도의 에너지(마력요소)양을 보유하고 있었다.

번의 갑옷과 전투용 창은 레전드(전설) 급이며. 기본적인 전력의 상승에 공헌하고 있었다. 그런데도 전혀 대등하게 싸울 수가 없었다.

지금까지도 계속 싸울 수 있는 것은 풋맨에게 이성이 없기 때문이었다.

그리고 포비오의 협력도 큰 도움을 주었다.

"'흑표아' 포비오, 이 싸움을 도와주겠다."

그렇게 소리치면서 난입한 남자를, 처음에는 수상쩍게 여겼던 번. 그러나 그 남자의 정체를 바로 떠올렸다.

('흑표아'라면, 마왕 칼리온의 삼수사란 말인가! 그렇군, 칼리온도 지금은 마왕 밀림의 밑으로 들어갔고, 그 마왕 밀림도 리무루 폐하와는 동맹관계에 있었지.)

적은 아니라고 판단하여, 번은 자신을 도와주러 온 자를 환영했다.

"덕분에 살았군. 나 혼자의 힘만으론 어렵겠다고 생각하던 중이었으니까."

"그렇겠지. 솔직히 말해서 나도 혼자서만 싸우는 건 무리일 거야."

자신의 태도를 다시 돌이켜보면서 반성했던 포비오는 냉정하게 자신의 실력을 평가하고 있었다. 진심으로 싸우는 건 물론이고, 전력을 다해 '수신화(獸身化)'한 상태로 싸워도 풋맨에겐 이길 수 없다는 걸 본능으로 깨닫고 있었다.

그렇기 때문에 포비오도 자존심을 버리고 번과 같이 싸우는 것을 선택한 것이다.

풋맨은 강하지만, 이성을 잃어버린 상태였기 때문인지 공격이 단조로웠다. 그래서 번도 포비오도 만신창이긴 했지만, 겨우 서 있을 수 있는 상태였다.

승리는 바랄 수 없는 상황이었지만, 두 사람에게 '철퇴'라는 글자는 허용되지 않았다.

왜냐하면 바로 옆에서 동료들이 사투를 벌이고 있었기 때문이다.

또 한 명의 광대—— 티어를 맞아서 싸우는 것은 무장국가 드워르곤의 나이트 어새신(암부의 수장)인 앙리에타와 그녀를 도와서 참전한 고부아 일행이었다. 소수정예로 단 한 명인 티어를 포획하려 하고 있었다.

그러나 티어의 상태는 어딘지 모르게 이상했다.

"정말로, 미안해. 나도 진심으로 싸우는 건 아니지만, 명령을 받았어. 그러니까 열심히 노력해서, 죽이지 않도록 할 테니까, 어떻게든 나를 좀 멈춰줘!"

아주 진지하게 싸우면서도, 그런 말을 입에 올리고 있었다.

실은 티어는 카가리에게 싸우라는 명령을 받기는 했지만, 자유 의사는 남아 있었다. 명령에는 거역할 수 없지만, 카가리에게 조종당하는 상태라는 걸 인식할 수 있었다. 즉, 본인도 지금의 상황은 본의가 아니었으며, 스스로 원해서 싸우고 싶지는 않았던 것이다.

그래서 티어는 극한까지 노력하면서 진심으로 싸우려 하지 않고 있었다. 명령 위반이 되지 않도록 싸움에는 참가했지만 자신들을 멈춰주길 바란다고, 적인 앙리에타 일행에게 요청한 것이다.

그런 티어의 요망에 응해주기 위해 앙리에타 일행은 포획작전을 전개시키고 있었다. 그러나 압도적이기까지 한 기본적인 힘의 차이는 도저히 메우기가 어려워서, 아직도 성과를 내지 못하고 있었던 것이다.

"거기 있는 오빠도 미안해. 전에는 이용했지만, 이번에는 속일 마음 같은 건 없어!"

티어의 말을 듣고 포비오가 발끈했다.

풋맨의 이성을 날려버린 것은 자신들을 죽지 않게 하기 위해서──라는 것은, 포비오도 번도 바로 깨달았다. 처음에 만났을 때는 알아차리지 못했지만, 풋맨은 포비오가 존경하는 칼리온과 동등한 기운을 발산하고 있었으며, 제대로 싸워도 이길 수 있는 상대가 아니라는 것을 깨달았기 때문이다.

그래서 포비오도 일단은 티어에게 감사하고 있었다.

그러나──.

"시끄러워! 내 흑역사를 떠올리게 하지 마. 말하지 않아도 이 녀석을 폭주 상태로 만들어준 것은 고맙게 생각하고 있어!"

"그렇겠지! 너희는 약하니까, 풋맨이 진심으로 싸우면 지금쯤 은 죽었을 거야, 응!"

그렇게 소리치면서 대꾸한 포비오에게, 티어가 천진난만하게 폭언을 뱉었다.

티어에게 악의 같은 건 없었으며, 그게 본심이라는 것은 명백 했다. 그래서 괜히 더 부아가 났지만, 지금은 불만을 내뱉는 게 고작이었다.

"건방진 꼬맹이라니까."

"이제 그만 입 다물어! 그보다 너는 좀 더 힘을 조절할 수 있도 록 노력하라고!"

나중에 두고 보자는 듯이, 번과 포비오는 한숨을 내쉬었다.

그런 힘든 상황이 이어졌다.

고부아는 이 자리를 돌파한 뒤에 다른 전황에 참가하여 도와주 고 싶다 생각했다. 그만큼 이곳에 있는 자가 가장 간단한 상대라 고 판단했기 때문이다.

그러나 상황은 그렇게 만만하지 않았다.

티어에게 적의가 없다고는 하나, 그래도 명령에는 거역하지 못 하는 상황이었다. 그렇다면 포획도 쉬울 것이라 판단한 고부아는 결코 잘못된 판단을 한 게 아니었다.

작전이 마음대로 풀리지 않는 것은 단순히 티어와 풋맨이 너무 나도 강했기 때문이었다.

풋맨의 경우는 강철 따위는 쉽게 부숴버렸다. 어중간한 공격은 통하지 않으며, 기절시키는 것도 힘들었다.

번과 포비오라는 강자가 둘이 함께 덤벼서 겨우 발을 묶고 있는 상황이었던 것이다.

한편 티어는 어떤가 하면, 속도만큼은 자신이 있었던 앙리에타도 따라잡지 못하였으며, 고부아는 아예 손도 대보지 못하는 상황이었다.

자신들도 투망을 준비했지만, 생포한다는 것은 절대 성공하지 못할 것 같았다. 소우카 쪽이 맡았다면 좀 더 잘 처리할 수 있었겠지만, 지금은 마르코와 전투 중이었기 때문에 그럴 여유가 없을 것 같았다.

그런 저런 이유가 있다 보니, 전황은 악화되어 갔다.

모스가 전해준 정보로 전황을 파악한 고부아.

베이런이랑 존다가 가비루를 구해주러 갔다고 한다. 다시 교착 상태로 돌아갔다고 하는데, 그만큼 위험한 상황이 된 것 같았다.

최악의 상대는 콘도다.

하쿠로우가 무릎을 꿇었으며, 가젤 왕까지 패했다.

아게라와 에스프리가 그쪽으로 갔다고 하지만, 콘도를 상대로는 시간벌이조차 제대로 할 수 있을지 불안했다.

『최악의 경우엔 내가 나서겠어.』

모스는 그렇게 말했다.

모스의 역할은 베니마루를 대신하여 전황을 파악하는 것이었다. 모스의 정보를 토대로, 고부아가 작전을 세웠다.

지금도 티어를 상대하면서, 고부아는 적절하게 지시를 계속 내리고 있었던 것이다.

그게 가능했던 것은 모스의 지원이 있었기 때문이다. 하지만 모스가 싸우러 나가버리면 전선은 단번에 붕괴되고 말 것이다.

『그건 참아주면 좋겠습니다. 최악의 경우에는 부탁을 드리겠습니다만, 애초에 당신이 나서면 이길 수는 있단 말입니까?』

『……선처하지.』

모스가 참가해도 이길 수 없단 말인가. 그런 생각이 들면서, 고부아는 우울한 기분에 사로잡혔다.

모스는 자신만만한 성격을 지녔으며, 테스타로스를 필두로 하는 특정인물 이외에는 건방진 태도로 상대를 대했다. 그런 모스가 선처하겠다는 불확실한 발언을 했다.

그건 즉, 콘도가 그만큼 위험한 상대라는 걸 증명하는 거나 다름이 없었다.

콘도를 막는 건 힘들다.

가비루는 아직 전선에 복귀하지 못했다.

고부아 쪽도 티어와 풋맨을 포획하려면 아직 멀었다.

이런 상황에선 카가리의 의식을 중단시키는 것은 불가능했다.

가드라가 있지만, 지금은 베루글린드를 상대로 힘든 싸움을 펼치고 있었다. 만약 베루글린드가 참전한다면, 그때엔 패배가 확정될 것이다.

(최악이네. 우리가 평소에 얼마나 리무루 님이랑 베니마루 님, 그 외의 다른 간부 분들에게 의지하고 있었는지 잘 알았어…….)

고부아는 그렇게 반성했지만, 이제 와서 깨달았어도 이미 늦은 뒤였다.

그렇기 때문에 결코 포기하거나 하진 않을 것이다.

(아직 포기할 순 없어. 베루글린드 님이 나서지 않았다는 건 그 악마들이 노력해주고 있단 뜻이겠지. 힘의 차이가 분명할 텐데, 그래도 아직 버티고 있는 거야. 우리가 먼저 약한 소리를 뱉다니, 그런 건 절대 허용될 수 없다고!)

고부아가 떠올린 것은 긍지 높은 악마 아가씨 3인방이었다.

지는 걸 싫어하며, 신참이면서도 '성마십이수호왕'이라는 최고 간부의 지위에 있는 세 명. 고부아 정도의 수준으로는 상상도 할 수 없는 강자였지만, 상대가 베루글린드이다 보니 절망감이 자꾸만 강해졌다.

여전히 전투를 계속하는 것만으로도 대단한 것이었다.

질 수 없어──. 고부아는 그렇게 생각했다.

한 번 더 기합을 다시 넣고, 티어의 포획을 재개했다.

●

콘도 앞에 한 명의 남자가 섰다.

무사 같은 분위기의 가벼운 옷차림을 한 아게라였다.

"죽여버려, 아게라! 나는 방해하지 않을 테니까 말이지."

그렇게 말하면서 에스프리는 가젤과 하쿠로우를 치료하기 시작했다.

아게라는 한숨을 쉬면서 고개를 절레절레 저었다.

에스프리는 늘 그런 식이었다.

늘 재주 좋게 자신이 돋보이는 부분만을 차지한다. 단적으로 말하자면 에스프리는 이번에는 콘도에게 이길 수 없다는 걸 간파하고, 싸움에서 도망친 것이다.

요령이 좋은 여자악마, 그게 바로 에스프리였다.

아게라는 늘 있는 일이라 마음에도 두지 않고 콘도를 향해 칼을 겨눴다.

300년 동안 칼 한 자루로 무패를 자랑했던 아게라. 하쿠로우랑 가젤이라는 검호를 쓰러뜨린 콘도를 앞에 두고, 피가 끓어오르는 것을 자각했다.

"콘도라고 했던가. 반할 만한 실력이로구나. 나도 검의 길을 걷고 있다. 부디 한 수 상대를 부탁하마."

모든 방법을 다 동원하는 싸움이라면 콘도에겐 이길 수 없다고, 아게라는 꿰뚫어 보고 있었다.

콘도가 검을 이용한 승부에 응해주었기 때문에 하쿠로우는 그나마 반격에 성공한 것이다. 그렇지 않았다면, 비록 가젤과 하쿠로우가 동시에 덤볐어도 상처 하나 입히지 못하고 바로 격퇴당했을 것이다.

그렇게 생각했기 때문에 그런 제안을 한 것이었다.

밑져야 본전이라는 생각으로 벌인 교섭이었지만, 아게라에겐 콘도가 응할 것이라는 확신이 있었다. 그 이유를 말하자면, 콘도의 검기에 왠지 모를 그리운 기운을 느끼고 있었기 때문이다.

"아게라 공…… 역시 아게라 공도 검이 특기였단 말이오?"

콘도가 대답하기도 전에 하쿠로우가 끼어들어 물었다.

"음? 역시라니, 그게 무슨 뜻입니까?"

"아, 아니…… 실은 아게라 공이 내가 아는 인물과 비슷한 것 같아서……."

이상하다는 표정을 짓는 아게라를 보면서, 하쿠로우는 말끝을 흐렸다.

실은 하쿠로우의 조부와 아게라는 판박이라고 해도 될 정도로 똑같이 생겼다.

얼굴만 닮은 게 아니라, 덩치나 분위기, 그리고 빈틈 없이 서 있는 자세까지도.

"그랬습니까. 하지만 아쉽게도 다른 사람일 겁니다. 저는 이 세상에 태어난 300년 전부터 귀공과 만난 기억이 없으니까요. 그리고 검이 특기인지도 모르겠습니다. 저 자신은 이것 한 자루로 평생을 싸워나갈 각오가 되어 있지만 말이죠."

그렇게 말하면서 아게라는 온화하게 미소 지었다.

아게라에게 있어서 검은 모든 것이었다.

"그렇소이까…… 아니, 쓸데없는 얘길 했소이다."

하쿠로우는 수많은 감정을 억지로 삼키면서 물러났다.

아게라가 자신의 조부의 환생이진 않을까——. 그렇게 의심해봤지만, 증거가 없었다. 그리고 만약 아게라가 아라키 뱌쿠야였다고 해도, 콘도가 적당히 봐줄 이유는 되지 않는다.

하쿠로우가 한 번도 이기지 못했던 조부이긴 하지만, 결국은 인간이었다. 답이 어떻게 나오든, 이 자리의 상황을 뒤집을 수 있는 요인은 되지 못했다.

이 싸움에 승리하려면, 실력으로 콘도에게 이길 수밖에 없었다.

"하쿠로우 공이 아는 인물이라면 혹시——."

"음, 내 조부를 말하는 것이외다."

작은 목소리로 물은 가젤에게, 하쿠로우도 작은 목소리로 대답했다.

소곤거리면서 얘기하는 두 사람 사이에 에스프리도 끼어들었다.

"하나 묻겠는데, 하쿠로우 씨의 할아버지가 돌아가신 건 300년 전이야?"

"그렇소이다."

"그러면 가능성이 있을지도 모르겠는데. 저 사람은 저런 모습으로 데몬(악마족)으로 태어난 데다, 처음부터 칼을 들고 있었거든. 그리고 카레라 님의 밑에는 무에 능한 '영혼'이 모이니까. 그런 인연이 있어도 이상할 건 없을 것 같아."

"과연. 만약 그렇다면, 하쿠로우 공도 모르는 오의를 알고 있을지도 모른다는 뜻인가."

"글쎄 어떨는지? 이 늙은이는 결국 익힐 수 없었지만, 예전에 보여주셨던 기술 중에는 팔화섬이 최고 오의라고 말씀하셨는데……."

그런 대화가 열심히 오갔다.

이미 하쿠로우와 가젤은 전력을 다해 싸운 끝에 패배한 몸이다. 그러므로 체념한 상태에서 승부의 행방을 지켜보기로 했던 것이다.

그리고 그럴 때가 아니라는 것을 이해하면서도, 하쿠로우는 아게라의 정체가 계속 마음에 걸렸다. 그리고 가젤도 하쿠로우의 스승에 관한 얘기를 듣고는 흥미진진한 반응을 보였다.

그런 두 사람의 치료에 들어간 에스프리.

열심히 일하고 있다는 걸 어필하는 그 모습은 실로 훌륭해서 아게라도 경의를 표할 수밖에 없었다.

아게라는 그 상황을 보고는, 고개를 절레절레 저으면서 한숨을 쉬었다.

그리고 콘도는 그런 적들의 대화를 방해하지도 않고, 유연하게 자세를 잡으면서 아게라를 관찰하고 있었다.

콘도의 역할은 카가리의 의식을 방해하려는 자들을 제거하는 것이다. 그러면서 도움이 될 만한 강자들을 선별하고 있는 것뿐이지, 적을 몰살하려는 생각 같은 건 하지 않았다.

그렇기에 서두르지 않고 아게라에게 응해주기로 했다.

가젤을 상대로 전력을 다해 싸운 것은 방치해두면 위험했기 때문이다. 자신과 호각인 '성인'이 하쿠로우의 기술을 배우게 되면, 반드시 이길 수 있다는 보장이 사라진다. 그래서 콘도는 승리, 즉, 임무를 우선했던 것뿐이다.

아게라처럼 명백하게 자신보다 아래인 상대라면, 조금쯤은 놀아도 상관없을 것이라고 생각하였다.

애초에 콘도가 그런 판단을 내린 것은 드문 일이다. 합리주의자이면서 일을 우선하는 인간인 콘도는 쓸데없는 짓을 극단적으로 싫어하기 때문이다.

그런 콘도의 유일한 약점이 자신이 배운 유파에 대한 긍지였다.

(이것 참, 사적인 감정을 완전히 버리질 못하다니, 나도 아직 멀었군.)

그렇게 반성하면서도, 호기심을 완전히 억누르지 못했던 것이다.

좋다, 상대해주마──. 콘도는 그렇게 말하려고 했지만, 주위의 상황을 보지 못할 정도로 어리석진 않았다.

그 시야의 끝에서 베루글린드가 움직이는 것을 보았다.

카가리의 금기주법 : 버스데이(요사명산, 妖死冥産)는 아직 진행 중이었지만, 아무래도 사정이 바뀐 것 같았다.

아쉽게도 물러날 때인가. 콘도는 그런 생각을 하면서 움직이기로 했다.

"미안하군. 상대해주고 싶었지만, 임무가 우선이다."

아게라에게 그렇게 알리면서, 군도를 집어넣었다.

그 태도는 완전히 아게라를 아래로 보고 있었다. 그러나 그렇다는 걸 알고 있어도 아게라는 콘도를 멈출 수 없었다.

사라져가는 콘도의 뒷모습을 바라보면서, 식은땀이 계속 흘러내리는 듯한 기분을 느끼고 있었다.

"보아하니 목숨은 건진 것 같군."

분한 표정으로 그렇게 중얼거렸다.

●

가드라는 베루글린드를 상대로, 혼자 고군분투하고 있었다.

그렇다곤 하나, 실제로 싸우고 있던 것은 아니었다.

그런 짓을 했다간, 아무리 최첨단기술이 합쳐져 만들어진 데몬 콜로서스(마왕의 수호거상)라고 해도, 일격에 산산조각이 나고 말 것이다.

가드라는 자신의 분수를 잘 알고 있기 때문에 그런 어리석은 짓을 하진 않았다. 자신의 호기심이 이끄는 대로, 베루글린드에게 의문을 던지고 있었다.

"설마 '원수' 각하가 베루도라 님의 누님이신 '작열용' 베루글린드 님이셨을 줄이야. 저도 지금까지 그 사실을 모르고 있었습니다. 아름다우신 것도 당연하군요."

그렇게 시작하면서, 빈말을 한없이 늘어놓았다.

베루글린드의 관심을 끌고, 대화로 유도한 것이다.

"당신에게 얼굴을 보인 것은 최근이었죠. 모르는 게 당연해요."

그렇게 대답을 해버리면서 그녀의 운은 끝나고 말았다.

베루글린드는 그대로 계속 가드라의 이야기 상대가 되어 있었다.

대화로 시간을 번다는, 가드라의 혼신을 다한 계책이었다.

그걸 훌륭하게 성공한 덕분에 가드라는 지금도 살아 있었다.

애초에 베루글린드에게도 노리는 바는 있었다.

"──그렇군요. 즉 베루글린드 님이 지금까지 계속 루드라 폐하를 받쳐주고 계셨다는 얘기로군요. 대대로 '원수'를 맡으면서 서로 다른 사람처럼 연기하시다니, 이 가드라는 실로 감탄했습니다!"

"몇 백 년 정도 발언하지 않았던 시대도 있었어요. 그렇게 열심히 연기했을 정도로 대단한 일은 아니었어요."

베루글린드는 정중하게 대꾸했지만, 그 모습에는 피로감이 보였다. 가드라의 질문공세를 받으면서 질려버린 것이다.

그렇기 때문에 별생각 없이 말하는 투로 불평이 튀어나왔다.

"그건 그렇고 당신도 상당히 뻔뻔하군요. 루드라가 마음에 들어 했던 인물이라서 질문을 허가했지만, 이렇게까지 질문공세를 받을 줄은 생각하지 못했어요."

"칭찬해주셔서 황공하기 이를 데 없습니다!"

"칭찬한 게 아니에요."

어이가 없다는 반응을 보이는 베루글린드.

베루글린드에게 있어서, 가드라를 비틀어 죽이는 것쯤은 아주 쉬운 일이다. 그러나 이미 '별신체'를 네 명이나 만들었기 때문에, 가드라를 상대하기 위해 '별신체'를 내놓는 건 망설여졌다.

의식을 방해받지만 않으면 된다고 생각하고, 가드라의 상대를 하기로 한 것이다.

실수한 것일지도 모른다는 생각을 하면서 고민하는 베루글린드와는 대조적으로 가드라는 신이 나서 질문을 거듭하고 있었다.

"그건 그렇고 계속 궁금했던 것인데. 다무라다 공은 왜 제가 폐하에게 정보를 전해드리려는 것을 막은 걸까요? 리무루 님 측의 전력이 정확하게 전달되었다면, 제국군의 피해는 적게 끝났을 텐데 말입니다."

"글쎄요? 이미 당신도 알아차리고 있겠지만, 우리에게 제국군 따위는 어찌 되는 상관없어요. 더욱 강한 자를 각성시키기 위해서 전쟁을 일으킨 것뿐이니까요."

"하지만 그래도 제 얘기를 들어두시는 게 좋지 않았겠습니까?"

"끈질기군요. 당신은 다무라다가 배신했다고 말하고 싶겠지만, 그 사람에게도 사정은 있어요."

"흠, 그렇습니까. 그러면 그 사정이라는 것 말인데, 마사유키라는 소년과 관계가 있습니까?"

"몰라요. 왜 내가 다무라다의 동향을 파악할 필요가 있는 거죠? 무엇보다 그 마사유키라는 자는 누군가요?"

"네?"

베루글린드의 반응을 보고, 가드라는 당황했다.

가드라의 예상으로는 마사유키야말로 열쇠라 생각하고 있었기 때문이다.

"저, 저기, '용사' 마사유키를 모르신단 말입니까?"

조심스럽게 물어보는 가드라에게, 베루글린드가 쌀쌀맞게 대답했다.

"모른다고 말하고 있잖아요. 그렇지 않으면 그자는 강한가요?"

강하냐고 묻는다면 아니라고 대답할 수밖에 없다. 마사유키를 싫어하진 않으며, 호감이 간다고 생각하는 루드라였지만, 강하진 않다는 걸 알고 있기 때문이다.

가드라의 대답을 듣고, 베루글린드가 콧방귀를 뀌었다.

"콘도는 각성할 수 있을 거 같은 자가 아니면 흥미가 없죠. 그리고 '용사'를 자칭하면 인과에 휩쓸리게 되니까, 어차피 마왕들이 접촉해서 처리하리라 생각한 거 아니겠어요?"

과연──. 가드라는 그렇게 생각했다.

유우키가 마사유키를 이용해서 마왕 리무루의 반응을 봤다. 그러나 그건 다무라다의 진언이 있었기 때문이라는 건 의심할 필요가 없었다.

즉, 제국 상층부도 마사유키에 대해서 알고 있었을 것이다.

그런데 베루글린드는 모른다고 말했다.

확실히, 강자가 아니니까 무시했다고 말한다면, 납득이 되지 않는 얘기도 아니었다.

적어도 콘도라면, 마사유키 따위는 이용가치가 없다고 판단했을 것이다. 불확정요소가 있는 싹은 뽑으려고 들 것이고, 게다가 마사유키가 황제 루드라와 판박이처럼 똑같다면 처리하려고 들어도 이상할 건 없다.

이런 콘도의 생각은 이해할 수 있지만, 이해가 되지 않는 건 다무라다의 움직임이었다.

"흠. 하지만 다무라다 공은 그 마사유키라는 소년을 지키기 위해서 '더블오 넘버(한 자릿수)'를 두 명이나 호위로 붙였습니다만?"

"마물의 나라에 잠입시키기 위해서겠죠."

"아니, 그건 그렇습니다만……."

답답한 기분을 느끼면서, 가드라는 말끝을 흐렸다.

뭔가 앞뒤가 들어맞는 것처럼 들리기도 했지만, 어딘지 모르게 위화감이 느껴졌다. 제국을 배신한 가드라의 입장에서 보면, 고민할 필요도 없는 것으로 고민하고 있었다.

가드라는 좀 더 얘기를 진지하게 들어달라고, 베루글린드에게 성난 목소리로 소리치고 싶었다.

"불만스러운 표정이군요."

"아, 아니, 아니, 아닙니다. 당치도 않습니다."

어떻게 얼굴도 보이지 않는데, 자신의 심정을 꿰뚫어 보는 걸까──. 그렇게 생각한 가드라는 필사적으로 동요할 것 같은 마음을 진정시켰다.

그때 문득, 베루글린드의 말에 담겨 있던 위화감의 정체에 생각이 미쳤다.

"다무라다 공은 정말로 배신자였던 게 아닐까요?"

자신도 모르게 입에서 그런 말이 불쑥 튀어나온 가드라.

"웃기지 말아요. 배신자는 당신이잖아요."

지당한 의견이었다.

하지만 가드라는 기가 죽지 않았다.

그 뻔뻔스러운 성격을 최대한으로 활용하여, 베루글린드에게 의견을 말했다.

"그건 그렇다고 쳐도, 한 가지 묻고 싶습니다. 그 마사유키라는 소년 말입니다만, 실은 루드라 폐하와 똑같이 생겼습니다. 그 사실에 대해 어떻게 생각하십니까?"

그렇다. 위화감이 느껴졌던 것은 마사유키의 정보에 관한 것이었다.

강하냐 약하냐, 제국이 그걸 중시하고 있는 것은 당연하다. 마사유키의 경우, 그것보다 더 중요한 요소로서 '지배자인 황제 루드라와 똑같이 생겼다'는 정보를 빼놓고는 얘기를 할 수 없었다.

콘도라면 알고 있었을 가능성이 있다. 그러나 버니랑 지우는 몰랐을 것이다.

루드라의 친구인 다무라다는 알고 있었다.

그런데도 왜 마사유키를 지키려고 생각한 걸까?

그 점이 이해가 되지 않았기 때문에 가드라는 의아하게 여겼던 거다.

"……뭐라고요?"

"그러니까, 루드라 폐하와 '용사' 마사유키의 얼굴은 똑같이 생겼단 말입니다. 왜 그 정보를──?!"

설명하는 도중에 가드라는 새파랗게 질려 입을 다물었다.

베루글린드의 형상을 보고 전율했다. '아, 난 이제 죽을지도 모르겠다……'라 생각하고, 지나치게 까분 것을 후회했다.

그러나 베루글린드는 가드라를 무시하고 생각에 잠기기 시작했다.

콘도가 그 정보를 몰랐을 거라곤 생각할 수 없다. 그렇다면 왜 그 정보를 알려주지 않았는지를 불만스럽게 생각했다.

그것보다 문제는 다무라다였다.

대체 무슨 생각을 하고 있는 건지 분명하지 않았으며, 가드라가 한 말도 그냥 흘려듣고 넘어갈 수 없게 되고 말았다.

그것보다 대체 얼마나 닮았단 말인가──.

(루드라와 똑같이 생겼다고? 한 번 확인해볼 필요가 있겠네⋯⋯.)

침공한 제국군이 전멸했다는 사사로운 차질은 있었지만, 모든 것이 계획대로 진행된다고 생각하고 있었다. 그런데 그 하찮은 정보가 베루글린드를 쓸데없이 짜증 나게 했다.

"가드라, 유익한 정보를 줘서 고마워요. 그 정보를 봐서 당신은 그냥 보내줄 수도 있는데, 어떡하겠어요? 그 장난감으로 나에게 도전해볼 건가요?"

처음부터 베루글린드에겐 가드라를 죽일 마음 같은 건 없었다. 이렇게 보여도 가드라는 루드라가 신뢰하는 몇 안 되는 친구였기 때문이다.

그리고 가드라가 제국을 배신한 것은 사실이지만, 루드라를 배신한 것은 아니라고, 베루글린드는 판단했다.

베루글린드에겐 제국 그 자체도 큰 의미가 없었다. 그러므로, 가드라의 배신도 허용범위 안에 들어갔다.

이런 점은 인간의 감각과 달라서, 가드라도 쉽게 가늠할 수 있는 것이 아니었다. 그렇기 때문에 베루글린드의 제안을 받아들일 수밖에 없다고 판단했다.

어차피 이기지 못할 것이기 때문에 시간벌이를 위해서 말을 통한 논쟁을 선택한 것이다. 이런 상황에서 실전이 벌어지게 되면 그 시점에서 작전은 종료였다. 바로 말하자면, 1초도 안 되서 가드라는 말살되었을 것이다.

그러므로 가드라는 망설이지 않았다.

"와하하하하, 농담도 잘하십니다. 저 같은 놈은 상대도 되지 않는다는 걸 잘 알고 있으니까요!"

정색하는 반응을 보이는 게 중요하다는 듯이, 웃으면서 얼버무리려고 했다.

그렇게 대답했지만, 부정한 듯이 보여도 사실은 YES라고도 NO라고도 대답한 것은 아니었다. 상대에게 판단을 맡기면서, 나중에 리무루 진영으로부터 도망쳤다는 책망을 받을 염려도 사라진다. 완벽한 처세술이었다.

가드라의 교묘한 언동은 지금 최대로 발휘되고 있었다.

베루글린드는 그런 가드라의 고식적인 생각을 다 꿰뚫어 보고 있었지만, 재미있는 남자라고만 생각했다.

한숨을 한 번 쉬고, "가드라답군요"라고 말하면서 놓아주기로 했다.

그리고——.

가드라의 입장에선 운이 좋게도 상황이 바뀌었다.

베루도라와 싸우고 있던 '별신체'가 진심으로 싸우려 드는 바람에, 이 자리에서 떠날 필요가 생긴 것이다.

"어머나, 그런가요? 마음이 내킨다면 언제든 말해요. 상대해줄 테니까. 하지만 그 전에 열심히 싸워서 이 전쟁에서 살아남도록 해요."

"——네?"

"난 볼일이 생겼으니까, 이 자리를 다른 장기말에게 맡기기로 했어요. 당신, 군에겐 미움 받고 있었던 것 같으니 열심히 노력해서 '성인'이 되도록 해요."

"그게 무슨——."

물어보려고 한 가드라를 무시하고, 베루글린드는 공중으로 날아올랐다. 마법을 중단시킨 탓에 의식이 대폭적으로 늦어졌지만, 어쩔 수 없다고 판단했다.

혼자 남겨진 가드라는 멍한 표정으로 베루글린드를 쳐다봤다. 변화된 상황에 당혹스러워하면서, 어떻게 할 것인지 판단을 내리지 못한 채 망설이고 말았다.

전장에선 한순간이라도 방심할 시간이 없다. 그걸 증명하려는 듯이, 가드라가 답을 찾아내기도 전에 베루글린드가 한 말의 의미가 명확해졌다——.

『시, 공, 연, 결——!!』

——그건 어이가 없을 정도로 현실과는 거리가 있는 광경이었다.

공중에 떠 있던 베루글린드가 소리치자마자, 공간이 크게 일그러졌다. 그리고 거기서 무수히 많은 비공선이 출현한 것이다.

"저건 마수군단을 운반 중인 비공선이란 말인가?! 서, 설마……공간을 연결했다고? 아니, 아니, 아니, 그건 있을 수 없는 일이야.

여기서 거리가 얼마나—— 아니, 아니, 그런 문제가 아니야!!"

혼란에 빠진 가드라.

그 정도로 눈앞에 벌어지고 있는 일은 믿기 어려운 현실이었다.

잉그라시아 왕국을 북부에서 공격할 예정이었던 비공선단이 시간과 공간을 무시하고 불려온 것이다. 리무루의 계산으로도 3일 이상은 걸릴 거리에 있을 테니, 그걸 소환한다는 것이 가능할 리가 없다고 가드라는 생각했다.

마법에 의한 전이에는 큰 위험이 따르며, 자칫하면 병사들이 죽여버릴 수도 있다. 그걸 막으려면 더욱 많은 대량의 마력이 필요하게 되며, 술식도 복잡해진다.

(아니, 리무루 님께선 가능하셨지. 그러나 다른 좌표에 있는 자를 불러온다면 그 난이도는 차원이 다르게 높아진단 말이다! 그런 짓이 가능할 리가 없을 텐데…….)

그건 너무나도 비상식적인 짓이다.

가드라는 겨우 정답을 찾아냈는데도, 현실로서 인정하지 못하고 있었다.

●

가드라가 혼란에 빠져 있던 바로 그때, 같은 기분을 직접 맛본 자들이 있었다——.

잉그라시아 왕국 북부로 진군 중이었던 비공선단은 우아한 하늘의 여행을 즐기고 있었다.

위험한 해로와는 달리, 하늘은 안전했다. 전혀 없는 것은 아니지만, 이렇게 높은 고도까지 날 수 있는 마물이 적기 때문이었다.

그런 비공선 300척을 지휘하는 자는 최고책임자인 자무드 소장이었다.

자무드의 임무는 우군의 수송이었다. 글라딤 대장이 이끄는 '마수 군단' 300명을, 그 파트너와 함께 중앙대륙까지 보내주는 것이다.

자신들이 싸우는 것이 아니므로, 마음이 편했다.

하지만——.

자무드가 탑승한 배이며, 한층 더 호화롭게 만들어진 그 기함에는 단 한 구역만이 이상한 분위기에 둘러싸인 장소가 있었다.

아주 지체 높으신 분이 시찰하신다——라고는 들었지만, 그게 누구인지 자무드는 듣지 못했다. 갑작스럽게 정해진 사항이며, 어쩌면 칼리굴리오 군단장도 모르는 얘기일 가능성도 있었다.

그렇다곤 해도 자무드는 신경 쓰지 않았다.

(홋홋후, 모르는 편이 나아. 쓸데없이 조사하는 건 자신의 수명을 줄이는 짓일 뿐이지.)

그렇게 완전히 체념한 상태에서 철저히 임무에 집중하였다.

그렇기 때문에 편안한 시간을 보낼 수 있었던 셈이지만, 그런 자무드에게 급보가 날아들었다.

"실례합니다!"

심상치 않은 표정으로 함교에 들어온 자는 전령을 맡은 장교였다. 병사에게 맡기지 않고 자신이 직접 왔다는 것은 어떤 중대한 보고가 있다는 뜻일 것이다.

자무드는 씨익 웃으면서, 그 장교에게 물었다.

"무슨 일인가? 본국에서 급한 연락이라도 왔나?"

실은 이미 칼리굴리오 군단장이 뼈아픈 패배를 맛봤다는 보고
는 듣고 있었다. 지상 전력의 대부분을 잃었다고 하지만, 그건 자
무드에겐 관계가 없는 얘기였다. 한 번 시작된 작전은 중지명령
이 내려질 때까지 멈출 수 없는 것이었다.

여기서 전장까지는 며칠이나 걸리는 거리가 있는 이상, 자무드
가 당황해봤자 아무런 수가 없었다.

오히려 자무드는 어서 중지명령을 내려주면 좋겠다는 생각까
지 하고 있었다.

병사들에겐 알리지 않았지만, 이 사실이 새어 나가면 사기에 영
향을 준다. 그렇게 되면 작전성공률이 저하되기 때문에 일단 중지
하고 나중에 다시 시작하는 게 무난하다고 생각했기 때문이다.

그걸 나약한 태도로 보는 자들이 있으므로, 자무드 혼자만의
독단으로 결단할 순 없었다.

우군의 장수인 글라딤 군단장 같은 자가 그런 타입이었으며,
자무드가 거북다하고 느끼는 상대였다.

그래서 자무드는 그 보고가 중지명령이길 기도했다.

그랬는데, 이때 자무드가 상상도 하지 못했던 사태가 일어났다.

"워, '원수' 각하께서 이리 오십니다!!"

"뭐, 뭐라고오?!"

자신도 모르게 소리 높여 되물은 자무드.

타고 있는 것조차 몰랐기 때문에 자무드가 놀라는 반응은 장난
이 아니었다.

(지, 지체 높으신 분이 '원수' 각하였단 말인가! 말도 안 돼…….

이 작전이 그렇게까지 중요했다는 건가?!)

물론, 중요한 것은 틀림없다고 할 수 있을 것이다.

하지만 3대 장군의 한 명이 움직이고 있으니 '원수'가 나설 필요는 없었다.

아니, 그보다도 지금은 '원수'에 대한 대응을 생각하는 것이 먼저였다.

"전원, 기립! 각하를 맞이한다!!"

남들보다 먼저 일어난 자무드가 명령을 내렸다.

느슨했던 분위기는 사라졌으며, 함교에 긴장감이 감돌았다.

모두가 일어서서 예의를 갖춘 직후, 문이 열렸다.

모습을 드러낸 건 절세의 미녀, 베루글린드였다.

함교에 있던 자들은 베루글린드의 미모를 보고 말문이 막혔다.

지금까지 한 번도 모습을 보이지 않았던 원수가 이렇게 눈앞에 서 있다. 그 사실을 뇌가 인식하기도 전에, 베루글린드의 아름다움에 매료되고 말았다.

그 사실을 당연하게 받아들이는 베루글린드.

"멍청하기는. 멍하니 서 있지 말고 어서 각자의 임무에 복귀하세요."

그렇게 상냥한 목소리로 지적했다.

그러나 방심해선 안 되었다.

베루글린드는 이성적이며, 이 자리에서 자신이 섣불리 폭력을 썼다간 기함을 파괴해버릴 것이라는 걸 이해하고 있었을 뿐이었다.

이 함에는 황제 루드라의 본체가 탑승하고 있었기 때문에 베루글린드가 애써 배려한 결과였다. 이 자리에 있던 자들은 운이 좋았다고 할 수 있을 것이다.

"착석! 각자 작업에 복귀하라."

자무드의 지시를 받고 사관들은 자신들의 일을 다시 시작했다.

이리하여 우아한 배 여행은 끝을 고했다.

그 후의 일들은 자무드에게 있어서 놀라움의 연속이었다.

"처음 뵙겠습니다, 각하. 소관은 자무드라고 합니다. 부디 앞으로도 기억해주신다면 감사하겠습니다."

"그래요. 귀공이 살아남는다면 생각해보죠."

"영광입니다. 그 말씀을 가슴에 담고 노력하겠습니다."

"잘 해보라고 말해주고 싶지만, 시간이 없군요. 바로 본론으로 들어가죠."

베루글린드는 자무드의 아첨을 적당히 받아 넘기면서, 함장석에 앉았다.

황급히 옆에 선 자무드를 향해 명령을 내렸다.

"여러 번 설명하는 것도 귀찮으니까 글라딤 군단장도 부르세요."

"넷!"

자무드가 눈짓으로 신호를 보내자, 그의 뜻을 알아들은 사관이 글라딤이 탑승한 함으로 영상을 연결했다.

몇 분도 되지 않아서, 화면에 글라딤이 비춰졌다.

『호오, 상상 이상으로 아름다우시군.』

글라딤은 베루글린드를 보고, 싸워서 굴복시키기 쉽겠다는 생각이 들었다. 그래서 의문을 가졌다.

(왜지? 왜 이런 여자가 나보다 강하다는 말을 듣는 거냐.)

여분의 지방이나 근육 같은 것은 전혀 붙지 않은, 늘씬하고 부드러운 몸매. 그건 아무리 봐도 강함과는 거리가 멀어 보였다. 중요한 건 마력이랑 투기라는 관점도 있지만, 그걸 순환시키려고 해도 강인한 육체는 필요한 것이다.

바로 나처럼 말이지——. 글라딤은 그렇게 생각하면서 자신의 육체를 자랑스럽게 여기고 있었다. 그렇기 때문에 더욱더 베루글린드가 약하게 보였다.

뇌까지 근육으로 이뤄진 자이다 보니 진심으로 그렇게 생각했다.

베루글린드는 그런 글라딤에 대해서 별다른 생각은 품고 있지 않았다. 강한 실력만큼은 진짜였기 때문에 도움이 되는 장기말로 마음껏 이용하자는 생각을 하고 있었다.

베루글린드는 "빈말은 됐어요"라고 말한 뒤에, 담담히 명령을 내렸다. 그 태도는 글라딤 따위는 안중에 없다고 말하는 것과 같았다.

"현시점을 기해서 수행 중인 작전을 파기합니다. 새로운 임무로서 무장국가 드워르곤을 제압하기 위해서 이동할 것. 이상입니다. 뭔가 질문이 있나요?"

자무드랑 글라딤은 '이제야 그런 명령을……'이라고 생각했다. 이렇게까지 지령이 늦어진 것을 보면, 본국이 미증유의 혼란에 빠져 있을 것이라고 예측했다.

대패를 겪었다면 빠르게 작전을 다시 세울 필요가 생긴다. 세 방면의 정면 동시 작전을 벌이고 있었으니까, 그 판단은 더욱 중요한 의미를 지니게 될 것이다.

하나의 실패로 인해 모든 것이 붕괴되기 때문이다.

그런데 며칠이나 지난 뒤에야, 그것도 잉그라시아 왕국을 눈앞에 둔 상태에서의 중지명령. 두 사람이 어이가 없는 것도 당연했다.

"잘 알겠습니다. 그러면 최대속도로 귀환하기로 하죠."

"흥! 각하의 명령이라면, 이 글라딤, 신명을 다 바쳐 응할 생각입니다. 하지만, 각하의 판단이 늦어진 점과 작전이 실패한 건에 대해선 나중에 책임을 따져 물을 생각이니 양해해주십시오."

자무드는 긴장했고, 글라딤은 오만불손하게 그렇게 대꾸했다.

다른 함에 타고 있는 글라딤은 화면으로 베루글린드를 보고 있었기 때문에 그녀의 패기를 느끼지 못했다. 자무드는 그런 글라딤의 대응을 조마조마한 심정으로 지켜봤다.

(나를 끌어들이진 말아달라고!)

라고 빌면서.

그런데 베루글린드는 그 말을 완전히 무시하고 있었다.

"아무래도 귀공들은 착각하고 있는 모양이군요."

미소를 지으면서, 두 사람에게 말했다.

"착각, 이라고요?"

『뭘 말입니까? 자신에겐 잘못이 없다고 말씀하시려는 겁니까?』

"그래요"라고 말하면서 고개를 끄덕인 뒤에, 베루글린드는 설명을 시작했다.

"우선은 자무드, 여기서 목적지까지는 내가 데려가 주겠어요. 그다음은 나중에 지시할 테니까 그렇게 알고 있도록 하세요."

"네?"

"그리고 글라딤. 작전은 딱히 실패한 게 아니며, 이건 처음부터 예정된 대로의 행동이에요."

『무슨 바보 같은 소리를! 이제 와서 책임을 회피하려는 시도가 통할 거라 생각하시는 거요?』

"바보 같다고요?"

베루글린드는 불쾌한 표정으로, 가늘게 눈을 좁히면서 글라딤을 노려봤다.

귀찮다고 속으로 생각하면서, 어떻게 할지를 생각했다. 그리고 방치해도 좋다는 결론을 내렸다.

글라딤은 확실히 강하지만, 베루글린드에겐 적수가 되지 않았다. 간단히 박살 낼 수 있지만, 그랬다간 아깝다는 생각을 한 것이다.

그리고 무엇보다 시간이 없었다.

이 결론은 글라딤에겐 너무나 큰 행운이었다.

"뭐, 좋아요. 귀공도 살아남는다면, 그 건에 대해서 천천히 얘기를 나눠보기로 하죠."

『무슨 말을——.』

"잘 들어요. 지금부터 '시공연결'을 시작할 테니까 신속히 이동하도록 하세요. 그런 뒤에 나는 베루도라와의 싸움에 집중할 겁니다. 생각보다 그 아이가 강해졌더군요. 기쁜 오산이지만, 조금 애를 먹을 것 같아요. 그러니까 귀공들은 날 대신하여 전장을 제압하도록 하세요. 유망한 자들도 여러 명 확인했으니까, 가능하면 생포하도록. 알겠죠?"

아직 불평을 늘어놓으려고 하는 글라딤을 무시하고, 베루글린드는 본론을 말했다.

할 말만 한 뒤에 베루글린드는 두 사람을 향해 등을 돌렸다. 그리고 함교에서 외부갑판으로 나가기 위해 강화문을 잡았다.

"각하! '원수' 각하, 뭘 하시려는 겁니까?! 위험합니다, 돌아오십시오!!"

"뭘 하다니, 설명했을 텐데요. 밖으로 나가지 않으면 '시공연결'을 쓸 수 없잖아요."

바보를 보는 듯한 눈으로 자무드를 한 번 본 뒤에, 망설임 없이 문을 여는 베루글린드. 그리고 그대로 대공으로 날아올랐다.

(어떻게 저런 막무가내인 행동을⋯⋯! 우리까지 휩쓸리게 만들 생각인가?!)

자무드는 그렇게 생각하면서 두려워했다.

높은 고도에서 고속비행 중에 문을 연다는 것은 믿을 수 없을 정도로 위험한 행위다. 자칫하면 함 내에 있는 자들이 기압차에 의해 빨려 나갈 수도 있기 때문이다.

개조수술을 받은 강화병사라면 또 모를까, 과학자에 해당하는 자무드 같은 자들은 일반인이다. 저온으로 인해 체력을 빼앗길 것이며, 산소결핍증으로 죽을 우려도 있었다.

빨리 문을 닫아야 한다는 생각에 자무드는 조바심을 냈다.

하지만 그건 기우로 끝났다.

베루글린드가 '공간지배'를 쓰면서, 함 내에 미칠 영향을 사전에 막고 있었기 때문이다.

그 사실에 놀랄 틈도 없이, 가장 경악스러운 사태가 자무드를── 아니, 자무드뿐만 아니라, 장병 전원을 덮쳤다.

베루글린드가 공중에 가만히 떠 있었다.

그리고 다음 순간──.

『시, 공, 연, 결──!!』

베루글린드의 전방에 거대한 공간의 일그러짐이 출현한 것이다.

"말도 안 돼…….'

"미, 믿을 수가 없습니다. 공간진동을 확인. 거대하면서도, 너무나도 강대한 마력요소의 진동에 의해 시공에 영향이 생기고 있는 것으로 보입니다!"

"아니, 설마…… 저건 '원수' 각하가 저렇게 만든 것이란 말인가……?!"

그야말로, 말도 안 되는 일, 이었다.

그도 그럴 것이, 인간이 상상도 할 수 없는 일이며, 인간의 지혜를 초월한 현상이었다.

무슨 일이 일어나고 있는지도 이해하지 못했으며, 저런 일을 할 수 있는 자는 존재할 리가 없다──. 모두 그렇게 생각하면서 현실도피에 빠져 있었다.

하지만 자무드는 알아차리고 말았다.

"그 아이……라고? '원수' 각하는 베루도라를 '그 아이'라고 불렀단 말인가?"

베루도라를 그런 식으로 부를 수 있다면, 떠올릴 수 있는 존재는 얼마 되지 않는다.

(설마?! 이분의 정체는 혹시…….)

입에 담는 것조차도 황송한 제국의 수호룡. 자무드는 그녀의 변덕에 의해 제국이 보호받고 있다고만 생각했지만, 사실은 그렇지 않았다는 것을 깨달았다.

자무드의 예상을 긍정하는 것처럼, 공중에 떠 있던 베루글린드가 더 깊은 미소를 지었다.

"자, 어서 가서 날 도우세요."

그 목소리는 거절 같은 건 허용하지 않았다.

자무드뿐만 아니라 글라딤까지, 감미로운 목소리에 유혹되어 이끌린 것처럼, 시공의 갈라진 틈을 향해 비공선의 함수를 회전시켰다.

●

베루글린드가 움직이면서, 전황 또한 크게 변동했다.

그리고 그 결과는 격렬한 전투를 계속 벌이고 있었던 악마 아가씨 3인방에게도 마찬가지로 작용했다.

진심으로 싸우기 시작한 베루글린드는 상상을 초월하는 폭위를 자랑했다.

베루글린드에게 빈틈은 없었다. 압도적인 실력으로 테스타로사 일행을 농락했으며, 자신의 몸에 손을 대는 것조차 허용치 않았다.

방심도 하지 않았고, 힘 조절도 하지 않았다.

단순한 마법의 일격조차도 믿을 수 없을 정도로 위력이 높았다. 테스타로사 일행을 소멸시키려는 듯이, 베루글린드는 자신이 지닌 힘을 총동원하여 공격해 왔다.

흡사 이성이 없는 버서커(광전사) 같았다.

용의 모습으로 변신하지만 않았을 뿐이지, 그건 틀림없이 베루글린드의 전력을 다한 공격이었다.

하지만 테스타로사 일행은 아직 살아 있었다.

리무루가 이름을 지어주기 전이였다면, 이미 예전에 육체를 잃어버리고 마계로 귀환했어야 했을 것이다. 하지만 리무루가 제작한 오리하르콘(신휘금강)의 골격은 '태초의 악마'인 그녀들의 마력으로 인해 더욱 강도가 높아져 있었다.

그 결과, 아슬아슬하게나마 베루글린드의 폭위를 버텨내고 있었다.

"정말로 놀랍네, 좀 더 빨리 끝낼 생각이었는데. 생각했던 것보다 튼튼한 데다, 근접전투에도 익숙한 것 같아."

그 말에는 베루글린드의 진심이 담겨 있었다.

설마 최선을 다해서 싸우기 시작한 자신이 이렇게까지 시간들 들일 거라곤 생각하지도 못했다.

"우후후후, 저희에게 패배란 있을 수 없답니다. 그런 한심한 모습을 보였다간 디아블로에게 웃음거리가 될 테니까요. 그건 죽는 것보다 더한 굴욕이에요."

"동감이야. 그 녀석은 음험하니까 말이지."

"아니, 아니, 디아블로라면 너한테만은 그런 말을 듣고 싶지 않다고 말할 것 같은데. 뭐, 음험하다는 것은 동의해."

땅에 엎어져서 만신창이가 되었으면서도, 세 아가씨들의 눈빛은 아직 죽지 않았다. 그러기는커녕, 대담한 미소를 여전히 짓고 있었다.

진 것을 인정하지 않는 한 패배가 아니라고, 그 태도가 웅변이

125

라도 하듯이 얘기해주었다.

"이것 참, 정말 귀찮게 구는걸."

베루글린드도 곤혹스러울 뿐이었지만, 전황은 이미 결정적이었다.

귀찮은 마왕 리무루와 그의 간부들은 '몽환요새'에 붙잡아두었으며, 베루도라를 미궁에서 끌어내는 것도 성공했다.

남은 것은 작전대로, 베루도라를 지배하는 것뿐이었다.

그렇게 생각했기 때문에 악마 아가씨 3인방의 농담을 흘려듣던 베루글린드였지만, 일어선 테스타로사의 한 마디로 인해 그녀의 표정은 일그러졌다.

"조금 시간은 걸렸지만, 그 '병렬존재'라는 것의 특성을 파악했답니다."

그녀들의 목적은 베루글린드의 토벌이 아니라, 여기서 베루글린드의 발을 묶는 것이었다. 그게 바로 전술적 승리조건이었지만, 그건 베루글린드의 '병렬존재'라는 비기에 의해 달성할 수 없게 되어버렸다.

그렇기 때문에 테스타로사는 적어도 그걸 격파할 방법을 찾고 있었다.

"어디 들려줄 수 있을까?"

"네, 기꺼이 그러죠."

엉망진창이 된 꼴을 하고 있는데도 불구하고, 테스타로사는 우아하게 미소를 지었다.

긍지를 버리지 않은 그 태도는 적인데도 훌륭하다고 베루글린드는 생각했다. 그렇기 때문에 얘기를 들어볼 마음이 들었다.

테스타로사는 지적했다. 베루글린드의 '병렬존재'는 결코 무적이 아니며, 엄연히 한계가 있다는 것을. 만들어 낼 수 있는 '별신체'의 수에도 제한이 있으며, 그걸 물리치면 어떤 식으로든 피해를 보게 될 것이라고.

"정확하게 말하자면, 육체적인 대미지는 제로이겠죠. 하지만 우리 같은 정신생명체에겐 에너지의 소모야말로 대미지가 된답니다. 즉——."

"우리의 공격은 헛수고가 아니었단 말이지!"

테스타로사의 말을 빼앗듯이, 울티마가 결론을 말했다.

미소를 지으면서 고개를 끄덕이는 테스타로사. 그러나 그녀의 눈은 웃고 있지 않았으며, 베루글린드를 응시하고 있었다.

베루글린드는 한숨을 쉬고 싶은 심정이었다.

이래서 '태초의 악마'를 상대하는 건 내키지 않았다고 생각했다.

테스타로사의 지적은 정곡을 찌르는 것이었다. 단지 이런 짧은 시간에, 그것도 절망적인 수준으로 유린당하는 중에서 그런 분석을 해낸 것이다. 어이가 없을 정도의 전투센스라는 것을, 베루글린드도 인정하지 않을 수가 없었다.

"역시 블랑(태초의 흰색)—— 아니, 테스타로사라고 했었지. 정답이야, 칭찬해줄게."

죽이지 않고 우리의 패로 삼고 싶다고, 베루글린드는 생각했다. 어차피 죽인다고 해도 언젠가는 부활할 테니까 원한을 살 뿐이지 득이 될 건 없었다.

어딘가의 마왕은 아니지만, '태초의 악마'가 자신에게 들러붙게 되면 그 이상 귀찮은 일은 없을 것이다.

그런 베루글린드의 심정도 모른 채, 카레라가 대담하게 웃으면서 내뱉었다.

"큭큭큭, 너무 여유를 보이네, 베루글린드 님은. 베루도라 님이라면 우리를 상대로 얕플 같은 건 절대 하지 않는데 말이지."

그런 카레라의 발언을 듣고, 베루글린드는 발끈했다.

참고로, 카레라가 말한 얕플이라는 말은 얕본 플레이=상대를 얕보고 적당히 상대하는 것을 뜻하는 말이다. 당연하게도 베루도라는 테스타로사 일행의 위험성을 숙지하고 있었다. 위엄을 유지하기 위해서라도 절대로 약한 모습을 보여주지 않으려 하고 있었던 것이다.

그걸 자신에게 좋은 쪽으로 착각한 것뿐이었지만, 카레라의 발언을 들은 베루글린드는 기분이 탐탁지 않았다.

그렇다. 탐탁지 않았어야 할 것이다.

그런데 베루글린드는 무슨 이유인지 기쁘게 느끼고 있는 자신을 깨달았다. 손이 많이 가는 문제아였던 동생이 성장했다는 건 누나로서 기뻤다.

그래서인지, 전의를 잃었다.

마침 때가 되기도 했다.

베루도라와 싸워보고 알아차린 것이지만, 그 실력이 예전과는 비교가 되지 않았다. 진심으로 싸우지 않으면 베루글린드도 아픈 꼴을 당할 것이다.

종합적으로 판단해서, 베루글린드는 이 시점에서 전투를 중단하기로 했다. 진심으로 공격하면 순식간에 몰살시킬 수 있는 테스타로사 일행을 놓아주기로 한 것이다.

"그러네. 당신의 말대로 그 아이는 꽤 성장한 것 같아. 참으로 기쁠 따름이지만, 나도 적당히 상대할 수 없게 된 것이 난점이네. 그런고로 당신들, 이번 승부는 다음으로 미루기로 하고 그냥 넘어가 주겠어."

그렇게 일방적으로 선언하는 베루글린드.

무슨 소리를 하는 거냐——. 그런 반응을 보이는 악마 아가씨 3인방 앞에서 베루글린드의 '별신체'가 사라졌다. 그건 순식간에 일어난 일이었으며, 그녀들은 그걸 보고 있을 수밖에 없었다.

●

숲이 불타고 있었다.

베루글린드는 각지로 보내놓았던 '별신체'를 사라지게 만들어 하나로 모았다. 그리고 눈부신 붉은 광선을 내뿜은 뒤에 카디널 오라(진홍의 패기)를 두른 드래곤 모드(용의 형태)로 변신했다. 그 여파를 받아 나무에 불이 붙은 것이다.

베루도라도 용의 모습으로 돌아와 있었으며, 그 패기가 폭풍우를 부르면서 폭풍이 미친 듯이 휘몰아쳤다.

불꽃이 일렁이면서 베루도라와 베루글린드를 비췄다.

두 사람의 싸움은 지금부터 본격적으로 시작될 것이다——.

베루글린드는 오랜만에 본래의 모습으로 돌아온 상태에서 베루도라를 바라봤다.

베루도라 또한 방대한 에너지(마력요소)양을 자랑하는 것처럼,

129

그 거구를 드러내고 있었다.

그들 남매에게 있어서 이런 모습으로 재회하는 것은 오랜만의 일이었다.

베루글린드와 황제 루드라의 만남은 먼 옛날에 있었던 일이다. 각지에서 베루도라가 난동을 부리던 시대에는 베루글린드는 이미 제국에 숨어 있었다.

가볍게 돌아다니지도 않고, 계속 루드라의 곁에 머물러 있었다. 그걸 불편하게 생각하여 만들어 낸 것이 '별신체'였으며, 그 기술을 습득한 것은 베루도라가 봉인된 이후의 일이었다.

마지막으로 만난 것은 2,000년도 더 된 옛날, 남서쪽에 있는 대륙이었던가.

그때는 분명, 베루글린드가 장난삼아 힘의 일부를 보여준 것만으로, 베루도라는 바로 도망쳤던 것으로 기억한다.

그러나 그 영향은 막대했다. '용종'끼리의 충돌로 인해 생긴 에너지의 영향으로 인해 화산지대가 발생한 것이다.

그 대륙에선 지금도 화산이 계속 활동하고 있다고 한다.

(흐―응, 역시 봉인때문에 힘이 약해진 건 아닌 모양이네. 그러기는커녕, 예전보다 훨씬 더 강해진 것 같아.)

정말로 기쁜 오산이라고 베루글린드는 생각했다.

동생의 성장은 솔직하게 말해서 기뻤다. 베루글린드에게 거역하는 것이 문제였지만, 그건 실력으로 굴복시키면 되는 것이다. 그게 실패했다고 해도, 그다음은 루드라의 권능이 나설 차례다.

(루드라의 권능이라면, 비록 '용종'이라고 해도 지배할 수 있으니까 말이지. 그 증거로 나도…… 응? 내가 지금 무슨 생각을―.)

뭔가, 너무나도 중요한 뭔가를 떠올릴 뻔한 베루글린드였지만, 그 생각은 산산이 흩어졌다.

지금은 그것보다 베루도라의 포획이 최우선이라고 마음을 고쳐먹었다.

루드라에게 의지하는 것은 가능한 한 피하고 싶지만, 그렇게 될 경우를 대비하여 베루도라의 저항력을 빼앗아둘 필요가 있었다.

조금이라도 루드라의 부담을 줄이기 위해서.

(이미 루드라는 한계에 다다랐어. 그러니까 내가, 빨리 편하게 만들어줘야지.)

그게 베루글린드의 진심이었다. 그렇기 때문에 가능한 한, 루드라에게 의지하지 않고 자신의 힘으로 베루도라를 굴복시키고 싶었다.

그것 말고는 다른 이유가 없었다. 그랬을 것이다.

베루글린드에겐 승산이 있었다.

베루도라의 에너지양은 대단했지만, 쓰는 법을 전혀 모르고 있었다. 그래서 베루글린드는 베루도라를 그다지 위험하게 보지 않았다.

조금 전의 공방은 훌륭했지만, 그건 어디까지나 힘을 제어하고 있었기 때문에 자신에게 대항할 수 있었던 것이라고 베루글린드는 생각하고 있었다.

전력을 다해 싸운다면 제어는 느슨해질 것이고, 힘에 의존한 공격을 하게 될 것이다. 아무리 거대한 힘이라도 제대로 구사하지 못하면 의미가 없는 것이다.

(동료가 되면 어느 정도는 가르쳐줘야겠지.)

지금 그대로도 게임에 쓸 수 있는 비장의 수는 되겠지만, 베루자도에게 대항할 수 있을 정도로는 베루도라를 단련시킬 생각을 하는 베루글린드. 하지만 지금은 그런 베루도라의 미숙함을 이용하여 승부를 단번에 끝낼 마음을 먹고 있었다.

(이걸로 단번에 게임 판이 요동칠 거야.)

오랫동안 이어져 온 게임의 끝이 가까워졌다.

베루글린드와 황제 루드라의 승리가 눈앞에 닥쳐와 있는 것 같았다.

우선은 베루도라를 포획한다.

베루도라의 협력을 얻으면, 그때가 바로 승부의 결말을 낼 수 있는 절호의 기회. 오래 끌어온 게임을 끝낼 것이다. 그렇게 하면 루드라도 **자유**롭게 될 수 있다.

베루글린드는 그렇게 생각하면서, 천천히 베루도라를 향해 비상하기 시작했다.

그 싸움은 첫 공격부터 상식을 초월하는 격렬함을 선보였다.

먼저 움직인 것은 베루글린드였다.

반격을 경계하지도 않고 버닝 브레스(작열토식, 灼熱吐息)를 날렸다.

용의 입에서 뻗어 나온 한 줄기 광선은 가늘게 집속된 초고온의 열선이었다. 그 맹위가 음속의 수십 배라는 악몽과 같은 속도로 베루도라를 덮쳤다.

베루도라는 그걸 회피했다.

평소대로라면 '염열무효'로 인해 베루도라에겐 불꽃의 대미지
는 통하지 않는다. 그런데도 베루도라는 크게 당황하면서 열선을
피한 것이다.

"어머나. 방금 걸 피할 거라곤 생각하지 않았는데. 멍청한 아이
니까 예전처럼 방금 그걸 맞고 끝날 줄 알았거든. 너도 드디어 기
술의 본질을 꿰뚫어 보게 되었구나."

"크아하하하! 누님의 브레스에는 '가속파괴촉진'이 부여되어
있지 않습니까? 직격을 맞으면 제 마력이 폭주할 테죠. 그렇게 되
면 제어에 신경을 쓰느라 제 힘이 줄어들 테고요. 피하는 게 당연
하죠."

웃으면서 대꾸하는 베루도라.

사실, 베루글린드의 공격에는 특수한 효과가 부여되어 있었다.
그게 궁극의 권능 '가속파괴촉진'이었다.

모든 현상을 가속시키는 권능으로 인해, 파괴효과를 증가시킨
다. 그뿐만이 아니라, 대상의 생명활동도 가속시키는 효과가 있
었다.

정신생명체라고 해도 이 권능에는 저항할 수 없었다. 단순한
파괴는 면한다고 하더라도, 에너지의 폭주라는 형태로 영향을 받
고 만다.

베루도라는 직감으로 그걸 느꼈으며, 회피를 선택한 것이다.

그리고 그건 베루도라의 얼티밋 스킬(궁극능력)인 '파우스트(구명
지왕)'에 의한 '해석감정' 결과로도 증명되었다. 그래서 베루도라는
자신감을 가지고 누나인 베루글린드에게 대꾸한 것이다.

"헤에…… 그 정도로까지 꿰뚫어 볼 줄이야. 정말 성장한 것 같

아서 나도 기쁜걸."

베루도라가 정답을 입에 올리는 것을 듣고, 베루글린드의 위기
감은 더 강해졌다.

눈앞에 있는 자가 힘만 믿고 날뛰기만 하는 어리석은 동생이 아
니라, 정당하게 평가해야 할 상대라는 것을 깨달았기 때문이다.

자신의 권능을 정확히 꿰뚫어 봤다. 그건 즉, 베루도라 또한 얼
티밋 스킬을 보유하고 있다는 것을 의미했다.

'용종'의 공격은 그 상태 그대로라도 궁극에 도달하는 위력을
자랑하지만, 얼티밋 스킬에 의해 관리되면 그 위험도는 천문학적
으로 상승한다.

베루글린드는 환희했다.

모자란 부분이 많았던 동생의 성장을 축하했고.

그와 동시에 경계했다.

자신을 위협할 정도로 성장한 베루도라를 앞에 두고, 루드라의
계획에 차질이 생기지 않을까 하는 생각을 한 것이다.

이대로 가면 베루도라를 지배하기는커녕, 자신들이 패배할 가
능성까지 있었다. 이렇게까지 성장한 모습은 역시 예상외였다.

그렇게 생각하면서 동요한 베루글린드에게, 이번에는 베루도
라가 공격을 시도했다.

"전장에서 무슨 생각을 그리 깊게 하는 겁니까, 누님? 그런 걸
방심이라고 하는 겁니다!"

그렇게 말하면서 날린 것은 선더 스톰(뇌람포효, 雷嵐咆哮)였다. 폭
풍마법을 중복시켜서 발사한 베루도라의 필살기였다.

그 공격은 베루글린드에게 직격——했으나, 위력은 흩어져 대

미지를 줄 정도까지는 미치지 못했다.

"과연. 너도 정말로 '얼티밋 스킬'을 획득한 경지에 이르렀단 말이네. 진심으로 칭찬해줄게, 베루도라!"

"누님은 여전히 무시무시한 분이라니까. 그걸 확인해보기 위해서 일부러 공격을 받다니."

"그야 어쩔 수 없잖니? 네 힘의 얼마나 위협적인지 측정할 필요가 있었으니까."

"그래서, 제 얼티밋 스킬 '파우스트'는 합격입니까?"

"해석 계열의 얼티밋 스킬인 것 같네. 공격위력의 상승효과는 없는 것 같지만, 명중도를 높이는 보정은 훌륭한걸. 네 마력제어의 수준이 높아진 것도 그 '파우스트'라는 권능 덕분이겠지?"

"크아하하하! 바로 그렇습니다. 제 에너지(마력요소)양은 누님보다도 많기 때문에 이 이상의 위력은 필요가 없죠. 맞히기만 하면 그걸로 충분하단 말입니다."

베루도라의 대답을 듣고, 베루글린드는 미소 지었다.

그리고 자기 생각을 밝혔다.

"생각했던 것보다 현명해졌네. 확실히 너는 나에겐 없는 것을 가지고 있어. 그래서 비장의 수단으로 널 우리 동료로 끌어들이고 싶은 거야."

"음?! 누님에게 칭찬을 받다니 왠지 등이 근질거리는걸……."

베루도라는 가벼운 농담으로 대꾸했지만, 베루글린드의 분위기가 변화한 것을 눈치챘다.

그건 즉——.

"후훗, 그런 너에겐 상을 줘야겠네. 내 진짜 실력을 보여줄게."

"아, 그건 사양——."

"얼티밋 스킬 '라구엘(구휼지왕, 救恤之王)'의 모든 권능을 동원해서 상대해주겠어!"

베루도라의 목소리는 베루글린드에게 도달하지 못했다.

힘을 아끼다가 진다는 건 언어도단이다.

격렬한 공방을 거쳤지만, 둘 다 큰 대미지는 입지 않았다. 그렇기 때문에 베루글린드는 베루도라를 상대로 온 힘을 다해서 싸우기로 한 것이다.

그래도 베루도라가 죽지는 않을 것이라고 확신하면서.

베루글린드의 주위에 무수히 많은 마법진이 출현했다. 그건 부분적인 '별신체'에 의한 마법의 동시발동이었다.

"어디 받아봐!!"

열한 줄기의 광선——핵격마법 : 뉴클리어 캐논(열수속포)이 베루도라를 덮쳤다.

베루도라는 순간적인 판단 후에, 매직 배리어(마력장벽)로 마법을 중화하기로 했다. 회피하기에는 광선의 수가 너무 많았다. 게다가 단순한 마법이라면 무시하자고 생각한 탓에 반응이 늦어진 것이다.

베루도라가 매직 배리어를 펼친 것은 베루글린드의 뉴클리어 캐논을 보고 위험을 감지했기 때문이었다.

"끄앗!"

통렬한 아픔이 베루도라에게 일어났다.

베루글린드의 마법을 중화하는 데에 실패하면서, 맞아버린 것이다.

"어머나, 정말로 똑똑해졌네. 그 정도의 대미지밖에 입지 않다니, 조금은 다시 봤어."

"끄으으으응, 설마 마법에까지 얼티밋 스킬의 권능을 부여하셨을 줄이야……. 제대로 맞았다면 저라도 무사히 넘어가진 못했을 겁니다."

"나는 방금 그걸로 끝낼 생각이었거든. 그러니까 말이지, 자랑스럽게 생각해도 돼."

"크아하하하, 고마운 말씀이지만, 사양하겠습니다. 자랑은 누님을 쓰러트린 뒤에 실컷 할 테니까요!"

바로 갚아 주겠다는 듯이 베루도라는 폭풍마법 : '루인 템페스트(검은 파멸의 폭풍우)'를 발동시켰다. 그녀를 보고 따라 하듯이 얼티밋 스킬의 효과가 더해진 그 공격은 훌륭하게 베루글린드를 날려 보내는 데에 성공했다.

"크아하하하! 어떻습니까, 누님. 더 이상 당하는 게 싫으면 이쯤에서 끝내는 게——."

"날 얕보지 마! 그럭저럭 날 화나게 만들었단 말이지."

"네?! 아니, 잠깐——."

이젠 더 이상 말은 필요 없다는 듯이, 베루글린드가 분노했다. 베루도라의 공격으로 대미지를 받았다. 그렇게 이해한 순간, 베루글린드의 이성은 날아가 버렸다.

누나로서 긍지를 되찾겠다고 생각하면서, 베루글린드는 다음 공격을 시도했다.

열 개의 머리를 출현시킨 뒤에, 열 한 개의 버닝 브레스를 베루도라를 향해 동시에 날렸다. 그와 동시에 공간을 전이하여 베루도라의 상공에 위치를 잡았다.

수많은 브레스에 의한 동시공격을 회피하고 있던 베루도라가 그 사실을 알아차렸을 때는 이미 불리한 형세에 빠져 있었다. 밑에서 위를 쳐다보는 형태로 베루글린드와 대치하게 되었다.

그 이동속도에 감탄한 베루도라. 그러나 그게 오히려 베루글린드가 진심으로 싸운다는 것을 느낄 수 있어서 그는 기뻤다.

(크아하하하. 옛날엔 전혀 상대가 되지 않았는데, 지금은 이렇게 싸울 수 있게 되었군. 이것도 리무루와의 수행 덕분이겠지만, 기쁜 일이다.)

그렇게 느긋한 심정으로 즐기기까지 했다. 이런 생각을 했지만, 자신이 위기에 몰려 있다는 것만큼은 이해하고 있었다.

베루도라는 어떻게 피할지를 생각했다.

한편, 베루글린드는 베루도라를 필살의 간격 안에 붙잡아두어 기분이 좋아졌다. 이 간격이라면 완벽하게, 베루도라를 놓치지 않을 거라고 확신했다.

"끝을 내도록 할까, 베루도라. 역시 넌 내 손 안에서 빠져나갈 수 없어!"

그렇게 선언한 베루글린드는 상공에서 버닝 브레스의 비를 퍼부었다.

작열의 비가 끊임없이 쏟아지더니, 불꽃의 기둥으로 바뀌면서 하늘과 땅을 연결했다.

그건 옆에서 보면 플레임 케이지(불꽃의 감옥) 같았다.

그 안을 베루도라는 당황하면서도 미친 듯이 돌아다녔다.

결코 놀고 있는 것이 아니라, 모든 공격을 꿰뚫어 보듯이 먼저 예상하고 다 회피해낸 것이다.

여전히 변함없는 초고속공격이었지만, 포착하지 못할 정도는 아니라고 베루도라는 느꼈다. 그 직감을 믿고, 거구를 비상시켰다.

그 결과, 플레임 케이지에 포위된 상태에서도 직격 하나 맞지 않고 무사히 넘긴 것이다.

"크아하하하하! 맞지 않으면 아무 소용이 없죠!"

만화(성전)를 읽고 기억해둔 대사를, 기쁘게 외치는 베루도라.

그와는 대조적으로 쳇——하고, 짜증스런 표정으로 혀를 찬 베루글린드.

확실히 베루글린드에게 있어서 한 발도 맞지 않은 것은 오산이었다. 베루도라를 만만히 보고 있었던 것은 틀림없다고 할 수 있었다.

하지만——.

(내 공격은 지금부터가 진짜야!)

절대적으로 우세한 상황은 여전히 변함없었다.

베루글린드는 비장의 수를 보여주기로 했다.

"내 공격을 이 정도로까지 꿰뚫어 보다니, 정말로 감탄했어. 상으로 뜨거운 포옹을 해줄게! 버닝 엠브레이스(작열의 포옹)!!"

베루글린드가 베루도라의 상공에 위치를 잡은 것에는 의미가 있었다.

아래쪽은 대지이며, 베루도라가 회피했던 버닝 브레스로 작열의 용암이 끓어오르고 있었다.

공중으로 튀는 용암방울까지도 무시무시한 열량을 품고 있었다.

그 작열지옥에 새로운 공격을 가하면 어떻게 될까?

"자, 잠깐, 누님?!"

그 의도를 알아차리고 당황해봤자 이미 늦었다. 베루도라는 처음부터 베루글린드의 계책 안에 갇힌 채 놀아나고 있었던 것이다.

너무 지나치다는 생각이 들 정도로 격렬했던 베루글린드의 공격이 지면을 들끓게 만들면서 가스 형태로 바꾸고 있었다. 초고온으로 기화된 용암이 베루도라의 주변을 포위했다.

그건 베루글린드의 권능을 품은 작은 용암 방울들──'블러디 라버(작열의 붉은 용암)'이며, **아래에서 위로** 쏟아지고 있었다.

베루도라를 붙잡아둔 '카디널 케이지'는 이때를 기하여 비로소 완성된 것이다.

＊

베루글린드의 얼티밋 스킬(궁극능력) '라구엘(구휼지왕)'의 본질은 '베푸는 것'── 즉 '지원'이었다. '효과의 증강'이야말로 진면목이라 할 수 있으며, '가속'을 본질로 하는 베루글린드에겐 더할 나위 없이 상승효과가 높은 권능이었다.

그런 베루글린드의 권능을 이번에 만든 '카디널 케이지(진홍의 감옥)'에 적용하면 어떻게 될까?

대상의 운동량은 대폭적으로 증가하며, 열량은 극대로 증폭된다. '블러디 라버(작열의 붉은 용암)'가 2,000도는 물론이고, 수만 도의 온도에 도달하면서, 기화되는 것도 당연한 일이었다.

이렇게 만들어진 작열의 감옥이지만, 그 진면목은 그 뒤에 나타났다.

베루글린드의 지원효과는 상한선 없이 얼마든지 증가시킬 수 있었다. 즉, 적당한 수준의 지원이라면 플러스 효과를 얻을 수 있지만, 과도하게 부여된 경우엔 부담을 주게 된다.

그 마이너스 효과는 대상의 체력 소모까지도 촉진시킨다. 스스로 만들어 낸 열량에 의해 자신의 몸을 태워버릴 정도로, 그 효과를 높이는 것도 가능했다.

즉, 얼티밋 스킬 '라구엘'이란 것은── 모든 에너지를 자유자재로 조작하는 권능이었다.

베루도라를 포옹하듯이, 붉은 비가 부드럽게 피막을 만들어 냈다.

버닝 엠브레이스에 붙잡힌 자는 그 생사여탈의 권리를 베루글린드에게 넘겨줘야만 했다.

그 대상이 '용종'이라고 해도 결과는 마찬가지였다.

감옥에 갇혀버린 이상, 도망칠 곳은 존재하지 않았다.

베루글린드는 승리를 확신하고, 베루도라에게 마지막 권고를 하려고 하다가── 동작을 멈췄다.

분명히 붙잡아두었을 베루도라의 기척이 사라진 것이다.

(어떻게 된 거야?!)

보기 드물게도 당황한 베루글린드.

그런 베루글린드였지만, 등 뒤에서 느껴지는 기척에 놀라서 돌아봤다.

"크아하하하하! 조금 전에도 말하지 않았습니까? 맞지 않으면 아무 소용도 없다고!"

자랑스럽게 소리 높여 말하던 것은 인간의 모습으로 변한 베루도라였다.

그 높은 웃음소리가 베루글린드의 귀를 때렸다.

그때가 되어서야 겨우, 베루글린드는 진정한 의미로 베루도라를 위협적인 존재라고 인식했다.

그리고 베루도라도 마찬가지였다.

도발하듯이 웃고 있었지만, 그 정도로 여유가 있었던 건 아니었다.

옷이 불타는 바람에 분노한 베루도라였지만, 냉정해지고 보니 누나와의 실력 차이는 컸다. 제대로 싸워도 이기기는 어렵다고 생각하여 도중부터 철저하게 방어로 일관하고 있었던 것이다.

그건 히나타의 전법 그 자체였다.

자신이 치명상을 입지 않도록 주의하면서, 상대의 틈을 보아 공격을 시도한다. 그러다가 유효타를 날린 것을 확인하고, 이길 수 있겠다는 생각이 들면 추가 공격을 계속 날린다는 심산이었다.

히나타와의 싸움에선 자신의 버릇이 간파당한 것 같았다. 지하 100층에서 싸웠을 때에는 실력차이로 압도했지만, 그녀가 타임리프하여 '용사' 클로노아의 모습으로 나타났을 때는 자신을 무참하게 때려눕히고 말았다.

(뭐, 그랬으니 이기는 게 당연하지. 분명 처음 싸우는 것일 텐데, 내 움직임이랑 버릇을 숙지하고 있었으니까. 어쩐지 이상하다 싶었어!)

반칙이잖아——. 베루도라는 그렇게 생각했지만, 그렇게 말해봤자 지는 게 분해서 억지를 부린다는 말을 들을 뿐이다. 히나타가 의기양양한 표정을 떠올리는 것만으로도 부아가 치밀었지만, 진 건 진 것이다.

베루도라는 솔직하게 반성하고, 거기서 자신보다 더 격이 높은 존재와 싸우는 법을 배웠다.

그뿐만이 아니라, 악마들과의 모의전에선 교활함을 몸에 익혔다.

실력으로 이기지 못할 경우라고 해도 상대보다 피폐해지지 않았다면 승리인 것이다. 그게 정신생명체끼리의 싸움이며, 베루도라는 그걸 학습했다.

예전에는 없었던 관점이었다.

리무루가 사는 모습을 견학하면서 다양한 것에 흥미를 가졌다.

원래 호기심이 왕성했던 베루도라의 시야가 넓어진 것으로 인해 지금까지 가지고 있지 않았던 가치관을 익힌 것이다. 그 일이 좋은 영향을 미친 것인지, 베루도라의 성장에 큰 도움을 주었다.

그 성과가 지금, 베루글린드와의 싸움에서 발휘되고 있었다. 지지 않는 전법이라는 것을, 베루도라는 실천했다.

그러던 중에 베루글린드가 버닝 엠브레이스(작열의 포옹)를 발동시킨 셈이지만——.

'카디널 케이지(진홍의 감옥)'는 한 번 당하면 죽을 수밖에 없는 기술이다.

붙잡히면 끝, 베루글린드의 승리가 확정되고 만다.

베루도라는 버닝 엠브레이스를 피하느라 필사적이었기 때문에, 그게 덫이라는 것은 꿰뚫어 보지 못했다. 그러나 얼티밋 스킬 (궁극능력) '파우스트(구명지왕)'의 '위험감지'가 움직인 것이다.

어떤 경우에라도 방심하지 않도록, 늘 경계하고 발동시켜두고 있었다. 그 덕분에 베루도라를 위기에서 구했다.

과거에 없었던 최대한의 경고로, 뭔가가 위험하다는 것을 베루도라는 깨달았다. 그대로 계속 도망치면 진다는 것을, 오한과 함께 확신했다. 그러나 황급히 대처하려고 해도 무슨 일이 일어나고 있는지 파악할 방법이 없었다.

마침 그때 '블러디 라버(작열의 붉은 용암)'가 솟구쳐 올랐다. 이걸 보고 베루도라는 베루글린드의 노림수를 간파한 것이다.

하지만 그 단계에선 대처하기가 어려웠다. '파멸의 폭풍우'로 날려버릴 수 있을 만한 것이 아니라는 건 일목요연했다.

그 자리는 이미 베루글린드의 '공간지배'의 영향 아래에 있었기 때문에, '공간전이'로 도망치는 것도 불가능했다.

(위험해!)

그렇게 생각한 베루도라였지만, 그 순간 '파우스트'의 '진리지구명(眞理之究明)'이 가장 적절한 답을 이끌어냈다.

'블러디 라버'에도 베루글린드의 의사가 깃들어 있는 이상, 접촉하는 것은 위험하다. 안개 형태의 그것으로부터는 도망치는 것도 쉽지 않았다. 하지만 지금의 거구라면 불가능해도 인간의 모습이라면 가능성은 있었다.

방어력을 버리는 결과가 되겠지만, 틈새를 통해 도망칠 수 있는 미래가 보였던 거다.

하지만 그래도 탈출 성공확률은 반반이었다.

운 좋게 타이밍이 맞으면 다행이지만, 실패한다면 한 방에 아웃이다. 베루도라는 망설였지만, 그때 반드시 성공한다는 하늘의 계시가 있었다.

뜻밖에도 '파우스트'의 '확률조작'이 발동한 것이다.

놀랍게도 '확률조작'이란 것은 동격이나 그 이하의 상대에 대해 자신이 유리하도록 현상을 조작하는 것이 가능해지는 권능이었다.

베루도라도 이 사실에 놀랐다.

즉, 성공확률이 두 배 이상으로 상승하게 된 것이다. 이번 경우에서 말하자면, 반반의 성공확률밖에 없었던 탈출극에 반드시 성공한다는 보장이 생긴 것이다.

그렇게 갑자기 나에게 유리하게 돌아간다고? 그렇게 반신반의했던 베루도라였지만, 조심스럽게 인간의 모습으로 돌아가, 감옥에서의 탈출을 시도했다. 그랬더니 너무 쉽게 성공한 것이다.

이리하여 베루도라는 위기를 탈출했다.

*

베루글린드는 지금까지의 여유를 전부 벗어던지고, 큰 소리로 웃는 베루도라를 노려봤다.

손이 많이 가는 동생이, 자신보다 뒤떨어진다고 생각하고 있었던 베루도라가, 어느새 이 정도로까지 성장했단 말인가.

힘에만 의존하는 난폭자라는 건 터무니없는 착각이었다.

베루도라는 베루글린드에게도 필적할 정도의 얼티밋 스킬(궁극 능력)을, 훌륭하게 구사하고 있었다. 그리고 놀랍게도 절대 역전

145

이 불가능한 상황에서 성공적으로 탈출하였다.

베루도라에게 싸움을 가르쳐준다는 생각을 했다니, 오만도 그런 오만이 또 없었다.

인정할 수밖에 없었다.

베루도라가 자신과 같은 경지에 올랐다는 것을.

베루글린드는 베루도라를 인정하고, 동등하거나 그 이상인 적으로 여기고 대치했다.

냉정하게 상황을 분석하자면, 베루글린드가 불리했다. 왜냐하면 베루글린드의 오의가 지금 막 격파되었기 때문이다.

잔재주에 해당되는 기술은 상대가 회피해버리며, 치명상을 입히기는 어렵다.

그렇다면 베루도라의 힘을 소모시킨 뒤에, 루드라의 레갈리아 도미니온(왕권발동)에 의지할 수밖에 없다.

베루글린드는 그렇게 생각했고, 지금까지의 전법을 바꿔서 신중하게 행동하기로 했다.

"어라? 보아하니 누님도 저를 인정한 것 같군요."

베루글린드가 노리는 것이 뭔지 알아차렸는지, 베루도라가 용의 모습으로 돌아가면서 가벼운 농담을 했다.

상대가 얄미워야 할 텐데, 무슨 이유인지 즐거움을 느끼는 베루글린드.

(잘 생각해보니 나는 이 아이와 놀아준 적이 없었네…….)

그런 생각을 했다.

자신도 모르게 미소를 지으면서, 베루글린드는 대꾸했다.

"그래, 맞아. 인정해줄게. 너도 이제 제 몫을 할 수 있게 성장했구나. 그러니까 말이지, 베루도라. 끝까지 네 의지로 나에게 거역하겠다면 더 이상은 용서하지 않겠어."

베루글린드는 자신의 마음을 다잡으려는 듯이 그렇게 선언했다.

분위기가 달라진 누나를 보고, 베루도라의 위기감이 더 강해졌다. 하지만, 여기서 고개를 끄덕일 수는 없었다.

"크아하하하! 그렇다면 저도 온 힘을 다해 상대하겠습니다!"

지금까지 그다지 사용하지 않았던 얼티밋 스킬에 겨우 익숙해진 베루도라였다.

누나인 베루글린드를 상대로 어쩔 수 없이 힘든 싸움을 하게 되었지만, 이 힘이 있으면 충분히 대처할 수 있을 거라 생각했다.

그래서 베루도라는 이번에는 자신의 차례라는 듯이 행동을 시작했다.

베루글린드가 그랬던 것처럼 '병렬존재'는 쓸 수 없지만, 베루도라도 딱 하나 필살기를 준비하고 있었다.

리무루에게만 가르쳐준 그 기술의 이름은 스톰 파우스트(수속폭풍공격, 收束暴風攻擊)이라고 한다. 리무루의 상담을 받으면서 만들어 냈지만, 습득했을 때는 그의 칭찬을 받은 것이었다.

(그 리무루가 감탄할 수준의 기술이다. 누님에게 통하지 않을 리가 없어!!)

베루도라는 그렇게 생각하면서 자신만만했다.

베루도라가 아는 한, 리무루만큼 교활하고 방심하지 않는 상대는 없다.

항상 같은 편이라서 다행이라는 생각이 들게 만드는 존재였다.

그런 리무루가 보증했던 기술이다.

베루도라는 지금, 망설이지 않고 스톰 파우스트를 날렸다.

베루도라의 입에서 선더 스톰(뇌풍포효)이 발사되었다. 그 폭위가 공간에 간섭했으며, 눈에 보이지 않는 광선이 마구잡이로 날아갔다.

베루글린드는 당연히 이 위험하기 짝이 없는 기술에만 대처했다. 간섭파 따위는 아무런 영향도 미치지 않는다고 생각해서, 처음부터 안중에도 없었던 것이다.

그러나 그게 바로 함정이었다.

언뜻 보기엔 의미가 없는 파동이 여러 개가 교차했을 때, 생각지도 못한 파괴력을 발생시킨다. 음향병기처럼 혼자 있는 것만으로는 위협이 되지 않기 때문에 알아차렸을 때는 이미 늦었다.

베루글린드도 예외가 아니었으며, 스톰 파우스트의 진짜 위력을 간과하고 말았다. 전신을 관통하는 대미지(고통)로 인해 처음으로 자신이 베루도라의 술수에 넘어갔다는 것을 이해한 것이다.

"크윽——?! 내가 고통을 느낀……다고? 베루도라, 지금 무슨 짓을 한 거야?!"

"크아———핫핫하! 제가 만들어 낸 필살의 오의입니다. 스톰 파우스트라고 하는 건데, 상당히 자신 있게 만든 작품이죠."

의기양양한 표정으로 베루도라가 자랑했다.

의도한 대로 성공하여, 자신감이 하늘을 뚫고 있었다.

이게 치명상을 입히지 못했다는 건 알고 있지만, 누나를 상대로 이렇게까지 우위에 서본 적은 없었다. 그래서 베루도라는 자신도 모르게 그만 자랑하고픈 마음이 들었다.

하지만──.

"정말로 멍청한 아이로구나, 넌. 그런 점이 아직 멀었다는 거야."

베루도라는 지금까지 느껴봤던 적도 없는 격렬한 고통에 괴로워했다.

승리한 것처럼 의기양양하게 구는 쪽은 베루글린드였다.

베루글린드는 베루도라를 인정한 시점에서 승부 그 자체를 포기했다. 승패의 향방에 의미는 없다고 생각하면서, 작전의 성공에만 전력을 기울이고 있었던 것이다.

그래서 베루도라가 알아차리지 못하도록, 황제기함인 비공선을 몰래 접근시켜두었다.

그 기함에 탑승하고 있던 자는 만반의 준비를 끝낸 콘도 중위였다.

콘도는 베루글린드가 보내는 '염화'를 통해 지시를 받은 대로, 베루도라를 향해 최강의 오의를 날린 것이다.

그리고──.

그 일격은 신조차도 멸할 수 있었다.

콘도가 하루에 한 발밖에 쏘지 못하는 그 탄환의 이름은 '저지먼트(신멸탄)'라고 했다.

얼티밋 스킬 '산달폰(단죄지왕)'의 권능으로 만들어 낸 최강의 탄환을, 갓즈(신화) 급까지 승화시킨 남부식 대형 자동권총으로 쏘는, 최강의 일격이었다.

네크로시스(주괴탄)과는 비교가 되지 않을 정도의 위력을 가지고 있으며, 콘도가 아는 한, 이걸 맞고 무사한 자는 존재하지 않았다. 베루글린드의 '별신체'조차도 죽일 수가 있으므로, 아무리 베루도라라고 해도 무사할 순 없었다.

모든 것이 베루글린드의 계산대로 되었다.

초반의 속력은 광속에 가까웠으며, '방어결계'를 관통하며 목표에 도달했다.

방심하고 있었던 베루도라는 '저지먼트'에 대항할 여유 같은 건 남아 있지 않았다.

탄환이 박히면서, 그 존재마저 위협당하는 결과가 되었다.

베루도라는 혼란에 빠졌다.

(누님이, 제3자의 힘을 빌렸단 말인가?!)

베루도라는 누나를 이길 수 있을 것 같다는 생각이 들면서 한껏 들떠 있었다. 그런 마음의 빈틈을 찔리는 바람에, 누나의 계책에 넘어갔다고 생각했다.

하지만.

긍지 높은 누나가 자신과의 승부를 포기했다는 것이 놀라웠다. 승리조건을 우선했다는 것을 이해는 했지만, 그런 건 도저히 누나답지 않다고 생각한 것이다.

그것도 중요한 일이지만, 그보다 더 큰 문제는 지금 자신의 상황이었다.

(이거 위험한데! 저 남자…… 리무루가 경계하고 있던 녀석이겠지. 일격으로 내가 움직이지 못하게 될 줄이야!!)

베루도라의 머릿속에선 최대 음량으로 경보가 울려 퍼지고 있었다. 정신생명체인 베루도라가 고통과 괴로움을 느끼고 있는 시점에서 이미 심상치 않았다.

최강인 '용종'이 생명의 위기에 처하고 있었다. 그 믿기 어려운 현실을 눈앞에 두고, 베루도라가 초조해지는 것도 무리는 아니었다.

정면에서라면 회피는 무리라도 레지스트(저항)로 버텨냈을지도 모른다. 그러나 완전한 기습을 당해버린 지금, 베루도라에게도 아무런 방법이 없었다.

(아얏, 난감하게 됐군. 이번에는 솔직하게 패배를 인정하고 다음에 만날 때엔 이 빚을 갚아주기로 하지. 크아하하하. 어디 보자. 그럼 리무루에게 연락을 취해서──.)

이런 상태가 되었음에도 불구하고, 베루도라에겐 여유가 있었다. 왜냐하면 자신과 리무루는 '영혼의 회랑'으로 이어져 있으며, 또 부활할 수 있다는 것을 알고 있었기 때문이다.

리무루가 살아 있는 한, 베루도라는 불멸이다. 따라서 당황할 필요는 전혀 없었다.

그랬는데, 베루도라에게 있어서 사태는 최악의 방향으로 전개되기 시작했다.

"레갈리아 도미니온(왕권발동)."

콘도에 의식이 집중되는 바람에 알아차리지 못했지만, 비공선 위에는 또 한 명, 호화로운 의상을 입은 남자가 서 있었다.

(……마사유키? 아니, 아닌데. 음?! 자, 잠깐! 이건 뭐야? 위험해, 이건 위험하다고!!)

깨달았을 때는 이미 늦었다.

그 남자── 황제 루드라에 의해서, 베루도라의 정신은 그에게 넘어가려 하고 있었다.

'저지먼트(신멸탄)'를 맞아 만신창이가 된 상태. 베루도라의 입장에선 모든 것이 끝난 거나 마찬가지였다.

그러나 베루도라에겐 도저히 참을 수 없는 것이 있었다.

(……나만 당하는 거라면 그나마 다행이다. 하지만 이대로 가면 내 맹우인 리무루까지 피해를 입을 것이야. 그것만큼은 절대 허용할 수 없어!!)

루드라의 지배는 상상 이상으로 강력했다. 그대로 수수방관하고 있다간, '영혼의 회랑'을 통해서 리무루에게까지 영향을 미칠 것은 명백했다.

그건 절대 허용할 수 없다고 베루도라는 생각했다.

따라서 자신의 의지로 '영혼의 회랑'을 절단한 것이다.

"이, 이제 됐어. 뒷일은 맡기겠다, 리무루……."

그렇게 중얼거린 것을 마지막으로, 베루도라의 의식은 어둠 속으로 가라앉았다.

제2장
해방된 힘

Regarding Reincarnated to Slime

분노로 이성이 날아간 것은 처음 겪는 일일지도 모른다.

예전에 시온과 다른 동료들이 살해되었을 때엔, 후회랑 분노가 뒤섞이면서 자책감에 사로 잡혔었다. 그리고 희망이 생겨나면서 정신상태가 잔잔해졌기 때문이다.

그 덕분에 냉정함을 유지한 채 용케도 분노할 수 있었지만…….

이번에는 그렇지 않았다.

영혼이 갈가리 찢기는 것 같은 고통을 느꼈고, 베루도라를 잃어버릴지도 모른다는 상황이 내 이성을 완전히 날려버렸다.

승산?

그런 건 어찌 됐든 상관없다.

적을 박살 낼 것이다.

단지 그뿐이다.

"리무루 님, 어떻게 할까요? 아무래도 특수한 공간에 격리된 것 같습니다만, 억지로라도 비틀어서 열까요?"

굳이 베니마루의 말을 듣지 않아도 우리가 갇혔다는 것을 알아차렸다.

적의 목적이 베루도라의 포획인 이상, 우리에게 방해를 받지 않도록 수를 쓰는 것은 당연했다. 그런 것도 미처 알아차리지 못하고 덫에 걸린 우리가 멍청했던 것이다.

《……죄송합니다. 드릴 말씀이 없습니다.》

신기하게도 '라파엘(지혜지왕)'이 혼란에 빠져 있었다. 자신이 손바닥 위에서 놀아난 것을 믿을 수가 없는지, 평소 이상으로 냉정함을 잃었다는 느낌이 들었다.

단순한 스킬일 뿐인데, 너무나도 인간미가 느껴져서 미소를 자아내게 했——지만, 지금의 나에겐 그런 반응을 느긋하게 받아들이고 있을 여유 같은 건 없었다.

지금 내 감정은 분노만으로 채워져 있었다.

사과는 됐으니까 탈출할 방법을 찾으라고 속으로 지시했다. 그러자 좌표의 파악은 완벽하며 이 공간의 '해석감정'도 곧 끝난다는 대답을 했다.

역시 '라파엘'은 유능하다.

"문제없다. 지금부터 탈출하겠지만, 우리가 노릴 것은 적의 수괴다. 잘 들어라, 베루도라가 루드라의 손에 넘어갔다. 여기서 밖으로 '공간전이' 함과 동시에 전투가 벌어질 테니까, 너희도 단단히 마음을 먹고 대비해라."

나는 분노를 애써 억누르면서 그렇게 알려주었다.

동료들에게 화풀이를 하고 싶지 않았다. 이 분노는 전부 적에게 쏟아부어야 할 것이다.

고개를 끄덕이는 일동에게 또 하나의 명령을 추가했다.

"베루도라의 마력공급이 사라진 지금, 라미리스도 무리를 할수가 없게 됐다. 미궁 안으로 피난시켜둔 도시부는 지상으로 방출될 테니까, 그곳의 방위에 힘을 쏟아다오."

이건 이제 시간과의 싸움이었다.

라미리스의 부담도 상상을 초월할 테니까 서둘러 가야 한다.

"알겠습니다. 그럼 리무루 님은……?"

"나는 베루도라를 되찾을 거다!"

무엇보다 우선해야 할 일은 그것이다.

그래서 뒷일은 맡기겠다고 말했더니, 다들 아무 말 없이 내 마음을 헤아려주었다.

"자, 잠깐! 당신들, 중요한 걸 잊어버리고 있는 것 아냐?! 여기서 어떻게 탈출할 생각인데?"

어쩐지 얌전하게 있나 싶었는데, 라플라스가 갑자기 불만을 제기하기 시작했다. 그런 건 간단하다.

"격파할 뿐이지."

"무모해! 이곳은 소문으로 듣던 '몽환요새'잖아. 다른 차원에 있어서 쉽게 빠져나갈 수 없단 말이야. 귀찮은 상대를 격리하기 위한 장소란 말이라고. 그런 곳을──."

아는 게 많다는 생각은 들었지만, 지금의 나에겐 흥미가 없었다.

《알림. 준비가 끝났습니다.》

좋아!

"그럼 가볼까. 라플라스, 너도 여기서 꺼내줄 테니까 그다음은 좋을 대로 해라."

"뭐?! 그러니까 내 얘기를 들어──."

그렇게 라플라스가 무슨 말을 하려고 했지만, 지금의 나에겐 상관없는 얘기였다.

곧바로 베루도라를 구출하고 적을 제거할 것이다.

나는 분노한 상태에서 그대로 '공간전이'를 발동시켰다——.

*

예정대로의 장소에 나타났다.

주저하지 않고 전이했지만, 평소의 나라면 생각할 수 없는 폭거였다. 그러나 그런 건 아무래도 상관없었다.

눈앞에는 두 '용종'과 그 배후에는 한 척의 비공선이 모습을 보였다.

적의 바로 정면.

그다음은 힘을 쓰기만 하면 되었다.

그런데도 '라파엘(지혜지왕)'이 시끄러울 정도로 위험하다는 경고를 보내왔다.

적 측의 전력을 파악하고 충고한 것이겠지만, 내 입장에선 방해밖에 되지 않았다.

싸우겠다고 결심했으면 싸우는 수밖에 없으니까, 이제 와서 당황해봤자 아무 소용이 없는 일이다.

어떻게든 해봐!

그렇게 명령하면서 입을 다물게 했다.

《알겠습니다. 가장 적절한 행동으로서 악마소환을 추천합니다.》

흐—응, 괜찮을 것 같네.

전력이 부족하다면, 늘리면 그만이니까.

기왕 하는 김에.

미뤄두었던 테스타로사 일행의 진화도 지금 여기서 끝내버리기로 할까.

지금 이 자리에서 모든 힘을 동원할 것이다.

그리고——.

적을 철저하게 박살 낼 것이다.

베루글린드가 우리가 온 걸 알아차렸는지, 눈을 약간 크게 뜨며 놀라워했다.

그러니까, '몽환요새'라고 했던가?

그걸로 우리의 움직임을 봉쇄했다고, 진심으로 믿었던 모양이다.

그런 건 '라파엘'의 연산이 있으면 문제도 안 된다.

나는 동료들과 '영혼의 회랑'으로 이어져 있다. 그 연결된 부분을 더듬어서 찾아가면 자신의 위치좌표를 알아내는 것쯤은 딱히 어려운 일도 아닌 것이다.

그게 비록 다른 차원이여도 '공간전이'가 가능했다.

베니마루를 비롯한 동료들은 나와, 저 멀리 후방에 출현한 수도 '리무루'를 지키기 위해서 경계태세에 들어갔다. 그러니까 안심하고, 나는 내가 해야 할 일을 하자.

『테스타로사, 울티마, 카레라! 움직일 수 있나?』

『리무루 님! 물론입니다!!』

『괜찮아, 문제없어!』

『주군의 질문에 아니라고 대답할 순 없지.』

세 명이 제각각 다른 대답을 했지만, 부상 같은 건 문제가 없는 것 같았다.

일단 안심했다.

그렇다면 봐줄 필요가 없다는 뜻을 담아서, 베루도라 해방을 위해 첫 번째 수를 썼다. '라파엘'의 의견을 채용하여 악마소환을 한 것이다.

그러나 이때 방해를 받았다.

위험하다고 판단했는지, 콘도가 맨 먼저 움직인 것이다. 원래 는 총탄 같은 건 닿지 않을 거리였지만, 상관하지 않고 발포했다.

음속의 수십 배에 달하는 총탄. 100배로 가속된 내 사고가 그 공격들을 상세하게 파악했다.

방어하라고 속으로 명령을 내리자, 문제없다는 듯이 '라파엘'이 《알겠습니다》라고 대답했다.

아무런 문제없이 '우리엘(서약지왕)'의 '절대방어'로 무효화하는 데 성공했다. 베루도라를 노린 공격에 비하면 비교도 되지 않는 레벨이었다.

《알림. 결계파괴효과의 공격을 감지…… 무효화하는데 성공했습니 다. 뒤이어 정신과 마력회로를 파괴하는 공격을 포착…… 무효화하였 습니다. 이 공격들을 '해석감정'한 결과, 얼티밋 스킬(궁극능력)인 '산달폰 (단죄지왕)'에 의한 것으로 단정. 지금부터 대책 강구를 시작하겠습니 다──.》

그렇게 말하는 '라파엘'의 분석을 흘려들었다.

나는 콘도랑 다무라다 쪽을 힐끔 본 뒤에, 저들은 나중에 처리하겠다고 판단했다.

베루도라를 노린 공격은 위협적이었지만, 그걸 쓰지 않았다는 것은 분명 어떤 이유가 있을 것이다.

사용하지 않은 것인지, 사용하지 못한 것인지.

광속에 버금갔던 공격은, 가까운 거리에서 한다면 피하는 건 불가능할 거다. 그러나 원거리라면 방심하지 않는 한 늦지 않게 대처할 수 있다.

그런 상황에 있으면서도 콘도는 그 자리에서 움직일 기색이 없었다. 아마도 루드라를 지킬 모양인가 보다. 그렇다면 무시해도 문제가 없다고 생각한 것이다.

그리고 나는 그 말을 소리치며 뱉었다.

"나와라, 악마들아! 콜 데몬 크리에이트 서몬 게이트(상위악마 소환문 창조)!!"

천공에 출현한 거대한 마법진. 그 안에 떠오르면서 나타난 것은 불길한 기운이 느껴지는 대문이었다.

그건 시공을 초월하여, 나와 연결된 악마들을 불러 모았다.

내 부름에 맨 먼저 응한 것은 테스타로사를 비롯한 악마 아가씨 3인방이었다.

뒤이어 두 명의 데몬 로드(악마공)와 네 명의 아크 데몬(상위마장)이 모습을 드러냈고, 그 권속인 600명의 악마들이 뒤에서 대기하듯 나타났다.

블랙 넘버즈(흑색군단)의 대부분이 집결한 것이다.

"쿠후후후후. 리무루 님, 제 부하들은 도시를 방어하라고 시켰습니다."

역시 디아블로는 눈치가 빠르다.

아무 말 하지 않아도 내 바람을 잘 이해하고 있었다.

베놈은 마사유키를 호위하고 있으니까, 자유롭게 움직일 수 있
는 자들은 여기에 다 모인 셈이다.

베니마루도 모스에게 맡겨두었던 지휘권을 되찾으면서, 전군
에게 명령을 내리고 있었다. 내가 말 하지 않아도 서포트 태세는
완벽했다.

그렇다면, 이 이상 방해를 받기 전에 어서 의식을 끝내버리도
록 하자.

지상에 착지하자마자, 악마들이 내 눈앞에서 무릎을 꿇었다.

선두에는 테스타로사 일행이 있었지만, 내 명령을 지키지 못했
다고 생각했는지, 풀이 죽은 모습을 보였다.

""""정말 죄송합니다!""""

내 얼굴을 보자마자, 그렇게 말하면서 사과하기 시작했다.

"아니, 사과할 필요는 없다. 베루글린드의 발을 묶는 것도 원래
는 성공했던 거나 마찬가지니까. 이번 일은 '병렬존재'라는 비기
가 있다는 걸 미처 꿰뚫어 보지 못했던 나에게도 책임이 있다."

그런 건, 당연히 몰랐으니 예측도 불가능했다.

그런 꿈 같은 능력이 있을 지도 모른다고 두려워하고 있다간,
어떤 작전도 세우지 못하게 될 것이다. 이번 일은 어쩔 수 없는
것이다. 그리고 테스타로사 일행이 싸우던 모습은 참고가 되었으
니, 결코 헛수고가 아니었다.

그런 감사의 마음을 전해주고 싶었지만, 지금은 그것도 뒤로

미뤘다.

나는 악마들을 향해 가열한 명령을 내렸다.

"잘 들어라, 지금부터 너희들에게 힘을 주겠다. 하지만 잠이 드는 건 허용하지 못한다. 디아블로처럼 그 자리에서 진화를 버텨내라!"

스스로도 무모한 말을 한다고 생각했다.

스스로 할 수 없는 것을 시키지 않는 것이 내 가치관이었다.

나 자신은 하베스트 페스티벌(마왕으로의 진화)의 영향으로 인해 진화의 잠에 빠졌으면서, 부하인 악마들에겐 버티라고 명령한 것이다. 그래선 안 된다고 생각하지만, 지금은 그런 말을 하고 있을 상황이 아니었다.

따라올 수 없는 자는 두고 갈 수밖에 없다.

그런 내 의도를 파악했는지, 악마 아가씨 3인방은 대담한 미소를 지으면서 내 말을 기다리고 있었다.

"가능하겠지?"

"물론입니다."

"당연하지!"

"주군이 바라는 대로 하겠어!"

세 명 다, 각자의 표정 속에 자신감이 가득했다.

나는 주저하지 않고 '영혼'을 부여했다.

실패할 경우는 생각하지 않았다. 테스타로사 일행이 폭주한다면 그걸 양동으로 이용하면 그만이다.

내 우선순위는 바뀌지 않는다.

그렇기 때문에 더더욱, 진화가 시작된 악마들을 향해 이런 말을 한 것이다.

"마음껏 날뛰어도 상관없다. 아무리 많은 죽음과 파괴를 퍼트리더라도 상관없다. 단, 죽는 건 허용하지 않는다. 저 녀석들이 나를 방해하는 것도 허용하지 않겠다. 내가 베루도라를 해방시킬 때까지 그 몸을 방패로 삼아서라도 적들의 발을 묶어라!"

죽지 말라고 말하면서도, 자신의 몸을 희생하라고 명령했다.

한없이 제멋대로이고 이기적인 명령이지만, 그게 나란 녀석이다.

"베루도라 님의 누님은 어떻게 할까요?"

디아블로가 내게 물었지만, 그건 이미 대답이 정해져 있었다.

"문제없다. 방해한다면 내 적이다. 사양하지 않고 잡아먹을 뿐이야."

그 말을 들은 디아블로는 기쁜 표정으로 씨익 웃었다.

디아블로뿐만 아니라, 다른 자들도.

대담하게 웃는 베니마루.

냉소를 짓고 있는 소우에이.

만면의 미소를 지으면서 준비운동을 시작한 시온.

다들, 믿음직스러운 동료들이었다.

"방해하는 자들을 제거하는 건 저에게 맡기십시오."

베니마루의 말을 듣고 나는 고개를 끄덕였다.

"그래. 그렇다면 가라. 가서 적을 모조리 죽여라!"

""""원하시는 대로 따르겠습니다.""""

이러면 됐다.

이제 후환을 걱정하지 않고, 베루도라에게 집중할 수 있다.

그리고 나는 베루도라 쪽으로 시선을 돌렸다.

내가 준비를 마무리하고 있는 동안에 베루글린드도 반격태세를 갖춘 모양이다. 베루도라로부터 마력요소를 양도받아 완전히 회복된 상태였다.

그 회복력이야말로 베루도라의 진면목이라 할 수 있다. 방대한 에너지(마력요소)양을 자랑하는 베루도라이기 때문에 단시간의 회복이 가능한 것이다.

그런 베루도라였지만, 지금은 내게 적의를 내비쳤다.

의심할 것도 없이 황제 루드라의 꼭두각시로 변한 것이다.

베루글린드도 전의를 보이고 있는 것 같으니, 아무래도 두 '용종'을 상대하지 않으면 안 될 것 같다.

힘들겠지만, 해볼 수밖에 없겠지.

디아블로도 말했지만, 베루글린드가 적이라면 제거할 뿐이다.

"기다리고 있으라고, 베루도라. 지금 당장 해방시켜줄 테니까 말이지."

그렇게 중얼거리면서, 나는 날개를 펼쳐 비상했다——.

●

리무루가 날아간 뒤에, 남은 자들은 신속하게 행동으로 옮겼다.

베니마루는 전장의 상황을 파악하여 적절한 지시를 내리기 시작했다. 그와 동시에 도시에 남은 간부들에게 '사념전달'을 통해 신속하게 긴급태세를 이행하도록 하였다.

소우에이는 자신의 '분신체'를 각지로 파견하여 정보를 수집하

였다.

그런 분위기 속에서 디아블로는 흥분의 절정에 달했다.

"쿠후후후후! 보셨습니까, 여러분? 리무루 님이 드디어 진심어린 모습을 보여주셨습니다!"

그런 디아블로를 보면서, 시온이 어이가 없다는 말투로 말했다.

"멍청하긴! 어떤 리무루 님이라고 해도 훌륭하긴 매한가지란 말입니다! 흥분은 나중에 하고 지금은 적을 쳐부수는 것에 전념해야 합니다!"

조금 이상한 점도 있긴 했지만, 시온의 말은 정론이었다.

처음 보는 폭주 중인 리무루의 모습을 보고 놀라는 것도 이해는 되지만, 지금은 그럴 때가 아니었다. 베니마루가 선언했던 대로, 방해자들을 제거하는 것이야말로 간부들이 맡아야 할 역할이었던 것이다.

심지어 리무루가 내린 칙령이었다.

그건 간부들에게 있어선 복음이었다.

하물며 리무루에게 소환된 악마들에게 있어선 지상의 쾌락이 되었다. 그 표정은 환희로 가득 차 있었으며, 지금이야말로 도움이 될 수 있는 때라는 듯이 잔뜩 기합을 넣고 있었다.

자신들을 불러주기를 얼마나 기다리고 있었는지, 그 태도를 보면 명백하게 알 수 있었다.

리무루의 분노가 깊다는 걸 증명하려는 것처럼, 그 무시무시한 파멸의 힘을 휘두르려 하고 있었다.

내려진 명령은 실로 심플(단순)했다.

──적을 모조리 죽여라!

그 명령을 받고, 악마들은 사명감에 불탔다.

『우리의 주인이 바라시는 대로!!』

두려울 것이 없는 악마들은 주인의 도움이 되기 위해서, 자신의 몸을 전쟁을 향해 내던지려하고 있었다.

그러나──.

"기다리십시오!"

그렇게 외치는 디아블로의 한 마디에 모두의 움직임이 멈췄다.

일제히 디아블로 쪽으로 시선을 집중하는 악마들.

디아블로는 한 손을 들어 악마들을 진정시켰다.

"쿠후후후후. 당신들은 이해하지 못하는 겁니까? 한 명이라도 죽어선 안 된다는 리무루 님의 명령을. 당신들의 죽음은 우리 간부들의 목을 내놓아도 용서받지 못하는 큰 죄가 된단 말입니다."

낭랑하게 얘기하는 디아블로를 보면서 악마들이 입을 다물었다.

디아블로의 미소는 상대에게 친밀감보다는 공포감을 심어주었다.

그리고 디아블로의 말은 사실이라서 반론을 허용치 않았다.

악마들은 조용히 다음 말을 기다렸다.

입을 연 자는 베니마루였다.

"디아블로의 말이 옳다. 너희는 불사신이겠지만, 그건 억지스러운 강변일 뿐이라는 걸 깨달아라. 리무루 님에게 그런 말은 변명이 되지 않는다!"

시간이 지나면 부활할 수 있다고 해도, 그게 죽어도 된다는 이유가 되진 않는다. 베니마루의 말은 악마들의 착각을 정정해주었다.

모두가 자신의 잘못을 깨닫고 얌전해졌다.

그 모습을 지켜보면서, 디아블로가 입을 열었다.

"그런고로 역할 분담을 정하겠습니다. 베니마루 공, 배치를 부탁드리고 싶은데 괜찮겠습니까?"

"넌 어떡할 생각이지?"

디아블로에게 자신의 말을 따를 것이냐고, 베니마루는 그렇게 물은 것이다.

"아, 저는 제외하고 부탁드립니다. 마음에 걸리는 생쥐가 있으니까, 그쪽을 대응할까 하거든요."

그 대답을 듣고, 베니마루는 어깨를 으쓱했다. 어차피 그렇게 나올 것이라고, 처음부터 생각하고 있었다.

"……그렇군. 뭐, 좋을 대로 해."

디아블로에 관해선 노터치. 그게 베니마루의 인식이었다.

애초에 디아블로는 리무루가 직접 관할하고 있어서, 베니마루의 지휘권으로도 명령을 내릴 수 있는 권한이 없었다. 이번에는 디아블로가 스스로 맡긴 거라, 베니마루는 그렇다면 받아들이겠다고 생각하여 지령을 내린 것이다.

"그러면 디아블로는 자유롭게 행동해줘. 모스는 지금까지와 마찬가지로 전장을 통해서 얻은 정보를 내게 알려주면 좋겠군. 어디까지나 리무루 님의 뜻에 따른 형태를 유지하면서, 전장 전체에 분신체를 전개해주면 돼."

디아블로는 씨익 웃었다.

모스도 문제가 없다면서 수긍했다. 이미 분신을 펼쳐두고 있었기 때문에, 현재도 리얼타임으로 베니마루와 '사념전달'로 연결되어 있었다.

"저를 놔두고 가는 건 용서하지 않을 겁니다."

시온이 의기양양한 태도로 발언했다.

시온도 '공간전이'를 할 수 있지만, 어디까지나 눈으로 볼 수 있는 범위 안에서만 가능했다. 시온은 좌표계산이 서툴렀다.

베니마루는 가벼운 한숨과 함께 쓴웃음을 지으면서, 크게 고개를 끄덕였다.

"물론, 네 전력에도 기대를 걸고 있어. 비공선 위의 거대한 기운 말인데, 황제 루드라를 제외하면 여덟 개가 있으니까 말이지. 약간 힘들겠지만, 리무루 님만큼 무모한 상대는 아니야. 디아블로가 없어도 우리 힘만으로 어떻게든 상대할 수 있을 거야."

"전장 쪽도 귀찮게 되었다. 3만이나 되는 적의 원군이 속속 참전하고 있으니까."

소우에이가 충고했다.

그것도 당연히 베니마루는 이미 파악해두고 있었다.

"알고 있어. 그러니까 더더욱 시간과의 승부가 될 거야. 가비루에겐 최대한 시간을 벌라고 명령했으니까, 희생자가 나오기 전에 황제의 신병을 확보해놓아야 해."

너무나도 대담한 말투로 베니마루가 말하자, 소우에이랑 시온도 고개를 끄덕이는 모습을 보여주었다.

리무루가 그걸 바라고 있는 이상, 베니마루는 안 된다고 말할 수 없었다. 전력을 다하여 그 바람을 이루기 위해서, 이게 최선이라고 생각되는 작전을 세우고 있었다.

전장 쪽은 철저히 시간벌이에 치중하면서, 가장 번거로운 비공선의 전력을 친다. 그렇게 하는 게 오히려 도시를 노리는 공격을 막는 결과로 이어질 것이라고 판단한 것이다.

참고로, 베니마루가 말한 여덟 개의 기운의 정체는 베루글린드가 보험으로 남겨 놓은 '별신체'와 집결한 '더블오 넘버(한 자릿수)'들을 가리키는 것이었다. 콘도 중위에 다무라다, 황제를 수호하는 4기사와 최후의 한 명은 마르코였다. 지금에 와선 아무도 기척을 숨기지 않았기 때문에 베니마루의 유니크 스킬인 '다스리는 자(대원수)'로 감지할 수 있었다.

이때 베니마루에게 낭보가 전해졌다.

"──게루도가 응답을 했다. 지금 막 진화를 끝내고 잠에서 깬 것 같군."

'배리어 로드(수정왕)' 게루도가 눈을 떴다. 그에 호응하며 그의 부하들도 눈을 뜨기 시작했다고 한다. 머지않아 곧 도시 방위에 참가할 것이라고 했다.

"그거 잘됐군요. 게루도 공이 방위에 참가해준다면 디아블 슈발리에(상위악마기사)를 도시방위 임무에서 빼올 수 있습니다."

"그들은 내 지휘하에 넣어도 될까?"

"베놈은 움직일 수 없으니까, 그의 계통에 속한 자들도 움직일 순 없습니다. 전황에 따라서 각자의 판단에 맡기기로 하죠."

"알았어."

이리하여 간부들의 짧은 논의를 통해서 각자의 역할이 차례로 정해졌다.

남은 것은 승리만을 믿고 움직이는 것뿐이지만, 또 하나 확인할 사항이 남아 있었다.

"그건 그렇고 너희는 싸울 수 있겠나?"

베니마루는 악마 아가씨 3인방에게 물었다.

그 말에는 상대의 기분에 대한 배려 같은 건 일절 없었다.

전력으로서 기대할 수 있느냐 아니냐, 단지 그걸 확인하기 위한 질문이었다.

"쿠후후후후. 물을 것도 없습니다. 여기서 아니라고 대답하는 자라면 제 부하로 필요가 없으니까요."

디아블로는 악마 아가씨 3인방 쪽으로 시선을 돌렸다.

그 압력을 받을 필요도 없이 악마 아가씨 3인방은 일어섰다.

"어리석은 질문이군요. 디아블로가 해냈는데 우리가 해내지 못할 일은 없답니다."

"조금 벅차긴 하지만, 나도 문제는 없다고 할까. 그도 그렇게, 싸우는 건 좋아하니까 말이지!"

"또 다시 실수하면 용서받지 못할 거야. 주군의 기대에 부응하기 위해서라도, 이런 데서 쉬고 있을 때가 아니잖아."

리무루 님에게 도움이 되기 위해서——. 그녀들의 뜻은 하나였다.

그리고 그런 마음은 그녀들의 권속들도 마찬가지였다.

악마들은 급속도로 진화를 마치고 있었다.

오랫동안 기다렸던 명령이 지금, 최대의 환희와 함께 내려진 것이다.

    ....

…………．

……．

이때 테스타로사, 울티마, 카레라, 이 세 명은 디아블로와 마찬가지로 '데빌 로드(악마왕)'로 진화했다.

데몬 로드(악마공)조차도 상대가 되지 않는 마신, 이 세계의 최강 중 하나로.

그리하여 '태초의 일곱 악마' 전원이 모든 제한이 해제된 동격의 존재에 도달한 것이다.

디아블로의 부하인 베놈이 데몬 로드에 도달한 것처럼, 테스타로사의 부하들 또한 진화라는 이름의 기프트(축복)을 받았다.

모스와 베이런은 그대로 데몬 로드로 남았지만, 그 에너지(마력요소)양은 각성마왕에도 필적할 정도로 크게 늘어나 있었다.

다른 네 명인 아게라, 에스프리, 존다, 시엔은 '마왕종'도 능가하는 데몬 로드의 수준에 도달했다.

수많은 악마들 중에서 명실공히 최상위존재로 진화한 것이다.

이쪽 또한 동격의 존재이면서도 실력차이는 명확하게 존재했다. 작위의 차이가 그대로 그들의 계급을 정하고 있었다.

모스는 왕에 필적하는 대공 급으로.

베이런은 공작 급으로.

아게라는 후작 급.

에스프리는 백작 급.

시엔과 존다는 자작 급.

여담이지만, 베놈은 남작 급으로 인정받고 있었다.

남은 자들 중에는 지휘관인 아크 데몬(상위마장)이 몇 명 탄생한 상황이었다. 이자들은 기사 작위에 해당되며, 지금부터 오랜 세월을 거치면서 작위를 얻는 것을 목표로 삼게 될 것이다.

나머지 600명에 가까운 자들은 상위마인에 필적하는 디아블 슈발리에(상위악마기사)가 되어 있었다.

더욱 강하게, 그리고 리무루에게 도움을 줄 수 있도록.

악마들은 진화를 이룩한 것이었다.

······················.

···············.

··········.

누구 하나 빠짐없이 전투에 참가할 의사를 보이는 악마들.

베니마루는 만족스러운 표정으로 고개를 끄덕였다.

"좋아. 너희의 활약을 기대하도록 하겠다."

이리하여 악마 아가씨 3인방과 그 심복들도 비공선 강습에 급거 참가하게 되었지만, 베니마루는 처음부터 그럴 생각이었는지 주저 없이 지시를 내렸다.

"그러면 테스타로사 공. 당신에게는 쓰레기들의 청소를 맡기고 싶군. 부탁할 수 있을까?"

"네, 좋아요. 쉬운 임무로군요."

"잠깐만, 나도 싸우고 싶어! 나도 여유 있게 해결할 수 있거든?"

베니마루가 테스타로사에게 명령했지만, 울티마가 끼어들었다.

그 반응에 대해 베니마루는 화를 내지도 않고 말했다.

"누가 싸워도 상관없지만, 저 비공선은 남겨두고 싶군. 저걸 결전의 장소로 삼아서 황제 루드라와의 승부를 끝내야 하니까 말이지."

"쿠후후후후. 울티마, 저는 베니마루 공에게 배치를 부탁했습니다. 그 지시에 이의를 제기한다는 것은 저를 거역한다는 뜻이 됩니다. 그 점을 잘 생각해서 발언하십시오."

울티마가 운이 좋았던 것은 디아블로의 기분이 최고로 좋았다는 것이라 할 수 있다.

평소 같았으면, 방금 그 발언은 제재를 받기에 충분했다. 디아블로의 기분이 좋았기 때문에 타이르는 것만으로 끝났을 것이다.

"쳇, 아쉬운걸. 하지만 확실히 나에게 맞는 임무는 아니긴 하네. 베니마루 씨의 지시에 따를게."

울티마는 입 밖으로 뱉은 직후에 자신의 발언이 위험했다는 걸 깨달았다. 그래서 아무 일도 없이 얘기가 넘어간 것에 안도했고, 납득한 것처럼 굴면서 말싸움을 포기했다.

너무 천진난만해서 실수를 하는 일도 있지만, 울티마는 의외로 분위기를 파악할 줄 알았다.

"그럼 계속하겠다."

베니마루가 그렇게 말하면서, 남은 자들이 맡을 역할을 차례로 전달했다.

우선 맨 처음 테스타로사가 황제기함을 지키는 기사들의 제거를 맡았다. 그 뒤를 이어 돌격할 자의 이름이 차례로 거론되었다.

시온, 소우에이, 울티마, 카레라, 이 네 명은 확정되었다. 당연히 베니마루 자신도 참가할 예정이었다.

"황제 루드라는 아마 움직이지 않을 거다. 만약 자신도 나서서 싸우려고 하면 그 녀석을 격파하면 그만이야. 그러니까 우리가 쓰러트려야 할 대상은 저기 있을 베루글린드 님의 '별신체'와 나머지 일곱 명의 '더블오 넘버(한 자릿수)'들이 되는 거지."

"그렇게 되면, 한 명이 한 명을 상대하기엔 수가 모자라겠군요. 어쩔 수 없죠. 제가 두 명 정도 처리하도록 하겠습니다."

정 뭐하면 세 명도 상관없다고 시온이 호언장담했지만, 베니마루는 그런 시온을 달래면서 계속 설명했다.

"일단 좀 기다려봐, 시온. 확실히 네 말이 맞긴 하지만, 여기 있는 자들의 일거리를 빼앗는 건 좋지 않아."

그렇게 말하면서 베니마루가 시선을 돌린 곳에는 기대에 찬 표정으로 지시를 기다리는 베이런과 다른 악마들이 있었다.

"잘 들어라, 방심은 금물이다. 필요한 수만을 죽이고, 최대전력으로 공격할 것이다. 당연하지만, 테스타로사 공도 나중에 같이 싸워줘야겠는데."

"바라는 바입니다."

그 말을 듣고, 테스타로사가 매력적인 미소를 지었다. 잔챙이의 청소만으로 끝난다는 건 견딜 수 없는 굴욕이라 생각했다. 울티마와는 달리 말로 하진 않았지만, 만약 그 후에 남을 것을 명령받았다면 역시 불만을 느낄 수밖에 없었을 것이다.

"저 비공선에서 아무도 도망치지 못하도록 하기 위해서 100명의 감시병을 남겨두도록 하지. 나머지 500명의 디아블 슈발리에들은 가비루 부대를 도와주러 가주면 좋겠는데…… 지휘관은 누구로──."

"그거라면 시엔이 적임자일 것 같군요. 모스와도 친한 사이이고, 그런 잡무는 잘 처리하니까요."

이름을 불리자 시엔이 고개를 들었다. 테스타로사가 기억해준 것이 기뻤는지, 눈에 약간 눈물이 고여 있었다.

"좋아. 그러면 시엔, 지금 당장 출발해다오."

"네, 알겠습니다!"

시엔의 행동은 기민했다. 자신의 권속인 100명을 남겨놓고, 그 외의 모든 자들을 이끌고 날아올라 이곳을 떠났다. 그 덕분에 가비루의 부대는 전멸을 면하게 되었다.

이리하여 방침은 정해졌다.

테스타로사의 선제공격에 이어서, 고르고 골라낸 정예만으로 비공선으로 돌입한다. 그다음에는 100명의 디아블 슈발리에(상위 악마기사)들로 황제기함을 봉쇄한다는 작전이다.

돌입할 멤버는 베니마루, 시온, 소우에이로 이뤄진 간부진. 그리고 세 명의 '데빌 로드(악마왕)'와 네 명의 '데몬 로드(악마공)'가 결전의 장소로 향하게 될 것이다.

"베이런, 아게라, 에스프리, 존다, 선택받은 것을 감사히 여겨."

카레라가 그렇게 말했지만, 누구보다도 기뻐 보이는 것은 본인이라 할 수 있었다.

"쿠후후후후. 그러면 여러분, 무운을 빕니다."

얘기가 마무리되자, 미소를 지으면서 인사하는 디아블로.

맨 먼저 테스타로사가 그 말에 응했다.

"우후후후후. 그러면 당신들, 만약 내 축복에서 살아남는 자가 있으면 확실하게 처리하도록 해. 한 마리도 놓치지 않도록 말이지."

테스타로사는 자신의 권속들을 보면서, 사냥개로서 제 역할을 하라고 명령했다. 악마들 입장에선 굳이 더 들을 필요도 없는 말이었지만, 그 말을 입 밖으로 뱉는 자는 아무도 없었다.

그 이전에── 지금의 테스타로사의 공격을 버텨낼 자가 있을지, 그걸 더 의문스럽게 생각하고 있었다.

테스타로사는 자신의 부하들에게 명령을 내리고는, 재빨리 사냥감을 향해 움직이기 시작했다.

그 뒤를 따라서, 베니마루 일행도 비상했다.

뒤처질 수 없다는 듯이 베이런 일행도 그 뒤를 따랐다.

악마들도 산개하면서, 한 척의 비공선을 포위하듯이 배치하였다.

이제 곧 대공에서의 결전이 시작되려 하고 있었다.

──다들 그렇게 생각했지만…….

울티마와 카레라도 움직이려고 하다가, 문득 생각이 난 듯한 표정으로 울티마가 고개를 갸웃거렸다.

"그러면 디아블로는 뭘 하는 거야?"

울티마가 묻자, 궁금해졌는지 카레라도 돌아봤다.

움찔하는 반응을 보이는 디아블로.

하지만 당황하지 않고 미소를 지으면서 대답했다.

"그러니까 저에겐 중요한 역할이 있습니다."

그 미소를 보면서, 점점 더 수상함을 느끼는 두 사람.

"마음에 걸리는 생쥐가 있다고 했는데, 그건 누굴 말하는 거야?"

카레라까지 그렇게 추궁하기 시작했다.

"그건 당신들이 알 필요가 없는 일인지라──."

"자아, 잠깐만. 디아블로, 숨기는 건 좋지 않다고 생각하는데?"

"그래. 리무루 님도 정보공유는 중요하다고 늘 말씀하셨잖아."

그렇게 따지면, 디아블로도 대답할 수밖에 없었다.

"저에겐 리무루 님의 용맹한 모습을 지켜본다는 숭고한 사명이 있습니다! 이건 너무나도 중요한 역할이므로, 당신들에게 맡길 수 없단 말입니다!!"

터무니없는 말을 뻔뻔하게 내뱉었다.

이 자리에 베니마루가 없었다는 게 다행이라고 할 것이다.

애초에 있었다고 해도 어이가 없다는 반응을 보이는 게 다일지도 모르지만.

그러나 울티마와 카레라는 그 대답으로는 납득하지 못했다.

"뭐야, 그게? 나도 리무루 님의 활약을 보고 싶은데!!"

"잠깐, 자세하게 좀 들어보자고. 그런 좋은 일을 너 혼자만 누리겠다는 생각이야? 아무리 네가 우리의 상사라고 해도, 그건 너무 지나친 횡포인 것 같은데."

그런 생각이 드는 게 당연하다고 느껴지는, 실로 자연스러운 반응이었다.

울티마는 생각했다.

왜 베니마루가 있을 때 이 질문을 하지 않았을까, 하고.

카레라는 질문할 때를 잘못 골랐다는 것을 깨달았다.

여기에 테스타로사가 있었다면 얘기는 달라졌겠지만, 울티마와 자신, 이 둘만으론 디아블로를 어떻게도 할 수가 없을 거라는 생각이 들었다.

"이런, 불만인 것 같군요?"

"당연하지!"

"명령에는 따르겠지만, 납득은 할 수가 없겠어."

흠, 디아블로도 생각에 잠겼다.

"어쩔 수 없군요. 당신들에겐 사실을 전해두도록 할까요. 실은 적 측에 이공간을 조작하는 자가 있습니다. 아마 베루글린드 님일 것이라 생각합니다만, 거기에 붙잡혀버리면 현세와의 연결이 끊어져버릴 우려가 있습니다――."

"――!!"

"과연…… 그렇다면 확실히 누군가가 남아 있는 게 좋겠네."

의미심장한 표정으로 디아블로가 고개를 끄덕였다.

"그렇습니다. 저도 전투에 참가하고 싶습니다만, 너무나 아쉽군요."

이 정도면 충분히 구슬릴 수 있겠다고 생각하면서, 디아블로는 속으로는 쾌재를 부르고 있었다.

그 두뇌는 쓸데없이 고성능이었으며, 변명을 만들어 내는 건 천하제일이었다. 리무루도 곤란할 때엔 의지하는, 속이 검은 파트너였다.

하지만 울티마의 지적은 날카로웠다.

"그럼 생쥐라고 말한 건 뭐야?"

쳇―― 하고 표면으로는 드러내지 않고 혀를 찬 디아블로. 리무루와 베루글린드의 싸움을 견학할 수 있으리라 생각하여 기분이 좋았던 그였지만, 방해꾼이 좀처럼 떨어지지 않아 짜증이 솟구치고 있었다.

"아쉽군요, 울티마. 당신이라면 말하지 않아도 알아차리라 생각했습니다만……."

약간의 비아냥거림을 섞은 것은 그에 대한 앙갚음이었다.

어쨌든 숨길 필요 따윈 없었으므로 솔직하게 대답했다.

"카구라자카 유우키입니다. 저도 기적을 찾아봤습니다만, 그중에 유우키와 일치하는 것이 없더군요. 선내의 어딘가에 숨어 있는 것이라면 문제가 될 게 없습니다만, 만약 리무루 님을 방해하려는 거라면, 이건 방치할 수 없는 문제겠죠?"

"그러네. 리무루 님의 칙령에 위배될 테니까."

"응응, 절대로 방해를 하면 안 되니까 말이지."

"그렇습니다. 생쥐의 목적 같은 건 모르겠습니다만, 적어도 누군가 한 명은 여기에 남아서 리무루 님을 지켜볼 필요가 있는 겁니다."

리무루의 싸움을 보고 싶다는 본심이 절반, 자신도 제대로 맡은 역할이 있다면서 내세우는 구실이 절반이었다. 아니, 본심 부분의 비율이 더 큰 디아블로였다.

어쨌든 울티마와 카레라도 납득은 했다. 결국은 불만스럽게 생각하면서도, 디아블로의 주장을 인정한 것이다.

"뭐, 좋아. 이 불만은 저기 있는 인간들에게 풀기로 할까."

"네, 마음껏 하십시오."

"크게 날뛰어도 불평하지 않을 거지?"

"당연합니다. 가능하다면 루드라를 처치해도 상관없습니다."

"흠, 그것도 재미있을 것 같네. 그럼 여긴 양보하기로 할게."

"그러네. 나도 마음껏 힘을 쓰면서 우울한 기분을 풀어볼까나~!"

응응, 하고 디아블로도 힘차게 고개를 끄덕였다.

그 정도로 납득해준다면 대가가 싼 것이다.

늦으면 맛있는 부분을 빼앗길 거라고 생각한 카레라와 울티마는 서둘러 그 자리를 떠나갔다.

"잘 싸우고 오십시오."

그렇게 말하면서 디아블로는 만면의 미소와 함께 두 사람을 배웅했다.

그리고 디아블로도 리무루를 쫓아 날아올랐다.

모두가 떠난 그 자리에서.

라플라스는 생각했다.

아무도 자신에 대해 신경써주지 않는다고.

자신을 놔두고 전부 사라지는 바람에 조금은 쓸쓸해진 라플라스였다.

"그, 그러면 나는 카가리 님을 구하러 가겠습니다요⋯⋯."

아무도 없는데 그렇게 인사를 한 뒤에, 라플라스도 그 자리를 뒤로 했다.

그리고──.

아무도 모르는 사이에 사태는 변했다.

리무루의 분노에 호응하여 진화한 마물들.

엄청난 속도로 육체를 재구축하면서, 새로운 능력을 얻었으며── 그 모든 것은 '먹이사슬'에 의해 리무루도 모르는 사이에 '비축된 힘'으로 환원되기 시작했다.

지금 막 게루도가 눈을 뜬 것처럼.

악마들이 무모한 진화를 이룩한 것처럼.

아직 눈을 뜨지 않은 다른 자들도 그 뒤를 이을 것이다.

그건 단순한 각성진화에 머무르지 않을 것이다.

효율 좋게 관리되어, 리무루의 힘을 증강할 요인이 될 것이다.

더욱 효과적으로, 더욱 실전적으로.

아직 아무도 모르는 한계조차도 넘어서면서, 리무루의 힘은 해방될 때를 기다렸다──.

●

황제기함의 뱃머리에는 여러 명의 남자들이 있었다.

루드라를 선두로, 콘도와 다무라다가 뒤에서 좌우로 대기하고 있었다. 루드라의 사방은 서열 3위부터 6위에 해당하는 4기사가 지키고 있었다.

콘도의 뒤에는 마르코도 대기하여, 이 자리에는 나머지 '더블오 넘버(한 자릿수)'가 모여 있었다.

루드라의 오른쪽 자리는 베루글린드가 늘 서 있는 위치다. 무슨 일이 있으면 루드라를 지킬 수 있도록 마지막 '별신체'가 대기하고 있었다. 하지만 지금의 베루글린드는 리무루와의 싸움에 집중하기 위해서, 설치된 의자에 그 몸을 맡기고 의식을 비워둔 상태로 루드라에게 기대었다.

루드라는 그런 베루글린드의 푸른 머리카락을 부드럽게 쓰다듬고 있었지만, 움직이기 시작한 리무루를 보고 짜증이 나는 듯한 말투로 중얼거렸다.

"저 녀석은 예외로 취급해야 하는 자로구나. 내가 판단을 잘못했다. 맨 먼저 처단했어야 할 자는 저 슬라임이었나."

그건 아직 싸움은 끝나지 않았음을 알리는 것과 같은 뜻의 말이었다.

....

....

......

바로 조금 전까지만 해도 베루도라의 포획에 성공하면서 승리를 축하하는 분위기에 둘러 싸여 있었다. 그러나 지금은 그런 분위기는 전혀 남아 있지 않았다.

리무루와 그의 부하들을 적으로 인식하고 있는 것이다.

이 자리에 모습을 드러낸 마왕 리무루를 필두로, 간부급인 마인들까지 돌아왔다. 이 시점에선 아직 여유가 있었다.

"흠, 몽환요새에서 탈출하다니, 조금은 만만하게 봤나. 힘의 근원인 베루도라(주인)를 빼앗겼기 때문인지 필사적으로 버둥거리면서 돌아왔군."

그렇게 말하면서 루드라도 웃고 있었다. 그러나 리무루가 콘도의 공격을 무효화하는 것을 보고, 루드라도 사태를 중대시하였다.

그리고 무엇보다 리무루가 불러낸 악마들이 문제였다.

육체를 얻은 그레이터 데몬(상위악마)은 안 그래도 귀찮은 존재였다. 그런데 리무루는 그런 악마들의 힘을 더 강하게 만들었다.

뭘 어떻게 한 것인지가 불명이었기 때문에 경계해야 하는 것은 당연한 일이었다.

....

....

......

"타츠야, 일부러 네 힘을 조절해서 쏜 것은 아니겠지?"

"물론입니다. '리무브(파계탄)'와 '네크로시스(주괴탄)', 둘 다 통하지 않았습니다. 아무래도 진심으로 싸우지 않으면 이길 수 없는 상대인 것 같습니다."

그렇게 대답하는 콘도 또한 마왕 리무루를 보고 실수했다는 생각을 했다.

루드라가 말한 대로, 리무루를 극도로 위험한 상대라고 판단하였다.

베루도라 포획을 우선했지만, 그건 오산이었다. 어느 한쪽이 아니라 동시에 공략했어야 했던 것이다.

그런 생각에 도달하긴 했지만, 이미 상황은 움직이고 말았다.

마왕 리무루가 방심을 하지 않을 것이라는 건 이미 파악하였다.

그렇기 때문에 계책을 짜내서 함정에 빠트린 뒤에, 나중에 처리하기로 했다.

리무루가 의지할 곳인 베루도라를 빼앗으면, 자연스럽게 굴복할 것이라고 판단했던 거다.

그리고 지금.

콘도의 판단은 역효과를 내고 말았다.

베루도라에게 있어서 리무루가 역린이었던 것처럼, 리무루에게 있어 베루도라의 존재가 역린이었던 거다.

그걸 건드리고 말았다는 것을 바로 깨달은 콘도는 누구보다도 먼저 리무루를 처치하려고 했다.

그래서 그가 쏜 것이 '리무브'와 '네크로시스'였다. '저지먼트(신멸탄)'을 쓸 수 없는 지금, 이 연격이 최강의 공격수단이었다.

그러나 결과는 아무런 고통도 주지 못했으며, 리무루의 행동을 저지하는 것조차도 불가능했다.

힘의 근원인 베루도라를 빼앗기면서, 무력한 존재가 된 마왕?

천만의 말씀이다.

맹우를 빼앗기는 바람에 분노에 미쳐 날뛰고 있는 포학의 의지.

그렇게 생각했어야 했다.

봐주면서 싸우기는커녕, 진심으로 덤비지 않으면 패배하고 말 것이다──. 콘도는 그렇게 판단했다.

"타츠야가 그렇게 말한다면, 4기사로도 이기지 못하겠구나. 저 자를 상대하도록 하여, 손에 넣은 베루도라의 힘이 어느 정도인지 시험해보기로 하자."

콘도에게 굳이 들을 필요도 없이, 루드라도 리무루가 얼마나 위협적인지 이해하고 있었다. 일부러 설명하도록 시킨 것은 이 자리에 있는 자들과 인식을 공유하기 위해서였다.

'더블오 넘버'는 루드라가 모은 실력자들이다. 그렇기 때문에 여기서 적의 위험성을 다 같이 인식하게 만들어서 마무리를 잘못하지 않도록 주의를 환기시킨 것이다.

리무루는 확실히 위협적이긴 하지만, 방심하지 않으면 대처할 수 있는 상대다. 하지만 이 자리에서 모처럼 모은 전력을 상실하는 것은 피하고 싶었다.

루드라는 최후의 대승부를 앞에 두고, 한없이 신중을 기하고 있었다. 누구 하나 잃는 일 없이 기이에게 도전하고 싶다 생각하였다.

상황적으로 보면 승리는 아주 가까웠다.

베루도라를 포획하면서, 제국은 큰 어드밴티지를 얻었다. 루드라의 입장에선 오랜 세월에 걸쳐 이어져 온 기이와의 승부에 종지부를 찍기 바로 전이라고 할 수 있는 상황으로 전개되었다.

이런 타이밍에서 실수를 범하는 건 허용할 수 없었다.

그래서 루드라는 만전을 기하여 베루도라를 리무루와 붙여보기로 했다. 베루글린드에게 서포트를 맡기면 만일의 경우는 일어날 수 없다고 확신하면서.

그리고 콘도와 부하들에겐 리무루의 부하들을 처리하라고 할 생각이었다. 이렇게 하면 아무런 문제가 없을 것이다.

루드라는 가능하면 리무루도 손에 넣고 싶었지만, 이렇게 된 이상, 제거할 수밖에 없었다. 원래 원하던 대상인 베루도라를 손에 넣은 지금, 마왕 따위로 인해 계획이 어그러지는 것은 아예 논외였다.

애초에 마왕 따위는 '용종'에 비하면 허약한 존재다. 그렇기 때문에 리무루를 위협적인 존재로 인정하면서도, 작전의 실패는 있을 수 없다고 루드라는 생각하고 있었다.

'용종'이란 것은 이 세계에선 최강의 존재이다. 그런 '용종'이 둘이나 있으니 리무루의 패배는 필연적이라고, 그리 생각하는 것이 자연스러웠다.

하지만 한 가지, 마음에 걸리는 것이 있었다.

(……그때, 베루도라는 왜 나의 지배에 저항을 하지 않은 거지?)

그 점만은 의문이었다.

시간을 들이면 어차피 성공할 것은 틀림없는 사실이다. 그걸 깨달았기 때문에 베루도라가 포기했다고 해석해도 문제없다.

그러나 루드라에겐 그것만이 이유는 아닌 것처럼 느껴졌다.

루드라는 레갈리아 도미니온(왕권발동)을 통해서, 베루도라의 분노를 제대로 느꼈다. 그런 만큼 베루도라가 쉽게 포기할 성격이 아니라는 것을 꿰뚫어 보았다.

어쩌면 베루도라 자신보다도 중요한 뭔가를 지키기 위해서 그랬던 것은 아닐까?

──루드라의 머릿속에 그런 의심이 소용돌이쳤다.

그렇다면 그 중요한 뭔가는──.

"설마, 그럴 리가……."

루드라가 고개를 저으면서 자신의 생각을 부정했다.

베루도라가 마왕 리무루를 우선했다는 건, 루드라가 인정하기에는 어려운 가정이었던 것이다…….

●

베루글린드는 인간의 모습으로 돌아가서, 베루도라에게 다가갔다. 그리고 그의 머리에 바싹 다가가, 용의 비늘을 부드럽게 쓰다듬었다.

"착한 아이구나. 다음에 눈을 떴을 때엔 우리의 동료가 되어 있을 거야. 그렇게 되면 마음껏 아껴줄게."

베루글린드는 오래 이어져 온 게임이 끝날 것을 예감했다.

하지만 그렇게 마음먹은 대로는 되지 않았다…….

갑자기 리무루가 출현했다.

눈치를 모르는 방해자의 모습을 보고, 베루글린드의 기분이 나빠졌다. 그와 동시에 아주 약간의 위기감을 느꼈다.

그 '몽환요새'로부터 어떻게 탈출한 건지가 궁금해졌다.

이걸 어떻게 대응할지를 고민하던 베루글린드 앞에서, 상황은 예상하지 못한 방향으로 움직이기 시작했다.

리무루가 수많은 악마들을 소환했고, 일부러 보여주려는 듯이 그들에게 힘을 준 것이다.

그건 도발이었다.

베루글린드를 앞에 두고, 자신의 비장의 수를 보여줬다. 막을 수 있으면 막아보라는 듯이. 그건 너무나도 지나치게 대담한 행위였다.

더구나.

리무루가 소환한 악마들 중에는 테스타로사 일행까지 섞여 있었다. 뭘 어떻게 한 건지는 모르겠지만, 그녀들도 상위존재인 '데빌 로드(악마왕)'로 진화했다.

그걸 느낀 베루글린드는 리무루에게 경계심을 품게 되었다.

그뿐만이 아니라 그 외에도 이상한 점이 있었다. 리무루의 분노의 파동이 동생인 베루도라의 그것과 같았던 것이다.

마왕이라고 하지만 단순한 슬라임이 '용종'인 자신들과 동등한 오라(패기)를 띠고 있었다. 그건 베루글린드의 입장에선 믿기 어려운 현실이었다.

그 한 가지만 고려하더라도 이상사태인 것은 틀림이 없었다.

보고를 듣기만 했다면 있을 수 없는 일이라고 생각하면서 일소에 부쳤을 것이다. 하지만 자신의 눈으로 보고 확인한 이상, 믿을 수밖에 없었다.

눈앞에 있는 소녀 같은 마왕은 격렬한 분노의 파동을 억제하지도 않은 채 방출하고 있었다.

그 파동이 명확하게, 그 위험성을 호소하였다.

그 파동을 접하면, 내성이 없는 인간 따위는 순식간에 죽음에 이를 것이다.

아니, 인간만으로 끝나지 않는다.

강자라고 불리는 상위존재── 인간이 정한 기준으로 A랭크 미만인 자라면, 저항조차도 허용되지 못한 채 죽을 것이다.

그야말로 '용종'에 필적할 수 있는, 압도적이기까지 한 '마왕패기'였다.

(자, 이제 어떻게 할까? 애초에 저 '태초의 악마'들까지 길들였다니. 이 아이(베루도라)를 속인 게 다일 뿐이라고 생각했는데, 터무니없는 착각이었네.)

베루도라만이였다면 말재주로 속였을 뿐일 가능성이 있었다. 그러나 그런 방법은 산전수전 다 겪은 '태초의 악마들'에겐 통하지 않을 것이다.

그걸 안 시점에서 계획을 다시 검토해야 했었다.

이 '마왕패기'를 통해서도 명백해졌듯이, 마왕 리무루에겐 뭔가가 있다 생각해도 될 거다.

잘 생각해보면 베루도라의 성장도 경이적이었다.

300년 전이라면 베루글린드에게 상처를 입히는 것조차 불가능했을 것이다. 그런데, 봉인에서 풀려나서 얼마 지나지 않은 시간 사이에 이상할 정도로 전투가 능숙해져 있었다.

베루글린드의 예상을, 월등히 뛰어넘은 성장을 보여준 베루도라. 그 원인 또한 눈앞에 있는 마왕에게 있을 것이다.

(본국으로 한 번 돌아가서 지친 몸을 회복할 생각이었는데. 하지만 어쩔 수 없지. 여기서 처리하지 않으면 나중에 루드라에게 재앙이 될 것 같으니까.)

베루글린드는 결단했다.

직접 리무루를 상대하여 철저하게 박살을 내놓자고.

지금 처리하지 않으면 반드시 위협이 된다──고 베루글린드는 판단한 것이다.

조금 전의 싸움에서 소비한 에너지(마력요소)는 베루도라에게서 보급받아 다시 완벽하게 보충한 상태다. 베루도라 쪽은 어떤가 하면, 그렇게나 격렬하게 싸웠는데도 그다지 심하게 소모하지 않은 상태였다.

즉, 지금부터 전력으로 전투를 벌여도 아무런 문제가 없는 것이다.

베루글린드는 유유히, 다시 전투태세로 돌아가기 시작했다.

모든 것이 예상대로 돌아간다고 생각했던 승리의 기분은 버렸다.

그런 오만함 때문에 지금의 상황이 되었다고 할 수 있었다.

그때 '몽환요새' 안에서 리무루를 처리했다면, 리무루가 악마들을 소환하는 일도 없었다. 그야말로 최후의 승부를 남겨놓기만 한 결과가 되었을 것이다.

그렇게 생각하면 현재 상황은 좋진 않지만, 최악인 것도 아니었다. 아직 승산은 충분히 있었으며, 반격할 방법을 잘못 쓰지만 않는다면 문제없이 대처할 수 있을 것이다.

그랬는데, 맥이 빠지는 전개가 되어버렸다.

베루글린드의 예상과는 달리, 자신을 향해 온 자는 리무루 한 명이었던 것이다.

(이겼네. 모두가 한꺼번에 내게 덤빈다면 나라도 애를 먹었겠지만——.)

아무리 리무루가 경계해야 할 상대라고 해도, 자신과 베루도라가 둘이서 상대한다면 패할 일은 없다. 베루글린드는 그렇게 생각했다.

하지만 승부는 단번에 끝내야 한다.

마왕의 부하들이 방해한다면, 싸움이 길어질 우려가 있다. 그렇게 되기 전에 베루글린드는 단기결전을 선택했다. 직감에 따라서 행동하는 것이 베루글린드의 성격이었다.

『루드라! 베루도라에게 전력으로 마왕 리무루를 공격하라고 명령을 내려줘요.』

『흠. 너도 나와 마찬가지로 그자를 위험하다고 느낀 건가. 그렇다면 망설일 것도 없지. 베루도라여, 눈앞에 있는 적을 처리해라!!』

베루글린드의 요청에 응하여, 루드라가 레갈리아 도미니온(왕권발동)을 발동시켰다.

루드라가 자신과 마찬가지로 리무루를 위험하게 보고 있다는 것에, 베루글린드는 안도했다. 루드라가 방심하지 않는 이상, 승리는 확실하다는 생각이 들었다.

애초에 최강인 '용종' 둘이 동시에 덤비는 싸움이므로 패배 같은 건 생각할 수도 없지만.

무시무시한 싸움이 지금 시작되려 하고 있었다──.

●

리무루가 유유히 싸울 자세를 잡고 있는 베루글린드를 향해 날아갔다.

그런 리무루의 전방에선 베루도라가 천공을 향해 포효하고 있었다.

그 충격이 대기를 뒤흔드는 것과 동시에, 베루도라가 뛰쳐나갔다.

베루글린드도 그 뒤를 따랐다.

승리에 대한 확신을 담은 것인지, 소리 높여 한 번 포효했다. 그리고 그대로 리무루를 소멸시키기 위한 공격이 시작되었다.

베루도라는 처음부터 전력을 다해 공격했다. 베루글린드를 괴롭힌 수속폭풍공격──스톰 블래스트(파멸의 포효)가 리무루를 덮쳤다.

《알림. 수속폭풍공격을 예측. 얼티밋 스킬(궁극능력) '우리엘(서약지왕)'의 '절대방어'로 각 파장을 중화하여 공격을 무효로──.》

자동으로 방어행동에 들어가려 했던 '라파엘(지혜지왕)'에게 리무루의 강제명령이 날아들었다.

『멍청한 녀석! 피해!!』

'라파엘'은 그 명령을 즉시 따랐지만, 연산영역의 일부에선 리무루의 의도를 예측하지 못하였다.

자신이 제안한 '절대방어' 후의 반격이야말로, 여러 개가 존재했던 행동패턴 중에서 가장 적합한 답이었을 것이다. 그걸 주인인 리무루가 부정한 것을 보고, 아주 약간 동요하고 말았다.

연산영역의 극소구역에서만 일어난 반응이긴 했지만, '라파엘'은 확실히 혼란에 빠져 있었다.

리무루가 '라파엘'의 의견을 무시하는 일은 몇 번 있었지만, 이번에는 그 차원이 달랐다. 그런 식으로 느끼는 것도 리무루와의 관계가 오래된 '라파엘'이었기 때문에 느낄 수 있었던 감상이었다.

애초에 스킬(능력)이라는 세계법칙의 일부가 그런 감상을 품는 것 자체가 이상한 일이지만…… 당사자들은 그 사실을 깨닫지 못하였다…….

억지로 회피행동을 취한 리무루를, 스톰 블래스트가 스치고 지나갔다. 그 직후 평소에도 늘 리무루를 지키고 있었던 '절대방어'가 관통당하면서 조금 전까지 리무루가 있던 장소에 폭발이 일어났다. 스톰 블래스트가 파괴의 힘을 흩뿌려 놓았던 것이다.

회피행동이 늦었다면 부상을 면할 수 없었을 것이다.

그걸 보고 '라파엘'의 혼란은 더 강해졌다.

──연산실패? 불측사태? 이해불능──.

어떻게 리무루는 그걸 알았을까?

연산결과는 완벽했으며, 실수 같은 건 없었다. 그렇다면 어떤 조건을 못 보고 놓친 것일 지도 모른다고 생각하면서, '라파엘'은 정보 스캔을 개시했다.

양자 컴퓨터를 가볍게 능가하는 속도로 연산해도 원인은 불명이었다.

《혼란. 예측으로는 100퍼센트 방어할 수 있었을 텐데——.》

자신도 모르게 흘러나온, 굳이 할 필요가 없는 말.

그건 말도 안 되는 일이지만, '라파엘'의 변명이었다.

단순한 스킬이 변명을 한다는 것은 원래는 있어선 안 되는 일인 것이다. 그러나 그 사실을 알아차리는 자는 없었다.

지금은 한창 전투 중인지라, 느긋하게 검증하고 있을 때가 아니었던 것이다.

혼란에 빠진 '라파엘'에게 리무루의 질타가 날아들었다.

『멍하게 있을 때가 아니야——! 베루도라에겐 '파우스트(구명지왕)'가 있다고. 분명 '확률조작' 같은 귀찮은 권능도 있었을 텐데?』

그 말을 듣고 '라파엘'도 **떠올렸다.** 그랬다고. 그 말이 옳았다고. 왜 그런 중요한 일을 잊고 있었을까.

이상하다——. 그렇게 생각하면서, '라파엘'도 그제야 이상을 감지했다.

누군가의 간섭을 받고 있다고밖에 생각할 수 없었다. 하지만 그 원인은 여전히 불명이었다.

그 사실을 리무루에게 알려야 할 것인지를 놓고 '라파엘'은 망설였다.

원인불명이라는 결과는 자신의 긍지를 걸고서라도 인정하고 싶지 않았다. 그러나 이대로 가면 리무루가 피해를 입을 가능성이 농후했다.

알려야 한다는 연산결과가 나와 있었다.

그러나—— 리무루에게 무능하다는 낙인이 찍혀버리는 것은 '라파엘'에게 있어서 존재의의를 잃어버리는 것과 같은 뜻이었다.

그런 생각을 하는 것 자체가 주인에 대한 배신행위였다.

스킬이 망설인다는 것은 있어선 안 되는 일이므로…….

격심한 혼란에 빠진 '라파엘'에게 리무루의 말이 흘러들어 왔다.

『베루도라는 무지막지한 녀석이니까 말이지. 너의 완벽한 연산을 능가해도 이상할 게 전혀 없어. 그것보다 조금 실수했다고 해서 일일이 동요하지 마. 베루도라에게 예측은 통하지 않아. 너도 고민할 필요는 없다고! 깊게 생각하지 마. 자신을 믿는 거야. 베루도라의 상대는 내가 할 테니까, 너는 베루글린드 쪽을 상대해줘!』

그걸 안 것만으로도 다행이라는 듯이, 리무루는 말을 걸고 있었다. 스킬에 지나지 않는 '라파엘'에게 마치 진정한 파트너를 대하는 것처럼…….

『부탁할게. 저 녀석들도 두 명이지만, 우리도 나와 너, 두 명이라고. 네가 베루글린드를 막아준다면 내가 그 틈에 베루도라를 해방하겠어. 그러니까 말이지, 무슨 수를 써서라도 버티라고, 알았지? 널 믿고 있으니까, 파트너!』

그 말이 '라파엘'의 혼란에 빠진 허망한 마음(사고회로)을 위로해 주기 시작했다.

믿고 있다고?

자신이 틀렸는데?

실수만 하고 있는 '라파엘'을, 리무루는 아직 믿어주고 있었다.

──아아! 이분은 단순한 연산능력에 지나지 않을 나(자신)를 아직 필요로 하고 있어──.

이제 불안감은 사라져 있었다.

평소의 자신감을 되찾으면서, '라파엘'은 대답했다.

《──알겠습니다. 이해했습니다. 지금부터 개체명 : 베루글린드의 요격을 이행하겠습니다.》

그렇다. 그랬었다.

리무루는── '라파엘'이 사랑하는 주인은 '확률' 같은 불확실한 것에 붙잡혀 있는, 그런 작은 존재가 아니었던 것이다.

그러므로 안심하면서, 믿고 따라가면 되는 것이다.

그때 리무루는 별생각 없이 자신의 마음을 말했다.

『──그러고 보니, 널 제대로 불러본 적이 없었네. 평소에는 라파엘이나 파트너라고 내키는 대로 불렀으니까 말이지. 이런 때에 할 말은 아니지만, 정식으로 '이름'을 지어줄게.』

──?!

이해불능이라고 '라파엘'은 생각했다.

신기한 감각이 '라파엘'을 가득 채웠다.

그건 곤혹.

그건 환희.

그건—— 감정의 발로.

자신의 안에서 싹튼 연산불능의 그 감정(불확정요소) 때문에 '라파엘'은 당혹스러움을 감출 수 없었다.

무슨 말을 하고 있는 건지 몰라서 '라파엘'은 혼란에 빠졌다. 그러나 동시에 리무루의 의도를 깨닫고 말았다.

아아…… 자신의 컨디션이 좋지 않으니까 신경을 써주고 있는 거야, 라고.

베루도라를 빼앗기면서, 누구보다도 슬퍼하고 있을 것이다. 그런데도, 그런 상황에 처해 있으면서도 다른 사람을 배려할 줄 안다.

리무루는 그런 인물이었던 것이다.

『그렇지, '시엘'이라고 부르는 건 어때?』

《!!!!!!!》

『늘 내게 다양한 걸 가르쳐주니까 '가르쳐준다'(일본어로 '가르치다'는 '오시에루'라고 발음한다. '오시에루'를 줄여서 '시에루' → '시엘'의 과정을 밟은 것)를 줄여서 '시엘'이라고 부를까 하는데. 어때? 마음에 들지 않을지도 모르지만, 참아줘. 불만이 있다면 저 붉은 녀석(베루글린드)에게 다 쏟아부으라고!』

197

쑥스러움을 애써 숨기려는 듯한 리무루의 발언이었다.

라파엘은── 아니, 시엘은 스킬이 느낄 리가 없는 충만한 기분을 맛봤다.

──아아, 나는 지금 영원한 행복 속에 있어.──

그렇다. 확실히 그런 생각을 한 것이다.

그와 동시에 진화의 때를 맞았다.

얼티밋 스킬 '라파엘'에서 마나스(신지핵, 神智核) '시엘'이 탄생한 순간이었다.

《전──제 이름은 시엘. 마나스이자, 스킬을 통합하는 자. 마스터(리무루 님)의 '영혼'과 함께 하며, 서포트(주인의 보조)를 행하는 자입니다. 리무루 님, 앞으로도 영원히 잘 부탁드리겠습니다.》

시엘은 생각했다.

두려울 것은 아무것도 없다고.

위기상황임이 틀림없는데도, 위험하다는 생각은 들지 않았다.

『으, 응. 나야말로? 잘 부탁해?』

그렇게 말하는 리무루의 목소리를 듣는 것만으로, 시엘은 엄청난 행복감에 휩싸였다.

『그럼 네 진짜 힘을 보여주라고!』

시엘에게 있어서 리무루의 명령은 최고의 상이었다.

《명령하신 대로 따르겠습니다, 마이 로드(리무루 님)!!》

라파엘은 각성하여 시엘이 되었다.

그리고 리무루의 바람에 부응하기 위해서, 그 힘을 더욱 날카롭게 개화하기 시작했다——.

●

리무루에게서 명령받은 대로 '라파엘(지혜지왕)', 아니 시엘은 베루글린드의 요격행동에 나섰다. 닥쳐오는 베루글린드의 버닝 브레스(작열토식)을, '우리엘(서약지왕)'의 '절대방어'로 무난하게 막아냈다.

그걸 본 베루글린드는 '말도 안 되는 일'이라고 생각하면서 아연실색했다.

당연하게도 베루글린드는 리무루를 상대로 봐주거나 하진 않았다. 버닝 브레스는 '라구엘(구휼지왕)'로 강화되어 있었으며, 단순한 '결계' 따위로 막는 건 있을 수 없는 일이었다.

그야말로 완벽하게 공격을 파악하고 있을 법한 격상의 상대라도 되지 않는 한, 어떤 식으로든 대가가 필요해야 할 것이었다.

그런데도 리무루에겐 피폐한 모습은 전혀 보이지 않았다.

드래곤 모드(용의 형태)일 때의 베루글린드의 일격을 아무런 상처 없이 버텨낸다는 건 '태초의 악마'인 테스타로사 일행에게도 불가능한 일이었다. 그런 짓을 태연하게 해낸다는 건, 리무루라는 마왕에겐 어중간한 공격이 통하지 않는다는 것을 의미하고 있

199

었다.

베루글린드는 불쾌하게 생각하면서도 냉정하게 사고를 계속 유지했다.

에너지(마력요소)양은 베루글린드가 상회하고 있으니까, 생각할 수 있는 것은 스킬(능력)이 질적인 면에서 밀리고 있다는 가능성이다. 혹은 마왕 리무루가 열공격에 대한 완전내성을 보유하고 있을 가능성이다.

베루글린드는 고민하기보다 시험해보기로 했다.

베루도라에게 그랬던 것처럼 부분적인 '별신체'를 출현시켜서 열한 줄기의 광선——핵격마법 : 뉴클리어 캐논(열수속포)을 전개시켰다. 그런 뒤에, 열한 개의 머리에서 동시에 버닝 브레스를 발사했다.

스물두 줄기의 열선에 의한 다단공격은 소행성 정도는 간단히 증발시킬 수 있을 정도의 열량을 보유하고 있었다. 이걸 맞아도 무사하다면, 리무루에겐 열공격이 통하지 않는 것이나 마찬가지라는 것이 증명되는 셈이다.

결과는 베루글린드의 입장에선 인정하고 싶지 않은 것이었다.

도망갈 곳을 차단하듯이 교차시킨 열선이, 리무루를 향해 집중되었다. 그 모든 것이 리무루가 출현시킨 실드(빛의 방패)에 의해 반사되고 말았던 것이다.

(쳇, 짜증 나는군! 마치 다 계산했다는 듯이 완벽하게, 최소한도의 움직임으로 막아내다니!)

달갑지 않은 상황을 보면서, 베루글린드는 분개했다.

리무루에게 열공격이 통하지 않는 것도 그렇지만, 지금 공격이

거의 의미가 없었다는 게 용서가 되지 않았던 거다.

조금이라도 힘을 소모시킬 수 있다면, 절대적인 에너지양의 차이로 베루글린드의 승리가 확정될 것이다. 그러나 현재 상황을 보면, 리무루의 에너지 소모율은 제로나 마찬가지였던 것이다.

이렇게 되면 베루글린드 쪽이 먼저 지칠 수도 있다. 그걸 깨달은 베루글린드는 곧바로 진심을 다해 싸우기로 한 것이다.

그리고 하나 더 불쾌한 사실이 있었다.

리무루는 처음에 베루글린드를 딱 한 번 보기만 했을 뿐, 그 후로는 고개조차 돌리지 않았다. 베루도라에게 집중하여 대응했지만, 베루글린드에겐 눈길 한 번 주려고도 하지 않았던 것이다.

베루도라를 상대로는 방패를 사용하지 않고, 모든 공격을 피하고 있었다. 어쩔 수도 없는 상황에서만 같은 종류의 공격으로 상쇄시키는 것을 노리고 있었다. 그런데도 베루글린드의 공격은 실드만으로 받아내서 흘려보내고 있었다.

아무리 '마력감지'로 모든 범위를 인식할 수 있다곤 해도, 명백하게 무시하는 태도였다. 그게 의미하는 것은 베루글린드 따위는 위협적이지 않다고 선언하는 것이라 할 수 있었다.

그게 베루글린드의 역린을 건드린 것이다.

(나를 얕본 걸 후회하게 만들어주겠어!!)

긍지 높은 베루글린드는 그녀가 지닌 최대위력의 공격을 날릴 것을 결의했다.

자신을 무시하는 리무루에게 증오 어린 시선을 보내면서, 베루글린드는 강대한 마력을 끌어올렸다. 그리고 그걸 자신의 몸 안에 돌게 만들었다.

얼티밋 스킬(궁극능력) '라구엘(구휼지왕)'에 의한 '지원'과 자신의 열로 상징되는 '가속'의 권능. 이것들을 병렬기동시켜서 자신에게 사용하면 열량, 즉 운동량을 강제적으로 증가시킬 수가 있었다.

이로 인해 베루글린드는 음속의 수천 배라는, 이 세계에서 물리적으로 가장 빠른 행동을 가능하게 할 수 있었던 것이다.

그럼 이 권능의 대상을 자신 이외의 누군가로 바꾼다면 어떻게 될 것인가?

정신생명체이며 물리적 내성도 가지고 있는 베루글린드에겐 문제가 되지 않는 운동량의 증가이지만, 과연 자신 이외에도 이걸 버텨낼 수 있는 자가 존재할까?

답은 '아니다'는 것이다.

강제적으로 가속을 계속 부여하면 어떤 생명체라고 해도 육체가 버텨내지 못한다. 그건 정신생명체라고 해도 마찬가지이며, 정보조차도 에너지로 변환되면서 결국엔 열붕괴에 이를 것이다.

그게 바로 베루글린드의——.

"죽어! 살점 하나 남김없이, 그 몸이 문드러져버려라! 카디널 액셀러레이션(작열용패가속려기, 灼熱龍覇加速勵起)"

버닝 엠브레이스(작열의 포옹)의 위력조차도 넘어서는 최강오의였다.

카디널 액셀러레이션에는 베루글린드의 모든 권능이 담겨져 있었다. 언젠가 찾아올 결전의 날을 대비해서 만들어낸 기술이며, 베루자도를 상대로 쓸 예정인 비장의 수였다.

원래는 마왕 따위에게 보여주긴 아까운 기술이지만, 격노한 베루글린드는 상관없다고 생각하였다.

진홍 용의 포효에 실려서, '파멸의 파동'이 리무루를 향해 날아 갔다.

'작열용'이 발사한 궁극의 일격은, 자신이 가장 빠르다고 생각 하는 베루글린드의 긍지를 보여주듯이, 순식간에 수많은 물질을 붕괴에 이르도록 만들었다.

누구라도 회피가 불가능한 속도로 적을 죽이는 것이었다.

베루도라에게 집중하고 있던 리무루가 알아차렸을 땐 이미 늦 을 것이다. 아니, 무슨 일이 일어난 것인지 이해할 틈도 없이 이 세상에서 소멸할 것이 틀림없다.

(나를 얕본 걸 후회하게 만들어주고 싶었지만, 그럴 틈도 없겠 네. 그 점이 아쉬운걸.)

그렇게 생각한 베루글린드는 절대적인 자신감을 가지고 공격 의 결과를 확인하려고 했다.

(——?!)

그 자리에 아무렇지도 않게 서 있는 리무루를 보고, 베루글린 드는 경악했다.

말도 안 돼, 이건 있을 수 없는 일이야——라고 생각하면서, 자 신도 모르게 스스로의 눈을 의심했을 정도였다.

회피가 불가능한 절대적인 일격을, 아무런 상처 없이 버텨낼 수 있는 자가 존재할 리 없었다.

그게 비록 마왕 기이 크림존이라고 해도, 베루글린드의 언니인 '백빙룡' 베루자도라고 해도, 충분히 쓰러트릴 수 있는 위력을 가 지고 있다고 베루글린드는 생각했다.

"······상처 하나 없다고? 있을 수 없는 일이야. 수많은 '결계'랑 방어 계열의 스킬에도 영향을 미치는 게 카디널 액셀러레이션이라고!! 그걸 맞고도 아무렇지 않게 서 있을 수 있다니, 당신, 대체 뭘 한 거야?"

베루글린드는 초조해하고 있었다.

어떤 수단으로 상쇄시킨 거라면 또 모를까, '결계' 등을 써서 무효로 만드는 건 불가능할 것이다. 도저히 이해가 되지 않는 현실 때문에 베루글린드에게서 냉정함이 사라졌다.

리무루가 대답했다.

"흥. 확실히 위험하긴 했지만, 직접적인 공격이라면 잡아먹는 건 간단하거든?"

실은 베루글린드의 대응은 전부 시엘이 하고 있었다. 감탄이 나올 만큼 계산대로 베루글린드의 공격을 유도해낸 것이다.

시엘은 그 어떤 것보다도 리무루를 우선했다.

리무루에게 방해가 되지 않도록, 명령받은 대로 베루글린드를 완벽히 봉쇄해냈다. 그 성질을 '해석감정'했고, 유효한 대응을 선택하여 실행으로 옮기고 있었다.

베루글린드의 권능에 특효가 있는 실드도 그중 하나였다. 지금의 시엘은 스킬(능력)을 통합하는 자의 이름에 걸맞게, 리무루가 지닌 모든 얼티밋 스킬(궁극능력)조차도 그 지배하에 놓여 있었던 것이다.

시엘이 동원한 것은 '벨제뷔트(폭식지왕)'를 이용한 '포식'이었다. 베루글린드의 카디널 액셀러레이션을 순식간에 이해했고, 그 영향을 막기 위해 '위장'——을 진화시킨 '허수공간' 안으로 '격리'시킨 것이었다.

지금의 공격은 확실히 리무루를 소멸시킬 수 있는 것이었다.

통상적인 방법으로는 방어가 불가능했으며, '라파엘(지혜지왕)'의 연산능력으로도 대처는 불가능했을 것이다.

그러나 시엘은 달랐다.

단순한 스킬이 아니게 된 지금, '라파엘'과는 차원이 다른 존재로 진화했으니까.

어떤 적의 공격이라도 그 성질을 정확하게 파악하여 문제가 없게 만들었다. 그걸 증명하려는 것처럼 '벨제뷔트'를 구사한 것이다.

그렇게 '격리'해버리면, 그다음은 '허수공간' 안에서 에너지를 '흡수'하면 된다. 이리하여 '벨제뷔트'의 '허수공간'은 이젠 '우리엘(서약지약)'의 '절대방어'를 능가하는 방어수단의 하나로 변모하고 있었다.

베루글린드가 놀라는 것도 무리는 아니었다.

왜냐하면 리무루 자신도 위험하다고 생각할 틈도 없이 모든 것이 끝나 있었으니까. 그 사실을 상대가 알아차리지 못하도록, 일부러 도발하는 듯한 말투로 얘기했을 뿐이었다.

시엘의 책략은 이걸로 끝난 게 아니었다. 지금까지와는 다르게 막힘없이 리무루와 연계를 했고, 대화조차도 무기로 활용하여 베루글린드를 몰아붙였다.

그런데도 베루글린드는 어떤가 하면——.

(웃기지 마! 잡아먹었다고? 내 최강 오의인 카디널 액셀러레이션을?!)

그런 생각과 함께 리무루의 말을 이해하지 못하여, 전투 중임에도 불구하고 망연자실하고 말았다. 짧은 순간이었다곤 하나 그건 치명적인 실수였다.

"자신만만하게 쓴 공격이 불발로 끝나는 바람에 충격을 받은 건 이해하지만, 전투 중이라는 걸 잊은 건 아니겠지?"

그런 질문을 받았을 땐 이미 늦은 뒤였다.

시엘의 행동은 막힘이 없었고, 리무루는 그걸 전부 승인했다.

《베루글린드의 에너지양 측정이 완료되었습니다. 그 성질과 권능의 특성을 고려한 결과 '단열뇌옥'을 이용하면 수백 초 동안 봉인할 수 있을 것으로 판단됩니다. 발동하겠습니다!》

베루글린드가 알아차리기 전에 '적층형마법진'이 완성되어 있었다.

그건 얼티밋 스킬 '우리엘'의 '무한뇌옥'과 '단열공간'을 조합한 합성스킬(능력)이었다. 지금 막 베루글린드에게 쓰기 위해서 시엘이 만들어낸 것이었다.

그 안에 갇혀버린 베루글린드.

이 전투공역은 이미 시엘의 연산인식에 속해 있었다. 온도, 습도, 중력, 바람의 흐름, 태양의 빛, 생명의 고동, 그 모든 것들이 시엘의 손바닥 위에 놓여진 것이다.

따라서 베루글린드가 뭘 하려고 해도, 이 공역에서 탈출하는 건 불가능했다.

시엘의 선언으로 발동한 '단열뇌옥'의 광채를 보면서, 베루글린드는 현기증이 느껴지는 심정이었다.

(내가, 설마 이렇게 간단히……?!)

리무루에게 당했다는 굴욕으로 인해 진홍 용의 몸이 부들부들
떨렸다. 그러나 베루글린드가 아무리 발버둥을 쳐도 '단열뇌옥'은
꿈쩍도 하지 않았다.

"너는 잠시 얌전히 기다리고 있으라고! 베루도라를 해방시킨
뒤에 같이 놀아줄 테니까."

그 말이 베루글린드의 패배를 알리고 있었다.

(이번에는 패배를 인정하기로 하지. 하지만 나에겐 '병렬존재'가
있어. '영혼의 회랑'이라면 '단열뇌옥'이란 것도 관계가 없다고!)

베루글린드에겐 아직 한 가지 방법이 남아 있었다. 지금의 몸
은 포기해야 하지만, 보험의 의미로 루드라 옆에 남겨두고 있는
'별신체'로 대부분의 에너지를 돌려보낼 수 있었던 것이다.

그러니까 아직 끝난 게 아니라고 생각하면서, 베루글린드는 굴
욕감에 사로잡혀 있는 상태에서도 신중하게 행동을 개시했다.

리무루가 눈치 채지 못하도록 천천히.

'영혼의 회랑'을 경유해서 조금씩 마력요소를 옮겼다.

그게 시엘이 노리는 바라는 것을 눈치 채지 못한 채…….

●

역시 '라파엘(지혜지왕)'이다.

앗차, 지금은 시엘이었지.

왠지 컨디션이 좋지 않아 보이기에, 우연히 생각이 나서 달래

주는 의미로 이름을 지어본 것인데…… 생각했던 것 이상으로 기뻐해주는 것 같았다.

무엇보다 지금까지처럼 기계적인 반응이 아니라, 실로 부드러우면서 인간적인 대응으로 변화했을 정도였으니까.

그 시엘은 지금, 무시무시할 정도로 강해진 것 같은 느낌이 들었다.

조금 전까지의 컨디션 난조는 뭐였냐는 생각이 들 정도로, 시엘의 컨디션은 최고조에 달하고 있었다.

예전에도 오토 배틀 모드(자동전투상태)가 된 적이 몇 번 있었지만, 그때와는 비교가 되지 않을 정도로 스킬(능력)을 능숙하게 구사하고 있었다.

압도적으로 느껴지던 저 베루글린도조차도 시엘의 적이 아니었던 것이다.

일부러 필살기를 발동시키게 만들어서, 그 직후 에너지(마력요소)양이 감소한 순간을 노린다는, 시엘이 세운 작전은 완벽했다.

대상의 특성에 대응한 효과를, 내가 지닌 스킬(능력)을 조합하는 것으로 실현했다. 입으로 말하는 것은 쉽지만, 그걸 가능하게 만들려면 대체 얼마나 뛰어난 연산능력이 필요할지는 어림짐작도 되지 않았다.

왜냐하면 내 쪽은 에너지양으로 크게 밀리고 있었기 때문이다. 그런 격상의 존재를 봉인하기 위해 우위속성만을 효율적으로 써서 '단열뇌옥'을 구축하고 있는 것이다.

굳이 말하자면 상대에 맞춰서 운용하는 컬큐레이션 프리즌(연산속박뇌옥, 演算束縛牢獄)이라고도 부를 만한 물건이었다.

그걸 실현시킨 것만 봐도, 시엘의 완전한 승리였다.

이 작전의 가장 중요한 점은 베루글린드의 공격을 버텨낼 수 있느냐는 것이었다. 시엘의 연산을 믿은 결과였지만, 만약 예상이 잘못되었다면 나도 끝났을 것이다.

어째서 믿었느냐고?

간단하다. 내 상대는 베루도라이며, 시엘에게 베루글린드를 맡기겠다고 선언했기 때문이다.

그리고 시엘이라면 할 수 있을 거라고 생각하고 있었다.

그리고 내 기대에 완벽하게, 아니, 상상 이상으로 부응해주었다.

나보다도 더 절묘하게 스킬을 구사하면서, 그 역할을 완수해준 것이다.

역시 내 파트너라고 생각하면서, 지금까지 그랬던 것 이상으로 '시엘'을 다시 보게 되었다.

예상치 못한 오산으로 시엘이 믿음직스럽게 변한 셈이지만, 내 목적을 잊어선 안 된다.

베루글린드가 움직이기 전에, 어서 베루도라를 해방시켜야 하는 것이다.

그래서 말인데, 저건 몇 초 정도 움직임을 봉인할 수 있는 걸까?

《만약 베루글린드가 저항을 한다고 해도 남은 200초 동안은 '단열뇌옥'을 유지할 수 있습니다. 하지만 그럴 걱정은 할 필요가 없을 것 같습니다.》

응, 왜지?

200초만으로도 고맙다는 생각은 들지만, 베루글린드는 여전히 위협적이다. 무시할 수 없을 텐데…….

《아닙니다. 예정대로 베루글린드는 도피행동에 들어가 있습니다. '영혼의 회랑'을 이용하면 에너지의 양도가 가능하다는 걸 알고 있었기 때문에 '별신체'에는 집착하지 않고 도망치는 것을 생각하고 있었습니다.》

그, 그렇군.

어떤 '별신체'라도 본체가 될 수 있으니까 '단열뇌옥'을 무리해서 파괴할 필요는 없다는 얘기인가.

아니, 아니로군.

그렇게 나올 것이라 예상하고, 시엘이 도망칠 길을 마련해놓고 있었던 것이다.

그렇다……. 베루글린드는 자신의 기술을 너무 많이 보여준 것이다.

이것 보라는 듯이 '병렬존재'를 선보였으며, 악마 아가씨 3인방이랑 베루도라와 싸우면서 보여줬다. 그런 모습들을 전부 감시하고 있었기 때문에, 시엘이 분석하기 위한 재료로는 부족함이 없었다.

베루글린드의 '병렬존재'는 무진장으로 낼 수 있는 게 아니다. 그러므로 시엘은 베루글린드의 에너지양을 측정함으로써 그 총량을 이끌어내는데 성공했을 것이다. 그것만 알아내면, 나중에 몇 명의 별신체를 쓰러트리면 되는 지도 판명이 된다.

시엘은 역으로 그것을 이용했다.

베루글린드의 보험이 있을 것이라고 꿰뚫어 보고, 그쪽으로 도 망치도록 유도한 것이다.

애초에 그런 편리한 힘이 있다면, 나도 보험을 준비해두었을 것이다. 내 '분신체'로는 얼티밋 스킬(궁극능력)의 재현이 불가능하니까 무리인 것이다. 조금 분하긴 했지만, 그 점은 나의 패배를 인정했다.

결국, 만능으로 보이는 '병렬존재'라고 해도, 격이 낮은 자를 상대하거나 미끼로밖에 이용하지 못하는 것 같았다.

뭐, 보험으로 쓰기엔 아주 유용한 데다, 상대에 따라선 큰 전력이 될 것이다. 얼마든지 이용방법을 떠올릴 수 있었지만, 동격 이상인 상대에 대해선 효과가 약한 것 같다.

시엘에 의해, 그런 약점이 밝혀진 것이다.

아니, 그것도 그렇지만 조금 두려워질 정도로 뛰어난 연산능력이로군.

미래를 예상이라도 하는 게 아닌가 싶을 정도로, 모든 것이 시엘의 의도대로 돌아가고 있었다.

이 정도까지 되면 실로 어이가 없을 수밖에 없지만, 시엘은 내 파트너다. 쓸데없는 걱정은 하지 않기로 하고, 어서 목적을 완수하기로 하자.

시엘은 베루글린드라는 최강의 '용종' 중 하나를 마음대로 농락하는 모습을 보여주었다.

흥, 나도 지고 있을 순 없지.

『알았어. 하지만 만일을 위해서 200초 이내에 정리할 수 있도

록, 지금부터 전력을 다해서 베루도라를 대처하겠어. 힘을 빌려
줘, 시엘!』

《바라시는 대로 따르겠습니다!》

　나는── 아니, 나와 시엘은 원래 목적인 베루도라를 정면에서
응시했다.
　시엘이 벌어준 중요한 시간이다.
　그 시간은 짧더라도 우리에겐 무한에 가까웠다.
　이걸 유효하게 활용하지 않는다면 말이 안 된다.
　할 수 있느냐 아니냐가 아니라 할 것이다.
　그런 각오를 하면서, 나는 베루도라 공략을 재개했다.

●

　재빨리 베루도라를 해방시키고 루드라를 쓰러트린다. 기이의
부탁이라는 소극적인 이유가 아니라, 이건 내가 원해서 행동하는
것이다.
　시엘의 탄생에 놀라, 나도 모르게 제정신으로 돌아왔다. 지금
의 나는 이미 냉정해져 있었다.
　그러나 분노가 사라진 것은 아니었다.
　이 분노는 황제 루드라와 붙을 때까지 보관해두기로 했다.
　일단은 목적을 우선할 것이다.
　그런고로 베루도라 공략의 상황이 어떤가 하면…….

내가 시도하려 하는 건 베루도라에게 말을 거는 것이었다.

베루도라를 지배한다는 건 말로는 쉽게 할 수 있지만, '용종' 정도의 거대한 에너지를 자신의 말대로 따르게 만들려면, 그야말로 방대한 노력이 필요할 것이다.

애초에 정신생명체를 따르도록 만들려고 해도, 그 자유의지를 빼앗는 것은 너무나도 어려울 것이 틀림없다.

내 생각에는 지배에도 몇 가지 종류가 있다.

본인을 진심으로 복종하게 만드는 매료지배.

자유의지를 빼앗고 강제적으로 부리는 강제지배.

본인은 지배를 당하고 있다는 것조차 알아차리지 못하게 만드는 완전지배.

등등이 있다.

유우키의 경우는 완전지배였지만, 카가리의 경우는 강제지배에 해당된다고 분석했다. 그리고 베루도라가 받고 있는 것도 강제지배다.

강제지배에는 단계가 있다.

자유의지가 남아 있어 저항하지만 어쩔 수 없이 따르는 패턴에서, 자유의지를 사라지게 만들어서 명령에 거역하지 않는 로봇이 되는 패턴까지 다양하게 있다.

카가리는 자유의지가 남아 있지 않은 것 같았지만, 과연 베루도라는 어떨까?

정신생명체는 강인한 의지가 최대의 장점이다. 그렇게 쉽게 자유의지가 사라졌을 거라는 생각은 들지 않으므로, 말을 거는 것에 의미가 있을리라 생각했다.

그랬는데.

베루도라의 저항이 너무 격렬했다.

내려진 명령이 적=나의 제거여서, 일절 봐주는 기색 없이 흉악한 공격이 날아왔다. 베루글린드를 시엘에게 맡겨두고 있었다곤하나, 베루도라를 상대하는 것만으로도 큰일이었다.

내게도 폭풍룡의 권능이 남아 있었기 때문에 베루도라의 공격을 상쇄하는 것은 가능했다. 그러나 차원이 다른 위력으로 날리는 공격들을 상쇄하는 것만으로도 힘에 벅차서, 도저히 베루도라를 불러볼 수 있는 상황이 아니었다.

그렇기 때문에 지금에 이르렀지만, 방어는 시엘에게 맡기기로 했다. '확률조작'이 귀찮았지만, 지금의 시엘이라면 대처할 수 있을것이라 믿기로 했다.

지금부터가 진짜다── 마치 그런 분위기로, 나는 베루도라에게 접근하였다.

교차하는 폭풍. 하지만 내가 있는 장소는 태풍의 눈처럼 고요했다.

뭐라고 할까, 안도감이 엄청났다.

내 안의 필사적인 심정도 느껴지지 않는 모습으로, 베루도라의공격이 상쇄되고 있었다.

마력요소도 거의 소모되지 않았다. 더구나 지금의 내 컨디션은터무니없이 최고조였다.

《당연합니다. '영혼의 회랑'을 통하여, 부하인 마물들로부터 '공물(먹이사슬)'이 도착해 있습니다.》

그렇구나, 그게 있었지!

아까부터 힘이 용솟음친다는 생각은 들었지만, 나는 동료들 덕분에 베루도라에게도 대항할 수 있었던 것이다.

그렇다는 걸 알아버렸으니, 더더욱 실수는 할 수 없다.

나는 겨우 베루도라의 앞까지 도착하여, 이때를 기다렸다는 듯이 말을 걸었다.

"오래 기다리게 했군, 베루도라. 날 알아보겠어?"

대답은 없었다.

그뿐만 아니라, 선더 스톰(뇌람포효)이 날아왔다.

발끈하는 바람에 나도 모르게 때리고 말았다.

하지만 당연하다고 할까, 베루도라의 거구에는 통하지 않았다.

힘만이 아니라 마력까지 담아서 때렸다면 결과는 달라졌겠지만, 그래도 큰 대미지는 주지 못했을 것이다. 하지만 이걸로 충분했다.

베루도라의 눈을 뜨게 만드는 것이 목적이었으므로, 일단은 곤죽이 될 때까지 두들겨 패주자.

나는 힘껏 베루도라의 얼굴을 계속 때렸다.

이렇게까지 가까이 접근했으면, 대부분의 공격은 사정거리를 벗어나게 된다. 오히려 너무 가깝기 때문에, 발동시켰다간 본인도 맞기 때문이다.

뭐, 조종당하고 있으니까 피해를 입는 걸 상관하지 않고 마법을 날릴지도 모르지만, 그때는 시엘이 대응해줄 것이다.

때리고 또 때렸다. 가끔은 발로 찼다.

그러나 베루도라는 포효할 뿐이었다…….

《베루도라를 '포식'하여 '허수공간'에 봉인하는 건 어떨까요?》

시엘이 무시무시한 제안을 해왔다.

좋은 생각인지 아닌지를 따진다면 좋은 생각인 것 같지만……
그런 짓이 가능하단 말이야?

《문제없습니다. '벨제뷔트(폭식지왕)'도 제 지휘하에 놓이게 되었기 때
문에 명령을 내려주시면 즉시 실행으로 옮길 수 있습니다.》

믿음직하다고 해야……겠지.

슬라임의 고유 스킬이었던 '포식'을 한없이 진화시킨 결과가 바
로 '벨제뷔트'다. 나와의 친화성은 최고이며, 가장 다루기 쉬운 권
능이다.

그걸 시엘이 최적화해주고 있으니까 베루도라에게도 통용될
것이다.

그리고 이 '벨제뷔트'말인데, 데몬 슬라임(마점성정신체)이 된 내
몸의 어디에서도 발동할 수 있었다.

그뿐만 아니라, 대상에 접촉할 필요조차도 없었다. 눈으로 보
고 인식하기만 하면, 그 공간에 영향을 미치게 만들 수 있었던 것
이었다. 가까우면 가까울수록 위력이 늘어나기 때문에 베루도라
에게 접근한 지금이라면 큰 효과를 기대할 수 있었다.

어쨌든 그렇게 하기로 결정했다.

"끝까지 사람을 귀찮게 하다니, 베루도라! 나를 걱정시키지 말
란 말이야─!"

그렇게 소리치면서, 나는 망설임 없이 '벨제뷔트'로 베루도라를 완전히 잡아먹으려는 시도를 했다.

그때였다.

『크아하하하하! 실수를 좀 했다. 용서해라!』

들려올 리가 없는 목소리가 들려왔다.

『베루도라, 맞지?』

『음, 나다. 너의 맹우인 '폭풍룡' 베루도라다!』

덫일 가능성은 아예 없었다. 왜냐하면 너무나도 바보 같은 대응이었기 때문이다.

저 느긋한 목소리의 주인은 베루도라 말곤 생각할 수 없었다.

『이봐, 의식이 있었던 거야?』

『음, 실은 그 짧은 순간에 '심핵(마음)'을 분리해놓았다. 대화는 할 수 없지만, 자아는 보존하였다!』

과연, 그랬군.

목소리는 낼 수 없지만, 의식은 있었다고 한다.

내 '벨제뷔트'가 베루도라의 몸에 파고들었기 때문에 '심핵'으로 '대화'가 가능해진 걸로 이해하면 될까?

어쨌든 무사해서 정말 다행이었다.

그렇게 되자, 이번에는 다른 의미로 부아가 나기 시작했다.

『뭐야, 그렇다면 어서 몸을 되찾으라고!』

사람을 걱정시켜 놓고, 태평하게 있지 말란 말이야.

베루도라 때문에 내가 얼마나 당황했었는지…… 그걸 떠올리면 불만도 저절로 나올 수밖에 없었다.

『그럴 수 있으면 진작 그렇게 했지! 그보다 리무루. 너야말로 좀 더 냉정하고 신중하게 행동했어야 하는 것 아니냐?』

그게 네가 할 말이냐는 생각이 들었다.

그리고 말이지.

『멍청한 녀석! 내가 냉정했다면 '용종'을 동시에 둘이나 상대하는 무모한 짓은 절대로 안 했어!』

그런 지적받을 필요도 없었다.

냉정해진 뒤에는, 용케도 무사했다는 생각을 나 스스로도 했으니까.

하지만 신중하게 행동하는 것도 무리가 있었다.

애초에 '용종'을 상대하려고 한 단계에서 이미 신중이라는 말과는 거리가 멀었으니까.

그런 생각을 하고 있으려니, 베루도라가 신이 난 말투로 충고해 줬다.

『아, 조심해라. 내가 '검은 번개'를 쏠 거다!』

잡담을 하듯이 가볍게 말하지 마!

더구나 발사된 것은 '검은 번개'가 아니라 '죽음을 부르는 바람'이었다. 어느 쪽이든 시엘이 상쇄시키는 데다, 회피도 성공했겠지만, 엉뚱한 걸 가르쳐주다니 대체 무슨 생각이야?!

『잠깐 너, 뭐가 번개라는 거야?! 영혼을 소멸시키는 기술인 죽음을 부르는 바람이잖아—!!』

발끈하면서 불평을 늘어놓자, 베루도라는 웃으면서 변명했다.

『으음?! 미안하군, 크아하하하! 아무래도 난 아직 자신의 몸을 다 파악하지 못한 것 같다. 기술을 발동하는 감각은 익혔지만, 적중률은 50퍼센트 정도 되는 것 같아.』

즉, 참고가 안 된다는 뜻이로군.

적에게는 '확률조작'도 있으니까, 베루도라의 예상은 무시하는 편이 무난할 것 같다.

『알았어. 이제 됐으니까 너는 입 다물고 있어. 이런 중요한 때에 대충 뱉은 발언을 믿다가 실수라도 하면 웃지 못할 사태가 벌어지니까 말이지.』

실망했다고 말하자, 베루도라가 당황하기 시작했다.

『잠깐, 잠깐, 리무루! 내가 더 노력하마! 조금은 도움을 줄 수 있도록 할 테니까!』

필사적인 느낌으로 그렇게 주장했지만, 그 발언에 근거 같은 건 없었다.

지금은 감정이 아니라, 이성을 우선할 때였다.

그리고 나는 이미 도움을 받고 있었다.

베루도라의 목소리를 들을 수 있었던 것만으로 마음이 차분해진 것이다.

『네가 무사하다면 그것만으로 충분해.』

'무사한 거지?'라고 묻자, 베루도라는 평소처럼 목소리를 드높이면서 웃었다.

『크아하하하하! 당연히 무사하지. 나는 최강의 용이란 말이다!』

그 말을 듣고 안심했다.

그렇게 생각했더니…….

『애초에 '영혼의 회랑'을 절단한 건 루드라가 아니라, 바로 나였으니까. 그러므로 내가 진 건 아니라는 뜻이다!』

뭐?

무슨 소리를 하고 있는 거야, 이 아저씨는…….

『그게 무슨 뜻이야?』

『아니, 간단한 얘기다. 콘도라고 했던가, 그 남자의 공격에 의식을 기울이던 차에 루드라가 그 빈틈을 파고들어서 나를 지배하려고 들었다. 누님까지 포함해서 세 명이 동시에 덤비다니 치사하다──는 생각에 나는 분개했지. 하지만 적어도 최악의 사태만큼은 피하려고, 고뇌의 결단을 내린 셈이지만 말이야.』

최강의 용이라면서, 방심이 좀 지나쳤던 것 아닌가요?

전장에서 정정당당하고 치사한 게 어디 있냐고…….

『허세 부리면서 말하지 마! 나 참, 뭘 하고 있는 거야, 넌. 그러니까 방심하지 말라고 내가 늘 얘기했잖아?!』

『크아하하하하! 이런 상황에서 잔소리를 들을 줄은 몰랐구나!』

한없이 즐거워 보이는 베루도라를 보니, 나조차도 어이가 없을 수밖에 없었다.

따지는 건 멍청한 짓 같아서, 그냥 얘기를 진행시키기로 했다.

『그래서, 그 결단이란 게 '영혼의 회랑'을 절단한 거란 얘기야?』

『음, 바로 그거다. 루드라의 지배는 나뿐만이 아니라 '영혼의 회랑'을 통해서 너에게까지 영향을 미칠 것 같아서 말이지』

그래서 서둘러 '영혼의 회랑'을 절단하고, 나를 지켜 줬다는 말인가.

그 말을 듣자, 나는 더 이상 베루도라를 꾸짖을 수가 없었다.

『그랬군, 그럼 뒷일은 맡겨둬!』

『음! 아무런 걱정도 없이 널 믿고 있다.』

뭐, 그렇게 믿어준다면 불쾌한 기분은 들지 않는다.

『아아, 그래. 곧바로 자유롭게 풀어줄 테니까 얌전히 기다리고 있어.』

『크아하하하하! 믿음직스럽구나. 믿고 있다마다, 리무루(내 친구)여!』

베루도라의 상황은 이해했다.

몸의 지배권은 빼앗겼지만, 그 심핵은 무사했다. 지금의 베루도라는 주도권을 빼앗기지 않은 것 같으니, 내가 어떻게든 해결할 수밖에 없다.

큰 문제는 없을 것이다.

심핵만 무사하다면, 분명 어떻게든 해결할 수 있을 것이다.

예를 들자면, 그래——.

『시엘, 베루도라의 마음이 있다면 얼티밋 스킬(궁극스킬) '베루도라(폭풍지왕)'를 부활시킬 수 있나?』

《문제없습니다. 권능의 정보는 남아 있으므로, 베루도라의 심핵과 '영혼의 회랑'이 이어져 있기만 하다면 얼티밋 스킬 '베루도라'를 부활시킬 수 있습니다.》

바로 쉽게 문제가 해결되었다.

쉽게 말해서 눈앞에 있는 베루도라를 모조리 잡아먹은 뒤에, 베루도라의 심핵을 회수하면 되는 것이다.

남은 건 실행만 하면 되는 간단한 얘기였다.

그러면 쓰러트리기로 할까.

최강의 상대——'폭풍룡' 베루도라를——!!

＊

문제를 해결할 수 있는 길은 보였다.

그러므로 어서 끝내기로 했다.

문제는 두 가지다.

제한시간과 심핵(마음)이 있는 위치다.

시간은 아직 충분히 있었다.

지금의 대화도 '사고가속'으로 시간을 늘렸기 때문에 실질적으로는 몇 초의 시간도 지나지 않았다. 대화 도중에 실제 공방은 나누긴 했지만, 아직 3분 이상은 남아 있었다.

더 큰 문제는 심핵의 위치 쪽이다.

몸 안에 있으며, 마력요소를 통해 '염화'도 가능했다. 그런데도, 그 존재 위치를 특정하는 것은 어려웠다.

만일의 경우에 심핵을 파괴하기라도 하면 그것으로 끝이다. 작전은 실패이며, 베루도라는 전생하게 된다.

일반적으로는 오히려 심핵을 다치게 만드는 게 더 어렵다. 노린다고 해도, 가장 엄중하게 지켜지고 있는 것이 심핵이기 때문이다.

하지만 지금의 베루도라의 심핵은 본체에서 떨어져 있기 때문에 무방비에 가까운 상태였다. 일부러 노려도 맞지 않는다고 생각해서 방심했다간, 자칫 직격해서 파손되는 심각한 사태가 일어날 수도 있다는 거다.

루드라의 지배에선 풀려나겠지만, 베루도라의 지금의 인격이 사라지게 되기 때문에 나와의 '영혼의 회랑'도 부활하지 않는다.

그것만큼은 절대 피해야 한다.

내가 베루도라를 한꺼번에 모조리 잡아먹을 수 있다면, 이런 일로 걱정할 필요는 없다. 그러나 아쉽게도 내 '허수공간'이라도 동의하지 않는 베루도라를 통째로 삼키는 것은 불가능하다.

약하게 만들어서 어느 정도는 에너지(마력요소)양을 줄이거나, 혹은 조금씩 '포식'해서 베루도라의 심핵을 다치지 않도록 주의하는 방법을 쓰거나…….

이렇게 생각해보면 대미지를 주는 것은 아예 논외로군. 아니, 방금 전까지 때리고 있었던 것도 조금 위험했을지도 모른다는 생각이 들자 두려워지고 말았다.

쓰러트리기는커녕, 대미지를 주는 것도 어려울 것이라고 생각하고 있던 베루도라가 이렇게나 나약하게 느껴지다니, 여간 귀찮은 일이 아니었다.

마법 한두 방 정도로는 스치는 상처도 생기지 않으며, 때리거나 차는 정도로는 의미가 없다. 각종 공격에 얼티밋 스킬(궁극능력)의 효과를 덧씌워야 비로소, 제대로 된 대미지를 겨우 줄 수가 있다.

최강의 신성마법인 '디스인티그레이션(영자붕괴)'조차도 베루도라의 거구 앞에선 약간의 대미지를 줄 수 있는 수준에 불과할 것이다.

'용종'을 최강답게 만들어주는 높은 내구력은 단순한 허세가 아니었던 것이다.

그렇기 때문에 어느 정도의 공격은 괜찮을 것이라고 생각했지만, 만일의 경우라는 게 있다.

특히 지금의 베루도라는 자신의 의지가 없는 폭주상태다. 지배된 자의 슬픔으로 인해 무슨 짓을 저지를지 모르는 것이다.

베루도라의 심핵이 있는 곳이 판명되지 않은 한, 내가 먼저 공격하는 것을 자제하는 편이 무난했다.

그렇다면 방법은 하나다.

열심히 노력하여 조금씩 '포식'하면서, 어떻게든 심핵을 찾아내는 수밖에 없다.

시간과의 승부가 되겠지만, 해볼 수밖에 없을 것이다.

겨우 3분, 하지만 3분이다.

나는 남은 시간을 신경 쓰지 않고 '벨제뷔트(폭식지왕)'을 전력으로 전개하도록 발동시켰고, 베루도라를 잡아먹기 시작했다──.

내 몸이 인간 형태에서 슬라임 형태로 돌아갔다.

유동형이라기보다 부정형이라 할 수 있는 점성체의 성질을 겉으로 드러내었다. 내 공격적인 '포식'의 뜻에 따라 시엘이 최적화된 형태로 변화시킨 것이다.

그렇게 하는 게 접촉면이 더 많아지기 때문에 효율적이었다.

계속 변동하는 내 몸이 베루도라의 표면에 들러붙듯이 침식해 들어갔다.

하지만 대상이 너무 컸다.

내 몸을 아무리 늘려도 베루도라의 기준에서 보면 점일 뿐이었다.

끝이 보이지 않게 느껴지는 작업이지만, 여기서 포기할 수는 없었다. 나는 상관없다는 듯이, 공성침식(攻性侵蝕)을 가속시켜 나갔다.

동시에 '혼식(魂喰)'도 발동시켜, 베루도라의 심핵을 찾으면서 말이다.

이것도 시엘의 보조가 없었다면 무리였다. 조금 전까지의 심상치 않은 실력을 보면서도 느낀 것이지만, 어쩌면 시엘은 '라파엘(지혜지왕)'과는 비교가 되지 않을 정도의 연산능력을 얻었을지도 모르겠군.

이름을 얻으면서 진화하는 것은, 아무래도 마물에 한정된 이야기만은 아니었던 것 같다.

그건 그렇고, 시엘 덕분에 순조롭긴 하지만, 방해가 없는 것은 아니었다.

아니, 지금의 나는 격통을 느끼고 있었다. 베루도라의 본체가 적성존재에 대한 레지스트(저항)를 개시한 것이다.

'폭풍룡'의 '용령패기(龍靈覇氣)'가 내 몸을 붕괴시키기 시작했다.

모조리 잡아먹으려 하는 나에게 대적하여, 모조리 사라지게 만들려고 하는 '폭풍룡'――격렬한 공방이 시작된 것이다.

*

아프다, 뜨겁다, 괴롭다.

나는 고통을 느끼지 않을 텐데도, 격렬한 통증이 온몸을 관통했다.

뜨거움 같은 건 의미가 없을 텐데도, 참을 수 없을 정도의 고온으로 녹아내리는 것 같은 감각이 느껴졌다.

그리고 이 세계에서 처음으로 느끼는 것 같은, 혼절할 수도 있

225

을 수준의 괴로움.

존재 그 자체가 완벽하게 사라지게 될 것 같은 위험한 감각이 내 생존본능을 자극하고 있었던 것이다.

하지만 나는 침식 속도를 늦출 생각이 없었다.

나는 이길 것이다.

이 역경을 극복하고 베루도라를 구할 것이다.

그리도 지금의 나는 혼자가 아니다.

시엘이라는 믿음직한 파트너가 있다.

이대로 '에너지(폭풍룡)'를 모조리 잡아먹고, 베루도라의 심핵(마음)을 흡수할 생각이었다.

그러기 위해서라면, 이 정도의 괴로움은 아무렇지도 않은 것이다.

『시엘, 문제는 없겠지?』

《맡겨주십시오.》

괜찮다.

신뢰할 수 있는 대답을 들으면서, 나는 침식을 더욱 확대해 나갔다.

방해가 된 건 잡아먹은 에너지다.

평소대로라면 내 힘으로 환원되겠지만, '용종'이 상대라면 그렇게 되지 않는다. 내 힘이 되기는커녕, 내 몸을 파괴하려 들고 있는 판국이었다.

용의 인자는 그만큼 강력하여, 누구에게도 속박되지 않는다는 거겠지.

그런데도 지배를 받고 있으니까 내 입장에선 난감할 따름이지만, 지금은 그런 불평을 하고 있을 때가 아니었다.

자신의 육체가 소멸될 때마다 '무한재생'으로 신체를 재편하고 있었다. 그렇게 함으로써 먹은 에너지를 억지로 받아들이고 있는 셈이다.

그냥 버린다면 더 쉽게 해결할 수 있겠지만, 그래선 안 된다. 제대로 '해석감정'을 하면서 진행하지 않으면 베루도라의 심핵을 다치게 만들 우려가 있기 때문이다.

더할 나위 없이 귀찮은 일이지만, 이 과정이 최선이었다.

시엘과 의논하여 그렇게 판단했기 때문에, 남은 건 이 과정을 반복하는 것뿐이었다.

잠시 생각하는 것을 그만둔 채 작업을 계속했다.

시간은 얼마 남지 않게 되었지만, 대상은 거대했다. 제 때에 끝내지 못하는 건 아닐까 하는 불안감은 느꼈지만, 나는 시엘을 믿었다.

틀림없이 늦지 않게 끝낼 수 있다.

《여유가 있어서 몇 가지 해석 작업을 하고 있었습니다만, 들어보시겠습니까?》

……

저기 말이지, 여유가 있었다니 그게 무슨 뜻이야?

내가 고통을 버려내고 있는 동안에 무슨 짓을 하고 있었던 거냐고.

《제가 하고 있었던 건 베루글린드의 권능의 '해석감정'입니다. '허수공간'에 격리한 카디널 액셀러레이션(작열용패가속려기)을 연구하여, 그 법칙을 파악했습니다.》

아니, 아니, 물어본 게 아니라── 잠깐, 파악했단 말이야?!

《권능의 재현에는 실패했습니다만, 비슷한 기술의 개발이라면 가능합니다.》

대단한 능력자구나, 시엘은.
내 표층심리는 언제나 읽히고 있다고 생각하는 편이 나을 것 같았다.
마음의 방벽을 강하게 의식하면서, 표층심리로는 생각을 하지 않기로 하자.
그건 그렇고, 베루글린드의 필살기를 흉내 낼 수 있다니, 그런 엄청난 일을 태연하게도 말하는군.
얼티밋 스킬(궁극능력)은 보는 것만으로는 재현이 불가능할 텐데…….
아니, 잠깐만?
그 외에는 뭘 해석하고 있었던 거야?
나는 두려워져서 스트레이트로 물어보기로 했다.
『그 외에는 뭘 해석한 거야?』

그러자, 기다렸다는 듯이 시엘이 대답했다.

《네! 스톰 블래스트(파멸의 포효)의 해석도 종료된 상태입니다. 이쪽은 일부가 남아 있던 '베루도라(폭풍지왕)'를 이용함으로써, 스킬을 사용할 수 있게 되었습니다.》

잠깐, 잠깐!
지금 느끼고 있던 고통이 다 날아갈 정도로 중대한 보고잖아!
그런 난이도가 높아 보이는 분석을, 틈틈이 하면서 끝내버리다니 좀처럼 믿기가 어려운데…….

《아니오, 사실입니다. 그리고 이런 것들은 중요한 게 아니며, 정말 중요한 건 지금부터 말씀드리는 것입니다!》

나도 모르게 표층심리로 반응하고 말았다.
하지만 이젠 됐어. 어차피 감춘다고 해도 의미가 없으니까 말이지.
아니, 그 전에 잘 생각해보면 납득은 되었다.
나에게는 확실히 얼티밋 스킬 '베루도라'가 남아 있었다. 그걸 이용한다면 스톰 파우스트를 재현할 수 있어도 이상하진 않을 것이다.
강력한 스킬을 시용할 수 있게 된 것은 대단한 일이며, 솔직하게 말해서 기쁜 일이다. 그래서 놀라고 말았지만, 시엘이라면 신기하지 않다는 생각이 들었다.

이렇게 된다면, 시엘이 중대하다고 생각하고 있는 안건 쪽이 더 궁금해지는군.

『그 중요하다는 건 뭐야?』

《아까부터 '포식'하고 있었던 '에너지(폭풍룡)' 말입니다만. 무사히 분석이 종료되었습니다. 이로 인해 마이 로드(리무루 님)의 신체조성을 '베루도라(용종)'와 같은 종류로 변질시킬 수가 있게 되었습니다. 실행하시겠습니까?》

뭐라고?

지금 아무렇지 않게 심각한 사실을 말하지 않았어?

신체조성을 베루도라와 같은 종류로 변질시킨다고?

실행하시겠습니까? ──가 아냐!

이해가 잘 되지 않았다.

내 이해를 맞다면, 그건 내가 '용종'이 된다는 뜻 아냐……?

《그렇게 인식하시는 게 옳습니다.》

뭐어?!

옳다니── 아니, 너?!

……진심, 이야?

《물론입니다! 그래서 여쭙겠습니다만. '용종'으로 진화하시겠습니까?

YES / NO》

후후후, 후하하, 후하하하하!

나는 자신도 모르게 웃음의 3단 활용을 실행하고 말았다.

이런 때에는 여전히 YES냐 NO냐를 묻는구나――. 그런 시시한 생각을 하면서 명령했다.

YES, 라고!

그 순간, 내가 느끼고 있었던 고통이 사라졌다.

아픔도, 열기도, 괴로움도.

새로운 내 몸에는 '폭풍룡'의 '용령패기'가 통하지 않게 되었다. 왜냐하면 나도 '용령패기'를 쓸 수 있게 되었기 때문이다.

즉, 지금의 나는 잡아먹으면 먹을수록 에너지가 늘어나는 것이다.

점점 늘어나는 내 에너지(마력요소)양. 이대로 가면 제어하지 못할 정도로 팽창하면서, 폭주하게 되는 건 아닐까 하는 걱정이 들 정도로 엄청난 증가율이었다.

《문제없습니다. 제가 완벽하게 관리하고 있습니다.》

그렇겠지.

시엘이 있으면, 그런 걱정은 할 필요가 없었다.

'용종'이 된 내 에너지양은 드디어 베루도라와 맞먹게 되었다.

그리고 한계를 돌파했다.

지금 이 자리에서 새로운 '용종'으로서 다시 태어난 것이다.

이 사태를 방치해두고 있던 시점에서 '폭풍룡'의 대처가 늦어진 것은 치명적이었다.

『이겼구나, 리무루. 네가 '용종'이 된 것은 놀랍지만, 내 눈은 틀리지 않았다. 크아━━핫핫하!!』

그렇게 별로 놀랍지 않다는 듯이 자랑스럽게 말하는 베루도라 씨.

내가 길러냈다━━는 듯이 말했지만, 베루도라 씨가 도움이 되지 않았다는 건 굳이 더 말할 필요도 없었다.

그리고 아직 이 싸움에서 이겼다는 생각을 하기에는 아직 이르다.

중요한 것은 베루도라의 심핵이며, 그게 어디 있는지는 아직 불명이니까.

그러므로 나는 마무리를 짓기 위해 마지막 단계에 들어가기로 했다.

"자, 이만 끝내기로 할까!"

너 따위가, 내가 정말 좋아하는 '폭풍룡' 행세를 하는 것도 용서할 수 없으니까 말이지.

"모조리 잡아먹어라━━ '벨제뷔트'━━!!"

내 명령에 따라서 '벨제뷔트'가 '에너지(폭풍룡)'를 잡아먹기 시작했다.

기뻐하면서.

그것도 엄청난 속도로.

아까까지와는 다르게, 그 관계는 일방적이었다.

잡아먹는 자와 잡아먹히는 자.

마치 약육강식이라는 말을 구체적으로 보여주는 것처럼…….

소리도 없이 조용하게, 장대한 싸움의 막이 내렸다.

하나의 진화와 탄생이 발생했고, 새로운 경지로 이르렀다.

새어 나온 에너지의 잔재가 주위를 눈으로 보기 힘들 만큼 강력한 빛으로 메웠다.

그건 축복의 빛.

새로운 '종'의 탄생을 축하하는 빛.

'용종'으로 변질하지 않은, 내 오래된 신체가 순수한 에너지로 변환되면서 발한 빛이었다.

그 잔재조차도 내 양분이 되어 사라졌다.

이리하여 나는 완벽한 형태로 목적을 이룬 것이다.

●

빛이 사라졌을 때, 그곳에는 하나의 불확정생명체가 존재하고 있을 뿐이었다.

베루도라는 사라지고 없었다.

슬라임이—— 마왕 리무루가 잡아먹었다는 것을, 베루글린드는 깨달았다.

…………………

……………

…………

조사에 따르면 리무루는 베루도라에서 흘러나온 마력요소 덩어리에서 태어났다고 한다. 그런데도 리무루는 부모라고도 부를 수 있는 '폭풍룡'을 완전히 잡아먹었으며, 그 몸을 이 세상에서 다섯 번째에 해당하는 '용종'── 얼티밋 슬라임(용마점성성신체, 龍魔粘性星神體)으로 다시 태어나게 만든 것이다.

그 슬라임은 이윽고 인간의 모습을 띠기 시작했다.

손에는 한 자루의 칼을 들었고, 옷은 입고 있지 않았다.

나이는 열다섯에서 열여섯 살 정도.

160센티미터 정도의 신장은 작은 몸집이라고 해도 과언이 아니었다. 그럼에도 내포된 그 에너지(마력요소)양은 베루도라에게 필적하는 건 물론이고 오히려 상회하고 있었다.

금색의 눈은 모든 것을 꿰뚫어 보는 것처럼 길게 째졌으며 아름다웠다.

그 은발에는 연하게 푸른색이 섞여서 월백색의 광채를 발하고 있었다.

성별은 없으며, 아름답다기보다 가련한 이목구비를 갖추고 있었다. 그러나 그 몸에서 나오는 신성한 기운으로 인해, 그 외모는 미모로 승화되었다.

눈부신 흰 살결이 검은색과 금색이 뒤섞인 오라(요기)에 휩싸여 있었다.

그리고 리무루가 불만스럽게 뭐라고 중얼거리자, 그 몸을 덮고 있던 오라가 신성한 느낌마저 들 정도로 온몸을 덮은 칠흑의 옷으로 변화했다.

데몬(악마족)의 특기인 '물질창조'로 의복을 구현한 것이다. 그 몸에서 새어 나온 마력요소를 이용한 것이라고 해도, 얼마나 강한 무기와 방어구로 만들어진 것인지 그 깊이를 정확히 알 수 없다는 문제가 남았다.

리무루는 남아도는 에너지를 제어하여 더 이상 흘러나오지 않게 막았다. 그리고 만족스러운 듯이 씨익 하고 미소를 지었다.

베루글린드는 붙잡힌 뇌옥 안에서 그 모습을 보고 있었다.

도중부터는 에너지의 양도도 중단되어 있었다.

눈앞에서 벌어진 일이 믿겨지지 않는지라, 멍하니 보고 있었다.

자신의 동생인 '베루도라(폭풍룡)'와 '리무루(마왕)'의 싸움은 분명 베루도라가 압도적으로 유리했을 것이다. 리무루가 상회하는 일은 절대로 있을 수가 없었다.

만약 그럴 수 있다면, 그건 처음부터 '동격'의 존재였다는 뜻이다…….

(우연? 설마…… 우연히 그때 태어났다는, 거야?!)

사고의 바다 속에 잠긴 베루글린드는 그 경악스러운 답에 도달했다. 그러나 그렇게 쉽게 인정할 수는 없었다.

당연했다.

우연히 '용종'의 근처에서 태어난 마물이 '용의 인자'에 적합한 '영혼'을 지니고 태어났——. 그런 우연이 일어날 리가 없기 때문이다.

정말로 다섯 번째로 태어난 '용종'이라면, 그건 동생이라고도 부를 수 있는 존재다. 그러나 리무루는 베루도라를 잡아먹고 '용종'으로 진화했다. 그런 존재를 '용종'이라고 부른다니, 그건 베루글린드로선 인정할 수 없었던 일이었다.

굳이 말하자면 '용종'과 비슷한 어떤 존재.

그런 역겨운 존재는 인정할 수도 없었고, 인정하고 싶지도 않았다.

지금 여기서 소멸시켜야 한다──고, 베루글린드의 본능이 호소하고 있었다.

그게 동생의 원수를 갚는 것이기도 하다.

베루글린드에게 있어서 베루도라는 귀여운 동생이었다.

건방지고 툭하면 말썽을 부려서, 너무나 손이 많이 가는 존재이긴 했지만, 그래도 그 자유로운 모습이 부러웠다. 장기말로 쓸 생각이었지만, 기나긴 용의 수명을 생각하자면 미미한 세월에 불과했다. 소멸시킬 생각은 눈곱만큼도 없었으며, 모든 일이 끝나면 해방시켜줄 생각이었다.

·················.

·············.

·······.

눈앞에서 베루도라가 완전히 잡아먹혔다는 것을 이해한 순간, 베루글린드는 분노로 인해 이성이 사라지는 느낌이 들었다.

"잘도…… 베루도라(내 귀여운 동생)를──!!"

베루글린드가 분노의 포효를 질렀다.

200초는 이미 지나간 뒤였기 때문에, '단열뇌옥'이 산산이 파괴되었다.

'작열용'이 지금, 이성을 버리고 자신의 보신에 연연하지도 않은 채, 리무루를 향해 적의를 드러냈다──.

●

나는 베루도라를 잡아먹은 것으로 인해, 새로운 용종으로 다시 태어난 것 같았다.

얼티밋 슬라임(용마점성성신체)이라고 하는 것 같은데, 이걸로 나도 '용종'의 동료가 된 것이다.

──아종이지만.

이 정도면 이제 슬라임과 관계가 없는 것 같다는 생각이 든 건 비밀이다.

이제 와서 새삼스럽게 그걸 마음에 두고 있으면 진 것이다.

새로운 신체를 확인해봤다.

마력요소를 소비하지 않고 만들어낼 수 있는 본체가 상당히 거대해졌다.

성장했다고 해야 할까?

지금은 고등학생 정도의 키를 가지게 되었다.

고등학생 앞에 여자, 라는 단어가 필요하지만…….

외모랑 연령 등은 얼마든지 조절할 수 있기 때문에 사실 대단한 의미는 없다. 이런 느낌으로 성장했다는 것이 재미있다고 생각했을 뿐이다.

중요한 건 편안하게 활동할 수 있느냐 아니냐 하는 것이다.

슬라임 형태도 부피가 늘었으니까, 직경이 70에서 80센티미터 정도로는 늘어났을 것 같다. 그렇다면 안고 다니기에는 너무 클 테니까, 어떻게든 작은 사이즈를 유지하고 싶은 바이다.

나중에 확인해보기로 하자.

그건 그렇고 문제가 있었다.

현재 나는 아무것도 입고 있지 않았다.

즉, 알몸인 것이다.

이래선 안 된다.

그저 이상한 오라(요기)가 내 뜻과는 상관없이 새어 나와 몸을 가려주고 있었지만, 내 윤리관으로 보면 위험했다.

그런고로 옷을 제작하기로 했다.

디아블로에게서 배운 '물질창조'를 시험해보니, 의외로 쉽게 성공했다.

이건 제작자의 능력에 따라선 상당한 성능을 발휘한다고 한다. 착용감이 발군인데다가, 칠흑의 의복은 딱 봐도 쿨하니까.

그리고 궁금하던 등급 말인데…… 갓즈(신화)급이었습니다.

뭐? 갓즈 급?

갓즈 급인가~. 과연 그렇군──. 아니, 뭐라고?!

너무 놀라서 어이가 없다는 건, 바로 이런 경우를 말하는 것이다.

진화한 것 같다는 느낌이 들긴 했는데, 과연 그렇군.

아마 내 생각이겠지만, 내가 상상하고 있는 것 이상으로 지금의 내 힘은 엄청나게 변한 것 같았다.

생각해보면 그렇게 될 만한 요소는 많았다.

베니마루를 비롯한 동료들이 각성마왕으로 진화했지만, 그힘이 '먹이사슬'로 인해 나에게 환원된 것도 그 요인 중 하나겠지.

베루도라를 잡아먹고, 그 힘을 받아들인 것도 이유 중 하나가 될 것이다.

지금까지 '위장'에 담아두고 있던 이용 가능한 에너지가, 분석

되면서 내가 쓸 수 있게 된 것 또한 확실한 사실이다.

이런 다양한 이유가 지금에 와서 한꺼번에 꽃을 피운 느낌이었다.

모든 것이 적절하게 작용한 결과였다.

쉽게 말해서 시엘 덕분이다.

아니, 이제 와서 이름을 막 부르는 건 실례가 되겠지.

지금은 파트너에게 경의를 표하면서, 시엘 선생님이라고 부르자!

《그만하십시오.》

그런 말이 들린 것 같았지만, 마음에 두지 않았다.

정말이지, 선생님은 대단하시다.

앞으로도 의지해야 하지 않겠는가!

《그건 맡겨두십시오!》

음, 음.

그런고로 옷도 입었으니, 목적을 잊어선 안 되지.

『베루도라, 무사해?』

『크아하하하! 물론이지, 몇 번이나 같은 말을 하게 하지 마라. 그보다 너야말로 용케도 무사히 내 본체를 쓰러트렸구나!』

『그러게. 지금 생각하면 상대하느라 정신이 없었지만 말이야. 하지만 다행이야. 정말로!』

나와 베루도라는 서로가 무사한 것을 기뻐했다.

이렇게 얘기를 나누고 있는 걸 보면, 베루도라의 심핵(마음)도 무사한 모양이다. 그렇다면 남은 건 '영혼의 회랑'을 연결하여 얼티밋 스킬(궁극능력) '베루도라(폭풍지왕)'를 복원하는 것뿐이다.

《문제없이 성공했습니다.》

역시 시엘 선생님이로군.

내가 아무 말 하지 않아도 늘 일해주고 있었다.

이번에도 완벽한 일처리를 보여주고 있다.

좋아.

내 목적은 달성되었다.

베루도라를 되찾은 지금, 제국군에게 볼일은 없다.

하지만 말이지.

내 분노는 건재했기 때문에, 황제 루드라에게 이 분노를 그대로 부딪칠 생각이었다.

그리고, 여기서 어중간하게 전쟁을 끝내더라도 후환이 남는다. 여기까지 온 이상, 철저하게 마무리 짓지 않으면 안 된다.

위협을 제거하는 것은 왕인 내가 할 일이다.

이제 와선 분노도 진정되기 시작했고, 루드라 이외엔 방치해도 좋지 않을까~라는 생각이 들기 시작했지만, 방심하지 않고 마지막까지 내가 할 일을 다 하기로 하자.

내가 그냥 좋게 넘어간다고 해도 적이 잠자코 있지 않을 상황이기도 하다.

그 증거로——.

내 시선 끝에는 베루글린드가 건재했으며, 뇌옥 안에서 적의에 찬 눈으로 날 노려보고 있었던 것이다.

베루도라의 해방에는 성공했지만, 베루글린드가 무슨 이유인지 격노하고 말았다.

쓰러트려도 의미가 없으니까, 상대하는 것도 귀찮겠지만…….

위협은 제거해야만 한다.

《베루글린드는 이미 위협이 되지 않습니다. 모든 권능을 아직 다 해석하진 못했습니다만, 대책은 완벽하게 갖췄습니다.》

시엘 선생님의 자신감이 대단하다.

그게 아니면 오만인 걸까?

《아니오, 엄연한 사실입니다.》

이러다가 지면 웃음거리가 되겠지만, 그럴 걱정은 할 필요가 없으려나.

조금 전까지의 싸움에서도, 베루글린드의 공격은 완벽하게 막아내었다. 지금의 시엘이라면 고전하는 일도 없이 제압할 수 있을 것이다.

뭐, 이 기회에 제국을 철저하게 박살 낸다는 방침을 변경하진 않을 것이다. 피 한 방울 남기지 않고 이 자리에서 결판을 낼 생각이었다.

현시점에서도 블랙 넘버즈(흑색군단)가 마구잡이로 날뛰고 있었다. 현재의 전황에는 큰 소용돌이가 몇 개 일어나고 있었으며, 눈에 띄는 자는 남아 있지 않은 것 같았다.

내가 루드라를 노리게 되면 어차피 충돌하게 될 테니까, 이 자리에서 베루글린드에게 대미지를 입혀놓는 것도 전술적으로는 틀리지 않은 판단일 것 같았다.

제국에는 콘도 중위와 다무라다가 있다.

루드라를 지키는 4기사도 상당히 귀찮은 상대로 보였다.

유우키도 루드라에게 지배를 받고 있으니, 적으로 보고 대처해야 할 것이다.

그리고 또 한 명, '더블오 넘버(한 자릿수)'가 있을 것이다. 어떤 자인지는 모르겠지만, 성인 레벨일 테니까 경계할 필요는 있겠지.

즉, 루드라와 베루글린드를 제외해도 여덟 명의 강적이 남아 있다는 뜻이다.

전장의 기운을 찾아서 뒤져보니, 그 외에도 몇 명 정도 '위협적인 존재'라고 부를 수 있는 자들이 있는 것 같았기에, 지금 여기서 한꺼번에 처리하기로 했다.

실은 그런 강자들조차도 지금의 나에겐 '위협적인 존재'로 느껴지지 않았다.

'용종'으로 진화한 덕분에 에너지(마력요소)양이 열 배 가까이 증가했기 때문이다. 그에 따라서 힘의 질도 양도 대폭적으로 강화되었으며, 이전의 나와는 비교가 되지 않을 정도로 강해졌다는 실감이 있었던 것이다.

베루도라를 내놓고 있지 않았기 때문에 에너지도 풀로 차 있었다. 그야말로 최고조의 컨디션이었고, 지금이라면 밀림이나 기이와도 좋은 승부를 벌일 수 있겠다는 생각이 들 정도였다.

——아니, 오만은 금물이지. 그런 식으로 건방지게 굴다간 반드시 실패하는 법이다.

지금은 방심하지 말고, 신중하게 행동하기로 하자.

그 전에, 전장의 기운을 뒤져보고 알아차린 사실이지만, 지금 나열한 강자들은 이미 베니마루 일행과 교전 중인 것 같았다.

명령을 내린 것은 나였지만, 역시 행동이 빠른 것에는 감탄할 수밖에 없었다. 그와 동시에 피해가 안 났으면 좋겠다고 걱정되기 시작했다.

죽지 말라는 명령은 잘 지키고 있을까?

적이 날 방해하지 않도록 보호하느라고 무모한 짓을 하고 있지 않으면 좋겠는데…….

뭐, 그런 걱정은 나중으로 미루기로 했다.

눈앞에는 당장이라도 내게 덤빌 듯이 굴고 있는 베루글린드가 있었다. 그녀를 어떻게든 해결하고 나서 도와주러 갈 것인지 아닌지를 판단하기로 하자.

1초도 채 되지 않는 시간에 나는 그렇게 판단했다.

그렇다면, 다음 문제는 어떻게 싸울 것인가 하는 것이다.

우선은 얼티밋 스킬(궁극능력) '베루도라(폭풍룡)'의 '폭풍룡 해방'을 써야 하려나?'

이걸로 베루도라를 불러내서 2대1로 베루글린드를 상대하는 것이다. 그렇게 하면, 승리는 확실했다.

잘 생각해보니 내 에너지양은 늘 풀로 채워지지 않았던 것 같다. 그건 아마 내 생각이지만, 베루도라를 자유롭게 놔두고 있었기 때문이겠지.

나와 베루도라는 일심동체 같은 존재이며, 어느 한쪽이 무사하다면 문제없이 부활할 수 있는 사이다. 베루글린드의 '병렬존재'와는 다르지만, 그 반칙에 가까운 무적의 모습은 특필할 만한 점이라 할 수 있었다.

그 대가라고 생각하면 에너지양의 부담 정도는 문제도 되지 않는다.

그리고 베루도라에게서 시작된 오버플로우(잉여 마력요소)가 내게 흘러들어 왔기 때문에 그렇게까지 불편을 느끼지 않았다. 오히려 순환효과도 있어서, 내 몸이 활성화되어 있을 정도였다.

그런고로 단점도 있지만 장점 쪽이 더 큰 것이 '폭풍룡 해방'이었던 것이다.

이전의 나는 90퍼센트 정도를 소비하고 있었지만, 지금이라면 30퍼센트 정도의 부담으로 불러낼 수 있을 것 같았다.

그렇게 생각하여 나는 '폭풍룡 해방'을 발동시키려고 했다.

"잘도⋯⋯ 베루도라(내 귀여운 동생)를——!!"

그렇게 베루글린드가 소리쳤다.

내 입장에서 보면 적반하장에 가깝게 느껴졌다.

"먼저 손을 댄 건 그쪽일 텐데?! 애초와 나와 베루도라를 싸우게 만든 건 너희들이잖아!"

"입 닥쳐! 베루도라가 너 따위에 잡아먹히는 건 있어선 안 되는 일이야!! 모자란 녀석이라곤 생각했지만, 설마 마왕 따위에게 질

줄이야…… 이런 일로 사라진다니, 난 인정 못 해. 널 절대로 용서하지 않겠어."

분노로 이성을 잃은 베루글린드가 마구잡이로 블래스터(열선)을 날리기 시작했다.

아쉽게도 내겐 통하지 않았지만.

하지만 뭐, 지금의 대화를 통해 알게 된 것은 있다.

화가 난건 알았지만 이유는 몰랐는데, 그건 내가 베루도라를 잡아먹었다고 생각했기 때문이었다. 죽여서 완전소멸을 시켰다고 착각한 모양이다.

그렇다면 긴 얘기는 필요가 없지.

지금 바로 '폭풍룡 해방'을 하면 오해도 풀린다는 얘기가 된다.

그랬는데──.

『캬아아아아아! 잠깐, 잠깐만 기다려라, 리무루!』

그렇게 당사자 본인인 베루도라가 날 제지했다.

『왜 그래?』

걱정이 되어서 물어봤더니…….

『잘 들어라, 리무루. 누님은 지금 내가 사라졌다고 생각해서 격노하고 있다. 그렇지?』

『응, 그래. 그러니까 네가 나와서 설명을 해주면 쓸데없는 싸움을 피할 수도 있을지 모르잖아.』

『멍청한 녀석─! 말도 안 되는 소리 마라!! 이 타이밍에서 내가 무사한 모습을 보여준다면, 분위기가 어색해지는 수준에서 끝나지 않는단 말이다. 누님의 분노가 내 쪽으로 향하게 될 것 아니냐!!』

참으로 멍청한 대답이었다.

진지하게 들은 게 손해라는 기분이 들었다.

깜짝 놀라서 숨이 멎는 줄 알았다──라고 투덜대고 있는 베루도라를 보고, 정말 도움이 안 된다는 녀석이라는 걸 잘 알았다.

그건 그렇고 정말로…… 이 인간은 중요한 때에 도움이 되지 않는단 말이지.

너무 멍청하게 느껴져서 한 마디 쏘아주려고 했지만, 이때 시엘도 날 말리는 말을 했다.

《기다려주십시오. 기왕이면 이 기회에 베루도라의 권능을 최적화하려고 합니다. 본인의 허가도 얻었으니, 스킬(능력)의 혁신이 끝날 때까지는 '폭풍룡 해방'을 실행하는 것을 잠시 기다려주시기 바랍니다.》

여전히 깔끔하고 정중한 말투였다.

시엘의 말로는 얼티밋 스킬(베루도라의 궁극능력)인 '파우스트(구명지왕)'를 혁신시켜서 얼티밋 스킬 '니알라토텝(혼돈지왕, 混沌之王)'으로 진화시키겠다고 한다. 스스로 진화라고 말할 정도니까 무시무시하게 강화될 것 같았다.

내가 신경이 쓰인 것은 본인의 허가를 받았다는 발언이었다.

실은 놀랍게도, 시엘의 존재는 베루도라에겐 이미 들킨 지 오래되었다고 한다.

『언제부터?』

《리무루 님이 마왕으로 진화한 직후쯤에 이미 저라는 존재를 알아차

리고 있었습니다.》

그렇게 말하는 시엘.

『알아차리고는 있었지만, 확신을 가지게 된 건 바로 얼마 전이다. 애초에 단순한 스킬에 자아가 싹트는 일은 고금동서를 막론하고 들어본 일이 없으니까 말이지. 하지만 대죄 계열의 스킬에는 자아 같은 것이 존재했기 때문에 혹시나 하고 의심하기 시작했지.』

베루도라의 말로는 '대현자' 시대부터 의심스러웠다고 했다. 내 '위장' 안에서 많은 것을 관찰하고 있었다 하는데, 신기한 현상이 가끔 일어났다고 한다.

내가 마왕이 됨에 따라 '라파엘(지혜지왕)'이 되면서부터는 십중팔구 틀림없다고 생각하고 있었다 한다.

그때까지도 대화를 나눴다고 하는데, 나를 상대하고 있는 것으로 생각했던 모양이다. 난감하다고 할 정도까지는 아니었지만, 어떤 대화를 나눴는지는 실로 궁금했다.

그건 어쨌든 됐든, 베루도라는 시엘과 면식이 있었던 것이다. 중요한 건 그 점이다.

『즉, 너희는 아는 사이였다는 말이군. 그리고 시엘의 제안을 승낙한 걸로 이해하면 되는 거지?』

『음, 그 말이 옳다! 내가 누님을 상대해주고 싶지만, 그런 사정이 있으므로 무리다. 미안하지만 리무루, 이 자리는 너에게 맡기마!』

너 좋을 대로 막 나가네, 응?

아까 했던 말이랑 다르잖아!

그런 지적을 해줘도 좋았겠지만, 불쌍한 생각이 들어서 그러지 않기로 했다.

시엘 쪽도 베루도라의 스킬을 이리저리 손대보고 싶어 하는 것 같으니까. 지금 할 일이 아닌 것 같다고도 생각했지만, 해방한 뒤에 그렇게 한다면 귀찮을지도 모르겠군.

그리고 나에게도 자신의 힘을 시험해보고 싶다는 욕구가 있었다.

앞으로 루드라를 상대한다고 치면, 얼마나 강해졌는지 알아둘 필요가 있다고 생각한 것이다.

베루글린드라면 마침 좋은 상대라고 할 수 있다. 지금의 나라면 어느 정도는 여유를 가지고 싸울 수 있을 테니까, 여러모로 얼마나 성장했는지를 확인할 수도 있을 것 같고.

지금이 좋은 때다.

내 동료들의 상황을 챙기면서, 그들이 위기에 빠질 때까지 내 실력을 시험해보는 걸 우선하기로 하자.

《그게 좋을 것으로 생각합니다.》

시엘도 어딘지 모르게 기뻐하는 것 같았다.

그렇게 생각하여 싸울 마음을 먹었지만, 싸우는 김에 이렇게도 해보자는 듯이 내게 제안했다.

《그건 그렇고, 여러모로 해석한 결과, 얼티밋 스킬 '베루도라'와 '우리엘(서약지왕)'을 통합함으로써 얼티밋 스킬 '하스터(성풍지왕, 星風之王)'를

만들어낼 수 있게 되었습니다. 어떻게 할까요?》

　시엘 선생님, 자중할 마음이 전혀 없구먼…….

　지금부터 베루글린드와 싸우려고 하는데, 대체 얼마나 여유를 부리고 있는 건지.

　이미 베루글린드 따위는 안중에 없습니다──라고 말하는 것 같다.

　스킬을 개조하는 게 취미인 것 같은데, 그런 건 평상시에 해줄 것을 부탁하고 싶은 바이다.

　일단은 기각이다.

　『그런 건 나중에 더 좋은 개량방법을 찾아낼지도 모르잖아? 그러니까 신중하게, 나중에 천천히 생각해줘!』

　《──!! 역시 마스터(주인님)는 대단하시군요. 알겠습니다. 더욱 높은 경지를 목표로 삼고, 계속 모색하도록 하겠습니다.》

　으, 음. 납득해준 것 같아서 다행이다.

　어떤 부분이 대단한지 나는 모르겠지만, 일단 이걸로 싸움에 집중할 수 있을 것 같다.

　베루글린드를 상대로는 '우리엘'이 유효하다. 이 자리에서 그 어드밴티지를 버리는 짓은 아무리 내가 우세하다고 해도 있을 수 없는 얘기였다.

　그야 '벨제뷔트(폭식지왕)'만으로도 이길 수 있을지 모른다. 그러나 이건 게임이 아니므로 방심해선 안 된다.

만일의 경우에도 실패는 허용되지 않는다.

시엘이 나를 높이 사고 있다는 건 이해했으므로, 앞으로는 칭찬은 진지하게 듣지 않고 빈말로 흘려듣고 넘기기로 하자.

그건 그렇고, 시엘의 개조를 좋아하는 성격은 정말 난감하군.

지금은 베루도라가 먹이가 되고 있지만, 이건 본인도 바라고 있으니까 괜찮은 걸로 쳤다. 하지만 문제는 이 싸움이 끝난 뒤가 본격적이 될 것 같다.

마왕으로 각성한 내 동료들에게도 스킬의 대개조가 기다리고 있을 것만 같은 예감이 들었다.

시엘 선생님이라면 그들의 강화도 성공시킬 것이 틀림없다. 그걸 실행할 기회를, 호시탐탐 노리고 있을 것 같다는 느낌이 들었다.

어쩌면 이미…….

그런 생각을 하고 있는 동안에도 베루글린드와 승부를 낼 때가 찾아왔다.

＊

천공에서 서로를 노려보는 나와 베루글린드(진홍의 비룡).

베루글린드가 순식간에 인간의 모습으로 변화하자마자, 갑자기 전투가 시작되었다.

나를 향해 핵격마법 : 뉴클리어 캐논(열수속포)를 연사하면서, 청룡도를 휘두르며 달려든 것이다.

인간의 모습과 드래곤 모드(용의 형태)의 차이점은 무엇인가?

그걸 한 마디로 설명하자면, 방어력의 차이라는 답에 이르게 된다.

공격력은 완전히 똑같다.

에너지 효율은 인간의 모습일 때가 압도적으로 뛰어나다. 그에 따라서 지속적으로 싸울 수 있는 능력도 높아지므로 장기적인 전투를 벌인다면, 인간의 모습이 더 적합하다고 할 수 있었다.

하지만 드래곤 모드에는 뒤집을 수 없는 장점이 있다.

그건 덩치가 크다는 점이었다.

그 거구에 대응하여 공격의 규모가 커진다. 위력은 같지만, 공격범위가 넓어지는 것이다. 그렇게 되면, 다수를 동시에 상대할 수 있게 된다. 적이 하나의 개체였다고 해도, 그 거구에서 연거푸 발사되는 공격을 피하는 것이 어렵다는 것은 더 말할 필요도 없을 것이다.

그리고 방어면.

이게 정말 중요한 점이라 할 수 있다. 거구의 상대를 처치하려면 그에 걸맞은 대규모공격이 필요해지게 된다. 검으로 쓰러트리는 것은 어려우며, 대부분의 마법은 그 규모를 따져보면 의미가 없다고 할 수 있었다.

애초에 '용종'에게 통하는 마법이 적지만, 그걸 무시한다고 해도 대인마법 같은 것으로는 의미가 없다. 범위를 넓게 적용시킨 마법이 아니면 큰 대미지를 줄 수 없다는 것이 사실이었다.

그런고로, 굳이 말하자면 둘 중에선 드래곤 모드 쪽이 더 강하지만…… 베루글린드는 인간의 모습을 선택한 것이다.

그 의도는 아마도――.

《방어를 포기하고, 마스터(주인님)를 처치하려는 마음을 먹었다고 추측됩니다.》

그런 것 같군.

그렇다면 나도 그걸 전제로 두고 상대하기로 하자.

귀기가 어린 표정은 베루글린드의 미모를 더욱 돋보이게 했다. 그 살기는 칼날에 깃들어, 나를 두 조각 내겠다는 기세로 내리쳐졌다.

당연하게도 그걸 순순히 맞아줄 생각은 없었다.

마법의 대처는 시엘에게 맡기고, 나는 애도——히히이로카네로 만든 직도(直刀)로 베루글린드의 공격을 맞받아쳤다.

베루글린드가 지닌 청룡도는 폭이 넓은 태도(太刀)의 일종이었다. 몰래 가지고 있던 것이 아니라, 베루글린드가 '물질창조'로 만들어낸 무기였다.

그 등급은 갓즈(신화) 급에도 필적하는 물건이었다.

그에 비해 내 칼은 내가 '용종'이 되었을 때 같이 변했는지, 이미 갓즈 급에 도달한 상태였다. 베루글린드의 청룡도도 위협적이었지만, 나도 밀리지는 않았다.

그 정도가 아니라——.

카아앙—— 하는 새된 소리를 울리면서 베루글린드의 청룡도가 부러지며 박살이 났다.

나도 놀랐지만, 베루글린드는 더 크게 놀랐을 것이다.

"뭘 한 거지?"

나에게서 거리를 벌리면서, 그렇게 물었다.

나는 뭔가를 한 게 아니라 단순히 공격을 받아낼 생각을 했을 뿐이었다. 그러므로 뭘 한 거냐고 물어봤자 난감할 뿐이다.

《무기 성능의 차이입니다. 마스터(주인님)의 직도는 쿠로베가 혼을 담아 만든 명도인데 반해, 베루글린드의 청룡도는 마력요소를 뭉쳐서 만들었을 뿐인 양산품. 마력요소의 밀도가 대단하기 때문에 갓즈 급에 해당하지만, 본질적인 칼로 따지자면 무딘 무기일 뿐입니다.》

그렇단 말인가.

같은 등급에도 격의 차이가 있다는 건 알고 있었지만, 설마 같은 갓즈 급인데도 이렇게까지 차이가 날 줄은 몰랐다.

역시 믿을 수 있는 것은 오래 써서 손에 익은 무기인 것이다.

그 사실을 알게 된 것은 아주 만족스러웠다. 왜냐하면 내 옷도 '물질창조'로 만들어 낸 물건이니까.

갓즈 급이라고 해서 그렇게 기대는 하지 않는 게 무난했다.

"지금 확실해진 사실이지만, 같은 등급이라고 해도 하늘과 땅만큼의 성능 차이가 있는 것 같군. 네가 만들어낸 무기로는 내 칼의 적수가 되지 않는다는 뜻이야."

이걸로 포기할 거라는 생각은 들지 않았지만, 일단 알려주었다.

베루글린드는 결코 바보가 아니므로, 내 말이 거짓말이 아니라는 것을 파악한 것 같았다. 그러나 납득은 할 수 없었는지, 그 후에도 몇 번 더 청룡도를 만들어내서 날 공격했다.

그 모든 것을 칼로 쳐냈다.

그런 뒤에야 겨우 베루글린드도 현실을 받아들인 것 같았다.

분한 표정으로 나를 노려보면서, 즉시 다음 수를 썼다.

구현시킨 무기가 소용이 없다면 의지할 수 있는 것은 자신의 육체뿐일 것이다. 베루글린드의 손톱이 길어졌고, 중국권법 같은 자세를 취하고 있었다.

그걸 보면서 나는 칼을 집어넣었다.

"……무슨 생각이지?"

물론, 실험이다.

나도 자신이 얼마나 성장했는지 확인하고 싶었기 때문에 칼에 의지하는 것을 중단한 것이다.

"무기를 쓴다면 약한 자라는 이미지가 있으니까 맨손으로 상대해주겠어."

싸움이란 건 상대를 도발하는 게 최선이다.

이걸로 냉정함을 잃어버리게 만들 수 있다면, 그 시점에서 승리가 확정되었다고 할 수 있을 정도였다.

"날 얕보지 마앗――!!"

걸려들었다.

재미있을 정도로 쉽게, 베루글린드는 내 꾀에 넘어가 주었다.

남은 건 잘못된 수를 섣불리 쓰지 않도록, 외통 장기를 두듯이 대처하는 것뿐이다.

베루글린드의 손톱 공격은 빨랐다. 그야말로 눈으로 좇는 것은 불가능했다.

그러나 지금의 내 지각속도는 평범하지 않은 수준이었다.

라파엘에게 '시엘'이라는 이름을 붙여준 뒤로 '사고가속'이 상승 중이었다. 100만 배였던 것이 지금은 수억 배가 되었다.

놀랍게도 광속조차도 인식할 수 있는 레벨이었다.

애초에 인식한다고 해도 그 속도로 움직일 수 있는 것은 아니다. 그 점을 착각해선 안 된다.

하지만 회피 방법이 없는 것은 아니다.

마법의 발동은 말할 필요도 없었고, '공간전이'의 발동도 1,000배 가까이 빨라졌다. 즉, 어느 정도의 거리가 유지되어 있으면, 광속공격이라고 해도 '전이'로 피할 수 있게 된 것이다.

1초를 십 수 년까지도 늘릴 수 있게 되었으니, 멈춰진 세계를 보는 것 같은 감각이 느껴졌다. 자신도 움직일 수 없으므로 인간의 자아로는 버텨낼 수 없겠지만, 시엘이 요소요소에서 '사고가속'을 발동시킴으로써, 그 문제를 클리어하고 있었다.

베루글린드가 아무리 빠르게 움직인다고 해도, 나에겐 관계가 없었다. 이 정도 수준이면 검기도 체술도 필요로 하지 않으며, 힘만으로도 밀어붙일 수 있게 된 것이다.

베루글린드의 초속공격이 닥쳐왔다.

그 속도는 음속의 수백 배에 달했으며, 이전의 나라면 틀림없이 고전했을 것이다.

그러나 지금은 문제가 없는 레벨이었다.

"늦어."

그렇게 도발하면서, 베루글린드의 등 뒤로 '전이'했다.

하지만 베루글린드도 꽤히 용종이 아니었다. 내 행동을 미리 예상했었는지 즉시 반응하는 모습을 보였다.

솔직히 말해서 상대하기 버겁다고 생각했다.

역시 최강의 자리 중 하나를 차지하는 자는 만만하지 않았던 것이다.

"역시 그랬군. 나보다 빨리 움직일 수 있을 거라는 생각은 들지 않았으니, '공간전이'를 구사했단 소리네. 이렇게까지 자연스럽게, 공간에 일그러진 부분을 만들지 않고 이동할 수 있는 건 훌륭하지만, 그 정체를 알고 나면 대처는 가능해."

내 도발로 분노하고 있을 줄 알았는데, 생각했던 것 이상으로 냉정했다.

역시 베루도라의 누나지만…… 이것 또한 시엘의 예상한 대로의 결과였다.

베루글린드가 다음으로 선택할 공격 방법은——.

"공간에 간섭해서 고정시키면, 내 지배영역에선 '전이'하지 못하게 될걸. 안 됐네."

역시 그 수밖에 없겠지.

베루글린드도 당연하다는 듯이 '공간지배'를 소유하고 있으며, 자신을 중심으로 한 광범위공간에 간섭할 수 있었다. 그런 짓을 하면 내 '공간지배'로는 '전이'할 수 없게 되는 것이다.

무리하면 불가능한 건 아니지만, 출구를 들켜버리면 의미가 없다. 도망치는 데 사용할 수 있지만, 그것 또한 도망칠 곳이 들켜버리기 때문에 결국엔 의미가 없게 된다.

이런 식으로 전이 계열의 스킬(능력)을 봉인하게 되면, 남은 건 물리적인 속도가 승부를 정하게 된다. 베루글린드에게 있어선 필승의 환경이 갖춰지는 셈이다.

그렇기 때문에 다음에 쓸 공격은——.

"너 따위를 상대로 진정한 비장의 수를 쓰게 될 줄이야."

"전이를 막은 것 정도로 이겼다고 생각하는 건가? 그렇다면 그건 착각이라는 걸 가르쳐주지."

"정말 건방지네. 그 아이의 원수가 아니었다면 싫어하지 않았을지도 몰라. 하지만 이걸로 끝이야."

베루글린드가 자세를 잡았다.

대기를 박차면서, 초음속으로 자신을 탄환으로 만들었다.

그 존재는 한층 더 속도를 높였고——.

"카디널 액셀러레이션(작열용패가속려기)——!!"

그녀가 외친 목소리는 아예 미래의 저편에서 들려왔다.

베루글린드 자신이 진홍의 유성으로 변하면서, 아광속이라는 물리적인 한계속도로 내게 닥쳐왔다.

더구나 그 유성탄은 궤도를 바꿨다.

베루글린드는 자신의 육체를 유성탄으로 바꿈으로써, 자유자재로 궤도를 바꾸는 것에 성공한 것이다.

아니, 이것이야말로 카디널 액셀러레이션의 본래의 모습이었다. 단순한 직선공격이 아니라, 자유롭게 변환하는 유도공격. 그리고 에너지 파동만이 아니라 질량까지 보유한, 궁극의 파괴공격이었던 것이다.

시엘 선생님은 카디널 액셀러레이션을 해석하여, 그 본질을 완벽하게 파악했다.

베루글린드도 두려웠지만, 그 이상으로 두려운 존재가 시엘 선생님이었다.

내가 우연히 떠올린 생각으로 인해 시엘이라는 이름의 마나스(신지핵)를 만들어버린 것이 베루글린드의 패인이 되었다.

《예정대로 마스터의 모든 범위에 '벨제뷔트(폭식지왕)'를 전개해두었습니다. 어떤 각도에서 접촉하든, 베루글린드의 '포식'에는 문제가 없습니다.》

그 말대로 되었다.

평범하게 잡아먹으려고 해도 의지를 가진 존재의 저항은 크다. 하물며 상대는 '용종'이다. 시엘이 아무리 노력해도 '벨제뷔트'로 '포식'하는 것은 불가능했다.

하지만…….

베루글린드는 자기 뜻에 따라서, 그 몸을 유성탄으로 바꾸고 말았다. 공격에 모든 에너지를 쏟으면서, 저항력이 대폭 저하되고 만 것이다.

그 결과가 이것이었다.

베루글린드는 지금, 내 '허수공간'에 격리된 것이다.

『말도 안 돼!! 어째서, 대체 무슨 일이……?』

나를 끝장냈다고 생각한 순간에 아무것도 없는 공간으로 날아가 버렸다. 베루글린드의 입장에선 현재의 상황을 파악하는 것도 어려울 것이다.

자신이 패배했다는 걸 깨닫기까지 많은 시간이 필요하게 될 것은 틀림없다.

그렇기 때문에 내가 가르쳐주었다.

『내가 이겼어. 당신은 거기서 얌전히 있어줘.』

『……나는, 내가 졌다고?』

『그렇게 되겠지. 내 '허수공간'에선 도망칠 수 없으니까, 당신의

'병렬존재'로도 에너지를 양도하는 건 무리라고 생각해.』

내가 잡아먹은 베루글린드의 에너지(마력요소)양 말인데, 시엘 선생님의 말에 따르면 50퍼센트가 조금 넘는 정도라고 했다.

루드라의 곁에 대기하고 있는 '별신체'가 20퍼센트 정도이며, 나머지 약 30퍼센트는 회복 중이라고 했다. 하루에 10퍼센트 정도 회복한다고 하니, 3일만 지나면 약 50퍼센트의 상태까지는 되돌릴 수 있을 것이다.

무엇보다 내 안에 '별신체'가 남아 있으므로 이 분량만큼은 회복되지 않을 것으로 생각된다. 자아가 양쪽에 존재하고 있는 것이니 일이 복잡해졌지만, 베루글린드가 약해진 것만큼은 틀림없을 것이다.

『자세한 설명은 베루도라에게서 듣도록 해.』

『베루도라라고? 너는 무슨 소리를…….』

베루글린드는 곤혹스러운 반응을 보이고 있었지만, 내가 설명하는 것보다 본인의 입을 통해 얘기를 듣는 것이 더 빠르겠지.

『크아───핫핫하! 누님, 접니다. 기분이 평안하───시진 않겠군요.』

『베루도라?! 너, 사라지지 않았던 거니?!』

나머지는 남매끼리 대화를 나누면서 차분하게 진정되길 바랄 뿐이다.

이리하여 나는 베루글린드에게 완전히 승리했으며, 그녀의 대부분의 에너지를 '허수공간'에 붙잡아두는데 성공했다.

그리하여 '용종'을 둘이나 동시에 상대한다는 무모한 도전은, 시엘이라는 믿음직한 파트너의 탄생으로 인해 더할 나위 없이 완벽한 형태로 막을 내렸다.

제3장

격화되는 전장

Regarding Reincarnated to Slime

글라딤 대장이 이끄는 '마수군단' 3만 명이 비공선에서 대공으로 뛰쳐나갔다.

베루글린드의 용맹한 모습을 본 덕분에, 사기는 높았다.

그들의 눈 아래에는 적이 있었고, 그들의 폭력충동을 해소하기에는 절호의 표적이 되어 있었다.

"다들 들어라! 여기서 우리의 활약을 황제폐하와 베루글린드님에게 보여드리는 거다. 꼴사나운 싸움을 보여주지 않도록 각자 기합을 단단히 넣어라!!"

글라딤이 그렇게 울부짖자, 대기를 진동시킬 듯한 큰 음성으로 장병들이 그 말에 호응했다.

그 반응에 만족하는 글라딤.

절호의 기회라고 생각하면서, 속으로는 득의양양한 웃음을 짓고 있었다.

(큭큭큭. 천하를 얻는 걸 포기한다고 해도, 나의 시대가 올 것은 틀림없다. 칼리굴리오는 패배했고, 유우키 애송이는 실추됐지. 남은 내가 바로 유일한 대장군이 될 것이다. 여기서 무훈을 세운다면 그 예상이 실현될 테지!)

글라딤의 입장에선 서방제국 따위는 적으로서 부족했다. 사카구치 히나타는 싸워볼 만한 상대일 것 같았지만, 신참 마왕과 비기는 게 한계인 어중간한 실력자라고 얕보고 있었다.

글라딤은 자신만만한 자였으며, 혈기왕성한 무투파였던 것이다.

··················.

············.

······.

제국에서 두 번째로 강한 남자, 수왕 글라딤.

그의 출신은 소문으로 일컬어지던 것처럼 수왕국 유라자니아였다. 실은 글라딤은 '비스트 마스터(사자왕)' 칼리온의 배다른 형에 해당하는 인물이었다.

글라딤에게 깃든 짐승은 고고한 백호. 너무나도 지나치게 이기적이라서 왕으로서 어울리지 않는다는 판단을 받은 과거를 가지고 있었다.

(쓰레기 놈들!! 날 따라오지도 못하는 주제에 칼리온에게 들러붙어 반란을 획책하다니. 이 원한은 반드시 갚아주고 말 것이다.)

글라딤은 오랜 세월에 걸쳐 그런 원한을 계속 마음속에 담아오고 있었다.

그건 완전히 적반하장이었다.

유라자니아의 전대 왕은 무력은 뛰어나지 않았지만 사람을 보는 눈은 확실했다. 형과 동생, 둘 중에 누가 사람들을 이끌기에 적합한지, 확실히 파악하고 판단을 내린 것이다.

그 결정을 듣고, 글라딤은 격앙했다. 그대로 하극상을 일으켜서 전대 왕의 시해에는 성공했지만, 칼리온과 당시의 삼수사의 손에 의해 추방되었다.

반란이라는 것은 글라딤이 멋대로 그렇게 생각한 것이며, 사실은 완전히 정반대였다.

그런 글라딤이 살아남은 것이 바로 그의 강한 실력을 증명하고 있었다. 라이칸스로프(수인족)의 이단아였으며, 성격만 괜찮았다면 칼리온도 복종하는 호걸이 되었을 것이다.

그러나 그건 어디까지나 가정 속의 얘기였다.

글라딤은 겨우 목숨만 부지한 채 도망쳤으며, 각지를 방랑하게 되었다. 그때 만난 자들이 바로 글라딤의 충실한 부하인 삼대장이었다.

'주작' 나짐.

글라딤이 천익국 프루브로지아를 떠돌아다닐 때에 만난 하피(유익족)의 변이종이다. 날개에는 회색에 보라색의 반점 무늬가 있었으며, 그런 날개가 세 쌍이나 있었다. 생식능력을 잃은 대신에 뛰어난 전투력을 가지고 있었다. 프레이와 아주 닮은 미모를 글라딤은 마음에 들어 하여, 동료로 받아들인 것이 친해지게 된 계기였다.

'청룡' 바라가.

글라딤이 쓰러트린 아크 드래곤(상위용족)에 해당하는 워터 드래곤(수격룡)을 부리고 있다. 무인 타입의 장년이지만, 그 실력은 로열 나이트(근위기사)의 중견 클래스였다.

'현무' 고우자린.

드물게도 마물, 로렐라이(바위요정)를 부리는 소녀. 이민족의 무녀이며, 다양한 마술이 특기였다. 글라딤이 로렐라이를 쓰러트리게 되면서, 그를 따르게 되었다.

셋 다 각자 다른 일화를 가지고 있는 삼대장이지만, 공통점이라면 강자라는 것이라 할 수 있을 것이다. 나짐은 아예 마왕종이었으며, 언제 각성해도 이상하지 않은 존재였다.

바라가랑 고우자린은 부리고 있는 마물도 캘러미티(재액) 급이며, '마수군단' 중에서도 뛰어난 전력을 가지고 있었다.

글라딤이 제국에 몸을 의탁한 것은 지금부터 300년 정도 전이다. 베루도라가 봉인된 후의 일이었다.

천마대전에서도 살아남은 뒤에, 제국의 영토에서 무리를 지어 불량배 노릇을 하고 있었다. 그때에 제국이 보낸 토벌대에 패했고, 황제 루드라에게 복종하기로 약속하면서 용서를 받았던 것이다.

글라딤의 야망은 '원수'를 쓰러트려 제국에서 넘버원이 되는 것이었다. 그리고 때를 봐서 루드라를 시해하고, 자신이 황제의 자리에 오를 생각이었다.

글라딤에겐 은혜를 갚는다는 갸륵한 마음 같은 건 없었다. 상대가 강하니까 따르고 있을 뿐이며, 언제든지 배신할 기회를 호시탐탐 노리고 있었다.

제국의 힘을 빌려서 세계를 지배할 것이다.

그리고 언젠가는 자신이 황제가 되어서 군림할 것이다.

'원수'의 정체를 몰랐기 때문에 그런 무모한 꿈을 꿀 수 있었다.

그런 글라딤의 성품쯤은 루드라와 베루글린드는 훤히 내다보고 있었다. 강하니까 도움이 될 것이라고 여겨서, 명령에 따르고 있는 동안에는 살려두는 것에 지나지 않았다.

양쪽의 의도가 서로 맞물려 있었기 때문에 성립된 위험한 밸런스.

그게 지금 무너져버렸다.

(설마. 설마 '원수'가 '작열용' 베루글린드였을 줄이야. 더구나 그 힘, 이길 수 없다. 내 힘으로도 전혀 상대가 안 되는, 두려워해야 할 자였어.)

그야말로 차원이 다른 존재였다.

황제시해라는 행동을 하기 전에 그 사실이 판명되었다. 요행이라고 생각하면서, 글라딤은 믿지도 않는 신에게 감사했다.

··················.

·············.

·······.

글라딤은 다시 생각했다.

베루글린드도 언젠가는 쓰러트려야 할 상대로 생각하고 있지만, 그러기 위해선 면밀한 준비가 필요해질 것이다. 그걸 알게 되면서, 당분간은 공을 세우는 일에 전념하자고 생각했다.

그리고 이 상황은 절호의 기회라고도 할 수 있었다.

글라딤은 야생의 본능으로 자신의 각성이 가깝다는 것을 알 수 있었다. 이제 조금만 더 있으면 강대한 힘을 손에 넣을 수 있을 것이라고, 직감적으로 파악했던 거다.

그리고 그건 늘 같이 싸워온 나짐도 마찬가지였다.

각성의 조건이 확실하진 않지만, 그 시기는 가까웠다.

글라딤이 전장을 추구한 건, 이런 이유도 있었기 때문이다.

그리고 지금, 글라딤 앞에 수많은 먹이가 무리를 짓고 있었다.

이 상황을 어찌 기뻐하지 않을 수 있을까. 글라딤은 그렇게 생각하면서 입맛을 다셨다.

전장을 둘러보니, 강대한 힘을 가진 적이 다수 있었다. 그런 자들을 쓰러트리면 쓰러트릴수록, 글라딤 일파의 전력이 늘어날 것이다.

"큭큭큭, 즐거운 연회의 시작이로군."

글라딤의 기대대로── 아니, 그 이상으로 전장은 더욱 격렬해지기 시작했다──.

●

글라딤의 부하인 삼대장은 주인의 목적에 따라서 움직였다.

그 시선은 강자를 찾았고, 그리고 발견했다.

"잠깐, 저건 가젤 왕인데. 저자를 쓰러트리면 우리의 명성도 높아지겠지."

"뭐야, 새치기를 할 생각이야? 글라딤 님에게도 맛있는 부분을 남겨드리지 않으면 불쾌하게 여기실걸?"

가젤 왕의 무용은 널리 알려져 있으므로, 그를 쓰러트린다면 자신의 실력을 인정받게 될 것이다. 무인으로서, 바라가의 마음이 들끓어 올랐다.

그걸 말린 자는 나짐이었다.

나짐은 글라딤이 가젤 왕을 노리고 있다는 것을 알고 있었기 때문에 바라가에게 양보하라고 충고한 것이다.

그리고——.

(가젤을 쓰러트리면, 글라딤 님의 힘이 늘어나는 건 틀림없어. 이렇게 좋은 상황을 그냥 놓칠 수는 없지!)

라는 생각을 한 것도 나짐의 본심이었다.

바라가도 주인인 글라딤을 우선시했다. 애초에 가젤은 버거운 상대이며, 무인으로서 비겁하다는 비난을 받을 우려가 있었다. 그렇다면 무난하게 적당한 적을 쓰러트리는 게 유리했다.

"알고 있소. 나도 글라딤 님이 가젤 왕을 잡아먹고 더욱 강하게 되시길 바라고 있으니까."

그렇게 말한 바라가를 보면서, 고우자린이 웃었다.

"키히히히히. 안심해. 그 외에도 강자가 여럿 있는 것 같으니까. 조금 부족하지만, 배를 채울 수는 있을 거야."

그 말대로, 전장에는 강자가 무수히 많았다.

서두를 필요가 없다고 생각하면서, 바라가도 고개를 끄덕였다.

나짐도 미소를 지으면서 동의했다.

"우후후. 글라딤 님의 말씀대로, 각성의 때가 가까워진 것 같네. 맨 먼저 진정한 마왕이 되는 것은 바로 나. '주작'의 나짐이야!"

"나짐 공, 당신이야 말로 새채기할 생각을 하고 있잖소."

"자, 자, 진정해. 누구라도 생각하는 건 같아. 가젤 왕은 글라딤 님에게 양보하기로 하고, 우리도 마음껏 날뛰어야 하지 않겠어?!"

그 말은 모두의 마음을 대변하고 있었다.

"그렇다면 나는 저 약한 도마뱀을 받도록 하지. 아직 기운차고 귀찮아 보이는 드라고뉴트(용인족)들의 수괴인 것 같으니까, 전의를 꺾는 의미에서라도 맨 처음 박살을 내놓아야 하지 않겠나."

"그럼 나는 저기 있는 건방진 여자를 맡을까. 내게 허락도 없이 하늘을 날다니, 분수를 가르쳐줘야겠어."

"키히히히히. 그럼 나는 저 골렘을 파괴하기로 할게. 로렐라이 (바위정령)의 힘을 충분히 맛보여주겠어!"

사냥감이 겹치지 않도록 한 명 한 명이 선언을 했다.

그리고 삼대장은 각자의 사냥감을 향해 날아갔다.

그러나 그 생각은 상대를 너무 만만하게 본 피상적인 계산에 지나지 않았다.

글라딤이 노린 것은 삼대장이 예상한 대로 가젤이었다.

그건 당연했다.

강한 자부터 격파하느냐 아니냐는 상황에 따라 달라지지만, 약해져 있는 강자부터 처리하는 건 상식이었다.

가젤은 콘도에게 당하는 바람에 움직이지 못하고 있었다. 지금이 최대의 찬스였다.

"가젤 왕으로 보이는군. 내 이름은 글라딤. 제국 최강인 '마수군단'을 지휘하는 군단장, 글라딤 대장이다! 그 목을 받아가기로 하마!!"

비겁하고 말고 할 것도 없는, 당당함마저 느껴지는 비열함이었다. 하지만 이건 글라딤에겐 정당한 행동이었다.

목적을 위해선 수단을 가리지 않는다는 것이 글라딤의 신조였던 것이다.

그런고로 가젤 왕을 향해 급강하한 글라딤이었지만, 그의 앞을 막아서는 자가 있었다.

보라색 번갯불로 인하여 번쩍이는, 자홍색의 비늘을 지닌 드라고뉴트── 죽지 못해 겨우 살아 있는 것으로 보이는 '드라구 로드(천룡왕)' 가비루였다.

"크와하하하! 내가 부활했다!! 가젤 왕에 대한 그 무례한 태도를 그냥 두고 볼 수 없구나."

"쳇, 날 방해하겠다는 거냐. 짜증나는 도마뱀 녀석."

사냥감을 앞에 둔 상태에서 방해를 받는 바람에 글라딤은 기분이 나빠졌다. 그러나 곧바로 그럴 때가 아니라는 걸 깨닫고 당황하면서 어쩔 줄을 몰라했다.

삼대장은 뭘 하고 있느냐고 꾸짖는 듯한 시선을 보낸 글라딤의 눈에, 놀라운 광경이 들어온 것이다.

가비루를 상대했어야 하는 '청룡' 바라가는 부활한 가비루의 일격을 맞고 쓰러져 있었다.

의기양양하게 데몬 콜로서스(마왕의 수호거상)에게 향했던 '현무' 고우자린은 로렐라이(바위요정)가 박살이 나는 바람에 울상을 짓고 있었다.

'주작' 나짐만이 겨우 적수로 봤던 소우카와 호각으로 싸우고 있는 상황이었다.

글라딤을 지키려고 장병들이 가비루에게 덤볐지만, 실력차이는 확실했다.

어쩔 수 없다고 생각하면서, 글라딤은 자신이 앞으로 나서려고 했다.

그러나 그때 자무드 소장이 긴급하게 '마법통화'를 보내왔다.

『크, 큰일입니다! 저희 쪽의 상황을 말씀드리자면, 마왕 리무루가 터무니없는 짓을 하기 시작했습니다. 폐하를 더 완벽하게 지키기 위해서라도, 시급히 이쪽으로 원군을 보내주십시오!』

그럴 때가 아니라고 성을 내며 소리치고 싶은 기분이었지만, 글라딤은 겨우 그 말을 속으로 삼켰다. 그리고 무슨 일이 있었는지 물었다.

『거대한 마, 말도 안 되게 거대한 서몬 게이트(악마소환문)를 그려냈습니다…….』

『그게 어쨌다는 거냐?!』

『그러니까, 그레이터 데몬(상위악마) 이상의 대악마들이 몇 백 마리나 소환되었단 뜻입니다! 더구나 녀석들은 육체를 얻은 상태입니다. 개별 전력만으로도 A랭크를 넘는데, 조직적으로 행동하고 있단 말입니다!!』

흥분한 듯이 소리치는 자무드의 반응을 보니, 그게 심상치 않은 사태라는 것은 알아차릴 수 있었다. 그러나 글라딤은 납득이 되지 않았다.

마왕 리무루가 뭔가를 시도한 것 같지만, 그래도 제국 측에는 베루글린드가 있었다. 악마 따위에게 질 리도 없으며, 그렇게 큰 위협이라는 생각도 들지 않았다.

위협이라는 말이 나와서 말인데, 오히려 글라딤이 상대하고 있는 자들 쪽으로 전력을 집중하고 싶은 마음이었다.

『이쪽도 한창 정신없이 싸우는 중이다. 그쪽 일은 그쪽이 알아서 대처하길 바란다.』

내뱉듯이 그렇게 말하고는, 글라딤은 통화를 끝내려고 했다. 그러나 자무드의 긴박한 목소리가 글라딤을 불러 세웠다.

『하지만 제국군 장병들의 실력을 상회하는 대재해 규모의 악마 군단이 출현했단 말입니다!!』

『무슨 말을 하는 건가! 그쪽에는 베루글린드 님뿐만 아니라 근위기사들도 대기하고 있지 않은가!!』

비공선은 기함 한 척밖에 없지만, 탑승하고 있는 자들은 제국의 최고전력이 집결한 상태였다. 새삼스레 글라딤에게 의지하지 않아도 자신들의 힘만으로 어떻게든 해결할 수 있을 것이라고 글라딤은 생각했다.

그게 자연스러운 생각이며, 이 판단에 관해선 글라딤을 비난할 자는 없을 것이다. 하지만 이번에는 상대가 너무 안 좋았다.

『확실히 그 말씀대로. 이쪽에는 콘도 중위랑 근위 기사 분들이 계십니다. 하지만 마왕군의 간부들을 상대하느라 여유가 없습니다.』

『간부들이라고?!』

설마 하는 생각이 글라딤의 뇌리를 스쳤다.

눈앞에 있는 상대의 정체가 가비루라는 이름의 간부일 것이라고는 짐작하고 있었다. 예상 이상으로 강해서 놀라고 있었지만, 냉정을 찾으면서 다시 생각해보니 보고서에는 그 외에도 간부들의 이름이 적혀 있었던 것이다.

베니마루, 시온, 디아블로, 고부타.

마왕 리무루의 사천왕이라고 불리던 자들이지만, 그 안에 가비루의 이름은 없었다. 그렇다면 사천왕의 실력은 가비루 이상이라는 뜻이 된다.

『그뿐만이 아닙니다! 믿기 어려운 일이지만, 마왕 리무루는 우리가 상상도 하지 못한 금기를 범했습니다. 어떤 수단을 쓴 것인지는 이해하지 못했습니다만, 악마들을 진화시켰습니다! 이해가 되십니까? 수백 명이나 되는 악마들이 아크 데몬(상위마장)에 준하는 강자들로 강화되었단 말입니다!!』

그건 확실히 비현실적인 얘기였다.

글라딤은 믿고 싶지 않다는 생각을 했지만, 자무드 소장은 그런 농담을 할 성격의 남자는 아니다.

오히려 진지하고 모범생 같은 남자인 것이다.

그렇다면 그 말은 진실이며, 수백 명이나 되는 캘러미티(재액)급이 풀려난 것으로 이해할 수밖에 없었다.

『그렇군. 자무드, 너의 걱정은 이해했다.』

『오오, 그러면 원군을 보내주시길 부탁드립니다!』

안도한 듯한 말을 남기고 자무드는 통화를 끊었다.

글라딤은 생각에 잠겼다.

수로는 이기고 있다고 해도, 질로 밀려선 의미가 없다. 그게 전장의 규칙이며, 그렇기에 글라딤은 자신의 부하들을 단련시켜 왔다.

악마들뿐이라면 아직 어떻게든 상대할 수 있을지도 모른다.

그러나 삼대장 중에 두 명이나 쓰러진 지금, 낙관적으로 생각하는 것은 위험했다.

적어도 글라딤의 부하들은 유린당하기만을 기다리는 꼴이 될 것이다.

(쳇! 기껏해야 마왕 정도일 것이라고 얕보다가 마무리를 어설프게 지은 건가. 나랑 제국의 상층부는 살아남겠지만, 말단 병사들은 남김없이 몰살당하겠군. 그렇다면 아예…….)

후회해도 이미 늦었다.

남은 건 할 수 있는 일을 하는 것뿐이다.

그리고 글라딤에겐 아직 숨겨둔 금단의 수단이 남아 있었던 것이다.

＊

마수군단의 구성원들은 글라딤이 선별하여 단련시킨 정예들이다.

옛 시대에 활약한 영웅들의 피를 이었으며, 선천적으로 강자인 자들의 집단──인 것으로 여겨지고 있지만, 사실은 그렇지 않았다. 마법과 이계의 지식을 조합시켜 만들어낸 인위적 영웅의 집단이었다.

그리고 또한 그들이 부리는 마수들에게도 비밀이 있었다.

A─랭크 이상으로 선별된 것뿐만 아니라, 고분자생체물질의 정보를 덧씌우는 것으로 인해 전투에 특화된 능력이 부여되어 있는 것이다.

마수를 배양하여 수를 늘렸고, 다양한 특징을 통합하여 만들어낸 인조생명체. 배틀 키마이라(인조합성수)라고 부르는, 일종의 병기였던 것이다.

이런 연구를 주도한 것도 라이칸스로프(수인족)인 글라딤이었다. 자신의 변신이 어떤 구조로 이뤄지는지를 해명하도록 해서 부하들의 강화에 도움을 준 것이다.

이 세계에선 윤리적으로 금기시되어 있는 일이나 종교적으로 금지되어 있는 연구 같은 것은 존재하지 않는다. 그렇기에 놀랄 만한 속도로 성과도 나왔다. 노예를 사용한 인체실험 등도 자행된 결과, 글라딤이 바라는 최강의 군단이 탄생된 것이다.

A랭크의 영웅들과 그들의 파트너인 배틀 키마이라는 인마일체(人魔一體)가 되어 비할 데 없는 실력을 자랑하고 있었다. 그러나 실은 아직 그 진가가 발휘된 적은 없었다…….

서로 다른 성질의 통합── 그게 바로 글라딤이 목표로 삼은 극도의 경지였다.

그런 이유로 개발된 것이 메디컬 스킬(특수투여능력) '더 비스트(수마합신, 獸魔合身)'였다.

비밀 중의 비밀, 군사기밀 중에서도 가장 중요한 건인 이 투여약의 존재는 글라딤 이외에는 삼대장에게만 알려져 있었다.

그도 그럴 것이, 그 효과가 바로 지난 연구 결과의 집대성이었으며, 마수와 병사의 융합이었던 것이다.

라이칸스로프의 '수신화'를 베이스로 한 '더 비스트'는 자신의 몸 안이 아니라 파트너인 배틀 키마이라에게서 짐승의 인자를 추구한다. 진정한 의미로 인마일체가 되면서, 엄청난 힘이 그 몸에 깃들어지게 되는 것이다. 사역과는 비교도 되지 않는, 초전사를 만들어낼 수 있었다.

단, 인간에게 마수의 힘을 부여하는 금단의 약인 만큼 위험도 컸다. 투여해버리면 강제적으로 기술이 발동하는 것뿐만 아니라, 자력으로 해제하는 것은 불가능했다. 연구소 소속 병원에서 약의 효과를 제거할 필요가 있었다.

그리고 잊어선 안 되는 중대한 부작용도 있었다.

오히려 이게 더 문제였는데, 이 약은 안전성이 결여되어 있었다.

현재의 연구결과로는 사망률이 40퍼센트였다.

적응에 실패하여 마수에서 돌아오지 못하는 경우도 있었다. 이런 케이스가 20퍼센트의 확률로 발생하는 일이었지만, 이렇게 되면 다시는 인간으로서의 삶을 살아갈 수 없게 된다.

그보다 더 심한 것이 폭주였다. 완전히 마수로 변해 미쳐 날뛰는 자나, 인간의 모습을 유지하면서도 의식을 잃고 명령에 따르지 않는 자도 나왔다. 이렇게 되면 더 이상은 처치곤란한 상태가 되며, 처분하는 것 말고는 다른 방법이 없었다.

이런 일이 30퍼센트의 확률로 발생했다. 죽는 것보다 더 지독한 상태인지라, 쉽게 시험해볼 수 없는 이유였다.

이런 것들이 완전한 실패사례였다.

전부 합치면 90퍼센트나 실패한다는 계산이 된다. 죽으라고 명령하는 것과 다름없는지라, 이기적인 글라딤도 자신의 부하로 시험하는 것이 망설여질 수밖에 없었다.

글라딤은 이 약의 품질을 더 높여서, 성공률을 올린 뒤에 부하들에게 사용할 생각이었다.

하지만 이런 상황에선 그런 말을 하고 있을 수가 없었다.

이대로 가면 어차피 약한 자들은 몰살되고 말 것이다.

황제 루드라는 글라딤 이상으로 냉철한 남자이다.

약자의 존재가치는 강자의 먹이일 뿐이라고 생각하는 경향이 있었다.

그렇다면, 이 자리에서 약을 복용시키는 것이야말로 애정에서 나온 행동이라고 할 수 있을 거다.

그리고 폭주한 자들은 미끼로서 이용할 수 있는데다, 인간으로 돌아가지 못하더라도 전력으로선 가치가 있다. 진정한 의미로 소용이 없게 되는 건 그 자리에서 사망하는 40퍼센트의 장병들뿐이다…….

확실하진 않지만, 지금보다는 분명 전력이 더 늘어날 것이다. 그렇다면 실행하는 것이 정답이었다.

아직 약효에는 미지수인 부분도 많았고, 신체이상이 발생할 수도 있지만, 10퍼센트의 장병들은 확실히 강해질 것이라고 생각했다.

전장에선 수보다 질이 모든 것을 결정한다. 그런 상식을 아는 자의 입장에서 본다면, 10퍼센트의 장병들이 강화된다는 것은 매력적인 유혹이었던 것이다.

실질적으로 완전한 성공률 같은 건 아직 확실하지 않은 상태였다.

시행 횟수도 너무 적은데다, 체질 등으로 인해 예상외의 부작용이 나타날 우려도 있었다. 그런 가능성도 버릴 수 없었지만, 그중에는 마수의 힘을 받아들여 생환할 자도 있을 것이다.

성공한 자들 중의 성공한 자—— 1퍼센트도 되지 않는 완전 적합자가 있다는 건 확인된 사실이었다.

그자들은 칭찬의 의미도 포함해서 키마이라 나이트(마수기사)라고 불리고 있었다.

그 성공사례가 바로——.

"이봐, 너희들. 지금 막 자무드가 연락을 해왔다. 아무래도 놀고 있을 때가 아니게 된 것 같군. 어서 일어나서 그 녀석들을 처

277

리해라."

너무나 진지하게 말하는 글라딤.

"응?"

그 말이 자신에게 한 것이 아니라는 것을 깨닫고, 가비루가 의아한 표정을 지었다. 하지만 즉시 긴장한 표정을 지으면서 그 자리에서 뒤로 뛰어 물러났다.

한순간 늦게, 은색빛이 그 자리를 꿰뚫었다.

"흠, 이걸 피했단 말인가. 완벽한 기습이었다고 생각했는데, 역시 얕봐선 안 되는 상대군."

"얕봐선 안 되는 상대라고? 그건 내가 할 말이로군. 가슴에 큰 구멍을 뚫어주었는데, 어떻게 귀공은 무사한 건지?"

뛰어서 물러난 가비루와 대치한 자는 분명히 죽었을 '청룡' 바라가였다. 그의 가슴에는 여전히 구멍이 뚫려 있었으며, '초속재생'은커녕 '자기재생'조차도 발동되는 기운이 느껴지지 않았다.

일반인이라면 이미 죽었어야 하지만, 그곳은 마인들이 들끓고 있는 세계다. 무슨 일이 일어나도 이상할 게 없다.

가비루도 그걸 이해하고 있으며, 쓰러트린 상대의 생명반응이 사라졌는지 아닌지 제대로 확인을 했었다. 이상한 것은 바라가 쪽이었다.

"크크크. 내가 무사한 건 글라딤 님에게 거대한 힘을 받았기 때문이다. 보여주마, 내 진정한 모습을!"

바라가의 외침에 호응하듯이, 워터 드래곤(수격룡)이 날아왔다.

아니! 그건 비슷하게 생겼지만 다른 자.

워터 드래곤의 모습을 본뜬 배틀 키마이라였다.

바라가야말로 진정한 힘에 각성한 키마이라 나이트 중 한 명이었던 것이다.

본체나 파트너, 둘 중 하나가 무사하다면 그 몸은 아무런 피해가 없었다. 그것 또한 키마이라 나이트에 숨겨져 있는 힘 중 하나였다. 그리고 지금, 메디컬 스킬 '더 비스트'를 발동함으로써, 치명상도 순식간에 회복되었다.

그뿐만 아니라 바라가와 워터 드래곤은 서로 융합하여, 그 몸을 하나로 통합시켰다. 바라가의 형상은 그대로 남아 있으면서, 그 몸의 표면에 용의 비늘이 생겨나고 있었다.

지금까지와는 오라(요기)의 질이 달랐다. 그 실력 또한 대폭 증가되었음이 틀림없다.

가비루는 분한 마음에 글라딤을 한 번 바라봤지만, 자신의 적은 바라가라고 판단했다. 그리고 바라가와의 일대일 싸움에 집중하기로 했지만…… 그걸 허용할 정도로 글라딤은 착하지 않았다.

"이 도마뱀은 생각보다 강하군. 둘이서 힘을 합쳐 죽이자."

"잘 알겠습니다. 제가 전위를, 글라딤 님이 유격을 맡아주시길 바랍니다."

"그러지. 내가 도와준다고 해서 방심하지 마라!"

무사도나 기사도 같은 건 글라딤에겐 아무 관계가 없는 것이었다. 가비루의 힘을 인정한 만큼, 일체의 방심 없이 제거하기 위해 움직일 것이다.

"흐응, 가소롭군! 비록 둘이서 덤빈다고 해도 나에겐 이기지 못할 것이라는 걸 깨달아라!!"

그렇게 큰 소리를 치면서 가비루는 자신을 고무시켰다.

그리하여 불리한 싸움에 임하게 된 것이다.

＊

그리고 또 한 명의 삼대장도 방심해선 안 될 상대였다.

바라가가 무사했던 것처럼 박살이 났어야 할 사역마── 로렐라이(바위요정)도 무사했던 것이다.

가드라는 데몬 콜로서스(마왕의 수호거상)와 동기화하면서, 전장의 상황을 감시하고 있었다. 따라서 글라딤의 말을 듣고 위화감을 느꼈다.

(어서 일어나라고? 그건 누굴 보고 하는 말──.)

그렇게 생각했을 때, 바라가가 부활하고 있다는 사실을 깨달았다.

황급히 가비루에게 주의를 주려고 했지만, 그보다 먼저 오한을 느껴져서 뒤돌아봤다.

그 자리에 서 있던 것은 크게 모습이 바뀐 소녀였다.

아니, 소녀라고 부르는 게 정확한 표현일지…….

소녀의 모습을 하고 있지만, 그 피부는 금속처럼 보였으며 검붉었다. 그 몸은 생물의 몸이 아니라 바위──라기 보다 강철 덩어리로 변질되어 있었다.

잘 연마된 거울 같은 모습이었으며, 인간이 아니라는 것을 알 수 있는 위용이었던 것이다.

"너…… 로렐라이(바위요정)와 동화한 것인가?"

"키히히히히, 그렇고말고. 지혜로운 가드라 공. 귀공도 이계의 지식에 정통한 것 같지만, 우리의 접근방식은 그것과는 또 다르단 말이지."

"흠, 그런 것 같군. 깊은 흥미가 느껴진다."

"그렇겠지, 그럴 거야. 그 성과를 충분히 가르쳐줄 테니까 의견을 들려달라고!"

사악한 미소를 지은 소녀──'현무' 고우자린이 가드라를 도발하듯이 웃었다. 그리고 그대로 한 걸음을 내디뎠다.

가드라의 입장에선 사양하고 싶었다.

로렐라이에겐 힘으로 이겼다고 생각했지만, 그건 아무래도 연기였던 모양이다. 그걸 깨달은 가드라는 고우자린의 실력을 더 높이 정정해서 예측하였다.

(이거 큰일이군. 유전공학이라고 했던가? 마물의 성질은 수수께끼인 부분이 많은 데다, 마법이 있는 이 세계에선 의미가 별로 없을 거라고 생각하고 있었는데…… 반대였단 말인가. 마물과의 동화를 목표로 삼고, 이 정도나 되는 성과를 내다니, 실로 두렵구먼.)

약삭빠르게 감탄까지 하고 있는 가드라였다.

마물은 천차만별이며, 애초에 유전자를 지니지 않은 자도 있다. 많은 사례를 해명하기에는 시간이 부족했고, 성과를 내는 것이 어려울 것으로 생각하였다.

그렇기 때문에 제국에선 유전공학은 의료 분야에서만 연구되고 있었다. 그런 것으로 알고 있었는데, 아무래도 '마수군단'의 내부에서 극비로 연구를 진행했던 모양이다.

그 내용은 아마도 밖으로 발표할 수 없는 비인도적인 것이었을 거라 추측된다.

가드라도 착한 사람은 아니므로, 지적호기심을 우선하는 심정은 이해할 수 있었다. 그래서 불평을 늘어놓을 생각도 없었지만, 아쉬운 것은 그 연구에 자신이 참가하지 않았다는 것이었다. 그러므로 상대가 얼마나 강화되었는지 확실히 알 수 없었던 것이다.

겉으로 보기에 고우자린의 힘은 마왕 클레이만을 상회하고 있었다. '성인'인 사례보다는 못한 것 같지만, 거의 근접한 수준의 에너지(마력요소)양을 지닌 것으로 보였다.

미궁십걸로 따지자면, 각성 전의 제기온도 능가했다. 에너지양이 실력과 반드시 일치하는 것은 아니지만, 위험한 상대라는 것은 틀림없었다.

"드래곤 로드(용왕)들 정도로는 아예 상대도 안 되겠군. 보아하니 나도 진심으로 상대해야 할 것 같구먼."

"가드라 노사에게 그런 평가를 받다니 영광이네. 그럼 이 힘을 충분히 맛보도록 해!"

고우자린이 움직였다.

그 돌진은 10톤짜리 덤프트럭이 시속 300킬로미터 이상으로 추돌한 것보다도 묵직했다.

전체 높이가 3미터를 넘으며, 총중량으로는 30톤을 넘는 데몬 콜로서스조차도 가볍게 밀려서 날아갈 위력이 있었다.

가드라는 당황하지 않고 자세를 가다듬으면서 외쳤다.

"퍼플 선더!!"

그 이름대로 보라색의 전격이 발사되었다.

데몬 콜로서스에게 장비된 병장기 중 하나, 100만 볼트의 방전이었다.

참고로, 전압이 높다고 해서 위력이 높은 것은 아니며, 멋있다는 이유만으로 그 병기가 장비되어 있었다. 겉으로 보이는 것 이상으로는 의미가 없었지만, 모험가들에게 겁을 주기에는 최적의 병기였다.

놀랍게도 고우자린에게도 먹혔다.

"뭐, 뭐라고?! 마법이 아니야? 마력의 발동 없이 전격을 다룰 수 있는 건가──."

그렇게 말하면서, 위력보다 놀라움 때문에 굳어져 있었다.

"그런 셈이지. 비밀병기니까 말이야. 나를 믿고 리무루 님이 허락해주신 것이다. 그러므로 패배는 허용되지 않는다!"

가드라도 신이 났다.

고우자린의 돌진을 해석하여, 그 신체구조가 마강성분으로 바뀌어 있다는 것은 밝혀냈다. 추측이지만, 로렐라이의 특수능력일 것이다.

강철보다도 무겁고 단단한 물질이지만, 고우자린의 움직임은 매끄러웠다. 게다가 지닌 힘은 성인에 준하는 수준이었으며, 반칙에 가까운 변신이라는 것을 인정할 수밖에 없었다.

하지만 가드라에겐 데몬 콜로서스가 있다.

"받아라, 궁극마도병기── 데모닉 버스터(악마적파괴포)!!"

다시 또 발동한 것은 최강의 병장기였다. 화기관제장치가 가드라의 뜻에 따라 연동하고 있기 때문에 시간차 없이 병기가 가동되었다.

데모닉 버스터라는 것은 그중에서도 최강의 병기였다.

마법 오타쿠인 가드라답게, 데몬(악마족)을 리스펙트하여 지은 이름이었다. 그리고 그 성능은 마력요소수속포라고도 할 수 있는 것이었다.

데몬 콜로서스의 마력로에 충만되어 있는 마력요소뿐만 아니라, 대기 중에 떠도는 마력요소까지 모아서 발사했다. 일격필살이라는 것은 이 병기를 위해서 존재하는 말이었다.

데몬 콜로서스의 가슴 부분이 열리면서, 투명한 막 너머로 가드라의 모습이 보였다. 그 두 손바닥이 모인 중앙에서 한 줄기의 광선이 발사되었다. 그게 근간이 되면서, 마력요소가 모인 파괴 광선이 생겨난 것이다.

"쳇! 역시 '마법군단'의 전(前) 군단장답네."

그렇게 내뱉은 고우자린.

회피가 아니라 방어를 선택했는지, 그 표정은 역시 굳어 있었다.

"흘려버려! 마강극세진동파(魔鋼極細振動波)."

고우자린의 표면에 극소의 진동이 발생했다. 그건 마강이 발산하는 특정한 진동이었다. 마강의 주파수는 독특했으며, 마력요소를 튕겨내는 파장을 만들어내는 것이었다.

마법이 통하지 않는 것은 그게 이유였지만, 고우자린은 로렐라이와 동화함으로써, 그 특성을 자유자재로 다룰 수 있게 되었다.

마력요소의 집속과 마력요소의 확산.

상반되는 성질이 서로 부딪쳤다.

그 승자는 고우자린이었다.

"——이럴 수가?!"

"키히, 키히히히히! 살아남았다고. 내 승리야!!"

고우자린이 환희의 목소리로 외쳤다.

가드라는 마법사다. 당연하지만, 그 공격수단은 마법에 의존한 것이었다.

그에 비해 고우자린의 신체는 마강으로 이뤄졌으며, 마법에 대한 절대적인 우위성을 가졌다.

두 사람 다 그 사실을 숙지하고 있었다.

그렇기 때문에 가드라는 최강의 위력을 가진 병기를 사용한 것이다. 이게 통하지 않는다면, 사실상 가드라에겐 고우자린을 쓰러트릴 수단이 없다고 할 수 있었다.

"큰일이군. 이걸 막아내다니……."

가드라도 강자 중 한 명이다.

자신보다 에너지양이 많은 상대라고 해도 그 실력으로 굴복시켜왔다. 사레같은 성인이 상대라고 해도, 레벨(기량)의 차이로 압도해냈을 정도였다.

그러나 어쩔 수 없을 정도로 상성이 나쁜 적이 있다.

그건 공격이 통하지 않는 상대다.

쓰러트리지 못하면 지지는 않더라도 이길 수가 없는 것이다.

가드라는 이 싸움이 불리하다는 것을 깨달았다.

어떻게 할지를 고민했다.

(지금이 중요한 고비, 라고 할 수 있겠지. 나는 밖에서 온 자이기 때문에 리무루 님의 신용을 받고 있다곤 할 수가 없다. 여기서 내 각오를 보여주지 않으면, 아무리 시간이 지나도 진정한 동료로 받아들여지진 않을 거야.)

가드라는 리무루의 넓은 도량에 감복하고 있었다.

제국을 배반한 가드라를, 수상쩍다고 말하면서도 받아들여 준 리무루. 그뿐만이 아니라, 능력을 인정하고 큰 역할까지 맡겨주었다.

그리고 또한 마물의 나라의 환경도 훌륭했다.

제국에 필적할 뿐만 아니라, 그걸 뛰어넘는 수준의 연구시설이 준비되어 있었다.

친구인 아다루만도 있었다.

지금은 '성마십이수호왕' 중 한 사람이 된 아다루만을, 가드라도 자랑스럽게 여겼다.

그리고——.

(내 취미라고도 할 수 있는 마법연구도, 그분들이 있으면 심연까지 이끌어주실 것이다. 그분의 기대에 부응하기 위해서라도 이 자리에서 내가 맡은 역할을 소화하지 않으면 안 돼.)

마법의 스승이 되어주길 바라던 악마들을 떠올리면서 각오를 굳힌 가드라였다.

애초에 그 추억은 미화되어 있었다.

한 명에겐 바보 취급을 받으면서 거절당했고, 한 명에겐 속아서 실험동물이 될 뻔했으며, 또 한 명은 무슨 이유인지 마법이 아니라 검기에 치우친 단련을 시켜주겠다는 제안을 받았지만……가드라의 머릿속에선 자신에게 유리하게 해석되어 있었다.

뭐, 약 한 명, 리무루의 마법을 칭찬한 것으로 인해 의기투합한 자가 있었으며, 그자로부터 칭찬의 말을 들었다. 그러니까 가드라의 기억이 완전히 잘못된 것이라고는 단언할 수 없지만…….

그자── 디아블로와 가드라는 약속을 나눴다.

만약 가드라가 디아블로에게 인정받게 되면, 권속으로 삼아주겠다고.

그러므로 가드라는 이런 자리에서 죽을 수 없었던 것이다.

리무루에게선 무모한 짓을 하지 말라는 명령을 받았다.

하지만──이라고 가드라는 생각했다.

"난 아직 지지 않았다! 싸움은 지금부터다, 애송이!"

"키히히히히. 좋아, 좋아. 내 힘을, 네 몸에 새겨주겠어!"

가드라가 울부짖었고, 고우자린이 그에 응했다.

그리고 두 사람은 다시 격돌했다.

데몬 콜로서스에 비하면 그 반도 안 되는 고우자린이 힘으로 대항하고 있었다.

그 모습은 정상이 아니었다.

중량으로 따지면 우세한 데몬 콜로서스 쪽이 밀리고 있었다.

더구나 고우자린은 보통이 아니었다. 등 뒤의 표면이 작게 출렁이더니, 수많은 촉수가 만들어졌다. 그 끝은 가늘고 날카롭게 만들어져 있었으며, 데몬 콜로서스에게 차례로 박히고 있었다.

"으음?!"

"키햐앗─!! 더, 더! 피야. 피를 보여달라고!!"

열에 들뜬 것처럼 보이는 고우자린.

그 촉수는 마강으로 구축되어 있었다. 더구나 미세한 진동으로 고주파를 발생시키는 것으로 인해, 온갖 물질을 점토처럼 꿰뚫었다.

절단에도 유용하게 쓸 수 있는 그 기술은 고주파천수돌(高周波千

287

手突), 또는 고주파천수참(高周波千斬)이라 불렀다.

데몬 콜로서스의 양손이 고주파천수참에 의해 너무나도 쉽게 날아갔다.

재질은 같은 마강이라고 해도 생체화되어 있는 고우자린 쪽이 더 우위였다.

"큭, 리무루 님이 맡겨주신 소중한 기체가——."

"내 앞에선 고철일 뿐이로군. 그런 장난감에게 의지하다니, 역시 넌 약해빠진 영감이었어."

"시끄럽다!"

가드라가 분한 표정으로 소리쳤지만, 그 말은 지는 게 분해서 뱉은 것이었다. 그 증거로 가드라의 몸도 촉수에 뚫리면서 곳곳에 구멍이 생기고 있었다.

온몸이 피로 물든 가드라였지만, 고우자린의 눈에는 보이지 않는다는 것을 핑계 삼아 강경한 태도를 유지하고 있었다.

"끈질기네. 이런 상황이면 역전은 무리일 텐데. 부끄러워하지 않아도 되거든? 전설의 마법사도 시대의 흐름에는 이기지 못하네."

"나는 아직 지지 않았다!"

"꼴사납게 굴긴."

고우자린에게서 두 개의 촉수가 뻗어 나오더니 칼날의 형상으로 바뀌었다. 그리고 데몬 콜로서스의 두 발을 절단했다.

이것으로 이제 데몬 콜로서스는 손발을 잃어버리고 말았다.

"내게 복종을 맹세하도록 해. 그러면 목숨만은 살려줄게."

가드라의 지식은 여기서 잃어버리기엔 아까운 것이었다. 그렇게 생각하여 고우자린이 제안한 것이었지만, 그걸 받아들일 가드라가 아니었다.

"난 기본적으로 나 자신이 제일 소중하다. 그러므로 마법을 사랑한다는 신념만은 배신할 수 없다. 마법을 업신여기는 너 따위에게 누가 복종한단 말이냐!!"

오타쿠의 혼이 작렬했다.

인간은 자신이 사랑하는 걸 업신여김을 당할 때, 진심으로 분노하는 생물인 것이다.

가드라의 기합과 근성은 지금 격렬히 불타오르고 있었다. 그리고 그 분노는 금단의 마법의 발동을 결행하게 만들었다.

자신의 생명력을 연료로 바꿔서, 격렬하게 연소하는 자폭마법──원소마법 : 새크리파이스(생명승화)였다.

(아아…… 모처럼 디아블로 님에게 인정을 받고 제자가 될 예정이었는데……. 뭐, 좋다. 나에겐 신비오의 : 리인카네이션(윤회전생)이 있으니까. 한동안은 이 세상과도 작별이지만, 다음에는 반드시 마법의 심연을 목표로 삼고 연구할 것이다!!)

지는 것보다 이기고 도망치는 것을 선택했다. 그게 가드라라는 남자였다.

"거역하겠다는 거야? 그럼 볼일이 없네. 죽어!"

"너도 함께 가자!"

고우자린의 촉수가 가드라가 있는 가슴 부분을 꿰뚫었다. 그 찰나, 눈부신 섬광이 데몬 콜로서스에게서 뿜어 나왔다.

모든 것을 불태워버릴 빛. 가드라가 발동시킨 원소마법 : 새크리파이스의 불꽃이었다.

"뭐, 뭐야아─?! 이걸 노리고────."

고우자린의 말은 생명의 불꽃에 먹혀 사라졌다.

그리고 지상에서 작은 꽃을 피운 것이다.

＊

가비루는 불리한 싸움을 강요받고 있었다.

글라딤은 강했다. 그러나 그 이상으로 번거로운 상대는 키마이라 나이트(마수기사)의 힘을 각성시킨 바라가였다.

조금 전까지와는 완전히 다른 사람이었다. 그 힘은 가비루도 얕볼 수 없는 수준이었다.

에너지(마력요소)양만 비교하자면, 가비루가 더 많았다. 창술의 레벨(기량)을 계산에 넣어도 가비루가 승리할 것이다.

그러나 총합적인 힘으로 따지면 그렇게 큰 차이가 나지 않았다. 방심하지 않으면 이길 수 있는 상대였지만, 적은 두 명이었다. 글라딤이 유격하여 가비루를 방해하고 있어서, 바라가에게 제대로 공격을 하지 못하였다.

그리고 가비루에겐 걱정거리가 있었다.

그건 글라딤의 부하와 싸우는 소우카에 대한 걱정이었다.

삼대장 중 한 명인 '주작'의 나짐은 마왕에 필적할 수준의 강자로 보였다. 마왕 프레이와 같은 종족인 것 같았으며, 그 실력도 비슷한 수준이라고 가비루는 예상하고 있었다.

그렇기 때문에 소우카의 힘으론 이기지 못할 것이라고 판단하고 있었던 것이다.

소우카도 가비루의 진화에 따라서, 힘이 크게 늘어나 있었다.

지금은 상위마인 중에서도 실력자라고 불릴 만큼 강하지만, 그래도 마왕의 부관 클래스에 지나지 않았다. 마왕 그 자체와 싸우기에는 실력이 부족했으며, 승리는 절망적이었다.

소우카가 지금도 살아 있는 것은 나짐이 가학적으로 소우카를 괴롭히면서 즐기고 있었기 때문이다. 가비루는 그 사실을 알아차려, 어떻게든 도움을 주고 싶은 마음에 조바심을 내고 있었다.

그러나 글라딤과 바라가는 강적이었다.

미안하다, 여동생아. 제발 버텨다오──. 그렇게 부탁하면서, 가비루는 자신의 적에게 집중하고 있었다.

그런 가비루를 새로운 충격이 덮쳤다.

지상에서 섬광이 발생했는데, 그 중심지에 있던 것이 가드라 노사였던 것이다.

"가, 가드라 공?!"

가비루가 보낸 '사념전달'이 연결되지 않았다.

그게 의미하는 것은…….

더구나 더 난감하게도, 작은 사람 모양의 그림자가 일어서는 것이 보였다. 만신창이이긴 했지만, 삼대장 중 한 명인 고우자린은 무사했던 것이다.

동요를 숨기지 못하는 가비루에게, 바라가의 창을 이용한 공격이 날아들었다.

"뭐야, 뭐야, 뭐야, 뭐야. 내가 아니라 다른 쪽으로 주의를 돌리다니, 여유가 있는 것 같군?"

"크와하하하! 당연하지. 네놈 따위는 내 적이 되지 못한다는 걸 알아라!"

입으론 그렇게 대꾸했지만, 가비루에게 여유 같은 건 없었다.

형세는 불리했으며, 가비루의 머릿속에는 '후퇴'라는 두 글자가 떠오르기 시작하고 있었다.

하지만 바로 그때.

가비루가 상상도 하지 못한 원군이 찾아온 것이다.

"여어, 힘들어 보이는군. 내가 좀 도와줄까?"

예상외였지만, 그자는 가비루도 잘 아는 인물이었다.

"정말 솔직하지 못하네. 걱정이 된다고, 리무루에게 우리를 이곳으로 전이시켜달라고 무리한 부탁했으면서 말이야."

한 명이 더 있었다.

아름다운 여왕이자, 천공의 지배자였다.

"칼리온 공, 프레이 공, 어떻게 이곳에……?"

놀라서 물어보는 가비루에게, 칼리온이 웃으면서 대꾸했다.

"얘기는 나중에 해야겠지? 우선은 그 녀석들을 처치하자고."

그렇게 말하는 칼리온과 같은 의견인지, 프레이도 가볍게 고개를 끄덕이고 있었다.

"동맹을 맺었으니까 원군을 보내는 건 당연하잖아. 우리도 참전할 테니까 베니마루 공의 지휘를 따르겠어."

칼리온의 수왕전사단은 100명이 채 되지 않는 수였지만, 일기당천이었다.

프레이의 측근인 '천상중(天翔衆)'도 마찬가지. 전사형인 하피(유익족)는 소수였지만, 그 실력은 정평이 나 있었다.

적은 수임에도 불구하고, 더할 나위 없이 믿음직한 원군이었다.

"잘 부탁드리겠소!"

가비루는 고민하는 걸 멈추고, 상황을 받아들였다.

베니마루의 지시를 바란다고 연락하자, 즉시 대답이 돌아왔다.

『그쪽 상황은 모스의 눈을 통해서 한창 파악하던 중이었다. 방심하지 마라. 글라딤 녀석은 뭔가를 꾸미고 있어. 말단 병사들에게도 주의해서 싸워라!』

베니마루의 지령은 단적이었다. 누가 누구의 상대를 하라는 세세한 지시가 아니라, 요점만을 말했던 것이다.

그게 오히려 가비루는 기뻤다.

자신을 믿고 의지한다는 것을 느꼈던 것이다.

"그러면 칼리온 공에겐 적의 총대장을 상대해줄 것을 부탁드리고 싶소."

"헤헷, 잘 알고 있군. 저 녀석은 라이칸스로프(수인족)의 체면을 더럽힌 놈이야. 이미 예전에 길바닥에서 죽었을 거라 생각하고 있었는데, 아직 살아 있었다니 놀라운걸. 내가 확실하게 숨통을 끊어주겠어."

칼리온도 처음부터 그럴 생각이었다.

가비루가 내린 지시를 흔쾌히 받아들였다.

"그럼 내 상대는 저 새 여자가 되려나?"

그렇게 말한다면, 프레이도 새 여자가 되는 게 아닌지——. 그렇게 생각한 가비루였지만, 그 말을 입 밖으로 꺼냈다간 어찌될지 모를 정도로 바보이진 않았다.

그리고 여동생인 소우카 쪽도 걱정이 되어, 프레이의 제안은 바라마지 않던 것이었다.

"음. 부탁드려도 괜찮겠습니까?"

그렇게 말하면서 호들갑스럽게 부탁했다.

"좋아. 그럼 나는 갈게."

프레이가 힐끗 본 그쪽에는 '쌍익' 두 명이 있었다.

"뒷일은 맡겨주십시오."

"무운을 빕니다, 프레이 님!"

프레이는 고개를 끄덕인 뒤에 비상했다.

그녀가 향한 곳은 당연히 '주작'의 나짐이 있는 곳이었다.

소우카를 괴롭히고 있던 나짐도 갑작스러운 난입자의 존재를 알아차리고 있었다.

"프레이──!! 진정한 여왕은 바로 나야. 오늘이야말로 오랜 세월 동안 쌓인 원한을 갚아주겠어!!"

프레이 자신도 모르는 일이었지만, 나짐은 프레이의 쌍둥이 언니였다. 선천적으로 강대한 힘을 가진 변이종이었던 나짐은 유감스럽게도 생식능력을 가지고 있지 않았다. 모계사회를 이루면서 살아가는 하피에게 있어서 아이를 낳지 못하는 여왕은 인정을 받을 수 없는 존재였다.

나짐 본인에게 잘못은 없었지만, 여왕의 자격을 손에 넣을 수는 없었다. 그게 원인이 되면서 후환을 남기지 않기 위해, 당시의 여왕의 판단에 의해 나짐은 추방을 당하고 말았던 것이다.

그리하여 방황하다가 글라딤에게 거둬졌지만, 어느새 나짐은 동포에 대한 분노와 증오를 키우게 되었다.

그 상징에 해당하는 프레이가 눈앞에 있었다.

나짐은 환희와 증오가 뒤섞인 이상한 감정을 맛보면서, 프레이를 공격하기 위해 날아올랐다.

그런 두 사람을 먼 곳에서 바라보다가, 칼리온이 표연하게 말했다.

"자, 그럼 우리도 시작해보자고."

이를 갈고 있는 것은 글라딤 쪽이었다.

"날 우습게 보지 마라, 망할 애송아."

"보아하니 프레이도 혈연자가 상대인 모양이군. 이런 걸 인연이라고 해야 하나. 원군으로 오지 않았으면 이런 기회도 얻지 못했을 테니까 말이지."

"기회라고?"

"그래. 라이칸스로프(수인족) 중에서 최강인 자는 바로 나라는 걸, 널 죽여서 증명해주겠어."

"헛소리 지껄이지 마라. 그건 내가 할 말이다!!"

칼리온과 글라딤, 성격도 말투도 아주 비슷한 두 사람이었다. 그 기질은 과격했으며, 그 둘이 함께 설 자리는 없었다.

그야말로 칼리온의 말대로, 이건 인연이 얽힌 싸움인 것이다.

"간다."

"와라. 격의 차이를 가르쳐주마."

칼리온이 유니크 스킬 '백수화'를 발동시키면서 '비스트 마스터(사자왕)'의 진정한 모습으로 바뀌었다. 완전무장으로 처음부터 전력을 다할 생각이었다.

상대하는 글라딤도 가비루와의 싸움에서 보여주지 않았던 백호의 힘을 자신의 몸에 깃들게 했다. 제국의 군복을 입은 고고한 호랑이가 백수의 왕을 맞아서 공격을 시작했다.

전장에서 싸우는 두 쌍의 전사들.

강대한 힘이 서로 부딪치면서 역장이 발생했다.

가비루는 그걸 확인했다.

원군으로 와준 자들은 베니마루의 지시에 따라 움직이기 시작하고 있었다.

별것 없었다. '쿠레나이(홍염중)'나 '히류(비룡중)'과 마찬가지로, 페가수스 나이츠(천상기사단)의 단장인 돌프의 지휘하에 들어간 것이다.

요소요소에서 적절한 지시가 내려졌지만, 세부적인 지시는 현지에 있는 자들에게 맡기는 것이 좋겠다는 게 베니마루의 판단이었다.

가비루도 그 판단을 지지하였다. 자신이 그랬던 것처럼, 베니마루도 적의 간부와 싸우고 있을 것이라는 것을 충분히 상상할 수 있었기 때문이다.

그리고 그 판단은 옳았던 것 같았다.

제국의 '마수군단'은 개개인의 전투력이 높지만, 집단으로서의 움직임은 칭찬할 만한 수준이 아니었다. 따라서 숫자로 밀렸던 연합군도 절묘한 연계로 전선을 유지할 수 있었던 것이다.

하지만 열세였다는 것은 부정할 수 없었다.

그럴 때에 찾아온 원군은 환영을 받고, 반격의 봉화가 올라가려 했다.

"좋아, 잘 풀리고 있는 것 같군. 소우카도 무사히 회복된 것 같으니까 나도 더 열심히 싸워야겠지."

"나를 상대하면서 한눈을 팔다니, 여유가 넘치는군."

전장을 향해 시선을 돌렸던 가비루에게 날카로운 창을 이용한 공격이 날아들었다.

상대는 바라가였다.

글라딤은 칼리온과 함께 그 자리를 떠났지만, 바라가와의 싸움은 계속되었다.

"크와하하하! 우리 총사령관이 내린 명령 때문에 말이지. 귀공을 상대하는 것에만 집중할 수가 없게 되었다."

"나도 얕보이고 있는 것 같군."

"얕보고 있는 건 귀공 쪽일 텐데? 그 글라딤이라는 남자가 처음부터 진심으로 싸웠다면 나도 무사하지 않았을 지도 모르지."

"흥! 위대한 수왕이 네놈 따위를 상대로 진짜 실력을 발휘할 수 있겠나."

그 말을 듣고, 가비루는 한숨을 쉬면서 고개를 가로저었다.

"그게 방심이라는 거다. '사자는 토끼를 사냥할 때도 전력을 다한다'라고 하지 않나. 이 약육강식의 세계에선 어떤 상대이든 최선을 다해서 싸우는 것이 예의일 텐데?"

그렇게 말하면서 가비루는 당당하게 응했다.

실은 가비루는 그런 말을 하면서 동료들을 떠올리고 있었다.

적을 상대로 최선을 다해서 싸우지 않는 자도 많군──이라는 생각이 문득 들고 만 것이다.

그 필두는 디아블로였다.

가비루도 가끔 모의전에 도전해봤지만, 상당히 얕보는 듯한 느낌을 받으면서 무참하게 지고 말았다.

(그분은 예외이지. 애초에 진심으로 싸웠다간 순식간에 끝나버리니까 불평도 할 수 없는 노릇이지만……. 같은 입장이긴 하지

만, 디아블로 공과 나 사이에는 엄연히 차원이 다른 실력차이가 있다. 슬프지만, 이게 현실인 것이다.)

리무루에게서 인정을 받아 '성마십이수호왕'이라는 최고의 영예를 부여받았다. 그걸 자랑스럽게 생각하지만, 그 이상으로 가비루는 자신의 분수를 잘 알고 있었다.

각성하여 강해지면서, 디아블로를 비롯한 다른 자들의 실력을 깨닫고 만 것이다.

승전축하회 자리에선 진화를 나중으로 미뤘던 악마 아가씨 3인방조차도 지금의 가비루보다 월등히 격이 높은 강자였다. 그렇다면 그녀들보다 강할 뿐만 아니라 진화까지 한 디아블로는 가비루가 상상할 수도 없는 괴물이라는 뜻이 된다.

싸워도 이기지 못한다. 그건 어쩔 수 없는 일이라는 것을 인정하고 있지만, 거기서 포기했다간 정말로 끝이다.

포기하지 않고 계속 쫓아간다면, 지금 당장은 이기지 못해도 괜찮다.

가비루는 그렇게 생각하면서, 늘 향상심을 계속 유지하고 있었다.

그런 가비루였기 때문에 진정한 강함을 알고 있다. 그건 상상 속에서나 존재하는 것이지만, 결코 글라딤이나 바라가 같은 자들을 말하는 게 아니라는 것을 본능적으로 이해했다.

"그러므로 내가 패할 일은 없다!"

"웃기지 마라! 어차피 너희들의 패배는 확정되었다. 이다음에 기다리고 있는 지옥을 알기 전에 죽는 걸 내가 베푸는 온정으로 여기도록 해라!!"

바라가의 공격이 더욱 날카로워졌다.

가비루는 그걸 성의껏 받아내어 흘렸다.

"흠흠. 그건 귀공 측의 장병들의 변화를 말하는 것인가? 어떻게 해서 그렇게 된 것인지 가르쳐주면 좋겠군."

가비루가 그렇게 지적한 순간, 바라가의 움직임이 둔해졌다.

그리고 약간 동요한 듯이 가비루를 노려봤다.

"호오…… 눈치 채고 있었단 말인가?"

"물론이지. 우리 쪽에는 아주 우수한 지휘관이 있으니까."

"그렇다고 한들, 이미 때는 늦었다. 명령은 내려졌으니까. 네놈들이 할 수 있는 건 절망 속에서 죽는 것뿐이다!"

그 증거를 보여주겠다는 듯이 바라가가 손가락으로 가리켰다.

그 자리에는 완전 회복한 고우자린의 모습이 보였다.

"흠. 훌륭한 회복력이긴 하지만, 그 정도는 강자라면 당연한 스킬(능력)이지 않은가?"

고우자린이 무사하다는 것은 이미 알아차리고 있었다.

그래서 놀랄 정도의 일은 아니라고, 가비루는 생각했다.

그러나 바라가는 대담하게 웃었다.

"그게 아니다. 고우자린이 아니라 그 주위를 보란 말이다."

"음?"

가비루의 등에 오한이 일었다.

그곳에는 쓰러진 제국 장병들의 모습이 보였다.

동료의 죽음을 자랑스럽게 가리키다니, 바라가의 의도가 이해되지 않았다.

아니, 그 이전에——.

(그러고 보니, 저자들은 언제 죽었지?)

적의 수가 많아서 마음에 두지 않았지만, 죽은 자들의 수가 이상했다.

잘 보니, 전선을 이탈하여 지상으로 내려가는 적들이 많았다. 그자들이 어디로 가는 것인지를 지켜보고 있으려니, 피를 토하면서 그 자리에서 쓰러지는 자들도 있었던 것이다.

"뭐야?!"

"이제 알았나."

"설마 스스로 죽음을……."

"그렇다. 글라딤 님은 결단을 내리셨다. 우리는 지금 거대한 시련의 때를 맞이한 것이란 말이다!!"

그렇게 말하면서 바라가 목소리를 높이면서 크게 웃었다.

그 광기를 머금은 웃음소리가 전장에 울려 퍼지면서, 듣는 자들의 간담을 서늘하게 만들었다.

가비루 또한 그 모습을 보고 공포를 느꼈다.

뭔가 무서운 일이 일어나고 있다.

그 사실을 깨달은 것이다.

*

수왕 글라딤은 하나의 명령을 내리고 있었다.

그건 최중요비밀명령이었다.

『전원, 들어라!! 자무드로부터 우리의 황제폐하께서 위기에 빠지셨다고 연락이 왔다. 또한 적은 버티다 못해 사악한 악마들까

301

지 소환했다고 한다. 그 전력은 미지수지만, 제군들이 상대하기 어려운 수준의 전력으로 추측된다고 한다. 이대로 가면 막대한 피해가 나오리라 예측된다. 따라서 나는 최종수단을 동원하여 대항하기로 했다. 제군들의 용기와 충성심을 바치는 것이다. 내가 준 비장의 수단을 발동시켜라. 그렇게 하면 악마들을 물리칠 수 있는 힘을 손에 넣을 것이다!』

삼대장에게 명령을 내린 직후에, 장병들에게도 같은 명령을 전달했던 것이다.

투여할 약은 강화를 위한 비장의 수단으로서 알약의 형태로 배포되었다. 단, 그 알약에는 사용제한이 걸려 있어서, 군단장인 글라딤의 명령 없이는 사용할 수 없게 되어 있었다.

그 제한이 지금 글라딤의 비밀명령으로 인해 해제된 것이다.

(흥! 성공하면 절대적인 힘이 손에 들어올 것이다. 그리고 어느 정도의 부작용만으로 그치는 경우도 있으니까 말이지. 만약 나를 원망하겠다면, 적합한 자가 되지 못한 자신을 원망하도록 해라!!)

그게 글라딤의 본심이었다.

놀라울 만큼 자기중심적인 인간, 그게 글라딤이라는 남자였다.

글라딤은 냉정하게 자신의 단원들에게 '죽어라'고 명령했다. 그 판단은 냉혹하긴 했지만, 이대로 가면 악마들에게 유린당할 가능성이 높았던 것도 사실이다. 죽음을 걸고 힘을 추구하도록 시킨 셈이지만, 합리적인 판단이라고 말할 수 없는 것도 아니었다.

단원들은 즉시 그 명령을 실행했다.

약의 기능에 대한 구체적인 내용은 알려져 있지 않았기 때문에 그 행동에 망설임 같은 건 없었다.

즉, 금단의 메디컬 스킬(특수투여능력) '더 비스트(수마합신)'이, 아무것도 모르는 장병들 자신의 뜻에 따라 발동된 것이다.

그 효과는 천천히, 마수군단 장병들의 신체를 좀먹기 시작했다.

전투 중이기도 했기 때문에, 처음에는 그 변화가 무시되고 있었다. 그러나 시간이 경과함에 따라서 그 결과가 명확해지기 시작했다.

땅에는 죽은 자들의 시체가 가득했다.

가비루가 봤던 것은 이자들이었다.

적진에 돌진하는 폭주자도 다수 출현했다.

'쿠레나이(홍염중)'와 '히류(비룡중)', 그리고 수왕기사단과 '천상중'은 이자들로 인해 고전을 강요당하게 되었다.

전장의 한가운데에서 자신의 변화에 당황하는 자들도 있었다.

이자들이야말로 글라딤이 추구하던 진정한 전사들이라 할 수 있을 것이다.

사망자 1만 명.

완전히 마수로 변한 자 5,500명.

마수로 변하면서 폭주한 자 5,000명.

짐승과 뒤섞인 모습으로 폭주한 자 5,000명.

짐승의 힘이 깃든 더 비스트(마수전사) 4,100명

키마이라 나이트(마수기사)로서 각성한 자 400명.

확률에 따른 결과가 합쳐지면서, 예상에 가까운 비율로 나온 것은 요행이었다. 기본적인 실험횟수가 적었기 때문에 좀 더 비참한 결과가 나와도 이상하지 않았다.

그 결과, 3만 명이 있었던 마수군단은 그 수가 크게 줄어들게 되었다. 그러나 군단 자체의 힘은 크게 비약했다.

폭주하는 자는 즉시 토벌되기 시작했다.

미끼로서는 이용가치가 있지만, 저렇게 되어버리면 원래대로는 돌아오지 못한다. 그래서 글라딤도 아깝게 여기지 않고 포기할 각오를 하였다.

살아남은 자 중에서도 이성이 남은 상태로 싸울 수 있는 자는 절반인 1만 명이었다. 그러나 이 결과는 글라딤의 예상보다도 아주 조금 많았다.

그중 반수 이상이 인간으로 돌아오지 못하지만, 지금은 귀중한 전력이다. 글라딤의 입장에선 만족해야 할 결과였던 것이다.

더구나 키마이라 나이트가 400명이나 탄생했다.

이 정도면 어떤 상대라고 해도 지지 않을 거다. 그렇게 생각한 글라딤은 만족스러운 표정으로 고개를 끄덕였다.

그러나 마음을 놓기엔 아직 이르다.

시간을 들여서 이런 결과가 나온 셈이지만, 전력의 재편이 아직 완료되지 않았던 것이다.

자신이 지휘를 맡고 싶긴 했지만, 아쉽게도 칼리온이라는 방해자가 있었다. 그렇게 되면 믿을 수 있는 자는 삼대장이었다.

'청룡' 바라가는 가비루와 전투 중.

'주작' 나짐도 프레이와 격전을 벌이고 있었다.

남은 건 '현무' 고우자린이다.

『고우자린, 어서 부대를 재편해놓아라!』

『키히히히히, 알겠습니다. 예상보다 큰 성과가 나온 것 같아서 황공하기 이를 데 없군요.』

『음. 그럼 부탁하겠다!』

간단한 '염화'로 지시를 내렸다.

1만 명이나 되는 폭주자가 날뛰고 있는 가운데, 전력의 편제를 다시 끝내놓아야 했다. 고우자린이 무사해서 다행이라고 생각하면서 글라딤은 안도했다.

자신밖에 모르던 글라딤도 자신이 인정한 자들은 신뢰하고 있었던 것이다.

"헷, 나를 상대하면서 한눈을 팔다니, 여유가 넘치는걸?"

"당연하지. 나는 군단장이니까. 야생짐승과는 차원이 다르단 말이다."

"자신의 부하를 희생시켜놓고 군단장이라고? 웃기는 소리."

"어리석은 녀석. 그게 전쟁이라는 것이다. 그런 판단을 내릴 수 없으니까 너는 안 되는 거란 말이다. 신참에게 밀려서 마왕의 자리에서 축출되었다고 들었는데, 힘없는 자를 따르는 부하들이 더 가엾구나!"

"닥쳐!!"

칼리온은 분노하여 달려들었지만, 그 공격에는 초조함이 깃들어 있었다.

믿을 수 없게도, 글라딤이 상상 이상으로 강해져 있었기 때문이다.

"이것 참, 정말 느린 공격이로군. 뻔히 다 보인다."

그런 농담을 하면서, 칼리온의 뒤로 파고든 글라딤. 그의 오른손에는 거대한 손톱이 장비되어 있었다.

백은의 광채를 발하는 손톱—— 백호조(白虎爪)였다. 삼수사의 이명으로도 불리는 이름을 지닌 이 손톱이야말로, 황제로부터 대여받은 갓즈(신화)급을 글라딤의 의지에 따라 변형시킨, 전용 무기였던 것이다.

갓즈 급이라면, 어떤 상대라도 베어버릴 수 있다. 정신생명체도 죽일 수 있는 무기이며, 신속의 발을 지닌 글라딤과의 상성은 발군이었다.

단련을 거듭하여 강화된 풋워크를 구사하며, 글라딤은 칼리온을 농락했다. 칼리온을 보호하는 레전드(전설) 급의 무기와 방어구조차도 백호조 앞에선 고철이나 마찬가지였다.

"이봐, 어떻게 된 거야! 나를 죽이겠다고 허세를 부렸는데, 결국 입만 산 녀석이었나?"

"시끄러워. 쳇, 좀 더 쉽게 죽일 수 있을 거라 생각했는데, 계산이 완전히 빗나갔군⋯⋯."

칼리온도 밀림과의 수행을 통해 강해져 있었다. 그렇기 때문에 아직 치명상을 입지 않고 계속 싸울 수 있었던 것이다.

그 점은 글라딤 쪽이 놀랄 정도였다. 무기의 차이는 전력의 차이로 직결된다. 더 빨리 싸움이 끝날 것이라고 생각하고 있었던 건 글라딤도 마찬가지였다.

이런 점에선 서로 비슷하다고 할 수 있는 두 사람이었다.

실력 또한 비슷하여 기본적인 힘은 칼리온이, 무기의 차로는 글라딤이 유리했다. 종합적으로는 글라딤이 조금 더 유리하다는 것이 현재의 상황이었다.

그걸 명확히 이해하고 있는 글라딤은 방심하지 않고 칼리온을 확실히 죽이기 위해 움직였다. 그리고 이때, 글라딤이 상상도 하지 못한 일이 일어난 것이다.

"뭐야? 힘이…… 힘이 솟구치기 시작했어?!"

그건 진화의 전조. 하베스트 페스티벌(마왕으로의 진화)의 시작이었다.

하지만——— 이런 상황에서의 각성은 글라딤의 입장에선 피해야 하는 사태가 되었다.

"뭐, 뭐야. 왜 이렇게 졸립지……."

휘청거리면서 비틀대는 글라딤. 그 틈을 놓칠 칼리온이 아니었으며, 위기를 벗어나 태세를 다시 정비했다.

"왜 그러지? 벌써 지쳤나?"

그렇게 도발하면서, 글라딤을 관찰하는 칼리온.

뭔가가 일어나고 있었다.

그걸 불운으로 봐야 할까, 아니면 행운으로 봐야 할까…….

누가 봐도 알 수 있을 정도로, 글라딤의 힘이 증가하기 시작하고 있었다. 마력요소가 모이면서, 방대한 오라(요기)가 흘러나오게 되었기 때문이다.

그런데도 글라딤 본인은 서 있는 게 고작인 꼴로 비틀거리고 있었던 것이다.

(어떻게 된 거야? 이건 설마 각성이라는 것인가?)

칼리온의 머릿속에 최근에 들은 얘기가 떠올랐다.

리무루가 개최한 승전축하회에서 진화의 의식이 치러졌다고 했다. 그 자리에선 저항할 수 없는 잠기운을 참지 못해 자리를 물러난 간부들이 있었다는 얘기가 보고 내용 중에 있었다.

(진정한 마왕이 되려면, 잠이 필요해진다는 얘기를 들었던 것 같은데. 그렇다면 이 녀석은 지금이 바로 그 순간이란 얘기인가?!)

칼리온은 바보는 아니지만, 그렇게까지 통찰력이 좋은 남자이지도 않았다. 그러나 이때만큼은 생명의 위기를 겪으면서 머릿속이 날카로워졌기 때문인지, 훌륭한 통찰력을 발휘해냈다.

(프레이의 추측으로는 진화에는 '영혼'이 필요할 것이라는 얘기를 했었는데…… 그렇군, 그러고 보니 글라딤의 부하들이 이 부근에서 대량으로 죽어갔지…….)

그렇다. 조건이 갖춰져 있었던 것이다.

진정한 마왕으로의 진화에 필요한 것은 증오하는 '영혼'이다. 물론 전부 그래야 하는 것은 아니지만, 스스로가 죽인 자들의 증오를 버텨내는 것도 각성에 필요한 시련 중 하나로 손꼽혔다.

글라딤은 '한창 전투 중'이라는 위기상황에서 무방비가 되고 말았다.

그건 인과응보였다.

글라딤을 신뢰하고 있던 부하들은 배신을 당했다고 느꼈을 것이다. 그 '영혼'은 증오에 물들었고, 원한의 대상인 글라딤에게 이를 드러낸 것이다.

칼리온은 그렇게까지 정확하게 파악한 것은 아니지만, 이건 최대의 위기임과 동시에 최고의 호기라고 판단했다.

"하늘은 내 편을 들어준 것 같군."

"자, 잠깐! 잠깐만 기다려다오."

"지금까지 실컷 자기 하고 싶은 대로 살아왔잖아? 그 대가를 치를 때가 온 거야."

"진정해라. 그리고 잘 생각해봐라. 만반의 상태인 나에게 승리해야 비로소 최강을 자칭할 수 있을 것 아니냐. 이런 어중간한 결말은 너도 바라는 바가 아닐 텐데!"

글라딤은 진심으로 초조하고 있었다.

이대로 가면 살해당할 수 있는 상황인데도, 도저히 어찌할 수 없는 잠기운이 자신을 덮쳐오고 있었다. 너무나도 예상 밖의 사태인지라, 아무런 대책도 떠오르지 않았던 것이다.

의지할 수 있는 부하들을 찾아서 둘러봤지만, 바라가와 나짐은 격전 중이었다. 고우자린은 키마이라 나이트를 재편 중이었지만, 리무루의 부하들의 맹공을 받는 바람에 글라딤을 도와주러 올 여유 같은 건 없는 것 같았다.

적어도 지금, 이 순간에는 아무도 글라딤을 구해주러 올 수가 없었던 것이다.

글라딤의 무릎이 힘없이 꺾였다.

(이런 말도 안 되는 일이…… . 제길!! 겨우 여기까지, 이제 한 걸음만 더 가면 최강의 힘을 손에 넣을 수 있는 때에——.)

자신 안에서 힘이 넘쳐나오는 것을 실감하고 있었다.

그에 비례하듯이, 저항하는 것이 허무하게 느껴질 정도의 수마가 밀려드는 것도.

각성만 한다면, 베루글린드도 쓰러트릴 수 있다. 글라딤은 그런 예감이 들었지만, 현실은 잔혹했다.

리무루조차도 저항하지 못했던 시련을, 글라딤이 버텨낼 수 있는 이유가 하나도 없었다.

그의 얼굴은 분한 표정이 가득했고, 눈물로 엉망이 되어 있었다.

"웃기지 마! 웃기지 말라고, 빌어먹으을──!!"

그 절규를 마지막으로, 글라딤은 잠에 빠져들었다.

시련을 넘어서지 못한 자의 말로는── 죽음이다.

"잘됐잖아. 자고 있는 동안에 죽을 수 있으니까 말이지. 그럼 잘 가라! 비스트 로어(마수입자포)!!"

칼리온은 이런 때에 정을 베풀어주는 남자가 아니었다.

마왕으로서 자신이 최강임을 믿고 있었을 때라면 또 모를까, 지금의 칼리온은 군대를 이끄는 장수이다. 원군이라는 입장으로 온 이상, 자신의 긍지보다 승리를 우선시하는 것이 당연했다.

야망에 불타며 살아왔으며, 이제 한 걸음만 내딛으면 더 높은 경지에 도달할 수 있었던 남자는 칼리온에 의해 쓰러졌다.

＊

상상도 하지 못했던 군단장의 패배에 당황한 것은 남겨진 삼대장들이었다.

글라딤에 심취하여 함께 꿈을 꾼 동료들이었다.

그 분노와 슬픔은 상당한 것이었으며, 전황에도 영향을 미치게 되었다.

맨 먼저 움직인 자는 바라가였다.

가비루를 상대하는 것을 중단하고, 발길을 돌려 글라딤 쪽으로 급행했다.

"글라딤 니임——!!"

글라딤의 목 아래 부분은 칼리온의 비스트 로어(마수입자포)에 의해 사라진 상태였다. 원통한 표정을 지은 머리 부분만이 남아 있었을 뿐이며, 이 상태에서 소생하는 일은 불가능하다는 걸 알 수 있었다.

"아아, 이게 무슨…… 이게 무슨 일이란 말인가. 우리의 비원이, 이제 조금만 더 있으면 성취되려고 하던 참이였는데……."

그렇게 탄식하는 바라가를 쫓아서 가비루도 날아왔다. 그리고 방심하지 않고, 리저드맨의 비보인 볼텍스 스피어(수와창)을 바라가에게 겨눴다.

바라가에게 시선을 고정한 채로, 가비루는 입을 열었다.

"칼리온 공, 훌륭한 승리였습니다! 기대를 버리지 않는 그 관록에 나도 감복했소이다!"

적장을 물리친 칼리온에게 보내는 칭찬이었지만, 이건 가비루의 본심이었다. 갓즈(신화) 급을 다루는 글라딤의 힘은 마왕종이면서도 가비루를 상회할 정도였던 것이다.

우연히 행운이 겹쳤다고는 하나, 그런 자를 쓰러트린 칼리온을 칭찬하는 것은 당연했다.

그런데 칭찬을 받은 칼리온은 무슨 이유인지 안색이 좋지 않았다.

"이봐, 이봐, 설마 하고 생각했지만, 이건 혹시……."

가비루에게 대꾸할 여유도 없는지, 뭔가를 깊이 생각하고 있는 것 같은 모습이었다.

"음? 왜 그러시는 거요?"

혹시 기분이라도 좋지 않은 건가 싶어서 묻는 가비루를 향해서, 칼리온은 너무나도 천천히 시선을 돌렸다.

그리고 충격적인 사실을 고백했다.

"미안하군, 모처럼 원군으로 왔는데, 아무래도 나는 여기까지인 것 같아."

"설마, 부상이라도?!"

"아니, 그건 아냐. 각성, 이라는 그 현상 같군. 아무래도 글라딤이 얻었어야 하는 '영혼'이 나에게 몰려와 버린 것 같아. 이건 원념이로군. 이런 타이밍에 무방비가 되다니, 글라딤 녀석을 비웃을 수가 없겠는데……."

"뭐라고요?!"

자조하는 칼리온.

상황을 파악하고, 가비루도 동요를 숨기지 못했다.

"미안하지만, 나는 여기서 잠에 들 거야. 여유가 있으면 날 지켜줘."

"물론이죠! 부디 안심하고 잠드십시오."

칼리온을 안심시키려는 듯이 가비루는 웃었다.

같이 웃어주면서, 칼리온은 그 자리에서 위를 보는 자세로 쓰러졌다. 그리고 무사히 일어날 수 있기를 기원하겠다는 말을 남긴 뒤에, 그대로 잠이 들어버렸다.

대담하기 짝이 없는 짓으로 보였지만, 진화의 잠이란 것은 원래 그런 것이다.

이 상황이 달갑지 않은 것은 바라가였다. 상황이 조금만 달랐더라면, 가비루의 입장이 될 자는 자신이었다. 그리고 칼리온 대신에 글라딤이 진화의 잠에 들었을 것이다.

"우오오오오오옷!! 용서하지 않겠다. 아무것도 하지 않는 네놈이 이득을 빼앗아 챙기다니, 결코 인정할 수 없어!!"

그렇게 격앙하면서, 증오의 눈빛을 가비루와 칼리온 쪽으로 돌렸다.

그런 바라가의 손에는 빛을 발하는 글라딤의 유품이 쥐어져 있었다.

백호조── 갓즈 급인 궁극의 물건이며, 주인으로 인정한 소유자의 의지를 구현하는 무기였다.

"백호조여, 내게 힘을 빌려다오. 글라딤 님의 원수를 갚게 도와다오오!!"

바라가의 목소리에 호응하듯이, 백호조의 광채가 더욱 강해지기 시작했다.

그 빛이 모이면서, 한 자루의 창이 모습을 드러냈다.

"오오오…… 나를 주인으로 인정해준단 말이구나!"

환희하는 바라가.

그의 손에 쥐어진 것은 백호조가 모습을 바꾼 청룡창이었다.

"가비루라고 했던가. 네놈을 죽이고, 거기 잠든 도둑놈을 처치하겠다!"

"헛소리 하지 마라! 나도 사나이와 사나이의 약속을 했다. 칼리온 공의 잠을 방해하는 짓은 허용하지 않을 줄 알아라!"

가비루도 울부짖었다.

그리하여 두 영웅의 싸움이 재개된 것이다.

＊

고속으로 비상하면서 싸움을 벌이고 있던 프레이도 그 천리안——특정범위의 좌표를 파악하여 구석구석까지 돌아볼 수 있는 효과를 지닌 엑스트라 스킬 '천구안(天球眼)'으로 지상의 상황까지 파악하고 있었다.

"……그렇군, 진화라는 건 그런 구조로 이뤄져 있는 거였네."

프레이가 지닌 명석한 두뇌는 지상에서 무슨 일이 일어난 것인지 가르쳐주었다.

나짐과 싸우고 있던 중인데도, 프레이까지 정답에 도달한 것이다.

"이럴 수가, 글라딤 님이……."

"운도 실력이라는 말이 있는데, 정말이었네."

"네 이놈!! 날 상대로 제대로 대응도 못하는 주제에 글라딤 님을 업신여기다니——!!"

"의외인데. 사실을 말했을 뿐이지, 업신여길 생각은 없었거든. 그리고 제대로 대응을 못한 게 아니라 일부러 안했을 뿐이야. 착각은 하지 않았으면 좋겠어."

스스로 나서는 일이 좀처럼 없는 프레이였지만, 과거에 마왕이었던 만큼 그 실력은 허세가 아니었다. 에너지(마력요소)양으로는 크게 뒤지는 '주작' 나짐을 상대로, 속도와 테크닉만으로 대항하는 모습을 보이고 있었다.

"정신없이 도망치기만 하는 주제에 큰 소리를 지껄이는구나."

"큰 소리인지 아닌지는 싸움이 끝난 후에 판단해."

말싸움에서도 지지 않았다.

세상에는 상대에게 자신을 어렵게 느끼도록 유도하는 것이 특기인 인물이 있다. 프레이가 바로 그런 타입이었고, 마왕 밀림조차도 프레이에겐 고개를 빳빳이 들지 못했다.

그리고 프레이는 그냥 도망치면서 돌아다니고만 있는 건 아니었다.

상대를 관찰해서, 그 약점을 캐내고 있었다.

힘으로는 이길 수 있는 요소가 없었다.

속도로는 프레이가 상회하지만, 내구력은 상대가 더 높았다.

이대로 가면 상황이 계속 악화될 뿐이지만, 승리할 수 있는 기회는 생각하지 못한 곳에서 찾아내는 법이다.

"당신, 초조해하고 있군."

"뭐어? 무슨 아무렇게나 지어낸 말을——."

"나도 이제야 겨우 '영혼'이란 게 보이게 되었어. 이 '눈'이 적응해준 덕분이지만, '보이면' 여러모로 편리하긴 하네."

프레이는 엑스트라 스킬 '천구안'의 성능이 올라간 것을 자각했다. 이로 인해 싸움이 유리하게 되자 득의양양하게 웃었다.

그리고 무엇보다 지금 얻은 정보가 승리의 열쇠가 될 것이라고 확신하고 있었다.

"뭐가 보인다는 거야?"

짜증이 난다는 투로 내뱉은 나짐의 손톱이 겨우 프레이의 두 팔을 붙잡았다.

씨익 하고 웃는 나짐. 하피(유익족)의 손톱과 발톱에는 '마력방해'의 효과가 있으며, 붙잡은 상대의 스킬(능력)을 봉인할 수 있었다.

315

"아하하하하! 바보구나, 너. 얘기에 정신이 팔려서 그만 붙잡히고 만 거야?"

승리를 확신했는지, 나짐의 말투가 밝아졌다. 그 태도가 한층 더 나짐이 초조해하고 있었다는 것을 증명하게 되었다.

프레이는 위기에 빠졌는데도 여전히 평정을 유지했다.

나짐을 계속 관찰하면서, 그런 사례를 담담히 확인하고 있었다.

"받아라! 쇼크 웨이브(마전충격파, 魔電衝擊波)!!"

지금부터는 일방적인 전개가 될 것이라 말하는 것처럼 나짐의 맹공이 시작되었다.

프레이의 옷이 충격으로 찢어졌다. 그리고 프레이의 표정은 고심하느라 일그러지지도 않았으며, 나짐을 계속 관찰하고 있었다.

나짐은 프레이의 상태가 이상하다는 것을 알아차렸지만, 그건 허세라고 판단했다.

인정하긴 싫었지만, 쌍둥이 중 한쪽인 프레이는 두뇌가 명석했다. 단순한 전투력으로는 나짐이 더 강하지만, 책략을 써서 농락하는 타입의 상대는 싸우기가 번거로운 것이다.

(나를 속여서, 이 손톱에서 도망칠 생각이겠지? 아니—— 이 여자라면 한순간의 빈틈을 노려서 역전할 꿍꿍이를 꾸미고 있는 게 틀림없어.)

이대로 공격을 계속하는 것이 정답이라고 생각하면서, 나짐은 한층 더 격렬하게 프레이를 괴롭혔다.

그런데도 프레이는 여전히 태연했다.

"이제 조금 남았나?"

그렇게 중얼거리는 목소리는 작았지만, 나짐의 귀에는 크게 울려 퍼졌다. 그랬기 때문에 자신도 모르게 "뭐가 말이야?"라고 되묻고 말았던 것이다.

"당신, 각성이 시작될 것 같은데? 전투를 시작했던 때와 비교해봐도 점점 에너지양이 상승하고 있으니까 말이지. 각성할 때는 글라딤처럼 잠에 든다는 것 같으니, 나는 그걸 기다리고 있기만 해도 되겠지."

그렇게 자신의 속마음을 밝힌 프레이는 그야말로 악마 같은 미소를 짓고 있었다.

나짐은 창백해졌다.

혹시나 했지만, 자신도 자각 증상이 있었기 때문이다.

그리고 그게 나짐이 초조해하는 원인이 되었다. 그 사실을 프레이가 꿰뚫어 본 시점에서, 나짐은 프레이의 손바닥 위에서 놀고 있는 거나 마찬가지인 꼴이었던 것이다.

"그래서 그게 어쨌다는 거야! 널 지금 당장 죽이고, 안전한 장소까지 물러나서 피신하면 그만일 뿐인데!!"

프레이의 말이 진실을 파헤치고 있었던 만큼, 나짐의 당혹스러움에는 박차가 가해지고 말았다.

진화의 잠이 찾아오기 전에, 프레이를 처치해야 한다. 그런 판단을 내리기에 이르면서, 더욱 격렬하게 온 힘을 다해서 공격의 위력을 높여갔다.

그게 바로 프레이가 노리는 바라는 것을, 나짐은 알아차릴 여유가 사라져 있었던 것이다.

"쇼크 웨이브――!!"

벌써 몇 번째인지 모를 정도로 가혹하고 격렬한 전격이 프레이를 불태웠다. 그러나 프레이는 화상 하나 입지 않았고, 충격으로 몸을 뒤로 젖힐 정도일 뿐, 부상도 입지 않았다.

(이상한데?! 어째서 이 녀석은 이렇게까지 태연할 수 있는 거지?)

그 사실을 깨달았을 땐 이미 늦은 뒤였다.

"신기한가 보네. 하지만 당신의 반응을 보고 확신했어. 선대 여왕인 어머님은 우리 종족과는 관계없는 세상에서 당신이 행복해지기를 바랐던 거네."

"뭐라고?"

"여왕의 비밀을 알면 죽일 수밖에 없지. 그러니까 아무것도 알려주지 않고 당신을 추방한 거겠지."

"웃기지 마! 갓 태어난 아기 새가 버림받고 무사히 살아남을 리가 없잖아! 그건 즉, 죽일 생각이었다는 뜻이야!!"

격노하면서, 나짐이 소리쳤다.

그러나 프레이는 냉정하게 논파했다.

"하지만 당신은 살아남았어. 그 사실이 바로 숨어서 당신을 보살펴주던 자가 있었다는 증거겠지. 어머님도 마음이 너무 약하시다니깐."

"──?!"

그 지적은, 나짐도 줄곧 의문으로 생각하던 것이었다.

자아가 싹트기까지의 어린 기간 동안, 어떻게 살아남을 수 있었는지가 신기했던 것이다.

자신이 변이종이기 때문에 본능적으로 살아남았을 것이라고, 그렇게 납득하고 있었다. 하지만 프레이의 말을 듣고, 혹시나 하는 의문이 솟아났다.

그러나 증오를 계속 쌓아왔던 나짐은 이제 와서 자신의 생각을, 살던 방식을 바꿀 수는 없었다.

　"헛소리! 그렇군, 이제 알았어. 너는 날 속이고 역전을 노리는 거네. 솔직하게 목숨을 구걸한다면 귀여운 맛이라도 있겠지만, 과거에 마왕이었던 자로서의 자존심이 그걸 허용하지 않았던 걸까?"

　반격할 수단이 없는 프레이가 책략을 써서 농간하는 것으로 믿으려고 했다.

　그렇게 생각하면 앞뒤가 들어맞았다. 억지로 그렇게 생각한 나짐은 속지 않겠다고 다짐하면서, 전격의 위력을 더욱 높여갔다.

　"죽어라!! 맥시멈 쇼크 웨이브(최대마전충격파)——!!"

　온 힘을 다해 날린 번갯불이 프레이를 꿰뚫었다. 그게 바로 프레이가 고대하던 순간이었다.

　"불쌍하네. 모처럼 큰맘 먹고 놓아주었는데, 스스로 죽으러 돌아오다니."

　"뭐?"

　"여왕은 한 명. 그 자리를 얻기 위해서 나는 어머님을 죽였어. 당연하지만, 만약 당신이 버림받지 않았다면 나와 서로를 죽이는 싸움을 벌이게 되었을 거야."

　"그랬으면 내가 너를 죽였을 거다!"

　희귀한 전투형이었던 나짐은 자신의 전투능력에 절대적인 자신감을 가지고 있었다.

　비상속도로는 프레이에게 뒤지지만, 그 외의 모든 면에선 자신이 이기고 있었다. 싸워도 질 리가 없으며, 실제로 지금도 승리를 목전에 두고 있었다.

프레이의 말은 패배를 인정하기 싫어서 뱉는 억지조차도 되지 못한다고 생각하면서, 나짐은 그녀를 비웃어 주고 싶은 기분을 느꼈다. 하지만 프레이의 다음 말 한 마디에 안색이 바뀌게 되었다.

"하피(유익족)의 여왕에겐 말이지, 다양한 능력을 필요로 해. 그것들을 선천적으로 획득한 자야말로 다음 여왕으로서 인정받는 거야. 당신이 운이 없었던 건 나의 일부분으로 태어났다는 것이겠지."

"아까부터 끈질기게 뭘 다 아는 것처럼——."

"그럼 바로 가르쳐줄게. 여왕에겐 같은 종족의 공격에 대한 절대 우위가 있어. 즉 나에겐 하피의 공격은 통하지 않는다는 뜻이야."

"거짓말 하지 마! 그런 말도 안 되는 얘기가 어디 있어!!"

만약 사실이라면. 나짐은 머릿속 한편에서 그런 생각이 들었지만, 있을 수 없는 일이라고 일축했다. 그 얘기가 사실이라면, 선대 여왕을 죽였다는 얘기와 모순되기 때문이다.

"적당히 지어낸 얘기로 날 혼란시키고 싶었겠지만, 좀 더 신빙성이 있는 얘기를 생각했어야지!"

"믿지 못하는 건 슬픈 일이지만, 내 얘기는 사실이야. 참고로, 신구여왕의 싸움은 반드시 일어나는 게 아니야. 원래는 같은 능력을 지닌 자매끼리 대결을 하고, 상대의 힘을 자신의 것으로 만든 쪽이 여왕의 자리를 얻는 거니까."

그와 동시에 '마왕종'의 자격도 얻는다는 것이 진실이었다.

"뭐라고——?!"

"네가 불완전했기 때문에 나는 어머님을 죽이기로 한 거야. 그렇다고 쳐도 내가 용서할 수 없는 건 너를 살려두려고 한 어머님의 바람을 네가 짓밟았다는 거야. 네가 여동생인지 언니인지 모르겠지만, 어딘가에서 몰래 숨어 살았으면 되었을 것을……."

"웃기지 마! 벌써 이긴 것처럼 구는 거냐? 너의 언니인 나는 하피의 힘 말고 다른 전투능력도 가지고 있어. 그걸 쓰면──."

"이미 늦었어. 이제 충분히 에너지가 쌓였으니까. 괴롭히긴 싫으니까 일격에 끝내도록 할게."

"서, 설마?!"

그때가 되어서야 나짐은 프레이의 날개가 보라색으로 물들어 있는 것을 깨달았다. 일부분이 황금색인 아름다운 순백의 날개가 번갯불을 띠면서 변색되어 있었던 것이다.

그게 의미하는 것을 알아차리고, 나짐은 공포로 얼어붙었다.

(내가 날린 충격파를 축적해두고 있었단 말이야?! 그렇다면 그 위력은──?!)

황급히 도망치려고 해도, 프레이의 팔을 붙잡고 있었던 손톱이 빠지지 않고 있었다. 그리고 나짐의 팔도 프레이의 가느다란 손이 붙잡고 있었던 것이다.

만약 나짐이 프레이와 만나기 전에 각성한 상태였다면 결과는 달라졌을지도 모른다. 그러나 아쉽게도 그것은 가정의 이야기일 뿐이었다.

"잘 가, 언니. 에코 리플렉션(반향반사, 反響反射)!!"

"잠깐──?!"

프레이는 주저하지 않았다. 그런 감정은 여왕이 되었을 때 이미 버렸다.

축적되어 있었던 번갯불이 한꺼번에 해방되었다.

그게 바로 프레이가 획득한 능력── 유니크 스킬 '동일한 자(쌍극자. 雙克者)'이었다. 프레이는 자신의 몸으로 받아낸 모든 공격을, 그대로 상대에게 되돌려줄 수 있었다.

자신도 대미지를 받으므로 마음대로 사용하기가 어려운 스킬이다. 하지만 이번 같은 경우엔 동족의 공격이었기 때문에, 원래는 이기지 못할 정도의 강적이 상대였음에도 불구하고, 프레이의 독무대가 되고 말았다.

축적된 전격을 한꺼번에 맞아버린 나짐은 순식간에 검게 타면서 사망했다.

"언니든 동생이든 아무래도 상관없었지만, 어머님의 자상함 때문에 큰 고생을 했네. 하지만 아주 조금은 부러워, 언니. 적어도 당신은 어머니의 애정을 확실하게 받고 있었으니까──."

추락하는 나짐을 향해, 프레이가 전별의 뜻을 담아서 보낸 인사말이었다.

그 말은 나짐에겐 들리지 않았다.

하피 자매는 서로를 이해하지 못한 채, 그 재회의 시간은 끝을 맞이한 것이다.

──그리고 거기서 끝나면 좋았겠지만.

"──뭐야?! 나짐에게 모여 있던 '영혼'이 내게 몰려들고 있어!!"

급격한 졸음이 프레이를 덮쳤다.

"설마, 이게 진화의 잠? 그렇군, 나짐 대신에 나에게 원한을 품겠다는 거네……."

프레이도 진정한 마왕으로 각성하는 것을 바라지 않는 것은 아니었지만, 때와 장소를 좀 생각했으면 좋겠다는 생각이 들었다.

멍청한 칼리온의 모습을 보고 나중에 놀려줘야겠다고 생각했던 만큼, 프레이는 이런 농담은 필요 없다는 기분을 한껏 느끼고 있었다.

하지만 불평해봤자 이미 늦었다.

"루치아, 크레아! 나를 끝까지 지켜라! 그리고 칼리온도 말이지."

"알겠습니다, 프레이 님!"

"여왕께서 분부하신 대로 따르겠습니다!"

쌍둥이는 즉시 반응했다.

그 반응을 보자마자, 프레이는 칼리온 곁으로 날아갔다.

수호할 대상은 멀리 떨어져 있는 것보다 한 자리에 있는 것이 더 지키기 쉬울 것이라고 판단했기 때문이었다. 그리고 칼리온의 곁에선 '삼수사'인 스피어가 이미 그를 지키고 있었기 때문에 '쌍익'과 함께 싸운다면 생존확률이 더 높아질 것이라 생각한 것이다.

애초에.

(실로 난감한 상황이네. 원군으로 온 것인데, 이래선 오히려 방해만 될 뿐이잖아. 전장 한 가운데서 잠이 들다니, 내가 이런 꼴사나운 모습을 보이게 될 줄은 생각도 못했어.)

그렇게 속으로는 수치심 때문에 몸부림을 치고 있었다.

이 일만큼은 프레이의 입장에서도 예상하지 못한 사태였다.

다음에 눈을 뜰 수 있을지 아닐지도 모르는 채로, 프레이는 본의 아니게 잠에 빠져들었다.

가비루는 바라가와 사투를 벌이고 있었다.

형세를 결정지은 것은 바라가가 들고 있는 청룡창이었다.

무기의 차이가 승패를 좌우한다는 것은 가비루의 입장에선 인정할 수 있는 얘기가 아니었다. 그러나 현실적으로 가비루가 자랑하던 '드래곤 스킨(용린개화)'조차도 청룡창의 찌르기를 막지 못하고 있었던 것이다.

"내게 상처를 입히다니, 얕봐선 안 되겠군."

"카카캇! 그건 내가 할 말이다. 일격으로 숨통을 끊어줄 생각이었는데, 생각보다 만만치 않구나."

둘 다 전신이 상처투성이였다. 하지만 어느 쪽도 공격을 중단하지 않았다. 점점 상처가 늘어갔지만, 신경 쓰는 것 같지도 않았다.

"각성한 나와 호각으로 싸울 수 있다니 탄복했다. 하지만 질 수는 없지!"

"홍! 글라딤 님이라면 각성하지 않았어도 너보다 강했다. 만약 각성을 하셨다면 네놈 따위에겐 고전하지도 않았을 것이다."

"가소롭군! 나보다 강한 자는 리무루 님의 휘하에 아주 많다! 귀공도 제법이지만, 울티마 양에 비하면 잔챙이일 뿐이다."

그 말은 즉, 자신도 잔챙이라고 칭한 것과 같은 뜻이었지만, 가비루는 깨닫지 못했다. 그런 점 때문에 멍청하다는 소리를 듣고 있는 것이지만, 정작 본인은 아주 진지했다.

가비루는 고전하면서도 전황 확인을 게을리 하진 않았다.

잠이 든 칼리온이 휩쓸리지 않도록, 일부러 빈틈을 보여 바라가의 행동을 유도하고 있었던 것이다. 그랬던 보람이 있었는지, 조금씩 장소를 이동하는 데에 성공하고 있었다.

(스피어 공도 보호하러 달려와 주었으니, 칼리온 공은 괜찮겠지. 그리고 여기라면 어느 정도는 큰 기술을 써도 휩쓸리지 않고 넘어갈 수 있을 것이다.)

가비루 나름대로 여러모로 생각하면서 싸우고 있었던 것이다.

그러고 있으려니, 프레이도 삼대장 중 한 명을 격파했다.

"말도 안 돼!! 나짐까지 패했다니이!!"

총대장에 이어서 속으로는 부관으로 인정하고 있었던 여걸까지 사망했다. 그 사실을 억지로 알 수밖에 없게 되면서, 바라가는 격렬하게 분개했다.

"요, 용서하지 않겠다! 내 동료들의 원한을, 이 창으로 풀어주마!!"

그렇게 절규했다.

지금부터가 바라가의 진짜 실력을 발휘할 때였다.

"진정한 키마이라 나이트(마수기사)란 존재는 라이칸스로프(수인족)의 고유능력 '수신화'를 자신의 것으로 만든 전사를 말한다. 이해가 되나? 인위적으로 부여된 메디컬 스킬(특수투여능력) '더 비스트(수마합신)'를 버텨내면서 인간과 짐승의 힘을 통합시킨 존재, 그게 바로 궁극의 전사인 우리란 말이다."

그렇게 설명을 시작한 바라가의 몸이 점점 변해갔다. 지금까지는 인간의 표정을 유지하고 있었지만, 점점 용의 특징이 나타나기 시작하고 있었다.

군복이 부풀어 올랐지만, 찢어지진 않았다.

바라가는 변신하여, 용보다는 드라고뉴트(용인족)에 가까운 형태가 된 것이다.

"기분이 좋구나. 진정한 힘의 해방이란, 이렇게나 고양되는 것이로군!"

이 상태가 된 것은 바라가도 처음 시도해본 것이다. 성공하지 못하는 건 아닐까——라고 생각하고 있었지만, 누구에게도 얘기하지 않고 속으로만 담아두고 있었던 것이다.

그러나 존경하면서 따르고 있던 글라딤이 죽으면서, 바라가의 마음속에 있던 족쇄가 풀렸다. 게다가 동료인 나짐까지 패배하게 되자, 변신을 망설일 이유 같은 건 무엇 하나 남지 않았던 것이다.

"너희들, 이리 와라!"

바라가가 불러들인 것은 폭주상태에서 날뛰고 있던 부하들이었다. 이성이 없는 짐승 같은 존재로 타락한 불쌍한 장병들도, 압도적인 강자의 명령에는 따랐다. 본능이 바라가를 상위자로 인정한 것이다.

마수로 변한 자들뿐만 아니라, 마수와 섞인 인간의 모습을 한 자도 있었다. 그런 모습을 하고 모여든 자들을, 바라가는 마구잡이로 물어뜯었다.

두근두근 맥박이 뛰는 것처럼, 마력요소가 바라가에게 흘러들어갔다. 그리고 물린 쪽은 미라처럼 말라버리면서 자신의 목숨을 잃어갔다.

"무, 무슨 짓을……! 귀공의 부하였던 자들이지 않은가. 그런데——."

"방치해둬도 구제대상일 뿐인 자들이니까, 차라리 내게 도움을 주고 죽을 수 있는 행운에 감사했으면 좋겠군."

"무슨 그런 이기적인 소리를 하는 거냐! 그런 비정한 짓을 내가 그냥 보고 넘길 거라고 생각하지 마라!!"

가비루는 찌르기를 시도했다.

방치해두면 위험하다고, 본능적으로 깨달은 것이다.

상황적으로 판단하자면, 변신하면서 늘어난 최대치를 채우기 위해서 부하들로부터 에너지를 보급받고 있는 것이라 할 수 있었다.

바라가의 에너지(마력요소)양은 지금도 가비루와 맞먹을 정도이다. 인위적인 각성마왕이라고도 부를 수 있는 존재가 되어가고 있으므로, 당황해버린 가비루를 책망하는 것은 너무 혹독하다고 할 수 있었다.

그러나 그 당혹스러움은 최악의 결과를 초래하고 말았다.

"멍청한 것! 전장에선 평상심을 잃은 자부터 죽는 게 규칙이다. 내가 식사에 정신이 팔려서 방심이라도 하고 있을 줄 알았나!!"

바라가의 행동에는 이중의 의미가 있었다.

하나는 증가한 힘만큼 더 보충하는 것.

그리고 또 하나는 가비루의 조바심을 유발하는 것이었다.

그리고 그의 노림수는 성공했으며, 가비루는 그대로 속아서 사지로 뛰어들고 말았다.

"뭐라고?!"

알아차렸을 때는 이미 늦었다.

바라가는 발로 청룡창을 절묘하게 다뤘다. 그 창끝은 날아온 가비루의 배를 꿰뚫었다.

마강으로 만든 브레스트 플레이트(흉부장갑)도 복부까지는 막아주지 못했다. 의식하지 않았던 사각에서 맞은 카운터는 가비루의 '드래곤 스킨'으로도 역시 버텨낼 수 없었다.

"크악, 커헉!!"

배에 구멍이 뚫리면서 피를 토하는 가비루.

그걸 보고, 바라가는 큰 소리로 웃었다.

"캇캇카! 네놈도 내 먹이로 삼아주마. 영광으로 생각해라!!"

가비루의 절체절명의 위기—— 그러나 운명이 그걸 허용하지 않았다.

《확인했습니다. 유니크 스킬 '어지럽히는 자(조자자, 調子者)'의 효과가 발동…… 성공했습니다. 개체명 : 가비루의 운명이 변경되면서 '죽음'을 회피했습니다.》

그건 '세계의 언어'였다.

가비루 본인도 잊어버리고 있었던 유니크 스킬인 '조자자'의 권능이 이 순간, 가비루의 운명을 바꾼 것이다.

리무루가 마왕이 되었을 때에 획득한 유니크 스킬이었지만, 그 효과는 불명이었다. 알고 있었던 것은 자신의 공격의 위력이 증감되는 효과가 있다는 것 정도였다.

신이 나 있을 때엔 강해지며, 약한 마음을 먹었을 때엔 약해졌다. 어떤 의미에서 가비루에게 딱 맞는 권능이긴 했지만, 편리하게 사용할 수 있다고는 말할 수 없는 스킬(능력)이었다.

그런 식으로 불명확한 부분이 많은 유니크 스킬에 의해 가비루는 목숨을 구원받았다.

"크윽?! 어라? 나는 지금 분명히 배를 뚫렸다고 생각했는데……."

그렇게 생각하고 고민하면서도 세세한 일은 신경 쓰지 않는 것이 가비루라는 남자였다.

뭐 상관없나. 그렇게 마음을 먹고 생각을 중단한 채, 바라가에 대응하기 위한 자세를 잡았다.

"말도 안 돼!! 지금 무슨 일이 일어난 거냐?"

바라가의 입장에선 그렇게 납득하고 넘어갈 수 있는 얘기가 아니었다.

가비루 정도의 강적을 계책에 빠트려서, 이제 겨우 쓰러트릴 수 있게 된 것이다. 이대로 압도하면 승리가 틀림없었던 만큼, 납득이 가지 않는 것은 당연했다.

"웃기지 마라, 이 자식! 그렇다면 한 번 더, 이번에는 확실히 심장을 꿰뚫어주마!!"

마력요소를 흡수하여 힘이 크게 늘어났다. 가비루를 쓰러트리는 것은 잔재주따윈 필요없을 정도로 쉬운 일이었다. 바라가는 그렇게 생각하면서, 두 손으로 든 청룡창을 고쳐 쥐었다.

두 영웅은 다시 노려보게 되었다.

불리한 쪽은 가비루였다.

운이 좋게도 한 번은 목숨을 건졌지만, 다음 기회는 없었다.

본인도 모르는 일이지만, 유니크 스킬 '조자자'의 '운명변경'은 한 번 발동되면 다시 사용할 수 있게 되기까지의 기간이 길었다.

아무리 컨디션이 좋아도 하루에 한 번이 한계였던 것이다.

그러므로 가비루에겐 다른 비장의 수단이 남아 있지 않았다.

더구나 연거푸 싸우면서 체력 소모가 심했다. 죽음의 심연에서 막 되살아났으니, 원래는 휴식이 필요한 상태였던 것이다.

그런 상황에 있으면서도, 가비루는 약한 모습을 보이지 않고 밝게 웃었다.

"크와하하하! 귀공의 기술도 상당히 날카롭지만, 나도 지고 있을 순 없지. 스승님이 우수하셔서, 그리 쉽게 이길 수 있을 거라 생각하지 마시오!"

바라가가 어떻게 움직여도 대응할 수 있도록, 가비루는 집중력을 한층 더 높였다.

──그때, 운명이 결정되었다──.

가비루의 유니크 스킬의 영향이 아니라, 리무루의 마음 속에 '시엘'이 탄생했기 때문이다.

아무런 방법이 없는 상태에서, 남은 체력을 억지로 짜내려고 했던 가비루에게 하늘의 목소리가 도움을 주겠다고 알린 것이다.

《힘을 원하십니까? 그럼 드리겠습니다. 당신의 유니크 스킬을 개조하는 것에 동의하십시오.》

(──?!)

그게 무슨 의미인지, 가비루는 되묻거나 하지 않았다.

너무나 그립고 따뜻한, 듣고 있는 것만으로도 마음이 차분해지는 목소리였다. 그래서 가비루는 망설이지 않고, 동의한다고 속으로 승낙했다.

효과는 극적이었다.

《옳은 선택입니다. 유니크 스킬 '조자자'를 대가로 삼아 새로운 권능
을 드리도록 하죠.》

그 목소리가 사라짐과 동시에, 가비루 안에서 새로운 힘이 눈
을 떴다.

얼티밋 기프트(궁극증여) '무드 메이커(심리지왕)'—— 시엘에 의해
주어진 권능에는 '사고가속, 운명개변, 불측조작, 공간조작, 다중
결계'라는 다섯 가지 효과가 포함되어 있었다.

사고가속은 100만 배까지 지각속도를 끌어올릴 수 있었다.

운명개변은 유니크 스킬 '조자자'의 '운명개변'의 상위호환에 해
당하며, 가비루의 뜻에 따라 발동할 수 있게 바뀌었다. 단, 사용
횟수는 역시 하루에 한 번이 한계였다.

불측조작은 이것 또한 '조자자'의 '불측효과'의 상위호환이며,
지금까지는 의도와는 상관없이 상승되었던 공격력을, 자신의 뜻
에 따라 발동할 수 있게 되었다. 단, 이것도 자신의 기분에 따른
다는 점은 변하지 않았다. 기분이 고양되어 있을 때에 공격력을
상승시킬 수가 있는 권능이었다.

공간조작은 베니마루를 필두로 하는 간부진이라면 사용할 수
있던 능력이었다. 그 주목적은 '공간전이'이며, 한 번 가본 적이
있는 장소에서 공간이 간섭을 받지 않는다면 자유자재로 이동할
수 있게 되는 편리한 능력이다. 공간에 간섭하여, 적의 도주를 봉

인할 수 있는 효과도 기대할 수 있었다. 실로 편리한 힘이었다.

다중결계는 리무루의 특기인 방어술식이다. 다양한 효과의 '결계'를 서로 겹쳐 만들었기 때문에 갖가지 공격에 대비할 수 있게 된다. 리무루의 권능을 빌리는 형식으로, 가비루도 사용할 수 있게 된 것이다.

지금까지는 무의식 중에 발휘하였던 스킬의 효과를, 이제는 가비루가 정확하게 인식하게 되었다. 100만 배로 늘어난 의식 속에서 시엘이 가르쳐준 것이다.

가비루는 감동했다. 그리고 자신도 모르게 입 밖으로 소리 내어 외쳤다.

"대단해, 실로 대단하다! 나는 질 것 같지가 않구나!!"

곧바로 신이 나서 그렇게 외친 셈이지만, 가비루의 경우에는 그게 정답이었다.

어두운 분위기를 날려버리면서 가비루가 웃었다. 그에 비례하듯이, 가비루의 힘이 크게 늘어난 것이다.

"뭐, 뭐냐, 너?! 갑자기 힘이 늘어났는데. 대체 무슨 짓을 한 거냐——?!"

"크와하하하! 귀공에겐 안 됐지만, 나에겐 위대한 주인이 계신다, 그분이 날 지켜주시는 한, 나에게 패배는 있을 수가 없다!"

상황에 따라선 지는 일도 있겠지만, 한창 신이 나 있는 가비루는 그런 호언장담을 입에 올렸다. 그와 동시에 가비루의 몸속에 마치 흘러넘칠 것 같은 힘이 솟구치기 시작했다.

이렇게 되면 이젠 그 기세를 막는 게 더 힘들 것이다.

"자, 각오해라!"

"헛소리 마라! 내 힘을 네놈의 몸에 새겨주마!!"

각성마왕에 필적하는 두 영웅이 자신이 가진 온 힘을 다해 서로 충돌했다.

찰나의 공방, 그걸 제압한 것은 가비루였다.

마구잡이로 휘두르는 청룡창을, 가비루의 볼텍스 스피어(수와 창)가 부드럽게 튕겨냈다. 그로 인해 큰 빈틈이 생긴 바라가는 자세를 바로 잡을 틈도 없이, 가비루의 찌르기에 의해 가슴에 큰 구멍이 생기게 된 것이다.

"커헉! 큭, 아직 멀었다. 나, 나의 회복능력이라면, 이 정도 상처쯤은……."

그렇다. 바라가도 수인 특유의 높은 치유력을 가지고 있었으며, 게다가 부하들로부터 에너지를 보급해서 어지간한 상처는 순식간에 나아버린다.

이번에도 그렇게 해서 위기를 돌파하려고 한 바라가. 그러나 그렇게는 되지 않았다.

가비루도 이상하다고 생각했지만, 놀랍게도 자동적으로 '운명개변'과 '불측조작'이 발동하면서, 그 콤보에 의해 바라가의 회복능력을 빼앗아버린 것이다.

운명개변의 사용 횟수는 하루에 한 번이지만, 그건 동일대상에 한해서만 그렇다는 것이다. 즉, 적에게도 발동할 수 있다는 것이 지금 이 자리에서 판명되었다.

바라가가 스스로 뱉은 말처럼 '전장에선 평상심을 잃은 자부터 죽는 게 규칙'이었다.

"새, 생각했던 것 이상으로 엄청난 힘이로군……."

이리하여 가비루는 새로운 힘을 손에 넣었을 뿐만 아니라, 승리까지 자신의 손에 넣은 것이다.

＊

한편 그 무렵, 마지막으로 남은 삼대장인 '현무' 고우자린도 예상치 못한 강적과 상대하게 되었다.

군단장 글라딤의 패배로 인해 '마수군단'은 대혼란에 빠졌다. 그걸 어떻게든 수습할 틈도 없이, 악마의 대군이 날아온 것이다.

대군이라고 칭했지만, 그 수는 그렇게 많지는 않았다.

대략 500명. 그러나 그 질은 일기당천이라고 부르기에 적합한 수준이었다.

디아블 슈발리에(상위악마기사)―― 마왕 리무루의 직속인 무시무시한 전투집단이다.

키마이라 나이트(마수기사)는 에너지(마력요소)양으로 따지면 배 가까이 더 높지만, 의외로 전투 면에선 우위에 서지 못하였다. 그 정도로 악마들의 실력이 높았던 것이다.

생각대로 풀리지 않는 사태를 보면서, 고우자린의 짜증이 점점 커졌다. 그런 상황 속에서 운명의 시간이 찾아왔다.

(뭐야, 저건…….)

고우자린의 시야 끝에 꿈틀거리는 그림자가 보였다.

무슨 이유인지 강렬하게, 본능에 호소해오는 위화감. 그 정체를 알아내기 위해서 전황에서 눈을 돌려 그림자 쪽으로 집중한 고우자린.

그 행동은 정답이었다.

만약 그 그림자를 방치했다면, 고우자린은 무슨 일이 일어난 건지도 이해하지 못한 채 죽었을 테니까.

애초에…… 모르고 죽는 편이 더 행복했을 거라는, 생각이 들기도 했지만.

그림자가 꿈틀거리고 있는 곳은 데몬 콜로서스(마왕의 수호거상)의 잔해가 뒹굴던 장소였다. 무슨 일인지 확인하려던 고우자린 앞에 그림자가 일어섰다.

검은 장발을 허리까지 길렀으며, 상반신이 알몸인 미남자였다. 그의 피부는 흑갈색이었고, 둔탁한 광택을 띠고 있었다.

그건 마치 금속인 것처럼── 아니, 그 남자의 허리 아래는 데몬 콜로서스의 잔해와 서로 융해된 상태로 섞여 있었다.

고우자린의 눈앞에서 잔해가 녹으면서 그 형상을 변화시키기 시작했다. 그리고 남자의 하반신이 완성되었다.

"뭐냐, 난 지금 알몸이지 않은가. 부끄럽게도."

미형에 어울리지 않는 그 말투는 고우자린이 방금 전까지 싸웠던 남자의 것과 아주 흡사했다.

"너, 설마 그렇지는 않을 거라 생각하지만…… 혹시 가드라 노사인가?"

고우자린이 묻자, 그 남자는 씨익 웃었다.

"당연히 나지! 그렇지 않으면 벌써 이겼다고 생각하고 있었나? 나는 절대 그렇다고 인정할 순 없네만."

그렇다. 정체불명인 알몸의 남자는 가드라 노사, 바로 그였던 것이다.

"그게 무슨 소리야! 넌 자폭마법으로 죽지 않았나! 그 마법은 생명을 연소시키는 계열의 마법이었는데 어떻게 살아 있는 거지?!"

고우자린이 절규했다.

이해력이 따라가지 못하고 있는 상황에서, 가드라의 발언을 듣고 한층 더 혼란에 빠진 것 같았다. 이대로 가드라의 페이스에 넘어가는 것은 위험하다고 생각하여, 이야기의 흐름을 바꾸려고 한 것이다.

"그렇군, 이제 생각이 났다. 난 새크리파이스(생명승화)로 자폭했었지. 그걸로 죽었다고 생각했겠군? 하지만 나 정도 되는 남자가 자살할 리가 없지 않은가. 싸움이 끝날 때까지는 멋대로 이겼다고 방심해선 안 되지."

그렇게 길게 얘기하면서, 가드라는 마법으로 옷을 만들어낸 뒤에 서둘러 옷을 입기 시작했다. 어울리지 않는 차림이지만, 알몸인 것보다는 낫다는 판단이었다.

"장황설은 됐으니까 내 질문에 답해라!"

고우자린의 입장에선 긴 잔소리는 필요 없이 가드라를 처리하고 싶은 심정이었다. 그러나 완전히 죽었을 인간이 되살아나는 바람에, 자신도 모르게 신중해지고 말았다.

가드라가 정직하게 대답한 것인지 아닌지도 알 수가 없었다. 그래서 고우자린은 가드라의 대답 여하를 불문하고, 다음 공격에 전력을 쏟을 생각을 하고 있었다.

(이 영감이라면 보나마나 묘한 트릭을 준비해두고 있겠지. 대신할 제물을 준비해놓고 있었을지도 몰라. 내 동요를 유도하는

것이 목적이겠지만, 제법 공을 들이는군. 하지만 그런 시시한 잔 재주 따윈 그냥 힘으로 분쇄해주겠어!)

고우자린의 마강의 육체는 겉보기와는 달리 엄청난 중량을 가지고 있었다. 따라서 어느 정도의 속도로 몸통박치기를 하기만 해도, 나름대로의 위력을 발휘할 수 있었다.

그뿐만 아니라, 전신의 촉수로 고주파천수참을 발동한다면, 몸에 닿는 모든 것을 가루로 만드는 살아 있는 폭탄으로 바뀌게 된다.

고우자린은 두 다리에 힘을 주었다.

자신을 포탄으로 삼고, 대지를 폭발시켜서 추진력을 얻을 것이다. 그게 바로 고우자린의 또 하나의 비장의 수였다.

가드라를 노리고 자세를 잡은 고우자린.

그런 줄도 모르고, 가드라는 착실하게도 설명을 해주기 시작했다.

"그래, 나는 전생한 것이다. 내가 개발한 신비오의 : 리인카네 이션(윤회전생)을 사전에 심어두었지. 이걸 이용하면, 이 세상과는 잠시 이별하게 되지만, 기억을 보존한 상태로 새로운 인생을 살 수 있게 된다. 참으로 훌륭한 오의라 생각되지 않는가."

"……그래서?"

"성공률은 좀 낮지만, 얻을 수 있는 것은 많다. 난 이미 몇 번이고 전생을 해왔기 때문에 성공은 보장된 것이나 마찬가지였지──."

사실 맨 처음 실행했을 때가 가장 성공률이 낮았다. 아다루만 이 실패한 이유가 가드라의 실력이 모자랐기 때문이 아니었던 것이다.

가드라는 사전에 몇 가지, 즉시 발동할 수 있도록 마법을 준비 해두고 있었다. 라젠은 한두 개가 한계지만, 가드라의 경우는 세

개 이상, 준비된 마법을 확보해두고 있었다.

도망용인 전이마법과 자결용인 자폭마법. 만일의 경우 죽어도 괜찮도록, 전생마법은 빼놓은 적이 없었다.

그렇게 조심성이 깊은 가드라였지만, 이번에는 예상외의 일이 일어난 것이다.

리인카네이션이 발동하여 '영혼'이 육체에서 빠져나왔다. 마법으로 보호된 '영혼'은 다음 육체를 찾아서 윤회의 고리로 돌아가게 되어 있었다.

그랬는데, 여기서 또 하나의 약속이 발동했다.

실은 가드라는 디아블로의 제자로 들어가길 지원했지만, 유보된 상태였다. 원래라면 즉시 거절을 했겠지만, 가드라는 디아블로의 마음에 들었던 것이다.

리무루의 마법을 칭찬하는 것이 계기가 되어 디아블로와 의기투합했기 때문이다.

'당신 같이 재미있는 남자는 싫지 않습니다. 당신이 리무루 님에게 실로 도움이 되겠다고 제가 인정했을 때, 당신을 권속으로 삼아드리죠.'

연회 자리에서 그렇게 밝혔던 것이다.

적당히 거절할 구실일 것으로 생각하면서도, 디아블로에게 인정을 받으려고 노력할 생각을 하고 있었던 가드라. 그런데 그때에는 이미 그는 디아블로의 '유혹'에 넘어가 있었다.

그런고로, 가드라의 리인카네이션은 그 내용이 덧씌워져 있었다. 리무루를 위해 죽음을 선택했다면 데몬(악마족)으로서 다시 태어날 수가 있도록 말이다.

그리고 데몬은 선천적으로 전투능력을 타고나는 종족이다. 생전의 기억을 지닌 가드라가 데몬이 되었으므로, 특수개체로 태어나는 것은 당연한 결과였다.

문제는 육체였다.

정신생명체인 데몬은 이 세상에 머무르기 위한 육체를 필요로 하고 있다.

원래 가드라는 누군가에게 빙의하거나, 디아블로에게 연락하여 소환되기를 기다릴 수밖에 없었다. 하지만 리무루의 마음속에 '시엘'이 탄생하면서, 여기서도 운명이 결정된 것이다.

《육체를 원한다면 드리겠습니다. 새로운 힘을 드리도록 하죠.》

리무루 님에게 도움을 주는 사람이 되라고, 그 목소리가 말했다.

가드라의 입장에선 바라마지 않던 얘기였다.

물론입니다──라고, 소리를 높여 외쳤던 것이다.

그로 인해 계약이 성립되었고, 가드라는 무사히 전생을 끝낸 것이다.

그는 새로운 종족인 메탈 데몬(금속성악마족)으로 다시 태어났다.

어둠의 권속임을 증명하려는 듯이 그 몸은 검은색을 띠고 있었다. 머리카락도 눈도 피부도, 검은색 성분이 많았다. 그러면서도 금속의 광택을 발산하고 있었기 때문에, 어딘가 만들어진 물건 같은 분위기를 띠고 있었다.

애초에 그 모습은 가드라의 현재 이미지가 아니라, 생전의──바로 최초의 인생에서──젊었던 날의 모습을 본뜬 것이었다. 영혼에 새겨진 기억에서 재편된 것이며, 종족과는 아무런 관계도 없는 것이었다.

새로운 종족이기 때문인지 데몬으로서의 속박 같은 것도 없었다. 지금의 가드라의 에너지(마력요소)양은 폭주상태의 클레이만에게 필적할 정도였다. 그 상태에서 생전의 지식과 경험이 더해졌으니, 강해진 것은 틀림이 없었다.

가드라도 다시 태어난 자신을 실감하고 있는 참이었다. 그 감동을 곱씹는 것처럼, 자신도 모르게 고우자린에게 술술 얘기하고 말았다.

"그러니까 너는 메탈 데몬이라고 하는 들어보지도 못한 종족이 되었단 말이지?"

"그렇게 되는 것이지. 충고해두겠는데, 나는 강해졌다. 너에겐 승산이 없으니까 항복해라. 옛 동료였을 때의 정을 봐서, 목숨만은 살려주겠다."

"멍청한 소리 하지 마, 라는 게 내 대답이다!"

만반의 준비를 갖춘 채 기회를 엿보고 있었던 고우자린이 가드라를 향해 돌진했다. 그 엄청난 속도는 고우자린의 신체를 대질량의 탄환으로 바꿨다.

느긋한 소리를 하고 있던 가드라의 힘으로는 대처 같은 건 불가능할 것이다. 고우자린은 그렇게 생각했지만, 다음 순간 그 눈을 크게 뜨면서 경악하게 되었다.

놀랍게도 가드라를 눈앞에 두고, 자신의 의지와는 관계없이 방향이 빗겨나간 것이다.

"신기하지 않은가? 뭐, 쉽게 설명하자면, 마법으로 자기장을 조작하여 강력한 자기 결계를 만들어 낸 것이다. 그곳으로 전류를 흘려보내 주면, 방금처럼 물체를 전자유도할 수 있게 되지."

이 경우, 물체라는 건 고우자린을 말하는 것이다. 이계의 과학을 공부한 가드라에겐 마법으로 할 수 있는 일이 아주 많았다. 즉, 고우자린의 비장의 수도 가드라는 쉽게 봉인할 수 있었던 것이다.

"너……."

유유히 일어선 가드라는 자신의 왼손에 한 권의 커다란 책을 들고 있었다. 소중한 것을 다루듯이 오른손을 대더니, 그 페이지를 넘기고 있었다.

"왜 그러지? 이제 내 힘을 알았나? 이제 그만 포기하고 항복하도록 해라."

고우자린은 그 말이 자신을 얕잡아보고 하는 것으로 받아들였다. 가드라에게 그럴 생각은 없었지만, 고우자린은 강자로서의 긍지에 상처를 입은 것으로 느낀 것이다.

그렇기 때문에 항복 같은 건 아예 선택지에서 제외되어 있었다.

"좋아. 이것만큼은 쓰고 싶지 않았지만, 나도 각오를 다지겠어!"

고우자린은 알약을 삼켰다.

메디컬 스킬(특수투여능력) '더 비스트(수마합신)'를 발동시킨 것이다.

바라가가 그랬던 것처럼, 고우자린 또한 커다란 힘을 손에 넣으려 하고 있었다. 그러나 가드라가 그걸 기다려줄 이유는 전혀 없었다.

"이것 참. 그렇다면 내가 새로이 얻은 힘의 실험대상으로 삼아보기로 할까!"

가드라는 기뻐하면서 고우자린을 봤다.

그 눈은 모르모트를 발견한 과학자의 그것이었다.

"얼티밋 기프트(궁극증여) '그리모어(마도지서, 魔道之書)'──발동!"

가드라의 왼손에 든 책이 불길한 빛을 발했다.

거기에 적혀 있는 것은 리무루가──즉, 시엘이──관리하는 온갖 마법들이었다.

그 책에 열거된 마법의 아름다운 술식을 보고, 가드라는 황홀한 표정을 지었다. 그리고 지금 이 순간에 가장 적합할 것 같은 마법을 선택했다.

"리미티드 헬 플레어(극소흑염옥)."

베니마루가 만들어낸 아츠(기술)이지만, 리무루가 스킬로 바꾼 것이다. 마법이란 스킬의 일종이므로 '그리모어'에도 적혀 있었던 것이다.

"──어?"

만들어낸 본인이 사용하는 것보다도 열화되어 있지만, 그 위력은 손색이 없었다. 고우자린은 무슨 일이 일어난 것인지 이해하지도 못하고, 재생이 불가능할 정도로 불타버렸다.

"좀 더 자랑하고 싶었지만, 어쩔 수 없군."

그렇게 중얼거리면서, 자신의 수염을 쓰다듬으려고 한 가드라. 그러나 턱은 매끈매끈했으며, 깎지 않고 놔둔 수염 한 가닥조차 없었다.

"큰일 났군! 외모도 젊어졌단 말인가. 이건 곤란한데. 머리카락도 검은 색이니, 염색할 수밖에…… 아니, 이 문제는 변화 마법으로 해결하기로 하지."

그렇게 중얼거린 가드라는 기쁜 표정으로 '그리모어'의 페이지를 넘겼다.

*

이리하여 글라딤을 필두로 '마수군단'의 간부들은 전원 쓰러졌다.

그러나 전장에는 아직 위험이 남아 있었다.

그 남자는 눈앞에 뒹구는 글라딤의 머리를 보고 환희했다.

"맛있어 보이는 먹이가 뒹굴고 있군!"

그게 환희의 이유였다.

사양하지 않고 머리를 집어 들어 게걸스럽게 먹은 자는 유우키의 명령을 받고 '마수군단'에 잠입 중이었던 '케르베로스(삼거두)'의 보스 중 한 명, '힘'의 베가였다.

글라딤의 시체를 잡아먹자, 베가의 몸에 힘에 채워지는 것을 눈으로도 보고 알 수 있었다.

육식수를 떠올리게 하는 그 날씬하고 탄탄한 몸이 한층 더 커졌다. 2미터가 넘는 거구였던 글라딤과 어깨를 나란히 할 수 있을 정도로 성장한 베가의 팽창한 근육으로 인해 제복이 터질 것 같이 부풀어 있었다.

"흠, 그럭저럭 괜찮았지만…… 아직은 부족하군."

베가는 그렇게 중얼거렸지만, 그런 뒤에도 차례로 맛있어 보이는 먹이를 발견했다.

검게 탄 '주작' 나짐, 가슴에 큰 구멍이 뚫린 채로 죽어 있는 '청

롱' 바라가, 금속의 잔해만 남긴 '현무' 고우자린.

베가는 조용히 숨어들어서, 아무도 알아차리지 못할 빠른 속도로 사냥감을 차례차례 잡아먹었다.

그게 가능할 수 있었던 것은 베가가 선천적으로 타고 난 특수능력——유니크 스킬 '비천한 자(악식자, 惡喰者)'의 권능 덕분이었다.

·················.

············.

······.

베가는 잉그라시아의 왕도에서 태어났다. 본인도 모르는 사실이었지만, 부모 중 한 명이 '마법심문관'이 몰락하면서 마인이 된 자였다.

마물의 인자를 너무 많이 받아들여 인간으로 돌아가지 못하게 된 아버지가 어머니를 덮치면서 생겨난 것이 베가였다. 그러므로 베가는 태어나면서부터 이단이었다. 어머니의 태내에 있었던 것도 3일 정도였고, 태어난 그날부터 자아를 가지고 있었던 것이다.

애초에 이성도 없었고 말도 이해하지 못하는 갓난아기였으며, 어머니를 포함한 주변의 사람들은 그를 괴물로 여기면서 두려워하게 되었다. 사랑을 받기는커녕, 죽임을 당할 뻔했기 때문에 숨어 지내게 된 것이다.

그 후로 십 수 년, 베가는 살아 남았다.

쥐를 잡아먹고, 음식 쓰레기를 뒤졌으며, 살기 위해선 뭐든 먹었다. 결국에는 싸우다가 죽어가는 인간도 잡아먹었다.

그리고 알았다.

자신의 주변은 항상 먹이로 가득 차 있었다는 사실을.

인간까지 잡아먹게 된 베가는 진정한 의미로 괴물이 되었다. 당연하게도 토벌명령이 내려지게 되었는데, 그걸 담당한 자가 유우키였다.

당시에 이미 교도관으로 교편을 잡고 있었던 이자와 시즈에의 도움을 얻어서, 베가를 완벽하게 붙잡을 수 있었던 것이다.

원래는 처형당해야 했지만, 유우키는 베가의 힘을 아깝다고 생각했다. 뛰어난 전투센스와 강인한 육체. 그리고 성장성도 기대가 되었기 때문에, 잘 단련하면 유용한 장기말로 이용할 수 있을 것 같다고 생각한 것이다.

유우키는 베가를 처리했다고, 시즈를 속였다.

그리하여 베가는 다무라다를 통해 제국에서 교육을 받게 되었다. 지금은 무시무시한 전사로서 성장을 이룬 것이다.

·················.

···········.

······.

베가의 입장에서 운이 좋았던 것은 원군으로서 찾아온 디아블 슈발리에(상위악마기사)와 키마이라 나이트(마수기사)들의 전투가 더욱 격렬해졌다는 것이다. 그 때문에 눈에 띄는 일 없이, 목적을 달성할 수 있었다.

강인한 짐승의 팔다리와 단단한 마강의 신체, 마법조차도 튕겨내는 용의 힘, 하늘을 누빌 수 있는 날개까지. 베가는 그 모든 것을 짧은 시간 만에 손에 넣었다.

그뿐만이 아니라, 갓즈(신화) 급인 청룡창까지 습득했다.

아직 주인으로 인정받진 못했지만, 베가는 신경 쓰지 않았다.

나를 따르라는 듯이 힘을 주입하여 억지로 융합해낸 것이다.

고우자린이 지니고 있던 힘──'금속조작'의 효과였다.

갓즈 급을 받아들이면서, 베가의 온몸은 더욱 불길한 느낌으로 변화했다. 온몸을 두른 이질적인 갑옷으로 인해, 정체불명의 마인으로 완성된 것이다.

이렇게까지 성장했으면, 역시 가비루 부대도 그 존재를 알아차릴 수밖에 없었다.

"뭐야?! 아직 저렇게나 강한 수상쩍은 마인이……!"

가비루가 놀라서 소리치자, 부하들이 우는 소리를 하기 시작했다.

"하지만 가비루 님, 저흰 이미 한계인데요?"

"당연하지."

"연전에 이은 연전으로 보급물자도 얼마 남지 않았습니다. 어떡하죠, 가비루 님?"

무리도 아니었다.

실제로 '히류(비룡중)'의 피로도는 한계에 이르기 직전이었다.

디아블 슈발리에가 오는 것이 조금만 더 늦었다면, 전선은 이미 예전에 붕괴되었을 것이다.

왜냐하면 믿음직한 원군으로 생각하고 있었던 수왕전사단과 '천상중'이 맨 먼저 전선에서 이탈하고 말았기 때문에 어쩔 수가 없었다.

아, 위험한데──라고 스피어가 말한 것이 시작이었다.

무슨 일이냐고 묻는 가비루에게 '엄청 졸려'라고 스피어가 대답한 것이다.

그 말을 듣고, 가비루는 느낌이 왔다.

시작되었구나, 라고.

하베스트 페스티벌(수확제)에는 빠질 수가 없는 진화의 잠이 최악의 타이밍에서 전개되었음을 깨달은 것이다.

칼리온과 프레이가 각성하려 하므로, 이 전개는 당연한 결과였다. 이 버틸 수도 없는 생리적 현상 앞에선 아무리 불평을 늘어놓아도 소용이 없었다. 그래서 가비루 부대는 이 자리를 자신들만의 힘으로 지켜내기 위해서 고군분투하고 있었던 것이다.

다른 부대는 각각의 판단에 따라 적과 교전하고 있었다. 그러나 가비루 부대는 이 자리에서 움직이지 못하고 있었다. 그렇기 때문에 한층 더 피로가 쌓이는 속도가 빨랐던 것이다.

그런 상황에서 베가가 등장하는 바람에 가비루의 얼굴도 창백해졌다.

"안심하십시오, 가비루 공. 우선은 제가 그자와 얘기를 나눠보도록 하죠. 녀석의 이름은 베가라고 하는데, 유우키의 동료입니다."

믿음직스럽다고 생각하면서, 가비루는 가드라를 다시 봤다.

"부탁드리겠소!"

"제게 맡기십시오."

어느새 사이가 좋아진 두 사람은 서로를 보면서 웃는 얼굴로 고개를 끄덕였다. 그리고 가드라가 베가를 향해 나아가기 시작했다.

"베가여, 오랜만이구나."

"아앙? 아아, 가드라 영감인가. 우릴 배신하고 마왕 리무루 편에 붙었다고 들었는데, 보아하니 사실이었던 모양이군."

"음음, 그러니까 나도 유우키와는 공동전선을 펼친 사이였지.

여기서 만날 수 있어서 다행이다. 내가 없었으면 너는 적으로 여겨졌을 것이야."

"그런가."

친근하게 다가오는 가드라를, 베가는 흥미 없는 표정으로 바라봤다. 그리고 곧바로 시선을 돌렸다.

베가의 눈에는 지금, 가드라보다 더 흥미를 끄는 자들이 비쳤다.

베가의 시선 끝에 있는 자는 칼리온과 프레이였다. 그 주변에도 맛있어 보이는 먹이가 굴러다니고 있는 것이 보였다. 베가의 입에는 침이 가득 고였으며, 그 고기의 맛을 떠올리면서 황홀한 표정을 짓고 있었다.

"이 자리는 내가 중개를 맡고 있지. 너도 우리와 협력해서──으허어억?!"

친숙한 몸짓으로 어깨를 두들기려고 했던 가드라를 향해, 베가가 주먹을 휘둘렀다. 방심하고 있던 가드라는 이걸 제대로 맞고 말았다.

지금의 베가의 힘은 각성마왕도 능가할 정도로 강화되어 있었다. 가드라와 비교하면 배 이상의 에너지(마력요소)양이었다.

물리방어에도 우수한 메탈 데몬(금속성악마족)이라는 종족이 된 가드라도, 온몸이 마강으로 이뤄진데다 갓즈 급을 받아들인 베가에겐 적수가 되지 못했다. 단 일격에 의식을 잃으면서 침묵하게 되었던 것이다.

"가, 가드라 고옹──!!"

그렇게 소리치면서 가비루는 가드라 공도 믿을 만한 사람이 못 된다고 생각했다. 가드라가 자신만만하게 굴었던 만큼, 그런 생각이 드는 건 어쩔 수 없는 결과였다.

모처럼 생긴 희망이 사라지는 바람에 가비루의 실망은 컸다. 더구나 베가의 실력은 상상 이상이었다.

베가는 숨길 생각도 없는지, 칼리온과 프레이의 전신을 핥듯이 보고 있었다.

그의 목적은 명백했다.

여기서 쓰러트리지 않으면 더욱 강대한 힘을 주고 말 것이다.

지금도 이길 수 있을지 확실하지 않은 상태인데, 그렇게 되면 아예 손을 댈 수도 없게 될 것이다. 가비루에게 승산이 없어지게 될 것은 확실하기 때문에 지금 싸워볼 수밖에 없었다.

(나는 평소에도 눈에 띄고 싶다고 생각하고 있었지만, 이렇게까지 계속 싸우는 건 역시 사양하고 싶군.)

가비루는 아주 조금 그렇게 반성했다.

*

가비루는 각오를 단단히 굳히고 나서려고 했지만, 눈앞에서 누군가가 막아서는 바람에 걸음을 멈췄다.

"가비루 씨, 여긴 내게 맡기시죠."

"오, 오오! 라플라스 공이 아닌가! 어떻게 여기에……?"

"그건 말이죠——."

모두가 날 두고 떠났다고 대답할 뻔하다가, 라플라스는 자신도 모르게 입을 다물었다. 그렇게 말하는 건 너무 꼴사납다는 걸 깨달았기 때문이다.

"당연한 것 아닙니까. 당신을 도와주러 온 거죠!"

"오, 오오! 그랬군, 든든하오, 라플라스 공!"

"그렇겠지. 내가 왔으니까 이젠 안심해도 돼요."

라플라스는 억지로 얘기를 마무리 지었다. 그리고 아직은 동료로 생각해야 할 베가를 향해 돌아봤다.

"그건 그렇고 베가 씨. 당신은 왜 가드라 영감을 때린 거지?"

가볍게 빙글빙글 돌면서, 라플라스는 베가에게 물었다. 그런 라플라스를 짜증스러운 눈길로 바라보면서, 베가는 귀찮다는 투로 대답했다.

"뭐어? 그야 당연하지. 그 영감이 날 방해하려고 했기 때문이야."

"방해라고?"

"그래. 내 식사를 방해하려는 녀석은 살려둘 수 없다고. 그러니까 라플라스, 너도 얌전히 있어. 그러면 옛정을 봐서 그냥 보내줄 수도 있으니까."

라플라스는 도는 것을 멈췄다.

"재미있는 농담을 다 하네. 당신, 혹시 자신의 입장을 잊어버린 건 아니겠지?"

그 목소리의 분위기는 아까와 전혀 달라진 게 없었다. 그러나 그의 기운은 전혀 다른 것이라고 말해도 과언이 아닐 정도로 긴박한 느낌을 품고 있었다.

하지만 베가는 신경 쓰지 않았다.

"흐흐응, 입장이라고? 네놈이야말로 내게 명령을 내릴 수 있는 입장이었나?! 유우키 녀석은 루드라에게 졌다고 들었는데. 난 말이지, 나보다 강한 녀석의 명령만 듣는다고."

그렇게 말하면서, 베가가 큰 소리로 웃었다.

낄낄거리는 웃음소리가 전장에 크게 울려 퍼졌다.

"웃기질 않군. 당신의 농담은 재미가 없어."

"그러니까 농담이 아니라고 하잖——윽?!"

천박하게 웃던 소리가 갑자기 멈췄다.

순식간에 거리를 좁힌 라플라스가 베가의 목을 움켜 쥔 것이다.

"너무 지나치게 까불면 혼나는 수가 있어, 당신."

자신의 두 배는 될 것 같은 거구를 라플라스가 들어 올리고 있었다.

베가는 손발을 허우적거리면서 발버둥 쳤다. 이미 호흡을 할 필요는 없어졌지만, 아직 익숙하지 않기 때문에 혼란에 빠지고 말았다.

그런 베가를 상대로 라플라스의 무릎차기가 작렬했다. 목을 붙잡히고 있던 베가는 라플라스가 자신 쪽으로 잡아당겨도 도망칠 수가 없었다. 라플라스가 손에 힘을 빼자, 그 자리에 웅크리면서 호흡을 가다듬었다.

"자, 잠깐만. 내가 너무 까불었어, 미안해. 이젠 냉정을 찾았으니까 그만 용서해줘."

라플라스는 그대로 베가의 머리를 걷어차려고 생각했지만, 애원하는 베가를 보고 움직임을 멈췄다. 그리고 차가운 목소리로 충고했다.

"——나는 보스만큼 착하지 않아. 두 번째 기회는 없다고 생각하라고."

"아, 알고 있어."

"그럼 얌전히 날 따라와. 알고 있겠지, 멋대로 굴면 용서하지 않겠어."

힘차게 고개를 끄덕이는 베가.

"알았어. 그런데, 지금부터 뭘 어떡할 거지?"

"나는 지금부터 회장이랑 동료들이 있는 곳으로 갈 생각이야. 회장만 어떻게든 해결할 수 있으면 티어랑 풋맨은 원래대로 돌아올 테니까 말이지. 어쨌든 해결방법을 찾지 않으면 보스를 구해내는 것도 무리일 거 아냐. 그러니까 절대 먼저 나서지 말라고."

"알았어."

라플라스의 말을 듣고 크게 고개를 끄덕이는 베가. 그 필사적인 태도를 보면, 라플라스가 어지간히도 두려웠던 모양이다.

그런 베가를 보고, 라플라스는 고개를 절레절레 저으면서 한숨을 쉬었다.

"괜찮겠나?"

주섬주섬 일어난 가드라가 걱정스러운 말투로 중얼거렸다.

"영감!"

자신도 모르게 싸울 자세를 잡는 베가.

"오오, 가드라 공! 무사했습니까?!"

놀라면서도 기뻐하는 가비루.

"역시 영감이로군, 무사했나."

이미 예상하고 있었는지, 라플라스는 놀라고 있진 않았다.

"당연하지. 순간적으로 의식을 잃긴 했지만, 긴급피난을 위한 대책은 완벽하게 마련해두고 있었으니까. 방심시켜놓고 한 방 먹여주고자, 일부러 당한 척했던 거라네."

실은 얼티밋 기프트(궁극증여) '그리모어(마도지서)'는 당연하게도 '사고가속'이랑 '병렬연산'도 갖추고 있었다. 이걸 이용하면 기절해도 백업용의 다른 사고회로가 뒤를 이어받게 되어 있었다.

"과연, 나도 속았소이다."

"대단한 영감이라니까, 정말."

"뭐, 그냥 오래 살기만 한 건 아니니까. 그보다 문제는 베가로군."

얘기를 적당히 얼버무리려고 했던 라플라스였지만, 가드라의 추궁은 끝나지 않았다.

"나 말이야?"

"그렇다. 나는 도저히 너를 믿을 수가 없구나."

"어째서?!"

베가는 그렇게 소리치면서 도무지 이해가 되지 않는다는 태도를 보였다.

이런 반응에는 라플라스도 어이가 없을 수밖에 없었다.

한숨을 쉬면서 어깨를 으쓱한 뒤에, 타이르듯이 대꾸했다.

"솔직히 말해서 나도 믿고 있진 않아. 하지만 말이지, 이 남자도 내 동료야. 여기서 처치하는 게 좋겠다는 의견도 이해는 되지만, 나는 이 녀석을 믿고 싶어. 그리고 보스의 허가 없이 멋대로 굴 수도 없거든. 내 말을 따르지 않는다면 당신들 말대로 할 테니까, 지금은 한 번만이라도 이 녀석을 믿어주면 좋겠군."

골치 아픈 문제라고 생각하면서, 라플라스는 씁쓸하게 여기고 있었다.

베가는 머리가 너무 나빴다.

자신의 욕망에 지나치게 충실했고, 분위기를 파악하는 능력도 모자랐다. 그러나 좋은 점이 없는 것은 아니었다. 집단행동을 할 때는 따로 노는 타입이지만, 명령에는 어느 정도 따라주었다.

그리고 힘만큼은 확실했다. 여기서 쳐내버리기엔 아까운 인재였던 것이다.

가끔 일으키는 문제행동이 허용범위를 넘어설 수도 있는지라 걱정은 되지만…… 그 문제는 자신이 곁에 있으면서 주의를 주자고, 라플라스는 그렇게 생각했던 것이다.

이번에도 미수로 끝났지만, 큰 문제가 일어나기 일보 직전이었다.

만약 칼리온과 프레이 쪽에 손이라도 댔다면, 라플라스도 베가를 감싸지 않고 처분하려 들었을 것이다.

솔직히 말하자면, 미수로 끝났어도 위험한 안건이긴 했지만…….

"나에겐 결정권이 없지만, 네 마음은 이해할 수 있다. 모르는 사이도 아니니, 리무루 님에게 폐를 끼치지 않는다면 문제는 없겠지."

가드라도 베가를 아는 자들 중 한 명이었다. 이 자리에선 자신이 발언하는 것은 좋지 않겠다는 생각이 들어서, 조심스럽게 의견을 제시하는 선에서 멈추고 있었다.

"나도 그게 걱정인데 말이지……."

라플라스도 불안한지, 확실하게 단언하지 못하고 있었다.

그런 분위기 속에서 가비루만이 가가대소했다.

"크와하하하! 남자라면 실수하면서 배우는 것도 많아야지. 좋아. 나도 믿어보기로 하겠소! 베가라고 했던가, 라플라스 공의 말을 귀담아 듣고 훌륭한 전사를 목표로 삼아 매진하시오!"

그렇게 말하면서 가비루는 베가의 등을 탁탁 쳤다.

불안감은 여전히 남았지만, 지금은 고민하느라 멈춰 서 있을 때가 아니었다.

라플라스는 베가를 데리고 빠르게 그 자리를 떠났다.

"이렇게 끝내도 되겠소이까?"

"문제없소. 베가가 성장하면 이득이고, 실패하더라도 라플라스 공이 책임을 질 테니까 말이오."

"……의외로 악랄한 계획을 품고 계시구먼."

"크와하하하! 그렇게 칭찬하셔도 난 보답할 게 없소!"

칭찬한 게 아니라고 가드라는 생각했지만, 지금은 귀찮았기 때문에 침묵을 지키기로 했다.

분위기가 좀 완화되긴 했지만, 지금은 아직 전투 중이었다.

그 사실을 떠올린 두 사람은 정신을 다시 차리고 싸움에 임하기로 했다.

그때 기쁜 소식이 들어왔다.

"오라버니! 모스 공이 전해준 소식인데, 리무루 님이 베루글린드 님을 쓰러트리셨다고 합니다. 간부 분들은 적의 비공선에 올라타서, 적 세력의 주요 간부들과 결전에 들어간 모양입니다. 저희도 지고 있을 순 없겠군요!"

휴식을 마치고 전선으로 복귀한 소우카가 현재의 상황을 소리 높여 보고한 것이다. 이로 인해 리무루 세력의 사기가 대폭 상승했다.

그와는 반대로, 제국군에겐 동요가 일어났다.

이성을 잃고 폭주하고 있는 자들이라면 모르겠지만, 전력의 중추였던 키마이라 나이트(마수기사)들은 자신들이 얼마나 위험한 상황에 처해 있는지를 깨닫고 말았다.

지휘관을 잃은 데다, 더 이상의 원군은 바랄 수가 없었다. 그런데도 적의 원군은 계속 늘어났으며, 적의 지휘관을 쓰러트리는 것도 절망적인 상황이었다.

전장에서 약점을 보인 전(前) 마왕 토벌에 집착하고 있다간, 자신들 쪽이 포위되어 섬멸될 수 있는 형세에 놓여 있었던 것이다.

통솔이 제대로 되고 있었다면 얘기는 달라졌을 것이다.

그러나 현재는 상관이 부재중인 상황이었다.

이대로 가면 위험해진다는 생각을 하게 되면서, 도망치는 자들이 나오게 된 것도 자연스러운 흐름이었다.

반대로 리무루의 부하들은 크게 기뻐하고 있었다.

"우오오오오오, 역시 리무루 폐하는 대단하셔!"

"베, 베루글린드 님을 쓰러트리셨다고?! 믿을 수가 없지만, 리무루 님이라면 당연한 일일지도 몰라!!"

"이겼군. 지금부턴 유린전이야!"

물론 가비루랑 가드라고 예외가 아니었다.

"훌륭하시군! 역시 리무루 님은 '격'이 다른 분이야!"

"그렇군. 나도 갑자기 강해지는 바람에 혹시나 했었는데. 역시 그 '목소리'는 디아블로 님이 추측하신 대로 리무루 님과 관계가 있는 것 같군……."

"뭐라고 하셨소, 가드라 공?"

"아니, 아무것도 아니외다. 그보다 우리는 우리가 할 일을 끝내기로 합시다."

섣부르게 조사하다간 자신의 몸을 망치게 된다. 가드라는 그 사실을 잘 이해하고 있었기 때문에 깊게 파고드는 것은 자제하기로 했다. 가비루를 끌어들이는 것은 좋지 않다고 생각한 것도 그런 이유들 중 하나였다.

가드라의 말에 고개를 끄덕인 가비루.

그대로 전장 쪽으로 자신의 신경을 집중한 가비루는 오늘 외친 것 중에서 가장 큰 목소리로 돌격 명령을 내렸다.

제4장

팔문견진(八門堅陣)

Regarding Reincarnated to Slime

라플라스도 떠나면서, 그 자리에 혼자만 남은 디아블로는 더욱 깊은 미소를 지으면서 계획대로 진행된 것을 기뻐했다.

경애하는 주인의 싸움을 가까이서 지켜보면서, 자신이 앞으로 그 주인을 도울 경우를 대비하여 참고로 삼았다.

주인에게 무엇이 부족하며, 어떻게 보충하면 되겠는지, 그걸 파악할 수 있는 절호의 기회를 얻은 것을 진심으로 고맙게 생각하고 있었다.

(아니, 리무루 님에게 부족한 점은 존재하지 않습니다. 지금 중요한 건, 앞으로 제가 어떻게 움직이는 게 최선일 것인지, 그걸 검토하기로 하죠.)

어떻게 머리를 굴려도 결국엔 리무루에게 도움을 줄 것을 생각하고 있는 디아블로였다.

그리고 자신이 참전하지 않은 것도 다른 의도가 있었다.

(제가 참전해버리면 베루글린드 님 외에는 고전할 일이 없을 테니까요. 그렇게 되면 아까울 겁니다.)

모처럼 강자와 싸울 수 있는 기회이므로, 유용하게 활용해야 했다.

디아블로의 계산으로는 베니마루에게도 성장의 조짐이 보였다. 진화로 인해 전력이 대폭 늘긴 했지만, 그 힘을 갈고 닦기 위해선 강적과 싸우는 것이 가장 빠른 지름길이었던 것이다.

그건 베니마루에게만 해당되는 얘기가 아니라, 리무루에게 힘을 받은 간부들 전원에게 공통적으로 내려진 과제였다.

그리고 이 전장에는 마침 적당한 실전상대가 갖춰져 있었다. 이걸 이용해야겠다고, 디아블로는 그렇게 생각했다.

(뭐, 베니마루 공은 제 생각을 이미 꿰뚫어 보고 있었던 것 같지만, 불만을 제기하지 않은 걸 봐도 처음부터 그럴 생각을 하고 있었겠죠.)

베니마루는 그렇게 보여도 의외로 호전적이다. 디아블로만큼은 아니라고 해도, 강자와의 싸움을 즐기는 경향이 있는 것 같았다.

성장이 기대된다고, 디아블로는 생각했다.

이번 싸움에서 살아남는다면, 더욱 큰 힘을 얻게 될 것이라고.

애초에——.

(리무루 님의 명령은 절대적입니다. 죽는 게 허용되지 않는다면, 승리하는 것 말고는 다른 길은 없으니까요.)

아무도 죽지 않고 살아남아서, 더욱더 강해지도록 만든다. 그러기 위해서, 디아블로도 아낌없이 협력할 생각이었다.

주어진 힘만으로는 의미가 없다. 스스로 획득하여, 완벽히 구사할 수 있어야만 빛이 나는 것이다.

이번 싸움은 그렇게 되기 위한 무대가 될 것이다.

적을 부여하고, 그걸 물리친다. 그 끝에 있는 성장이야말로, 리무루가 바라는 것이다——라고, 디아블로는 생각하고 있었다.

(쿠후후후후. 테스타로사는 모르겠지만, 카레라랑 울티마조차

도 힘만 믿고 싸우는 모습이 눈에 선하게 보이니까 말이죠. 특히 카레라가 문제입니다. 여기서 한 번 고전이라고 할 수 있을 만한 싸움을 맛보는 것도 좋은 경험이 되겠죠. 무사히 살아남아 주십시오. 안 그러면 제가 정말로 죽여버릴 테니까요. 쿠후후후후후후——.)

디아블로는 그렇게 생각하면서, 한층 더 즐거운 표정으로 웃었다.

그리고 리무루와 베루글린드의 싸움을 직접 눈으로 보게 되면서, 그 흥분은 최고조에 달했던 것이다.

＊

황제기함의 외부갑판에는 로열 나이트(근위기사)들이 집결해 있었다.

베루글린드라는 제국의 수호자의 존재가 그들의 투지를 더욱 뜨겁게 불태우고 있었다.

"베루글린드 님이라면 승리는 확실하지."

"그래. 우리도 지고 있을 순 없겠군."

"여기서 이기고 서방열국도 단번에 평정해야 하지 않겠어?"

"그래야지. 우리 제국이 천하를 통일할 날도 가까워졌어."

"황제폐하, 만세!!"

"황제폐하께 영광 있으라!!"

결코 넓다고는 할 수 없는 갑판 위에서, 각자의 감정을 소리치면서 나누고 있었다.

그리고 일제히 적을 바라봤다.

"드디어 왔나. 마왕의 부하들."

"사룡 베루도라를 빼앗긴 시점에서 네놈들의 패배는 이미 정해져 있단 말이다!"

그렇게 비웃는 자도 있었지만, 대부분은 입을 닫고 검을 뽑았다.

그 이유는 단순하면서 명쾌했다.

다가오는 자들을 '위협적인 존재'라고 인식했기 때문이다.

그리고 이곳이 결전의 장소라는 각오를 굳히면서, 반격하기 위해 움직이기 시작한 것이다.

그들은 아직 알지 못했다.

절망이 바로 근처까지 닥쳐왔다는 것을.

그리고 그 사실을 알았을 때, 그들의 수명은 다하게 될 것이다.

테스타로사는 우아하게 하늘을 날면서, 재미없다는 듯이 우울한 표정을 지었다.

목표인 비공선 위에서, 어리석게도 검을 쥐고 싸울 자세를 잡은 자들을 목격했기 때문이다.

"정말 마음에 안 드네. 우리를 보고도 도전하려 들다니, 분수를 모르는 것도 정도가 있어야지."

베니마루는 여전히 말이 없었다.

그 말에 수긍하고 싶었지만, 적의 입장이라면 그렇게 행동하는 게 당연하리라 생각했기 때문이다. 그래서 테스타로사에게 동의하지 않고 침묵을 고수했던 것이다.

이런 면이 베니마루가 아직 상식인의 범위 안에 들어 있음을 보여주었다.

정말로 제정신이 아닌 자는 그 사고회로부터가 이상한 법이다. 그걸 증명하려는 듯이 테스타로사가 행동에 나섰다.

"강자의 실력을 제대로 알아보지 못하다니 참으로 어리석네요. 너무나도 불쌍하니까, 공포를 주지 않고 자비의 축복을 내려주기로 하죠!"

사실은 테스타로사는 아주 조금만 싸워 실력을 보여주고, 공포에 질린 자들의 감정을 먹어치울 생각이었다.

하지만 이미 각오가 된 상대라면 공포를 느끼게 만들기까지의 시간이 너무 걸린다. 그러기는 귀찮으며, 무엇보다 작전의 취지에서도 벗어나 있었다.

그래서 재빨리 방해자들을 제거하기로 한 것이다.

테스타로사는 비공선 전체가 효과범위에 들어가도록 노린 뒤에, 주저 없이 마법을 날렸다.

그 마법은 핵격마법 : 데스 스트릭(죽음의 축복)이었다.

'영혼'을 파괴하는 궁극의 금단 마법이 그 무자비하기까지 한 폭위를 흩뿌렸다. 그 결과, 비공선을 감싸듯이 칠흑의 완벽한 구가 형성되었고, 그 안으로 죽음을 가져온 것이다.

수많은 생명체를 사멸시키는 마사광선(魔死光線)을 맞고, 함 내에 있던 자들은 거의 모두가 죽음을 맞았다.

글라딤에게 연락을 마치고 결전 준비에 분주하고 있던 자무드 소장도 무슨 일이 일어난 건지 이해하지 못한 채 숨이 끊어지고 말았다.

그는 운이 없었다.

만약 리무루에게 여유가 있었다면, 칼리굴리오가 목숨을 구해 달라고 탄원했던 것을 떠올려 자무드 일행은 공격에 휩쓸리지 않도록 주의하라고 지시했을 것이다.

그러나 아쉽게도 현실은 잔혹했으며, 죽음은 누구에게나 평등했다.

"갑자기 시작하는 건가. 선제공격을 명령하긴 했지만, 이래선 내가 나설 차례가 없겠군."

"굳이 수고하실 필요가 없도록 제가 나선 건데, 좀 심했나 보군요."

"말도 안 되는 소리. 사냥감을 빼앗기지 않도록, 을 잘못 말한 거겠지."

베니마루의 지적을 받고, 테스타로사는 즐거운 표정으로 웃었다.

"어머나, 이미 다 꿰뚫어 보고 계셨군요. 역시 베니마루 님이시네요."

"칭찬을 들어도 기쁘지 않은 건 오랜만이군."

그런 가벼운 농담을 서로 나눴지만, 뭔가 문제가 되는 것은 아니었다. 오히려 베니마루의 입장에서도 귀찮은 일을 덜 수 있어서 잘 되었다고 생각했을 정도였다.

불만이 있는 것은 뒤늦게 도착한 두 사람이었다.

"아앗! 우리 몫도 남겨놓길 바랐는데!"

"판단을 잘못했네. 디아블로는 방치해두고, 이쪽을 우선했어야 했어."

울티마와 카레라가 테스타로사를 원망스러운 눈길로 바라봤다.

테스타로사는 쓴웃음을 한 번 지었다.

"너희들은 아직 멀었어. 기척을 잘 살펴보라고. 아직 살아남은 자가 있잖아."

"그 말이 옳습니다! 저 정도의 공격을 맞고 쓰러질 자라면 제 상대로선 부족하니까요. 오히려 잘 선별했다고 칭찬해드리겠습니다!"

"황송하네요, 시온 공."

자기 뜻대로 되었다는 듯이, 테스타로사가 미소 지었다.

이해할 능력이 되는 자는 결국 이해한다는 것을, 그 표정이 대신 웅변해주었다.

데스 스트릭을 버텨낼 수 있는 자는 마에 적합한 자이거나 정신생명체 뿐이다. 운이 좋게 작용하면 '선인' 급의 자라도 살아남을 수 있을 것이다.

어찌 됐든 선내에 살아 있는 자가 있다면, 그자를 강자라고 생각해도 틀리지 않을 것이다.

울티마와 카레라는 분하게 여기고 있었지만, 불평을 해봤자 불리한 건 자신들이었다. 그 사실을 깨달으면서, 얌전히 물러나기로 했다.

그리고——.

"시작하자."

베니마루의 명령으로 인해 돌입작전이 개시되었다.

*

    비공선의 외부갑판에 착지한 일행이 눈으로 본 것은 시체더미가 된 제국의 로열 나이트(근위기사)들의 모습이었다. 몸이 남아 있다는 것은 필사적으로 저항했다는 증거였다.

    대국에서도 영웅으로 칭송받을 수 있는 자들의 말로였다.

    "시, 싫어…… 죽고 싶지 않아……."

    그렇게 꺼져가는 생명을 붙잡으려는 듯이 허공을 향해 손을 뻗는 자들도 있었다.

    그러나 그 수명은 이제 끝난 것이나 마찬가지였다. 회복약이나 회복마법으로는 그자를 구할 순 없었던 것이다.

    테스타로사와 적대한 시점에서, 그자들의 운명은 끝난 것이었다.

    "아아! 역시 아깝다는 생각이 드네. 이렇게나 질이 좋은 자들이었다면, 분명 감미로운 찬미가를 불러주었을 텐데."

    "그런 투정은 하면 안 돼. 저길 봐, 우릴 마중하러 나와 줬잖아."

    테스타로사가 가리킨 곳에는 기함의 함수부가 있었다.

    그곳에 있던 자들은 제국의 정점들이었다.

    황제 루드라와 여전히 잠이 들어 있는 베루글린드.

    그 양쪽을 굳건히 지키듯이 콘도와 다무라다가 서 있었다.

    루드라의 뒤에는 네 명의 남녀가 있었다.

    그리고 또 한 사람, 얌전하게 생긴 남자가 콘도의 곁에 대기하고 있었다.

    "황제가 스스로 마중을 나와 주시다니, 영광이로군."

대담한 태도로 베니마루가 내뱉듯이 말하자, 루드라가 아니라 콘도와 다무라다가 앞으로 나서려고 했다. 하지만, 그 움직임을 루드라가 한 손을 들어서 제지했다.

"됐다. 인정해야 하지 않겠느냐. 내가 2,000년 이상의 긴 시간을 들여서 모아둔 장기말이 지금은 이것만 남게 되었다. 마왕 리무루의 대리로서, 직접 문답하는 것쯤은 허락해주마."

"그거 고맙군."

"그래서, 여기까지 온 목적은 무엇이냐?"

"별것 아냐, 쉬운 얘기지. 전권을 위임받은 것은 아니지만, 내가 리무루 님을 대신하여 요구하겠다. 이 시점을 기하여 모든 전투를 일절 중지하고 무조건 항복해라. 이 조건을 받아들이면, 우리도 더 이상의 추가 공격은 하지 않겠다."

"거절한다면?"

"리무루 님에게서 너희를 섬멸하라는 명령을 받았다. 어느 한쪽이 전멸할 때까지 자웅을 겨루게 되겠지."

애초에 우리는 죽는 것이 허용되지 않지만 말이지──. 베니마루는 속으로 그렇게 추가했다.

그 목소리가 밖으로 흘러나오는 일은 없었으며, 베니마루의 태도는 오만불손 그 자체였다. 제국 측 세력이 발끈하는 것도 어쩔 수 없는 일이라 할 수 있었다.

"무례하다!"

자신도 모르게 입 밖에서 나왔는지, 마르코가 소리쳤다.

"제 분수를 모르는 하룻강아지가 하늘 높은 줄 모르니 이리도 오만하게 굴 수가 있는 것이지. 참으로 어리석은 녀석이다."

창을 등에 멘 4기사 중 한 명이 베니마루를 얕잡아보듯이 그렇게 중얼거렸다. 그 말은 당연히 베니마루의 귀에도 들렸지만, 상대할 생각이 없는 건지, 베니마루의 시선은 여전히 루드라에게 향해 있었다.

다른 자들은 침묵을 지키고 있었다.

결정권은 루드라에게 있으며, 루드라가 직접 문답하는 것을 허락한 이상, 자신들이 나서는 것은 불경하다고 생각하고 있었다.

"가소롭군. 나의 대망(大望)을 여기서 끝낼 것 같으냐?"

"그럼 죽어라."

베니마루도 이젠 사려 깊게 굴 수 있게 되었고 다혈질적인 면은 보여주지 않게 되었지만, 그 본성은 거친 키신(귀신, 鬼神)이었다. 지루한 교섭보다 실력행사가 더 취향이었다.

그리고――.

리무루가 적의 몰살을 명령한 이상, 여기서 물러날 이유는 전혀 없었던 것이다.

일촉즉발.

그야말로 그런 분위기가 만들어진 가운데에서 움직이기 시작한 자가 있었다. 잠들어 있던 베루글린드가 그 눈을 뜨고 벌떡 일어난 것이다.

"루드라!"

"왜 그러지? 네가 그렇게까지 당황한 모습을 보이다니, 무슨 일이 있었던 거냐?"

베루글린드는 주위를 한 번 돌아보고, 여기서 무슨 일이 일어난 것인지 이해했다. 그래도 자신의 용건이 더 중요하다고 판단했고, 베니마루 쪽을 무시한 채 얘기하기 시작했다.

"제 '별신체'가 마왕 리무루에게 붙잡혔어요. 결계를 부수려면 몇 분 정도는 걸릴 것 같아서, 이쪽으로 힘을 돌리려고 생각했──."

바로 그때가 리무루── 시엘이 '단열지옥'으로 베루글린드를 봉인했던 순간이었다.

아직 여유가 있다고 생각하여, 베루글린드는 그렇게 행동했던 것이지만, 베니마루 일행에 악마 아가씨 3인방까지 있는 것을 보고 위기감을 느꼈다.

"역시 리무루 님이시군요! 우리도 지고 있을 수는 없겠습니다."

시온이 기뻐하면서 흥분했다.

"지금은 베루도라 님에게 집중하고 있는 것 같군. 리무루 님이라면 반드시 베루도라 님을 되찾아 주실 것이다."

소우에이도 고개를 끄덕였다.

시치미를 뚝 뗀 채 '분신체'를 남겨두었고, 리무루의 안전을 확인하는 것을 게을리하지 않았다. 그게 바로 소우에이라는 남자였던 것이다.

"베루글린드 님과 베루도라 님을 동시에 상대하면서, 호각 이상으로 싸우실 수 있었단 말이네. 참으로 대단하신 분이야."

"그러게 말이지. 솔직히 말해서, 나도 이렇게까지 대단한 분인 줄은 몰랐어."

"동감이야. 내 주군은 정말로 한계가 없는 분이네."

베루글린드의 실력을 잘 알고 있는 3인방이기 때문에 그 발언은 더더욱 무게가 있었다. 솔직히 말하자면, 3인방 다 아직 믿을 수 없는 기분이었다.

"큰 실수를 했네. 디아블로의 감언에 속지 말았어야 했는데."

"그러게. 그 녀석, 이렇게 될 줄 알았으니까 자신만 견학하려고 한 거야. 비겁하다니까."

악마에게 있어서 비겁하다는 건 칭찬의 말이기도 했지만, 이 말을 들은 시온은 나중에 디아블로를 단단히 혼내주겠다고 결심했다.

자신도 견학 중이었던 소우에이는 평정을 가장하고 있었다.

그리고 베니마루는 시선을 슬쩍 돌리고 있었다. 모스를 이용하여, 리무루가 싸우는 모습을 빠짐없이 관전하고 있었기 때문이다.

반면, 제국 측의 혼란은 컸다.

"말도 안 돼! 그렇게 강한 힘을 가지고 있었단 말인가?!"

평소에는 냉정하고 침착한 데다, 감정을 드러내는 일이 없는 황제 루드라가 자신도 모르게 자리에서 일어나 소리쳤을 정도였다.

콘도의 충언을 통해 들은 것도 있었기 때문에 리무루를 높게 평가하고 있었다. 그러나 베루도라 만큼의 위협은 되지 않을 것이라고 얕보았던 건 틀림없는 사실이었다.

이제 와서 깨달아도 이미 때는 늦은 뒤였다.

콘도도 자신의 실수를 깨달았다.

자신의 공격이 통하지 않았던 시점에서 경계하고 있었지만, 그래도 여전히 모자랐던 것이다.

(무슨 일이 있더라도 폐하의 옥체는 내가 지킨다.)

말없이 그런 각오를 다졌다.

다무라다는 처음부터 마왕 리무루가 위협적인 존재라고 생각하였다.

이론으로 내린 결론이 아니었다.

유우키만큼 교활한 인물이 그 책략을 동원하고서도 제대로 이용하지 못하였다. 그것만 보더라도 방치해둬선 안 되는 위험한 인물이라는 생각이 들었다.

마왕 리무루는, 이질적인 뭔가를 느끼게 하는 존재였다.

유우키도 그렇고, 마왕 리무루도 그렇고.

카리스마라고도 부를 수 있는, 뭔지 모를 패기를 두른 자들. 다무라다를 끝없이 매료시키는, 신비한 가능성을 느끼게 하는 자들이었다.

다무라다에겐 황제 루드라와 오래 전에 나눈 약속이 있었다. 과연 그것을 지켜야 할 것인지 아닌지는 다무라다도 알 수가 없었다.

그래서 다무라다는 자신이 아니라 타인에게 운명을 맡긴 것이다.

그것을 부탁하기에 충분한 상대——라는 생각이 들게 하는, 그런 뭔가를 지닌 자들이야말로 유우키랑 리무루 같은 빛나는 존재였다.

그런 존재인 마왕 리무루가 이성을 잃어버릴 정도로 격노했다. 그 사실이 다무라다에게 불안을 느끼게 만들었다.

무슨 일이 일어날 것 같은 느낌이 들었다.

함교에는 루드라가 말했던 것처럼 제국의 최고전력이 집결해 있었다. 글라딤과 그 부하들의 모습은 보이지 않았지만, 이 이상의 원군은 바랄 수가 없는 것이 현실이었다.

그런데도 마왕 리무루의 부하들을 압도하지 못하고 있었다.

애초에 마왕 리무루는 결코 얕보고 덤빌 상대가 아니었던 것이다. 지금의 이 상황을 보더라도 그건 명백한 사실이었다.

다무라다는 방심하지 않고, 무슨 일이 일어나도 즉시 황제를 지킬 수 있도록 모든 신경을 긴장시켰다.

다른 4기사랑 마르코도 예상치 못한 사태에 평상심을 유지하지 못하고 있었다.

베루글린드라는 절대자의 힘은 그들만큼 강한 실력자가 보더라도 한계를 알 수가 없었다. 그런 베루글린드가 마왕 리무루의 실력을 인정하고 말았다. 곤혹스러운 것도 당연했다.

이때, 양 진영은 서로 반대되는 의미에서 경악한 셈이지만, 그런 분위기를 깬 것은 베루글린드였다.

"자웅을 겨루겠다고 말했지? 좋아. 당신들을 쓰러트린 뒤에 마왕 리무루가 우리를 따르도록 교섭할 때의 인질로 삼아주겠어. 그러면 되겠죠?"

"그거 좋군. 경들의 힘을 내게 보여봐라!"

""""네엣!!""""

루드라가 결정을 내리자마자, 제국 기사들의 동요가 사라졌다. 그 목소리에는 힘이 실려 있었으며, 전사들의 마음을 안정된 상태로 이끌었다.

"네, 승리를 약속하겠어요."

그렇게 말하면서 베루글린드도 장절한 미소를 지었다.

그 아름답고도 공포를 느끼게 하는 미소는 앞으로 시작될 싸움의 처참함을 예견하게 만들었다.

"당신들도 이러면 되겠지?"

"그래. 이 싸움에서 승리하여, 앞으로의 후환을 완전히 끊어버리고 말겠어."

"좋아. 그럼 후회 없는 싸움을――."

그렇게 말하자마자, 베루글린드가 두 손을 벌리더니 하늘을 향해 위로 들었다.

그리고 발동한 것이 '팔문견진(八門堅陣)'이었다. 공중에 여덟 개의 문이 출현했고, 양 진영의 중앙에 나란히 늘어섰다.

사람 한 명이 들어갈 수 있는 사이즈로 줄어든 문을 앞에 두고, 베루글린드가 설명했다.

"이 기함 위의 공간은 내가 만들어낸 이계로 격리했어. 탈출하고 싶으면, 이 문을 전부 파괴해야만 하지."

이 자리에 있는 제국 측의 세력은 루드라를 제외하면 여덟 명이다. 즉, 각자가 하나의 문을 수호하는 형식이 되는 셈이다.

"모두가 하나의 문으로 들어가면 어떻게 되지?"

"재미있는 얘기를 하네. 시험해보고 싶다면 그래도 되지만, 한 번 문에 들어가면 문의 수호자를 죽인 자만 다음 문으로 들어갈 수 있는 자격을 얻게 돼."

그 말이 옳다면, 모두가 함께 들어간다면 다음 문에 도전할 수 있는 자는 한 명밖에 남지 않게 된다. 모든 문을 파괴해야만 탈출할 수 있는 이상, 그 선택은 너무 위험한 도박이 될 것이다.

"과연. 시도해보려면, 마지막으로 남은 문에 도전할 때 다 같이 들어가는 게 정답이란 뜻인가."

"똑똑하네. 내가 지키는 문에 도전하려면, 그렇게 하는 게 정답이 되겠지."

베니마루의 지적을 듣고, 베루글린드가 웃으면서 고개를 끄덕였다.

그런 생각을 할 것이라는 건 이미 꿰뚫어 보고 있었던 모양이다. 그래도 지지 않을 자신이 있었기 때문에 처음부터 조건을 제시했던 것이다.

"애초에 이 이계는 그런 조건을 설정해놓았기 때문에 낮은 코스트로 유지할 수 있는 거야. 당신들은 모든 문을 파괴하지 않는 한 탈출할 수 없으며, 루드라에게 손을 댈 수도 없어. 그렇지 않으면 여기서 총력전으로 도전하겠어?"

어느 쪽이든 좋다고, 베루글린드가 말했다.

'팔문견진'을 이용한 수호는 수비하는 쪽이 불리해진다. 문을 지키는 자의 정보가 알려져 있으므로, 대책을 세워서 도전할 위험이 있었던 것이다. 그러나 총력전이 되면 루드라에게까지 위험이 미친다. 그건 피하고 싶다는 것이 베루글린드의 본심이었다.

그리고 리무루의 부하들을 이계에 붙잡아두고 싶다는 의도가 컸다. 베루글린드는 어느 정도의 불리함을 감수하면서도 이 이계에서 승부를 벌여야 한다고 생각했다.

"좋아. 그 승부를 받아들이지."

베니마루는 망설이지 않고 응했다.

그 말을 듣고, 베루글린드는 승리를 확신했다.

(내가 지지 않는 한, 이 이계는 파괴할 수 없어. 즉, 우리의 승

리는 변함이 없다는 뜻이 되는 거지.)

설령 적이 모두 한꺼번에 덤빈다고 해도 베루글린드는 승리할 자신이 있었다. 그렇기 때문에 가장 안전한 계책으로 '팔문견진'을 선택한 것이다.

베니마루도 베루글린드의 의도는 이미 눈치 채고 있었다. 하지만 여기서 거부한다고 해도 베루글린드와의 싸움을 피할 수 없는 이상, 승률이 높은 쪽을 고르는 게 좋다고 생각했다.

이곳에 양쪽의 의도가 일치되면서, 결전의 장소가 결정되었다.

*

베니마루 일행의 눈앞에서 한 명, 또 한 명이 차례로 문 안으로 사라지기 시작했다.

그리고 마지막으로 남은 베루글린드가 루드라와 포옹을 나눈 뒤에 문을 통과했다.

그 순간, 문이 천천히 움직이더니, 베니마루 일행의 주위를 둥글게 포위했다.

누가 어디로 들어간 건지 알 수가 없──는 일은 일어나지 않았다. 그걸 미처 보지 못했을 멍청이는 여기에──.

"비겁한 짓을 하는군요. 이렇게 되면 누가 어느 문을 수호하고 있는지 알 수가 없게 되었어요."

그 발언은 시온이 한 것이었다.

"……괜찮아. 내가 기억하고 있어."

넌 안 보고 뭐 하고 있었던 거야──라는 말을, 애써 속으로 꾹

참은 베니마루였다. 아주 조금은 디아블로의 고생을 이해할 수 있을 것 같았다.

"후훗, 즐거운 여흥이로군. 너희가 승리한다면 그때는 나와 싸울 수 있는 영광을 주도록 하마."

이계의 법칙에 따라 보호를 받고 있던 루드라가 의자에 느긋하게 앉은 채 그런 말을 뱉었다.

루드라는 베루글린드의 승리를 의심하지 않았다. 그 태도를 보면, 이 싸움을 오락거리로밖에 여기지 않는다는 것을 뻔히 알 수 있었다.

"글쎄? 전쟁에선 무슨 일이 일어날지 알 수 없는 법이지. 우리에게도 양보할 수 없는 게 있다는 걸 네놈에게 가르쳐주도록 하겠다."

베니마루는 그렇게 호언장담했다.

그리고 동료들의 얼굴을 차례로 둘러봤다.

누가 누구를 상대할 것인가, 그걸 파악하기 위해서.

그런데 그런 베니마루의 판단을 기다리지 않는 자가 있었다.

시온이었다.

"그동안 계속 참고 참았지만, 이젠 됐죠?"

"잠깐, 이봐?!"

"적을 몰살시키라고, 리무루 님이 말씀하셨습니다. 그렇다면 고민할 필요도 없이, 바로바로 해치워버리면 되는 겁니다!"

네가 고민한 적이 있었냐——고 따지는 건 일단 보류한다고 해도, 멋대로 나서는 짓을 허가할 순 없었다. 베니마루는 그렇게 생각했지만, 시온은 말릴 틈도 없이 문을 부숴버릴 것처럼 박차고는 안으로 들어가 버렸다.

"……뭐, 상관없나. 노리고 한 건지 우연인지 모르겠지만, 딱 적당한 상대를 고른 것 같으니까 말이지."

시온의 행동은 최적의 결과로 자주 이어졌다. 이번에도 문제는 있었지만, 베니마루의 의도와 일치하는 문을 골랐던 것이다.

이로써 남은 문은 일곱 개.

그중 한 개가 베루글린드가 맡은 것이며, 그곳은 마지막으로 들를 필요가 있었다.

누가 누구를 상대하는 것이 정답일지가 문제인데…….

"한 말씀 드려도 괜찮겠습니까?"

그렇게 입을 연 자는 베이런이었다.

"뭐야?"

울티마가 오싹한 공포감을 풍기면서 물어봤다.

"실은 소생은 마르코라는 인물과 싸우면서 아직 승부를 내지 못했습니다. 지금의 저라면 틀림없이 승리를 약속드릴 수 있을 거라 생각합니다."

이길 수 있는 상대를 공격하는 것은 정석이다.

승리하면 나갈 수 있으니까 맡기는 것도 나쁘진 않다. 베니마루는 그렇게 판단하여 허가를 내렸다.

"그것도 좋겠지. 마르코란 자는 너에게 맡기겠다."

"흐─응, 잘됐네. 베니마루 씨가 그렇게 말한다면 나도 불만은 없어."

울티마도 분노를 거두면서, 베이런의 상대가 결정되었다.

그런 대화를 보고 있다가, 그다음에 입을 연 것은 아게라였다.

"그렇다면 저에게도 부탁드리고 싶은 게 있습니다."

"아게라라고 했던가. 뭐지?"

"실은 인연이라고 할 정도는 아니지만, 승부를 확실히 내지 못한 상대가 있어서 말이죠. 가능하다면 그자를 상대하고 싶다고 생각하는 바입니다."

"그게 누구지?"

"콘도라는 남자입니다. 보아하니 저와 동문인 듯하며, 순수하게 검사로서도 무시할 수 없는 상대입니다."

"호오?"

인연이 있을 것 같은 사이로군. 베니마루는 그렇게 생각했다.

아게라의 유파는 자신도 궁금했던 부분이었으며, 하쿠로우가 아게라를 신경 쓰고 있었다는 것도 알고 있었다. 그렇기 때문에 그 희망을 이뤄주고 싶다는 마음이었지만, 문제가 있었다.

"이길 자신은 있나?"

그렇다. 아게라가 져버리면 아무 소용이 없는 것이다.

베니마루의 예상으로도 콘도 중위는 상대하기 버거운 남자였다. 리무루도 경계하고 있을 정도의 인물이므로, 아게라의 실력으론 어렵지 않겠는가 하는 계산을 했다.

"그건······."

말끝을 흐리는 아게라.

검사로선 져도 후회가 없을 상대일 것이라 생각하고 있다. 하지만 그건 리무루의 뜻에 반하는 행위였다.

아게라도 자신의 의견이 자기 욕심을 앞세운 것이라는 것을 이해하고 있었던 것이다.

그런 아게라에게 누군가가 도움의 손길을 내밀었다.

"그 정도면 됐겠지, 아게라. 네가 그런 식으로 욕심을 밝히는 건 좀처럼 보기 힘든 일이니까 말이지. 나도 도와줄게."

카레라였다.

아게라의 주군으로서, 당당한 태도로 그런 말을 뱉은 것이다.

베니마루는 고개를 끄덕였다.

카레라에겐 이길 수 있느냐는 질문은 하지 않았다.

"콘도라는 남자는 나도 이길 수 있을지 잘 모르겠군. 지지 말라고는 말하지 않을 테니 절대 죽지는 마라."

그 말을 듣고, 카레라가 소리 높여 웃었다.

"물론이지. 그리고, 그래. 아게라에게도 시련을 주기로 할까. 이기면 정말로 다음 문이 열리는지 아닌지 시험해봐야 하니까, 기왕이면 가장 약해 보이는 상대로 실험해보는 게 좋을 것 같은데."

"찬성! 시온 씨는 가버렸지만, 이겨도 계속 싸울 수 있지 않으면 의미가 없으니까 말이야."

"그러네. 만일 그런 경우일 때는 자격이 있는 자만으로 베루글린드 님에게 도전해야 한단 말이지. 애초에 베루글린드 님은 긍지가 높은 분이니까 거짓말을 하진 않았을 거라 생각하지만."

그럴 가능성은 당연히 베니마루도 고려하고 있었다. 시온이 돌아오면 시험해보자고 생각하고 있었지만, 아게라 쪽으로 시험해보는 거라면 말릴 이유는 없다.

"어쩔 생각이지?"

"아게라를 메인으로 두고, 보조로 에스프리를 동행시키는 거야. 정말로 안에 있는 적을 죽인 자만 다음에 도전할 수 있는 건지, 이렇게 하면 판명이 되겠지."

"그러면 하는 김에 존다도 데리고 가. 회복에 특화되어 있으니까, 강자를 상대로 한 싸움에선 딱히 도움이 안 될 테니까 말이지."

존다도 결코 약하지는 않지만, 성인 급인 자를 상대로 싸우는 건 버거울 것이다. 그러므로 다음에 도전하지 않더라도 문제가 없다고 울티마가 판단한 것이다.

굳이 위험한 전장으로 가지 않더라도, 이 장소에서 나온 자를 회복하기만 되는 것이다. 그런 사정이 있기 때문에 아무도 반대 의견을 내진 않았다.

"그러면 아게라, 에스프리, 존다, 너희 세 명이서 이 문을 공략하고 와라."

베니마루가 가리킨 것은 4기사 중 한 명이 들어간 문이었다.

베니마루를 업신여기듯이 하룻강아지라고 경멸했던 자였으며, 창을 등에 멨던 그 덩치 큰 남자였다.

베니마루의 입장에선 자신의 손으로 재로 만들어 주고 싶은 마음도 있었지만, 지금은 아게라 일행에게 양보하기로 한 것이다.

"잘 알겠습니다."

"맡겨주십시오!"

"반드시 승리할 것을 약속드리겠습니다."

그리하여 세 명은 문을 통과하여 싸움터로 향했다.

이리하여 두 개의 문의 공략이 시작되었다.

남은 자들은 서두르지도 않고, 다음에는 누가 어디를 공략할지를 놓고, 베니마루의 말을 기다렸다.

"아게라 일행이 돌아올 때까지 각각의 상대를 정하기로 하지."

베루글린드가 지키는 문은 나중으로 미뤘다.

콘도의 상대는 카레라, 마르코의 상대는 베이런으로 정해졌다.

남은 것은 다무라다와 4기사 중 두 명이었다.

"내 예상으로는 4기사의 대장으로 보이는 남자가 가장 강한 것 같아. 그 녀석의 상대를 내가 할까 해."

"이의는 없습니다. 저도 같은 감상을 느꼈으니까요."

"그럼 다무라다라는 녀석의 상대를 내가 해도 돼?"

"내 상대는 정해졌으니까, 난 불만은 없어."

다무라다와 남은 4기사는 그렇게까지 실력에 큰 차이는 없을 것 같았다. 그러므로 베니마루도 불만이 없었다.

"소우에이, 괜찮겠어?"

"그래. 남은 자는 쌍검을 쓰는 4기사로군. 나와의 상성도 좋은 것 같으니 문제될 건 없다."

"그럼 정해졌군."

그렇게 말한 뒤에, 베니마루는 잠시 침묵했다.

그리고 쑥스러운 표정으로 말을 이어갔다.

"……이제 와서 이런 말을 하는 게 좀 그렇지만, 난감하군."

"어째서?"

소우에이가 묻자, 볼을 긁으면서 대답했다.

"서로 자기소개를 하지 않았기 때문에 상대의 이름을 모르겠어. 누가 어느 문을 수호하고 있는 지는 기억하니까 문제는 없지만 말이야."

"확실히 그건 맹점이었지. 뭐, 신경 쓰지 마. 어차피 자웅을 겨루게 될 테니까, 자신이 죽인 자의 이름만 알아두고 있으면 충분할 거야."

베니마루와 소우에이의 대화를 듣고 있던 자들은, 그건 그렇다고 생각하면서 고개를 끄덕였다.

마물들에게 있어서 '이름'은 중요한 의미를 가지지만, 어차피 상대는 적이다. 그렇게 크게 신경 쓰지 않아도 괜찮을 텐데, 라고 악마들은 생각했다.

＊

아게라, 에스프리, 존다, 이 세 명은 의기양양하게 문을 통과했다.

그 앞에는 원형투기장 같은 구조로 이뤄진 장소가 있었고, 그곳에선 한 명의 남자가 대기하고 있었다.

"여어, 잔챙이들이 떼를 지어서 온 건가. 나를 상대하는 거니까, 당연하다고 하면 당연한 일이겠지만."

등에 멘 창을 오른손으로 쥐면서, 그 남자는 천박하게 큰 소리로 웃었다.

"죽기 전에 내 이름을 가르쳐주마. 내가 바로 서열 5위이자, 제국황제를 수호하는 4기사 중 한 명인 가르시아 님이다! 악마들아, 나와 싸울 수 영광을 곱씹으면서 이 세상에서 사라져라!!"

그렇게 외치던 가르시아는 한없이 갓즈(신화) 급에 가깝게 보이는 레전드(전설) 급의 창을 휘둘렀다.

그 위력은 절대적이었으며, 정신생명체라고 해도 닿는 것만으로 바로 사라져버릴 정도였다.

그러나 아게라 일행은 그저 멀뚱멀뚱한 표정을 짓고 있었다.

"네 이름 따위엔 관심이 없다."

"바보네, 이 녀석. 베니마루 님을 향해 하룻강아지가 어쩌고 했었지."

"자신의 실력도 제대로 알고 있지 못하니까 저런 큰 소리를 뱉을 수 있는 거겠지, 나라면 부끄러워서 3일은 끙끙대고 앓았을 거야."

가르시아를 두려워하기는커녕, 제각기 하고 싶은 말만 하고 있는 판국이었다.

가르시아는 격노했다.

"잔챙이들 주제에 날 발끈하게 만드는군. 자신의 실력도 제대로 알고 있지 못하다고? 그렇다면 보여주마. 나의 진짜 실력을 말이지!!"

그렇게 외치면서, 억제하고 있던 힘을 해방했다.

성인 급이나 되면, 그 에너지(마력요소)양은 각성마왕에 필적하게 된다. 아게라 일행이 데몬 로드(악마공)으로 진화했다곤 하나, 그 차이는 몇 배나 되었던 것이다.

고밀도의 투기를 두르면서, 가르시아가 한 걸음 앞으로 나섰다. 그것만으로 투기장에 빼곡히 깔린 대리석 바닥에 금이 생겼다.

"각오해라. 그리고 나를 화나게 만든 것을 후회해라."

화를 내게 만들었든 아니든 가르시아가 취할 행동은 마찬가지였을 것이다. 모두가 그걸 알고 있었지만, 그 말을 입 밖으로 꺼내는 자는 없었다.

아게라는 허리에 찬 칼에 손을 대고, 신중하게 상대가 어떻게 나올지를 살피는 전법을 선택했다. 한 방이라도 맞았다간 큰 대미지를 피할 수 없기 때문에, 수비에 전념하기로 한 것이다.

에스프리는 그런 아게라를 방패로 삼고, 자잘한 마법으로 연거푸 공격할 자세를 잡고 있었다.

가르시아가 아게라에게 집중하면 집중할수록 에스프리는 큰 마법을 준비할 수 있었다. 안전하게 싸울 수 있는 게 좋다는 듯이, 무사태평 그 자체라는 분위기였다.

존다는 철저하게 지원에 몰두하고 있었다. 회복마법을 습득하고 있을 뿐만 아니라, 요소요소에서 아게라를 보조하고 있었다.

에스프리보다 존다와 콤비로 싸우고 싶다──. 아게라는 속으로 그런 생각을 하게 되었다.

가르시아는 그런 악마들의 전법을 비웃었다.

수비에 집중하면서, 공격이라곤 자잘한 마법뿐. 그런 전법으론 가르시아에게 대미지를 주는 것은 불가능하다.

그래서 가르시아는 이미 승리한 기분으로 적을 깔보는 발언을 연발했다.

"핫! 겁쟁이들 주제에. 악마니 뭐니 잘난 척 굴어봤자. 역시 우리의 적은 못 되는군. 최강의 기사인 우리는 몇 번이고 네놈들 같은 악마들을 굴복시켜왔다! 데몬 로드(악마공)라면, 마왕에 필적할 수준인 전설 급의 대악마라고들 하던데…… 그건 좁은 세상 속의 얘기에 지나지 않아. 우리에게 있어선 그저 벌레와 다를 게 없는 존재란 말이다!!"

그렇게 큰 소리를 치면서 찌른 창에 의해 대리석 바닥에 큰 구멍이 뚫렸다. 물론, 아게라와 에스프리는 별 어려움 없이 피하고 있었다.

아게라는 자신들이 바보 취급을 받고 있는데도 결코 격노하지 않았다. 이 싸움은 전초전일 뿐이며, 정말 중요한 싸움이 기다리고 있다는 것을 잊지 않았기 때문이다.

에스프리는 훨씬 더 철저하게 임하고 있었다. 신중하게 상대의 공격에 대처하면서, 아게라의 뒤에 숨는 방법을 이용하여 대미지를 입지 않도록 견제에만 치중하고 있었다. 에스프리에겐 유니크 스킬 '꿰뚫어 보는 자(견식자, 見識者)'라는 관찰에 특화된 힘이 있었던 것이다. 실은 이 스킬을 이용하여 시간과 공간이 다른 상대라고 해도 서로 연락을 할 수가 있었다.

아는 사이로 제한된다는 제약이 있지만, 이 힘을 사용하는 상대는 카레라밖에 없기 때문에 에스프리의 입장에선 아무런 문제도 없었다. 오히려 이런 힘을 가지고 있다는 걸 소우에이 같은 자에게 들켜버린다면, 첩보활동 임무를 억지로 떠맡게 될 것이 뻔했다.

일하는 걸 싫어하는 에스프리는 그것만큼은 절대 피해야 하는 사태였다. 그런고로 에스프리는 늘 그랬듯이 카레라에게 정보를 흘리면서, 적당한 원조를 계속 해왔던 것이다.

참고로 존다는 어느 정도의 지원을 끝내자마자 안전권으로 피신해 있었다. 자신은 전투형이 아니라고 단정하고 있었기 때문에, 회복을 맡은 자신이 부상을 입지 않도록 조심하였다.

그런 식으로 대응하고 있었기 때문에, 가르시아는 아게라 일행이 자신을 피해서 이리저리 도망치고 있는 것으로 생각했다.

자신의 힘이 두려운 나머지, 아무런 대책도 세우지 못하고 있을 것이라고 말이다.

"흥! 역시 그 정도인가. 도망치는 것만으론 나에게 이기지 못할 걸."

창을 휘두르면서 악담을 퍼붓는 가르시아.

발언은 막돼먹고 난잡했지만, 그 실력은 두말할 것도 없이 진짜였다.

커다란 체격에서 솟구치는 영력은 '성인'으로서도 파격적인 부류였다.

그리고 당연히 황제 루드라에게서 받은 얼티밋 인챈트(궁극부여) '얼터너티브(대행권리)'도 보유하고 있었다.

그 권능은 '토벌제패'라고 하며, 적을 쓰러트리겠다는 의지를 자신의 힘으로 환원하는 것이다.

그 힘은 애용하는 창의 위력도 상승시키면서, 갖가지 사악한 존재—— 악령이나 악마 같은 정신생명체도 정화하는 파사(破邪)의 성창(聖槍)으로 변화시키고 있었다.

가르시아의 육체는 말할 것도 없이 적을 모욕하기만 해도 점점 강화되고 있었던 것이다. 그의 몸을 지키는 것은 레전드(전설) 급의 갑옷이었으며, 자신의 힘의 반동을 걱정할 필요도 전혀 없었다.

가르시아는 자신의 권능을 깊이 이해하고 있었다.

이렇게 적을 도발하면서도 결코 방심하지 않았다.

가르시아가 자신의 입으로 말한 대로, 데몬 로드란 존재는 마왕에 필적하는 전설 급 수준의 엄청난 악마이다. 최상위에 속한 위협적인 존재이며, 얕보고 덤빌 수 있는 상대가 아니었다.

그리고 아게라에겐 가르시아의 도발도 의미가 없는 것 같았다.

데몬에겐 인간을 업신여기는 자가 많으므로 도발을 당하면 바로 격노했다. 그렇게 되면 빈틈이 생기기 쉬워지며, 쉽게 쓰러트릴 수 있다는 것을 가르시아는 경험으로 알고 있었다.

그러나 이번에는 그것도 통하지 않았다.

싸우기 어려운 상대라는 생각에, 가르시아는 오히려 짜증이 나고 말았다.

"진정해라, 인간. 말 씀씀이가 너무 천박하구나. 나도 인간이 모두 하등하다고는 생각하지 않는다. 하지만 말이지. '영혼'에도 품격이 존재한다. 성격이 비천한 자는 뭘 하든 그런 점을 숨길 수 없다는 걸 깨닫도록 해라."

일부러 거친 태도를 연기할 생각이었던 가르시아는 자신의 성격이 비천하다는 말을 듣고 격노했다. 그게 아게라의 도발이라는 걸 알아차리지 못하고, 페이스가 흐트러지면서 본성을 드러나게 되었다.

아게라는 칼도 뽑지 않고, 최소한의 움직임으로 가르시아의 공격을 계속 피했다. 그게 한층 더 가르시아의 자존심을 자극하였다.

그걸 가까이서 바라본 에스프리는 아게라의 높은 실력을 보고 혀를 두르고 있었다.

(이 녀석, 이렇게 근접전투가 능한 주제에 왜 악마 노릇을 하면서 살고 있는 걸까. 마법을 전혀 쓰지 못하는 주제에, 바보 아냐?)

그렇게, 칭찬하는 건지 비난하는 건지 모를 생각을 하면서, 그 싸움을 지켜보고 있었다.

당연하지만, 그건 리얼타임으로 카레라에게도 전해지고 있었다.

가르시아가 아게라의 도발에 넘어가서 소리쳤다.

"닥쳐라! 네놈들을 토벌하고, 그 목을 황제폐하의 어전에 바치겠다!"

"흠, 그 말은 아직 성급한 것 같군. 내 성격은 상당히 느긋한 편이지만, 너는 너무 성급하다. 뭐, 카레라 님 정도는 아니지만 말이지. 그분은 성격이 급하고 단순하니까 나도 많은 고생을 하고 있지."

아게라의 이 말도 물론, 에스프리를 경유하여 카레라에게 다 전해지고 있었다.

에스프리는 성격이 사악하기 때문에 아게라에게 자신의 힘에 대한 걸 가르쳐주지 않았다.

(이 녀석, 나중에 틀림없이 화를 내겠지. 이히히히히.)

그런 식으로 생각하면서, 이젠 아예 다른 사람의 일인 양 즐기고 있었다.

하지만 가르시아가 다음에 뱉은 발언을 듣고, 그 표정이 얼어붙게 되었다.

"내가 성급하다고? 멍청한 녀석들이로군. 아직 실력 차이를 깨닫지 못했나? 너희의 주인이란 자라면, 그 짙은 보라색 머리를 가진 꼬맹이(소녀) 말인가? 그게 아니면 금발의 그 건방진 여자 쪽인가? 그 백발의 미인이라면 유명인이지만, 그래봤자 결국엔 우물 안 개구리에 불과한 놈들에 불과하거든."

가르시아는 그렇게 말하면서 창을 크게 회전시키다가, 정확히 아게라를 향해 찔렀다. 그리고 자랑스럽게 이미 이겼다는 듯이 한층 더 강도가 높은 폭탄발언을 뱉었다.

"무지한 너희에게 가르쳐주겠는데, 세상에는 진정한 괴물이란 게 존재한다. 원수 각하의 정체인 베루글린드 님의 힘을 알면, 내 말의 의미도 이해할 수 있겠지. 그리고 콘도 중위는 정말 무시무시한 분이지. 그 키진들은 물론이고 너희의 주인들이라 해도 그분들의 적이 되진 못해. 어차피 벌레처럼 비참하게 죽어갈 게 뻔하단 말이다!"

이 말을 들은 단계에서야 겨우, 에스프리는 카레라에게 흘러가고 있던 정보를 차단하는데 성공했다. 당황해버린 나머지, 스킬을 차단하느라 애를 먹었던 것이다.

하지만 그건 이미 때가 늦은 뒤였다.

●

"하하하, 지금 에스프리를 통해서 재미있는 얘기를 들었는데 말이야."

카레라가 낭랑한 목소리로 말했다.

말투와는 반대로, 험악한 기운을 띠기 시작하고 있었다.

"흐—응, 무슨 얘기인데?"

울티마가 물었다.

그 기운을 보고, 대충 어떤 내용인지 짐작하고 있었다.

"이 문안에 있는 적 말인데, 널 꼬맹이라고 부르더라."

"흐, 흐—응……."

울티마의 이마에 힘줄이 우두둑 하고 돋았다.

베이런은 당황했다.

이럴 줄 알았으면 자신도 어서 문을 통과해 들어갈 걸 그랬다고 생각하며 후회하였다.

모르는 게 더 좋은 일도 있다는 말을 깊이 이해하면서.

"테스타는 우물 속의 개구리라고 하던걸."

"내가, 개구리라고……?"

말문이 막힌 테스타로사.

그 미모를 칭송받는 일은 있어도 폄하당한 기억은 없었다. 개구리라고 불린 적은 처음 겪는 경험이었으며, 말로 표현하지 못할 정도의 분노가 솟구쳐 오르고 있었다.

"더 말하자면, 우리를 벌레라고 하네."

베니마루의 눈썹이 꿈틀하고 치켜 올라갔다.

"호오, 하룻강아지에 이어서 이번에는 벌레라고 말했단 말이지."

그렇게 딱히 달갑지 않다는 투로 중얼거리고 있었다.

언뜻 보기엔 냉정해 보이는 베니마루였지만, 역시 자신의 손으로 처리했어야 했다고 생각하고 있었다.

정말로 냉정한 자는 소우에이였다.

"베루글린드 님이 만든 이계 속에서도 채널을 유지할 수 있는 건가. 재미있는 스킬(능력)이로군."

팔짱을 낀 채 침묵을 지키면서, 에스프리의 스킬에 눈독을 들이고 있었다.

이때 소우에이에게 들키게 되면서, 에스프리는 앞으로 소우에이의 의뢰를 몇 번이나 맡게 되──지만, 그건 또 다른 얘기였다.

카레라의 보고는 더 이어졌다.

"우리 힘으로는 베루글린드 님이랑 콘도라는 녀석에게 이기지 못할 거라고, 실컷 바보 취급을 하고 있네. 비참하게 죽어갈 게 뻔한데."

담담하게 얘기하고 있지만, 그건 자신의 감정을 처리하는 것만도 한계이기 때문이었다. 카레라는 도발하는 건 좋아했지만, 도발을 당하는 건 아주 싫어했다.

"승부란 건 직접 붙어보지 않으면 모르는 거야."

테스타로사가 무표정하게 말했다.

실제로, 베루글린드에겐 이기지 못했다. 그래도 테스타로사는 진 것을 분하게 여겨서 그런 말을 하는 게 아니라 진심으로 발언하고 있었다.

다음에는 지지 않겠다고, 그 진홍의 눈이 대신 웅변하고 있었다.

"그건 그렇고 말이야, 카레라. 난 이해가 되질 않는데, 왜 우리를 벌레라고 부른 걸까? 혹시 그 녀석, 엄청나게 강한 거 아냐?"

"아하하, 그럴 리가 없잖아? 만약 그렇다고 해도 용서할 수 없지만 말이지."

울티마의 질문에 웃으면서 부정하는 카레라.

그 눈은 전혀 웃고 있지 않았다.

위험한 색을 띠면서, 당장이라도 폭발할 것 같았다.

"그 녀석에게 자비는 베풀어줄 필요가 없겠네."

"물론이고말고. 인간 주제에, 그런 소리를 뱉었단 말이지."

격노하는 울티마.

당장이라도 날뛰고 싶은 기분을 애써 참으면서 동의하는 카레라.

"아쉬운걸. 내 손으로 자신의 분수를 깨닫도록 가르쳐주고 싶었는데. 봐줄 필요 없다고 아게라에게 전해줘. 용서하는 건 그다음이야."

"물론이지. 우리를 모욕했으니까, 그에 상응하는 보답을 받아야지."

그녀들의 대화를 말릴 자는 이 자리엔 없었다.

울티마는 순진무구하다는 느낌이 들 만큼 잔학했다.

테스타로사의 냉소는 보는 자의 마음을 공포로 물들였다.

그리고 카레라는 낙천적으로 파괴와 허무를 퍼트리는 자였다.

자비의 마음을 베풀 시간은 이제 끝났다.

결코 적에게 안락을 주지 않을 것이다.

그녀들에게 있어선 편하게 죽여주는 것이 자비였으며, 괴롭히면서도 결국엔 죽이는 것이 용서였다.

어느 쪽이든 죽인다는 점에선 달라지는 게 없지만, 그녀들에겐 큰 차이가 있었던 것이다.

베이런은 그런 주군들의 대화를 들으면서, 아게라의 적인 남자에게 저주를 퍼부었다.

그의 상사인 '데빌 로드(악마왕)'들은 결코 분노케 해선 안 되는 존재였던 것이다.

그런데도, 이래도 화를 내지 않겠냐는 듯이 내뱉은 수많은 폭언들.

베이런은 속으로 머리를 감싸 안고 있었다.

(어리석은 인간이여. 그 어리석은 짓에 대한 대가는 부디 너 혼

393

자 받게 되길……)

그렇게 빌지 않을 수가 없었다.

울티마가 얼마나 두려운 존재인지, 베이런은 잘 알고 있었다. 그 이상으로 적대관계에 있었던 카레라랑 테스타로사의 두려움은 필설로 다 표현할 수 없을 수준이었다.

그런 분노의 칼끝이 어디로 향하느냐에 따라서 세계의 운명까지 바뀔 수도 있었다.

(최소한 빨리 그 어리석은 자를 제거해서, 이분들의 분노를 진정시켜야 해. 부탁이다, 아게라! 귀공만을 믿겠어!!)

대악마인 베이런은 이 자리에서 아무것도 하지 못하고 있는 자기 자신을 한탄하면서, 자신보다 격이 낮은 아게라에게 자신의 소망을 맡겼다.

그런 악마들의 생각과는 관계없이 베니마루가 명령을 내렸다.

"카레라, 우리가 하고 싶은 말을 저 안으로 전할 수 있나?"

"음, 해본 적은 없지만, 아마도……."

"그럼 그 녀석에게 더 이상의 불쾌한 발언을 허용하지 말라고 전해다오."

카레라는 고개를 끄덕였다.

좀 더 빨리 그랬으면 좋았을 거라고 생각하면서, 에스프리와의 채널에 강제로 개입했다.

『에스프리, 내 말 들려?』

『켁, 카레라 님?!』

『지금 그 발언은 빚을 하나 진 걸로 치겠어. 그보다——.』

카레라가 씨익 웃었다.

그리고 사념에 원념을 담아서 명령을 내렸다.

●

『그 녀석을 갈가리 찢어서 죽여버려. 영혼까지도 함께 박살 내버리라고, 아게라에게 전해.』

그렇게 말하는 카레라의 목소리가 에스프리의 머릿속에 울려퍼졌다.

『베니마루 님도 그걸 바라고 계셔. 실패는 허용치 않는다고!!』

앗차, 내 힘이 간부 분들에게 완전히 들통 났네——. 에스프리는 그렇게 한탄했다. 그리고 카레라에게 강제 개입당한 상태지만, 이 점은 어쩔 수 없는 일이라고 생각하면서 포기했다. 상사가 부조리한 요구를 하는 것은 어제오늘 일이 아니었기 때문이다.

그야 그렇게 나오겠지, 라고 생각하면서, 에스프리가 아게라에게 말을 걸었다.

"저, 저기, 아게라. 카레라 님이랑 다른 분들이 엄청 화가 나셨거든? 빨리 그 녀석을 처리하지 않으면 우리까지 위험해질 것 같아."

"어떻게 카레라 님이 이쪽 사정을 알고 있는지, 그 점에 대해 의문을 지울 수가 없지만—— 포기하지. 지금은 그보다 각오하는 게 먼저다. 우리의 주인까지 모욕을 당한 이상, 그에 상응하는 대가를 줘야 한다!"

"켁, 당신, 이성이 완전히 날아갔잖아."

평소에는 늘 온화하던 아게라가 격분하고 있는 것을 알아차리

395

고, 에스프리는 한숨을 쉬었다.

이렇게 되면 더 이상 제지는 불가능하다. 아니, 차라리 잘되었다고 할 수 있었다.

아게라가 진심으로 싸운다면, 지켜보는 것이 정답인 것이다.

그런데, 분위기를 파악하지 못하고 가르시아가 소리쳤다.

"너희는 정말 더럽게 약한 것 같구나. 어서 포기하고 죽어라! 안심해도 된다. 너희의 주인들도 어차피 지금쯤 처리되고 있을 테니까. 그러니까 저세상에서 지금까지 그랬던 것처럼 모실 수 있을 거다!"

이 가르시아의 발언도, 사실은 에스프리를 통해서 카레라에게 전해지고 있었다.

더구나 이번에는 카레라뿐만 아니라 '사념전달'로 인해 전원이 공유하고 있는 것 같았다.

『웃기는 소리를 하는 녀석이로군.』

『아게라는 뭘 하고 있는 거야. 어서 죽이라고 말했을 텐데? 날 우습게 생각하고 있는 거야?』

『이봐, 이봐, 나에게 창피를 주지 말라고.』

『시온이 없는 게 운이 좋았군. 그 녀석이 있었으면, 작전이 다 소용없게 되었을 거야.』

『그건 그렇겠군. 이봐, 무리일 것 같으면 교대해줄 테니까 어서 결정해라.』

그렇게들 떠드는 목소리가, 더할 나위 없이 시끄러웠다.

확실히 시온이 있었다면, 아게라의 바람 같은 건 바로 무시되었을 것이다. 그렇게 되어도 에스프리는 곤란할 게 없지만, 악마의 긍지에 흠이 생긴다.

아니, 현재진행형으로 자신들의 평가가 떨어지는 느낌이 들었다.

(우와아, 최악이야!)

그게 에스프리의 본심이었다.

거친 언동으로 보면 잔챙이 같았지만, 가르시아의 실력은 진짜였다. 그래서 의외로 번거로운 상대였던 것이다.

하지만 이렇게 되면 이젠 성과를 낼 수밖에 없다.

어서 가르시아를 쓰러트리지 않으면, 간부들의 분노가 자신들에게까지 미칠 것은 확실했다.

그런데도 아게라는 손을 댈 생각도 없이 회피에 전념하고 있을 뿐이었다.

치명상을 받지 않는 한, 아게라에게 패배는 없었다. 하지만 이기지 못하면 의미가 없는 것이었다.

그렇다면 에스프리가 마법으로 어떻게든 해결해야 하겠지만, 이건 현실적이지 않았다. 여러 가지로 시험해봤지만, 가르시아는 마법에 대한 높은 내성을 보유하고 있다는 것이 판명되었기 때문이다.

"이봐, 어떻게 된 거야?! 도망치는 것밖에 못하는 거냐!"

한층 더 신이 난 가르시아.

그래도 아게라에겐 반격하려는 낌새가 보이지 않았다.

"잠깐, 아게라! 진짜 위험하다니까. 빨리 죽이지 않으면 카레라님이 진심으로 화를 내실 거라고!!"

늘 따르면서 모시는 악마들조차 진심으로 발산하는 주인의 패

397

기에는 두려워하며 벌벌 떨 수밖에 없었다. 그런 분노가 자신들에게 향한다면, 그건 공포이외에 다른 어떤 것도 되지 않았다.

평소에는 세상사에 자신과 관계없는 듯이 굴던 에스프리지만, 지금은 진심으로 조바심을 내고 있었다. 그런데도, 아게라는 여전히 침묵을 지키고 있었다.

참고로, 존다는 자신과는 상관없다는 듯이 떨어진 곳에서 차를 준비하기 시작하고 있었다. 여기서 나가면 간부들에게 대접할 생각인 것 같았지만, 에스프리의 입장에선 웃기지 말라는 소리를 하고 싶은 심정이었다.

"잠깐, 존다! 잠깐 한눈을 판 사이에 넌 뭘 하고 있는 거야?"

"보면 알 것 아닙니까. 아게라 공이 상처를 입을 일도 없을 것 같아서, 달리 제가 할 일이 없는 걸요."

"웃기지 말라고, 이 자식아—!! 왜 나만 높으신 분들의 압박을 받아야 하는 건데!!"

달려들 듯이 버럭 소리치는 에스프리.

여유 있는 웃음을 지으면서, 존다가 대꾸했다.

"홋, 제가 알 바 아닙니다."

죽여버리겠어, 이 자식——. 그렇게 생각하면서 에스프리는 이를 갈았다.

자작 급인 주제에 백작 급인 에스프리를 전혀 두려워하지 않았다.

(워, 울티마 님을 모신다면 그 정도로 신경이 둔하지 않으면 무리겠지만.)

그런 생각도 들었기 때문에, 더 이상 생각하는 것을 중단한 에스프리였다.

존다가 도움이 되지 않는 이상, 아게라가 잘 싸워줄 수밖에 없었다.

아게라가 화를 내고 있다는 건 틀림없으므로, 공격을 하지 않는 것에는 이유가 있을 것이다. 뭔가를 노리고 있는 거라면, 그것에 기대해볼 수밖에 없다.

그런데 이때 아게라가 터무니없는 말을 꺼냈다.

"에스프리, 내가 이해한 것을 전해주마."

"──뭔데?"

"분하지만, 아무래도 내 힘만으로는 이 녀석을 쓰러트리는 건 불가능할 것 같다."

"뭐어?!"

진심으로 하는 말인데, 웃기는 소리는 그만 좀 하라고 에스프리는 생각했다.

이길 수 없었습니다──라고 상사들에게 말할 수는 없는 노릇이었다. 평소에는 대충대충 넘어가는 성격을 가진 카레라지만, 진심으로 화를 내면 손을 댈 수 없게 되는 것이다.

아니, 지금도 분명 관전 중일 것이다.

상사들이 화를 내기 전에 아게라의 진의를 물을 필요가 있었다.

"그게 무슨 뜻이야?"

"별것 아니다. 간단한 얘기지. 이 남자는 자신의 몸에 무위를 둘렀기 때문에 공격력뿐만 아니라 방어력도 상당히 올라가 있다. 내 검을 몇 번 맞춰봤지만, 벨 수가 없다는 걸 깨달았다."

얼티밋 인챈트(궁극부여) '얼터너티브(대행권리)'의 권능인 '토벌제

패'의 효과가 레전드(전설) 급의 갑옷의 방어력과 합쳐지면서, 가르시아의 방어는 갓즈(신화) 급에 해당하는 수준으로 높아져 있었다. 그걸 간파한 아게라는 자신의 검이 통하지 않는다는 것을 깨달은 것이다.

"……내 마법이 통하지 않았던 것도 혹시 그 때문이야?"

"그렇다. 움직임은 대단하지 않지만, 상처를 입힐 수 없으면 이길 수가 없지."

아게라의 지당한 의견을 듣고, 에스프리도 얼굴을 찌푸릴 수밖에 없었다. 이길 수 없다면, 카레라에게 그렇게 보고할 수밖에 없지만, 그렇게 되면 자신들의 체면도 완전히 박살이 날 것이다…….

아게라의 말을 들을 필요도 없이, 에스프리도 가르시아를 관찰하면서, 실력으론 자신들이 밀린다는 것을 인식하고 있었다.

애초에 자신들의 능력으로는 궁극의 힘에 미치지 못한다. '용종'이라면 단순한 공격이라도 얼티밋 스킬(궁극능력)을 타파할 수 있을 것이다. 그건 정신생명체로서 가장 강한 의지의 힘을 갖추고 있기 때문이다.

에스프리 일행도 데몬 로드(악마공)이며, 상위의 정신생명체이다. 그러나 그 의지의 힘은 얼티밋 스킬에 영향을 미칠 수 있는 수준은 아니었다.

이 현실을 어떻게든 해결하지 않는 한, 레벨(기량)로 상회한다고 해도 승리는 얻을 수 없었다.

"하━━앗핫핫하! 보아하니 이제야 겨우 실력 차이를 이해하고 포기한 모양이구나."

그렇게 말하면서, 가르시아가 목소리를 높이며 웃었다.

창을 맞출 수 없는 것은 불쾌했지만, 그건 그래도 상관없다고 생각하고 있었다. 왜냐하면 가르시아의 역할은 여기서 적의 발을 묶는 것이기 때문이다.

적의 힘이 떨어질 때까지 기다린다면 승리는 약속된 것이다. 그때까지 기다리지 않아도 다른 문을 지키는 동료들이 적을 처리하고, 틀림없이 자신을 도와주러 달려와 줄 것이다.

그렇기에 가르시아는 조급해하지도 않은 채, 싸움을 즐길 수 있었던 것이다.

그런 가르시아를 보고 에스프리가 혀를 찼다.

그리고 진지한 목소리로 아게라에게 따져 물었다.

"당신, 이렇게 될 걸 알고 있으면서 콘도라는 녀석에게 도전하려고 한 거지? 뭔가 승리할 계책이 있는 것 아냐?"

그 말을 듣고, 아게라는 씨익 웃었다.

"물론, 있고말고. 내 비책은 너의 도움이 필수불가결하다."

그렇게 말하는 걸 들으면, 에스프리에게 거절한다는 선택지는 있을 수가 없었다.

"……말해봐."

실은 에스프리가 이렇게 대답하도록 꾸민 것까지가 아게라의 계책이었던 것이다.

늘 표연하게 구는 에스프리는 쾌락주의적인 측면이 있었다. 아게라가 평범하게 부탁한다고 해도 절대 고개를 끄덕이지는 않을 것이다.

동료가 곤란에 처해서 우는 모습을 보고 기뻐할 성격을 가지고 있는 것이 에스프리라는 여악마였다. 그걸 잘 알고 있는 아게라였던 만큼, 에스프리를 완전히 궁지에 몰린 상태로 몰아넣으려고 했던 것이다.

(애초에 그러다가 카레라 님의 역린을 건드리게 되었다면, 나까지 숙청될 수도 있지만 말이지.)

그렇게 생각하면서, 도박에 이긴 것을 기뻐하는 아게라.

그대로 에스프리의 마음이 바뀌기 전에 그 비책을 말했다.

"의지의 힘을 칼날로 바꿔서 적을 친다. 이것밖에는 방법이 없다."

아마 아게라가 무슨 짓을 하더라도 가르시아에겐 통하지 않을 것이다. 갑옷의 틈새를 노린다고 해도 전신에 두른 무위에 막히면서 칼이 들어가지 않는 것이다.

갓즈(신화) 급으로까지 승화된 방어력은 보기와는 달리 완전히 소유자의 몸을 지키고 있었던 것이다.

움직임만 보자면, 아게라가 가르시아를 가볍게 상회하고 있었다. 그런데도 유효타를 넣기가 어려운 것은 이게 이유였다.

그렇다면 아게라도 그 영역까지 도달하지 않으면 안 된다.

검의 목소리에 귀를 기울이고, 검과 일체가 된다. 그 극의에 이르려면——.

온몸의 힘을 집중하여, 아게라는 태어나면서부터 들고 있었던 검의 목소리에 귀를 기울였다. 그렇게 함으로써 하나의 결론을 얻었다.

"흥. 우리의 의지로는 저 녀석의 갑옷은 뚫지 못하는 것 아니었어?"

"나를 믿어라. 에스프리, 너에겐 카레라 님만큼 뛰어난 재능은 없지만, 그래도 달인 급의 레벨(기량)에는 도달한 수준이다. 검을 좋아하지 않겠지만, 소질은 있다. 그렇기에 내 신뢰를 맡기기에 충분하다고 믿고 있는 것이니까."

"뭐어? 당신, 무슨 소리를――."

"내 등에 손을 대라. 그리고 뒷일은 너에게 맡기겠다."

아게라가 무슨 말을 하는 건지 이해하지 못한 채, 에스프리는 당혹스러워했다. 그런데도 아게라를 믿기로 한 것이다.

우뚝 선 아게라.

그가 말한 대로 그 등에 손을 댄 에스프리.

그런 악마들을 비웃듯이, 가르시아가 목소리를 드높이며 외쳤다.

"이제 겨우 단념한 건가. 좋아, 지금 즉시 편하게 만들어주마. 지금쯤이면 슬슬 너희를 기르고 있는 주인인 마왕 리무루도 베루글린드 님의 손에 의해 죽었을 것이다. 하등한 마물의 말로지만, 너희도 황천길 안내를 할 수 있으니 기쁘겠지!!"

"뭐?"

그 발언은 절대 용서받을 수 없는 것이었다.

"우리의 신인 리무루 님까지 하등한 마물이라고 경멸한단 말이냐?"

"더구나 달리 표현할 수 있는 말도 있을 텐데…… 죽을 때가 되었다는 말을 했단 말이지?!"

에스프리를 통해 듣고 있던 간부들의 분위기가 바뀌었다. 하지만 그 이전에 아게라가, 그리고 에스프리까지도 인내심이 바닥나고 말았다.

『좋아, 너희들, 내가 모욕을 당해도 참은 점은 높이 평가해주겠지만, 이 타이밍에서 이성을 유지하고 있을 바엔 아예 악마 노릇을 때려치워! 내가 허락하겠다. 그 녀석을 지금 당장 죽여라!!』

카레라의 명령을 들을 필요도 없이, 두 사람도 처음부터 그럴 생각이었다.

"에스프리여. 내 힘을 마음껏 구사해봐라!"

"뭐가 뭔지 모르겠지만, 내게 맡겨. 저 망할 자식을 완전히 죽여버리겠어!!"

분노한 채로 두 사람은 움직였다.

아게라는 의식의 극한까지 칼에 투여하여 말을 건 것으로 인해 하나의 권능에 눈을 뜨고 있었다.

《당신의 바람에 응해드리도록 하죠. 그 마음을 갈고 닦아 그 몸을 칼로 만드십시오.》

그런 아름다운 목소리가 들린 것 같았지만, 그 진위는 불명이었다. 그러나 그 힘은 확실히 아게라의 것이 되었다.

"내 몸은 칼날, 적을 무찌르는 불멸의 칼날일지니!"

아게라가 그렇게 외친 것과 동시에, 에스프리의 손에는 황금의 칼이 쥐어져 있었다.

얼티밋 기프트(궁극증여) '도신변화(刀身變化)'── 그게 아게라가 획득한 권능이었다. 그 효과는 단순명쾌한 것인데, 아게라의 육체를 칼로 변화시켜 그 레벨로 소유자의 능력을 상승시키는 것이 다였다.

하지만, 그 소유자가 높은 실력을 가지고 있다면, 그 효과는 가늠할 수 없는 것이 된다.

에스프리는 자연스럽게, 물 흐르듯 막힘없는 동작으로 칼을 뽑아들었다.

황금의 칼집에서 빼든 칼날도, 반짝이는 듯한 백금의 광채를 발산하고 있었다. 그리고 그 잔상이 여덟 개의 꽃잎을 흩뿌렸다.

그 발도술의 이름은 '오보로 심명류'의 최고오의인 겹벚꽃——팔화섬(八華閃)——이었다.

"죽은 거냐, 쓰레기 같은 녀석."

"어? ……어?"

가르시아에겐 보이지 않았으니, 이해도 할 수 없었다.

방금 무슨 일이 일어난 것인지를.

방어 일변도를 유지하던 사냥감이 눈부시게 빛나면서 사라진 것처럼 보였다.

칼이 되었다는 것은 이해했지만, 어째서 그렇게 되었는지에 대한 의문을 느낄 여유 같은 건 없었다. 왜냐하면 그 전에 죽어버리고 말았으니 어쩔 수 없었을 것이다.

가르시아는 자신의 방어력에 자신감을 가지고 있었다.

궁극의 힘 앞에는 어떤 공격이든 무효가 되기 때문이었다.

그걸 파괴하려면, 가르시아와 마찬가지로 궁극의 힘을 지니고 있어야만 했다. 지금 상대하고 있던 악마들에게선 그런 힘을 느낄 수 없었다. 그래서 안심하고 시간을 들여 몰아붙였던 것이다.

그랬는데, 상황이 순식간에 바뀌었다.

가르시아의 갑옷은 얇은 종이처럼 갈라졌으며, 그 육체는 산산조각으로 베이고 말았다.

그렇다. 순식간에 여덟 번이나 베이면서, 생각할 틈도 허용되지 않은 채 목숨을 잃고 말았던 것이다.

──아니, 생각할 시간만큼은 남겨져 있었다.

에스프리의 손에는 '영혼'이 구현된 모습인 작은 붉은 구슬이 놓여 있었다.

"흐─응, 이 녀석은 붉은색인가. 어울린다면 어울리는 색이긴 하네."

"자신의 주제를 모르는 것뿐이라고 생각하는데 말이지."

에스프리가 중얼거린 말에, 인간의 모습으로 돌아온 아게라가 대꾸했다. 그리고 붉은 구슬을 재수 없다는 듯이 노려보면서 내뱉었다.

"주인을 능욕당하고 잠자코 있을 전사는 없다, 멍청한 것! 하지만 나도 참 한심하군. 주인을 달래기 위해 간언하는 것이 내 역할이었는데, 잔챙이의 말에 그만 격분하고 말았으니……."

그런 아게라에게 에스프리가 희한하게도 위로의 말을 건넸다.

"자자, 마음 풀어. 이번 건은 리무루 님을 모욕했던 것이니까 어쩔 수 없는 일이야. 카레라 님도 용서하겠다고 말하셨으니까, 너무 마음에 둘 필요는 없지 않겠어?"

"뭐, 그렇게 생각하고 넘어가기로 할까."

그렇게 응하면서, 아게라는 더 정진할 것을 맹세했다.

그런 아게라를, 에스프리가 조금은 부러운 눈길로 바라봤다.

지금, 명확히── 아게라는 새로운 스킬(능력)을 손에 넣었다.

그리고 떠올렸다.

검의 극의에 이르기 위해서 수행했던, 생전의 자신을.

모든 기억이 되살아난 것은 아니지만, 자신이 이르렀던 검의 극의만은 다시 그 몸에 깃든 것이다.

아니, 완전히 재현되었다고 해야 할까.

'오보로 심명류'라는, 마를 물리치는 지고의 모든 검기가.

인간이었을 때의 아게라는 자신의 영혼이 칼에 깃들어 있다고 믿었다.

그래서였을까?

자신이 칼로 변하면서, 그 기억이 되살아난 것이다.

그리고 어째서 자신이 무사의 모습을 하고 있었는지, 이때 비로소 그 의미를 알았다.

먼 옛날, 이 세계에서 악마로서 전생하기 전의 그는 사무라이였다는 것을.

(아라키 뱌쿠야라는 것이 내 이름이었단 말인가. 훗, 이제 와서 죽은 인간이 나타나봤자 다들 혼란스러워할 뿐이겠지…….)

하쿠로우의 모습이 머릿속을 스치고 지나갔다.

그 제자들은 훌륭하게 자라서 '오보로류'라는 새로운 유파를 계승하고 있었다.

마물에게 심명은 어울리지 않는다고 생각하여 아게라 자신이 개명했던 것이다. 그 기억이 떠올랐지만…….

(큭큭큭, 리무루 님에게 '이름'을 받으면서, 심명이라는 것도 이해하고 있지 않았나. 그렇다면 내가 나설 자리는 없을 것이다.)

이 세계에서 오거와 부부가 되면서 아이가 태어났다. 여자아이였으며, 그 아이가 성장하여 낳은 아이가 하쿠로우였다.

그 하쿠로우가 길러낸 자들이 이 시대에는 많이 존재했다.

그중 최강의 존재가 바로 아게라의 주군에 해당하는 리무루였으며, 리무루를 길러낸 공적은 전부 하쿠로우로 귀결된다.

수련을 통해 갈고 닦은 기술이 계승될 것이다――. 아게라에겐 그 사실이 솔직하게 말해서 기쁘게 느껴졌다. 이제 와서 자신이 나서는 것은 의미가 없는 짓이다.

아게라는 그렇게 생각하면서, 마음을 고쳐 먹었다.

이미 죽인 쓰레기에게선 흥미가 사라졌다.

아게라는 발길을 돌리고는, 지금의 주군인 카레라에게 향했다.

●

문에서 나온 악마 세 명은 간부들의 환호성과 함께 마중받았다.

"잘했어, 나도 이제야 체면이 좀 서네!"

카레라가 아게라의 등을 탁탁 두들겼다.

그걸 맞고 아게라가 죽을 뻔했던 건 애교로 치는 게 좋을 것이다.

"여러분, 가벼운 식사가 준비되어 있습니다."

능숙한 손길로 나열된 테이블 위에는 지금 막 끓인 홍차와 샌드위치가 놓여 있었다.

존다가 마련한 것이지만, 이것 또한 호평이었다.

반성회는 나중으로 미루고, 에스프리가 붉은 구슬을 카레라에게 바쳤다.

"이게 그 무례한 자의 '영혼'입니다. 심핵(마음)을 확실하게 닫아서 봉해놓았으니, 아직 자아가 남아 있습니다!"

"나이스야, 에스프리! 이제 이 어리석은 자에게 리무루 님을 모욕한 벌을 줄 수 있겠군."

"응응. 그건 그렇고 카레라. 그거 나한테 맡기지 않을래?"

옆에서 끼어든 울티마에게 카레라는 붉은 구슬을 던져 줬다.

"베니마루 씨가 그래도 된다면, 난 상관없어."

그렇게 말하면서 베니마루의 결단을 기다렸다.

"마음대로 해."

굳이 물어볼 것도 없는 얘기였다.

베니마루에겐 죽은 자까지 괴롭히는 취미는 없었으며, 애초에 '영혼'을 어떻게 다룰 수 있는 능력도 없었기 때문에 이 문제는 악마들에게 맡기는 것 말고는 다른 방법이 없었던 것이다.

원래는 승패가 결정된 상대를 또 건드리는 짓은 자신의 가치관에 반하는 행위였다. 하지만 이번에 가르시아가 했던 발언은 허용할 수가 없었다. 베니마루도 말릴 마음이 들지 않았으니, 그리하여 붉은 구슬은 울티마의 손에 넘어가게 되었다.

"그럼 시작할게! '주원광멸죄(呪怨狂滅罪)'!!"

그건 울티마가 정체(正體)한 맹독이었다.

물리적인 육체가 아니라 스피리추얼 바디(정신체)를 파괴하고 아스트랄 바디(성유체)도 침식하는 위험한 것이었다.

'영혼'이 구현된 붉은 구슬로는 버티는 것이 아예 불가능했으며, 가르시아는 그 고통에 절규했다.

『그만, 그만해——!!』

그러나 울티마는 기쁜 표정으로 비웃을 뿐이었다.

"응응, 효과는 뛰어나네!"

"하나 묻겠는데, 그건 어떤 효과가 있는 거야?"

테스타로사가 물었다.

모르는 게 아니라, 가르시아에게 들려주기 위해서였다.

"어, 그러니까 '영혼'이 띠고 있는 힘이 사라질 때까지 계속 고통을 주는 거야. 이 녀석은 상당히 에너지가 많았으니까, 그만큼 오래 즐길 수 있을 것 같은데? 아마 1,000년 정도 될 것 같지만, 그때는 새하얗고 깨끗한 '영혼'으로 다시 태어나는 거지!"

즐거운 표정으로 울티마가 대답했다.

가르시아는 소리도 내지 못한 채 오열했다.

자신이 어디서 선택을 잘못한 것인지를 생각하면서, 이제 와서 후회하고 있었다.

"그래, 그건 아주 좋은 일이네. 이자도 자신의 죄를 속죄할 수 있으니까, 분명 고맙게 생각하겠지."

테스타로사가 미소 지으면서 그렇게 말했다.

그럴 리가 없잖아——. 베니마루는 그렇게 생각했지만, 이번만큼은 아무런 도움도 주지 않고, 그대로 묵인했다.

존다의 시중을 받으면서, 가볍게 쉬는 시간을 가지게 되었다.

그럴 여유가 있는지를 의문으로 생각하면서, 말할 수 있는 시간을 기다렸다가 에스프리가 입을 열었다.

"솔직히 말해서 아게라가 이기지 못하겠다는 말을 했을 때엔 어떻게 될지 몰라 불안했습니다."

분위기가 온화해진 지금이기 때문에 가볍게 불평을 늘어놓고 싶은 기분이 들었던 것이다.

아게라에게 어떤 계책이 있을 거라고 생각했지만, 멋지게 이용 당하고 만 것을 아직 속에 담아두고 있었다.

"이기지 못하겠다는 말은 하지 않았을 텐데."

아게라는 그렇게 반론했지만, 실은 자신의 작전에 확신을 가지고 있었던 것은 아니었다. 성공했으니 다행이지 '도신변화'에 실패했다면 눈뜨고 볼 수 없는 결과가 나왔을 것이다.

"하지만 적어도 사전에 의논을 해달라고! 이겼으니 다행이지만, 졌으면 책임을 지지 못하게 되잖아!"

평소에는 늘 안전권에 있는 에스프리인 만큼, 이번만큼 필사적이 되어본 건 오랜만이었다. 그렇기 때문에 한층 더 아게라에게 부아가 난 것이다.

울티마가 웃으면서 고개를 끄덕였다.

"뭐, 만일의 경우에도 패배는 허용되지 않으니까 말이지. 그 전에 내가 용서하지 않을 것이고. 애초에 져도 리무루 님은 분노하지 않으시겠지만, 죽으면 소용이 없으니까 말이지."

"그러네. 나도 그렇게 생각했기 때문에 에스프리를 통해서 감시했던 거야."

카레라는 방임주의로 일관하는 것처럼 보였지만, 아게라 일행이 질 것 같았으면 맨 먼저 돌입할 생각을 하고 있었다.

그런 관점에서 보면, 이번 싸움은 간부들에 의한 본격적인 공략이었다. 주제넘은 짓이라는 생각도 들었지만, 만일의 경우를 대비해둘 필요는 있었던 것이다.

거기까지 말하다가 불안해졌는지, 에스프리가 나지막이 중얼거리듯 물었다.

"저기, 시온 님은 괜찮으실까요? 저희 싸움이 끝났는데도, 아직 나오시질 않는데……."

에스프리는 시온이라면 괜찮을 거라 생각했지만, 갑자기 걱정이 된 것이다.

그러자, 태연한 표정으로 베니마루가 대답했다.

"문제없어. 그 녀석이라면 목적을 잊어버리고 있을 것 같은 염려는 되지만, 고전하고 있을 것 같진 않아."

동의하듯이 고개를 끄덕이는 소우에이.

"지나치게 열중하고 있군. 같은 공격을 계속 써도 통하지 않는다면, 다른 공격방법도 고려해보는 게 좋을 텐데."

마치 보고 있는 것 같은 그 발언을 듣고, 에스프리는 의문을 품었다.

"……혹시 안의 상황을 파악하고 계시는 건가요?"

이때 발언한 사람은 테스타로사였다.

"당연하잖아? 내가 남은 것도 간부 분들에게 무슨 일이 생겼을 경우를 대비하기 위해서야."

이때 마시던 홍차를 뿜은 사람은 카레라와 울티마였다.

"——뭐?!"

"자, 잠깐만, 테스타로사. 그럼 뭐야? 에스프리가 보낸 정보를 전해주지 않아도 안의 상황을 파악하고 있었단 말이야?"

"물론이지."

그렇게 대답하면서, 테스타로사는 두 사람을 향해 더욱 깊은 미소를 지었다.

그 말을 듣고 카레라가 뭔가를 깨달은 것처럼 소리쳤다.

"혹시 리무루 님이 싸우시는 모습도 감상하고 있는 것 아냐?!"

"앗!"

울티마도 그 가능성을 떠올렸는지 펄쩍 뛰었다.

"치사하잖아, 테스타로사!"

"정말이야, 그런 건 좋지 않다고! 디아블로도 그렇지만, 왜 자신만 만족하면 그걸로 됐다고 생각하는 거람?! 그렇다면 우리에게도 같이 보자고 권유하는 게 옳다는 생각이 들지 않아?"

카레라와 울티마가 분개했지만, 테스타로사는 아랑곳하지 않는 표정이었다.

베니마루와 소우에이도 마찬가지였다. 정보 수집을 맡은 자의 입장에선 절대 그냥 넘어갈 수 없는 일전이라고 생각하고 있었던 것이다.

참고로, 시온은 그 사실을 깨닫지 못하고 있었다. 그래서 맨 먼저 문으로 뛰어든 것이다.

시온이 리무루의 싸움을 보고 있었다면, 절대 끝날 때까지 움직이려고 하지 않았을 것이다. 그걸 알고 있었기 때문에 베니마루는 시온에게 비밀로 하고 있었던 것이다.

어쨌든 불만스러운 표정을 지은 카레라와 울티마를 달랠 필요가 있었다.

어쩔 수 없이 베니마루가 설명했다.

"——그런 식으로, 모스를 통한 감시는 실로 편리해서 말이지.

각각의 여덟 개의 문 전체에 침투시켜둔 상태야."

문제없이 성공했다고, 베니마루는 설명을 마무리 지었다.

즉, 지금도 모스가 정보 수집을 하고 있다는 뜻이다.

안에 있는 적이 감지하지 못하도록 아무 짓도 하지 말고 가만히 있으라고, 베니마루는 엄명을 내렸다.

"그랬군요. 저도 일단 시험해봤습니다만, 다른 문에는 접촉할 수가 없었습니다. 적을 쓰러트린 것은 아게라라고, 그렇게 판정된 것 같군요."

"당연하지만 저도 들어가지 못하게 되었습니다."

아무런 행동도 하지 않은 존다라면 또 모를까, 에스프리도 다음 관문에 도전할 권리를 상실한 상태였다.

베루글린드가 어떻게 판단하고 있는지는 불명이지만, 한 번 들어가면 적을 직접 쓰러트리지 않는 한, 다른 문에 들어가지 못한다는 게 확인된 셈이었다.

"예상대로군요."

"그래. 처음부터 침투시켜둔 게 정답이었어."

서로를 보면서 고개를 끄덕이는 베니마루, 소우에이, 테스타로사.

"그럼 우리 중 누군가가 고전할 것 같으면, 테스타로사가 도와주기 위해서 참전해준단 말이야?"

"응, 그래. 그렇게 되진 않을 거라고 생각하고, 다른 것도 신경이 쓰이는 일이 있지만, 필요할 때엔 달려가 줄게."

"필요없어——라고 말하고 싶지만, 리무루 님의 명령이 있으니까 말이지. 필승을 기하고 있으니까 쓸데없는 실수만큼은 하지 말라고."

카레라가 대담하게 웃으면서 그렇게 말하자, 베니마루 일행도 같은 마음인지 고개를 끄덕이고 있었다.

그때 베니마루가 표정을 진지하게 가다듬으면서 카레라에게 말했다.

"카레라, 네 상대 말인데, 방심하지 마라."

"그건 당연하지만, 왜지?"

"콘도라고 했던가, 그 녀석만은 모스가 있는 걸 눈치 채고 총탄 한 발로 처치해버렸다."

"헤에…… 그거 재미있잖아."

대담하게 웃던 카레라는 상대의 강함에 두려움을 느끼기보다 흥미를 가지는 것 같았다.

"너니까 걱정은 하지 않겠지만, 만약의 경우엔 에스프리를 통해서 도움을 요청해."

테스타로사가 그렇게 말하자, 카레라는 한 손을 들어 보이면서 응했다.

그 태도가, 자신에겐 도움이 필요없다고 대신 웅변하고 있었다. 카레라답다고 생각하면서, 테스타로사는 미소 지었다.

그리고 간부들에 의한 문의 공략이 재개되었다.

하나는 시온이 건투 중이므로 남은 문은 여섯 개.

베루글린드가 지키는 문을 제외하고, 지금 일제히 다섯 개의 문이 열린 것이다.

●

시온은 혼자서 분투하고 있었다.

문 밖에서는 온화한 분위기였지만, 지금의 시온은 귀기가 서린 표정으로 적과 대치하고 있었다.

상대는 '더블오 넘버(한 자릿수)'의 서열 6위인 미나자, 4기사 중 한 명으로 여기사이기도 했다.

시온은 어깨를 크게 들썩이며 숨을 쉬면서, 은근히 짜증이 나는 듯한 표정으로 미나자를 노려봤다.

"저를 이렇게까지 힘들게 만들다니, 칭찬해드리도록 하죠!"

기백을 한껏 담아서 큰 목소리로 외쳤다.

상대하는 미나자도 결코 무사하다고는 할 수 없었다.

군복은 찢어져 맨살이 드러나 있었다. 하지만 색기는 전혀 느껴지지 않았다.

그것도 그럴 것이…….

미나자는 이미 의태를 중지한 상태에서, 원래 모습이 되어 전력을 다해 싸우고 있었기 때문이다.

"닥쳐라! 너야말로 칭찬해주마. 그 쓸데없는 노력을 말이지!! 내 아이들을 쓰러트린 것은 칭찬해주겠지만, 그 원한은 반드시 갚고 말겠다."

미나자의 발밑에는 아주 많은 수의 인섹트(곤충형 마수)들의 시체가 있었다. 그 모든 것이 시온에 의해 죽임을 당한 것이다.

그렇다. 인섹트의 상위존재인 인섹터(곤충형 마인), 그게 바로 미나자의 정체였다.

"흥! 그 정도의 잔챙이들은 저에겐 상대로 칠 수도 없는 수준입니다. 좀 더 강력한 개체가 다수로 나오던 훈련장도 있었기 때문에 이젠 익숙해졌거든요."

"뭐라고?"

"후후후, 안 됐군요. 저는 이렇게 보여도 경험이 풍부한 여자입니다. 곤충형 마인과 싸우는 것도 당신이 처음이 아니란 말입니다!"

고생은 하고 있지만, 시온의 남은 힘은 충분했다. 당당한 표정을 지은 시온은 미나자를 얕보듯이 그렇게 밝혔다.

그리고 뒤늦게 떠올린 것처럼 말을 이어갔다.

"그러고 보니…… 지금 떠올려보면 라즐도 인섹트라기보다 인섹터였겠군요. 완전형태라고 스스로 말했으니, 그쪽이 틀림없을 겁니다."

그 말을 듣고, 미나자의 안색이 변했다.

"라즐이라고? 그 서방의 수호신을 쓰러트린 사람이 너란 말인가?!"

시온은 흐흥 하고 콧방귀를 끼면서 고개를 끄덕였다.

"혼자 상대한 건 아니었지만, 쓰러트린 사람은 접니다. 강적이었죠."

그 말을 듣고 미나자는 "그랬단 말인가"라고 중얼거렸다.

그런 뒤에 고개를 숙이더니, 크큭큭 하고 웃기 시작했다.

"그렇군, 그 녀석을 처치해주었단 말이지! 그 녀석은 말이지, 우리를 배신했다. 우리는 이계에서 온 어그레서(침략종족)이지만, 루드라 폐하가 우리를 받아주시면서 겨우 안주할 땅을 얻었지. 그런데 우리를 따를 뜻을 보이지 않고 멋대로 다른 행동을 계속하던, 구제할 길 없는 자였어."

그런 설명을 들어봤자, 시온은 확실하게 감이 오지 않았다.

무슨 말을 하는 거람, 이 인간. 그런 눈으로 미나자를 볼 뿐이었다.

하지만 하나 마음에 걸리는 게 있었기 때문에, 이 기회에 물어보기로 했다.

"하나 물어보겠는데, 당신들은 라즐 이외에도 각지에 동포들을 파견하기라도 한 겁니까?"

시온이 궁금했던 것은 동료인 제기온이랑 아피트에 관한 것이었다.

혹시 아는 사이라면 미나자를 죽이는 것은 잘못된 선택일지도 모른다. 그런 생각이 들어서, 만일을 위해 물어본 것이다.

"이계에는 수많은 종족이 있지. 가끔 열리는 '명계문(冥界門)'을 통해 다양한 어그레서가 이 세계를 노리고 있다. 우리 인섹터랑 그에 가까운 성질을 지닌 클립티드(환수족). 그리고 팬텀(요마족) 같은 존재도 있지. 우리는 데몬(악마족)과는 달리 반정신생명체니까 이쪽 세계에서도 시간을 들이면 구현된 모습으로 남아 있을 수 있어."

시온의 입장에선 대답하지 않아도 크게 신경 쓰지 않았겠지만, 미나자는 착실하게 가르쳐주었다.

미나자가 말하는 '명계문'이란 것은 디아블로를 비롯한 악마들에게 더 친숙한 말로는 '지옥문'이라고 부르는 것이지만, 시온은 흐응 하고 생각했을 뿐이었다.

미나자의 말로는, 명계는 3대 종족이 패권을 다투는 곳이라고 한다. 평행세계도 있으며, 그곳은 데몬족이 군림하는 지옥이라고 했다.

아주 빈곤하며 식량이 될 만한 게 없는 세계. 그래서 그녀들은 호시탐탐 이 세계를 노리고 있다고 말했다.

먼 옛날부터 판도를 넓히기 위해서, 동포를 몇 번이나 파견했던 모양이다. 아미 와스프(군단봉)같은 인섹트도 그런 어그레서의 일종이었던 것이다.

"뭐, 그중에는 따르지 않는 종족도 있어서, 조금은 곤란해지기도 했지만 말이지."

그런 자의 대표가 시온 일행이 물리친 라즐이었다.

미나자의 종족이 하나로 단합된 존재가 아니라는 증거가 되겠지만, 시온은 다른 생각을 떠올리고 있었다.

아피트랑 제기온은 누군가에게서 도망치던 중에 리무루가 거둔 것이라고.

(적으로 단정해도 틀림없겠군요!)

딱히 근거가 있는 것은 아니지만, 시온은 그렇게 판단했다. 직감을 믿은 셈이지만, 이런 경우에 벗어난 적이 없었던 것은 자랑거리였다.

이번에도 시온의 직감은 맞아떨어졌다.

그건 우연이 아니었다.

시온은 한 번 죽었다가 되살아나면서, 리무루와——그의 스킬인 시엘과——깊게 이어져 있는 것이다. 따라서 그 연산능력이 간섭하면서, 시온이 얻은 단편적인 정보를 통해 올바른 진실을 꿰뚫어 보고 있었다.

"쉽게 말해서, 당신은 적이로군요?"

"하하하, 이제 와서 무슨 소리람! 네가 시간벌이에 어울려준 덕분에 나는 내 귀여운 아이들을 다시 되살릴 수가 있었거든!"

그렇게 외치자마자, 미나자의 하반신이 부풀었다. 군복의 스커트에 가려서 보이지 않았지만, 미나자는 하반신에 여러 개의 입이 존재하고 있었다. 그리고 그 하나하나의 입에서 일제히 불길하게 느껴지는 알이 태어나려고 했다.

"하하하하하! 허세를 부리고 있지만, 지금의 너는 내 아이들과 싸우면서 완전히 지쳤겠지. 이렇게 많은 수를 상대로 이길 수 있다고——?!"

이미 이긴 것처럼 당당하게 뱉던 미나자의 말이 멈췄다.

당연했다.

시온이 '진 고리키마루'를 한 번 휘둘렀을 뿐인데, 수많은 인섹터가 두 동강이 나고 말았으니까.

"마, 말도 안 돼!! 내 아이들이…… 루드라 폐하의 힘이 더해지면서 압도적인 힘을 지닌 전사로 다시 태어났을 텐데……."

미나자의 힘은 아피트의 '어머니인 자(여왕숭배)'와 비슷한 권능이 있었다.

그 이름은 유니크 스킬 '솟아나는 자들(탐식재탄, 食食再誕)'이라고 하며, 태어난 아이들의 시체를 먹으면 몇 번이고 재생할 수 있었다. 또한 루드라가 빌려준 얼티밋 인챈트(궁극부여) '얼터너티브(대행권리)'에 의해 보강되면서, 다시 태어나는데 필요한 시간도 대폭 단축시켜주었다.

태어난 수많은 인섹터들은 미나자가 자랑했던 것처럼 시온에게도 강적이었다. 개개별의 실력도 상위마인에 해당했으며, 그 안에는 마왕종에 필적하는 수준의 맹자도 섞여 있었던 것이다.

하지만.

고전은 했지만, 시온은 그 모두를 쓰러트리고 있었다.

그렇다면 두 번째는 필요가 없었다.

유니크 스킬 '잘 처리하는 자(요리인)'의 진수라 할 수 있는 '최적 행동'으로 인해 인섹터들은 순식간에 쓰러지고 만 것이다.

미나자는 경악했다.

자신이 나서지 않아도, 아이들을 시켜서 몇 번이든 덤비게 만들기만 해도 상대를 지치게 만들 수 있었다. 그런 전법을 특기로 하고 있었던 만큼, 시온 같은 규격외의 존재를 앞에 두면서 혼란에 빠진 것이었다.

하지만 역시 여왕은 여왕이었다.

실수를 반복하는 일은 없었으며, 분노한 형상으로 일어섰다.

"용서하지 않겠어. 내 아이들아, 여왕인 어머니에게 힘을 빌려다오!!"

"재미있군요, 도전을 받아들이죠!"

아이들의 힘을 자신의 것으로 삼으면서, 전투형태로 변신하는 미나자. 그 모습을, 시온은 '진 고리키마루'을 쥐고 기쁜 표정으로 공격했다.

그리고 기나긴 싸움이 시작된 것이다.

일진일퇴의 공방이 이어졌다.

미나자의 공격이 시온에게 부상을 입혔지만, '초속재생'이 발동하면서 순식간에 치유되었다.

그리고 시온의 공격은 미나자의 외골격에 상처를 입히지 못하고 있었다. 레전드(전설) 급의 방어구를 가지고 얼티밋 인챈트(궁극 부여)로 보호를 받는 지금의 미나자는 갓즈(신화) 급으로도 상처를 입히는 게 힘들 정도로 강하고 단단한 상태였다.

미나자의 속도는 시온을 능가하고 있지만, 힘은 시온 쪽이 더 강했다. 방어력은 미나자가 더 높았고, 회복력은 시온이 우세했다.

"에잇, 또 이런 식으로 막아내는 겁니까. 곤충형은 딱딱해서 정말 상대하기 귀찮다니까요."

어떤 작은 상처라도 좋으니, 미나자의 외골격을 파괴하고 싶은 시온이었다. 그렇게 하면 그 뒤는 '요리인'으로 어떻게든 요리할 수 있었다.

그런 걸 허용할 수 없다는 듯이, 미나자도 필사적이었다. 시온을 얕보고 있었던 것은 아니지만, 예상을 훨씬 상회하는 실력을 보고, 솔직하게 말하자면 위기감을 느끼고 있었다.

(믿을 수 없군. 이 형태가 된 나와 이 정도로 호각으로 싸울 수 있다니…….)

에너지(마력요소)양이 방대하다는 것은 보고 느낀 것과 다르지 않았지만, 그것만으로는 이렇게 고전할 리가 없었다. 시온이 상대하기 어려운 이유는 난잡하게 보이지만 검의 실력이 상당한 수준이었기 때문이다.

베니마루에겐 미치지 못하지만, 스승인 하쿠로우에겐 인정을 받았다.

즉, 한 유파의 모든 기술을 전부 익힌 수준의 실력이었던 것이다. 그런 실력에 시온의 괴력이 더해지면서, 미나자에겐 악몽처럼 느껴질 만한 싸움 실력을 선보이고 있었다.

그러나 시온의 입장에서도 지금의 상황은 의도한 게 아니었다.

빠르게 미나자를 쓰러트리고 다음 단계로 가고 싶었지만, 생각했던 것 이상으로 강했기 때문이다.

(역시 제국의 최상위에 있는 기사로군요. 리무루 님이 말씀하셨던 대로, 방심할 수 없는 상대인 것 같습니다.)

그런 생각을 이제 와서 새삼스럽게 하고 있었다.

시온은 평소에도 깊게 생각하지 않는다. 이제야 겨우 어떻게든 공략할 수 있는 실마리가 없을지 생각하기 시작했을 정도였다.

그야말로 너무나도 늦은 행위였지만, 지금에야 머리를 쓰는 것의 의미를 깨닫기 시작한 것만으로도 나아진 것이라 할 수 있었다.

그렇게 말은 했지만, 머리를 잠깐 굴려본 정도라서 좋은 생각이 번뜩인 것은 아니었다. 그렇지만 시온에겐 시엘의 가호가 있었다.

《당신에겐 힘이 있습니다. 다양한 가능성 중에서 최적인 종족을 선택하는 것에 시간이 걸리고 말았지만 이제 결정했습니다. 당신에게 어울리는 것은──.》

그 목소리를 듣고, 시온은 떠올렸다.

리무루에게서 상을 받았을 때에 많은 말을 들은 것 같았지만, 시온은 깊게 생각하지 않았다. 전부 맡기겠다고 대답한 기억은 있지만, 그 후로 아무런 변화가 없었다는 생각이 지금 들었다.

다른 동료들이 진화를 했어도 시온은 딱히 신경 쓰지 않았다.

베니마루는 오니(요귀)에서 진화하여 '염령귀'가 되었다. 그야말로 키신(귀신, 鬼神) 같은 힘을 손에 넣은 것이다.

그에 비해 시온은 아직도 오니(악귀)로 남아 있었다.

그래도 딱히 마음에 두지 않은 것은 그대로도 충분히 강했기 때문이다.

하지만 그래선 미나자에게 이길 수가 없었다.

시온이 힘을 추구하는 것은 필연적이었으며, 그 소망에 응하여 '영혼의 회랑'이 연결된 것이다.

《——'투령귀(鬪靈鬼)'가 좋겠군요. 상위의 성마령이면서, 물질적으로 타의 추종을 불허하는 강함을 자랑합니다. 뒤이어서 스킬(능력)을 검증하겠습니다만——.》

전부 다 맡기겠습니다——. 시온은 그렇게 생각하면서 바로 다 넘겨버렸다. 그리고 그대로 미나자에게 집중했다.

시온의 태도는 무뚝뚝했지만, 무슨 이유인지 그 목소리에선 기뻐하는 기색이 느껴졌다. 그건 시온의 기분 탓일지도 모르지만, 현실적으로 변화가 일어났다.

"뭐, 뭐냐, 너?! 그, 온몸을 휘감고 있는 것 같은 강렬한 오라(요기)는……. 지금까지 힘을 조절하면서 싸우고 있기라도 했다는 거냐——?!"

정신은 육체를 능가한다.

따라서 시온의 마음의 소리가 요구하는 대로, 종족적인 각성이

촉진되었다. 그 진화의 가능성은 시엘의 손에 의해 관리되면서, 최적의 결과가 선출되었다.

보기 드물게도 강력한 상위의 성마령——'투령귀'로, 시온이 진화한 것이다.

그 육체는 '무한재생'을 보유하고 있으며, 마력요소가 있는 한은 불멸이었다.

그 육체를 통해 시도되는 공격은 물리적인 대미지에 멈추지 않고 정신적인 부분도 파괴한다.

약점이 되는 속성을 지니지 않은 정신생명체이면서, 다양한 속성에 대한 우위성을 가지고 있었다.

에너지 크리처(정신생명체)의 천적이라고도 부를 수 있는 존재로, 시온은 진화한 것이다.

시온의 진화는 그 육체까지 새롭게 창조했다.

전투에 더욱 특화되도록 최적화된 신체로.

시온은 반 정도는 본능에 의해 그 사실을 깨달았다.

맑게 갠 푸른 하늘 아래서 크게 기지개를 켠 것처럼 상쾌하고 개운한 기분이었다.

시온은 자신의 손에 들고 있던 애도인 '진 고리키마루'를 고쳐 잡으면서 자세를 잡았다.

"너무 오래 기다리게 했나요? 하지만 당신과의 시간은 이제 끝났습니다."

미나자에게 정중한 말투로 말을 건 시온.

"날 얕보지 마라! 네가 힘을 숨기고 있었던 것처럼, 나도 진정한 모습을 드러낸 것이니까!!"

그 말대로, 미나자의 모습은 새로운 이형으로 변해 있었다. 자신의 수명조차도 줄이면서, 더욱 공격성을 증가시켜 시온에게 대항하려고 했다.

그리고 승부는 시작되었고——.

"우리가 안주할 수 있는 땅을 빼앗으려 하는 자여, 고통 속에서 죽어가도록 해라! 얼티밋 인챈트(궁극부여) '얼터너티브(대행권리)' 전력해방—— 나와라, 솟아나는 자들아!! 내 몸을 식량으로 삼고 먹으면서, 그 본능에 따라 적을——."

"카오틱 페이트(천지활살붕탄, 天地活殺崩誕)!!"

——순식간에 승부가 났다.

미나자가 시도하려고 한 사악한 금단의 최종공격은 그 전모를 보이기 전에 시온의 검을 맞고 파괴된 것이다.

산산조각으로 흩어진 살점을 앞에 두고 시온이 말했다.

"시끄러운 데다 말이 너무 길었습니다."

"……뭐야, 대체 무슨 일이……."

땅바닥에 뒹굴고 있던 살점의 하나는 반 이상이 사라진 미나자의 머리였다.

피할 수 없는 죽음이 닥쳐온 것을 깨달은 미나자였지만, 현실을 받아들이지 못하고 동요하고 있었다.

그런 미나자를 차갑게 내려다보면서 시온이 물었다.

"마지막 자비가 필요합니까?"

미나자에게 있어서 시온은 최악의 상성관계였다.

'투령귀'로 진화하기 전에는 얼티밋 스킬(궁극능력)이 있느냐 없느냐의 차이로 호각이었을 뿐이다. 아니, 얼티밋 스킬을 지니지 않은 시온을 상대하여 호각으로밖에 싸울 수 없었던 시점에서 이미 미나자에게 승리는 있을 수가 없었다.

시온은 진화한 결과, 그 의지의 힘이 궁극의 영역에 도달해 있었다. 시온이 애용하는 대태도도 진화하면서, '신(神) 고리키마루'라고도 부를 수 있을 만한 갓즈(신화) 급에 이르렀던 것이다.

미나자의 힘이 빌린 것이 아니었다면 결과는 달라졌겠지만, 지금의 시온을 상대하기엔 힘이 모자랐던 것이다.

"크, 헉…… 마, 말도 안 돼…… 너, 너무 강해. 하, 하지만, 내 아이들이, 너, 너를……."

이젠 눈이 보이지 않는지, 미나자가 그렇게 말했다.

그러나 그녀의 희망은 이미 완전히 박살이 난 상태였다. 시온의 카오틱 페이트로 인해, 살아 있는 모든 것이 갈가리 베여 있던 것이다.

"그렇게 되면 좋겠군요."

시온의 말은 자비로웠다.

"……자상하네. 그렇게 착해선…… 곤충마왕님에겐 이기지 못—."

미나자의 기력은 그때 다했다.

그 수명도 사라지면서, 지금 시온의 승리가 확정되었다.

"……곤충마왕?"

미나자가 남긴 그 단어는 너무나도 중요한 의미를 지니는 것이었다.

그러나 시온은 전혀 마음에 두지 않았다.

"뭐, 저와는 관계가 없는 얘기겠죠!"

그렇게 깔끔하게 느껴질 만큼 단언하며 결론을 짓는 모습을 보이면서, 기억에 담아두려고 하지도 않았다.

그리하여 이계에서 온 침략자였던 미나자는 아이들과 함께 슬픈 최후를 맞았다.

황제 루드라의 비호를 얻어, 인섹터(곤충마족)의 낙원을 건설하려고 했던 여왕은 그 야망의 달성을 눈앞에 두고 이 세상에서 사라졌다.

●

베이런은 일곱 명의 데몬 로드(악마공) 중에서 제2위의 실력자였다. 공작 급이면서 4,000년 이상 패한 적이 없는 실력자였다.

그럼에도 불구하고, 눈앞에서 무인의 모습을 본뜬 상태로 서있는 마르코에겐 제대로 된 공격도 해보지 못한 채, 바닥에 쓰러지는 굴욕을 맛보고 있었다.

마르코는 유니크 스킬 '익숙해지는 자(변장자)'를 통해 콘도의 모습으로 변한 상태에서, 얼티밋 인챈트(궁극부여) '얼터너티브(대행권리)'를 적절하게 구사하였다. 콘도의 기량을 자신의 것으로 삼아, 빈틈이 없어진 것이다.

베이런도 강자지만, 마르코 쪽이 한 수 위였다. 높은 레벨(기량)을 자랑하는 베이런이었기 때문에 무릎을 꿇는 선에서 끝날 수 있었던 것이다.

악마로서 갈고 닦아온 전투능력이 전혀 먹히지 않았다. 공황이 느껴질 정도의 현실이었지만, 베이런에게 공포심은 없었다. 그러기는커녕, 내심 지금의 상황을 즐기기까지 하였다.

당연했다.

주인인 울티마랑 같이 있던 간부들 앞에서 이길 수 있다고 호언장담한 이상, 반드시 승리해야 하는 것이다.

"거기 있는 악마, 이름이 베이런이라고 했던 가요? 열심히 싸운 것은 칭찬해드리겠습니다만, 몇 번을 싸워도 헛수고입니다. 당신의 실력은 완벽히 파악했습니다. 지금의 저라면 충분히 대처할 수 있는 레벨이군요."

"그렇겠지. 소생도 진심으로 싸우고 있는 게 아니니까 귀공의 평가는 실로 정확합니다."

"뭐라고요?"

마르코는 항복을 권유하려고 했지만, 베이런의 반응에 의아한 표정을 지었다.

마르코의 계산으로는 베이런과 자신 사이에는 하늘과 땅만큼의 실력차이가 존재했다. 콘도의 실력이 압도적이라는 증거가 되겠지만, 지금의 마르코에겐 그것이 자신의 실력이었던 것이다.

그렇기 때문에 베이런의 말을 듣고 부아가 났다.

베이런은 데몬 로드지만, 그 에너지(마력요소) 양은 마르코의 1/4 이하였다. 조금 전에는 1대1이 아니었기 때문에 애를 먹었지만, 지금은 베이런 한 명뿐이다. 방해도 받지 않으므로, 마르코가 압도적으로 유리했던 것이다.

그런데도 베이런은 일어서서 웃었다.

"다른 사람의 흉내를 내는 것으론 소생에겐 이기지 못할 겁니다. 왜냐하면 소생의 특기도 흉내를 내는 것이기 때문이니까."

"뭐? 뭐라고요?"

"가짜는 진짜에 미치지 못한다. 이게 진리라는 것은 이해하고 있으려나요?"

"무슨 말을 하고 싶은 거지?"

짜증스러운 표정을 지으면서 마르코가 물었다.

문답 같은 건 할 필요도 없이 그냥 베어버리면 될 텐데. 베이런은 그렇게 생각하면서 속으로 냉소했다.

"가르쳐드리죠. 소생이 생각하는 최고의 작품이란 무엇인가. 그건 바로——."

그렇게 소리치자마자 베이런은 **새로이 얻은** 권능을 발동시켰다.

················.

············.

······.

베이런은 울티마의 집사이다.

오랜 세월 따르고 모시면서, 그녀의 모든 것을 돌보는 일을 맡아왔다. 주인의 요구에 따라서, 무슨 일이든 대처하지 않으면 안 되었다.

요리라는 전문적인 분야는 존다에게 맡기고 있었지만, 그 외의 것들은 베이런의 관할이었던 것이다.

그런 베이런이 만들어낸 것이 누구라도 될 수 있는 편리한 힘—— 유니크 스킬 '흉내 내는 자(물진사사, 物眞似師)'였다.

이 '물진사사'를 쓰면, 베이런이 본 인물로 변할 수가 있게 된다.

그야말로 마르코의 '변장자'와 비슷한 스킬(능력)이지만, 그 정밀도는 '물진사사' 쪽이 더 위였다.

하지만 마르코는 황제 루드라의 권능에 의해 강화되어 있었다. 그걸 고려한다면 베이런에게 승산 같은 건 없지만, 그건 굳이 더 말할 필요도 없는 얘기였다.

왜냐하면 베이런이 흉내 낼 자는 마르코가 흉내 낸 콘도보다 더 강한 인물이기 때문이다.

마르코가 재현할 수 있었던 수준은 콘도의 진짜 실력의 80퍼센트 이하였다. 너무 강한 실력자의 재현이 불가능하다는 것은 같은 능력자인 베이런이라면 뻔히 알고 있는 사실이었다.

그렇기 때문에 베이런이 선택한 것은 그의 주인을 매료시킨 초상(超常)적인 존재. 마왕 리무루를 모사하는 것을 통해 그 힘의 일부를 자기 것으로 만들려고 생각한 것이다.

그런데, 그런 베이런에게 어떤 목소리가 들렸다.

《그건 허가할 수 없습니다. 하지만 그 대신에 당신에게도 힘을 드리도록 하죠.》

그건 '세계의 언어'와 비슷하면서도 다른 존재.

베이런은 처음에는 당황했지만, 그 의미를 이해함과 동시에 감격의 눈물을 흘리면서 흐느껴 울 뻔했다.

(저를, 저 같은 놈까지, 그 사랑으로 지켜보고 계셨단 말이군요!!)

신에게 기도하는 것처럼, 베이런은 감사의 마음을 바쳤다.

그리고 베이런은 자신의 스킬이 진화된 것을 깨달았다.

진짜를 흉내 내는 것이라고 해도, 사람을 감동시킬 수 있다면 예술이 된다. 그 사실을 증명하려는 듯이, 그 권능에선 확실한 힘이 느껴졌다.

얼티밋 기프트(궁극증여) '아티스트(진안작가, 眞贋作家)'── 그걸 획득했기 때문에 비로소 베이런은 마르코에게 이길 수 있다고 확신한 것이다.

··················.

············.

······.

마르코 앞에 나타난 것은 날카로운 눈빛을 갖춘 젊은 무사였다.

"······누구지? 아니, 누구라도 상관없나. 콘도 중위 이상으로 강한 검사를 전 알지 못합니다. 당신이 누구 흉내를 내든 자유지만, 그래도 승산은 없습니다."

베이런이 흉내 낸 젊은 무사의 모습은 아게라와 아주 비슷했다. 그도 그럴 것이 아라키 뱌쿠야의 젊은 시절의 모습이었던 것이다.

이 결과야말로 베이런이 도달한 흉내 내기의 극치였다.

베이런은 생각했다.

진정한 위조작가라면, 흉내를 내려고 하는 화가의 전성기 시절의 그림도 모사할 수 있어야 한다고.

울티마의 요구에 응해 다양한 분야의 예술에서 궁극의 경지에 도달하려고 했던 베이런이었기 때문에 그런 생각을 하기에 이르렀던 것이다.

실제로는 만나본 적도 없는 인물이겠지만, '아티스트'라면 전성기의 힘을 재현할 수 있었다. 그야말로 반칙에 가까운 권능이었다.

그리고 거기서 그치지 않고, 이 타이밍에서 베이런은 자신의 힘을 해방했다.

그의 주인인 울티마가 리무루에게서 힘을 받으면서 진화했다. 그 은혜의 영향을 받으면서, 베이런 또한 힘이 증가했다. 지금의 베이런의 에너지라면, 마왕은 물론이고 각성마왕에도 필적하는 수준이었다.

"뭐, 뭐야?! 아까와는 완전히 다른 사람 같은 기운이잖아!!"

경악하는 마르코.

베이런은 그런 마르코를 무시하면서, 자신의 손에 한 자루의 칼을 구현시켰다. 악마 특유의 '물질창조'였다.

아게라가 '도신변화'한 칼을 모방하여 만든 가짜에 지나지 않았지만, 이건 얼티밋 기프트 '아티스트'의 효과가 더해진 물건이었다. 한없이 진짜에 가까운 성능을 지닌 것은 틀림없었다.

베이런은 마르코를 바라보면서 말했다.

"그렇군요. 확실히 콘도라는 남자는 얕볼 수가 없습니다. 하지만 말이죠——."

"……하지만, 뭡니까?"

"카레라 님이 싸우러 가셨으니, 그 목숨도 머지않아 끝나리라 생각합니다."

"하하하, 무슨 바보같은 소리를!"

멍청한 소리라고 생각하면서 마르코는 웃었다.

콘도가 패배하는 모습을, 마르코는 상상도 할 수 없었다.

두 사람은 서로를 노려봤다.

서로의 주장을 받아들일 수 없는 이상, 남은 건 실력으로 승부를 내는 것밖에 없었던 것이다.

두 사람은 동시에 움직였다.

"매화——오화돌——!!"

"갤러리 페이크(진안초월묘기, 眞贗超越妙技)—— 겹벚꽃—— 팔화섬——."

지금 이 자리에서 흉내를 낸 가짜가 진짜가 되었다.

베이런이 날린 여덟 개의 검의 섬광이 다섯 줄기의 검의 찌르기를 날려버렸다. 그리고 남은 세 개의 섬광이 마르코의 두 팔을 베면서 날려버렸다. 마지막으로 목에 칼날이 닿은 채 정확히 멈췄다.

"아, 아, 아아……."

두 팔에서 느껴지는 격통으로 인해 마르코의 변신이 풀렸다.

흘러나오는 피를 멈추려고 했지만, 마르코에겐 이미 두 팔이 팔꿈치 밑의 부분이 날아가고 없었다.

"후후후, 죽이진 않겠습니다."

"큭, 날 인질로 삼을 생각인가?"

"아뇨, 그럴 리가요."

그때 베이런도 변신을 풀고 씨익 웃었다.

"소생은 울티마 아가씨의 집사입니다. 그러므로 아가씨를 기쁘게 만들어 드리기 위해선 무엇이든 할 생각이죠."

대답이 되지 않는 대답을 입에 올리는 베이런을 보면서, 마르코는 끝을 알 수 없는 공포를 느꼈다.

"나에게 뭘 할 생각이지?"

마르코는 자신도 모르게 그렇게 묻고 말았지만, 그 반응은 이미 베이런의 술수에 속아 넘어간 것과 마찬가지였다.

베이런은 대답했다.

"아가씨께선 너무나도 잔혹하신 분이죠. 자신에게 적대하는 자의 고통에 찬 표정을, 무엇보다 좋아하십니다. 당장은 죽이지 않고, 조금씩 신체를 썩어 들어가게 만들면서 말이죠. 소생은 그런 아가씨를 말리면서 간언을 드리는 입장에 있습니다. 그런데도, 아아, 그런데도……!"

듣고 싶지 않다──고 마르코는 생각했다.

그러나 베이런은 무정했다.

"정말 좋아한답니다. 소생도 강자가 한심하게 애원하는 모습을 보는 것이, 무엇보다 즐거운 쾌락으로 느껴지거든요!"

그렇기 때문에 마르코는 최고의 장난감이라고, 베이런의 말로 하지 않은 말이 알려주고 있었다.

"그, 그러지 마십시오. 항복하겠습니다. 정 필요하다면 앞으로는 절대 거역하지 않겠다고 맹세하죠. 그러니까──."

마르코가 그렇게 애원하기 시작했지만, 아무도 그걸 책망할 순 없을 것이다. 지금까지 패배를 몰랐던 만큼 수세로 몰리면 약해지는 것이다.

그리고 마르코의 실력은 확실했지만, 그 정신까지 단련되어 있지는 않았다. 궁극의 힘도 빌려온 것뿐이며, 스스로 극의 경지에 도달한 것이 아니었다. 악마 중의 악마인 베이런이라면 그런 상대의 공포심을 끌어내는 방법에 능했다.

"으─음, 안 됐군요! 고민할 것도 없이 거절하겠습니다."

"어째서?!"

"그도 그렇게, 제국의 방침도 마찬가지이지 않습니까? 소생은 말이죠, 그 생각에 찬동하는 자랍니다."

"어……."

"한 번 전쟁을 시작했으면 항복 따윈 인정해선 안 된다. 정말 훌륭하지 않습니까! 약한 자는 처음부터 전면적으로 복종하면 되는 겁니다. 진 것도 모자라서 교섭을 요구하다니, 그런 건 차마 부끄러워서 할 짓이 못됩니다. 실로 공감하지 않을 수 없는 가치관이란 말이죠."

"그, 그건……."

"소생의 말은 틀리지 않았죠? 지금까지 당신들이 해온 일이니까, 자신이 당할 차례가 되면 싫다거나, 그런 억지는 통하지 않습니다. 그러므로─."

이 타이밍에서 베이런은 귀까지 찢어질 정도로 입을 일그러트리면서, 기분 나쁘게 웃었다. 신사와 다를 바 없는 집사의 모습을 하고 있었기 때문에 그 웃음은 더욱 끔찍했으며, 보는 자의 마음에 깊은 발톱자국을 남겼다.

"책임을 져라, 애송이. 그렇게 함으로써 울티마 아가씨를 기쁘게 해드리는 거다."

베이런은 본성을 드러냈다.

울티마의 제1권속답게, 잔학하고 잔인하며, 인정사정없는 악마. 그게 베이런이었던 것이다.

"사, 살려줘…… 살려주십시오, 콘도 중위님!!"

마르코의 도움을 바라는 절규가 콘도에게 전해지는 일은 일어나지 않았다.

"으—음, 그 절규하는 목소리도 기분이 좋지만, 다른 분께 폐가 될 수도 있겠군요. 그러니까 잠시 조용히 해주십시오."

그렇게 말하자마자 베이런은 마르코의 혀를 성의가 느껴지지 않는 동작으로 대충 뽑아버렸다.

"으읍?! 우—우—우—!!"

마르코의 인간의 목소리 같지 않은 목소리가 현세와 분리된 이계 안에 울려 퍼졌다.

이후의 마르코의 운명은——.

●

소우에이는 기분이 좋았다.

몰래 리무루의 싸움을 관전하고 있었는데, 리무루가 대승리를 거두었기 때문이다.

그 싸움을 관전할 수 있었던 것은 요행이었다.

리무루는 베루도라와 베루글린드를 동시에 상대하면서도, 우위에 서 있는 것처럼 보였다. 더 나아가선 베루도라를 잡아먹고, 진화까지 해낸 것이다.

게다가 소우에이라면 저항할 수도 없을 것 같은 맹공을 전혀 개의치 않고, 베루글린드를 압도해버렸다.

그런 리무루였지만, 얼마나 강해진 건지 겉모습만으로는 판명이 되지 않았다. '영혼의 회랑'을 통해서 알아보려고 했지만, 소우에이는 도저히 감지할 수가 없었다.

그렇기 때문에 그걸 알고 싶다고 생각하는 것은 소우에이 혼자만의 바람이 아니었을 것이다.

적어도 디아블로는 마지막까지 움직이려 하지 않았다. 지금도 틀림없이 리무루의 곁에 있을 것이다.

새치기를 했단 말이지, 그 자식──. 그렇게 생각했지만, 디아블로의 명분이랑 목적을 이해할 수 있는 만큼 드러내고 불평을 할 수 없었다.

부아가 나는 걸 따진다면, 테스타로사도 마찬가지였다.

시치미를 뚝 떼고 남아 있겠다고 선언하고 있었지만, 그 의미를 생각하면 소우에이는 복잡한 심정이 들었다.

그래도 그녀의 의도를 알고 있는 만큼, 소우에이도 반대는 하지 않았다.

여기 있는 베루글린드는 불리하다는 것을 깨달았는지, 리무루와 싸우는 도중부터 루드라를 지키기 위해 움직이기 시작했다. 다른 일곱 개의 문을 격파할 때까지 나오지 않는다는 보장 같은 것은 없었다.

(저 교활한 테스타로사라면, 그렇게 될 가능성을 예상하지 않았을 리가 없다. 그런데 그걸 지적하지 않았다는 건 자신의 힘만으로 어떻게든 해결할 수 있을 거라 생각했기 때문이겠지. 저 베루글린드 님을 상대로 이길 수 있을 거라는 생각은 들지 않지만, 대단한 자신감이야.)

소우에이는 테스타로사의 의도를 정확히 꿰뚫어 보았다.

테스타로사는 아마도 베루글린드와의 재대결을 노리고 있을 것이다. 소우에이의 힘으론 이길 수 없는 상대에게 도전하려고 하는 것이므로, 질투심을 느끼는 것 정도는 용서해주길 바라는 것이 소우에이의 생각이었다.

소우에이는 생각했다.

베니마루 또한 테스타로사의 생각을 읽은 상태에서, 그 의도를 인정했을 것이라고.

왜냐하면 베니마루의 힘으로도 베루글린드에겐 이길 수 없기 때문이다.

불꽃이 특기인 베니마루의 힘으론 불꽃의 화신이라고도 부를 수 있는 베루글린드에겐 공격이 통하지 않는다. 시간벌이조차 되지 않을 가능성이 있어서, 그나마 테스타로사 쪽이 더 적임자라는 생각이 했던 것이다.

참고로 소우에이라면 베루글린드를 상대로 몇 초밖에 버티지 못할 것이다. 공간을 지배할 수 있는 베루글린드에겐 소우에이가 잘 쓰는 기술은 어느 것도 통하지 않는다. 그리고 도망치는 것도 허용되지 못한 상태에서 베루글린드의 화염에 타 죽으면서 끝날 것이다.

그렇게 될 것을 이해하고 있는 만큼, 소우에이는 달갑지 않았다. 달갑지 않지만, 테스타로사를 인정할 수밖에 없었다.

그런고로 소우에이는 리무루의 승리에 기분이 좋아지면서도 자신의 역부족에 불만을 품는, 실로 복잡한 심정을 느끼면서 자신이 할 일에 전념하기로 했다.

적을 죽이라는 리무루의 명령은 절대적이며, 그것을 따르는 데에 아무런 망설임도 없었다. 애초에 소우에이에게 적을 제거하는 것은 자연스러운 일이었기 때문이다.

(빨리 끝내고, 리무루 님 곁으로 달려가도록 하자.)

리무루에 대한 충성심을 더욱 높이면서, 소우에이는 그 흥분된 마음이 명령하는 대로 문을 통과했다.

적의 기척을 포착했다.

소우에이는 망설이지도 않고, 똑바로 그 적을 향해 이동했다.

원형투기장의 모습을 본뜨고 있는 것은 어느 문 안의 공간이든 공통된 사항이었다.

그 중앙에 소우에이의 목적인 인물이 서 있었다.

"여어, 네가 내 상대인가?"

히죽히죽 웃는 그 남자는 '더블오 넘버(한 자릿수)' 서열 4위인 가드너였다.

"여기까지 오느라 수고했으니 자기소개 정도는 해주도록 하지. 내 이름은 가드너. 루드라 폐하를 수호하는 임무를 맡고 있다. 뭐, 짧은 시간 안에 끝나겠지만, 최선을 다해서 날 즐기게 해달라고."

그렇게 말하더니, 가드너는 실력을 감정해보려는 듯한 눈으로 소우에이를 봤다. 어떻게 괴롭혀줄지를 생각하면서, 숨겨져 있는 가학적 취미를 스스로 자극하였다.

그에 비해 소우에이는 아무 말이 없었다.

아니, 잠시 뜸을 들인 뒤에 한숨을 한 번 쉬었다.

"너 따위 녀석을 처치하기 위해서 내 귀중한 시간이 빼앗겼단 말인가."

짜증 난다는 투로 그렇게 내뱉었지만, 그 말을 그냥 흘려들을 가드너가 아니었다.

"······뭐라고?"

"내 이름은 소우에이다. 만약 항복하겠다면 받아들여 주겠다만, 그럴 마음은 없겠지?"

"당연하지!"

가드너는 소우에이의 태도에 격노했다. 싸우기 전부터 소우에이의 계책에 걸려 있었지만, 본인에게 그런 자각은 없었다.

"소우에이라고 했던가. 들은 적이 있다. 콘도 씨가 조사했는데, 마물의 나라에선 정보국과 비슷한 일을 했었지? 그렇다면 직접 전투에는 약하다는 뜻이 될 텐데!"

물론, 콘도의 조사가 그렇게 안일할 리가 없었으니, 가드너도 소우에이의 실력이 나름대로 강하다는 건 알고 있었다. 알고 있으면서 일부러 도발했던 것이다.

그런 짓을 하지 않아도 이길 수 있다고 생각했지만, 그래도 냉정함을 잃어준다면 이득이라고 생각하였다.

바닥이 뻔히 드러나 보이는 전법이며, 소우에이의 도발에 넘어가 버린 시점에선 이미 의미가 없었다.

"저능한 것. 헛소리는 됐으니까, 어서 시작하자."

소우에이는 이 짧은 시간에 가드너의 실력을 완전히 간파하고 있었다. 그런 줄도 모르고, 가드너는 무모하게도 소우에이에게 덤볐다.

가드너의 무기는 두 손으로 드는 청룡도였다. 나이프보다도 두꺼우면서 큰 칼날은 다루기 어렵지만 강력했다. 물 흐르듯 부드럽게 이어지는 그 연속공격은 마치 춤을 추고 있는 것처럼 훌륭했다.

힘과 날카로움, 그리고 가드너의 높은 기량이 겸비된 공격이었다. 그러나 소우에이에겐 통하지 않았다.

후욱 하고 그림자 속으로 숨은 소우에이. 가드너의 청룡도는 허공을 베었고, 그 기세를 이기지 못하면서 자세가 무너졌다.

그 빈틈을 놓칠 소우에이가 아니었으며, 가드너의 발밑에 있는 그림자에서 날아온 총탄이 사냥감의 가슴에 파고들었다.

"커헉?!"

피를 토하면서 쓰러지는 가드너.

마지막 공격으로 숨통을 끊기 위해서 그림자에서 나타난 소우에이의 손에는 소형권총인 발터 P99가 쥐어져 있었다. 리무루가 카이진을 시켜서 만들도록 한 시험제작품을, 소우에이도 몰래 입수해놓고 있었던 것이다. 그걸 그림자 공간에서 쏠 수 있게 연습하고 있었는데, 그 성과로 인해 가드너는 심장을 뚫리고 말았다.

"훗, 시시하군."

어떤 강자라고 해도 방심한 순간을 노려서 공격하면 일격에 죽일 수 있다──. 그런 지론을 가지고 있던 소우에이였지만, 역시 그런 수단이 통하지 않는 상대도 있다는 건 이해하고 있었다.

그러나 가드너의 경우는 그 범위 안에 들지 않았고, 오히려 보기 좋게 계책이 적중한 결과로 끝났다.

무엇보다 지금의 총탄에는 소우에이가 보유한 모든 기능이 담겨 있었던 것이다. 유니크 스킬 '숨어드는 자(은밀자)'의 '초가속'과

'일격필살'에 독, 마비, 부식효과까지 부여되어 있었다.

탄환의 초속은 '초가속'에 의해 음속의 수십 배에 달했고, 그 위력에 '일격필살'이 더해지면서 스피리추얼 바디(정신체)도 파괴할 수 있었다.

이런 성능에 각종 상태이상이 추가되었으니, 가드너의 죽음은 확실했다. 소우에이가 아니더라도 모두가 그렇게 판단했을 것이다.

하지만——.

"어리석은 녀석, 방심했구나!"

문을 향해 걷기 시작한 소우에이의 뒤에서 그런 목소리가 들렸다. 그리고 그 전에 소우에이의 목이 절단되었으며, 가슴에선 청룡도가 돋아나왔다.

"아—, 이런 짓은 정말 귀찮단 말이지. 이런 약삭빠르게 구는 녀석을 죽이기엔 좋지만, 순식간에 승부가 정해지고 마니까 재미가 떨어지거든."

그 발언의 주인은 말할 필요도 없이 죽어 있어야 할 가드너였다.

시체는 여전히 누워 있었지만, 가드너는 멀쩡한 몸으로 서 있었다. 그 이유는 가드너의 특기인 특수능력 때문이었다.

얼티밋 인챈트(궁극부여) '얼터너티브(대행권리)'—— '병렬존재'라는 것이 가드너가 루드라에게서 빌린 권능이었던 것이다.

방대한 에너지(마력요소)양을 자랑하는 베루글린드와는 달리, 가드너는 '성인' 급치고는 평범한 레벨이었다. 각성마왕에 필적하긴 하지만 '별신체'를 여러 개나 만들어낼 수 있는 수준은 아니었다.

단 한 개밖에 만들지 못했지만, 그걸로 충분했다.

어떤 교활한 상대라도 그게 본체인 이상, 가짜라는 것은 꿰뚫어 보지 못한다. 그런 방심을 유도하여, 하나를 미끼로 삼고, 본체로 강습하는 것이 가드너의 방식이었다.

필승이긴 했지만, 가드너는 그것으론 만족하지 못했다.

왜냐하면 가드너는 목숨을 구걸하는 상대를 괴롭히는 것이 취미였기 때문이다. 이런 방식으로는 상대가 목숨을 구걸할 틈도 주지 못하고 죽여버릴 수 밖에 없었다.

"이봐, 살아 있나? 아니, 그럴 리가 없겠지—."

그렇게 투덜대면서도, 가드너는 자신의 역할을 잊지 않았다. 문으로 온 침입자는 확실히 죽일 필요가 있었으며, 소우에이가 죽었는지 확인해야만 했다.

그런 가드너의 귀에 "역시 그랬군"이라는 차가운 목소리가 들려왔다.

목이 떨어지고 심장을 뚫린 소우에이의 몸은 검은 안개로 변하면서 흩어졌다.

"앗차!"

가드너는 그렇게 외쳤지만, 이제 와서 알아차려도 이미 늦은 뒤였다.

소우에이의 계책에 넘어가면서 냉정함을 잃지만 않았더라면, 혹은 그게 '분신체'라는 것을 눈치 챘을지도 모른다. 그러나 그건 '만약'의 이야기이며, 나중에 논의해봤자 의미가 없는 것이었다.

가드너의 실수가 결과로 이어질 뿐.

"미끼로 쓰려면 '분신체'로 충분하다. 너에게 그 힘은 분에 넘치는 것 같구나."

소우에이의 목소리가 차갑게 울려 퍼졌다.

그 지적은 실로 적절했으며, 가드너의 마음을 후벼 팠다.

실은 가드너는 베루글린드를 만난 적이 있었다.

'성인'이 막 되었을 때, '원수'의 정체가 아름다운 여성이라는 것을 알았고, 이길 수 있을 거라고 생각하여 거만하게 굴었다. 그 결과, 우아하게 앉은 베루글린드가 지켜보는 앞에서 놀이 삼아 꺼낸 수준의 '별신체'를 상대로 참패했던 것이다.

그때 그녀에 대한 강한 동경심을 품었고, 진심으로 갈망한 것이 베루글린드의 권능이었다. 가드너가 애용하는 청룡도도 베루글린드에게서 받은 물건일 정도로 철저하게 굴었다.

그 사실을 간파하지 못할 소우에이가 아니었다.

가드너는 처음부터 소우에이의 손바닥 위에서 놀아나고 있었던 것이다.

"빌어먹을——!!"

절규하는 가드너.

절대적인 상황에서 마음이 흔들리고 말았다.

자신의 능력에 의심을 품어버리면, 그게 궁극의 힘이면 힘일수록 영향을 받아버린다. 그 점을 노리고, 소우에이가 움직이지 않을 리가 없었다.

"납득했으면 넌 그만 죽어라!"

그렇게 말하면서, 소우에이는 유니크 스킬 '은밀자'를 발동시키려고 했다.

그때 가드너가 비장의 수를 썼다.

"우오오오오오오오오——— 으아아아!! 어, 어떠냐? 모든 게 내 본체, 나도 죽겠지만, 너도 같이 데려가겠다아."

여러 개의 '별신체'를 동원한 일제공격. 모든 것이 본체이므로, 어느 하나만 쓰러트려도 의미가 없었다.

가드너가 생명을 불태우면서 실행한 '병렬존재'를 이용한 궁극의 공격이었다.

그건 눈 깜짝할 사이도 안 되는 짧은 시간에 일어난 일이었다. 따라서 '은밀자'로 마지막 공격을 노리고 있던 소우에이가 피하기에는 어려운 타이밍이었다.

소우에이가 쓰는 '분신체'의 가장 큰 약점은 본체 이외에는 유니크 스킬을 발동할 수 없다는 것에 있었다. 여러 개의 '분신체'를 동시에 조종할 수 있는 소우에이라고 해도 이 약점만은 극복하지 못하고 있었다.

그게 바로 '분신체'와 '별신체'의 차이점이니까 당연했다.

본체가 가까이 있으면 발동하고 있는 것처럼 보일 수는 있었지만, 그래선 시간차가 생기고 만다. 격이 높은 상대에겐 빈틈을 보여주는 결과가 될 뿐이므로, 마지막 공격은 반드시 본체가 하지 않으면 안 되었던 것이다.

"큭!"

소우에이는 방심했다고 생각했다.

마지막 공격을 하는 순간이야말로 가장 위험하며, 방심해선 안 된다는 것이 상식이다. 그걸 알고 있으면서도 위기에 빠지다니, 소우에이의 입장에서는 부끄럽기 짝이 없는 실수였다.

(용서하십시오, 리무루 님! 반드시 살아서 돌아갈 테니까, 이번 일에 대한 속죄는 나중에——.)

소우에이는 그렇게 생각하면서, 가드너의 마지막 공격에 대비하려고 했다. 죽는 것이 허락되지 않은 이상, 반드시 살아남아야 했기 때문이다.

그러나 그때——.

《허용할 수 없습니다. 그러므로 소우에이, 당신에게도 힘을 드리도록 하죠.》

소우에이는 신비한 목소리가 들린 것 같은 기분이 들었다.

(이건, 이 목소리는 혹시—— 아니, 안 돼!!)

순간적으로 이해했다.

이 목소리에 대해선, 어떤 추궁이나 고찰도 해선 안 된다고.

정보를 다루는 부문을 맡고 있는 자로서는 실격이지만, 소우에이는 즉각적으로 그렇게 판단한 것이다.

《그러면 됩니다. 당신에게 줄 권능의 이름은——.》

선천적으로 가지고 있었던 힘인 것처럼, 소우에이는 그 권능을 이해했다. 그리고 동시에 100만 배의 시간으로 늘어난 의식 속에서 자신의 '분신체'가 '별신체'로 변화한 것을 깨달았다.

그건 즉, 소우에이도 '병렬존재'를 획득했음을 의미하는 것이었다.

447

"캬하하하하! 나도 죽겠지만, 이 녀석도 이걸로 끝이야. 꼴 좋——."

"유언은 그게 전부인가?"

"이, 이럴 수가?! 이건 틀림없이 너의 본체——."

"그 말이 옳다. 그리고 이쪽도 내 본체일 뿐이지. 이해했다면 죽어라."

"빌어먹으을——!!"

이번에야말로 가드너에겐 아무것도 남아 있지 않았다.

"천수영살(千手影殺)."

소우에이의 그림자가 길게 뻗으면서 천 개의 팔로 바뀌더니 가드너를 포박했다.

지금 막 소우에이가 획득한 얼티밋 기프트(궁극증여) '츠쿠요미(월영지왕, 月影之王)'의 권능 중 하나, '달의 눈'의 효과였다. 그림자를 뜻대로 다룰 수 있는 그 권능은 소우에이와 너무나도 상성이 좋았다.

그림자를 통해서 세계각지의 상황을 조사할 수 있었다. 그리고 그림자가 있는 곳이라면 어디든지 '이동'이 가능해졌다. 이것과 '병렬존재'를 병용한다면, 팔만 여러 개를 만들어내서 그림자로 공격하는 전법도 가능했던 것이다.

자신의 몸을 구속당한 가드너가 괴로워하면서 외쳤다.

"지금은 네가 이긴 걸 마음껏 자랑스럽게 여기도록 해라. 어차피 너희는 베루글린드 님이랑 그라니트 님이——."

그 말은 마지막까지 끝내지 못한 채 사라졌다.

소우에이의 '일격필살'로 인해 가드너의 목숨은 지고 말았다.

"베루글린드 님은 리무루 님에게 패했다. 그리고 그라니트라는 자도 나보다 강한 베니마루가 상대하러 가고 있지. 아마 나와 마찬가지로── 아니, 이젠 너와는 관계없는 얘기로군."

소우에이는 그 말을 남기고는, 가드너를 어둠 속에 묻은 뒤에 사라졌다.

Regarding Reincarnated to Slime

다무라다는 홀로, 여덟 개의 문 중 하나를 지키면서 생각했다. 어쩌다가 일이 이렇게 되었는지를.

··················.

············.

······.

상황은 최악이었다.

유우키는 황제 루드라의 손에 떨어졌고, 그의 동료들도 마찬가지로 자유의사를 빼앗기고 있었다. 그들을 돌봐주라고 루드라에게 명령을 받은 이상, 다무라다는 거역할 수 없는 상황이었다.

더구나 지금은 루드라로부터 다른 명령을 받고 있었다.

유우키를 돌봐주는 일은 다른 자에게 넘긴 후, 황제기함에 탑승하게 되었던 거다.

그리고 시작된 공중대결전.

'원수'의 정체가 베루글린드라는 사실은 서열 6위에게까지는 알려져 있었다.

하지만 타인에게 발설은 할 수 없었다.

이건 절대적인 명령이며, 본국을 떠나는 일이 많았던 다무라다 같은 경우은 기억조작까지 당했을 정도로 중요한 기밀이었다.

(그랬지. 나는 그분과 약속을 했다. 그리고 그건——.)

'원수'가 베루글린드로 변하는 모습을 보고 그 사실을 떠올린 다무라다. 그와 동시에 명확하게 수많은 기억이 되살아나기 시작하고 있었다.

가장 중요한 루드라와의 약속만큼은 기억하고 있었지만, 이때 왜 약속을 실행해야만 하는 건지, 그 이유까지도 떠올린 것이다.

(자, 이제 어떡한다…….)

고민하고 있을 시간은 없었다.

조금 전에 본 마왕 리무루는 너무나 선량해서 그렇게까지 위협적으로는 생각되지 않았다. 베루글린드가 만들어낸 이공간에 붙잡힌 이상, 베루도라 포획작전을 방해할 수도 없을 것이다.

확실히 베루도라를 지배하는 건 성공했다. 이로 인해 루드라는 기이에 비해 유리한 상황이 된 셈이다.

하지만── 다무라다에겐 그런 일은 어찌 됐든 상관없는 일이었다.

그뿐만 아니라, 루드라에게조차도…….

안개가 갠 것 같은 명료한 머리로, 다무라다는 루드라에게 있어서 어떤 것이 최선일지 생각했다.

그러나 그 답이 나오기도 전에 마왕 리무루가 움직이고 말았다.

그건 미증유의 폭위였다.

왜 위협적이지 않다고 생각했는지, 다무라다는 스스로에게 따져묻고 싶은 기분을 느꼈다.

베루글린드의 봉인을 빠져나온 걸 보더라도 그가 위험하다는 건 틀림이 없었다.

그러나 그 이상으로.

나타난 리무루를 본 순간, 다무라다는 자신의 인식이 안일했다는 것을 깨달았다.

리무루가 금색으로 빛나는 눈으로 다무라다 일행을 바라봤다. 그건 너무나 차가운 눈빛이었고, 다무라다 일행을 적으로 인식조차 하지 않는 것 같았다.

콘도가 즉시 대응했지만, 그 공격은 통하지 않았다.

——겨우 그 정도인가? 그렇다면 경계할 것도 없군. 너희는 나중으로 미루겠다. 실컷 공포에 떨도록 해라. 내가 상대해줄 때까지 죽지 않고 있으라고——.

리무루가 눈으로 그렇게 얘기하고 있는 것 같았다.

리무루는 다무라다 일행은 이미 죽은 자로 취급하고 있는 게 아닐까. 그건 황제 루드라도 예외가 아니었고, 이대로 가면 모두가 한꺼번에 죽게 될 것이라고 다무라다는 느꼈던 것이다.

리무루의 입장에서 볼 때 이런 상황에서 전술적 승리조건이란 무엇일까?

그건 두 가지의 안건을 만족하는 것이다.

1. 베루도라의 탈환.

2. 침략자의 제거.

베루도라는 마왕 리무루의 맹우였다. 그런 베루도라의 자유의사를 빼앗는 건 리무루에겐 결코 받아들일 수 없는 얘기일 것이다.

여기 왔다는 것은 베루글린드를 상대할 각오가 있다는 뜻이다. 다무라다가 보더라도 그 승부의 행방이 어떻게 될지는 미지수였다.

까마득한 수준의 강자들이 벌이는 정상결전이며, 다무라다 따위가 가늠할 수 있는 게 아니었던 것이다.

그리고 침략자의 제거에 관해서 말하자면.

리무루는 평화주의자라고 들었지만, 결코 무저항주의자이진 않았다. 과거에 몇 번이나 침략행위가 있었지만, 그 모든 것을 물리쳤던 것이다.

수단을 가리지 않았다.

베루도라가 도와준 것도 있었기 때문에, 마물의 나라는 연전연승이었다.

리무루는 제국의 침략행위를 절대 용서하지 않을 것이다.

교섭 시간은 이미 끝났다. 그렇다면, 그가 취할 수단은 제국병의 몰살이 될 것이라고 생각했다.

그렇게 되면 거래 같은 건 의미가 없으므로, 마지막까지 싸울 수밖에 없었다.

양쪽 다 전시협정 같은 게 정해져 있지 않은 조건 하에선, 항복했다고 해도 용서받는다는 보장이 없기 때문이다.

그걸 싫어하여 교섭하러 온 리무루를, 덫에 빠트린 것이 제국측이었다. 다음에는 제국을 신용하지 않을 테니까, 모든 교섭창구가 닫혔다고 생각해야 했다.

(좀 더 진심으로 폐하를 말렸어야 했군.)

다무라다 또한 제국의 전력을 과대평가하고 있었던 것이다.

질 리가 없다고 생각했던 만큼, 승리조건 같은 건 자신들이 바라는 대로 정해질 것이라고 과신하고 있었다.

제국의 힘을 보여주면서 철저하게 상대를 공격하고, 거역할 의지를 잃어버리게 만든 뒤에 병합한다. 지도자층을 일신하거나, 괴뢰국가로 바꾸거나, 전쟁에 이기기만 하면 마음먹든 대로 할 수 있었다.

그런 식으로 판도를 넓혀 온 제국이었지만, 이번에는 큰 오산을 했다.

호각의 전력으로 충돌한 이상, 황제 루드라조차 무사할 수 있다는 보장이 없다고 봤다.

다무라다가 우울한 기분을 느낀 것도 무리가 아닌 얘기였다.

그건 그렇고, 다무라다의 진짜 고민은 자신과 루드라의 약속에 관한 것이다.

리무루가 루드라까지 죽일 생각을 하고 있는 건 확실했다.

그렇게 되면 다무라다는 자신이 어떻게 움직이는 게 정답일지가 고민이 되기 시작했다.

다무라다도 루드라와의 약속을 지키고 싶은 마음은 있었다. 그러나 그건 어디까지나 자신의 손으로 이루고 싶다는 생각이었다.

하지만 리무루를 상대로 승리하는 것도 어렵게 느껴지는지라……

다무라다는 전율하면서 상황을 분석했다.

기함이 무시무시한 마법에 휘감겼고, 그 후에 살아남은 자가 여덟 개의 문을 지키는 전개가 되고 말았다.

과연 이것을 호각이라고 말할 수 있을까?

다무라다는 자신들이 터무니없는 실수를 저지른 것으로밖에 생각되지 않았다.

······················.

··············.

········.

그리고 지금.

"오래 기다리게 했나?"

다무라다의 눈앞에는 즐거운 표정으로 웃는 소녀가 있었다.

무시무시한 실력을 느끼게 하는 그 소녀의 정체는 이 세계의 최강의 한 축, 일곱 명으로 이루어진 '태초의 악마'들 중 한 명이었다.

'이름'은 울티마, 마왕 리무루의 부하였다.

"'태초의 악마'를 부하로 둔 것뿐만 아니라, 힘까지 주었다는 말인가······."

가까이서 보니 한층 더 대단했다.

그 무시무시한 데스 스트릭(죽음의 축복)이 정밀도도 위력도 차원이 다르게 강해진 시점에서 악마들이 진화한 것은 확실했다.

리무루는 감시를 받고 있는 것도 아랑곳하지 않고, 터무니없이 거대한 서몬 게이트(악마소환문)을 열었다. 그리고 불러낸 부하들에게 뭔가를 해주고 있는 것 같은 낌새가 느껴졌다.

그게 뭔지 조사할 시간은 없었지만, 그에 대한 답은 울티마가 가르쳐주었다.

즐거운 표정으로, 울티마는 웃음소리를 높였다.

"아하하하하하, 역시 알아보나? 그래, 맞자. 리무루 님이 힘을 주신 덕분에, 지금의 나는 최고의 컨디션이야!"

너무나 기뻐하고 있는 울티마와는 대조적으로 다무라다에겐 악몽과 같은 일이었다.

'태초의 악마'에게 힘을 준다──. 스스로 그렇게 예상했으면서도 왠지, 그런 짓을 단순한 마왕이 할 수 있을 리가 없다는 생각이 들었다.

그 기이 크림존조차도 부하인 '태초의 악마'들을 진화시키진 않았던 것이다. 그걸 생각하면, 마왕 리무루가 한 짓이 얼마나 비정상적인 것인지 이해할 수 있을 것 같았다.

하지만 그렇다고 해서 다무라다는 질 마음은 없었다. 루드라와의 약속을 다하기 위해서라도 울티마라는 악마에게 전력을 다해 도전할 필요가 있었다.

"난 말이지, 늘 최선을 목표로 움직였던 건 아냐. 비록 고난의 길을 고르더라도, 결과적으로 목적을 이룰 수 있다면 그걸로 충분하거든."

다무라다는 고민하는 것을 중단했다.

압도적인 힘을 과시하는 울티마를 보고도, 겁먹는 일 없이 싸울 자세를 잡았다.

"흐──응, 역시 싸울 생각이네."

"당연하지. 폐하의 기사인 내 힘을, 충분히 보여주겠다."

"그거 기대되네. 그럼 시작할까!"

그리하여 '더블오 넘버(한 자릿수)' 서열 2위인 다무라다와 '페인로드(잔학왕)' 울티마의 싸움이 시작된 것이다.

*

울티마는 희미하게 웃으면서, 다무라다를 관찰하였다.

인간치고는 믿을 수 없을 정도로 강력한 힘이 느껴졌다. 성인으로 쳐도 각별했다.

진화하지 않았으면 이길 수 없었을지도 모른다는 생각이 들 정도로, 그의 자세에는 빈틈이 없었다.

(이건 그거네. 히나타 씨에게 필적할 것 같은 느낌이야. 그 사람은 마물의 천적 같은 존재였지만, 이 사람은 순수하게 대인, 하나의 개체를 상대하는 레벨(기량)을 갈고 닦아온 느낌이 든다고 할까. 그런 타입은 정말 상대하기 번거롭단 말이지.)

울티마가 알고 있는 한, 자신의 레벨을 갈고 닦은 상대는 골치 아프다. 하쿠로우가 좋은 예였는데, 천차만별의 기술로 온갖 상황에 대처해냈던 것이다.

그 응용력이야말로 강함의 비결이었다. 그리고 그건 상위존재와는 인연이 없는 것이었다.

················.

············.

······.

악마는 인간과 비교하면 압도적인 고차원의 존재다.

마력을 해방하는 것만으로도, 그것 자체가 공격이 될 정도다.

그런 데몬(악마족)의 정점 중 하나가 울티마였다. 그녀는 태어나면서부터 마력을 다루는 법—— 완벽한 마력제어를 숙지하고 있었던 것이다.

노력 같은 건 할 필요가 없었다.

그저 바라기만 하면, 그건 실현되었다. 그게 바로 마법이었으며, 그 압도적인 만능성 앞에는 적 같은 건 존재하지 않았던 것이다.

자신에게 이길 수 있는 존재는 동격인 '태초의 악마'들이나, 혹은 '용종' 같은 규격외의 존재뿐이다──. 울티마는 최근까지 무의식중에 그렇게 믿고 있었다.

하지만 그 인식은 잘못되었다.

울티마가 그걸 자각한 것은 베루글린드와 싸울 때였다.

압도적으로 격이 높은 존재인 베루글린드를 상대로 울티마 일행은 선전했다. 10퍼센트 정도의 힘이라곤 하지만, '별신체' 중 하나를 쓰러트리는데 성공했을 정도였다.

반대로 말하자면, 힘을 잘못 쓰면 격이 낮은 존재에게 패배할 수도 있다는 것을 배운 것이다.

그 후의 싸움에서도 배울 것은 많았다.

안 그래도 최강의 존재인 '용종'이 그렇게까지 치밀한 마력조작을 하는 모습을 보였다. 그 결과로 마법이 특기인 종족인 울티마 일행을, 마법으로 압도하였다.

어떻게 그런 게 가능했는지, 한창 싸우는 중엔 알지 못했다. 그러나 지금의 울티마라면 이해할 수 있었다.

그 비밀은 바로 얼티밋 스킬(궁극능력)로 마법을 강화시키는 것이었다.

(얼티밋 스킬을 쓰면 마법 제어의 정밀도도 높아지는구나. 그랬으니 우리 힘으론 이길 수 없었던 게 당연하지.)

베루글린드가 견제의 의미로 날린 마법조차, 그때의 울티마에겐 처리하는 것만으로도 벅찬 수준의 위력이었다.

카레라의 입장에선 아예 자신의 특기인 마법을 상대가 더 잘 다루는 걸 봐야 하는, 더할 나위 없는 굴욕을 맛보았다.

그렇다. 굴욕이었다.

그리고 행운이기도 했다.

그 싸움을 경험할 기회를 얻었다. 그리고 결정적인 패배를 당하지 않고 살아남았으니까.

스킬의 효과를 마법에 조합한 것만으로 이렇게까지 위력이 증가한다는 걸, 울티마는 지금까지 생각도 못 해봤다. 그 싸움을 경험한 것으로 인해 새로운 가능성을 깨달은 것이다.

(확실히 우리는 포텐셜(기본능력)이 아주 높지. 그렇다고 해서, 거기에 지나치게 의존하는 것도 문제이긴 하네. 좀 더 공부하면 훨씬 더 강해질 수 있어!)

최강인 울티마는 지금까지 힘을 바란 적이 없었다. 그러나 이번에는 자신도 그걸 갖고 싶다고 바란 것이다.

안 그래도 무적인 강자가, 노력과 단련을 거듭하면서 새로운 경지를 목표로 삼는다면 얼마나 강해질 수 있을까?

그 대답이 바로 베루글린드이며 기이 크림존일 것이다.

그런 관점에서 말하자면, 자신의 취미를 추구하는 디아블로도 규격외의 존재인 것은 틀림이 없었다.

테스타로사라면 또 모르겠지만, 노력 같은 걸 한 적이 없는 울티마랑 카레라와는 그 점이 전혀 달랐던 것이다.

울티마는 일곱 명이 존재하는 '태초의 악마' 중에서도 자신이 가장 미숙하다는 자각을 하고 있었다. 그래도 미저리랑 레인과는

461

호각이겠지만…… 진심으로 싸우면 테스타로사나 카레라에겐 질 거라 생각했다.

테스타로사는 우아하게 완벽했다.

자신만만한 성격이며, 타인을 얕보는 것이 나쁜 버릇이었다.

카레라는 오만불손하고 매사에 진지하지 못한 성격이었다.

그럴 마음을 먹으면 완벽하게 무슨 일이든 할 수 있을 텐데, 바로 흥미를 잃어버리고 대충 던져버리곤 했다.

그리고 울티마는…….

테스타로사만큼 정밀한 마력조작은 하지 못하며, 카레라만큼 큰 마력을 가지고 있지도 않다. 디아블로를 제외한 세 명의 '데빌 로드(악마왕)' 중에선 울티마가 가장 뒤떨어질 것이다.

무엇을 기준으로 해도 어중간했다. 재능으로 똘똘 뭉친 존재였기 때문에 무언가에 열중해본 경험이 없었다.

이렇게 생각해보면, 울티마와 카레라는 비슷한 점이 많았다. 그렇기 때문에 라이벌로서 오랜 세월에 걸쳐 계속 다퉜던 것이다.

그래도 카레라는 최근에 검술이라는 취미를 발견했다.

울티마는 솔직히, 그게 부럽다고 느꼈다.

하지만 그것도 오늘로 끝이다.

운 좋게도 각성할 기회를 접할 수 있게 된 울티마는 바라는 대로의 힘을 손에 넣을 수가 있었던 것이다.

(성장할 가능성이 제일 큰 것도 나란 말이지!)

그렇게 생각하게 되면서, 이젠 그런 고민에도 웃을 수 있게 된 울티마였다.

이것도 전부 주인이 된 리무루 덕분이다.

어째서 리무루가 그렇게 할 수 있었는지, 울티마는 알 수가 없었다. 그러나 어찌 됐든 상관없는 얘기였다.

중요한 건 더욱 고차원의 존재가 될 수 있느냐 하는 것이다.

그리고 리무루에게 도움이 될 수 있느냐 하는 것이었으니까.

아게라의 싸움을 지켜보면서도, 울티마는 계속 바라고 있었다. 그렇게 깊은 생각을 하던 중에, 갑자기 신비한 목소리가 들린 것 같았다.

《그 소원을 이루기 위해서, 조금 도움을 드리기로 하죠.》

그리하여 완성된 것이 얼티밋 스킬 '사마엘(사독지왕, 死毒之王)'이었다.

존재하는 모든 생명체의 약점을 꿰뚫어 보고, 그에 맞춘 상태 변화를 만들어내는 '독'을 생성한다. 그게 얼티밋 스킬 '사마엘'의 권능이었다.

이 힘을 얻은 지금, 울티마는 진다는 생각이 전혀 들지 않았다.

하지만──.

그때 울티마는 떠올렸다.

기량을 갈고 닦으면서, 힘에 지나치게 의존하지 말라고── 늘 디아블로가 말했던 것을.

제기온을 상대로 계속 지고 있었기 때문에 잔소리를 들은 것 정도로만 생각하고 있었다. 디아블로는 성격이 안 좋으니까, 비아냥거림을 들은 것으로도 생각하고 있었다.

그러나 그건 울티마의 착각이었다.

비아냥거림이라는 의미가 포함되어 있었던 건 사실이겠지만, 자신들을 생각해서 해준 발언이기도 했던 것이다.

어떤 식으로 힘을 제어하는가에 따라서, 그 실력은 하늘과 땅만큼 차이가 난다. 디아블로는 그걸 가르쳐주고 있었던 것이다.

그걸 이해하고 난 뒤에는 디아블로가 해준 많은 말들이 생각났다.

(주어진 힘에 의존하기만 해선 자신의 것으로 익히지 못합니다──라고 했지. 확실히 그렇긴 하네!)

울티마는 지금 깊이 납득하고 있었다.

이름을 받은 직후에 들은 말이었지만, 확실히 그 말이 옳다고 생각했다.

(그러고 보면 디아블로는 어지간한 일이 아닌 한, 리무루 님에게서 받은 힘을 쓰지 않았지. 그저 얕플(상대를 얕보고 싸우는 것)로만 생각했지만, 제대로 된 이유가 있었던 거야.)

그렇다면 나도──. 울티마는 이 기회를 이용하여 성장의 바탕으로 삼으려고 생각했다. 다무라다라는 남자는 방심할 수 없는 상대이므로, 최선을 다해서 싸우기엔 딱 좋았다.

(정말이지. 디아블로 녀석, 일부러 우리를 싸우도록 만들어서 단련시키려 하다니…… 우리를 너무 얕본다니까. 그런 식으로 생각한다는 걸 테스타로사가 알면, 진심으로 분노하면서 큰일이 날걸? 아니, 테스타는 알면서도 속아 넘어가 줄 것 같지만 말이지. 하지만 뭐, 모처럼의 기회니까…… 나도 이용해보기로 할까.)

다무라다라는 강적조차도 울티마가 보기엔 연습상대에 지나지 않았던 것이다.

처음으로 자신이 원하여 손에 넣은 얼티밋 스킬을 구사하여, 승리를 손에 넣을 거다. 그렇게 하면 울티마는 틀림없이 성장할 수 있을 것이다.

울티마는 마음속으로 맹세했다.

원하지 않아도 손에 들어 와 있던 '힘'이 아니라, 자신이 원하여 손에 넣은 '권능'을 완벽하게 구사하여, 이 싸움을 승리하겠다고.

그렇게 함으로써 증명할 것이다.

단지 바라는 것만이 아니라, 자신도 리무루에게 도움이 되는 존재가 되겠다──고, 울티마는 그렇게 생각한 것이다.

·················.

············.

······.

싸움은 극도로 격렬한 분위기를 띠고 있었다.

힘으로 상회하는 울티마의 공격을, 다무라다의 기술이 받아서 흘려냈다. 전신의 투기를 집중시켜 정면에서 상쇄시킬 때도 있었다.

임기응변으로 군더더기 없이 대응하는 것, 그게 바로 다무라다의 저력이었다.

울티마는 솔직하게 감탄하면서, 재미있다고 생각했다.

다무라다와의 싸움에서 많은 것을 깨달을 수 있었기 때문이다.

(과연, 이런 흐름으로 싸운다면 몸이 무너지지 않는 건가. 이거라면 제기온 씨에게도 통할 것 같은데!)

제기온은 너무 강해서 접근한 순간에 쓰러지고 말았다. 실전형식 훈련이라면 또 모를까, 격투훈련의 상대에는 적합하지 않았던 것이다.

그런 점에서 보면, 다무라다는 적절한 호적수이자, 최고의 상대이기도 했다.

울티마는 자신이 얼마나 많은 혜택을 누리고 있었는지를 깨달았다. 압도적인 마력이 있으면, 어떤 공격이라도 간단히 막아낼 수 있었다. 또한 공격을 할 때는 힘을 앞세운 기술만으로도 수많은 적을 분쇄할 수 있었던 것이다.

이해는 하고 있었다고 생각했지만, 지금 막 실감하면서 인식한 것이다.

두 사람의 힘은 높아졌으며, 싸움은 점점 더 격렬해졌다.

●

힘은 팽팽하게 충돌했으며, 승부의 행방은 알 수가 없었다.

언뜻 보기엔 그렇게 보였지만…….

"아하하, 즐겁네! 제기온 씨가 상대였으면 이렇게 오래 자유대련이 이어지지 않았을 거야."

진심으로 즐기는 것 같은 울티마.

그에 비해 다무라다는 씁쓸한 표정을 지었다.

"나와의 싸움을 대련 정도로 취급하다니…… 정말 만만하게 보이고 있나 보군."

그렇게 말을 했지만, 다무라다도 내심 깨닫고 있었다.

이대로 가면 패배하는 것은 다무라다라는 것을.

울티마는 지금도 성장 중인데, 다무라다는 이미 전력을 다해 싸우고 있었다.

싸움을 즐길 여유 같은 건 없었으며, 어떻게 울티마를 쓰러트 릴지를 궁리하면서, 자신이 지닌 모든 기량을 구사하여 도전하고 있었다.

애초에 '태초'의 악마라는 것은 마법이 낳은 아이 같은 존재였 다. 이 세상의 물리법칙조차도 바꿀 수 있을 것 같은 존재를 상대 로는, 어중간한 공격 따윈 통하지 않는다. 따라서 다무라다는 모 든 공격에 얼티밋 인챈트(궁극증여) '얼터너티브(대행권리)'의 효과를 부여하는 것으로 울티마에게 대미지를 주고 있었다.

2,000년 이상 되는 오랜 시간을 수련에 소비했던 만큼, 이젠 숨 을 쉬는 것처럼 쉽게 권능을 구사할 수 있었다. 그게 루드라에게 서 빌린 것이라는 걸 잊어버릴 정도로 다무라다에겐 친숙할 만큼 익숙해져 있었다.

게다가 악마에겐 족쇄가 있었다. 지금은 거기서 풀려나 버린 것 같지만, 그 에너지(마력요소)양에는 한계가 정해져 있었던 것이다.

그 영향으로 인해 에너지의 총량은 울티마보다 '성인'인 다무라 다 쪽이 더 많았다. 그렇기 때문에 울티마와 호각으로 싸울 수 있 었던 것뿐이었다.

(내가 공격하면 공격할수록, 내가 지닌 수를 다 드러내고 있는 꼴이 되겠군. 하지만 큰 기술을 쓴다고 한들 통할 거라는 생각은 들지 않는다. 이렇게 되면 난…… 이기지 못하는, 건가?)

다무라다가 피를 토하는 노력 끝에 익힌 기술들을, 울티마는 한 번 보고 곧바로 차례차례 훔쳤다. 그렇다면 속공으로 승부를 내는 게 좋을 것 같지만, 그런 짓을 하면 빈틈이 생기면서 자멸할 것이라는 것도 잘 알고 있었다.

지금도 울티마가 시도한 같은 위력의 다중공격을, 전부 동시에 상쇄시켜내고 있었지만…… 울티마는 분해하기는커녕, 기쁜 표정을 짓고 있었다.

"대단한걸, 시범을 보는 것 같아!"

그런 말을 듣고, 오히려 다무라다 쪽이 더 분한 기분을 느끼는 판국이었다.

다무라다는 궁지에 몰리고 있었다.

기술을 쓰는 것을 아까워할 수 있는 입장도 아닌데다, 그렇다고 해서 그 기술을 보여주면 바로 그걸 흉내 내는 것이다. 마치 마른 모래가 물을 흡수하는 것처럼 울티마가 성장해가는 것을 실감할 수 있었다.

(하하하, 웃을 수밖에 없군.)

자신도 모르게 그렇게 자조했다.

'태초의 악마'가 이렇게까지 두려운 존재였을 줄은 다무라다는 생각도 못 해봤다.

다른 사람에겐 서로의 실력이 엇비슷하게 보일 것이다. 그러나 그 균형은 머지않아 무너질 것이다. 한쪽이 계속 성장하는 한, 언젠가는 천칭이 기울 것이기 때문이다.

그게 바로 엄연한 현실이었다.

그리고 그때가 찾아왔다.

"아핫! 난 점점 더 확실히 알게 됐어!"

그렇게 외치자마자, 울티마의 분위기가 바뀌었다. 지금까지는 다무라다의 기술을 훔치기 위해서 힘을 아껴두고 있었던 것이다.

힘을 해방한 울티마의 뒤에 여섯 쌍── 열두 개의 날개가 펼쳐졌다. 박쥐 날개처럼 깃털이 없는 익막(翼膜)은 아리땁고 매끄러웠으며 연보라색으로 빛나고 있었다.

"간다!"

"큭?!"

울티마가 그렇게 선언하자, 열두 장의 날개가 동시에 움직였다. 다종다양하게 형상을 변화시키면서 다무라다를 노린 것이다.

칼날처럼 얇은 것, 침 같이 날카로운 것, 주먹처럼 뭉친 것, 임기응변으로 계속 변하는 날개는 이리저리 도망치는 것만으로도 힘들었다. 하물며 대처하려고 한다면…….

주먹 모양으로 변한 그걸 받아서 흘리려고 한 다무라다는 주먹이 교차한 순간에 밀려서 날아갔다. 지금까지와는 비교도 되지 않을 만큼 강력한 힘이 실려 있었기 때문에 다무라다로선 상쇄할 수 없을 만큼 위력이 강렬했던 것이다.

더구나 무시무시하게도 울티마의 힘은 갈수록 상승 중이었다. 에너지(마력요소)양의 상한선이 없어진 지금, 바라면 바랄수록 힘이 늘어나기라도 하는 것처럼 그 증가하는 기세에는 브레이크가 걸려 있지 않은 것 같았다.

"쳇!!"

"아하하하핫! 난 말이지, 그런 표정을 정말 좋아해."

"흥! 날 얕보지 말라고, 꼬마 아가씨. 위력은 대단하지만, 맞지 않으면 그만이니까."

다무라다는 지금까지 해왔던 것 이상으로 기력을 짜내면서, 그 공격을 피하는 것에 전념했다.

입으로는 아무렇지도 않은 듯이 말했지만, 속으로는 위기감이 커지고 있었다.

이대로 가면 이기지 못한다.

그러나 울티마에겐 빈틈이 없었다.

없다면 만들 뿐──. 그렇게 생각하면서, 다무라다는 의도적으로 죽음을 각오한 전법을 쓰기로 했다.

날개 하나가 다무라다의 다리를 관통했다. 다무라다가 미처 피하지 못한 것처럼 보였지만, 그게 바로 다무라다의 작전이었다.

강대한 힘을 자랑하는 종족은 오만해지기 쉽다. 자신의 승리를 확신했다면, 울티마라고 해도 방심할 것이다──. 그게 바로 다무라다가 노리는 바였다.

"아하하하핫, 계속 피하는 것 아니었어? 그렇지 않으면 이젠 지친 걸까?"

사악한 미소를 지은 울티마는 공격의 강도를 늦추면서 다무라다를 괴롭히기 시작했다. 중요한 부위가 아니라, 팔다리를 꿰뚫으려는 듯이 날개가 움직이기 시작한 것이다.

(그렇게 나와야지. 너희는 강하다. 그렇기 때문에 우리를 얕잡아보고, 정작 중요한 때에 실수를 하는 거다.)

다무라다는 자신의 작전이 성공했다고 확신했다.

그리고 상처를 입고 쓰러진 척을 하면서, 울티마를 향해 모든 힘을 담은 일격을 맞추려고 했다.

"성패붕권(聖覇崩拳)!"

그게 바로 다무라다의 필살오의였다.

'성인'으로서 전력을 다한 투기를, '얼터너티브'로 끌어올린 일격이었다.

이걸 맞으면 어떤 강대한 악귀나찰이라고 해도 소멸했다. '태초의 악마'인 울티마도 육체가 파괴되면 사라지는 것 말고는 다른 수가 없는 것이다.

다무라다는 이겼다고 생각했지만, 승리의 여운을 느낄 수는 없었다. 울티마에게 마무리 공격을 날리려고 하다가, 무슨 이유인지 오한을 느낀 것이다.

파괴된 것은 날개 하나. 모습을 변화시켜 울티마의 모습을 본뜨게 만든 것 같았지만, 다무라다는 그걸 간파하지 못했다.

그 사실을 깨달았을 때는 이미 늦었다.

"사독붕권(死毒崩拳)!"

울티마의 손이 다무라다의 가슴을 관통하고 있었다.

다무라다의 흉내를 내어 손끝 찌르기에 방대한 마력을 집중시키고 있었지만, 얼티밋 스킬(궁극능력) '사마엘(사독지왕)'을 발동시키는 것으로 완벽하게 제어하고 있었다. 더구나 다섯 손가락의 손톱이 보라색으로 물들어 있는 것은 '사마엘'의 권능인 '사독'에 의한 것이었다. 치사량을 월등히 넘어서는 위력으로 인해 다무라다의 방어는 그 찌르기에 의해 무너지고 만 것이다.

이것으로 승패가 정해졌다.

"크흑!"

다무라다는 피를 토하면서 그 자리에 쓰러졌다.

"아하하하핫, 안 됐네! 내가 노린 대로 됐어!!"

사악한 웃음소리가 사방에 메아리쳤다.

다무라다는 한 번 더 일어서려고 했지만 실패했다.

온몸에서 힘이 빠져나갔고, 일어서기는커녕 주먹을 쥘 수조차 없었다.

그러나 그래도 기력을 한껏 짜내서 울티마를 노려봤다.

"멍청한 것, 그건 붕권이 아니다. 손끝 찌르기지. 한 번 본 것만으로 내 흉내를 낼 수 있을 것 같으냐……. 하지만 위력은 나무랄 데가…… 없었다……. 훌륭해, 굳이 말하자면 '블러디 바이트(홍사사독수, 紅蛇死毒手)'라는 이름이 더 어울리려, 나……."

거기까지만 말하고는 다무라다는 만족한 표정으로 하늘을 보면서 누웠다.

하늘을 쳐다보며, 약간은 분한 표정으로 쓴웃음을 지었다.

이번 싸움은 완패했다.

기이와의 결전에 임하기 이전에, 마왕 리무루에 의해 박살이 난 것이다.

정예 중에는 살아남은 자가 있을지도 모르지만, 이제 재건하는 것은 불가능할 것이다,

다음 기회를 기다릴 여력 같은 건 황제 루드라에겐 남아 있지 않았다. 그 이전에 지금의 루드라는——.

폐하——라고 중얼거리면서, 다무라다는 자신의 일생을 돌이켜봤다.

……………….

………….

…….

"다무라다, 내 말 좀 들어주겠어?"

"뭡니까? 시시한 불평을 하시려면 베루글린드 님에게 하십시오. 그게 아니면 베루글린드 님에 대한 불만입니까? 그렇다면 제가 아니라 본인에게 직접 하십시오. 저까지 같이 불평을 했다는 의심은 사고 싶지 않으니까요."

"넌 정말 차가운 녀석이구나── 아니, 그게 아니라 진지한 얘기야."

"……뭔가요?"

듣고 싶지 않았다.

루드라의 눈을 봤을 때부터 그가 진지한 의논을 하려 한다는 건 눈치 채고 있었다.

그러나 그걸 들어버리면 지금 같은 관계가 사라지고 말 것이다.

다무라다는 그게 싫었던 것이다.

"나는 아마 전생할 때마다 마음이 마모되는 것 같아. 아니, 기이가 말하는 '영혼'이라는 것일지도 모르겠지만, 그건 아무래도 상관없어. 중요한 건 내가 내가 아니게 될지도 모른다는 거지."

'용사'인 루드라의 전생은 마법에 의한 것이 아니다. 그 너무나도 강대한 힘을 계승하기 위한 특수한 의식인 것이다.

신이 아닌 인간의 몸으로, 궁극의 정신생명체인 '용종'조차도 초월하는 힘을 얻은 대가. 그걸 관리하는 것은 루드라 자신의 권능이었다. 그렇기 때문에 다무라다는 해결방법을 제시하지 못하였다…….

"'영혼'의 마모, 라고요? 그리고 폐하께서 폐하가 아니게 된다니……."

"응, 그래."

"재미있는 농담이군요, 하지만, 그 말을 진지하게 받아들여서 하실 일을 줄여드릴 정도로 저는 만만하지 않습니다."

"쳇, 여전히 성실한 녀석이라니까. 넌."

"그게 제 장점이라고 생각하니까요."

"하하. 그렇긴 하네. 재미없는 말을 했군. 잊어버려."

"네. 그렇게 하겠습니다."

잊을 수 있을 리가 없다.

다무라다는 도망친 것이다.

지금의 관계를 유지하고 싶어서, 계속 루드라를 모시고 싶다 빌었으니까.

그리고 시간은 흘러갔다.

"아아, 역시 그렇군. 나는 다시 태어날 때마다 뭔가 중요한 것을 조금씩 잃어가는 것 같아. 그게 뭔지는, 나 자신도 모른다는 게 문제야."

"폐하……."

"이봐, 다무라다."

"네."

"칙명이다. 내가 더 이상 내가 아니게 되면, 네 손으로 날 죽여다오."

"루드라 님!"

"이런 일은, 베루글린드에겐 부탁할 수 없잖아?"

저도 무리입니다——라는 말을, 다무라다는 필사적으로 속으로 삼켰다.

그게 친구인 루드라의 진심 어린 부탁이라면, 안 된다고 대답할 순 없었던 것이다.

"이것 참, 많이 약해지셨군요. 하지만 만일 그렇게 된 경우에는 제가 루드라 님의 뒤처리를 확실히 할 것을 약속하겠습니다. 그러니까 안심하시고 정무에 힘쓰십시오."

"후훗, 여전하구나, 넌. 그럼 너에게 맡기겠어."

그것이 먼 옛날의 약속.

그리고 시간은 또다시 흘렀다──.

"나는 지쳤다. 나의 '미카엘(정의지왕, 正義之王)'의 폭주를 억누르는 것도 한계가 있어. 절대적인 '정의' 같은 건 궁극을 추구하면 '사악'과 큰 차이가 없지. 만인이 인정하는 정의 같은 건 이 세상에는 존재하지 않으니까."

"폐하……."

"다무라다, 나와의 약속 말인데, 기억하고 있나?"

"물론입니다."

그 대답을 들은 루드라는 "그럼 됐다"고 말하면서 웃었다.

표정을 다시 근엄하게 고치면서 명령을 내렸다.

"다무라다, 칙명이다. 네가 실패했을 때를 대비하여 '미카엘'을 타파하고 나를 쓰러트릴 수 있는 자를 찾아내라! 너에게 이런 부탁을 하는 것은 나도 마음 아프지만…… 내가 나로 존재하는 동안에 만전을 기해둬야만 한다."

그 명령은 루드라 자신의 말살명령과 다를 게 없었지만, 다무라다는 고개를 끄덕일 수밖에 없었다.

"폐하의 말씀을 확실히 받들겠습니다."

다무라다의 대답을 듣고, 루드라는 "미안하구나"라고 중얼거렸다.

누구에게 하는 말이 아니라, 먼 곳을 보면서 얘기하기 시작했다.

"생각해보면, 친구의 부탁으로 맡게 된 '미카엘'이었지만, 나에겐 과분한 힘이었을지도 모르겠구나. 기이와의 승부에 이기든 지든, 다음번이 마지막으로 사용할 차례가 될 것이다. 내 나름대로는 완벽하게 구사하려는 생각은 하고 있지만…… 만약 폭주할 징조가 보인다면, 사양할 필요는 없다. 나까지 함께 죽여서 막아라."

"알겠습니다."

"──부탁하마."

그렇게 말하자마자, 루드라는 눈을 감았다.

그리고 먼 옛날에 나눴던 '성룡왕' 베루다나바에게 했던 맹세를 떠올리면서, 그걸 끝까지 지켜내지 못한 자신에게 분한 기분을 느꼈다.

그 입에서 흘러나온 작은 독백의 내용은 "──약속을 지키지 못한 그때에는 저세상에서 사과하기로 하자"였다.

다무라다는 그걸 듣지 않은 것으로 치고 넘기면서, 조용히 그 방에서 나갔다.

　……………….

　………….

　…….

자신의 입에서 흘러나온 피 때문에 쿨럭거리면서 쿨럭쿨럭 기침을 하면서, 다무라다는 현실로 다시 돌아왔다. 1초도 채 되지 않는 시간 동안 의식을 잃었던 모양이다.

(——폐하, 정말 죄송……합니다. 부족한 저는…… 칙명을, 완수할 수 없었습니다…….)

다시 또 꺼져가는 의식 속에서 다무라다는 회한의 심정을 말로 하려고 했다. 그러나 그러지 못한 채, 다시 피를 토할 뿐이었다.

후회.

그러나 안도감도 있었다.

경애하는 주인을 죽일 자를 찾아내라——. 그 칙명은 다무라다 에겐 단지 고통일 뿐이었기 때문이다.

오랜 시간 동안 괴로워했다.

당연하다.

다무라다에게 있어서 황제 루드라는 예전과 다름없이 빛나는 영웅이었으니까.

(당신을…… 당신을 죽일 수 있을 리가 없지 않습니까!! 어째서 저였습니까. 다른 자를 시켜도 되지 않았습니까! 당신이 없다면 이딴 세계엔 아무런 미련도 없습니다. 저라면, 죽으러 가는 여행 길이 될지라도 함께 하겠습니다——.)

그게, 그게 바로 다무라다의 본심이었던 것이다.

기이와 루드라의 승부 따위는, 다무라다에겐 어찌 되든 상관없는 것이었다. 중요한 것은 루드라의 뜻이며, 그걸 반영시킬 이 세계인 것이다.

기이 크림존은 오만한 마왕이긴 하지만, 도리를 모르는 폭군은 아니다. 그의 지배는 절대적이지만, 확실한 규칙을 스스로 정해 놓았으며, 그걸 완고하게 계속 지키고 있었다.

기이와 루드라의 이상은 달랐지만, 결코 서로를 용인하지 못할 정도이진 않았다. 다무라다가 보기엔 충분히 타협할 수 있는 레벨로 느껴졌던 것이다.

기이는 스스로 움직이지 않을 것이다.

그런 확신이 있었기 때문에, 루드라도 다무다라에게 칙명을 내린 것이 틀림없다.

서로를 인정하고 있었는데, 왜 승부에 집착하는 걸까.

다무라다는 그게 의문이었다.

그러나 루드라의 뜻에 거역할 순 없었으니, 결국 그 명령을 따라서 세계각지에서 활동을 시작하게 된 것이다.

황제의 곁을 떠나 오랫동안 찾아다닌 끝에 후보자는 발견했다.

카구라자카 유우키라는 소년은 초특이체질인 '안티 스킬(능력살봉)'의 보유자였다.

얼티밋 스킬조차도 무효로 만드는 그라면 '미카엘'에도 저항할 수 있을 거라 생각하여 기뻐했던 다무라다였지만, 그 결과는 참패였다. 유우키는 루드라의 손에 떨어지고 말았으며, 이젠 믿을 수가 없었다.

다무라다는 이렇게 비장의 수를 잃었지만, 이제 와서 늦게나마 의문이 생기고 있었다.

"……왜 루드라 폐하는 유우키를 지배한 것일까?"

"응, 뭐?"

의도치 않고 흘러나온 중얼거림을 듣고 울티마가 되물었다.

다무라다는 그에 대답하지 않은 채, 그대로 생각을 계속했다.

루드라 자신이, 자신을 죽일 수 있는 자를 찾으라고 다무라다에게 명령을 내린 장본인이었다. 그런데도 그걸 방해하는 이유를 알 수가 없었다.

아니, 그렇지 않다.

다무라다가 인정하고 싶지 않았던 것뿐이다.

그 징조는 처음부터 존재했던 것이다.

"──역시 그렇군……. 폐하는, 루드라 님은 이미……."

열에 들뜬 것처럼 다무라다가 중얼거렸다.

"뭐야, 무슨 소리를 하는 거야!"

울티마가 짜증을 내면서 소리쳤지만, 그 목소리는 다무라다에게 전해지지 않았다.

다무라다는 지금 자신의 생각에 몰두하였던 것이다.

죽어가기 전의 한순간의 번뜩임이라고 할까, 다무라다의 머릿속은 한없이 맑은 상태였다. 그렇기 때문에 진실에 도달한 것이다.

루드라는 이상에 불타고 있었다.

세계를 통일하고, 영구적인 평화를 수립한다.

전쟁과 빈곤을 없애고, 인류가 발전하기을 꿈꾸면서.

전 인류가 통일되어 평화롭게 되면, 모두가 평등하게 살 수 있게 될 것이다. 그렇게 믿은 루드라는 '통일국가의 수립'을 목표로 삼은 것이다.

인간은 서로를 이해할 수 있는 생물이라고 생각했다. 이윽고 하나의 뜻으로 뭉쳐서, 더 좋은 세상을 창조해낼 수 있는 존재라고, 진심으로 그렇게 믿고 있었다.

모두를 위하여 '용사'가 되었고, 큰 고난을 짊어지면서. 많은 사람들이 웃으며 살아가면 좋겠다는 바람을 위해서, 루드라는 분주하게 돌아다니고 있었다.

다무라다는 그런 루드라를 좋아했다.

하지만──.

루드라의 이상은 그냥 꿈으로 끝나고 있었다.

꿈이 이뤄질 날이 오기 전에, 루드라 자신이 변질되고 말았으니까 어쩔 수 없는 일이었다.

(우리가 추구하던 이상은 이미 먼 옛날에 사라진 상태였단 말이구나…….)

다무라다는 그걸 인정하면서, 슬픈 기분에 사로잡혔다.

"울고 있는 거야?"

"……그래."

"죽는 게 두려워서 그래?"

"……아니야. 약속을──."

"약속?"

"……그래."

피할 수 없는 죽음이 다무라다를 붙잡고 놓아주지 않았다.

그건 어쩔 수 없는 일이라고 생각하면서 포기했지만, 루드라의 약속을 지키지 못한 것만큼은 다무라다에겐 참을 수 없는 일이었다.

루드라의 의지가 사라진 것이라면, 과연 지금의 루드라의 정체는 누구란 말인가?

그야, 그에 대한 답은 하나밖에 없다.

루드라가 친구── '성룡왕' 베루다나바에게서 받은 궁극의 힘. 얼티밋 스킬(궁극능력) '미카엘(정의지왕)'임이 분명했다.

루드라의 정신이 붕괴되기 전에 다무라다는 칙명을 수행할 필요가 있었다.

그런데…… 그 명령을 완수하지 못한 채, 다무라다의 수명은 끝나가려 하고 있었다.

다무라다는 자신의 무능함을 스스로 꾸짖고 싶었지만, 아직 최악의 상황은 아니라고 생각을 고쳐먹었다.

어떻게든 '미카엘'의 폭주를 막아야만 한다. 만약 다무라다가 실패한다면, 그 임무를 맡길 수 있는 자를 찾아내야만 했다.

그게 바로 루드라의 칙명이었으며, 다무라다가 지켜야 할 약속인 것이다.

다무라다가 찾아낸 인물은 유우키였지만, 또 한 명 기대를 한 자가 있었다.

무시무시한 힘을 지닌 마왕, 리무루.

최대의 적은 동시에 희망이기도 했던 것이다.

"폐하를…… 루드라 님을, 죽여주었으면 좋겠다……."

"뭐? 왜 내가?"

"네가 아니라도 된다. 마왕, 리무루에게…… 말이라도, 전해줄수…… 있겠……나?"

"아니, 아니, 그런 일이라면 나한테 부탁해. 어차피 나도 루드라라는 녀석을 죽일 생각이었으니까 받아들이지 못할 것도 없거든."

울티마는 변덕스러웠다.

그래서 솔직하게 응하지는 않았지만, 다무라다를 마음에 들어 하고 있었다.

짧은 시간 동안의 싸움이었지만, 무한의 수명을 지닌 울티마에 겐 양보다 질이 중요했다. 참으로 진하게 응축된 싸움을 맛볼 수 있었던 것만으로도 모든 것을 허용해줄 마음이 들었던 것이다.

"──그렇다면, 하나 더…… 부탁하고 싶군…………."

"뭐지?"

"그분을…… 마사유키라는 소년을…… 지켜다오……."

다무라다에겐 확신이 있었던 것이다.

마사유키야말로──.

"뭐, 그러지. 하지만 보수는 있겠지?"

악마는 공짜로 부탁을 들어주진 않는다.

그건 절대적인 규칙은 아니므로 빠져나갈 길은 얼마든지 있었다.

하지만 지금 한 말은 울티마의 변덕에 의한 것이었다. 다무라다를 곤란하게 만들고 싶어져서 그런 질문을 한 것이었다.

그러나 그런 울티마의 질문을 듣고, 다무라다는 안도했다. 마음이 해방되는 것 같은 편안함에 감싸이는 걸 느끼면서, 온화하게 대답했다.

"보수는 내 모든 것. '영혼'은 물론이고…… 내 몸에 새겨진 나의 '기술'을…… 너에게 맡기겠다……."

"그 정도면 합격, 이려나."

떨떠름한 표정으로 대답한 울티마를 향해 다무라다는 환한 미소를 지었다.

그리고──.

"──루드라 폐하…… 지금 곁으로 가겠습니다…………."

그게 다무라다가 남긴 마지막 말이 되었다.

잠이 든 것처럼 숨을 거둔 다무라다.

과거에 나스카 왕국의 재상이었던 인물이자 통일황제 루드라나무 우르 나스카의 친구.

'권성(拳聖)' 다무라다는 그 길었던 생애의 막을 이제 겨우 내리게 된 것이다.

이공간에 있는 원형투기장에서 울티마가 홀로 우두커니 서 있었다.

"아—아, 시시하게 끝났네. 심핵(마음)이 사라졌어. 모처럼 리무루 님에게 바치려고 했었는데…….."

그렇게 어딘가 섭섭하다는 듯이 중얼거린 울티마는 다무라다의 유체를 열두 장의 날개로 자상하게 감쌌다.

계약에 따라서, 다무라다의 모든 것을 자신의 것으로 받아들인 것이다.

그것이 결말.

다무라다와 울티마가 벌인 싸움의 결과였다.

——한 명의 '권성(拳聖)'이 그 생애를 마쳤고, 새로운 '권마(拳魔)'가 태어났다——.

다무라다는 최후의 최후에, 최악의 악마 중 한 명에게 최흉(最凶)의 힘을 주고 만 것이다.

그가 그 사실을 알았다면 부끄럽기 짝이 없는 노릇이라고 생각했을까?

그렇지 않으면 자신의 기술의 후계자를 얻게 되어 행복하다고 생각했을지도 모른다.

다무라다가 세상을 떠난 지금, 그걸 알 수 있는 방법은 없었다.

살아남은 자들이 그 마음을 짐작할 수밖에 없는 것이다.

●

"자, 귀공의 상대는 내가 하기로 하지."

원형투기장의 중앙에서 아게라가 콘도에게 선언했다.

콘도는 눈썹을 꿈틀거리기만 했을 뿐, 말없이 군도를 손에 쥐었다. 아게라에게 아무런 대꾸도 하지 않고, 그대로 카레라를 힐끔 바라봤다.

"안심해. 나는 입회인을 맡아줄 테니까."

"가소롭군. 그 말을 믿을 수 있을 것 같은가."

콘도가 겨우 입을 열었지만, 그 말은 꽤나 통렬했다. 어차피 적이니까 둘이 동시에 덤비라는 말을 하고 있는 것이었다.

하지만 카레라는 동요하지 않았다.

"뭐, 그렇겠지. 2대1이 비겁한 짓이라고 생각하진 않는데다, 널 상대로 힘을 조절할 생각도 없어. 하지만 이번에는 거기 있는 아게라가 그러길 바라고 있거든. 난 신경 쓰지 말고 마음껏 즐겨달라고."

할 말만 한 뒤에, 자신은 관계없다는 듯이 석벽 위에 걸터앉았다.

콘도는 어깨를 으쓱하며 대꾸했다.

"한 편의 촌극이로군. 하지만 그 의기만은 높이 사주겠다."

그리고 군도를 뽑아서 아게라와 대치했다.

"고맙다. 그런 정정당당하게——."

타앙 하는 메마른 소리로 인해 그 말은 가로막혔다. 아게라는 가슴을 움켜쥐면서, 그 자리에서 무너지듯 쓰러졌다.

"이 자식!"

순식간에 거리를 좁힌 카레라가 콘도와 아게라 사이에 끼어들었다. 아게라의 목을 베기 위해서 휘두른 콘도의 검은 카레라의 검에 의해 막힌 것이다.

"흥. 이 정도의 속도면 늦지 않게 막을 수 있단 말인가."

오른손에 화약연기를 내고 있는 남부식 대형 자동권총을 들고, 왼손 하나로 군도를 휘두른 콘도가 카레라를 보면서 그렇게 말했다.

"늦지 않게 막을 수 있을 거라고 생각한 거 아니었나? 네가 진심으로 싸운다면 아게라는 이미 죽었을걸. 내 말이 틀렸어?"

콘도는 아게라와의 승부를 받아들이겠다고 자신의 입으로 말하지 않았다. 그러므로 이건 확인하지 않은 아게라의 실수였다.

그리고 마무리를 위한 공격에도 전혀 진심이 담겨 있지 않았다. 검을 막아낸 카레라가 그 사실을 가장 잘 이해하고 있었다.

콘도 정도 되는 강자라면, 정면에서 아게라과 싸워도 지지 않았을 것이다. 검만의 승부라면 어쩌면 좋은 승부를 할 수 있었을지도 모른다. 그러나 그래도 결과적으로는 콘도가 승리한다는 사실이 변하는 일은 없었을 것이다.

그런데도 기습까지 한 것은 카레라가 대기하고 있었기 때문이다.

적의 말을 믿는다는 것은 언어도단. 하물며 악마의 말 따위는 귀를 기울이는 게 어리석은 짓이다.

불확정요소를 없애는 것은 싸움의 철칙인 것이다.

"글쎄, 무슨 얘긴지 모르겠군. 나도 시간이 많진 않다. 네놈들의 촌극이나 헛소리에 어울려 주고 있을 때가 아니란 말이다."

콘도는 카레라 쪽으로 돌아보면서, 쓸데없는 얘기는 할 필요도 없다는 듯이 콧방귀를 끼면서 웃었다.

"뭐, 좋아. 네가 그럴 마음이라면 다음은 내가 상대할 수밖에 없겠네."

"그 검으로 말인가?"

콘도가 가리킨 카레라의 검은 방금 그 일격으로 금이 가 있었다. 몇 번만 더 부딪치면 부러질 것은 기정사실이었으며, 그걸 알아차리지 못할 카레라가 아니었다.

"설마. 대용할 건 있지만, 그것보다 훨씬 더 좋은 게 있지. 아게라, 알고 있겠지?"

"……물론입니다. 제 유파의 후대와 검을 겨뤄보지 못한 것은 아쉽습니다만, 이것도 제 가르침을 따른 것으로 생각한다면 불만을 제기할 순 없겠군요. 하나 마음에 들지 않는 것은 저를 얕보고 전투력을 빼앗는 수준으로 그쳤다는 점이라고 할까요."

그렇게 말하면서, 아게라가 일어섰다.

이미 가슴에 구멍이 뚫려 있었다. 콘도가 아게라에게 쏜 탄환은 '이레이저(소멸탄)'라고 하며, 담겨 있는 마력의 양만큼 에너지를 소실시키는 효과가 있었다. 이게 '네크로시스(주괴탄)'였다면, 아게라는 일어서는 것도 힘들었을 것이다.

카레라가 간파하고 아게라가 알아차린 것처럼, 콘도가 진심으로 싸우지 않은 것은 명백했다.

하지만—— 그렇기 때문에 아게라는 아직 싸울 수 있었다.

"——도신변화."

아게라가 한 자루의 칼로 변신했다. 그걸 손에 쥘 자는 굳이 말할 필요도 없이 카레라였다.

카레라의 마력이 아게라를 채웠고, 그 잃어버린 에너지가 부활했다. 그 결과, 칼날은 빛을 발했고 그 모습이 아게라의 기력이 채워졌다는 것을 말해주고 있었다.

"어리석군. 같은 검의 길을 살아가는 동지라고 생각하여 일부러 봐준 것인데……."

"내 권속은 싸우는 걸 정말 좋아해서 말이지. 그런 걸 쓸데없는 배려라고 하는 거야."

"그렇군. 이제 와선 어찌 됐든 상관없는 이야기다. 그자는 내 유파의 개조(開祖)인 것처럼 행세하는 용서할 수 없는 죄를 저질렀다. 내가 전력을 다하여 그 죗값을 묻도록 하지."

콘도의 입장에선 아게라를 손에 든 카레라도 같은 죄가 있는 것으로 보였을 것이다.

명확한 적의를 드러내면서, 진지하게 싸울 자세를 보였던 것이다.

싸움이 시작된 후로 1시간.

카레라는 땅에 무릎을 꿇었다.

믿을 수 없게도, 콘도는 무시무시할 정도로 강했던 것이다.

그야말로 달인.

카레라의 기준으로도 상상을 초월하는 괴물이었다.

카레라는 자신이 강하다는 것을 알고 있었다.

그러나 동시에 위에는 위가 있다는 것도 이해했다.

실제로 디아블로에겐 이기지 못해도 다른 자에겐 지지 않는다고 생각하고 있었다. 그런데도 제기온에겐 너무 쉽게 당하고 말았던 것이다.

이번 싸움에서도 베루글린드를 상대로 제대로 싸워보지 못했다.

그래서 콘도에게 농락당하듯이 마구 밀렸어도 놀라진 않았다. 그러기는커녕, 가슴이 두근거리면서 기분이 고양되었을 정도였다.

카레라는 지면을 한 바퀴 구르면서 콘도로부터 거리를 벌렸다. 그리고 그대로 기세 좋게 일어서면서, 다시 칼을 정면으로 겨누는 자세를 잡았다.

"제법이잖아! 내 검기도 아게라에게 칭찬을 받았던 수준이지만, 너에겐 미치지 못하는 것 같아."

"닥쳐라. 힘만 앞세우면서 내 상대를 하려 드는 주제에 그렇게 떠들다니, 실로 불쾌하다."

콘도도 콘도 나름대로 카레라의 전투센스에는 뭔가 기분 나쁜 느낌을 받고 있었다. 지금은 놀아주고 있을 때가 아니므로, 처음부터 전력을 다하고 있었다. 검기만이 아니라 얼티밋 스킬(궁극능력) '산달폰(단죄지왕)'의 권능도 아낌없이 구사하고 있었던 것이다.

그랬는데, 카레라를 죽이지 못하고 있었다.

그것만으로도 충분히 경탄스러운 일이라고 생각하면서, 콘도는 내심 전율하고 있었던 것이다.

보아하니 쉬운 상대가 아니라고, 서로가 서로를 다시 인식했다.

그 후로 싸움은 한층 더 격렬해졌다.

카레라가 힘을 앞세운 검격을 콘도에게 날리면서, 그 움직임을 방해했다. 콘도는 가볍게 칼을 받아내 흘리면서, 오른손에 든 총으로 카레라를 겨눴다.

그 탄환에 담긴 권능은 마법의 해제.

그 탄환의 이름은 '디스펠(해주탄, 解呪彈)'이라고 한다.

콘도가 그걸 쏜 이유는 카레라의 다음 행동을 보면 판명할 수 있었다.

주문 영창도 없이, 순식간에 중력역장을 만들어낸 것이다. 카레라는 힘에만 의존해서 싸운다고 콘도에게 지적을 받았지만, 그걸 반성하지도 않고 훨씬 더 힘에 의존했다. 자신에게는 영향이 없는 마법을 발동하여, 콘도의 움직임을 방해하려고 생각한 것이다.

콘도는 그걸 미리 예상하여 '디스펠'을 선택했다.

이렇게 높은 범용성이 바로 콘도의 강점이었다.

얼티밋 스킬 '산달폰'에는 크게 나눠서 네 개의 효과가 있으며, 콘도는 때와 경우에 맞춰서 그것들을 나눠서 사용하고 있었던 것이다.

'리무브(파계탄)'는 대상의 방어결계를 파괴한다.

'디스펠(해주탄)'은 마법효과를 사라지게 만든다.

'네크로시스(주괴탄)'는 대상의 마력회로를 파괴한다.

'이레이저(소멸탄)'는 고밀도의 마력탄이다. 대상의 성질을 파악함으로써, 에너지를 소모시키는 효과도 있었다.

이 모든 효과를 고루 갖춘 것이 최강의 탄환인 '저지먼트(신멸탄)'이다.

카레라는 지금까지도 일부러 주문을 외워야 하는 마법공격을 쓰고 있었다.

이번을 위한 포석이었지만, 그 모든 것이 마법을 발동시킨 순간에 전부 풀려버리고 말았다. 콘도의 예상은 정확했으며, 그 선택에 실수는 없었다.

더구나 틈이 있으면 각종탄환을 발사하면서 반격했던 것이다.

그 성질을 완전히 꿰뚫어 보고 대처하지 않으면, 카레라가 뼈 아픈 꼴을 당할 것이다. 만약 방심하고 있었다면, 순식간에 승부는 끝났을 것이다.

콘도는 실로 냉정하게 전투분석을 하고 있었다.

감정이 흐트러지지 않는 모습이 기계적으로까지 느껴졌다.

적의 약점이랑 마력의 흐름을 파악하고 적절하게 대처했다.

그것뿐이었다.

기본적으로 충실하게 행동하는 것을 통해, 콘도는 제국군 최강의 지위를 지키고 있었던 것이다.

감정적으로 싸우는 카레라와는 대조적이었지만, 두 사람은 어딘가 통하는 점이 있었다.

카레라는 고개를 절레절레 가로저으면서, 콘도에게 친밀하게 물었다.

"은근히 귀찮네. 내가 마법을 쓸 거란 걸, 어떻게 안 거지?"

콘도 또한 호흡을 가다듬는 모습을 보이면서 카레라에게 대답했다.

"홋, 그쯤이야 간단하다. 나라면 이렇게 할 것이라고 생각했기 때문이지."

"그렇군. 실로 이해하기 쉬운 설명이야."

새삼스럽게 카레라는 콘도라는 남자에게 호감을 느꼈다. 그와 동시에 지금까지 비슷한 부류를 본 적이 없는 강적이라는 인식을 강하게 가졌다.

(마법을 발동시키기 위한 마력의 흐름을 읽고 적절하게 그 흐름을 끊고 있으면서 말이지. 잘도 그런 말을 하네.)

나라면 그렇게 할 것이다——라니, 무슨 그런 터무니없는 이론이 있단 말인지. 카레라는 씁쓸하게 생각하면서도, 그녀의 표정은 기쁨을 다 숨기지 못하고 있었다.

전력으로 싸울 수 있는 상대가 있다는 것은 그것만으로 기쁜 법이다.

마왕 레온 같은 상대는 기이도 인정한 강자였다. 만족할 만한 싸움이 될 것으로 생각했지만, 카레라의 도발에 넘어오는 일은 없었다.

그게 아쉽고 부아가 나는지라 불만이 많았지만…… 콘도가 상대라면 마음껏 싸움을 즐길 수 있을 것 같았다.

카레라에겐 있어서 승패의 결과보다 싸움의 과정이 더 중요했던 것이다.

"좋네, 아주 좋아. 콘도라고 했던가? 너는 최고의 적이야!"

카레라는 진심으로 칭찬했지만, 콘도는 콧방귀와 함께 웃으면서 받아넘길 뿐이었다.

말로 하진 않더라도, 그 검으로 의견을 말하고 있었다.

날카로운 참격이 카레라를 향해 쏟아졌다.

왼손 하나로 휘두르는 데도 그 검격은 흔들림이 없었으며, 달인이 보여주는 연무보다도 아름다웠다.

카레라는 콘도의 연속 베기를, 아게라의 기량과 자신의 직감에 의존하여 차례로 받아냈다.

한동안의 공방을 주고받는 사이에, 카레라는 콘도에게 알아보기 힘들 정도로 작은 버릇이 있다는 걸 간파했다.

왼손에 칼, 오른손에 총.

그게 콘도의 전투스타일이지만, 총을 쏘는 순간에 시선과 손가락이 연동하기 때문에 탄환의 사선을 읽을 수 있게 된 것이었다.

카레라가 아니었으면 파악하지 못할 작은 버릇이었지만, 승부를 결정짓기에는 차고 넘칠 정도로 치명적인 결점이었다.

(지금이야!)

완벽한 타이밍에 카레라는 검을 휘둘렀다.

총을 쏘려고 했던 콘도는 그 움직임에 대응하지 못했다. 자신도 모르게 움직이는 것에 가까운 동작으로 억지로 총을 뻗어서 카레라의 검을 받아낸 것이다.

그 반응속도는 역시 대단하다고 할 만했지만, 그것만으로 멈출 카레라가 아니었다.

"날 얕보지 말았으면 좋겠네! 이걸로 네 비장의 수 하나는 빼앗은 셈이야!"

무리하게 몸을 비튼 자세로 억지로 막아낸 결과, 카레라의 괴력에 대항할 수가 없었던 모양이다. 콘도는 어찌해볼 도리도 없이 총을 놓치고 말았던 것이다.

데굴데굴 땅바닥을 구르는 남부식 대형 자동권총.

콘도에게 한 방을 먹여주었다는 생각에 카레라는 한껏 흥분했다.

하지만──.

오싹하는 기운. 그걸 느끼면서, 카레라는 본능에 따라 그 자리에서 뒤로 뛰어 물러났다.

공중을 가른 것은 콘도의 검이었다.

"쳇, 완벽히 끝내지 못했나."

툭 하고 떨어진 것은 절단된 카레라의 왼팔이었다. 오리하르콘〈신휘금강〉으로 만든 골격인데도, 콘도의 검은 아무렇지도 않게 베어버린 것이다.

"이 자시익!!"

격노한 카레라.

그러나 마음은 냉정하게, 굴욕에 떨면서도 현실을 인정했다.

이대로 싸우면 자신은 콘도에게 이기지 못할 것이라고.

그 증거로 콘도는 군도를 두 손으로 쥐고 있었다.

그 모습은 완성된 아름다움을 갖추고 있었으며, 지금까지와는 품격조차 다르게 보였다.

콘도는 처음부터 총에 의존할 생각 따윈 없었으며, 일부러 틈을 만들어서 카레라를 유혹하는 것이 목적이었다고, 그렇게 이해할 수밖에 없었다.

그렇다면 카레라는 콘도에게 얕잡아 보였다는 말이 된다.

검만으로도 호각 이상으로 싸울 수 있었을 텐데, 그런 모습을 보이지 않고 잔재주를 부리다니……

(나를 쉽게 물리치기 위한 책략이었겠지만…… 이 정도의 달인이 실력을 과시하지도 않고, 이런 꾀를 부리다니. 용서할 수 없겠는데.)

그렇게 인식하면서, 카레라는 울부짖었다.

"인간 주제에, 날 깔보는 짓을 했겠다!!"

격정에 사로잡힌 채 콘도를 갈가리 베어버리기 위해서, 카레라는 한 발을 내디딜려고 했다.

하지만 그 순간.

『잠시 기다려주십시오, 카레라 님.』

카레라의 칼로 변화하고 있던 아게라가 카레라에게 말을 건 것이다.

카레라와 아게라는 지금은 일심동체에 가까운 상태였다. 당연하게도 '사념전달'로 이어져 있기 때문에 마음으로 대화할 수도 있었던 것이다.

그리고 카레라의 권능에 의해 100만 배로 시간이 늘어난 의식 속에서 두 사람의 대화가 시작되었다.

『뭐야, 아게라? 지금은 바쁘니까 방해하면 너도 죽일 수 있거든?』

『침착해지십시오, 카레라 님. 그렇게 냉정함을 잃는 것이야말로 콘도가 의도하는 바입니다.』

『그런 건 알고 있어, 하지만 말이지, 저 녀석은 나를 업신여겼다고. 왕인 나를 말이지? 절대 용서할 수 없는 일이잖아.』

최근에는 카레라를 말리는 것이 아게라의 역할이 되어 있었지만, 아게라는 오늘만큼 이성을 잃은 카레라를 본 적이 없었다. 그래도 여기서 말리지 않으면 카레라의 패배는 필연적이었던 것이다.

아게라는 간절하게 카레라의 설득을 시도했다.

『제 말을 잘 들어주십시오. 콘도가 처음부터 검에 의존하지 않았던 것은 카레라 님을 업신여기고 있었기 때문이 아닙니다.』

『왜 그런 말을 하는 거지? 아무리 생각해도 날 얕보고 있잖아!』

『아닙니다. 오히려 정반대의 이유가 있었기 때문입니다.』

『뭐어?』

『카레라 님을 위협적인 존재라고 인식했기 때문에 콘도는 자신이 가진 수를 끝까지 보이지 않으려고 한 것입니다. 모든 자들이 카레라 님처럼 태어나면서부터 강하진 않습니다. 강적과의 싸움을 염두에 두는 것은 전사로서 당연한 행동인 것입니다!』

『그럼 뭐야? 저 녀석은 나를 인정하고 있다, 그런 뜻이야?』

『바로 그렇습니다!!』

아게라는 이때를 놓쳐선 안 된다는 듯이 역설했다.

콘도의 스타일은 그런 형태로 나름 완성되어 있었다. 그러나 그 본질은 아게라의 유파를 이은 검사였다. 두 손으로 검을 잡는 스타일이 분명 진심으로 싸울 때 쓰는 것이지만, 그렇기 때문에 처음부터 보여주지 않고 있다가 정작 필요하다 싶을 때에 전환했던 것이라고.

총으로 쏠 때 보여 줬던 빈틈도, 신경을 소모시킬 정도로 많은 단련을 하면서 만들어진 것일 것이다. 그걸 일부러 이용해서 보여준 것도 카레라를 강적으로 인정했기 때문이 틀림없다.

그렇지 않으면 그렇게까지 치밀하게 공을 들인 시도를 해서, 일부러 리스크를 감수할 필요가 없기 때문이다.

『……과연, 듣고 보니 확실히 그러네.』

아게라가 설득한 보람이 있었는지, 카레라는 냉정함을 되찾으면서 납득하고 있었다.

아게라는 안도의 한숨을 쉬었다.

『걱정을 끼쳤네, 아게라. 덕분에 나도 눈을 떴어.』

『그건 정말 다행입니다.』

『이제 너에게 걱정을 끼치지 않겠다고 맹세해야겠네.』

그렇게 선언한 것을 마지막으로, 카레라는 다시 콘도 쪽으로 돌아봤다. 그리고 천천히 자신의 얼굴을 한 대, 손등으로 때렸다.

그 진심이 담긴 일격으로, 한순간 카레라의 머리가 폭발이라도 한 것처럼 보였다.

그러나 카레라는 태연하게 콘도를 향해 웃어 보였다.

"아아, 놀라게 만들었나? 미안해, 좀 냉정하지 못했던 것 같아. 너에게 얕잡아 보였다고 착각하고 말았거든. 하지만 인간이란 존재는 정말 대단하네. 승리하기 위해서 정말로 다양한 잔재주를 부린단 말이지. 나에겐 없는 발상이었기 때문에 약간 놀랐어."

카레라는 그렇게 말하며 웃으면서도 적을 더 이상 깔보지 않겠다고 생각하고 있었다.

결코 방심하고 있었던 것은 아니지만, 아게라가 없었다면 콘도의 계략에 넘어갈 뻔했다.

지금 카레라의 입장은 제멋대로 구는 것이 허용되던 옛날과는 다른 것이다.

마왕 리무루의 충실한 부하로서, 그 명령에 따라서 행동하고 있었다.

패배라면 또 몰라도 죽는 것은 허용되지 않았던 것이다.

카레라는 자신의 마음을 꾸짖었다.

그러기 위한 일격이었으며, 각오의 표명이기도 했다.

카레라는 콘도를 인정한 것이다.

자신들과 동격이라고.

매사를 대충 처리하는 카레라답지 않은, 실로 진지한 생각이었다.

"설마 이런 일이 있을 줄이야. 설마 내가…… 인간 따위를 상대로, 진지하게 싸울 줄은 몰랐어."

최강의 종족이라는 자만심 때문이었는지, 자신도 모르게 진심으로 싸우지 않고 있었다. 그런데도 콘도가 최선을 다해서 싸우지 않는다고 착각했고, 아게라가 자신을 타이르는 일까지 겪었다.

카레라는 자신의 실수를 자각하면서, 이제 겨우 진심으로 싸울 마음을 먹었다.

콘도는 처참하기까지 한 카레라의 미소를 보고 아름답다고 생각했다.

"악마가 진심으로 싸울 마음을 먹었단 말인가. 나약한 인간으로선 환영할 만한 사태가 아니로군."

처음으로 표정이 움직이면서, 카레라를 적으로 인정했다.

"그럼 나도 진심으로 상대하기로 하지."

그렇게 선언한 콘도는 처음으로 '갑옷'을 착용했다.

의지의 힘으로 구현된 제복이 아니라, 루드라로부터 받은 갓즈

(신화) 급을 변화시킨 순백의 영장(靈裝)이었다.

그건 옛 일본 해군의 예복을 본뜬 것이었다.

겉모습이 그렇게 크게 바뀐 것은 아니지만, 분위기는 완전히 다른 사람이었다.

콘도에게 있어서 해군시절의 예복은 장례식에 입는 옷이라는 의미도 있었다. 중위로서 부하들을 죽게 만든 죄, 그걸 짊어지고 살아갈 것을 맹세했다. 그 각오를 떠올릴 수 있도록 이것을 입고 싸우는 것이다.

카레라는 그런 콘도를 보고, 깊고도 크게 마력을 해방했다.

그리고 자신의 이름을 밝혔다.

"마왕 리무루 님의 충실한 하인이자 '성마십이수호왕' 중 한 명. '메너스 로드(파멸왕)' 카레라다. 내 긍지를 걸고 널 죽여주마."

"전(前) 제국해군 중위, 콘도 타츠야다. 지금은 임페리얼 가디언 (제국황제 근위기사단)의 단장을 맡고 있지. 그 도전을 받아들이마."

두 사람은 서로를 노려보면서, 조용히 힘을 끌어올리기 시작했다.

이로 인해 각자의 전력을 다한 싸움이 시작되었다.

*

카레라는 떨어진 왼팔을 주운 뒤에 가볍게 절단면을 맞췄다. 그러자 그렇게만 했는데도 아무 일도 없었던 것처럼 다시 원래대로 붙었다.

"너무하는군."

"뭐, 그렇게 말하지 마. 리무루 님에게서 받은 소중한 몸이니까, 상처 하나도 남길 수는 없다고."

가벼운 분위기로 대화를 나누고 있었지만, 두 사람 다 상대의 빈틈을 살피고 있었다.

카레라가 팔이 낫기를 기다린 것은 콘도에게도 의도한 바가 있었기 때문이다.

권총을 놓아버린 지금, 콘도는 검 한 자루로 싸우게 되었다. 그게 바로 '오보로 심명류'의 원래 모습이지만, 반대로 말하자면 더 이상은 아무런 비장의 수도 남아 있지 않다는 의미이기도 했다.

콘도는 진심으로 싸울 자세를 잡고 있었다.

그건 즉, 콘도가 자신의 모든 것을 걸고 있다는 것을 의미하고 있었다.

두 손으로 검을 쥔 지금, 어떤 적에게도 지지 않을 자신도 있었다.

콘도는 유니크 스킬 '해독자'로 카레라의 움직임을 파악했다. 근육의 움직임은 물론이고, 그녀의 전신을 채우는 마력의 흐름도, 마법이 발동될 기척까지도 남김없이 읽어내고 있었다.

그 권능은 얼티밋 스킬(궁극능력) '산달폰(단죄지왕)'과 연동하고 있으며, 유니크의 영역을 월등히 넘어선 성능으로 발전되어 있었다. 그렇기 때문에 카레라의 힘이 이상한 증식을 시작한 것을 놓치지 않았다.

카레라의 포학함을 상징하는 것처럼 엄청난 에너지였다. 그런데도 커다란 의지에 통일되고 있는지, 그 흐름에 흐트러짐은 없었다.

평소라면 폭발할 수준의 격류이면서도, 완벽할 정도로 카레라의 지배하에 놓여 있었던 것이다.

빌어먹을 괴물——이라고 콘도는 생각했다.

모처럼 베어서 떨어트린 팔도, 지금은 상처자국조차 남아 있지 않았다. 옷까지 수선된 것은 농담으로밖에 느껴지지 않는 모습이었다.

그 미친 듯이 휘몰아치는 에너지가 모이는 곳은 아게라가 변한 요도(妖刀)였다. 카레라와 일심동체가 되어 있기 때문에 힘의 순환이 완성되었다.

콘도의 입장에서 보면 짜증이 나는 얘기지만, 그 이상으로 상대하기 번거로울 것 같은 기운의 존재를 알아차리고 말았다. 믿기 어렵게도, 카레라의 마력의 중심에서 역겨울 정도로 엄청난 힘의 결정이 태어나려 하고 있었던 것이다.

그게 뭔지 콘도는 짐작이 갔다.

자신도 획득하고 있으니까 알 수 있는 사실이지만, 그건 마음의 형태가 구현될 때 볼 수 있는 것이다.

(이 녀석…… 역시 틀림없군. 얼티밋 스킬을 획득하려고 하는 건가!!)

그걸 확인하자마자, 콘도는 움직였다.

적이 얼마나 아무리 강대하다고 해도, 빠르게 제거할 필요가 있었다. 그렇게 판단했기 때문에 진지한 마음을 먹었음을 보여주는 증거인 예복을 입은 것이다.

즉, 패배는 허용되지 않는다. 어떤 수단을 쓰더라도 이겨야만 한다.

그리고 승리한 자야말로 정의인 것이다.

콘도는 카레라를 분석하면서도 준비를 마쳤다.

남은 건은 검 한 자루. 그 무기에 전력을 기울여서 카레라를 향해 베었다.

"좋아, 좋아! 그 망설임 없는 눈, 날 오싹하게 만드는걸!"

기뻐하는 카레라의 외침에 귀를 기울이지도 않고, 콘도는 검을 휘둘렀다.

카레라의 요도에 막혀버렸지만, 콘도의 군도의 위력은 절대적이었다. 만약 요도가 아게라의 의지를 담고 있지 않았다면, 지금의 이 일격으로 부러지고 말았을지도 모를 정도로.

콘도는 추가로 연속공격을 가했다.

"이 자식?!"

자신도 모르게 카레라가 신음소리를 냈을 정도로, 그것은 날카로우면서 무거운 참격이었다.

그 위력의 비밀은 군도에 담긴 의지에 있었다.

콘도의 얼티밋 스킬 '산달폰'은 탄환에 담을 수 있는 수준의 권능이 아니었다. 콘도의 의지를, 그 '영혼'이라고도 부를 수 있는 군도에 깃들였을 때야말로 진면목을 발휘하는 것이었다. 그야말로 콘도의 비장의 수였으며, 진정한 모습이었다.

그리고 시작된 콘도의 맹공에 밀리면서, 카레라는 방어에 치중하게 되었다.

콘도는 카레라가 궁극의 힘에 눈뜨기 전에 승부를 끝낼 생각을 하고 있었다. 다양한 기술을 구사하여 카레라를 몰아붙여 갔다.

카레라가 폭력을 제어하여 절대적인 힘을 발휘해도, 콘도는 안색 하나 바꾸지 않은 채 모든 것을 튕겨내버렸다.

카레라보다 콘도 쪽의 전투기술 수준이 더 높았던 것이다.

아슬아슬하게 승부가 성립되고 있었던 것은 카레라의 에너지(마력요소)양이 방대한데다, 아게라의 레벨(기량)이 더해져 있었기 때문이었다.

그렇지 않았다면, 카레라는 이미 죽었을 것이다.

지금 또한 '이레이저(소멸탄)'의 권능이 담긴 참격이 카레라의 왼쪽 옆구리를 베었다.

몇 번 정도 팔다리에 맞은 참격에 '네크로시스(주괴탄)'의 효과가 담겨 있었기 때문에 카레라의 마력회로가 제대로 작동하지 않고 있었다. 그 결과, 카레라와 아게라의 동화에까지 영향이 미치기 시작하였다.

"이 자식……."

신음하듯 읊조리면서, 이를 드러내어 콘도를 노려보는 카레라.

오산이었다.

콘도는 강하다고 생각했지만, 진심으로 싸우면 어떻게든 이길 수 있을 거라고 생각하고 있었던 것이다.

그러나 콘도는 그렇게 만만한 상대가 아니었다.

아게라의 힘을 빌렸는데도 불구하고, 카레라를 능가할 정도의 초인이었던 것이다.

(인간이…… 인간 따위가아!! '성인'으로 각성했다곤 하지만, 단순한 인간 따위에게 이렇게까지 몰릴 줄이야…….)

카레라는 자신을 한심하게 생각하면서, 칼에 베이는 바람에 마력이 새어 나오는 왼쪽 옆구리에 오른손을 갖다 댔다. 더 빠른 회복을 유도했지만, 마력회로가 오작동을 일으키고 있는 탓에 효과가 약했다.

원래라면 그 정도의 상처는 의식하지 않아도 회복되었다. 그런데도 의식하고 치유되길 의도했는데도 이런 꼴이었다.

아무리 호탕하고 대범한 성격의 카레라라고 해도 지금의 상태가 최악이라는 걸 인식하고 있었다.

의지의 강도가 힘의 우열까지 좌우하고 있었다.

하물며 콘도는 궁극의 힘을 스스로 획득했을 정도의 인물이었다. 무한의 수명을 지니면서 제멋대로 사는 나날을 보냈던 카레라와 비교한다면, 그 고결함은 비교도 되지 않았다.

지금에 와서야 카레라는 자신의 몸을 괴롭히는 고통과 함께 이해했다.

기량 또한 주어진 것만으로는 의미가 없었다.

스스로 원하고 획득해야만 그 본질을 살릴 수 있었던 것이다.

종족으로서의 격, 높은 신체능력, 생명력, 그 모든 것에 있어서 카레라가 압도하고 있었다.

기량 또한 아게라 덕분에 어깨를 나란히 할 수 있었다.

그런데도 이기지 못하고 있었다.

그러기는커녕 패배하기 직전이었다.

(이대로 가면 지는 건가? 즉…… 죽는단 말인가? 최강인 우리── 데몬(악마족)의 왕 중 한 명인 내가──?!)

그건 절대 인정할 수 없었다.

카레라의 긍지가 허용하지 않았다.

무엇보다 카레라가 가장 사랑하는 주군인 마왕 리무루의 명령을 거역하는 일이 된다.

그런 사태가 일어나게 된다면, 자신을 100만 번 죽여도 부족하지 않을 정도의 큰 실수가 된다고 생각하여, 카레라는 겁을 먹었다.

두려울 것이라곤 아무것도 없었던 카레라가, 리무루의 명령을 지키지 못한 것에 공포를 느꼈다.

"그것만큼은 결코 인정할 수 없어!!"

그렇게 외치면서 카레라는 핏발이 선 눈으로 콘도를 노려봤다.

억지로 상처를 재생시키면서, 자세를 잡았다.

더욱 깊이, 더욱 강하게 카레라는 소원을 빌었다.

눈앞에 있는 남자에게 이기고 싶다고.

지금까지 카레라는 자신의 절대적인 악마의 힘만으로 싸우고 있었다.

그러나 그래서는 안 되었다.

궁극이라고 불리는 단계에 다다른 자들에겐 그 힘이 결코 통하지 않았다.

디아블로가 그랬으며, 눈앞에 있는 콘도가 그랬다.

궁극의 힘에 눈뜬 자들에겐 절대 이기지 못한다는 것을 이해했다. 하물며 정점인 기이 크림존에게는 제대로 대적도 하지 못했던 것이다.

힘을 늘리는 것만을 생각해선 소용이 없었다.

그것만으로는 아무리 발버둥을 쳐도, 강자에게는 먹이밖에 되지 못했다.

이렇게까지 몰린 뒤에야 카레라는 겨우 깨달았다.

진정으로 강한 자와 싸우려면, 더욱 깊이 자기 자신을 이해할 필요가 있었다는 것을.

그러기 위해서 필요한 것은 무엇보다도 강한 의지였다.

정신생명체인 카레라가, 그 본질이라고도 할 수 있는 의지의 힘을 추구한 순간이었다.

《그렇다면 아주 조금 도와드리기로 하죠.》

그런 목소리가 들린 것 같았다.

그러자 다음 순간, 카레라의 마음 깊은 곳에서 흐릿하게 존재하고 있던 '뭔가'가 명확한 모양을 잡아가는 것을 느낄 수 있었다.

카레라는 그것을 향해 의식을 집중했다.

카레라의 결의가, 바람이 형체를 이룬 그것.

지금까지는 자신 안에서 날뛰기만 하던 힘이었다. 그걸 힘으로 억누르면서, 제어하여 이용했지만, 그 힘도 자기 자신이라고 인정하기로 했다.

그리고 해방했다.

궁극의 힘에는 이름이 필요했다.

——내 '힘'이여, 이름을 지어주도록 하마. 리무루 님으로부터 부여받은 내 역할을 다하기 위해서라도, 내 권능이 되어 새로운 힘을 해방시켜라. 네 이름은—— 얼티밋 스킬(궁극능력) '아바돈(사멸지왕, 死滅之王)'이다!!——

아바돈은 멸하는 자, 파멸자를 의미한다.

그리고 나락의 왕.

'메너스 로드(파멸왕)'인 카레라에게 실로 잘 어울리는 권능이었다.

카레라는 드디어 손에 넣었다.

모든 것을 파괴할, 절대적인 '힘'을.

──얼티밋 스킬 '아바돈'──.

카레라가 바라는 것이 구현된 모습.

일단 한 번 해방하면 적대자에게 확실한 파멸을 가져다줄 무시무시한 권능이었다.

카레라는 강적과 만나는 것으로 인해, 처음으로 힘을 원했다. 그 소원이 이뤄짐으로써, 카레라와 콘도의 싸움에도 결말이 날 때가 찾아오려 하고 있었다.

*

농담하지 마라──고 콘도는 생각했다.

겨우 죽이기 직전까지 몰아붙인 카레라가, 눈앞에서 궁극의 힘에 눈을 뜬 것이다. 콘도의 입장에서 보면 웃기지 말라, 말하고 싶은 상황이었다.

콘도는 몇 번이고 카레라에게 치명상을 입혔다고 생각했다. 그런데 카레라는 몇 번이나 쓰러지려고 하다가 다시 일어선 것이다.

'리무브(파계탄)'의 권능으로 '결계'를 베고, '네크로시스(주괴탄)'를 담은 참격으로 카레라의 마력회로를 흐트러지게 만들었다. 그리하여 착실하게 대미지를 축적시킨 후에 마무리 공격으로 준비한 것이 '이레이저(소멸탄)'의 권능이었던 것이다.

이미 승부는 결말이 났어야 했다.

그런데 진지하게 싸운 콘도의 힘으로도 카레라를 완벽하게 쓰러트리지 못했을 뿐만 아니라, 힘까지 각성시키고 말았던 것이다.

콘도는 자신이 실수했다는 것을 통감하고 있었다.

(정말 아쉽군. '저지먼트(신멸탄)'가 남아 있었다면······.)

그런 생각이 든 것은 콘도가 아주 조금 마음이 약해졌기 때문일지도 모르겠다.

'저지먼트'라는 것은 하루에 한 발만 만들어낼 수 있는 비장의 수단이며, 최후의 일격이었다. 그러나 그건 조금 전에 베루도라를 약하게 만들기 위해서 막 사용한 직후였다.

생사를 건 싸움에서 없는 것을 바라는 것은 콘도답지 않은 어리석은 짓이었다.

안 그래도 강대한 적이 미지의 힘을 얻었다. 그걸 알아버리게 되자, 곧바로 암담한 기분에 빠지고 말았던 것이다.

그러나 콘도는 기력을 억지로 일으켜 세웠다.

예복을 입은 이상, 각오가 흔들리는 일 없이 마지막까지 싸워야만 한다.

콘도는 자신도 모르게, 카레라를 향하여 처음으로 감정을 토로

했다.

"너희들은 정말 어이가 없는 존재다."

인간은 나약하다고 비웃었지만, 그것도 당연하다고 할 수 있을 것이다.

종족으로서의 '격'의 차이는 메울 수 없을 정도로 크게 벌어져 있던 것이다.

콘도의 기준으로 보더라도, 자신도 모르게 불평이 튀어나올 정도로.

그 말을 듣고, 카레라는 만족스러운 표정으로 고개를 끄덕였다.

"그래, 당연하지. 우리는 최강의 종족이니까 말이야. 하지만 너도 충분히 어이가 없는 존재라고 생각하는데?"

카레라 나름대로 해줄 수 있는 최대의 찬사였다.

카레라는 이미 콘도를 자신과 동등한 존재로 인정하고 있었다. 그렇기 때문에 최대한의 경의를 표하여 전력을 다해 도전한 것이다.

콘도에게 검을 겨루면서 방심하지 않고 자세를 잡는 카레라. 오른손과 왼손에 '아바돈(사멸지왕)'을 발동시켜서 거대한 힘을 순환시키기 시작했다.

콘도와 카레라의 간격이 흰색과 검은색의 빛으로 채워졌다.

방대한 마력요소가 에너지로 변환되었고, 그 여파만으로도 충분히 밀려서 날아갈 정도였다.

카레라는 의식을 집중하여, 그 에너지를 전부 제어했다.

"너에게 내 모든 걸 보여줄게."

"……사양하고 싶군."

"후훗, 그리 쌀쌀하게 말하지 말라고. 너를 인정했기 때문에 내 비장의 대마법을 보여주려는 거니까!"

그 말을 듣고, 불안한 예감이 드는 콘도.

"…………."

남의 사정은 고려하지도 않았다. 그게 바로 카레라라는 악마였다.

마왕 레온도 그 때문에 고생을 했었지만, 그때의 카레라는 진심으로 싸운 게 아니라 놀고 있었다. 그게 한층 더 질이 나쁜 얘기이기도 했지만, 진심으로 싸울 마음을 먹은 카레라를 상대해야 하는 콘도의 입장에서 보면, 레온 쪽이 그나마 나은 편이라고 말하고 싶을 것이다.

디아블로를 포함한 네 명의 '데빌 로드(악마왕)' 중에서 지금 카레라가 최대의 에너지(마력요소)양을 자랑하고 있었다. 이제까지는 완전히 제어할 수 없었지만, '아바돈'을 획득하면서 그 결점도 사라진 상태였다.

지금의 카레라라면 베루글린드에게도 필적할 정도의 마법제어가 가능했다.

"멸망을 선사해줄게. 사라져버려! '어비스 어나이얼레이션(종말붕축소멸파, 終末崩縮消滅波)'——!!"

'그래비티 컬랩스(중력붕괴)'조차도 능가하는 궁극의 마법.

카레라가 자신의 이상으로 삼았던 최대최강의 공격마법이었다.

중력붕괴역장에 나락의 바닥에서 불러낸 물질을 주입하는 것을 통해 상상을 초월하는 극대 에너지의 격류를 발생시키는 마법이었다.

그 에너지를 제어하는 것은 물론이고, 원하는 방향으로 날리는 것조차 너무나도 어려운 일이라는 것은 굳이 말할 것도 없었다.

원래는 행성 위에서 사용할 만한 마법이 아니었지만, 카레라는 망설임 없이 날렸다.

제어가 조금이라도 잘못되면, 별조차도 소멸시킬 수 있는 마법이었다.

명계에서 연습했을 때도 성공한 사례가 없었던 데다, 물질계에서 사용하는 것은 이번이 처음이었다. 지금까지 한 번도 성공한 적이 없는 마법을, 망설이지 않고 사용한 셈이다.

이 자리에 테스타로사와 울티마가 있었다면, 무슨 일이 있어도 카레라를 말렸을 것이다. 그러나 이 자리에는 카레라를 말릴 수 있는 자가 없었다.

아게라도 있었지만, 그에게 카레라를 제지하라고 말하는 것은 너무 혹독한 요구였다. 오히려 가장 공포를 느낀 자는 콘도가 아니라, 분명 그 마법의 위험성을 알고 있는 아게라였을 것이다.

그리고 콘도는 어떤가 하면.

카레라의 준비동작을 본 것만으로도 위험을 감지했고, 선고를 듣기 전부터 '산달폰'을 전개시켜두고 있었다.

그 빠른 상황판단이야말로 콘도가 콘도였던 이유이다.

하지만 이번에는 상대가 좋지 않았다.

'어비스 어나이얼레이션'은 터무니없을 정도로 방대한 카레라의 마력을 전제로 한 극대마법이며, 그 범위도 광대했다. 여기가 이계가 아니었다면 얼마나 큰 피해가 생겼을지 알 수도 없을 정도였다.

자칫하면 이계조차도 파괴할 수 있다——고, 콘도는 추측했다.

만약 그렇게 된다면, 콘도를 목표로 하는 이 마법의 사선상에 있는 물질은 전부 소멸하게 될 것이다.

그 사실을 간파하고 있었다.

이계가 파괴될 경우, 황제 루드라에게까지 피해가 미칠 수 있었다.

루드라의 방어는 만전을 기해놓았지만, 그래도 만일의 경우가 있을 수 있다. 그런 사태가 벌어지는 것을 막아야만 했다.

그뿐만이 아니었다.

콘도는 더욱 골치 아픈 사실을 알아차리고 있었다.

카레라의 자세를 보면, 그 흉악한 마법조차도 미끼였던 것이다. 그걸 어떻게든 버텨낸다고 해도 그 후에는 이쪽이 진짜 공격이라고 할 수 있는 요도의 일격이 자신을 덮칠 것이다.

그렇게 되면 대처는 불가능.

어떤 희생이라도 아끼지 않고, 여기서 저 마법을 극복해내지 않으면 살아남을 길은 없었다.

콘도는 각오를 굳혔다.

자신의 애도를 칼집에 집어넣고, 그때를 기다렸다. 그리고 카레라가 마법을 발동시키는 것과 동시에 움직였다.

자신의 모든 것을 걸고 칼을 뽑았다.

"겹벚꽃——팔화섬——."

하쿠로우가 보여준 기술을, 이 자리에서 재현한 것이다.

그 기술에 담긴 권능은 하루에 한 번밖에 쓸 수 없는 것이어야 했던 '저지먼트'였다.

여기서 한계를 넘어서지 못하면, 콘도를 기다리는 것은 파멸뿐이었다. 그렇기 때문에 반드시 해낼 수 있다고 믿으면서, 콘도는 자신의 가능성에 모든 것을 걸었던 것이다.

'영혼'의 힘의 광채가 한층 더 빛났다.

그건 콘도의 것이었을까, 그렇지 않으면 카레라의 광채였을까…….

적어도 두 사람이 최선을 다하고 있다는 것은 틀림없는 사실이었다.

콘도의 칼날이 '어비스 어나이얼레이션'이 발생시킨 광포한 에너지의 격류를 가르기 시작했다.

카레라는 놀란 표정으로 눈을 크게 떴지만, 그 입가에는 미소가 지어져 있었다.

콘도의 온몸을 격렬한 통증이 관통했다.

최고의 방어구인 갓츠(신화) 급의 예복조차도 파멸의 힘을 다 막아내지 못했던 것이다.

그러나 콘도는 물러서지 않았다.

신념이 시키는 대로 카레라의 목을 노리면서 여덟 개의 꽃을 피운 것이다.

카레라는 콘도의 머리 위에 있었다.

"안일하군. 지금이야말로 보여주지. 아게라의 경험을 내 것으로 만든 내 최고의 기술을!!"

그건 카레라가 한 말이면서도 그녀가 한 말이 아니었다.

찰나의 시간 속에서 카레라의 의지가 콘도에게 전달된 것이었다.

콘도의 발도속도를 초월하는 100개의 검의 섬광.

그 기술의 이름은 '오보로 백화요란'이라고 했다.

견뎌내기 힘든 폭위에 의해 콘도의 군도가 부러지면서 박살 났다.

그 직후, 카레라의 마지막 일격이 콘도를 비스듬히 베었다.

⋯⋯⋯⋯⋯⋯.

⋯⋯⋯⋯.

⋯⋯.

콘도는 온몸에서 힘이 빠져나가는 것을 느꼈다.

한계는 이미 예전에 넘은 상태였다.

눈을 감고 하늘을 보면서 쓰러졌다.

콘도의 생이 끝날 때가 가까웠다.

(이렇게 어중간하게──.)

그렇게 생각하면서 자조했다.

결국 아무것도 해내지 못했다.

조국을 지키는 것도, 루드라와의 약속을 지키는 것도.

──내 친구가 되어라, 타츠야──.

아아, 나는⋯⋯ 당신과의 약속을 지키지 못했습니다.

콘도의 가슴에 날아든 것은 후회의 감정이었다.

지키지 못한 약속을 떠올리자, 가슴이 찢어질 것만 같았다.

『타츠야, 부탁할 게 있다.』

『무엇이든 분부하십시오. 저도 당신의 친구로서, 할 수 있는 것이라면 무엇이든 할 테니까요.』

그렇다. 나는 은혜를 갚고 싶었다.

친구라고 불러준 루드라에게, 이 세계에서 살아갈 의미를 준 것에 대해 감사의 마음을 전하고 싶었다.

그렇긴 하지만, 그런 소원을 말하는 건 너무 심하지 않은가…….

『먼 옛날, 나는 다무라다에게 부탁을 했다. 내가 이상을 잃어버리게 되면, 친구인 네 손으로 막아주면 좋겠다고 말이지. 그러나 나는 너무 오래 살았다. 다무라다는 마음이 착하니까, 자신의 손으로 날 죽이진 못할 것이다. 심한 부탁을 하고 말았다고, 나는 지금 후회하고 있다.』

『그건…….』

『그러니까 타츠야. 너라면 냉정한 판단으로 날 죽일 수 있겠지? 다무라다를 방해하여 네 손으로 날 멈춰다오.』

싫다고 생각했다.

자신도 루드라가 살아 있기를 바랐으니까.

루드라는 냉정했고, 이지적이며, 패기가 넘쳐 있었다.

콘도에게 있어선 동경하는 대상이었다. 그리고 좀처럼 얻기 어려운 주군이었던 것이다.

조국을 지키지 못하고, 이 세계에서 자살하려고 했던 콘도를 말리면서 친구가 되어준 남자.

위대한 영웅, 황제 루드라.

그래도 고개를 끄덕이고 말았던 것은 루드라의 괴로움을 알아 버렸기 때문이라 할 수 있었다.

루드라의 몸은—— 그 빛나는 '영혼'은 이미 한계였던 것이다.

미카엘(정의지왕)이라는 특수한 권능을 제어하기 위해서, 몇 번 이나 전생을 거듭한 결과라고 할 수 있었다.

콘도는 유니크 스킬 '해독자'를 통해 그 사실을 누구보다도 깊이 이해하고 있었던 것이다.

아마도 베루글린드보다 더.

베루글린드는 루드라를 사랑하기 때문에 맹목적인 상태가 되어 있었다. 루드라가 다무라다랑 콘도에게만 부탁을 했다는 걸 안다면, 틀림없이 격노했을 정도로.

루드라가 콘도에게 그런 부탁을 한 것은 어떤 의미에선 당연한 것이었다.

고개를 끄덕인 이상, 지켜야만 했다.

왜냐하면 그게 약속이라는 것이기 때문이다.

그러나 그 시기는 아직 먼 미래였다.

루드라는 여전히 건재했으며, 그 권능을 제대로 제어하고 있었기 때문이다.

……과연 정말로 그랬을까?

지금 생각해보면, 작은 위화감이 있었다.

때때로 보이던 차가운 눈과 지나치게 냉철한 판단력.

콘도는 그런 루드라밖에 몰랐지만, 다무라다가 고뇌하고 있다는 것은 알고 있었다.

루드라가 정말로 건재했다면, 어째서 다무라다가 고뇌할 필요가 있었을까?

생각해보면 우스운 이야기였다.

(언제부터였지?)

다무라다가 본격적으로 움직이기 시작한 것은 과연 언제부터였을까.

(어쩌면 나는 중요한 것을 보지 못하고 놓쳐버린 게 아닐까?)

명령받은 대로 다무라다를 방해하긴 했지만, 그건 큰 실수였을지도 모른다.

처음 만났을 무렵의 루드라는 확실히 빛나는 존재였다.

그런데도 콘도가 루드라의 변질을 알아보지 못하고 놓쳐버린 것이다.

그걸 깨달은 순간, 콘도는 마음이 맑게 개는 것을 느꼈다.

마음의 족쇄가 풀리는 것 같은——.

(——그렇군, 나는 이미 예전에…… '미카엘'의 지배하에 있었던 건가…….)

한심하다고, 그렇게 탄식했다.

그렇다.

다무라다가 루드라를 죽이려고 했을 때에 방해를 할 것이 아니라 앞서서 행동했어야 했던 것이다.

그렇게 했으면 루드라를 막을 수가 있었을 것이다.

(나는 참으로 어이없는 실수를…….)

이제 와선 돌이킬 수가 없었다.

콘도가 '미카엘'의 지배에서 해방된 이유는 알 수 없지만, 이젠 손가락 하나조차 움직일 수 없는 상태가 되어 있었다.

이대로 목숨이 다하는 것을 기다리는 것뿐.

(나는 아무런 도움도 주지 못했습니다. 당신의 고뇌를 함께 짊어지는 것도, 당신의 괴로움을 덜어주는 것도, 무엇 하나 해주지 못했습니다. 그리고…… 당신을 해방시켜 주겠다는 약속조차도…….)

루드라를 막는다는 역할은 아무리 생각해도 완수하지 못할 것 같았다.

이대로 회한과 함께 자신의 생이 끝나는 것을──.

………………….

………….

…….

"이봐, 뭘 엎어져 자고 있는 거야. 계속 싸우자고!"

잠을 방해하려는 듯이 자신에게 말을 거는 목소리가 들렸다.

어렴풋이 눈을 뜨자, 지금까지 자신과 사투를 벌이고 있었던 적이 기분이 상한 표정으로 자신을 들여다보고 있었다.

빛나는 금발의, 눈이 확 뜨일 것 같은 미소를 지은 악마.

역시 너무나 아름다웠다.

(──억지를, 부리지 말라고. 나는 이미 죽어가고 있어. 싸울 수 있을 리가 없잖아.)

"뭐? 아직 승부가 정해지지 않았잖아. 그래선 안 된다고."

(후, 후후. 승부, 라. 그렇, 군. 역시…… 너는, 어이가 없는 존재다…….)

자신의 생각이 전해질 것이라는 생각은 들지 않았지만, 카레라의 말을 들으면서 희미하게 웃은 콘도.

카레라 자신도 이미 에너지가 다 되어가고 있으며, 소멸 직전의 상태일 텐데──. 그런 생각이 들자 웃음이 터져 나왔다.

몸을 일으키려고 했지만 실패했다.

꼴사나운 모습이었다.

(역시 나는 아무것도 해내지 못할 것 같, 군.)

그에 비하면 눈앞에 있는 악마는 자유롭고 순수한 것이…….

(부럽군, 정말로.)

진심으로 솔직하게, 그렇게 생각했다.

그렇기 때문에 콘도는 스스로도 의미를 알 수 없는 언동을 취했다.

"부, 부탁이 있다. 내, 총으로, 폐하, 를……."

적인 카레라에게, 자신이 할 일을 맡기려 하고 있었다.

(무슨 짓을 하고 있는 거냐, 나는. 지금까지 싸우고 있던 상대에게 이런 멍청한 부탁을 한단 말인가.)

패배자의 소원 따위는 비웃음을 당할 것이 뻔하다.

그렇게 생각했는데, 무슨 이유인지 입 밖으로 말이 나오고 말았다.

카레라는 지면에 떨어져 있던 남부식 대형 자동권총을 주워들었다.

"이거 말이야? 망가졌는데."

그것도 그렇겠군. 콘도는 흐려지는 의식 속에서 그렇게 생각했다.

어쩌면 소원을 들어줄지 모른다고, 조금은 안일한 생각을 하고 말았다.

악마는 그렇게 착하지 않다.

현실은 비정하며, 콘도는 그 사실을 잘 이해하고 있었다.

의식이 점점 멀어져갔다.

아무리 정신생명체인 '성인'이 되었다고 해도, 콘도는 원래 인간이었다. 그 '영혼'이 파괴되어버리면 부활은 불가능했다.

카레라의 일격은 콘도에게 치명상을 주었다.

신체의 끝부분부터 붕괴되고 있는 것을 실감할 수 있었다.

이 단계라면 이젠 부활은 불가능했다.

"흥. 이런 장난감이 망가진 것뿐인데 벌써 포기하는 거야? 나를 괴롭혔던 너답지 않은걸. 모처럼 기분 좋은 싸움이었는데, 흥이 식었어."

적이었던 카레라가 자신을 격려해주리라곤 생각하지 못했다.

그래서 콘도는 마지막 기력을 짜내서 쓴웃음을 지었다.

"큭, 크크, 확실히…… 유쾌하긴 했다. 나 자신의 꼴사나운 모습이 우스꽝……스럽군……."

그 말을 남기고, 의식을 놓으려고 했다.

그러나──.

"잠깐, 아직 가진 마. 황제라는 녀석을 죽여줄 수도 있어."

(……?)

"둔한 녀석이네! 보수는 뭐야? 악마를 움직이려면 계약이 필요한 건 상식이잖아!"

카레라는 원래 교섭 같은 것이 절대로 불가능한 악마였다.

그런데도 무슨 이유인지, 콘도의 소원을 들어주는 것도 괜찮겠다는 기분이 들었던 것이다.

그러나 그냥 들어주는 것만큼은 절대 인정할 수 없었다.

황급한 표정으로 그렇게 말하는 카레라를 보면서, 콘도는 웃음을 참을 수 없었다.

점점 더 기분이 유쾌해지고 있었다.

적이었던 악마.

그 쑥스럽게 서두르던 모습에 위안을 받으면서.

(내 모든 것—— '영혼'까지도 줄 테니까 부탁한다.)

하고 싶은 말은 이젠 목소리로 나오지 않았다.

콘도는 마지막 힘을 다해 눈을 크게 떴고, 강인한 의지를 담아서 카레라를 봤다.

악마를 믿다니. 스스로를 비웃어야 할 일이었다.

하지만 그 아름다운 모습을 머릿속에 새기면서, 소원을 맡겼다.

전해졌다고 생각한 것은 콘도가 멋대로 지어낸 환상일지도 모른다.

그래도—— 한심한 자신을 구하기 위해서, 마지막 희망을 건 것이다.

목소리로 나오지 않은 목소리는 카레라에게 전해졌다.

"그 소원을 들어주마. 나 '메너스 로드(파멸왕)'의 이름을 걸고, 계약은 성립됐다! 너의 소원은 이뤄질 것이다."

엄숙하게 선언하는 그 말을 듣고, 콘도는 미소를 지었다.

힘이 들어가지 않는 손을 의지의 힘만으로 움직여서, 카레라를 향해 내밀었다. 그의 손끝이 닿은 것은 카레라가 망가졌다고 단언했던 권총이었다.

콘도의 손가락이 닿은 순간, 남부식 대형 자동권총이 황금색으로 빛났다. 콘도의 힘을 받으면서 그 재질도 변화하여, 갓즈(신화)급으로 다시 태어났다.

그리고 콘도의 '영혼'도 권총을 통해서 카레라가 이어받았다. 하지만 그 심핵(마음)은 포함되어 있지 않았다.

카레라는 알고 있었다.

깨달음을 얻으면서 죄 없는 자의 경지로 도달한 인간의 마음은 영혼을 얽맨다 해도 마음대로 할 수는 없다는 것을.

어떤 제약도 받지 않은 채 윤회의 고리에서 풀려나 약속의 장소로 여행을 떠나는 것이다.

그것이 바로 해탈이었다.

카레라는 그걸 쓸쓸하게 생각했다.

"흥, 재미없네. 오랜만에 만난 정말로 괜찮은 상대였는데……."

그렇게 중얼거렸던 바로 그때——.

《그렇다면——얼티밋 스킬(궁극능력) '아바돈(사멸지왕)'에 '산달폰(단죄지왕)'을 통합하도록 하죠.》

그런 목소리가 들린 것 같았다.

카레라는 당황하면서 손에 들고 있던 총으로 의식을 돌렸다.

이젠 쓸쓸하지 않을 것이라고 말하는 것처럼 황금의 빛이 더 강하게 밝아진 것 같았다.

그건 틀림없이 콘도의 유품이었으며, 카레라의 새로운 파트너였다.

"그렇구나…… 넌 나와 함께 있단 말이로군."

그렇게 말을 걸자, 권총이 반짝인 것 같은 느낌이 들었다.

그와 동시에 힘이 흘러들어 오는 것이 느껴졌다.

——너는 마력을 쓰는 법이 너무 거칠다. 내가 도와줄 테니까 좀 더 능숙하게 나를 사용하도록 해라——.

그런 콘도의 목소리가 들린 것 같았다.

다음 순간, 모든 것을 해방했다.

순식간에 콘도의 권능을 자신의 것으로 만든 것이다.

"참견이 많은 녀석이라니까. 날 어린아이로 취급하는 건 그만두라고."

마지막까지 건방진 인간——이라고 카레라는 생각했다.

이젠 쓸쓸한 기분은 느껴지지 않았다.

카레라는 일어섰다.

"훌륭하게 승리하신 것을 축하드립니다. 이 아게라, 실로 감복했습니다."

"너도야. 용케 살아남은 것을 칭찬해줄게."

"후훗, 카레라 님에게 칭찬을 받으니 송구스럽습니다."

웃고 있었지만, 아게라는 만신창이였다.

카레라의 방대한 마력을 주입받으면서, 콘도의 검기를 그 몸으로 받아낸 것이다. 그 충격으로 인해 부서지기 직전이었던 상태인 검의 모습에서 돌아온 지금, 싸우면서 입은 대미지로 인해 소멸하지 않은 것이 신기할 정도로, 큰 부상을 입은 상태로 아게라에게 피드백되었던 것이다.

그래도 아게라는 만족스러운 미소를 짓고 있었다.

"콘도라는 남자 말인데, 네 제자의 후예였지?"

"그런 것 같습니다."

"인간이라는 것도 함부로 우습게보면 안 되겠네. 기술을 계승하면서 그 수준을 거듭 쌓으면서 높여나갈 수 있으니까 말이지."

아게라는 기쁜 표정으로 고개를 끄덕였다.

"너보다 강했던 건 좀 그랬지만 말이지."

아게라는 탐탁지 않은 표정으로 얼굴을 찌푸렸다.

"저보다 강했던 것은 그 남자가 예외였을 뿐이라 하겠습니다. 검만 가지고 싸웠다면 틀림없이 제가 이겼을 겁니다."

"잘도 그런 말을 하네."

그리고 두 사람은 큰 소리로 웃었다.

지는 걸 싫어하는 점만 보면 너무나도 닮은 주인과 하인이었다.

웃는 카레라의 시선 끝에는 붕괴하고 있는 이계의 균열이 보였다. 그곳을 통해 보이는 것은 황제 루드라가 앉아 있는 모습이었다.

"가볼까. 아직 싸움은 이제 시작되었을 뿐이니까 말이지."

카레라는 늘 그랬듯이 대담한 미소를 지으면서 걷기 시작했다.

"물론, 함께 하겠습니다. 저희를 막아서는 자들에게 공포를 새겨주도록 하죠!"

카레라를 따르는 아게라.

죽음에 이를 수도 있는 큰 부상을 입었는데도, 그걸 마음에 두지 않고 태연하게.

적은 아직 남아 있었다.

그리고——.

무엇보다 중요한 것은 약속을 지켜주어야 한다는 것이다.

●

'더블오 넘버(한 자릿수)' 서열 3위인 그라니트는 제국을 오래전부터 지탱해온 영웅이었다.

제국의 기초를 다지고, 1,000년의 평화를 실현시키는데 큰 역할을 한 자였다.

제국신민들에게 '군신(軍神)'으로 칭송받은 적도 있으며, 역사서에도 기록되어 있는 위대한 인물이었다.

지금은 무대에서 내려왔지만, 황제 루드라의 심복으로 4기사의 수장을 맡고 있었다.

다양한 무기를 다룰 줄 알고 뛰어난 격투술을 구사하는 워리어(전투사)였으며, 그 체격은 훌륭했다.

2,000살을 넘긴 나이지만, 올백으로 넘긴 검은 머리와 짧게 다듬은 검은 수염으로 인해 젊다는 인상을 주고 있었다.

그런 그라니트와 대치한 자는 '플레어 로드(혁노왕, 赫怒王)' 베니마루였다.

두 영웅은 원형투기장의 중앙에서 마주 보고 섰다.

"내 이름은 그라니트. 제국의 수호자이다."

"베니마루라고 한다. 마왕 리무루의 부관 정도로 생각해다오."

간단한 통성명이 끝난 뒤에는 싸움만이 있을 뿐.

그렇게 생각하고 있었던 베니마루에게, 그라니트가 미소를 지으면서 말을 걸었다.

"아, 잠깐. 내 얘기를 들을 마음은 없나?"

"내용에 따라 달라지겠지."

"별것 아니다. 간단한 얘기지. 귀공에 대해선 미리 조사해봤다. 상당한 강자라고 보고에 적혀 있더군."

"그건 영광이군."

"후후후, 딱히 치켜세우는 건 아니다. 나도 수많은 강자들을 쓰러트려오다 보니, 보는 눈은 있다고 자부하고 있다. 그런 내가 봐도 귀공은 합격이다. 어중간한 마왕 따윈 상대도 되지 않겠지."

"무슨 말을 하고 싶은 거지?"

이 시점에서 베니마루는 짜증이 나기 시작했다.

교섭을 싫어하는 것은 아니지만, 이렇게까지 싸움이 과열되어버린 지금, 느긋하게 얘기를 나누고 있을 때가 아니다. 항복하는 거라면 얘기는 다르지만, 그라니트의 모습을 보면 그렇지는 않았다. 오히려 베니마루에게 항복을 권유하는 것 같은 분위기였다.

그 예상은 적중했다.

"귀공들이 이렇게까지 강하다는 것은 예상 밖이어서 놀라고 있다. 콘도도 한심하군. 정보국의 태만으로 인해 우리 제국을 위기에 노출시켰으니까. 생각한 것 이상의 피해가 발생해선 결전을 운운할 수준의 소동이 아니게 되거든. 그래서 나는 이쯤에서 서로 합의하여 전쟁을 끝내는 게 좋지 않을까 하는 생각을 하고 있다. 어떤가, 내 부하가 되겠다고 맹세하지 않겠나? 그렇게 하면 귀공만이 아니라 귀공의 부하들도 내가 책임을 지고 돌봐주겠다고 맹세하겠다."

그야말로 자신의 편의만 생각하는 얘기였다.

질 것 같으니까 패배를 인정하지 않고 전쟁을 끝내자고 제의하고 있었다. 제3자의 입장에서 보면, 그렇게밖에 느껴지지 않은 제안이었을 것이다.

그러나 실제로는 그렇지 않았다.

그라니트는 질 것이라고는 생각하지 않았던 거다.

전력을 대폭적으로 상실했으므로, 그걸 보충하기 위해서 베니마루와 그의 부하들을 같은 편으로 끌어들이려 하고 있었다.

그걸 직감적으로 꿰뚫어 봤기 때문에, 베니마루는 한층 더 부아가 난 기분을 느끼고 있었던 것이다.

(이 녀석…… 우리를 장기말로 쓸 생각인가? 하지만 그런 자신감을 뒷받침할 만한 실력은 있는 것 같군.)

베니마루는 냉정하게 그라니트를 평가했다.

이 이계에서 그런 제안을 했다는 것은 다른 문의 내부 상황을 파악하고 있다는 뜻일 것이다. 단순한 호위일 뿐만 아니라, 전술적인 시야도 겸비한 무인이라고 봐야 했다.

그런 그라니트가 한 제안은 베니마루의 입장에선 일고의 가치조차 없는 것이었다.

"내 부하들은 그렇다 치고 리무루 님은 어떻게 되지?"

"아쉽지만, 그 마왕은 위험하거든. 귀공들의 충성을 확인하기 위해서라도, 그자를 토벌하는데 도움을 줘야겠지."

그럴 줄 알았다고, 베니마루는 생각했다.

리무루를 쓰러트리기 위해 협조하라고 말하고 있지만, 그저 적들끼리 싸움을 붙이고 싶을 뿐이겠지.

물론, 그래서 살아남으면 동료로 받아들일 생각일지도 모르지만, 그런 확실하지 않은 얘기를 믿고 받아들일 정도로 베니마루는 바보가 아니다.

그 이전에 리무루를 배신한다는 것은 아예 언어도단이었다.

"얘기가 안 되는군. 우리가 리무루 님을 배신하는 일은 결코 없을 것이다."

얘기를 들어본 것은 베니마루도 시간을 벌고 싶었기 때문이다.

실은 아까부터 누군가의 '목소리'가 들려왔던 것이다.

어딘가 정겨우면서 기분 좋게 들리는 그 목소리는 베니마루에게 한 가지 제안을 했다.

《베니마루, 당신이 바라는 힘의 형태에 제가 손을 좀 봐도 되겠습니까?》

그런 수상쩍은 허가를 요구했는데, 평소였으면 절대 고개를 끄덕이지 않을 것이다. 하지만 베니마루는 무슨 이유인지 승낙하고 말았다.

자신은 정신생명체인 '염령귀'라는 종족으로 진화했지만, 베니마루는 그것만으로 만족하지 않았다. 리무루에게서 얼티밋 스킬(궁극능력)을 받은 경험을 참고삼아, 자력으로 획득하는 것을 목표로 삼고 있었던 것이다.

그 목적은 반쯤 달성되어 있었다.

리무루와 베루글린드의 싸움이랑 그 외의 다른 동료들의 분투를 보면서, 베니마루도 깨달음을 얻었던 것이다.

자신의 특기인 불꽃의 힘을, 유니크 스킬 '다스리는 자(대원수)'에 통합하면서 말이다.

리무루의 권능인 '절대절단'은 재현할 수 없었지만, 애도인 '홍련'은 쿠로베의 손에 의해 갓즈(신화) 급에 가깝게 만들어졌다. 그 칼에 '흑염'을 두르면, 무기의 성능차이 때문에 지는 일은 없을 것이다.

단련하여 강화시킨 레벨(기량)과 '염령귀'가 되면서 생긴 종족의 특성, 그것들을 통합시킨 '대원수'는 궁극의 단계에 도달하기 직전이었다.

그때 들려온 정체불명의 목소리.

자신이 승낙함으로써 어떤 변화가 찾아올 것인지, 베니마루는 그 결과를 지켜보겠다고 생각했다.

그렇기 때문에 그라니트와의 대화에 응한 것이었지만, 리무루를 배신하라는 말을 듣고 자신의 선택을 후회했다.

그런 제안을 들은 것만으로도 불쾌했다.

이제 됐다는 듯이 태도(太刀)를 뽑은 뒤에, 그라니트를 향해 겨누면서 자세를 잡았다.

"이봐, 이봐, 성질이 급한 건 좋지 않아. 마물이란 약육강식의 존재. 강한 자를 따르는 건 당연한 일일 텐데? 마물이라면 주인을 바꾸는 것쯤은 일상다반사가 아닌가?"

그런 그라니트의 발언을 듣고, 머릿속이 끓어오르는 것 같은 분노를 느낀 베니마루였다.

자신은 총대장이 되면서, 냉정함을 익혔다고 자부하고 있었지만…….

(후훗, 이래선 시온을 보고 웃을 수 없겠군.)

그렇게 자조했지만 분노를 참을 생각은 전혀 없었다.

"칼을 뽑아라. 네놈과는 더 이상의 대화가 무의미하다."

그 말을 듣고, 그라니트는 고개를 저으면서 "이거 참……"이라고 중얼거렸다.

"이해가 안 되는군. 이건 자비이자, 내가 베풀어줄 수 있는 최대한의 양보인데? 귀공의 입장을 존중하면서, 고통을 주는 일 없이 부하로서 채용해주겠다고 말했는데……."

정말로 신기하다는 듯이, 그라니트는 그렇게 말했다.

자신의 강함을 의심하지 않고 있었다.

베니마루보다도 압도적으로 강하다고 생각하고 있었기 때문에 그런 발언을 한 것이다.

그걸 이해하고 있는 만큼 베니마루의 분노는 점점 더 격렬해지고 있었다.

아직 베지 않고 참는 이유는 단 하나.

그라니트가 자신의 발언을 후회하도록 만들어주기 위해서였다.

"진 것에 대한 변명을 하고 싶어서, 쓸데없는 대화를 계속 하려는 건가?"

"캇캇카, 말 한번 잘 하는군. 그 의기는 높이 사지만, 조금은 자신의 분수를 생각하는 게 좋겠는데. 내 부하들은 자만심을 버리지 못했는지, 세 명 다 패배하고 말았다. 폐하 앞에서 얼굴을 들 수 없는 상황이지만, 귀공이 고개를 끄덕이기만 한다면 지금보다 전력이 증가하는 셈이지. 내 입장에서도 기쁜 일이고, 귀공들도 죽지 않고 이번 전쟁을 끝낼 수 있다. 좋은 관계를 쌓을 수 있지 않나? 그리고 내 발언을 듣고 이해했을 텐데? 나는 결코 귀공들을 장기말로 쓰고 버릴 생각 같은 건 없어."

베니마루가 화를 내고 있다는 걸 알고 있을 텐데, 그라니트는 뻔뻔하게 계속 말했다.

그리고 더욱 짜증이 나는 건, 그 말을 더할 나위 없이 진심으로 했다는 걸 느낄 수 있었다는 거다.

그라니트는 영웅으로서의 패기가 있었으며, 그 품격이 잔재주 같은 건 필요 없다는 것을 대신 웅변하고 있었다.

"귀공도 대장이라면 잘 생각해봐야지. 귀공의 마음 하나로 부하들도 구원을 받을 수 있단 말이다. 그리고 말이지. 잔혹한 사실을 가르쳐주겠는데, 콘도랑 다무라다는 정말로 강하다. 다무라다와 나는 오래 전부터 알던 맹우였는데, 녀석의 인품도 잘 알고 있지. 뭐, 내가 더 강하지만, '태초의 악마'가 상대라고 해도 지진 않을 실력자이거든. 그리고 콘도도 그래. 녀석은 신참인데도, 우리에게 필적할 정도의 실력자이지. 너무 위험하니까 폐하가 지배하에 두고 있었지만, '태초의 악마'라고 해도 이기진 못할 거다. 즉, 루드라 폐하에게 도전하기 위해선 베루글린드 님이랑 나를 포함해서, 네 명이나 되는 절대강자를 쓰러트려야만 한다는 뜻이다. 귀공도 그게 불가능하다는 걸 이해할 수 있을 텐데?"

이 녀석, 의외로 입이 가볍군──. 베니마루는 그렇게 생각했다. 아주 조금 분노가 진화되었기 때문에 조금은 정보를 수집해보기로 했다.

발끈하게 만드는 말도 포함되어 있었지만, 그걸 참기만 해도 제국의 정보를 켤 수 있다면, 베니마루도 불만은 없었던 것이다.

신경이 쓰이는 것은 황제가 콘도를 지배하에 두고 있다고 말한 내용이었다. 역시 황제 루드라는 어떤 형태의 지배계열 스킬을 보유하고 있는 것으로 봐도 틀리지 않을 것이다.

"잠자코 듣고 있으려니, 웃기지도 않는 소리를 하고 있군. 우리가 이기지 못한다고 단정하다는 건 의외인걸. 그리고 설령 따른다고 해도 마음까지 지배되는 건 사양하고 싶은데?"

"캇캇카, 이제야 흥미가 생기기 시작했나? 그렇겠지. 오거는 우수한 용병집단이라고 들었으니, 조건에 따라선 우리에게 붙을 거라 생각했다. 그리고 안심하도록 해라. 귀공이 걱정하고 있는 것처럼, 확실히 폐하는 사람의 마음을 지배하실 수 있다. 하지만 말이지, 그 점은 걱정해도 의미가 없는 일이야."

"…………."

"흠, 납득하지 못하는 건가. 뭐, 그렇긴 하겠지만, 어렵군. 지배를 당하는 것이라면 그건 자랑스럽게 여길 일이라고 생각하면 된다. 유능하지 않으면 무시를 당할 테니까 말이지. 그리고 콘도도 지배를 받고 있지만, 본인에게 그런 자각 같은 건 없다. 알고 있는 건 나뿐이니까, 약간 불쌍하게 생각하긴 한다만."

"역시 얘기가 안 통하는군."

정말로 논외였다.

그라니트가 하는 말은 이해가 되지 않는 것도 아니었다.

지배당하고 있는 본인이 알아차리지 못하고 있으니까, 아무도 불행해지지 않는다. 그런 논리였지만, 그렇다고 해서 납득하라는 말을 듣고 수긍할 자는 없을 것이다.

"그런가? 귀공이 걱정할 필요가 없는 것은 사실인데 말이지.

믿어주지 않을 것 같아서 다른 관점으로 설명했지만, 귀공이나 귀공의 동료들이 지배를 받을 일은 절대 없다고 단언할 수 있다."

"왜지?"

"약하기 때문이다."

"호오……."

베니마루의 분노가 다시 불타올랐다.

그라니트의 말투는 그 말이 절대 허세가 아니라는 것을 알 수 있을 정도로 자연스러웠다. 모욕을 줄 생각도 없었으며, 자연스럽게 베니마루와 동료들을 약자라고 단언하고 있었던 것이다.

베니마루는 진화하여 강해졌다고 자각했기 때문에, 이렇게까지 얕잡아 보일 줄은 생각도 못 해본 것이다.

"일단 내 말을 들어봐라. 적이라면 강자에 속하는 부류겠지만, 동료가 된다면 지배를 받을 정도의 가치는 없다. 지금은 콘도만이 아니라 유우키 애송이도 지배를 받고 있는 것 같은데, 폐하는 베루도라 님까지 지배하셨다. 그런 상태에서 귀공들을 추가하실 정도의 여력이 있다고는 생각되지 않는데다, 충성을 맹세한다면 자유행동을 허락해주실 것이다. 어차피 귀공들이 전원 동시에 덤빈다고 해도 나에겐 이기지 못하니까 말이지."

"정말로 대단한 자신감이로군. 하지만 말이지, 나도 스스로의 실력에 자신이 있거든. 이 이상의 장황설은 들을 마음도 없으니, 누구 말이 옳은지 행동으로 가려보지 않겠나."

베니마루는 어깨에 걸쳐두고 있던 태도를, 다시 움켜쥐면서 자세를 잡았다. 유용한 정보를 얻을 수 있지 않을까 하고 생각했지만, 이 이상은 기분이 불쾌해질 뿐이라고 생각하고 포기한 것이다.

그라니트는 시시하다는 듯이 크게 한숨을 쉬었다.

"마물이란 것은 정말 구제할 길이 없군. 모처럼 마음을 먹고 내민 손을 뿌리치다니, 현실을 보지 못한다는 것은 참으로 슬픈 일이야. 어쩔 수 없지. 귀공을 회유하는 것은 포기하고, 미나자를 쓰러트린 자와 교섭하기로 할까."

베니마루는 훗 하고 웃었다.

"그만두는 게 좋아. 시온은 나보다 더 완고하니까."

그 말을 들은 그라니트는 처음으로 표정이 진지해졌다.

"호오……? 자기소개는 하지 않았다고 생각하는데, 미나자가 누구인지 알고 있는 건가?"

"전장에서 정보를 수집하는 건 당연하잖아? 리무루 님에게 그점을 철저하게 교육을 받았거든."

"흠, 흥미가 생기는군. 베루글린드 님이 만드신 이계 안에서 어떻게 정보를 얻었단 말이지? 역시 아깝군. 귀공 정도 되는 인물을 죽이는 건."

그렇게 말하면서도 그라니트는 겨우 검을 뽑았다. 어떤 무기이든 능숙하게 다룰 수 있지만, 오래 써온 검은 특히 더 손에 익숙하게 느껴졌다.

베니마루를 향해 검을 겨눈 순간, 그라니트의 분위기가 확 바뀌었다. 지금까지의 온화한 태도는 깔끔하게 사라졌고, 귀신이란 것이 이런 존재가 아닐까 하는 생각이 들 정도로 강한 패기를 뿜어냈다.

분노가 하늘을 찌른다는 말을 표현한 것처럼, 그 짧은 단발이 곤두서 있었다.

"'제비와 참새가 어찌 기러기와 고니의 뜻을 알까'라는 말이 이 세계의 고사에 있다고 하더군. 소인배는 대인배의 생각 같은 건 이해하지 못한다는 뜻이라고 하던데, 네놈이 바로 그런 꼴이다. 내가 자상하게 타이르는 동안에 순순히 따랐으면 되었을 텐데."

"지금 이 상황에도 아직 잔소리를 하는 건가? 이제 슬슬 질렸는데."

"흥! 그럼 죽어라!! 파군(破軍) 격진열충(激震烈衝)!!"

그라니트는 첫 공격부터 최대위력의 필살기를 썼다. 그걸로 끝날 거라고 확신한 상태에서 나온 행동이었다.

그라니트의 특기는 적의 분석이었다.

루드라에게서 빌린 얼티밋 인챈트(궁극부여) '얼터너티브(대행권리)'의 권능── '적상간파(敵狀看破)'를 통해 상대의 전투능력을 파악할 수 있었던 것이다.

그로 인해 그라니트는 베니마루 일행의 힘을 정확하게 파악하고 있었다. 그렇기 때문에 자신들이 질 리가 없다고 확신하였던 것이다.

물론 '적상간파'도 만능은 아니었다. 만약 적대자가 얼티밋 스킬에 각성한 경우라면, 그 권능을 아는 것은 불가능했다.

하지만 그런 자는 에너지(마력요소)양을 보면, 어느 정도의 권능인지는 추측하는 것이 쉬웠다.

그런 점에서 베니마루 일행은 위협적이지 않았던 것이다.

베니마루, 소우에이, 시온, 그리고 악마들. 그라니트의 눈에는 누구 하나 얼티밋 스킬을 획득하지 않은 것을 뻔히 알 수 있었다.

'태초의 악마'들은 상대하기 번거로운데다, 그녀들과는 교섭이 되지 않는다는 것은 잘 알고 있었다. 그렇기 때문에 악마들이 자신을 찾아온다면 처치할 생각이었지만, 그라니트 앞에 나타난 것은 베니마루였다.

얼티밋 스킬에 눈을 뜨기 시작하고 있는 유망주였지만, 그라니트의 적은 아니었다. 그게 그라니트가 내린 베니마루의 평가였다.

에너지양은 대단했지만, 그래도 그라니트의 절반 이하였다. 위협적이지 않다고 판단하는 것은 어떤 의미에선 당연하였다.

그리고 그라니트는 자만하거나 방심하고 있는 것이 아니었다.

적이 얼티밋 스킬 보유자라면 상성에 따라선 고전할 가능성은 있었다. 싸움을 오래 끌면 적이 생명의 위기를 느끼고 각성할 가능성도 있을 것이다.

하지만 대화만 한다면 갑자기 힘이 늘어날 일은 있을 수가 없다.

그래서 그라니트는 적에게 일절 반격을 허용하지 않도록, 압도적인 실력으로 철저하게 처치할 생각이었다.

라이칸스로프(수인족)처럼 '변신'을 숨기고 있지 않다는 것도 전부 파악한 이상, 베니마루의 승산 같은 건 만일의 경우에도 존재하지 않았다.

그렇기 때문에 그라니트의 승리도 의심할 여지가 없었을 텐데——.

"어설프군. 큰 소리를 친 것치고는 대단할 게 없는데."

"뭐, 뭐라고오——?!"

상상외의 일이 일어나고 있었다.

베니마루를 산산조각내기에 충분한 에너지가 담긴 파군 격진열충을 베니마루의 태도가 막아낸 것이다.

그건 있을 수 없는 광경이었다.

그라니트는 전신에 갓즈 급의 장비를 장착하고 있었다. 베니마루의 태도도 상당히 우수한 것이었지만, 진정한 갓즈 급에는 미칠 리가 없었다.

아니, 그 이전에——.

"이럴 수가, 이럴 수가, 이럴 수가아——!! 왜냐, 어째서 네놈이 얼티밋 스킬을 획득하고 있는 거냐아——!!"

그라니트가 절규하는 것도 당연했다.

지금까지 자취도 없었던 얼티밋 스킬을 갑자기 획득하는 것은 절대 있을 수 없는 일이었던 것이다.

당황하여 어쩔 줄 모르던 그라니트에 비해 베니마루는 아무렇지도 않다는 태도였다.

"뭘 신기하게 여기는 거지? 사나이라면 늘 성장하는 존재일 텐데!"

그렇게 큰 소리를 치고 있었지만, 속으로는 식은땀을 잔뜩 흘리고 있었다.

사실은 그라니트의 강검을 받아냈을 때가 바로 베니마루가 힘을 얻은 순간이었다. 그리고 그 찰나에 그라니트의 힘을 정확히 파악할 수 있었다.

만약 타이밍이 조금이라도 어긋났다면 베니마루는 무시무시한 대미지를 입었을 것이다. 자칫하면 죽었을 가능성도 있었으니, 도저히 웃을 수 있는 감정상태가 아니었다.

(위험했다. 설마 이 녀석이 이렇게까지 실력을 숨기고 있었을

줄이야…… 방심하고 있었던 것은 아니지만, 이 힘이 없었으면 졌을 거란 말인가.)

그라니트의 장황설에 어울려주길 잘했다——고 베니마루는 생각했다.

"자, 그럼 내 차례로군."

베니마루는 정신을 차리고 적에게 집중했다.

결과적으로 살아남았으니까 됐다고 치고, 반성은 나중에 하기로 했다.

지금 막 획득한 권능은 그야말로 자신이 머릿속으로 그리던 이상형이었다. 그렇기 때문에 베니마루는 숨을 쉬는 것처럼 편안하게 아낌없이 선보였다.

얼티밋 스킬 '아마테라스(양염지왕, 陽炎之王)'—— 시엘이 베루글린드의 권능을 해석하여 얻은 정보를 반영시킨, 무시무시한 궁극의 힘을.

베니마루의 태도 '홍련'이 검은 광채를 둘렀다. 베니마루의 권능의 상징——'양염'이었다.

양염이란 말은 여기서 두 가지의 의미를 지닌다.

카게로우(아지랑이)라고 읽는 기상현상. 거기서 따온 것으로 실체가 없고, 타지 않고, 얼지 않고, 베어지지 않는 '은형법'의 극의가 된다.

또 하나의 의미는 말할 것도 없었다.

태양의 빛, 초고열의 불꽃이다.

그 두 개의 특성을 지닌 마염(魔炎)에, 베니마루의 검기가 더해진 것이다. 그 위력이 얼마나 높아질지는 베니마루도 상상할 수 없을 정도였다.

그라니트는 그라니트대로 '군신'이라는 이름에 부끄럽지 않은
대응을 보였다.

경악한 것은 한순간이었으며, 즉시 냉정해져서 베니마루의 약
점을 찾기 시작했다.

얼티밋 스킬을 획득했기 때문인지 에너지양이 크게 감소해 있
었다. 그래도 웬만한 마왕 정도는 상대도 안 될 수준이었지만, 그
라니트의 1/3 정도였다.

미지의 권능은 위협적이었지만, 전력을 다한 일격이라면 물리
칠 수 있다고 판단했다.

그리고 외쳤다.

"날 얕보지 마라, 마물 따위가! 다음에는 봐주지 않는다. 내 온
힘을 다해 네놈을 격파해주마!!"

과거의 제국군 안에서 그라니트의 실력은 베루글린드 다음가
는 수준이었다. 사실상 다무라다보다 강했으며, 콘도가 상대해도
호각의 승부가 될 것이다.

그 사실은 지금도 달라지지 않았다.

진심으로 싸울 기회가 없었을 뿐이지, 괜히 루드라의 경호를
맡고 있는 게 아니었던 것이다.

그런 그라니트가 진심으로 베니마루를 쓰러트리려고 움직
였다.

"죽어라, 파군 격진열충——!!"

방금 쓴 것과 같은 기술이었지만, 위력의 차원이 달랐다.

거칠게 휘몰아치는 패기가 발산되었고, 대기가 방전하면서 번

갯불이 일어났다.

하지만 그것들은 베니마루를 관통할 뿐이었다.

아지랑이는 어떤 공격으로도 붙잡을 수 없는 것이다.

그때 굉음이 울려 퍼졌다.

이 공간이 아니라, 다른 이계에서 무슨 일이 일어난 것이다.

(카레라 녀석, 엄청난 짓을 했군.)

베니마루의 머릿속에는 카레라가 무슨 짓을 했는지 극명하게
비춰지고 있었다.

물론, 모스를 통한 것이 아니었다. 얼티밋 스킬 '아마테라스'를
획득했을 때에 리무루와 '영혼의 회랑'으로 이어져 있는 부하들의
시야까지 '보이게' 된 것이었다.

그래서 베니마루는 카레라의 기술도 파악했다.

"비장의 수를 보여주지. 나도 이제 막 본 기술이지만, 뭐, 일단
한 번 시도해보겠어."

"무슨——."

그라니트는 반응할 수 없었다.

공격으로 전환한 베니마루의 기술로 산산조각이 나면서 완전
히 불타버리고 말았기 때문이다.

그건 그렇다 쳐도 베니마루는 정말 굉장했다.

그 움직임은 그야말로 양염. 베루글린드의 권능을 해석하여 반
영시킨 '아마테라스'에는 '광열지배'라는 이름의, 자신도 가속시
킬 수 있는 권능이 갖춰져 있었던 것이다.

그걸 이용하면 베니마루도 카디널 액셀러레이션(작열용패가속려
기)에는 미치지 못하더라도, 신속의 베기를 날릴 수 있게 되었다.

무적이면서, 위력과 속도를 겸비한 그 기술은———.

"'오보로 흑염, 백화요란'이라고 한다. 뭐, 이젠 들리지도 않겠지만 말이지."

베니마루는 내뱉듯이 그렇게 말하자마자, 개운해진 표정으로 등을 돌렸다.

그라니트는 정말로 강했다.

더구나 계산적이고 용의주도했을 뿐만 아니라, 만반의 상태를 갖추고 있던 적이었다.

그랬는데 패배한 이유는 한 마디로 말해서 '운이 좋지 않았다'는 것이었다.

단 하나 반성할 점이 있다면, 적은 쓰러트릴 수 있을 때에 공격해야 한다는 이론을 무시하고 말았다는 것이라 할 수 있을 것이다.

베니마루는 그렇게 생각하면서, 자신은 그런 전철을 밟지 말자는 교훈을 마음속에 깊이 새겼다.

●

베루글린드는 초조해하고 있었다.

리무루에 의해 자신의 '별신체'가 잡아먹히고 말았기 때문이다.

마왕 리무루는 두려워해야 할 존재였다.

잡아먹힌 '별신체'와는 의사소통을 할 수 없었다. 자신의 의사는 심연에 먹히면서, 반응이 돌아오지 않았던 것이다.

에너지를 주입해봤자 끝없는 늪으로 빠져들기만 하는 느낌을 받았다. 의미가 없다고 판단하여, 베루글린드는 입술을 깨물었다.

자신의 에너지 총량의 절반 정도를, 회복될 기미도 없이 잃어버리고 말았다. 무적이라고 믿고 있었던 '병렬존재'가 격파되면서 평정을 가장하는 것도 어려웠던 것이다.

지금의 베루글린드는 완벽한 상태에 비하면 20퍼센트 정도의 에너지(마력요소)양밖에 가지고 있지 않았다. 리무루에게 이기는 것은 불가능하다고 판단했으며, 긴급히 여기서 도망칠 필요가 있다는 판단을 내릴 수밖에 없었다.

"루드라를, 그 사람을 위험에 노출시킬 순 없어⋯⋯."

그렇게 생각한 베루글린드는 문의 수호 같은 건 포기하리라 결심했다. 다행이라고 해야 할까, 아직 아무도 공격해오지 않았기 때문에 망설임 없이 밖으로 나갔다. 거기서 누군가에게 방해를 받는다면 나온 김에 처리하면 된다고 판단했다.

예상대로 여덟 개의 문으로 둘러싸인 그 장소에서, 몇 명의 그림자를 확인할 수 있었다.

"어머나, 그렇게 서두르시다니 무슨 일인가요? 뭔가 잊어버리신 게 있으신가요, 베루글린드 님?"

편안한 분위기로 홍차를 즐기면서 묻는 자는, 마치 자신이 이 자리의 지배자라도 되는 듯이 굴고 있던 테스타로사였다.

"⋯⋯블랑(태초의 흰색)──."

깊은 미소를 짓는 테스타로사를, 베루글린드는 못마땅한 표정으로 노려봤다. 서두르고 있었던 만큼, 귀찮은 상대가 출현한 것이 짜증을 유발했던 것이다.

그런 베루글린드와는 대조적으로, 테스타로사는 우아하게 미소 지었다.

"그렇게 부르시지 말아달라고 부탁을 드렸을 텐데요? 그렇지 않으면…… 제게 싸움을 거시는 건가요?"

여전히 미소를 짓고 있었지만, 그 눈은 웃고 있지 않았다.

실력으로 따지면 압도적으로 격이 높은 베루글린드를 상대로, 한 걸음도 물러서지 않겠다는 태도였다.

"그렇게나 아픈 꼴을 겪었을 텐데, 나와 싸울 생각이야?"

"네, 그렇답니다. 저는 딱히 이길 필요가 없으니까요. 당신을 상대로 시간을 벌기만 해도 충분하거든요."

그렇게 대답하면서 일어선 테스타로사를 향해 베루글린드의 주먹이 날아들었다.

충격파로 산산조각으로 부서진 테이블과 의자. 에스프리랑 존 다는 휘말리지 않도록 이미 피신한 뒤였다.

테스타로사는 가볍게 춤췄다.

닿기만 해도 잿더미가 될 것 같은 열량과 눈으로 쫓는 것이 불가능한 수준의 속도. 그런 베루글린드의 맹공을, 굳이 일부러 받아낼 필요는 없었던 것이다.

레벨(기량)이라면 또 모를까, 두 사람의 에너지양은 열 배에 가까운 차이가 있었다. 베루글린드가 20퍼센트 정도밖에 남지 않았음에도 불구하고, 그 정도의 격차가 두 사람 사이에 존재하고 있었다.

그런데도 테스타로사는 여유 있는 태도였다.

이기는 것은 어렵다. 그건 베루글린드를 쓰러트릴 방법이 없기 때문이다.

쓰러트리지 않고 시간을 벌기만 할 경우, 테스타로사의 실력이라면 문제될 것이 없었다.

"그래서 너희가 싫은 거야!!"

"어머나, 아쉽네요. 저는 베루도라 님의 누님이신 당신을 진심으로 존경하고 있는데요."

"뻔뻔하네. 그렇다면 날 방해하지 말고 거기서 물러나!"

"그 요구는 거절하겠어요. 전 이렇게 보여도 지는 걸 싫어한답니다. 그~러~니~까 여기서 확실히 빚을 갚도록 하겠어요!"

그게 테스타로서의 본심이었다.

베루글린드와 정면으로 승부해도 이기지 못하지만, 괴롭히는 것뿐이라면 문제없이 할 수 있다. 다른 간부들이 모일 때까지 버티지 못하더라도 이제 곧 리무루가 도착할 것이다.

그 시점에서 테스타로사의 승리가 확정되는 것이다.

(아아, 리무루 님의 승리는 정말 훌륭한 것이었어. 그 압도적인 베루글린드 님을 식은 죽 먹기처럼 농락하시다니. 나도 지고 있을 순 없겠지.)

베루글린드가 지닌 기술은 리무루가 자세하게 밝혀주었다. 그렇기 때문에 테스타로사는 절대 이 기회를 놓칠 생각이 없었던 것이다.

교차하는 붉은색과 흰색.

한쪽은 격렬하게, 한쪽은 우아하게.

무시무시한 속도로 홍백의 모양을 자아내면서도 한 번의 접촉도 없이 다시 대치했다.

"말도 안 돼……. 아까와는 완전히 다른 사람이잖아……."

"그러네요. 저 스스로도 놀라고 있지만, 저도 얼티밋 스킬(궁극능력)을 획득한 것 같네요. 그래서 그런 게 아닐까 싶네요."

별것도 아니라는 듯이 테스타로사가 가볍게 대꾸했다.

사실, 테스타로사는 기다리는 시간을 이용하여 새로운 힘의 획득을 바란 것이다. 그 결과, 자신의 마음의 형태를 구현하는데 성공했다.

그때 신비한 '목소리'가 들린 것 같았지만, 그건 기분 탓이라고 단정하고 넘어갔다. 본능으로 정답을 고르는 존재가 테스타로사라는 악마였던 것이다.

그리고 정체가 궁금한 그 권능의 이름은 얼티밋 스킬 '벨리알(사계지왕, 死界之王)'이라고 했다.

루미너스의 '아스모데우스(색욕지왕)'과 마찬가지로 '삶과 죽음'을 관장하고 있었다. 단 '죽음' 쪽에 좀 더 치우친 것은 테스타로사의 성질을 반영했기 때문임이 틀림없다.

그녀에게 있어서 패배는 절대 인정할 수 없는 굴욕이었다. 하물며 죽는 것은 절대 인정할 수 없는 일이었다.

악마가 진화하는 조건 중엔 '한계치까지 힘을 축적한 뒤에 2,000년 이상의 세월을 보낼 것'이라는 것이 있었다. 단 한 번의 패배도 허용되지 않는다는 뜻이기도 하지만, 여기서 말하는 패배라는 것은 즉 절멸이었다.

육체를 잃고 지옥으로 돌아가는 현상을, 패배라고 부르고 있는 것이다.

그러므로 엄밀히 말하자면, '비기는 것'은 패배로 계산되지 않았다.

단, 도망은 별개다.

정신생명체는 자신의 마음에 좌우되는 존재다. 상대에게 이기지 못했음을 인정하고, 도전하는 것을 중단한 시점에서 그건 패배가 되는 것이다.

세상에는 디아블로처럼 진정한 의미로 불패를 지켜오고 있는 머리가 이상한 악마도 있지만, 그런 존재는 극소수다. 한 손으로 꼽기에 충분할 정도의 수밖에, 테스타로사도 파악하지 못하고 있었다.

마음이 꺾이면 그걸로 끝인 것이다.

그래서 테스타로사는 제기온에게 도전하는 것을 그만두지 않았다. 이길 때까지 멈추지 않으면 그건 패배가 아닌 것이다.

이번 일도 마찬가지다.

베루글린드에게서 도망치지 않으면 언젠가는 승리한다──.
테스타로사는 그렇게 믿고 있었다.

"얼티밋 스킬을 획득했다고?"

"네. 디아블로의 자랑을 듣고 짜증이 난 것도 그 이유 중 하나지만, 방금 전의 싸움을 통해 자신의 역부족을 통감한 것이 컸거든요. 스킬이 마음이 존재하는 모습인 이상, 우리에겐 필요가 없다. 그렇게 생각하고 있었지만, 그건 얕은 생각이었던 것 같아요."

"…………."

"자신의 바람과 마주할 수 있었기 때문인지, 힘을 쓰는 법이 더 세련되게 다듬어진 것 같은 감각이 느껴지네요."

베루글린드도 얼티밋 스킬 '라구엘(구휼지왕)'을 보유하고 있는 만큼, 테스타로사가 한 말의 의미를 이해할 수 있었다. 그렇기 때문에 한층 더 이 자리에서 물러나는 것이 어려워졌다는 사실을 자각했다.

"정말로 짜증이 나는군……."

베루글린드도 모르게 흘러나온 불만 섞인 중얼거림을 듣고는 테스타로사가 웃었다.

"최고의 칭찬이네요."

그 반응에 베루글린드의 분노가 정점에 달하려고 한 바로 그 때—— 공간을 일그러트릴 정도의 대규모 폭발이 일어났다.

그로 인해 제정신을 차린 베루글린드가 놀라면서 돌아봤다.

문들 중 하나가 보기 좋게 날아가고 있었다.

거기서 얼굴을 드러낸 것은 금발의 악마, 카레라였다.

참고로 레온의 오명 중 몇 개는 카레라가 저지른 짓에 의한 것이었지만, 그건 지금은 관계가 없었다.

"야아, 보아하니 늦지 않게 나온 것 같네. 나도 계속 지는 건 기분이 나쁘니까 참가했으면 좋겠는데."

"우후후후후. 안 돼, 카레라. 심술궂은 말을 할 생각은 없지만, 넌 지금 상처투성이잖아."

"콘도라는 남자가 강했거든. 뭐, 만족했으니까 오늘은 양보하기로 할까."

그렇게 웃으면서도 비틀거리는 카레라에게, 에스프리가 달려와서 그녀의 몸을 부축했다. 존다가 눈치 빠르게 의자를 준비한 뒤에, 카레라를 그쪽으로 데려갔다.

아게라도 있었지만, 그쪽은 그냥 방치되었다.

"카레라가 참겠다면, 나도 욕심을 부리지 않고 넘어갈게. 조금

지쳤으니까, 오늘은 얌전히 견학하기로 하겠어."

어느새 울티마도 카레라 옆에 앉아 있었다. 정신을 차려보니 베이런이 빈틈없이 의자를 마련해두고 있었던 것이다.

속속들이 모이는 악마들.

물론 거기서 그치지 않았다.

시온이, 소우에이가, 베니마루가 각각의 문에서 모습을 드러냈다.

그 사실을 확인하고, 베루글린드는 얼굴이 굳어질 수밖에 없었다. 자신의 진영에 속한 강자들이 모두 패배했다는 걸 깨달았기 때문이다.

테스타로사의 전술적 승리.

루드라와 베루글린드의 바람은 지금 궤멸되려 하고 있었다.

●

대공에서 대지로 시점을 이동하여——.

전장에서 급격하게 전쟁의 열기가 식으려 하고 있었다.

그러던 중에 라플라스는 베가를 동반한 상태에서, 카가리를 향해 달려가고 있었다.

금기주법 : 버스데이(요사명산)가 이미 종료된 것 같았다. 좀 더 정확히 말하자면 베루글린드의 협력이 중단되면서, 카가리가 제어를 하지 못하게 되었다고 할 수 있을 것이다.

몇 명의 데스맨(요사족)이 태어났는지는 불명이지만, 활동개시까지는 아직 시간이 있을 것이다.

데스맨에 깃든 의지에 따라선 태어나면서부터 강력한 전사가 될 수도 있다. 그렇기 때문에 다른 누구보다도 빠르게 그 신병을 구속할 필요가 있었던 것이다.

라플라스가 그렇게 생각했으니까, 그 외에도 당연히 비슷한 결론에 도달한 자도 있었다. 의식을 주도했던 콘도 중위가 그 사실을 눈치 채지 못했을 리가 없었다.

"쳇, 역시 미리 손을 써놓았나."

라플라스가 현지에 도착했을 때, 그곳에는 제국의 장병들이 군용차에 카가리 일행을 한창 싣는 중이었다.

"호오, 당신이 라플라스로군요. 제법 강하다고 들었는데, 싸움을 피할 수는 없는 걸까요?"

라플라스에게 그렇게 말을 건 자는 색이 다른 군복을 착용한 미남자였다. 콘도 중위의 흰 예복도 눈에 띄었지만, 그 남자의 새빨간 군복은 이상한 기운을 풍기고 있었다.

그런데도 강해 보이진 않았다.

어딘가 인위적으로 만들어진 인형 같은 얼굴이었으며, 성별이 남자로도 여자로도 보이는 신기한 인물이었다.

평범한 인물인 것처럼 보여서, 화려한 군복을 입지 않았다면 인상에도 남지 않았을 것이다.

——아니, 군복에 눈길이 갔기 때문에 그 남자의 인상이 남지 않는 것인지도 모른다. 그런 식으로 관찰하면서, 라플라스는 신중하게 대응했다.

"그래. 나는 라플라스라는 사람인데, 당신이 그 사람을 돌려주겠다면 싸울 필요는 없지 않을까?"

"후후후, 그거야말로 무리한 요구로군요. 보세요, 저쪽에선 싸움이 계속되고 있습니다. 저만 도망칠 수는 없겠죠."

그자는 싸울 마음을 먹고 있었다.

그렇다면 어쩔 수 없다고 생각하면서, 라플라스도 싸울 자세를 잡았다.

"그럼 어쩔 수 없지. 그런데 당신은 누구지?"

알려주면 그나마 다행이라고 생각해서 한 질문이었다.

"저 말인가요? 그렇군요. 모르는 게 당연할지도 모르겠군요. 저는 서열 10위를 맡은 자입니다. 제국의 역사를 뒤에서 받치고 있는 것은 바로 저, 펠드웨이란 말이죠!"

그자의 이름은 펠드웨이. 제국에 상주하면서, 만일의 경우 '더블오 넘버(한 자릿수)' 중에 결원이 생길 경우엔 스페어로서의 소임이 기대가 되는 인물이었다.

라플라스도 소문으로는 들은 적이 있었지만, 이렇게 직접 보는 건 처음이었다.

"그렇군. 당신이 스페어라고 불리는 남자란 말이지."

"남자가 아닙니다. 애초에 여자도 아니지만요."

"까다롭구먼."

대화를 나누면서, 라플라스는 펠드웨이를 살펴봤다. 부담감 같은 건 없는 자연스러운 모습이었다. 싸울 자세를 취하지도 않았고, 그렇다고 도망치려는 기척도 없었다.

좀처럼 파악이 안 되는 인물이었다.

조바심을 내는 쪽은 베가였다.

"나에게 맡기라고. 저런 녀석쯤은 그냥 비틀어서 죽여줄 테니까."

그렇게 말하면서 앞으로 나서려고 하는 것을, 라플라스가 황급히 제지했다.

"아아, 잠깐. 절대로 먼저 나서지 말라고 말했을 텐데! 회장과 동료들이 인질로 잡혀 있는 상태니까, 섣불리 손을 대선 안된다고."

풋맨이랑 티어도 건재했다. 지금도 아직 많은 수를 상대로 분투하고 있었다. 그들을 불러온다면, 그야말로 전황이 어떻게 움직일지 예상할 수 없게 될 것이다.

라플라스는 신중하게, 상대가 어떻게 나서는지 살펴보려고 했다. 그러나 그건 의외의 인물의 등장으로 인해 방해를 받았다.

"베가, 도와줘라. 라플라스는 배신자다. 여기서 처리하겠어."

"——?!"

강렬한 살의를 느끼면서, 그 자리에서 물러나며 피한 라플라스. 그의 귀에 들린 것은 늘 믿음직했던 보스—— 카구라자카 유우키의 목소리였다.

그랬는데 그 내용은 라플라스가 바라던 것이 아니었다.

"보스, 정신을 차려! 다른 사람의 뜻대로 조종당하는 건 당신답지 않다고!!"

마리아베르의 지배에도 버텨냈던 유우키였다. 그런 정신력이라면, 어떤 정신지배에도 레지스트(저항)할 수 있을 것이다.

그러나 라플라스의 목소리는 전해지지 않았다.

유우키는 망설임 없는 동작으로 라플라스를 공격해 온 것이다.

그걸 보고, 곤혹스러워 하던 베가도 기쁜 표정으로 일그러진 미소를 지었다.

"그렇게 하겠단 말이군, 보스! 그 녀석을 처치하면 내가 잡아먹게 해주는 거지?"

"그래, 좋아. 네가 강해지는 건 대환영이니까."

"역시 보스야. 얘기가 통하네!"

강한 쪽에 붙는다. 그게 베가라는 남자였다.

윤리관이랑 도덕관이 결여되어 있어, 야생동물 이상으로 본능만으로 살아가고 있었다.

그렇기 때문에 자신의 배신행위를 잘못된 것으로도 느끼지 못해, 기뻐하면서 라플라스를 향해 공격을 개시했다.

유우키와 베가, 둘 중 어느 하나만 상대라면 그나마 대처할 수 있었을 것이다. 하지만 두 사람을 동시에 상대하는 것은 역시 라플라스라도 버거웠다.

(쳇, 이대로 가면 위험한데. 회장을 구하기는커녕, 내가 죽겠어. 어쩔 수 없군, 지금은 일단 이탈해서…….)

라플라스가 그렇게 생각한 것은 전략적으로도 정답이었다.

그러나 그 바람은 이뤄지지 않았다.

"후후후, 도망치려고 해도 소용없습니다. 라플라스라고 했던가요. 당신은 교활한데다 조심성이 많죠. 도망치게 놔두면 귀찮아질 것 같으니까 당신은 여기서 죽어줘야겠습니다."

그 말대로 라플라스의 전이는 실패했다.

제3자인 양 지켜보고 있던 펠드웨이가 이 전투영역 일대를 '공간지배'한 결과였다.

"빌어먹을!"

유우키의 격렬한 발차기에, 베가가 타이밍을 맞춰서 기탄을 난

사했다. 베가는 뇌까지 근육으로 이뤄진 사내였지만, 전투센스만 큼은 확실했다.

도망갈 길은 막힌 상태에다 승산은 낮았다. 아니, 유우키가 있는 한은 전무했다.

(끝났나, 나도 여기까지인가——.)

그래도 쉽게 포기할 생각은 없는 라플라스였다. 유우키의 정신 지배가 풀릴 수 있다는 약간의 가능성에 걸고, 계속 숨겨두고 있었던 진짜 힘을 보여주기로 했다.

"죽어라!"

"멍청한 녀석! 죽는 건 너야."

유우키의 공격 사이로 조심성 없이 접근해 온 베가에게 발차 기를 날렸다. 이것으로 베가는 당분간 일어서지도 못할 것이다.

"헤에, 제법이잖아."

"그야 그렇지. 보스 정도는 아니지만, 나도 상당히 강하거든?"

"알고 있어. 그러니까 적어도 **내** 손으로 죽여줄게."

"——?!"

자그마한 위화감. 그걸 알아차린 라플라스는 당황하면서 유우 키의 얼굴을 응시했다.

그건 역시 낯익은 얼굴이었고…….

방심했다. 자신도 모르게 생각에 잠기고 만 라플라스는 유우키 의 주먹에 반응하는 것이 늦어버린 것이다.

실수했다——고 마음속으로 절규했다.

하지만…… 고통은 찾아오지 않았다.

라플라스의 눈앞에서 유우키의 주먹이 누군가의 손에 의해 막혀버렸기 때문이었다.

"쿠후후후후. 이것 참, 리무루 님에게 꾸중을 듣고 말았습니다. 당신들 때문에 말이죠."

디아블로였다.

무슨 뜻이냐──고, 라플라스는 자신도 모르게 따져 묻고 싶었지만, 그럴 때가 아니라고 생각하면서 자중했다.

"디, 디아블로 씨. 도와주러 온 건가요?"

"네에? 왜 제가── 아니, 그 말이 맞습니다. 라플라스라고 했던가요. 당신을 도와주러 온 겁니다. 그러니까 리무루 님에겐 저에게 도움받은 것을 확실하게 강조해서 전해주십시오."

내키지 않는 표정에서 바로 환한 미소를 짓더니, 디아블로는 그렇게 말했다.

(이렇게까지 수상쩍은 미소를, 난 본 적이 없다니까.)

수상쩍기로는 정평이 난 라플라스가 그렇게 생각했을 정도였으니, 디아블로도 대단한 인물이었다. 아니, 이게 절대 칭찬하는 게 아니라는 것은 굳이 말할 필요도 없었다.

"아, 알았습니다. 디아블로 씨에겐 너무나 큰 신세를 졌다고, 리무루 님에겐 그렇게 전하죠."

"좋습니다! 그러면 도와드리죠."

실은 디아블로는 리무루에게 "너, 여기서 뭘 하고 있는 거야?"라는 꾸지람을 들은 것이다.

모두가 열심히 싸우고 있는 가운데, 혼자만 리무루의 싸움을 견학하고 있었던 것이다. 꾸지람을 듣는 게 당연했다.

디아블로에게도 리무루를 경호하고 있었다는 대의명분이 있었

지만, 자신의 명령 같은 건 완전히 잊어버리고 있는 리무루를 상대로 그런 말을 입에 올릴 수는 없었던 것이다.

제멋대로 구는 디아블로를 마음대로 휘두를 수 있는 자는 이 세상에선 리무루 한 명밖에 없었다. 그 사실이 또 새로이 증명된 순간이었다.

그런고로 디아블로는 일하라는 명령을 받고 뛰쳐나간 것이다. 그리고 모스의 보고를 듣고, 이곳으로 급히 온 것이다.

딱히 라플라스를 돕기 위해서가 아니라, 수상쩍은 자들을 전부 처치할 생각이었다.

(쿠후후후후. 여기서 이 남자에게 빚을 하나 만들어둘 수 있게 된 것은 행운이군요. 이걸로 저에 대한 리무루 님의 평가도 회복되겠죠.)

그런 생각을 하면서, 이미 이긴 것처럼 굴고 있는 디아블로였다.

"그럼 거기 있는 유우키는 동맹상대니까 놓아주는 걸로 하고, 응? 뭡니까, 요마왕 아닌가요. 계속 이 세계를 노리고 있다는 건 알고 있었습니다만, 그랬군요. 루드라와 손을 잡았단 말이군요?"

디아블로의 시선이 멈춘 곳에는 희미한 웃음을 짓고 있던 펠드웨이가 있었다. 그 웃음이 사라지면서, 가면 같은 표정으로 디아블로를 봤다.

"──그렇군. 너는 느와르(흑의 왕)인가. 콘도의 조사를 통해 '태초의 악마'가 마왕 리무루의 부하가 되었다고 들었는데, 그게 사실이었군."

"지금의 나에겐 디아블로라는 이름이 있습니다. 당신이 뭘 하든 관여하진 않겠지만, 리무루 님을 방해하겠다면 용서하지 않을 겁니다. 적대할 생각이라면 각오하십시오."

"잘도 그딴 소리를 하는군! 늘 우리를 지긋지긋하게 방해하던 악마 주제에!"

격렬한 증오를 담아서, 펠드웨이는 디아블로를 노려봤다. 그 살의만으로도 평범한 사람은 즉사할 수 있는 기세였다.

그러나 디아블로는 태연했으며, 여유 있는 표정으로 펠드웨이를 도발하듯이 비웃었다.

"뭐, 좋아. 여기서 네놈과 싸워도 내가 승리할 가능성은 제로니까 말이지."

"안심하십시오. 제가 이기는 것도 불가능할 겁니다."

한동안 노려본 뒤에, 먼저 입을 연 쪽은 펠드웨이였다.

"오늘은 물러가겠어. 다음에도 날 방해하겠다면 그때는 각오해두라고, 디아블로."

"흠. 뭐, 제 이름을 기억해준 걸 봐서 이번엔 그냥 보내드리겠습니다. 하지만 당신을 죽일 방법은 준비해두고 있을 테니, 명심하도록 하십시오."

그 말만 나눈 뒤에, 다시 두 사람은 서로를 노려봤다. 그리고 더 이상은 볼일이 없다는 듯이 서로의 존재를 무시한 채 움직이기 시작했다.

펠드웨이는 카가리랑 유우키 일행에게 명령을 내렸다.

"루드라 폐하가 걱정이 됩니다. 기함으로 돌아갈 것이니 어서 준비하십시오."

그 말에 응하면서 상황을 지켜보고 있던 유우키가 전투태세를 풀었다. 베가도 비틀거리면서 일어서서, 유우키를 따라 카가리 일행이 있는 쪽으로 물러갔다.

풋맨이랑 티어도 호출을 받고 돌아왔으며, 펠드웨이의 '공간지배'를 통해 이제 막 탄생한 데스맨을 포함한 전원이 이 자리에서 전이하여 떠난 것이다.

디아블로는 그 자리에 남아서, 모스와 연락을 취하고 있었다. 적이 펠드웨이(요마왕)라는 것을 안 지금, 대항할 수 있는 것은 자신뿐이라고 판단했다. 그리고 내키지 않으면서도 뒤처리를 하기 위해 움직인 것이다.

풋맨이랑 티어가 물러나면서, 전장에서의 싸움은 종식되었다. 모두가 무사한 것을 확인한 뒤에 부상자에 대한 처치도 적절하게 지시했다.

모스는 유능한데다 베니마루와도 이어져 있었다. 디아블로는 여기서 할 일은 끝났다고 판단했다. 그리고 펠드웨이 일행이 사라진 후에, 자신도 전이하여 기함까지 날아갔다.

남은 것은 라플라스 한 명뿐.

"뭐야, 또 나만 놔두고 전부 가버렸네……."

그렇게 중얼거리면서 어깨를 축 늘어트렸다.

종장

누나와 동생

Regarding Reincarnated to Slime

베루글린드를 잡아먹고 마음이 차분해졌다.

주위를 돌아볼 여유도 생겼기 때문에 전장을 살펴봤다.

숲에도 심각한 피해가 발생했지만, 수도 '리무루'는 보아하니 무사한 것 같았다. 수도의 주위가 황무지로 변했으며, 어느 정도의 피해는 발생한 것 같지만, 게루도가 끝까지 지켜준 모양이다.

일단은 안심이다.

"그건 그렇고, 넌 여기서 뭘 하고 있는 거야?"

"이, 이런, 이런 리무루 님, 전 그러니까, 리무루 님을 방해하는 자가 나오지 않도록 말이죠……."

내가 베루글린드와 싸우고 있는 동안, 계속 날 보고 있었다는 것은 알고 있었다. 솔직히 말해서 짜증이 났지만, 주의를 줄 여유가 없었다.

그리고 지금에 이르렀다.

내가 불만을 제기하는 것도 당연했다.

"이젠 필요 없다. 다른 사람들도 열심히 싸우고 있으니까, 너도 일을 하고 와라."

"?! 아, 알겠습니다……."

슬픈 눈으로 날 보더니, 디아블로는 그 자리를 떠나 사라졌다.

저 녀석만큼은 정말로 무슨 생각을 하고 있는지 모르겠다니까.

《마스터(주인님)를 방해하는 자가 나오지 않도록 호위하고 있었다——는 명목으로 관전하고 있었을 겁니다. 솔직하게 말해서 필요 없는 짓이었습니다.》

시엘도 디아블로에겐 질려버린 것 같군.

평소와 다르게 신랄했다.

어쨌든 이제 차분하게 베루글린드의 대처를 할 수 있게 되었다.

설명과 설득은 베루도라에게 맡겼지만…….

얘기를 들어보니 베루도라는 모든 책임을 나에게 떠넘기고 있었다.

이것 참, 내 주위엔 문제아만 있는 건가——. 그런 생각을 하면서 발끈하고 말았다.

나를 나쁜 놈으로 몰아서, 베루글린드의 분노를 피하자는 생각을 한 것이겠지.

『그러니까 말입니다, 저는 제가 무사하다는 걸 누님께 알려드리고 싶었지만, 리무루가 허락해주지 않은 겁니다. 이렇게 같은 입장이 된 지금이라면, 제가 하려는 말을 이해해주시겠죠?』

——그런 식으로 말이다.

마치 꾸지람을 듣는 게 싫어서 친구 탓으로 돌리고 있는 몹쓸 아이 같은 꼴이었다.

베루도라에게 설득을 맡긴 건 실수였군.

하지만 확실히.

자신이 죽었다 믿고 격노한 누나를 상대로, 뻔뻔하게 얼굴을 보이는 것은 뭔가 어색할 것이다. 그건 이해되긴 했다.

그 심정은 알겠지만, 내 탓으로 돌리는 건 좀 그렇지 않은가?

한 마디로 쉽게 말해서 귀찮은 일을 나에게 떠넘기고 있는 게 아닌가.

난 분명 설득을 해달라고 부탁했을 텐데, 내가 받을 비난의 강도가 한층 더 세질 것 같은 느낌이 들지만── 그러면 안 되잖아!

더 이상은 베루도라에게 맡겨둘 수 없었다.

지금의 베루글린드의 입장은 베루도라와 같다는 것을 제대로 설명하자고 생각했다.

《그 전에 보고드릴 게 있습니다.》

뭐지?

《베루글린드를 해석하여 이해한 것입니다만, 그녀는 누군가의, 아마도 루드라의 권능의 지배하에 있었던 것 같습니다. 그 영향을 해석할 수 있습니다만, 어떻게 하시겠습니까?》

이봐, 잠깐, 그건 터무니없는 폭탄발언인데.

태연하게 보고를 했지만, 즉답하기가 망설여지잖아.

시엘이라면 충분히 베루글린드를 '해석감정'할 것이라 생각하고 있었다. 그래서 놀라지도 않았지만, 베루글린드가 지배를 받고 있었다는 말을 듣고는 잠자코 있을 수가 없었다.

그 전에, 그 범인은 루드라가 확실한 거야?

《거의 확정입니다. '영혼의 회랑'을 통하여 카레라와 콘도 타츠야의 싸움도 관찰하였습니다만, 콘도도 루드라에게 지배받고 있었습니다. 그와 같은 상태일 것으로 추측됩니다.》

자세한 설명을 들어보니, 베니마루가 상대했던 그라니트라는 자가 모든 것을 술술 대답해주었다고 한다.

적이지만 바보라고 생각했다.

이 일을 반면교사로 삼도록 철저하게 주의시킬 필요가 있겠다고 생각했다.

하지만 그건 귀환한 뒤에 처리할 과제였다.

당장 눈앞에 닥친 문제는 베루글린드를 어떻게 하느냐이다.

베루도라가 도움이 되지 않는다는 것은 증명되었다. 그러므로 내 입으로 설명하려고 생각했지만, 루드라의 정신지배의 영향이 있다면 내 말에는 귀를 기울이지 않을 가능성이 더 크다.

그러면 어떻게 한다……

《모처럼 힘들게 받아들였으니까, 베루글린드를 베루도라와 같은 입장으로 만드는 것은 어떨까요?》

응?

그 말은 곧, 베루도라처럼 나와 '영혼의 회랑'으로 연결해서 얼티밋 스킬(궁극능력)로 만들어버리자는 뜻이야?

그게 가능해?

《문제없습니다. 지금 리무루 님은 '용종'과 동등하거나 그 이상의 존재이며, 에너지(마력요소)양도 여유가 있습니다. 베루글린드를 받아들이는 것도 충분히 가능할 거라 생각합니다.》

하지만 그렇게 하면, 베루글린드의 자유의지를 빼앗는 결과가 되는 건…… 아닌가.

베루도라에게도 내가 뭔가를 강요하거나 제약할 수는 없다. 부탁을 할 때에도 그의 승낙을 받아서 움직이게 하고 있었다.

사실, 베루도라는 꽤나 마음대로 행동하고 있었다.

지금도 그렇지만, 자신의 안위를 챙겨야 때엔 나를 파는 일도 서슴지 않는 것이다.

그런 때엔 간식을 주지 않는 벌을 내리고 있지만, 생각해보면 고생은 내가 하는 셈이었다.

가령 나에게 불이익인 행동을 하는 경우에도 해방 상태를 해제하는 것은 불가능하다. 에너지의 보급을 멈출 수는 있어도, 베루도라를 사라지게 할 수는 없는 것이다.

더구나 '용종'의 에너지양은 거대하므로, 어중간한 시도로는 사라지지 않는다. 베루도라가 납득하여 자신의 뜻에 따라 돌아가지 않는 한, 베루도라는 자유롭게 활동할 수 있다.

즉, 베루도라와의 관계에 강제력은 존재하지 않는다는 뜻이다. 기본적으로 베루도라를 해방하고 있을 때에 뭔가를 강제하는 것은 무리다.

그 사실을 떠올린 나는 베루글린드도 같은 형태가 될 수 있다는 걸 깨달은 것이다.

베루도라와 같은 입장으로 만든 뒤에 베루글린드를 '해방'하면, 내 무죄를 바로 증명할 수 있을 것이다.

이대로 오해를 사면서, 내게 불똥이 튀는 일도 더 이상 없을 것이다.

남매싸움?

몰라. 내 알 바가 아냐.

그런 것까진 내 감독범위에 들어가진 않는다고.

그러니까 재빨리 베루도라와 같은 상태로 만들어버리자.

《불안하시다면, 베루글린드에게 제약을 걸어놓을까요?》

으음?

제약이라니, 그런 것까지 가능하단 말인가…….

거역할 수 없도록 조건을 설정해두는 건 앞으로의 일을 생각한다면 필요한 것일지도 모른다.

하지만…… 그건 내 가치관에 반하는 것이란 말이지.

최악의 경우에 베루글린드가 납득하지 못한다면, 이대로 '허수공간'에 격리시켜두는 게 더 낫다.

강제하기라도 한다면, 그게 바로 루드라와 같은 짓을 하는 셈이 되는 거니까 말이지.

내게 협력하지 않더라도, 그건 그것대로 상관없다.

방해만 하지 않겠다고 맹세해준다면, 어딘가에서 멋대로 살더라도 문제가 없다.

《알겠습니다. 그렇게 하시는 게 역시 리무루 님답다고 생각합니다.》

방침은 정해졌다.

그러면 실행하기로 하자.

우선은 인사부터.

"야아, 베루글린드 씨. 기분은———."

"당신, 리무루지? 웃기지 마! 날 여기서 내보내!!"

자신의 '허수공간' 속으로 의식을 집중해봤는데, 베루글린드가 있는 대로 난동을 부리고 있었다.

그 현장을 이미지로 상상해보니, 미녀를 괴롭히는 수상쩍은 슬라임이라는 느낌이라 할 수 있겠다.

그야말로 범죄자.

그 슬라임이 접니다———. 아니, 인간의 모습으로 변하면 세이프인가.

아니, 이건 이것대로…… 열여섯 살 정도의 미소녀가 요염한 미녀를 괴롭히는 모양새가 되겠네.

상당히 요상한 분위기가 되겠지만, 어쩔 수 없는 일이다.

이것도 다 내 무죄를 증명하기 위한 것이다.

나는 이미지로 상상하면서, 베루글린드에게 손을 내밀었다.

그대로 루드라의 권능을 잡아먹은 뒤에 '해방'해주었고, 그러는 김에 '영혼의 회랑'을 연결해버렸다. 문은 양쪽에 있으므로, 베루글린드 측이 마음을 열어주지 않는다면 나와는 의사소통을 할 수 없게 만들었다.

내가 얘기를 걸 수는 없으니까, 헛수고는 되지 않으리라고 생각하고 싶다.

그런 작업들은 아무런 문제없이 끝났다.

난동을 부리던 베루글린드도 얌전해졌지만, 그 급격한 변화에는 내가 놀랐을 정도였다.

"리, 리무루? 너, 설마 누님에게 불순한 짓을 한 건 아니겠지……?"

"이, 이 바보가! 그런 짓을 할 리가 없잖아! 애초에 말이지, 네가 제대로 설득만 했더라면 내가 이런 고생할 필요도 없었다고!!"

우리는 그렇게 싸움을 시작할 뻔했지만.

"조용히 해!"

"아, 네."

"죄송합니다!"

갑자기 큰 소리로 꾸지람을 듣는 바람에, 나와 베루도라는 동시에 고개를 끄덕였다.

솔직히 말해서 무서웠다.

베루도라가 그녀를 껄끄럽게 생각하는 것도 납득이 되었다.

"이게 어떻게 된 거지, 리무루?"

"어, 어떻게 된 거냐고 물어보셔도…….."

무슨 뜻인지, 잘 모르겠다.

"나에겐 바깥에 있는 '별신체'의 목소리가 들리게 되었는데, 정작 내 목소리는 상대에게 전해지지 않는단 말이야. 당신, 대체 무슨 짓을 한 거야?"

엄청난 미인이 날 노려보는 바람에, 나는 두근거리고 말았다.

얼굴에 입김이 닿자, 아찔해졌다.

엄청나게 좋은 냄새.

원래는 호흡할 필요가 없기 때문인지, 베루글린드의 숨결은 너무나도 달콤하고 향기로웠다.

《지금은 그럴 때가 아닙니다. 베루글린드의 의문은, 루드라의 지배에서 해방시킨 것이 그 이유라고 하겠지요.》

약간 화가 난 것 같은데?

《기분 탓입니다.》

그, 그런가?

하지만 뭐, 깊게 추궁하는 것은 그만두고, 시엘에게서 설명을 들었다.

그 말에 따르면 단순한 얘기였다.

내 눈앞에 있는 베루글린드는 정신지배를 받지 않았만, 다른 '별신체'는 루드라의 지배하에 있기 때문이었다. 그러므로 정보가 흘러가지 않도록 '무한뇌옥'으로 차단하고 있다고 했다.

우리 쪽의 정보는 차단하면서, 상대 쪽의 정보만을 얻을 수 있는 것이다.

이로 인해 루드라의 곁에 있는 베루글린드는 완전히 몰린 상태에 놓여버렸다. 루드라의 지배하에 있으면서, 아직도 우리가 무슨 생각을 하고 있는지 알지 못하였다.

그야말로 일방통행.

시엘이 엄청난 일을 하고 있다는 건 이해했지만, 나도 이젠 놀라지 않게 되었다.

"그러니까, 그 의식의 차이를 해석해나가면 당신이 지배받고 있었다는 것도 증명할 수 있을 거 같은데요."

"음, 역시 리무루는 대단하군. 누님, 지금은 리무루를 믿고——."

"입 다물어!"

"네!"

우리 사이에 끼어든 베루도라가 꾸지람을 들었지만, 아주 조금 속이 후련했던 것은 비밀이다.

베루도라를 꾸짖은 뒤에, 베루글린드는 뭔가를 생각하고 있는 것 같았다. 내가 말했던, 루드라 곁에 있는 '별신체'와의 차이점이 뭔지 찾아보는 중이겠지.

나도 동료들의 시선을 통하여 기함 위의 상황을 파악했다.

싸움은 최종국면에 들어가 있었다.

그리고 베루글린드의 의혹을 밝힐 수 있을 만한 사태가, 바로 그때 발생했다.

*

베루글린드를 포위한 내 동료들.

조금 비겁하다는 느낌은 들지만, 그건 사정을 모르는 자가 봤을 경우의 얘기다.

실제로는 베루글린드가 약해진 상태였지만, 모두가 함께 덤빈다고 해도 승리하는 것은 어렵다.

571

그건 그렇고 베루글린드가 만들어낸 이공간은 틈이 벌어진 상태였으며, 당장이라도 무너질 것 같았다. 그런 생각이 들었는데, 디아블로가 오면서 바로 붕괴되고 말았다.

"느와르(태초의 검은색)……."

"디아블로야. 저 녀석, 내가 보지 않으면 유능하단 말이지."

"크앗핫핫하! 녀석은 나에게 간식을 주니까 말이지. 나도 마음에 들어 하고 있다."

매수당하고 있어, 이 사람.

베루도라가 디아블로를 칭찬했지만, 반 정도만 걸러듣기로 하자.

그런 생각을 하면서 돌아가는 상황을 지켜보고 있으려니, 베루글린드가 루드라를 지키려는 듯이 한 발 물러섰다.

루드라는 이런 상황이 되었는데도 여유 있는 태도로 의자에 그대로 앉아 있었다.

대단한 배짱이다. 그게 아니면 자신감이려나?

그런 루드라를 보고, 맨 먼저 움직인 자가 있었다.

카레라였다.

카레라가 손에 쥔 황금 권총으로 망설임 없이 루드라를 쏘았다.

더구나 그 탄환은——.

"저건 나를 약하게 만든 기술인 것 같은데?"

"'저지먼트(신멸탄)'야. 콘도가 하루에 한번밖에 쓰지 못하는 최강의 탄환인데, 어떻게 존느(태초의 노란색)가……."

나는 시엘이 가르쳐줬기 때문에 사정을 알고 있었다.

"존느가 아니라 카레라야. 듣자하니 콘도에게 승리한 뒤에, 그가 루드라를 부탁한다면서 카레라에게 맡긴 것 같군."

그렇게 설명하자 "설마 콘도도……"라고 베루글린드가 중얼거렸다.

곤혹스러워하는 베루글린드를 놔둔 채, 상황은 계속 진행되었다.

『루드라!』

베루글린드가 그렇게 외쳤지만, 루드라를 보호하듯이 두 손을 벌리면서 가로막은 것이다.

신속의 탄환에 늦지 않게 막는 걸 보면, 역시 괴물 급의 신체능력이라 할 수 있었다. 그러나 '저지먼트'도 웬만한 위력이 아니었다. 총탄에 맞은 베루글린드의 오른쪽 어깨부터 오른팔이 날아가 버렸으며, 위력이 줄어들지 않은 채 그대로 루드라에게 맞은 것이다.

하지만.

놀랍게도 루드라는 아무런 상처도 없이 멀쩡했다.

그 표정은 여유 그 자체였으며, 카레라의 공격이 소용이 없다는 것을 이미 알고 있는 것 같은 느낌이었다.

"뭐야, 저건? 어떻게 저 공격을 무효로 만들 수 있는 거지?"

"모르겠다. 슬쩍 '결계'가 보였지만, 저걸 완전히 무효로 만들 수 있는 성능을 가지고 있다곤 말하기 어려우니까."

그 광경에 놀라는 나와 베루도라.

베루글린드도 믿을 수가 없는지 "어떻게……"라고 중얼거리면서 그 자리에 주저앉아 지면에 두 손을 대었다.

"왜, 왜 그러십니까, 누님?!"

당황하며 안절부절 못하는 베루도라에게, 베루글린드가 작은 목소리로 대답했다.

"네 친구가 말한 게 옳았어. 나는 정말로, 루드라에게 지배받고 있었던 거네……."

그 사실을 깨달은 베루글린드가 루드라에 대한 이야기를 해주었다.

루드라가 무사했던 것은 철벽의 방어가 있기 때문이라고.

그 방어는 절대적이며, 누구라도 파괴는 불가능하다.

단, 조건이 있었다.

제국의 백성들이랑 부하들이 황제에게 바치는 충성심이 에너지원이며, 황제에게 충실한 자가 있어야만 한다는 것이었다.

그리고 결점도 있었다.

그 방어는 상시발동형이긴 하지만, 발동 중에는 그 외에 다른 행동을 일체 하지 못한다는 제약이 있다고 한다.

그 능력이 바로 얼티밋 스킬(궁극능력) '미카엘(정의지왕)'이 자랑하는 '캐슬 가드(왕궁성새)'였다.

카레라의 '저지먼트'를 막아낸 걸 보면, 거의 무적이라고 해도 과언이 아닐 것이다.

사용 중에는 공격할 수는 없다고 해도, 그 문제는 부하에게 맡기면 해결되는 것이다.

"그, 그런 힘(권능)이 있었다면, 누님이 막을 필요가 없었던 것 아닙니까!"

응, 나도 그렇게 생각했다.

베루글린드가 대답했다.

"그래. 그러니까 나도 원래는 그를 감싸는 척하면서 공격으로 전환하는 게 정답이라고 생각했을 거야. 그랬는데 저런 행동을 했다는 건⋯⋯."

무리한 행동을 하면서까지 루드라를 감싼 시점에서, 베루글린드도 자신이 '사고유도'를 당하고 있다는 것을 이해한 것이다.

그리고 루드라는 절대영역 '캐슬 가드'를 유지한 채 움직이지 않았다.

그랬어야 했을 텐데――.

"――뭐야?!"

놀라서 큰 소리를 지른 것은 베루글린드였다.

그리고 우리는 말문이 막히고 말았다.

순식간에 '캐슬 가드'를 해제한 루드라가 자신의 손으로, 오른팔을 잃으면서도 달려온 베루글린드의 가슴을 꿰뚫은 것이다.

이렇게 되면 마치 베루글린드를 일부러――.

"그래, 그랬던 거구나⋯⋯ 그 사람은, 내가 사랑했던 루드라는 이제 없다는 말이네⋯⋯."

베루글린드의 눈에서 눈물이 흘러 떨어졌다.

탄식하는 베루글린드의 말을 증명하듯이, 루드라가 목소리를 높여 웃었다.

"하하하하하! 베루글린드, 내 손에 죽는 것을 영광으로 생각해라. 네 힘은 유효하게 활용해주마."

루드라가 그렇게 말하자, 그의 공격을 받은 베루글린드가 괴로운 표정을 지으면서 웅크렸다.

"저건 유우키의 '스틸 라이프(탈명권)'이네. 루드라는―― 아니, '미카엘'에겐 지배하는 대상의 스킬(능력)을 자유자재로 다룰 수 있는 권능도 있으니까."

뭐야, 그게. 반칙이잖아.

베루글린드의 설명을 듣고, 나와 베루도라는 서로의 얼굴을 바라봤다.

"루드라의 상대는 너에게 맡길게!"

"바보 같은 소리 하지 마라! 내가 최강이라는 건 새삼 논쟁할 것도 없는 얘기지만, 저런 귀찮은 상대는 사양하겠다!!"

"파르페를 만들어줄게."

"그건 매력적인 조건이다만…… 끄으응."

서로에게 미루는 우리를, 베루글린드가 어이가 없는 표정으로 바라보고 있었다.

그래서인지, 눈물도 다시 들어가 버린 것 같았다.

잘됐다고 생각한 것은 굳이 더 말할 필요도 없었다.

그건 그렇고.

베루글린드의 힘을 **빼앗은** 루드라 말인데…….

"루드라가 '미카엘'이라는 건 무슨 뜻이지?"

어느 정도 짐작이 가긴 했지만, 베루글린드의 입을 통해 직접 듣고 싶었다. 그렇게 생각해서 한 질문이었다.

"루드라는 말이지, 이미 한계에 다다른 상태였어. 몇 번이나 전생을 거듭해온 결과, 영혼이 마모되고 있었지. 그러니까 저건 루드라이면서 루드라가 아니야. 이미 예전에 '미카엘'에게 몸을 **빼**앗긴 상태였단 말이지."

베루글린드가 착잡한 표정으로 그렇게 대답해주었다.

"아니, 아니, 주인의 바람으로 태어난 스킬이 그 주인을 해치는 일은 일어날 리가 없을 텐데."

"아니, 그렇지 않아. 루드라의 '미카엘'은 말이지, 베루다나바에게서 받은 권능이었어. 루드라 자신의 의지로 획득한 것은 '우리엘(서약지왕)'이야. 우리 오빠인 베루다나바가 부활하지 않은 지금, 소실된 채 행방불명이긴 하지만 말이지."

……

그거, 내가 가지고 있는데?

말할 수 없는 분위기니까 입을 다물고 있자.

베루글린드가 설명을 계속해주었다. 그걸 요약하자면, 루드라가 전생을 거듭한 탓에 영혼의 힘이 약해지면서 '미카엘'을 제어하지 못하게 된 것이 아닐까 하는 예상이었다.

그 말을 듣고, 스킬이 숙주를 배신했다기보다는 다른 시점으로 해석할 수 있겠다는 생각이 들었다.

《――확실히 그렇습니다. 제가 '미카엘'과 같은 입장이었다면, 진짜가 아닌 숙주를 지배해서라도 진정한 주인인 리무루 님의 부활을 목표로 삼았겠지요.》

그런 생각이 들었다.

마나스(신지핵)가 된 시엘은 아무리 불가능하게 느껴지는 도전이라고 해도 결코 포기하지 않을 것 같다고.

그래서 나는 '미카엘'의 생각도 이해가 되었다.

하지만 그렇다고 해서…….

"방치할 순 없겠군. '미카엘'도 아마 자유의지를 지닌 마나스로

577

진화했을 거야. 그렇다면 그 행동목적은 루드라가 목표로 하고 있던 것과는 완전히 달라질 것이 틀림없어."

"마나스? 그게 대체 무슨…… 아니, 잠깐, 잠깐만! 리무루, 당신은 '미카엘'이 뭔가를 노리고 있다, 그렇게 생각하는 거야?"

그런 질문을 받았기 때문에 대답해주었다.

"베루다나바의 부활이겠지? 그러기 위해선 어떤 희생을 치르든 상관하지 않을 거라고 생각해."

그러므로 방치해둘 순 없다고, 나는 설명했다.

베루글린드는 얼굴이 창백해졌다.

그리고 그때, 현재 루드라와 대치하고 있던 쪽의 베루글린드를 향해, 새로이 출현한 인물이 공격을 시도했다.

《저건 요마왕 펠드웨이로군요. 디아블로가 쓰러트릴 수 없겠다고 판단해서 그냥 보내줬습니다만. 보아하니 동료들을 놓아두고 돌아온 것 같습니다.》

디아블로가 쓰러트릴 수 없다면, 상당한 강자이겠지. 하지만 그냥 게으름을 피운 것뿐이라고 느껴지는 것은 내 기분 탓일까?

뭐, 좋다.

펠드웨이는 강자답게 각성마왕도 저항하기 어려운 '공간지배'를 이용한 공격을, 베루글린드에게 날리고 있었다.

부상을 입고 약해진 베루글린드는 그 공격에 저항할 힘 같은 건 남아 있지 않은 것 같았다.

『후하하하하! 그 베루글린드가 '시공전송'으로 인해 이 세계에서 소실되었습니다!! 이것으로 남은 '용종'은 이제 두 명. 순조로운 스타트로군요, 루드라── 아니, 미카엘 님.』

펠드웨이가 루드라를 **미카엘**이라는 호칭으로 바꿔서 불렀다.

베루글린드의 추측이 증명되었다.

갑작스러운 사태에도 불구하고, 베니마루랑 디아블로가 빠르게 반응하려고 했다. 그러나 나는 황급히 '사념전달'로 그 행동을 제지했다.

요마왕 펠드웨이의 진정한 실력을 알 수 없었던 것도 그 이유 중 하나지만, 미카엘이라고 불린 루드라의 반응을 알고 싶었기 때문이다.

그리고── 나에겐 보였다.

루드라의 몸에서 신비한 물질이 빠져나가는 것을. 그게 공격에 밀려 날아간 베루글린드에게로 이동하여 그녀를 둘러쌌다. 마치 그 몸을 지키려는 것처럼.

그리고 지금의 루드라의 몸에선 그 신비한 물질이 전부 사라져 버린 것 같았다.

과연 그 반응은…….

『흠, 나쁘지 않군. 베루글린드의 힘이 내 것이 되었고, 루드라는 사라졌다. 이제 베루도라와 베루자도의 힘만 흡수하면 그분의 부활이 성취될 것이다.』

미카엘이라고 불린 루드라는 그걸 당연하다는 듯이 받아들였다.

이것으로 확정되었다.

내 적은 루드라가 아니고 미카엘이었다.

그리고 그 목적은 '성룡왕' 베루다나바의 완전부활이었던 것이다.

『진심으로 축하드립니다, 미카엘 님.』

『음. 베루자도는 어찌 됐든 상관없지만, 문제는 베루도라로군.』

그런 식으로 대화가 이어졌다.

베니마루 쪽은 안중에도 없다는 태도였다.

하지만 그것도 당연하다고 할 수 있었다.

내가 말리지 않은 시온이랑 테스타로사 일행이 공격을 시도했지만, 그 모든 것이 '캐슬 가드'로 인해 막혀버렸으니까.

당연히 펠드웨이도 보호받고 있었기 때문에 무사했다.

더할 나위 없이 귀찮은 능력이었다.

하지만 지금은 그것보다도.

"루드라, 저건 루드라가 맞지? 아직 남은 조각이, 영혼의 조각이 저기 남아 있어——!!"

나에게만 보였다고 생각했는데, 베루글린드도 감지한 모양이다. 보였는지는 의문이지만, 베루글린드는 루드라의 잔재를 쫓아가려고 했다.

"잠깐 진정해——."

"그 입 닥쳐! 빨리 가지 않으면 사라져버릴 것 아냐!!"

그 모습은 마치 떼를 쓰는 아이 같았고, 화가 난 표정이었지만 울면서 소리치는 것 같았다.

나는 '사고가속'으로 시간을 늘렸다.

그리고 베루글린드와 둘만의 세계가 만들어졌다.

"잠깐만 진정해줘. 지금 밖으로 나가면 당신은 또 루드라의 지배하에 놓이게 될 뿐이야."

"그렇지만!"

어디로 날아갔는지는 알고 있을 것이다.

하지만 거기서 다시 막혀버리고 말 것이다.

이 세계로 되돌아올 보증도 없으며, 루드라를 구한다는 것은 그야말로 꿈만 같은 일이다. 아마도 불가능할 것이다.

《이대로는 당신에게 미래가 없습니다.》

"시끄러워! 그러면…… 날 보고 뭘 어떡하란 거야? 이대로 루드라를 포기한다니, 난 그렇겐 못 해애——!!"

그건 베루글린드의 본심이었다.

내가 아니라 시엘의 목소리였지만, 그걸 알아차리지 못하고 격정을 폭발시켰다.

《가능성은 있습니다.》

"——?!"

《당신이 저의 '얼터레이션(능력개변)'을 받아들인다면 말입니다.》

그건 달콤한 유혹이었다.

답은 들을 필요도 없었다.

"받아들이겠어. 그걸로 내 소원이 이뤄진다면."

베루글린드가 그렇게 대답한 것은 지극히 당연하다는 생각이

들었다.

················.

············.

······.

베루글린드가 승낙한 순간, 목소리가 울려 퍼졌다.

《베루글린드의 의사를 확인했습니다. 맨 처음 시행할 것은 '라구엘(구흘지왕)'에 대한 간섭차단입니다.》

그걸 듣고 있는 사이에 베루글린드는 마음이 차분해졌다.

그 목소리에 이끌리는 대로 자신의 신체를 깊이 조사해봤더니, 시엘이 말한 것이 확실히 존재했다.

자신의 마음(심핵) 깊숙한 곳에 새겨진 '라구엘'에게 뭔가가 간섭한 흔적이 남아 있었다. 지금은 차단되어 있었지만, 이걸 그대로 남겨놓는 것은 틀림없이 위험한 일이었다.

(이게 원인이었단 말이지──.)

베루글린드도 그 사실을 깨달았다.

그와 동시에 떠올렸다.

얼티밋 스킬(궁극능력) '미카엘(정의지왕)'에는 레갈리아 도미니온(왕권발동)과 대칭을 이루는 권능이 있었다는 것을.

그건 분명, 먼 옛날에 들은 적이 있는 기억이었다.

베루다나바가 만들어낸 권능 중에서 순수하게 존재하는 것은 천사 계열의 이름으로 불린다. 그리고 그 모든 것은 '미카엘'의 절대지배에 거역하지 못하였다.

그게 바로—— '얼티밋 도미니온(천사장의 지배)'였다.

베루글린드의 '라구엘'도 예외가 아니었다. '미카엘'과 이어진 극세회랑이 구축되었으며, 그 영향력에서 벗어날 수 없었다.

(——그랬었지. 왜 잊어버리고 있었을까? 천사 계열의 얼티밋 스킬 보유자는 오라버니에겐 거역하지 못했어. 그걸 누구보다도 싫어했던 사람이 오라버니였고, 그래서 루드라의 '우리엘(서약지 왕)'과 교환했었는데.)

자신이 지배를 받은 이유가 납득이 되었다.

오빠인 베루다나바가 구축한 구조라면, 그에 저항하는 것은 불가능에 가까웠던 것이다.

(확실히 나에겐 미래가 없긴 하네…….)

리무루의 말이 옳다고 생각하자, 베루글린드는 울고 싶은 기분이 들었다.

그랬는데.

베루글린드가 포기하려던 순간, 신비한 목소리가 들려온 것이다.

《——'라구엘'의 사전준비가 종료되었습니다. 그리고 필요 없게 된 '우리엘'을 통합하겠습니다.》

뭐어?!

——베루글린드는 소리를 지를 뻔했다.

루드라를 위해서 계속 찾고 있었던 '우리엘'이 이런 곳에서 발견되었으니 당연했다.

아니, 베루글린드는 이제야 깨달았다.

아까부터 들려오던 목소리가 리무루의 것이 아니라는걸.

그건 환청 같은 간단한 것이 아니었으며, 명료하고 강력한 의지를 느끼게 하는 목소리였다. '세계의 언어'와 아주 비슷했지만, 부드럽게 세련되었으며, 자상함 같은 감정까지 느끼게 했다.

여러 가지로 물어보고 싶은 것은 많지만, 지금 문제로 삼아야할 것은 그 말의 의미였다.

"잠깐, 잠깐만! 나에게 '우리엘'을 주겠다는 거야? 아니, 그 전에 통합이라니, 그게 무슨 뜻이지?!"

《지금 그 상태로 있다가 '미카엘'을 따를 수밖에 없게 된다면, 개변시키면 됩니다. '우리엘'한테서도 지배회로를 발견했기 때문에, 폐기하는 김에 당신 전용의 새로운 스킬(능력)을 만들어낼 바탕으로 삼을까 합니다만.》

무모하기 짝이 없었다.

정말로 지적을 할 곳이 너무 많은 해답이었다.

하지만 베루글린드가 궁금한 것은 단 하나의 질문뿐이었다.

"그렇게 하면 루드라를 찾으러 갈 수 있단 말이지?"

《가능하다. 그렇게 긍정하겠습니다.》

가능하다면 주저할 필요가 없었다.

베루글린드는 희망을 가슴에 품고 승낙했다.

아니, 이미.

《베루글린드, 당신의 의사는 이미 확인했으므로, 두 번째의 승낙은 필요하지 않습니다. 지금부터 '얼터레이션'을 발동하겠습니다.》

그 목소리—— 시엘에겐 이제 멈출 마음따윈 없었다.
시엘이 '얼터레이션'을 발동시킨 순간, 존재할 리가 없는 힘의 파동이 베루글린드의 몸 안을 빠르게 순환했다.
그리고 온몸을 부드럽게 감쌌다.

《'작열용' 베루글린드의 '라구엘'과 '우리엘'을 통합하여 얼티밋 스킬 '크투가(염신지왕, 炎神之王)'로 진화시키겠습니다. ……성공했습니다.》

환상적이고 장엄한 목소리를 드높이면서 시엘이 선언했다.
그리고 그 순간, 베루글린드는 모든 속박에서 해방된 것이다.
………………·
…………·
……·
시엘의 말에 응응 하고 고개를 끄덕거리고 있으려니, 내 '우리엘'이 양도되어버리고 말았다.
허가를 한 나에게 잘못이 있긴 하지만, 자신도 모르게 황망한 기분을 느끼고 만 것은 당연한 일이라고 생각한다.

《문제없습니다. '라구엘'에 통합한 것은 '우리엘'의 잔재에 지나지 않

습니다. 그 본질은 새로운 권능인 '슈브 니구라스(풍양지왕, *豐穰之王*)'가
이어받았으니까요.》

──뭐?!
의문이 끊이지 않았다.

시엘 선생님은 내가 모르는 사이에 여러 가지로 엄청난 일을 손
대고 있다는 예감이 들었다.

묻는 게 무서울 정도였지만, 지금 주목해야 할 것은 베루글린
드였다.

성공한 것 같아서 정말 다행이었다.

"축하해, 베루글린드 씨. 이제 밖으로 '해방'해도 괜찮을 것 같군."

내가 미소를 지으면서 그렇게 말하자, 무슨 이유인지 엄청난
형상으로 날 노려봤다.

왜 그러는지 짐작이 되지 않는 건 아니었기 때문에, 나는 슬쩍
눈길을 돌리고 말았다.

"여러 가지로, 정말로 여러 가지로 묻고 싶은 게 너무 많지만,
지금은 넘어가겠어. 그래서 지금부터 나를 해방시켜주는 거야?"

이젠 문제가 없을 것 같아서, 나는 고개를 끄덕였다.

시엘의 말로는 베루글린드에게 '우리엘'을 준 것으로 인해 루드
라의 '영혼'에 반응하게 되었다고 한다.

그러므로 영혼의 조각을 발견하여 회수하는 것도 불가능하진
않다고 했다.

그 말을 듣고 나는 생각했다.

어쩌면 시엘이 말한 잔재야말로, 루드라의 마음의 형태인 '우

리엘'의 '핵'이지 않았을까 하고.

그렇다면 베루글린드는 늘 루드라와 함께 있는 셈이다.

전 세계에 흩어지고 만 루드라의 '영혼'을 찾아낼 수 있을지 불안했지만, 베루글린드라면 해낼 수 있을 거란 예감이 들었다.

"그러면 일단 '해방'을 시켜볼까!"

그리고 우리 세 명은 정신세계에서 현세로 돌아왔다.

시간을 길게 늘린 감각은 그대로 남겨둔 채, 우리는 작별인사를 했다.

"고마워, 리무루. 많은 폐를 끼쳤네."

정말 그러네.

나도 말이지, 말하고 싶은 불만이 엄청 많다고!

하지만, 화내면 무서울 것 같아서 잠자코 입을 다물기로 했다.

"지금이라면 당신의 '병렬존재'와도 이어져 있을 테니까, 길을 잃고 헤맬 걱정은 없다고 생각해. 그 후가 더 힘들 거라 생각하지만, 잘해보라고!"

그렇게 무난한 응원을 하는 선에서 그쳤다.

그랬는데.

"누님, 만약 실패하더라도 제가 있습니다! 그러니까 울지 마시고 가벼운 마음으로 다녀오십시오!"

베루도라가 너무나도 근사한 미소를 지으면서 그렇게 말했다.

이 분위기를 읽을 줄 모르는 능력은 정말 대단하다니까.

이 말에는 베루글린드도 어떻게 반응할지 몰라서 당황하는 것 같았다. 그리고 그녀가 베루도라의 말을 듣고 한 말은——.

"넌 정말 바보구나. 바보에 멍청하지만 귀여운 동생. 무사히 있어쥐서 정말 다행이야."

그렇게 말하면서, 베루글린드는 쑥스러운 표정으로 웃은 것이다.

그런 뒤에 베루글린드는 한 번 더, 무슨 이유인지 모르겠지만 나를 응시했다.

미인이 가까이서 바라보면, 긴장이 되는 바람에 몸이 움직이지 않게 된다.

가슴을 두근거리고 있으려니, 무슨 이유인지 어이가 없다는 표정으로 고개를 저었다.

"그럼 다음에 또 봐."

그리고 베루글린드는 그런 말을 남긴 뒤에, 당당한 모습으로 '전이'하여 사라지고 말았다.

*

그건 그렇고.

다음 차례는 베니마루 쪽의 대응이로군.

"너도 갈 거야?"

"물론이지."

시간으로 따지면 1분 미만. 여전히 미카엘에게 계속 공격을 하고 있었다.

'캐슬 가드(왕궁성새)'에는 통하지 않았다. 하지만 뭐, 그게 정답이긴 하다.

공격을 멈춘 순간, 적의 공격이 시작될 것이기 때문이다.

그러므로 베니마루랑 디아블로도 시온과 다른 동료들을 제지하지 않고 방관하고 있었던 것이다.

적은 단 두 명뿐.

여기서 쓰러트리고 싶은 기분은 산더미 같았지만, 아쉽게도 그건 불가능했다. '캐슬 가드'가 있는 한, 미카엘에겐 공격이 통하지 않기 때문이다.

하지만 그렇게 따진다면 조건은 마찬가지다——.

"후하하하하! 빈약하군요. 당신들의 공격 따윈 미카엘 님에겐 통하지 않습니다."

새된 목소리로 웃고 있던 펠드웨이가 공격과 공격 사이를 노려서 권능을 발동시키려 하고 있었다.

요마왕이라는 이름은 단순한 허세가 아니었는지, 그 자리에 있는 우리 동료 전원을 한꺼번에 이공간으로 보내버릴 생각을 하고 있는 것 같았다.

"잘 가십시오, 여러분. 이제 다신 만날 일도 없겠지만—— 뭐야?!"

공격이 발동된 순간을 노리고 있었던 것은 나도 마찬가지였다. 펠드웨이가 하려는 짓을 방해하면서, 그 자리에 나타난 것이다.

"마왕 리무루……."

"만나게 되어서 반갑군. 요마왕 펠드웨이 씨."

빈정거리는 투로 응해주자, 그 표정에서 웃음이 사라졌다.

"예의도 모르는 촌뜨기 주제에……."

"뭐라고? 계속 도시를 동경하고 있던 어그레서(침략종족)에겐 듣고 싶지 않은 말인데."

한 번 더 도발해주자, 가면을 쓴 것 같은 표정이 되었다.

격앙하지 않고, 냉정하게 분노를 축적하는 타입인가.

가장 귀찮은 상대였다.

그때 우리의 대화를 말없이 듣고 있던 미카엘이 여유 있는 태도로 끼어들었다.

"후후후, 숨어서 나를 관찰하고 있었던 게 아니었나? 동료를 희생시켜 공략방법을 찾고 있는 것으로만 생각했었는데."

동료들을 희생시킬 마음은 없었을 뿐이지, 반 이상은 정답이었다. 뭐, 어찌 됐든 상관없는 일이지만.

"마음대로 생각하도록 해. 그보다 말이지, 여기서 결판을 낼까?"

"훗, 호기롭게 나오긴 한다만, 나에게 이길 수 있다고 생각하나?"

"글쎄. 하지만 뭐, 일단은 충고해줄게. 너의 권능이 천사 계열 스킬에 대한 절대지배라는 것도, 너를 믿는 자가 있는 한 '캐슬 가드'를 격파할 수 없다는 것도 다 이해하고 있어. 그걸 다 알고 있는 상태에서 말하자면, 제국을 잿더미로 만들어버리고, 살아 있는 모든 것을 전부 죽인다면 너의 우위성을 빼앗을 수 있을 것 같지 않아?"

완전히 허세였다.

나도 그렇게까지 할 생각은 눈곱만큼도 없었다.

하지만 우리 동료들에게 희생이 생기는 것과 저울에 놓고 고려한다면 주저 없이 실행할 것이다.

그 정도의 각오는 이미 해두고 있었던 것이다.

"……보아하니 나도 너를 얕보고 있었던 모양이군. 너와는 적대해선 안 되는 것이었나."

"그러게 말이지. 고상한 이상도 숭고한 사명도, 나에겐 아무런 관계가 없어. 너의 목적에도 공감할 수 있는 부분은 있더군. 그러니까 말이지, 나에게 폐만 끼치지 않는다면, 마음대로 해도 상관없었어."

하지만 이젠 늦었다.

폭주를 시작해버린 지금의 미카엘은 틀림없이 우리에겐 재앙이 될 것이기 때문이다.

지금은 아직 괜찮지만, 앞으로 어떻게든 이해관계가 대립될 것이라고 시엘이 예언했던 것이다. 그렇다면 나는 그걸 믿고 행동할 뿐이다.

"…………."

미카엘은 생각에 잠겨 있는 건지, 침묵하고 있었다.

그렇게 나온다면, 나는 자신의 의사를 전하기로 했다.

"너희가 나랑 내 동료들에게 손을 대겠다면, 두 번 다시 그런 바보짓을 하지 못하도록 철저하게 박살을 내주겠어."

그리고 공포를 새겨줄 것이다.

지금은 확실히 '캐슬 가드'를 격파할 방법이 없다.

하지만 나에겐 믿음직한 파트너인 '시엘'이 있는 것이다.

반드시 공략법을 발견해줄 것이다.

그리고——.

내 소중한 동료들에게 손을 대겠다면 그때는 용서하지 않을 것이다.

비록 어떤 수단을 동원하더라도, 미카엘을 물리치겠다——고 나는 마음속으로 맹세했다.

"그렇군. 그렇다면 지금은 물러나지."

"──?! 괜찮으시겠습니까, 미카엘 님?"

펠드웨이가 놀란 표정으로 물었지만, 미카엘은 대범하게 고개를 끄덕이고는 물러날 의사를 보였다.

"시기상조라는 것은 우리도 마찬가지다. 여기서 싸우면 양쪽 다 바라지 않는 결말이 나올 것 같으니까 말이지."

나도 동감이었다.

방금 말했던 그 방법을 쓴다면, 승리할 가능성은 있었다.

하지만 그건 내 가치관에 반하는 짓이다.

문제를 뒤로 미룬다는 것은 부정할 수 없지만, 지금은 시간을 벌고 싶은 것이 본심이었다.

"그럼 오늘은 이만 해산하는 걸로 생각하면 될까?"

"그게 좋겠지. 그건 그렇고…… 완전부활을 이룬 것을 축하해야 할 이 날에 생각지도 못한 시련이 주어지게 되었군. 기이 크림존이 최대의 장벽이라고 생각하고 있었는데, 설마 상대할 필요도 없다고 생각했던 슬라임이 말이지……."

그 말을 남기고, 미카엘과 펠드웨이는 그 자리를 떠났다.

그들이 간 곳은 아마 제국이 아닐 것이다.

내 감시마법 '아르고스(신의 눈)'에 아무런 반응도 없었기 때문이다.

그리고 모스도 보고를 통해 아무런 이상이 없다고 알려왔다.

"짜증나는군, 정말. 어디로 간 건지, 그것조차도 불명이란 말인가."

나도 모르게 그렇게 투덜거리자, 베니마루가 웃었다.

"하지만 리무루 님. 명령대로 모두가 무사합니다. 지금은 그걸 축하하면서 집으로 돌아가야 하지 않겠습니까."

그것도 그렇군.

"그럼 돌아가기로 할까! 오늘은 이미 지친데다, 배도 고픈 것 같아. 슈나에게 부탁해서 뭔가 맛있는 거라도 준비해달라고 해야 겠어!"

"연회를 벌일 거지?"

그것도 좋겠네.

나는 베루도라를 보면서 고개를 끄덕였다.

"그럼 돌아가서 성대하게 즐겨보도록 할까!"

내 말을 듣고, 모두의 얼굴에 미소가 돌아왔다.

과제는 남았지만, 다 같이 무사함을 축하할 수 있게 된 걸 고맙 게 여기자는 생각이 들었다.

●

베루글린드는 여행을 계속했다.

어제도, 오늘도, 그리고 내일도.

다리를 멈추지 않고 베루글린드는 계속 걸었다.

·················.

············.

······.

그때 리무루와 헤어져서 날아간 곳은 시간조차도 넘어선 이세 계였다. 펠드웨이가 날려버린 '병렬존재'와 무사히 재통합한 것은 어딘지도 모르는 이계의 틈새였다.

대기는커녕 대지조차 없는 장소에서, 베루글린드는 시간의 감각도 없이 표류하게 된 것이다.

베루글린드가 '용종'이 아니었다면, 그 장소에서 객사했을지도 모른다. 하지만 그녀에겐 '공간지배'와 무한의 수명이 있었다.

의지할 곳이 되어줄 장소에 도달하는 동안, 생각할 시간만큼은 충분히 있었다. 베루글린드는 자신의 몸에 일어난 믿기 힘든 사실에 머릿속이 정지될 뻔했었다.

정보량이 처리할 수 있는 양을 초과하고 있었다.

이공간을 표류한다는 이상사태를 겪으면서, 오히려 냉정을 되찾을 수 있었던 것이다.

베루글린드는 생각했다.

정보의 방대함과 그 비정상적인 내용에, 생각하는 것을 방치하고 있었지만, 시간이 허용되는 한은 계속 생각했다.

그리고 무엇보다 중요한 사실을 깨닫기에 이르렀던 것이다.

근본적인 문제는 어째서 오빠가 구축한 시스템에 따르지 않고, 베루글린드가 자유를 얻을 수 있었는가 하는 의문이었다.

이 현상을 가능하게 만드는 자는 한 명밖에 떠오르지 않았다.

그 자유로웠던 슬라임.

마왕 리무루라는 이름을 가진 베루도라(어리석은 동생)의 맹우──.

(설마, 설마?! 그 슬라임은······.)

얼티밋 스킬(궁극능력)도 자유롭게 개변했고, 베루글린드에게 자유를 주었으며, 그 권능을 크게 향상시켜── 새로운 경지로 진화시켰다.

이건 결코 인간의 손으로 해낼 수 있는 일이 아니었다.

(그건 황당무계한 일은 베루다나바(우리 오빠)밖에 해낼 수 없는 일이야. 혹시, 혹시 그런 일을 가능하게 만드는 존재가 있다고 한다면⋯⋯⋯⋯.)

있을 수 없는 상상을 하면서, 베루글린드는 전율했다.

의식을 집중해보면 얼티밋 스킬 '크투가(염신지왕)'가 반응했다. 그건 '라구엘'과는 비교도 되지 않을 수준으로 강력했다.

그리고 무엇보다――.

루드라의 고동과 링크되어 있는 것처럼, 받아들인 조각들이 반응을 보였다.

(후훗, 그 슬라임의 정체 따위는 아무래도 상관없는데 말이지. 그건 그냥 리무루야. 베루도라의 맹우이고, 나의 은인이지.)

최종적으로 도달한 결론은 그것이었다.

그리고 겨우 사고의 루프에서 빠져나와서, 베루글린드는 현실로 의식을 돌린 것이다.

⋯⋯⋯⋯⋯⋯⋯.

⋯⋯⋯⋯⋯.

⋯⋯⋯.

수많은 세계를 거치고, 시대를 누비면서, 베루글린드는 '영혼'의 조각을 계속 모았다.

(사랑해. 사랑하고 있어―――― 루드라!!)

루드라를 만나고 싶다는 그 마음 하나만으로, 베루글린드는 수많은 난관을 돌파해온 것이다.

그리고 드디어――.

고층빌딩이 줄줄이 서 있는 대도시에서 그 소년을 발견했다.

환희와 결의.

그 소년은 베루글린드가 다 모으지 못한 그 모든 것을 가지고 있었다.

거기에 베루글린드가 가지고 있는 나머지 조각들을 준다면……

하지만 과연 그런 짓을 해도 되는지 몰라서, 베루글린드는 고뇌했다.

그런 짓을 했다간 소년의 운명을 크게 바꿔버리게 될 것이다.

무한의 수명을 지닌 베루글린드라면, 여기서 그 소년의 수명이 다할 때까지 지켜볼 수도 있었다.

(그러네. 굳이 서두를 건 없어. 빨리 당신을 만나고 싶었지만, 조바심을 내는 건 금물이겠지.)

베루글린드는 그렇게 생각하면서, 소년에게 등을 돌려 걸어가려고 했다.

그러나 그때——.

반짝이는 조각이 스스로의 의지로 소년에게 날아간 것이다.

누구의 눈에도 보이지 않는 그 '영혼'의 조각은 마치 흡수되는 것처럼 소년과 융합했다. 그리고 그 충격으로 소년은 이 세상에서 사라졌다.

베루글린드의 손에 남은 것은 처음 얻은 조각뿐이었다.

"혹시 당신도? 나와 만나고 싶다고 생각하고 있는 건가요?"

그 조각에게 말을 걸듯이 물으면서, 그렇다면 좋겠다——고, 베루글린드는 생각했다.

그리고——.

자신도 소년의 뒤를 쫓아가기 위해서 '크투가'를 발동시켰다.

후기

이번에도 무사히 15권을 전해드릴 수 있게 되었습니다.

저번에는 마감기한을 넘기는 바람에 조금 주의하자는 말을 했던 기억이 있기도 하고 없기도 하지만, 이번에는 아쉽게도 10일 정도를 오버하고 말았습니다.

이번에야말로 더욱 맹렬히 반성하여, 다음번에야말로 조금 더 조심해야겠다고 생각합니다!

하지만 사실, 이번 마감은 이른 단계부터 편집담당 I 씨와 의논했던 사항입니다.

"조금 어려울 지도 모르겠습니다."

"좀 더 노력해보시죠!"

"다음 권에 계속, 으로 끝내는 건 안 될까요?"

"앞 권에서 이어지는 권이니까, 이번 권에는 깔끔하게 마무리를 지으면 좋겠는데요."

"그래야겠죠. 하지만 페이지가…….."

"괜찮습니다! 이젠 몇 페이지로 나와도 신경 쓰지 않기로 했으니까요!"

내가 바라는 답은 그게 아니라고! 그때는 속으로 그렇게 지적을 날렸습니다.

이번 권은 등장인물이 역대 최다이며, 처음 등장하는 캐릭터들까지 여러 명인가 존재합니다. 이론을 무시하고 있다는 건 잘 알고 있지만, 어쩔 수 없는 일이라고 생각하고 스스로 납득하고 있습니다.

그러다 보니 각 장면을 쓸 때마다 텍스트의 양이 점점 늘어가고 있더군요.

그래서 도중에 적당히 끝을 내고 다음 권으로 연결하고 싶었습니다만…… 그건 안 된다며 기각당하고 말았습니다.

"알겠습니다. 그러면 역시 발매일을 한 달 연기하는 검토해주십시오."

"으―음…… 한도까지 노력해보시죠!"

그런 식으로, 양쪽 다 양보하지 않는 시간은 흘러갔고…….

저도 단념하고 계속 쓰면서, 텍스트의 양이 이미 14권의 분량을 넘어갔을 때.

"진행상황은 어떤가요?"

"으―음, 역시 힘드네요. 아마 이대로 가면 열흘 정도는 확실히 오버할 것 같습니다."

"알겠습니다. 그러면 저도 각오를 해야겠군요."

"오오, 그러니까 발매일을 10월로?"

"아닙니다. 열흘이 오버된다면 어떻게든 되니, 9월 발매로 진행하겠습니다!"

진심이냐. 솔직히 그렇게 생각했습니다.

그 방향으로 각오를 굳혔단 말이야? 라고 말이죠.

열흘만으로 끝난다는 보장이 없는데, 그럼에도 불구하고 I씨의 결의는 변함이 없었습니다.

"페이지 수는 역대 최대가 될 것 같은데요……."

"그건 신경 쓰지 마십시오. 마감에 맞출 수 있도록 노력해주시기 바랍니다!"

"……알겠습니다."

그런 식으로 기세 싸움에 지는 바람에, 어떻게든 겨우 마감 기한에 맞출 수 있게 되었습니다.

그리고 그 결과로, 이번 권이 역대 최대의 텍스트량으로 나오게 된 것입니다.

*

이런 과정을 거쳐서 전해드릴 수 있게 된 이번 권입니다만, 반응이 실로 궁금합니다.

재미있었다는 생각이 들면, 그보다 더한 기쁨은 없을 것입니다.

내용은 인터넷 연재분과의 괴리가 더 심해지면서, 이미 이젠 다른 것이라고 말해도 과언이 아닐 정도입니다. 다음 권의 내용도 지금부터 구상하려하고 있으므로, 부디 즐겁게 기대해주십시오!

본 작품인 '전생했더니 슬라임이었던 건에 대하여'를 지지해주시는 여러분, 관여해주신 모든 분들에게 최대의 감사를 드립니다.

그러면 또 다음 권에서도 만날 수 있게 되길 바랍니다!!

[끝]

TENSEI SITARA SURAIMU DATTA KEN Vol. 15
©2019 by Fuse
First published in Japan in 2019 by Fuse.
Korean translation rights reserved by Somy Media, Inc.
Under the license from MICRO MAGAZINE, INC., Tokyo JAPAN

전생했더니 슬라임이었던 건에 대하여 15

2019년 12월 15일 1판 1쇄 발행
2023년 2월 15일 1판 5쇄 발행

저   자 후세
일러스트 밋츠바
옮 긴 이 도영명
발 행 인 유재옥
본 부 장 조병권
담당편집자 정영길
편집 1팀 김준균 김혜연
편집 2팀 정영길 조찬희 박치우 정지원
편집 3팀 오준영 이해빈 이소의
편집 4팀 전태영 박소연
미   술 김보라 박민솔
라이츠담당 김정미 맹미영 이승희 이윤서
디 지 털 박상섭 김지연
물   류 허석용
발 행 처 ㈜소미미디어
등   록 제2015-000008호
제 작 처 코리아피앤피
주   소 서울시 마포구 토정로222, 403호(신수동, 한국출판콘텐츠센터)
판   매 ㈜소미미디어
마 케 팅 한민지 최정연 최원석
물   류 허석용
전   화 편집부 (070)4164-3962, 3963 기획실 (02)567-3388
         판매 및 마케팅 (070)4165-6888, Fax (02)322-7665

ISBN 979-11-6507-116-5 04830
ISBN 979-11-5710-126-9 (세트)